이청준 소설과
사유의 악마성

지은이

김소륜(金昭倫, Kim, So-ryun) : 이화여자대학교 국어국문학과에서 박사학위를 받았다. 「이청준 소설의 환상성 연구 – '모성' 추구 양상을 중심으로」로 석사학위를, 「이청준 소설의 악마성 연구」로 박사학위를 수여받은 만큼 긴 시간 이청준 소설 연구에 주력해왔다. 주요 논저로는 「탈주하는 기억, 희생을 거절하는 딸들」, 「이광수 소설에 나타난 여성 이미지」, 「여성 소설에 나타난 '병원' 공간 연구」, 「한국 소설에 나타난 일본인 연구」, 「노년 여성의 몸과 '환멸(幻滅/還滅)'의 서사」 등이 있다. 이외에도 식민지 시기 교육담론에 관한 「일제 강점기 초등교육과 '국민' 만들기」, 「『조선어독본』과 '납세'의 서사」, 인문학적 글쓰기를 통해 문학교육의 가능성을 탐색한 「수상한 인문학, 문학교육의 가능성」(공저), 이공계와 인문계의 접점에 관한 고민을 담은 「과학문화콘텐츠 구성을 기반으로 한 융합형 교육 프로그램의 개발 방안」(공저) 등의 논문을 통해 교양 교육의 다양한 방향 탐색을 진행 중이다. 현재 이화여대 국문과 초빙교수로 재직 중이며, 서울과학기술대학교와 한국기술교육대학교에서도 강의를 지속하고 있다.

이청준 소설과 사유의 악마성

초판 인쇄 2015년 10월 5일 **초판 발행** 2015년 10월 20일
지은이 김소륜 **펴낸이** 박성모 **펴낸곳** 소명출판 **출판등록** 제13-522호
주소 서울시 서초구 서초중앙로6길 15, 1층
전화 02-585-7840 **팩스** 02-585-7848 **전자우편** somyong@korea.com **홈페이지** www.somyong.co.kr

값 32,000원 ⓒ 김소륜, 2015
ISBN 979-11-86356-49-4 93810

이청준 소설과
사유의 악마성

THE DEVILISHNESS THAT LIES IN THE NOVELS
AND THOUGHTS OF CHEONGJUN LEE

김소륜

소명출판

    사람들은 누구나 자신이 추구하는 삶의 지향점을 갖는다. 욕망에 충실한 삶, 그것은 우리의 삶을 지탱하는 절대적인 기준점이 된다. 따라서 우리는 그 기준점을 지키기 위해 때때로 악마보다 더 잔인해진다. '악'을 교정하기 위한 맹목적인 '선'의 추구야말로 잔혹한 악의 속성을 드러내는 까닭이다. 그렇다면 우리가 몸담고 있는 세계가 폭력적인 억압의 질서에 길들여져 있다면, 그 질서에 순응하는 축과 질서를 교란하는 축 가운데 어느 쪽을 '악'으로 규정할 수 있을까? 물론 정답을 찾아가는 일은 생각보다 간단하다. 주어진 일에 충실하고자 하는 근면함, 그 무시무시한 '악마성'을 몸소 보여주었던 아돌프 아이히만을 떠올린다면 말이다. 타자를 배제한 사유의 무능성이 갖는 악의 속성은 제2차 세계대전 당시의 아우슈비츠에서만 발견되는 것은 아니다. "잘못 이상의 형사책임을 묻는 것은 부당하다"며 혐의를 부인한 '세월호' 선장과 관련 사건을 처리하던 수많은 공무원들의 모습에서도 사유의 무능성을 의미하는 '악의 평범성'은 너무도 쉽게 발견된다. 그렇다면 여기에서 질문은 다시 한 번 분기한다. 진정한 '선'이란 그들에게 관용을 베푸는 길일까, 아니면 처절한 응징을 가하는 길일까? '선'의 기준을 향한 의문은 과연 '선'이 존재하는가라는 질문으로 확장된다. 결국 우리가 살아가는 이 세계는

'더'한 악과 '덜'한 악 사이에서 벌어지는 갈등의 연속으로 귀결되는 셈이다. 이 글은 이와 같은 질문들을 출발점으로 삼는다. 설명할 수 없지만 지속되는 의문들에 구체적인 질문을 던져준 소설가 이청준 선생님께 진심 어린 감사를 전한다. 문학이 아니었다면 내 안에 들끓는 수많은 질문들과 조우하지 못했을 것이다.

이청준의 소설 속에는 인간 내면에 숨겨진 파괴 욕망, 가학적 폭력, 숨기고 싶은 치부(恥部)들이 산재한다. 작가는 '선'과 '악'의 이분화된 대립구도 속에서 언제나 제거되어야 할, 그러나 그럴 수 없기에 숨겨놓을 수밖에 없던 '악'의 문제에 집중해왔다. 이때의 '악'은 '선'의 대립항으로 한정되지 않기에, '악'은 결코 '선'에 의해 극복되지 않는다. '선'과 '악'의 이분법이 아닌, 끊임없이 분기하는 '악'과 '악' 사이의 투쟁만이 팽배할 뿐이다. 이 글은 이청준 소설에 나타난 이와 같은 '악'의 문제를 중심으로, 작품 전반을 가로지르는 작가의 고유한 창작원리를 도출하는 것을 목적으로 삼고 있다. 이는 반세기 가까이 이어진 작가의 구체적인 창작론을 정립하는 작업이자. 한국 현대문학사 안에서 '이청준'이라는 작가의 위상을 재정립하는 기회를 제공할 것으로 기대된다. 더불어 1990년대 이후 대두되었던 세기말의 '종말론적 세계관'을 내포하는 문학 작품들의 원류(源流)를 드러내는 작업으로도 확장될 수 있지 않을까 한다. 이러한 맥락에서 책의 큰 흐름을 정리하면 다음과 같다.

우선 제1부에서는 이청준에 관한 기존 연구가 지닌 의의와 한계를 규명함으로써, 한국문학 내에서 작가가 갖는 위상을 살펴보는 데 주력하였다. 더불어 이청준 소설에 나타난 악(惡)의 문제를 발견하고 그것이 '글쓰기'라는 구체적인 작업으로 확장되고 있음을 문제의식의 틀로 밝히고자 하였다. 본격적인 제2부에서는 작품에 나타난 '악의 평범성'의 문제를 탐구하였다. 아렌트(Hannah Arendt)는 '악'이란 오늘날 현대인 누구에게나 열려있음을 언급하며, 그 원인을 '사유의 결핍'으로 제시한 바 있다. 인간은 악하기 때문에 악한 행동을 하는 것이 아니라, 자신이 하는 행위에 대한 사유를 거부하는 까닭에 악한 행동을 한다는 것이다. 이는 '악'이 인간적 실재임을 뒷받침하는 중요한 근거로 작용한다. 이 어지는 제3부에서는 설명할 수 없는 '악'의 '불가해성'이 '환상의 가능성'을 통해 가시화됨을 분석하였다. 바우만(Zygmunt Bauman)은 악을 "우리가 알지 못할 뿐 아니라, 영원히 알 수 없는 존재"라고 말한다. 그렇다면 '악'은 환상과 마찬가지로 설명되거나 이해될 수 없는 존재가 된다. 불확정적이며 모호한 환상은 '악'을 발생시키는 원인이자, '악'의 속성인 것이다. 또한 제4부에서는 '악의 파괴성'을 바탕으로 '창조의 역능성'이라는 역설에 도달함을 밝히고자 하였다. '창조'와 '파괴'라는 대립 개념은 이청준이 추구하는 '새로운 이야기[新語]'이자, '원초적 이야기[神語]'라는 측면에서 교집합을 이룬다. 마지막으로 제5부에서는 작가의 의식 세계에 침윤되어 있던 '악'의 문제가 창작원리로 가시화되는 과정을 탐색하고, 그 결과 작가만의 고유한 '악마적 글쓰기'를 구축하게 되었음을 정리하였다. 더불어 이청준 소설 전(全)편의 최초 수록지를 정리한 표와 관련 학위논문의 전체 목록을 '부록'으로 수록하였다. 이것이 이청준이라는 거대한 숲을 탐색하기 위한 작은 실마리가 될 수 있길 기대해본다.

이청준은 작가란 끊임없이 질문을 늘어놓는 '질문 청부업자'이고, 소설은 온통 질문의 숲으로 이루어져있으며, 독자는 그 속에서 스스로의 힘으로 길을 찾아 나가야 한다고 서술한 바 있다. 석사논문 주제로 이청준을 선택한 이후 꼬박 10년이 지났지만, 나는 여전히 질문의 숲속을 맴돌고 있다. 걸음을 내딛는 일은 언제나 힘에 부치고, 매번 가쁜 숨을 내쉬며 비틀거리기 일쑤이다. 길이 아닌 길로 자꾸만 들어서고, 나침반도 손전등도 모두 잃어버린 채, 돌아나온 길로 또 다시 돌아가기를 반복하며, 어딘가 굴러다닐지 모를 아리아드네의 실타래, 혹은 다이달로스의 날개를 찾아 헤매고는 했다. 하지만 애초에 숲에 들어선 이유가 출구를 찾기 위함이 아니었음을 떠올려본다. 그제야 나무에 새겨진 오래된 낙서들, 누군가 바닥에 남긴 발자국들이 큰 위로로 다가왔다. 그런 의미에서 새로이 숲에 들어설, 혹은 여전히 숲속을 헤매고 있을 누군가를 위해 작은 용기를 내보려고 한다. 숲 언저리에 작은 조약돌을 내려놓는 심정으로, 그간의 고민이 집약된 필자의 박사학위 논문을 다듬어 본다.

이 책은 바로 그 보잘것없는 조약돌이다. 이 속에는 이청준이라는 작가를 향한 절대적 우호와 경외, 더불어 닿을 수 없는 열등감과 시기심이 마치 선과 악의 투쟁처럼 뒤엉켜있다. 다듬어지지 않은 날 선 모서리들에 조약돌을 쥐고 있던 손바닥 안은 여기저기 상처투성이다. 하지만 문학은 풀 수 없는 비밀을 간직한 숲처럼 완벽한 답을 내릴 수 없다는 점에서, 이 속에 담긴 이야기들이 정답이 아니어도 괜찮다는 위로를 스스로에게 건넨다.

학위논문을 출판하는 이 책에서 가장 먼저 인사드릴 분이 있다. 작가가 만든 질문의 숲에서 길을 잃고 헤맬 때마다, 그 길 속의 숨겨진 의미를 발견하고 해석할 수 있는 길잡이가 되어주신 김미현 선생님이시다. 시간이 지날수록 깊어가는 존경의 마음을 제대로 전해드리지 못해 항상 마음이 무겁다. 가짜가 가득한 세상에서 진짜가 되라고 하셨던 선생님의 말씀이 문장을 쓸 때마다 『씌어지지 않는 자서전』의 심문관처럼 나를 찾아온다. 그 팽팽한 긴장감이 문학을 향한 심장을 뛰게 만드는 힘이 되고 있다.

논문 심사를 맡아주신 선생님들께도 깊은 감사를 드린다. 심사를 끝내고 돌아가던 늦은 밤 따뜻한 위로의 말을 건네주셨던 정우숙 선생님, 논문 한 줄 한 줄에 정성이 담긴 글귀를 달아주신 홍혜원 선생님, 논문의 빈틈을 날카롭게 지적해주신 신수정 선생님, 후속 연구의 중요성을 가르쳐주신 연남경 선생님께 진심으로 감사를 드린다. 더불어 김현숙, 김현자 선생님의 가르침이 없었다면 부족한 연구가 더욱 부끄러워졌을 것이다. 특히 애썼다고, 정말 애썼다고 말씀해주시던 김현숙 선생님의 목소리가 지친 마음에 큰 위로가 되었다.

또한 논문을 쓰며 갈피를 못 잡던 가운데, 양현진·임정연 선생님을 여러 차례 귀찮게 해드렸다. 그만큼 죄송하고 감사하다. 그리고 문학 연구자의 진정성을 몸소 보여주시는 이은정 선생님, 어느 순간이나 아낌없는 응원을 보내주신 전혜영 선생님 덕분에 논문을 쓰는 내내 힘을 낼 수 있었음을 고백 드린다. 더불어 한국문화연구원에서 맺은 강영심, 김수경, 정병준, 조혜란, 홍인숙 선생님들과의 귀한 인연도 무너져가는 시간들 속에 든든한 지지대가 되었음을 전하고 싶다.

그리고 무엇보다 김석환, 이상우, 이재명, 정끝별 선생님 덕분에 문학을 향한 열정을 품을 수 있었음에 감사드린다. 논문의 큰 틀이 되었던 '창작원리'의 기반을 마련해주신 선생님들의 가르침을 항상 마음 깊이 새기고 있다. 더불어 '꿈꾸고 아파하고 꿈꾸고 아파하기'를 반복하는 것이 문학이라고 하셨던 박범신 선생님의 말씀이 지치지 않는 힘이 되었다. 늘 꿈만 꾸다가 혹은 아파만 하다 끝이 날까봐 겁이 나지만, 그 과정을 포기하지 않도록 끊임없는 자극제가 되어주심을 감사드린다. 또한 학위를 받고 방황하던 가운데 근대 교과서라는 학문적 영역의 확장을 이끌어주신 강진호 선생님, 그리고 근대 교과서 세미나 팀의 여러 선생님들께도 이 자리를 빌려 감사의 인사를 전한다. 또한 문학 교육의 다양한 가능성을 열어주신 조남민 선생님께도 부끄러운 글을 빌미로 고마움의 마음을 전해 드린다. 이 외에도 주석에 담긴 수많은 연구자 선생님들께 진 빚을 어찌 갚아야 할지 모르겠다. 선생님들께 진 빚으로 부족한 글이 빛을 볼 수 있었다.

그리고 나의 학문적 동지들과도 마음을 나누고 싶다. 도서관 지하와 학관 7층을 오가며 함께 했던, 그 지난한 좌절의 시간을 함께 해준 많은 선후배, 동료들의 이름은 조용히 내 안에 새겨놓는다. 절대 잊지 않고 함께 가겠다고 약속한다.

숲은 미궁과 달리 출구를 찾는 것이 목표가 아니라는 사실을 깨닫는 순간, 박사논문이 나왔다. 지금까지 걸어온 길을 뒤돌아보니 발자국이 엉망진창으로 찍혀 있고, 무르익지 않은 논의들은 체한 듯 가슴에 얹혀 있다. 아마도 그 불편함은 평생 내가 짊어지고 갈 굴레가 아닐까 한다. 이러한 필자에게 단행본 출간이라는 기회를 주신 소명출판 측에 마음 깊이 감사를 드린다. 앞으로도 좋은 인연으로 이어질 수 있길 기대해 본다.

그리고 부족한 책의 출간을 누구보다도 기뻐해줄 소중한 가족들에게도 마음을 전하고 싶다. 논문이 나올 때마다 밑줄을 그어가며 정독하시는 어머니(이정희)께 부끄럽지 않도록 진실한 연구자가 될 것을 다짐해본다. 또한 대학원을 입학해서 졸업할 때까지, 형부(신우철)와 언니(김효신)가 보여준 물심양면의 지지를 어찌 갚아야 할지 모르겠다. 표현할 수 없는 감사의 마음이 도리어 부담으로 느껴질까 가슴 깊이 묻어두지만, 항상 고맙고 또 고맙다. 그 고마움을 지운이와 지민이를 통해 돌려드릴 수 있길 다짐한다. 단행본 출간을 준비하는 동안 많은 변화가 있었다. 사랑하는 남편 정성은 목사님과 첫 출간의 기쁨을 나눌 수 있음을 감사드린다. 그리고 마지막으로, 시작이자 끝이신 주님께 부족한 첫 열매를 온전히 바친다.

2015년 9월
김소륜

차례

제5부
이청준 소설에 나타난 '악마성'의 의의

제1부

문학의 악, 혹은 악의 문학

한국문학과 이청준

칼 마르크스는 파리를 다룬 어떤 역사서보다도 발자크의 소설이 파리에 대해 '더' 많은 것을 알려준다고 말한 바 있다. 문학 작품은 시대를 반영하는 거울로서 당대의 정치·사회·경제 문제는 물론, 그 시대 사람들의 내면에 감추어진 은밀한 욕망까지도 반영하고 있는 까닭이다. 이와 같은 맥락에서 전후(戰後) 본격적으로 전개된 한국 현대 소설의 역사는 '문학'이라는 장르적 범주를 넘어선다. 문학 작품 속에는 한반도를 관통해온 수많은 외적 갈등과 그 속에서 살아갈 수밖에 없던 사람들의 내적 갈등이 종합적으로 제시되어 있기 때문이다. 그러므로 한 편의 소설은 그 시대를 대변하는 총체적 '기록물'이라고 볼 수 있다. 바로 이 지점에서 1960년대에서 2000년대에 이르기까지, 반세기 가까이 오로지 '소설' 창작에만 몰두해온 작가 '이청준'에게 주목해야 할 필요성이 제기된다.

이청준은 1939년 8월 9일 전라남도 장흥군 대덕면(현 회진면) 진목리에서 5남 3녀 가운데 일곱째로 태어났다. 1954년에 광주로 유학을 떠나와 중고등학교를 다녔는데, 이때 경험한 '고향 상실'은 대학에 입학하여 서울로 올라오면서 점차 심화되었을 것으로 추정된다. 대학 졸업을 앞둔 1965년도에는 단편소설 「퇴원」으로 '제7회 월간 『사상계』 신인 문학상 공모전'에 당선되었고, 이로써 거듭되던 공모전 낙방의 좌절을 딛고 소설가로서의 길을 걷기 시작한다.

이후 27세의 젊은 작가는 향년 69세의 나이로 세상을 떠나기까지, 무려 150여 편의 중·단편과 18편의 장편소설을 창작하였다.[1] 폐암 선고를 받은 뒤에도 신작 소설집 『그곳을 다시 잊어야 했다』(2007)를 발표한 것은 물론, 세상을 떠난 뒤에도 장편소설 『신화의 시대』(2008)가 출간됨으로써 '마침표' 없는 글쓰기를 이어나갔다. 이는 마지막 순간까지 '소설가'로 살아가고자 했던 작가의 강렬한 창작 의지를 드러낸다.

특히 『신화의 시대』는 작가의 항암치료로 인해 '미완(未完)'에 그치고 말았지만, 오히려 그로 인해 이청준의 글쓰기가 '완료형'이 아닌 '진행형'으로 존재할 수 있는 근거를 마련해 주었다. 여기에 산문집[2]과 장편소설(掌篇小說),[3] 희곡,[4] 청소년 선집을 포함한 동화집[5] 출간까지 포함한

---

1 이청준이 발표한 소설 목록은 본문 뒤에 〈부록 1〉로 수록하였다.
2 산문집의 목록은 다음과 같다. 『작가의 작은 손』(열화당, 1978), 『말없음표의 속말들』(나남, 1985), 『광대의 가출』(청맥, 1993), 『사라진 밀실을 찾아서』(월간 에세이, 1994), 『야윈 젖가슴』(마음산책, 2001), 『그와의 한 시대는 그래도 아름다웠다』(현대문학, 2003), 『(손때 묻은 이야기) 아름다운 흉터』(열림원, 2004), 『인생―이청준 산문집』(열림원, 2004), 『옥색 바다 이불 삼아 진달래꽃 베고 누워』(학고재, 2004), 『머물고 간 자리, 우리 뒷모습』(문이당, 2005).
3 장편소설(掌篇小說)에 해당하는 작품집으로는 『치질과 자존심』(문장, 1980), 『따뜻한 강』(우석, 1986), 『마음 비우기』(이가서, 2005)가 있다.
4 이청준의 유일한 희곡 작품인 〈제3의 신〉(『현대문학』, 1982.8)은 총 3막 2장으로 구성되어 있다. 작품 안에서 또 하나의 연극을 시도한다는 점에서, 소설 안에서 새로운 소설쓰기를 시도하던 작가의 형식적 개성을 발견할 수 있다. 1983년도에 '국립극단 제108회 정기공연'

다면 '글쓰기'라는 고집스런 외길을 걸어온 작가의 흔들림 없는 집념과 확고한 장인정신을 쉽게 마주할 수 있다.[6]

그러나 이청준의 문학적 역량은 단순히 오랜 기간에 걸쳐 많은 작품을 발표했다는 사실에 머물지 않는다. 이는 앞서 언급한 '1939년 전라남도 장흥 출신'이라는 작가의 이력으로부터 해명된다.[7] 일제강점기에 출생하여 해방을 맞이한 작가는 6 · 25 전쟁과 분단이 가져온 사회적 혼란 속에서 유년기를 보냈다. 시골에서 도시로 유학을 떠남으로써 고향 상실을 경험하였고, 서울대학교 독문과에 입학했던 20대 초반에는

(임영웅 연출)으로, 1987년도에는 '전국 지방 연극제'(고김석 연출)에서 공연되었다.

5   청소년 선집을 포함한 동화집의 목록은 『바람이의 비밀』(삼성출판사, 1994), 『할미꽃은 봄을 세는 술래란다』(파랑새어린이, 1995), 『한국 전래 동화』 1 · 2(파랑새, 1997), 『뻐꾸기와 오리나무』(금성출판사, 1997), 『선생님의 밥그릇』(다림, 2000), 『떠돌이 개 깽깽이』(다림, 2001), 『소리의 길 서편제』(계수나무, 2002), 『그 여름의 일기장 소동』(다림, 2003), 『숭어도둑 ─ 이청준의 흙으로 빚은 동화』(디새집, 2003), 『동백꽃 누님』(다림, 2004), 『(새 소리 흉내쟁이)요산 아저씨』(두산동아, 2004), 『사랑의 손가락』(문학수첩, 2006) 등이 있다. 이외에 이청준의 판소리 동화 시리즈로는 '파랑새 어린이'에서 출간된 『수궁가 ─ 토끼야, 용궁에 벼슬 가자』, 『옹고집 타령 ─ 옹고집이 기가 막혀』, 『심청가 ─ 심청이는 빼이 든든하다』, 『흥부가 ─ 놀부는 선생이 많다』, 『춘향가 ─ 춘향이를 누가 말려』가 있다.

6   김치수는 "다른 작가들과 비교할 때 그처럼 기복이 없이 꾸준히 작품 활동을 지속적으로 해온 작가는 그 유례가 대단히 드물다"고 진술한다. 또한 "어떤 주제든지 쉽게 넘어가지 않는 그가 이처럼 많은 작품을 거의 비슷한 속도로 발표해왔다는 것은 작가로서의 그의 직업 의식이 지성으로서의 작가 의식에 있어서나 괄목할 만한 저력을 소유하고 있음"을 드러낸다고 평가한다(김치수, 「언어와 현실의 갈등」, 권오룡 편, 『이청준 깊이읽기』, 문학과지성사, 1999, 81~82쪽).

7   물론 작가가 일제 강점기의 혹독한 시련을 직접 체험하거나, 6 · 25 전쟁에 직접 참가하여 싸운 것은 아니다. 이는 "나는 그 '쓰라린 민족의 수난'을 피부로는 실감할 수가 없었다. 느끼고 알 수 있는 것은 그 수난의 흔적과 의미로서 뿐이다. 8 · 15 해방도 그렇고, 6 · 25 사변도 마찬가지다. 6 · 25 때는 총을 메고 싸울 나이가 못 되었으니, 알자배기 나의 경험으로는 삼아버릴 수가 없다"라고 진술한 작가의 글을 통해 발견된다(「자신만의 봉우리」, 『말없음표의 속말들』, 나남, 1985, 115쪽). 이청준은 스스로를 "영원한 지각생, 언제나 조금씩 늦고" 있다고 이야기하였는데, 오히려 그러한 그의 '지각생'으로서의 시선이 주어진 현실을 보다 객관적으로 담아낼 수 있는 근거로 작용하였다고 판단된다.

4 · 19 혁명을, 그 다음해에는 5 · 16 쿠데타를 목도하였다. 이후에도 군사 독재와 5 · 18 광주민주화항쟁은 물론 냉전체제의 불안과 종식(終熄), 도시화 · 산업화로 인한 자본주의의 빛과 그림자, 나아가 첨단 과학기술의 발전이 가져온 2000년대의 가공할만한 정보혁명까지도 직접 목격하였고 몸소 체험하였다. 한마디로 이청준의 삶 속에는 한반도의 현대사가 고스란히 응집되어 있다고 보아도 지나치지 않을 것이다.

이러한 이유로 이청준의 소설 속에는 일제강점기 식민지인으로부터, 전쟁으로 인해 정신적 외상을 앓는 병인(病人), 급격한 도시화로 소멸 위기에 놓인 장인(匠人), 허위의식과 열등감에 시달리는 엘리트 지식인, 고향을 떠나 도시에서 힘겨운 삶을 살아가는 소시민을 비롯하여 월드컵 경기를 보며 '대한민국'을 외치는 붉은 악마에 이르기까지, 해방 전후로 한국 사회를 구성해온 거의 모든 인물군(群)이 등장한다. 이는 이청준의 문학적 역량이 단순히 양적인 집적(集積)에 머물지 않음을 뒷받침한다. 작가란 "자기 시대와 자기 세대의 가장 뜨거운 질문법을 만들어"냄은 물론, "그 질문을 단순화 시키지 않고 그 질문의 내부와 배후를 탐문"하는 존재이기 때문이다.[8]

또한 이청준은 발표한 작품마다 좀처럼 태작(駄作)을 찾아볼 수 없기에, 활동 기간 내내 주요 문학상을 거의 빠짐없이 수상해왔다.[9] 이를 반영하듯 이청준의 소설은 현재 독일 · 프랑스 · 미국 · 스페인 · 이탈리아 · 러시아 · 세르비아 · 일본 · 중국 · 터키 · 파키스탄을 비롯한 전 세계로 번역 · 출간되고 있다.[10] 더불어 영화 · 연극 · 뮤지컬로도 꾸준

---

8 이광호, 「진술의 불가능성과 소설의 가능성」, 『소문의 벽』, 문학과지성사, 2011, 356쪽.
9 작가의 수상 이력을 정리하면 다음 쪽의 표와 같다.

년도	나이	수상 문학상	수상작품
1965	27세	제7회 월간『사상계』신인 문학상	「퇴원」
1967	29세	제12회 동인문학상	「병신과 머저리」
1969	31세	제1회 대한민국 문화예술상 신인상	「매잡이」
1975	37세	제8회 한국일보 창작문학상(現 한국일보문학상)	「이어도」
1978	40세	제2회 이상 문학상	「잔인한 도시」
1979	41세	제5회 중앙문예대상 예술부문 장려상	「살아있는 늪」
1986	48세	제7회 대한민국문학상 우수상	「비화밀교」
1990	52세	제2회 이산문학상	『자유의 문』
1994	56세	제2회 대산문학상	『흰옷』
1998	60세	제1회 21세기문학상 / 성옥문학상 예술부문 대상	「날개의 집」
2003	65세	제17회 인촌상 문학 부문	
2004	66세	제36회 대한민국 문화예술상	
2007	69세	제17회 호암 예술상 / 제1회 제비꽃 서민소설상	
2008	70세	금관문화훈장 추서	

이밖에도『이상 문학상 수상 작품집』에 총 7차례(제1회 「지배와 해방」, 4회 「새와 나무」, 제6회 「시간의 문」, 제8회 「가위 밑 그림의 음화와 양화」, 제9회 「해변아리랑」, 제11회 「흐르는 산」, 제16회 「흉터」) 언급되었으며, 2003년도에는 「꽃 지고 강물 흘러」로 '제3회 황순원문학상' 후보에 올랐다. 또한 「들꽃 씨앗 하나」는 '2003년 올해의 문제소설'에, 「그곳을 다시 잊어야했다」는 '(현장비평가가 뽑은) 2007 올해의 좋은 소설'에 선정되었다. 이는 2000년대에 등단한 젊은 작가들과 호흡을 같이하며, 그들과 동일선상에서 지속적으로 작품 활동을 해왔음을 입증한다.

10   이청준 소설 가운데 해외에 가장 먼저 소개된 작품은『씌어지지 않은 자서전』(일본 泰流社, 1975년)이다. 현재까지는 독일에 가장 많은 작품이 소개되었고, 미국과 프랑스가 그 뒤를 잇는다. 또한 가장 많이 번역된 작품은『당신들의 천국』으로 10여 개의 국가에서 번역·출간된 것으로 조사된다. 현재 각 나라에서 번역·출간된 작품들을 정리하면 대략 다음과 같다. 『씌어지지 않은 자서전』(일본, 1975), 『당신들의 천국』(미국, 1986 · 2004; 프랑스, 1993; 스페인, 2003; 중국, 2006; 독일, 2007; 파키스탄, 2009; 일본, 2010), 「이어도」(프랑스, 1991; 터키, 2004), 『예언자』(프랑스, 1991; 터키, 1993; 콜롬비아, 1998; 미국, 1999), 『자유의 문』(일본, 1992), 「서편제」(일본, 1994; 스페인, 2004; 미국, 2004; 러시아, 2010), 『비화밀교』(미국, 1998; 독일, 2000), 『제3의 현장』(프랑스, 1999; 이탈리아, 2002), 『불의 여자』(오스트리아, 1999), 『토끼야, 용궁에 벼슬가자』(독일, 2000), 『놀부는 선생이 많다』(독일, 2001), 『흰옷』(프랑스, 2001; 독일, 2004), 『축제』(독일, 2002), 「잔인한 도시」(독일, 2002), 「잃어버린 말을 찾아서」(독일, 2002), 「소문의 벽」(독일, 2005), 『선생님의 밥그릇』(프랑스, 2007) 등이다. 이밖에도『이청준 소설선』, 『한국대표단편선』, 『이청준 수상작품 선집』 등이 독일·세르비아·미국·터키 등에서 출간되었다. 일부 내용은 '한국문화번역원'(http://www.klti.or.kr)의 '문인DB' 자료를 참고하였다(2013.4.25).

히 제작되고 있으며, 대중적으로 큰 주목을 받아왔다.[11] 이러한 이유로 우찬제는 이청준을 "한국문학사에서 본격적인 소설의 시대를 연 작가"로 명명하며, "가장 지성적이면서도 인문적인 소설로 한국문학을 세계 문학의 반열 위에 올려"놓는 업적을 쌓았다고 극찬하였다.[12] 이는 이청준의 문학적 과업에 대한 연구가 작가 개인에 관한 탐구를 넘어, 반세기에 걸쳐 구축된 한국 현대 문학사의 흐름을 조명하는 작업으로도 확장될 수 있음을 시사한다.

현재까지 이루어진 이청준 소설에 관한 연구는 그의 작품 수만큼이나 매우 방대한 성과를 쌓아나가고 있다. 1987년도에 발표된 임금복의

---

11 이청준 소설 가운데 최초로 영화화 된 작품은 「병신과 머저리」를 원작으로 한 김수용 감독의 〈시발점〉(1968)이다. 이후 정진우 감독의 〈석화촌〉(1972, 제9회 청룡상 작품상), 김기영 감독의 〈이어도〉(1977), 이장호 감독의 〈낮은 데로 임하소서〉(1982), 임권택 감독의 〈서편제〉(1993), 〈축제〉(1996), 〈천년학〉(2006) 등이 있다. 이 가운데 〈서편제〉는 국내 최초로 100만 관객을 돌파했으며, 당시 한국 기네스북에 최다관을 동원한 영화로 기록되었다. 뿐만 아니라 상해영화제 최우수감독상·제31회 대종상 최우수작품상 / 감독상·제14회 청룡영화상 최우수작품상·제4회 춘사영화예술상 대상 / 작품상 / 감독상, 청룡영화제 최다관객상 등을 수상했다. 또한 2010년에는 '뮤지컬'(이지나 연출, 조광화 대본, 윤일상 작곡)로 각색되어 꾸준히 공연되고 있다. 또한 2013년에는 '창극'(윤호진 연출, 김명화 대본, 안숙선 선곡)으로도 공연된 바 있다. 〈축제〉 역시 제17회 청룡영화상 최우수작품상 / 감독상·제33회 백상예술대상 감독상·제16회 영평상 최우수작품상을 수상하였고, 「선학동 나그네」를 중심으로 그려진 〈천년학〉은 제64회 베니스국제영화제에 공식 초청을 받았다. 이외에도 「벌레 이야기」를 원작으로 한 이창동 감독의 〈밀양〉(2007)은 칸영화제 수상작으로, 「조만득씨」를 원작으로 한 윤종찬 감독의 〈나는 행복합니다〉(2008)는 '2008 부산국제영화제' 폐막작으로 선정되었다. 이때 「조만득씨」는 1995년도에 연극 〈배꼽춤을 추는 허수아비〉(김명곤 연출)로 각색되어 공연된 바 있다. 이밖에도 「이어도」는 1981년에 극화되어 극단 '서울예술좌'에서 공연되었고, 「예언자」(김용관 연출)는 1991년에 경남 마산에서 '제 11회 전국 소극장 연극 축제'에서 공연된 것으로 조사된다.

12 "이청준은 초기에 『사상계』, 『아세아』 등의 잡지사에 근무한 것을 제외하고는 평생을 전업작가로서 오로지 소설 한 길에서 살았다. 그 결과 소설의 양과 질, 넓이와 깊이 양면에서 가장 뛰어난 성취를 보인 작가로 손꼽힌다."(근대문학 100년 연구총서 편찬위원회, 『약전으로 읽는 문학사』 2, 소명출판, 2008, 443쪽)

석사논문을 시작으로 현재까지 약 290편가량의 학위논문이 발표되었고,[13] 2000년대 후반부터는 해마다 꾸준히 단행본 출간이 이루어지고 있기 때문이다.[14] 뿐만 아니라 서평이나 좌담을 제외한 소논문과 평론의 수(數)만 해도 무려 450여 편에 달하는 것으로 집계된다는 점에서, 이청준 소설에 관한 연구는 앞으로도 꾸준히 지속되어 나갈 것임을 짐작할 수 있다.

이와 같은 이청준 소설에 관한 비평적 관심은 작가가 작품 활동을 시작했던 시기로 거슬러 올라간다. 우선 **1960년대** 나타난 이청준 소설에 관한 평가로는 김교선의 논의를 살펴볼 수 있다. 김교선은 신년호의 여

---

13 현재까지 발표된 이청준 관련 학위 논문의 편수는 다음과 같다. 구체적인 목록은 본문 뒤에 〈부록 2〉로 수록한다(2015년 8월 기준).

	1987	1988	1989	1990	1991	1992	1993	1994	1995	1996	1997	1998	1999	2000	2001
석사	1	0	3	0	0	0	1	1	1	7	5	5	12	11	14
박사	0	0	0	0	0	2	0	0	1	1	0	1	0	1	1
합계	1	0	3	0	0	2	1	1	2	8	5	6	12	12	15

	2002	2003	2004	2005	2006	2007	2008	2009	2010	2011	2012	2013	2014	2015	총계
석사	9	10	17	18	19	12	13	12	8	19	13	10	12	6	239
박사	1	2	2	3	4	4	3	2	7	1	4	5	4	2	51
합계	10	12	19	21	23	16	16	14	15	20	15	7	10	8	290

14 이청준의 소설을 연구한 단행본 목록은 다음과 같다(발표년도 순).
김병익·김현, 『우리시대의 작가연구총서, 이청준』, 은애, 1979; 김치수, 『박경리와 이청준-소설의 세계』, 민음사, 1982; 김치수 외, 『이청준論』, 삼인행, 1991; 권오룡 편, 『이청준 깊이읽기』, 문학과지성사, 1999; 이 훈, 『이청준 소설의 알레고리 기법 연구』, 한국문학도서관, 1999; 이윤옥, 『비상학, 부활하는 새, 다시 태어나는 말-이청준 소설읽기』, 문이당, 2005; 이승준, 『이청준 소설 연구-정신분석학적 관점에서』, 한국학술정보, 2005; 이정숙 외, 『이청준 소설 벽 허물기 열두 마당』, 한성대 출판부, 2007; 한순미, 『가(假)의 언어-이청준 문학 연구』, 푸른사상, 2009; 이성준, 『이청준과 임권택의 황홀한 만남-소설과 영화의 서술기법 비교』, 月印, 2010; 장양수, 『이청준 소설의 세계-인간 탐구, 삶의 해석』, 한울, 2011; 김종주, 『이청준과 라깡』, 인간사랑, 2011; 장윤수, 『탈주와 생성의 소설학-이청준의 소설세계』, 박이정, 2012; 최현주, 『이청준과 남도문학』, 소명출판, 2012; 이수형, 『이청준과 교환의 서사-배신과 복수의 정신경제학』, 역락, 2013.

러 잡지에 실린 작품을 읽었으나 "어느 작품보다도 강렬하게 사로잡은 것은 이청준(李淸俊)의 「별을 보여드립니다」(文學) 한 편이었다"며, 한국 현대소설이 지닌 한계를 극복할 유능한 작가의 한 사람으로 이청준을 예견하였다.[15] 특히 「별을 보여드립니다」를 작가의 지성이 세련된 감각과 정서의 결합으로 이루어진 작품이라고 높이 평가하며, 지금까지 "이청준(李淸俊)의 소설이 호평(好評)이라는 가십 정도"(252쪽)만을 들어온 논자(論者)에게 놀라운 충격을 주었다고 서술하고 있음이 주목된다.

비슷한 맥락에서 김현은 작가의 작품이 "매우 상징적이고 티피칼한 상황을 선택하면서도, 매우 질기고 감정적인 문장 혹은 빛나는 그의 아이로니 때문에 퍽 현실감(現實感)을 얻고"있다는 평가를 내린다.[16] 더불어 이청준의 인물들이 대부분 "두 개의 뚜렷한 세대의식(世代意識)"(381쪽)을 갖고 있음을 지적하였는데, 이는 당시 이청준 문학에 대한 전반적인 평가라고 볼 수 있다. 김병익 역시 이청준 작품의 등장인물을 전쟁세대로 불리는 1950년대와 1960년대 젊은이로 구분하며 "전쟁에 참여한 세대의 환부(患部)는 뚜렷이 가릴 수 있는 '병신(病身)'임에 대해 이들은 어디가 어떻게 아플지는 모르지만 그래도 분명히 아프기는 한 '머저리'들이다"라고 지적한다.[17] 무엇보다 이 시기에는 이청준의 소설 세계를 60년대 초의 '개인주의 문학'의 계열과도, 60년대 중반 이후의 사회적 관심을 앞세우는 문학과도 '다른' 독자적인 작품 세계로 평가하고 있음이 유의미하다.

---

15 김교선, 「현대소설과 추상 본질의 표현」, 『현대문학』 2-3, 현대문학, 1967.3, 252쪽.

16 김현, 「미지인의 초상 — 류현종과 이청준의 경우」, 『동서춘추』 1-3, 희망출판사, 1967.7, 381쪽.

17 김병익, 「60年代 文學의 位置」, 『思想界』 17-12, 思想界社, 1969.12, 216쪽. 원문에는 "患部는 뚜識의 비롯이"라고 써져있으나 오식(誤植)으로 판단되어 "患部는 뚜렷이"로 인용하였다.

1970년대에 들어서면 이청준을 단독으로 다룬 평론들이 등장하기 시작한다. 이는 문단 안에서 작가로서의 입지가 그만큼 탄탄해졌음을 의미하는데, 실제로도 이청준은 70년대에 들어서면서 수많은 문제작을 발표하였다. 이에 권영민은 이청준을 가리켜 '70년대를 대표하는 작가'라고 극찬하였으며,[18] 이보영 역시 "최근의 한국 소설은 이청준(李淸俊)에 와서 그 내면세계(內面世界)가 또 한 번 다양해지고 심화(深化)되었다. 그만큼 다양한 모험을 해낸 작가도 드물다. 더구나 그게 겨우 육칠년 내의 일이라는 것도 놀랍다"고 서술하고 있다.[19] 또한 류비용은 이청준을 "새 세대(世代)답게, 또는 새로운 혼란이 일어나는 시대(時代)의 발언자(發言者)를 자체한 듯이 새로운 얼굴"이라고까지 언급하였다.[20]

이때 주목할 점은 이보영이 이청준의 작품 세계를 "소위 전쟁세대(戰爭世代—五十年代)와 육십년대(六十年代) 젊은이의 차이가 명확히 제시된 대표적인 표본"(255쪽)으로 취급해서는 곤란하다고 언급한 지점이다. 때문에 이청준의 작품을 종래의 "도식적(圖式的)인 세대론적(世代論的) 고찰"에서 벗어나서 바라본다면, 하나의 "근원적인 인간의 이미지를 쫓아 헤매는 젊은 예술가"의 모습을 발견하게 될 것이라고 주장한다.[21] 이는 '세대의식'에 집중되었던 60년대의 논의가 70년대에 들어서면서 '이청준'이란 독자적인 작가의 작품세계를 탐구하려는 시도로 확장되고 있음을 보여준다. 이밖에도 오생근[22]은 이청준의 독특한 소설

18 권영민, 『한국현대문학사─1945~1990』, 민음사, 1993, 289쪽.
19 이보영, 「始原의 摸索─이청준 론」, 『현대문학』 18-12, 현대문학, 1972.12, 252쪽.
20 류비용, 「전환기 문학의 실험─이청준론」, 『어문논집』 8, 중앙어문학회, 1973.2, 115쪽.
21 이보영, 앞의 글, 1972, 261쪽.
22 오생근, 「갇혀있는 자의 시선」, 권오룡 편, 앞의 책.

기법에 주목하였는데, 이때 강조된 작가의 관찰자적 시선과 구조는 이후에 '겹의 구조·격자구조·중첩구조·중층구조·탐색구조'라는 다양한 명칭으로 확장되어 나간다.

한편 이 시기에는 『당신들의 천국』을 중심으로 한 개별 작품 논의도 비교적 활발하게 진행되었다. 우선 정명환은 『당신들의 천국』이 치밀한 구성에 의해 지탱되고 있지는 못하다며, 소설이 "영웅소설적인 요소와 안이한 이상주의(理想主義)를 병립시켜 만든 혼합체"와 같다고 평가하였다.[23] 반면 김주연은 "이 시대의 문제를 그 핵심에서부터 파헤친 『당신들의 천국』은 인간과 사회의 스테레오타이프화한 관행을 부단히 까뒤집어 보면서 질문을 계속해온 작가 이청준의 한 개가라고 평가할 때, 결코 지나친 과찬은 아닐 것"이라고 주장한다.[24] 이와 같은 상반된 의견은 이청준의 소설이 결코 쉽게 답을 내릴 수 없는, 복합적인 주제의식으로 내포하고 있음을 입증해준다.

1980년대에도 이청준 소설에 관한 관심은 꾸준히 지속되어 나간다. 이는 작가가 80년대에 들어서면서부터 현실의 부조리와 불합리에서 한 걸음 더 나아가, 보다 본질적인 삶의 양태에 관한 탐구를 시도했다는 점과 밀접한 연관성을 맺는다.[25] 무엇보다 이 시기에는 이청준 소설에 관한 학문적인 논의가 본격화되는 근간이 마련되었다는 점에서, 작가의 작품이 학술적으로 논의될 만한 높은 수준을 담보하고 있음을 확

23 정명환, 「소설의 3차원−이청준 『당신들의 천국』을 중심으로」, 『세계의 문학』, 민음사, 1976.12, 30쪽.
24 김주연, 「사회와 인간−이청준 『당신들의 천국』을 중심으로」, 『문학과 지성』 25, 문학과지성사, 1976.가을, 702쪽.
25 이재복, 「해설−역사적 정신태를 넘어 넋으로」, 『신화의 시대』, 물래, 2008, 322쪽.

인하게 해준다.[26]

또한 80년대에는 이청준 문학의 주된 주제의식 가운데 하나인 '유토피아'가 중요하게 논의되기 시작하였다. 대표적으로 김종회[27]는 이청준의 「이어도」를 환상적인 유토피아로, 「비화밀교」를 현실적인 유토피아로 분석하고 있다. 이때 "삶의 어려움과 질곡 가운데서 설정된 유토피아가 환상적 행복(幸福)에의 도피로만 끝나는 것이 아니라 새로운 정신적 활력(活力)의 충전을 예비하는 가능태로 전제될 때, 그것은 내면적인 건강(健康)함을 촉구하는 유토피아"(400쪽)를 구축한다고 설명하고 있음이 주목된다. 이는 이청준의 관심이 단순히 표면적으로 드러난 사회적 모순에서 벗어나, 인간의 본질에 관한 깊이 있는 사유를 전개하고 있음을 의미하기 때문이다.

한편 **1990년대**에서 주목할 점은 이청준 소설에 관한 박사 논문이 등장했다는 부분이다.[28] 이는 이청준의 소설이 학문적 연구 대상으로 충분한 위상을 갖추었음을 의미한다. 뿐만 아니라 소논문과 평론에서도 활발한 연구가 이어졌는데, 이때 다루어진 연구 주제는 인물 유형으로부터 정신분석학·원형 이미지·한(恨)의 양상·서사 구조 및 담론·작가 의식에 이르기까지 매우 다양하게 나타난다. 이러한 연구 범위의 확장은 이청준의 작품 세계가 지닌 폭과 깊이를 가늠하게 해준다.

---

26 1980년대에 발표된 이청준 관련 학위논문은 〈부록 2〉에 수록된 목록을 통해 확인할 수 있다.

27 김종회, 「유토피아소설의 상상력과 현실의식 — 이청준의 「이어도」와 「비화밀교」를 중심으로」, 『어문연구』 59·60(합), 일조각, 1988.12.

28 1990년대에 발표된 이청준 관련 박사논문은 〈부록 2〉에 수록된 목록을 통해 확인할 수 있다.

이러한 가운데 1992년도에는 계간지 『작가세계』에서 '작가특집'의 주인공으로 다루어졌다. 그 속에서 이청준은 "권력과 언어의 문제를 더없이 날카로운 지성의 손길로 파헤치는가 하면 전통적인 한과 예도(藝道)의 세계를 따뜻한 서정의 언어로 섬세하게 탐구해 들어가기도 하며, 신화적인 상상력의 공간을 자유롭게 넘나드는가 하면 우리 시대의 정치적·사회적 현실을 놀라운 집요함으로 천착"할 뿐 아니라, "보기 드문 복합성과 중층성을 동반"한다는 점에서 한국문학의 창공 위에 뚜렷하게 빛나는 "북극성의 하나"라고 언급되고 있다.[29] 이러한 평가는 당시 한국 문단 내에서 이청준이라는 작가가 이룩한 확고한 입지를 확인하게 해준다.

마지막으로 **2000년대**에는 90년대에 비해 학술적으로 보다 깊이 있는 연구가 진행되었다. 무려 220여 편에 달하는 학위 논문이 발표되었으며, 서평이나 대담을 제외한 소논문과 평론도 약 300여 편에 이르기 때문이다. 또한 작가가 세상을 떠난 2008년도에는 그 해에만 무려 48편의 소논문이 발표되었다. 이러한 점에서 '이청준' 소설에 관한 연구자들의 열의는 앞으로도 점차 가열될 것임을 짐작할 수 있다.

더불어 90년대에 발표된 박사논문들이 대부분 이청준을 다른 작가들과의 비교 선상에서 고찰했다면, 2000년도에는 이청준만을 단독으로 연구한 논문들이 발표되었다는 사실도 주목해야할 지점이다.[30] 이청준을 단독으로 연구한 최초의 박사논문은 원기중의 「이청준 소설에

---

29 편집부, 「이청준 특집 - 「병신과 머저리」에서 『人間人』까지」, 『작가세계』 14, 세계사, 1992. 가을, 17쪽.

30 이청준에 관한 단독 박사논문은 〈부록 2〉에 수록된 목록을 통해 확인할 수 있다.

나타난 판소리 미학의 변용양상」으로, 판소리와 소설의 서사구조 사이에 존재하는 상동성(相同性)에 대해 탐구한다. 기존의 연구가 소재의 측면에서 판소리를 전면에 내세운 『남도사람』 연작에만 집중해왔다면, 원기중은 판소리의 탈현대적 가치를 통해 이청준의 소설을 분석하고 있다는 점에서 차별성을 갖는다. 때문에 판소리의 '자율적 서사구조'와 '더늠의 서사구조'는 '병렬적 탐색담의 구조'와 '다층구조의 다성성'으로 해석된다. 또한 판소리의 '개방성'은 규정성을 해체하고 진정한 자유를 지향하는 작가의 주제의식을 투영한다고 설명한다. 이를 통해 논자는 이청준이 '현대에 대한 서구의 반성으로 대두된 탈현대의 담론'을 따르기보다는, 자신의 전통에 서있는 작가임을 주장한다. 비록 작가의 생존 당시 진행된 논문이기에 이청준의 문학 세계를 전반적으로 아우르지는 못했지만, 탈현대성의 대안을 동양의 사상과 정신에서 찾고자 시도했다는 점이 매우 유의미하다.

이밖에도 이청준 소설에 관한 연구는 정신분석학적인 분야를 중심으로 한 인물의 욕망·주체와 타자의 관계·언어 인식·예술론·다성성·환상성·고향탐색·용서·죄의식·희생양·불교/기독교/유교적 세계관·동시대 작가와의 비교·외국문학과의 비교에 이르기까지 매우 다양한 방향에서 전개되고 있다. 특히 작가가 세상을 떠난 이후에는 후기작에 해당하는 『신화를 삼킨 섬』과 『신화의 시대』를 중심으로 '신화성'에 관한 관심이 점차 높아지고 있다. 이는 가장 최근에 발표된 두 편의 박사논문이 모두 이청준 소설의 '신화성'에 초점을 맞추고 있다는 점에서 뒷받침된다.

뿐만 아니라 2000년대에는 이청준 소설에 나타난 공간성·시간성·

매체 변용양상·민속 수용 양상·액자 소설·추리 소설적 구조·반전 구조·서사담론·서사구조를 바탕으로 한 형식에 대한 연구도 활발하게 진행 중이다. 이와 같은 연구 범위의 확대는 이청준 소설이 지닌 다양한 문제의식과 그것을 형상화하는 작가의 뛰어난 소설적 기법을 확인하게 해준다.

지금까지 각 시기별로 이청준 소설 연구가 어떤 식으로 이루어져 왔는지를 대략적으로 살펴보았다. 이를 바탕으로 현재까지 이루어진 이청준 소설에 관한 연구의 성격을 정리해보자면, 크게 작가의식을 다룬 작가론·소설의 구조 및 기법에 관한 형식론·주제별 내용에 따른 작품론이라는 세 가지 축으로 정리될 수 있다.

첫째, 작가론의 측면을 살펴볼 수 있다. 이청준은 자신이 말하고자 하는 바를 직접적으로 제시하기 보다는, 우회적으로 표현하는 경향을 보인다. 이에 그의 소설은 언제나 뚜렷한 정답을 제시하는 대신, 독자들을 의문에 휩싸이게 만든다. 이러한 이유로 이청준의 소설은 대체로 '관념적'이라는 평가가 지배적이었다.[31] 김윤식과 정호웅은 작가가 자유정신을 모색한다는 점에서, 김현은 자유와 사랑의 화해를 중심으로 삼고 있

---

31 이청준의 작품을 '관념소설'과 연결 짓고 있는 논문의 목록은 다음과 같다(가나다 순).
권영민, 『한국현대문학사』, 민음사, 1993; 김교선, 「관념소설론」, 『표현』, 전라문학회, 1980; 김윤식·정호웅, 『한국소설사』, 예하, 1993; 김주연, 「특집 : 반리얼리즘 작가들－관념소설의 역사적 당위」, 『문학정신』, 문학정신사, 1992.6; 김지원, 「원형의 샘－이청준의 관념세계」, 『해학과 풍자의 문학』, 문장, 1983; 김 현, 「자유와 사랑의 실천적 화해」, 이청준, 『당신들의 천국』, 문학과지성사, 1976; 손정수, 「예술과 현실의 대립과 초월」, 이청준, 『시간의 문』, 열림원, 2000; 우찬제, 「자유의 질서, 말의 꿈, 반성적 탐색」, 권오룡 편, 앞의 책; 이상섭, 「이청준의 의식소설」, 『언어와 상상』, 문학과지성사, 1980; 이태동, 「작가의 역할과 불가시적 세계」, 이청준, 『문학상 수상 작품집』, 훈민정음, 1994; 장수익, 「한국 관념소설의 계보」, 문학사와 비평연구회 편, 『1960년대 문학연구』, 예하, 1993; 황순재, 「한국 관념소설의 재현방식 연구」, 부산대 박사논문, 1996.

다는 점에서, 이태동은 비가시적인 세계를 탐구한다는 점에서, 김주연은 작품이 난해하며 문체 자체가 사변적이라는 점에서 이청준의 작품을 관념적이라고 지적하였다. 또한 황순재는 이청준이 현실 속에서 직접적으로 구현할 수 없는 보편적 삶을, 작품 내적 세계에서 형상화 할 수 있는 '작가적 자유'로 허용 받고 있다는 점에서 관념적이라고 보았다. 권오룡 역시 이청준의 소설이 관찰의 원리 앞에서 시대를 달리하는 현실의 구체적 차이들을 해소하고, 그 대상들을 형이상학적 차원으로 치환함으로써 매우 관념적인 특성을 지니게 되었다고 이야기한다.[32]

한편 오생근은 이청준의 어떤 소설이 관념소설인 것처럼 보일지라도, 그 안에서 소설적 흥미와 설득력을 상실하지 않고 있음을 강조하였다. 즉, 이청준 소설에 나타난 혼돈은 의도화되고 계산된 혼돈이라고 본 것이다.[33] 손정수 역시 이청준 소설에서의 관념은 작가가 독자에게 일방적으로 제시하는 것이 아니라, 작가와 소설 속 화자 그리고 독자가 함께 발견할 수 있는 진실의 조건을 형성하기 위한 소설적 장치라고 언급한다. 이러한 이유로 장수익은 이청준을 한국 관념소설의 발전에서 빼놓을 수 없는 매우 중요한 인물이라고 손꼽는다.

나아가 권택영은 사실주의 문학 애호가들에게 '관념적'이라고 비난을 받는 이청준의 기법이야말로 지극히 관념적인 것을 비난하는 것이라고 역설한다.[34] 우찬제도 이청준을 관념적이라고 평가하는 입장에

---

32 이청준의 소설들에서 이야기되는 사건이나 일화들은 다분히 작가의 관념적 의도를 중심으로 한 원근법적 구도 속에 치밀하게 배열된 것이라고 볼 수 있다(권오룡, 「해설-어둠 속에서 글쓰기」, 이청준, 『소문의 벽』, 열림원, 2005, 380쪽).

33 오생근, 「갇혀있는 자의 시선」, 권오룡 편, 앞의 책, 124쪽.

34 권택영, 「이청준 소설의 중층구조」, 위의 책, 162쪽.

반발하며, 오히려 다른 작가들에 비해 자기 글쓰기의 태도나 방법에 관해 여러 방면에서 모색적인 논리화를 시도해왔다고 설명한다.

이밖에도 이상섭은 이청준을 '의식소설가'라고 규정하였으며,[35] 이태동은 이청준의 소설을 '고차원적 리얼리즘'이라고 명명하였다. 이청준의 소설은 표면적인 현실을 초월하면서도 결코 인간 존재의 본질과 유리되지 않기에, 인간 영혼의 모든 심층을 묘사하고자 했던 '도스토예프스키'의 완전한 리얼리즘에 가깝다고 본 것이다. 이는 이청준의 소설이 관념조작의 메커니즘에 빠지는 대신, 오히려 구체적 현실을 진지하게 응시하고 있다고 분석한 나병철의 주장을 통해서도 뒷받침된다. 그는 관념적인 용어를 사용하는 비평들이야말로 거꾸로 이청준 소설을 관념 소설로 규정하고 있음을 지적하며, 이청준 소설이 관념적으로 느껴지는 이유는 현실의 보이지 않는 힘들의 역학관계를 탐구하는 작가의 태도에서 기인한다고 분석한다.[36]

한편 이청준을 '지적인 소설 유형'의 개척자로 조명하는 논의도 발견된다. 김윤식[37]은 소설에 등장하는 지식인 주인공과 구성의 복잡성 등을 근거로, 권영민은 '감성'의 언어가 아닌 '이지'의 언어로 소설을 썼다는 이유로 이청준을 '지적인 작가'라고 명명하였다. 또한 김현은 이청준을 '지적인 작가'이자 '탐구의 작가'라고 언급하였는데, 이는 이청준이 "경험 세계에서 체험한 여러 가지 것들을 전체적으로 조립함으로써, 그 개별적인 것의 개별적인 의미에만 집착하지 않고 전체성 속에서 그

---

35 이청준·권오룡, 「대담: 시대의 고통에서 영혼의 비상까지」, 위의 책, 27쪽.

36 나병철, 「이청준론−『당신들의 천국』과 권력의 미시물리학」, 『현대문학의 연구』 9, 한국문학연구학회, 1997, 213~214쪽.

37 김윤식, 「심정의 넓힘과 심정의 좁힘」, 『한국현대소설비판』, 일지사, 1981.

개별적인 것들이 갖는 의미를 파헤치"기 때문이라고 설명한다.[38]

천이두 역시 이청준을 매우 '知的인 작가'라고 평가하였는데, 이때의 '지적(知的)'이란 "일부 50년대 작가들이 곧잘 그것이라고 생각했었던 무절제한 소피스티케이션이나, 비분강개적인 추상적 요설"과는 변별됨을 강조한다.[39] 이청준은 허구와 현실의 이율배반 극복에 주목하고 있으며, "자기 자신의 자연발생적인 감성의 流露를 자기 소설 속에서 엄격하게 통제"해 버리는 작가적 자세를 갖추고 있다고 본 것이다. 이에 이청준은 60년대 작가로서의 새로운 국면을 의식하고 성공적으로 수행한 소수의 작가이고, 그의 소설은 소설가의 작업과 비평가의 작업을 동시에 수행하고 있다고 평가 내린다. 이외에도 이청준의 글쓰기를 통한 작가의식 연구도 꾸준히 지속되고 있다.[40]

38 김현, 「이청준에 대한 세 편의 글」, 『문학과 유토피아』, 문학과지성사, 1980, 237쪽.
    김현, 「떠남과 되돌아옴」, 『분석과 해석-주와 畔의 세계에서』, 문학과지성사, 1988.

39 천이두, 「繼承과 反逆」, 『文學과 知性』 6, 문학과지성사, 1971.11, 883쪽.

40 이청준 소설의 '글쓰기'에 관한 연구로는 다음과 같은 논문이 있다(가나다순).
    고명철, 「한국전쟁의 유년기 체험에 대한 인식론적 소설쓰기-이청준의 「소문의 벽」론」, 『성균어문연구』 33, 성균관대 성균어문학회, 1998.12; 김병익, 「소설가는 왜 소설을 쓰는가-이청준·김영현·김영하의 경우」, 『문학과 사회』 14-4, 문학과지성사, 2001.겨울; 김병익, 「이청준 다시 만나기-해한의 글쓰기, 화해로 가는 삶」, 『문학과 사회』 21-4, 문학과지성사, 2008.겨울; 김윤식, 「미백(未白)의 사상 또는 이청준의 글쓰기의 기원에 대하여」, 『작가세계』 8-3, 세계사, 1992.8; 김은경, 「이청준 소설의 글쓰기 양상에 대한 일고찰-소설형식을 통해 살핀 언어와 세계의 관계를 중심으로」, 『관악어문연구』 26, 서울대 국어국문학과, 2001.12; 김학돈, 「이청준의 소설가소설 연구」, 『비평문학』 30, 한국비평문학회, 2008.12; 오윤호, 「이청준 소설의 직업 윤리와 소설 쓰기 연구-「병신과 머저리」, 「매잡이」를 중심으로」, 『우리말글』 35, 우리말글학회, 2005.12; 오은엽, 「'삶'과 '글쓰기'의 미메시스-이청준, 「목수의 집-혹은 수공업 시대의 추억」의 서술 양상」, 『이화어문논집』 20, 이화여대 이화어문학회, 2002; 이택권, 「글쓰기의 욕망의 근원에 대한 고찰-이청준의 「퇴원」과 『씌어지지 않은 자서전』을 중심으로」, 『비평과 전망』 1(창간호), 새움, 1999; 이선영, 「'탈권력'을 위한 권력적 글쓰기」, 『국어국문학』 162, 국어국문학회, 2012; 이화진, 「이청준 소설의 글쓰기 양상에 대한 검토-탈 권력의 지향과 계몽의 기획에 대둘째, 작품의 구조와 기법에 관한 형식론을 살펴볼 수 있다.[41] 형식에 대한 논의로는 액자구조 · 중층구조 · 격자구조 · 다층구조 · 이원적 구조 · 겹의 구조 · 중첩구조 등과 같은 '구조'에 관한 연구가 지배적인데, 이는 '격자소설' 혹은 '액자소설'로 대표되는 이청준 소설의 특징을 해명하는 중요한 통로로 작용한다.

한 비판」, 『반교어문연구』 15, 반교어문학회, 2003.8; 임경순, 「인간스러움의 회복과 장인으로서의 글쓰기—이청준론」, 『문학의 해석과 문학교육』, 역락, 2003; 장윤수, 「이청준의 코뮤니타스적 언어 체험과 글쓰기」, 『국제어문』 30, 국제어문학회, 2004.4; 차혜영, 「관계적 주관성의 탐색과 자기반성적 글쓰기」, 『한국현대소설의 주체와 이데올로기』, 푸른사상, 2004; 허만욱, 「이청준 소설에 나타난 탐색과 해체적 글쓰기의 미학 연구」, 『우리문학연구』 20, 우리문학회, 2006; 허아영, 「'존재의 증명'으로서의 글쓰기—이청준론 : '전짓불의 공포'에 대한 저항을 중심으로」, 『동국어문학』 16, 월인, 2004.

41 이청준 소설을 구조적인 측면에서 분석한 연구 목록은 다음과 같다(학위논문 목록은 〈부록 2〉를 참고).
권택영, 「이청준 소설의 중층구조」, 『외국문학』 10, 열음사, 1986.9; 김병로, 「이청준의 「병신과 머저리」 서사 분석—형제살상의 원죄의식에 겹쳐진 전후(戰後) 자아의 다중적 자아인식을 중심으로」, 『연구논문집』 8, 한성신학대학, 1999.2; 김승종, 「한국액자소설 연구—형성 및 발전과정을 중심으로」, 『국어문학』 35, 국어문학회, 2000.8; 김영찬, 「이청준 격자소설의 정치적 (무)의식」, 『한국근대문학연구』 6-2, 한국근대문학회, 2005.10; 김용구, 「이청준 소설의 구조」, 『인문과학연구』 13, 강원대 인문과학연구소, 2005.6; 김우영, 「『제3의 현장』과 추리소설의 문법」, 『한국문화』 53, 서울대 규장각한국학연구원, 2011.3; 김윤식, 「고백체와 소설형식—이청준의 근작 읽기」, 『외국문학』 21, 열음사, 1989.12; 김치수, 「언어와 현실의 갈등」, 권오룡 편, 앞의 책; 김태기, 「「눈길」의 서사기법 분석」, 『경상어문』 5 · 6, 경상어문학회, 2000.6; 김현, 「장인의 고뇌」, 『李淸俊』(우리 시대의 작가 연구 총서), 은애, 1979; 마희정, 「이청준의 『당신들의 천국』에 나타난 서사구조분석—천국의 가능성에 대한 탐색」, 『현대소설연구』 21, 한국현대소설학회, 2004.3; 류보선, 「새로운 세계의 모색과 운명의 힘」, 『문학정신』, 문학정신사, 1992.11; 배경열, 「연작소설의 구조미학—『서편제』 연작을 중심으로」, 『배달말』 47, 배달말학회, 2010.12; 백지은, 「소설가는 소설을 쓴다—이청준의 액자 소설」, 『현대비평과 이론』 15-1, 한신문화사, 2008.봄 · 여름; 연남경, 「집단학살의 기억과 서사적 대응」, 『현대소설연구』 46, 한국현대소설학회, 2011.4; 우찬제, 「억압 없는 자유의 꿈을 향한 언어 조율사의 반성적 탐색」, 『소설과 사상』, 고려원, 1995.봄; 이사라, 「『시간의 문』에 관한 구조 분석—기호론적 방법을 통해서 본 이청준 문학론」, 『논문집』 36, 서울산업대학교, 1992.12; 임금복, 「李淸俊小說의 額子構造」, 『국제어문』 8, 국제어문학회, 1987.5; 오생근, 「갇혀있는 자의 시선」,

권택영은 이청준의 소설이 일인칭 화자가 주인공이 되어 그를 둘러싸고 어떤 사건이 전개되는 평면 구조와 달리, 어떤 사건을 전달하는 '무대 속의 무대'와 같은 이중 구조를 띠고 있음을 지적하였다. 이는 화자가 징후를 '증거'함과 동시에, 그 징후의 '원인'이 되는 '이중 증거'의 효과를 자아낸다는 것이다.[42] 따라서 이청준의 소설은 독자의 호기심을 환기시키고 충족시켜 가다가, 결국에는 해답을 찾을 수 없는 '삶의 문제'를 던져 놓고 사라져 버리는 '열린 소설'을 취한다고 분석된다.

　김현 역시 이청준의 작품이 중층구조 형식을 띠고 있으며, 소설에 나타난 기술 양식의 기본 패턴이 격자 소설적 방법을 구사하고 있음에 주목하였다. 이러한 형식은 소설 속에 나타나는 인물이 '자신'의 사고 질서에 의해서 '자신'의 삶을 살아나가는 것이 아니라, 항상 '타인'들에게 관찰당하고 그 관찰의 결과가 종합됨을 드러내는 수단으로 활용된다는 것이다. 이러한 구조의 전개방식은 다른 층위의 인물에 대한 끊

권오룡 편, 앞의 책; 이성희, 「이청준의 「매잡이」 연구―랜서의 시점이론을 중심으로」, 『문창어문논집』 36, 문창어문학회, 1999.12; 임금복, 「이청준 소설의 액자구조」, 『국제어문』 8, 국제어문학회, 1987.5; 장윤수, 「텍스트 생산의 담론 구조, 이청준의 「비화밀교」」, 『현대소설연구』 27, 한국현대소설학회, 2005.9; 전영준, 「거울들의 경연 혹은 격자 구조의 의미―이청준의 60년대 초기소설들을 중심으로」, 『세계문학비교연구』 13, 세계문학비교학회, 2005.10; 정유미, 「공감의 기제로서의 서사 텍스트」, 『한국문학이론과 비평』 51, 한국문학이론과 비평학회, 2011.6; 정혜경, 「「매잡이」의 서술 방식 연구」, 『어문논집』 48, 민족어문학회, 2003.10; 주지영, 「이청준 『신화를 삼킨 섬』에 나타난 틀서사와 환유」, 『비평문학』 43, 한국비평문학회, 2012.3; 한순미, 「이청준 예술가소설의 서사 전략과 '재현'의 문제」, 『현대소설연구』 29, 한국현대소설학회, 2006.3.

42　권택영은 '이중 증거'의 예로 「소문의 벽」과 「빈방」을 언급한다. 「소문의 벽」의 화자는 박준을 동정하고 도우려는 의지를 가졌음에도 불구하고, 그 자신이 또 다른 전짓불 뒤의 심판관이 아닌가라는 의문을 자아낸다. 한편 「빈방」의 화자도 지승호의 딸꾹질에 관한 징후를 추적하지만, 동시에 자신도 그 딸꾹질의 원인이라는 이중 증거를 확인한다(권택영, 「이청준 소설의 중층구조」, 『외국문학』 10, 열음사, 1986.9, 176~177쪽).

임없는 회의를 통해 화자의 추리과정에 독자를 끌어들이는 '동반자적 관점'을 보여준다.[43]

소설에 나타나는 중층구조 및 탐색구조는 작가의 신중한 탐색 정신에 의한 것으로, 이는 곧 현실의 모색 및 반성으로 이어진다. 따라서 김종회는 '격자소설 양식'이 장편과 단편을 막론한, 이청준 소설 전체의 가장 큰 특징이라고까지 언급한 바 있다. 작가는 인물들의 개인적 내면 고통과 위기를 조사하기 위해 중층구조를 선택했다는 것이다. 이는 "격자소설이야말로 진실의 장치"라고 언급한 이청준의 주장을 통해서도 뒷받침된다.[44]

실제로 이청준은 무엇이 진실이라고 말하는 대신에 일정한 넓이를 마련해주고 그 안에서 독자 스스로 진실을 찾아보도록 요구한다. 이것은 김치수가 이야기한 '독자와 동일선상에서 출발하는 화자'의 문제로 이어진다. 독자는 사건의 중요한 부분을 찾아가기 위해서 화자를 따라가고, 그 과정이 소설의 독서가 된다는 것이다. 이러한 작품 형식에 관한 연구는 진실을 직접 말하는 대신 독자 스스로 그 진실을 찾아내도록 요구한다는 점에서, 작가의 독특한 주제의식을 드러내는 통로로도 해석된다.

이밖에도 이청준의 소설은 반전 구조, 추리 소설적 구조, 반성적 구조, 탐색구조, 담화구조와 같은 측면에서 활발한 연구가 이루어지고 있다. 이 가운데 류보선은 추리 소설적 구성방식이 이청준의 지속적인 문제의식에 가장 적합한 창작 방법이며, 양극단의 인물 또는 기호가 가

---

43   원기중, 앞의 글, 13쪽.
44   이청준·권오룡, 앞의 글, 28쪽.

장 완성된 형식으로 대결하는 공간이라고 해석한다. 비슷한 맥락에서 최애순도 이청준의 소설을 '추리소설적 구조'를 통해 분석하였는데, 이는 화자의 의문 추적 과정이 결국 작가가 말하고자 하는 주제의식을 드러내는 통로가 됨을 밝혀내었다는 점에서 주목할 만하다.

한편 한상규는 이청준 소설의 추리소설 양식은 대중적인 탐정소설과 엄격히 구별해야 한다고 강조한다. 대중적 탐정소설이 하나의 완결된 사실을 지적 호기심과 흥미를 목적으로 잠시 동안 은폐시킨 것이라면, 이청준의 추리소설적 기법은 순수하게 완결된 대답을 전제하지 않은 '있는 그대로'의 탐색 과정만을 보여준다는 것이다.[45] 이는 작가와 독자와의 창조적 소통의 문제로 확장된다. 비슷한 맥락에서 우찬제는 이청준 소설에 나타난 열린 결말의 빈 공간이나, 액자소설에 나타난 복수 서술 주체들 사이의 틈이 독자가 작품을 창조적으로 참여하고 해석하도록 유도한다고 이야기한다.[46]

이외에도 이청준 소설에 관한 형식론은 구조의 문제와 더불어 서사담론, 서사구조, 서사시학, 서사 형성 방식과 같은 '서사'의 문제와 알레고리 기법, 서술 전략, 문체, 시점 등에 이르기까지 다양한 방면으로 확장되고 있다. 한편 작품의 '시·공간'[47]에 관한 분석도 이청준 소설의

---

45 한상규, 「다양한 표정의 소설세계에 대한 다양한 비평」, 『작가세계』 14, 세계사, 1992.8,
    164쪽.
46 우찬제, 앞의 글, 1995, 271쪽.
47 이청준 소설을 시·공간 중심으로 분석한 연구 목록은 아래와 같다(가나다 순).
    강숙아, 「이청준 소설의 시간 의식과 시간기법연구―「시간의 문」을 중심으로」, 『한국문
    예창작』 13, 한국문예창작학회, 2008.6; 김근호, 「소설 텍스트 중층적 읽기의 공간론―이
    청준의 「소문의 벽」 읽기를 중심으로」, 『독서연구』 19-1, 한국독서학회, 2008.6; 김동환,
    「이청준 소설의 공간적 정체성―『남도사람』 연작을 중심으로」, 『한성어문학』 17, 한성대
    국어국문학과, 1998.5; 김인경, 「이청준 소설의 공간 연구―인물의식과의 상관성을 중심

중요한 연구주제에 해당한다.

마지막으로는 작품의 주제별 내용에 관한 연구를 들 수 있다. 현재 이청준 소설에 관한 연구는 개별 작품이나, 주제별로 공통항을 갖는 작품들끼리 묶어서 매우 광범위하게 진행되고 있다. 이 글에서는 작품 내용에 따른 연구 주제를 총 12가지로 분류하되, 각각의 주제가 서로 유기적으로 긴밀한 관계를 맺고 있음을 밝혀보고자 한다.

우선, 작품의 내용에 관한 연구에서 가장 높은 비중을 차지하는 주제로는 '인물'에 관한 부분을 들 수 있다. 이청준 소설의 주인공들은 대부분 현실에 적응하지 못한, 비정상적인 인물로 묘사된다. 이에 대해 연구자들은 주로 과거의 어떤 정신적인 상처가 개인의 정신적 혹은 생리적 이상 현상을 일으켰다는 입장을 취한다. 이는 90년대 이후 활발하게 논의되고 있는 ①**'정신분석학'적인 방법론**을 통해 깊이 있게 다루어진다.[48] 이윤옥은 정신분석학적 비평이야말로 이청준의 문학 작품

으로」, 한성대 석사논문, 2004; 신정자, 「이청준 소설의 시간의식 연구─이청준의 「시간의 문」을 중심으로」, 『인문학연구』 32, 조선대 인문학연구소, 2004.8; 오은엽, 「이청준 소설의 공간 연구」, 이화여대 박사논문, 2010; 이대규, 「이청준 소설의 시공간 연구─「잔인한 도시」를 중심으로」, 『현대소설 연구』 4, 현대소설학회, 1996.6; 이성준, 「이청준 소설의 시·공간적 특징과 알레고리」, 『한국문학이론과 비평』 51, 한국문학이론과 비평학회, 2011.6; 장위, 「이청준의 『당신들의 천국』에 나타난 인물의 공간이동 연구」, 아주대 석사논문, 2011; 정경운, 「존재론적 시간관에 대한 반성적 사유─「시간의 문」의 해체적 읽기」, 『한국문학이론과 비평』 7-3(제20집), 한국문학이론과 비평학회, 2003.9; 조미숙, 「『조율사』의 행위와 공간의 의미」, 『겨레어문학』 27, 겨레어문학회, 2001.10; 홍웅기, 「이청준 소설의 공간성 연구─'섬'의 공간적 특성을 중심으로」, 충남대 석사논문, 2005.

48 이청준 소설을 정신분석학적인 측면에서 접근한 논문의 목록은 다음과 같다(학위논문은 〈부록 2〉 참고).
고원, 「무의식 세계의 허구적 구성─『서편제』에 구현된 이청준의 소설 시학」, 『현대비평과 이론』 11, 한신문화사, 1996.5; 권오룡, 「1960년대 소설에 대한 정신분석적 연구─이청준의 경우」, 『외국어교육』 11, 한국교원대 외국어교육연구소, 2010; 권택영, 「증상으로 읽는 이청준 소설」, 『한국문학이론과 비평』 13-1(제42집), 한국문학이론과 비평학회, 2009.3;

과 그 생성에 관한 우리의 이해를 증대시키기에 가장 적합한 방법이라고 보았는데, 이는 김현의 논의를 통해서도 확인된다.

김현은 이청준의 소설 공간 속에 '기인(奇人)'들이 서식하고 있음을 지적하고, 인물들이 사회와 타자의 관계에서 모순된 방황을 하며 스스로 분열을 일으키거나 기이한 행위를 함에 주목하였다. 그리고 그 이유를 작가의 유년시절에 대한 전기적 연구와 작품 내에 드러난 인물의 성장과정 분석을 통해 접근해야 한다고 주장한다. 이때 소설에 나타나는 인물의 불안은 「소문의 벽」에서 보이는 이데올로기적 싸움, 「병신과 머저리」에 나타난 6·25 전쟁, 「가수」에 드러난 4·19 데모의 승리와 좌절이라는 극심한 사회적·문화적 변동으로 인한 정신적인 외상

김종주, 「이청준의 보로메오 매듭」, 『라깡과 현대정신분석』 1-1, 라깡과 현대정신분석학회, 1999.겨울; 김치수, 「언어와 현실의 갈등」, 권오룡 편, 앞의 책, 1999; 김현, 「장인의 고뇌」, 『별을 보여드립니다』, 일지사, 1971; 박철화, 「이청준의 자아와 그 진보」, 『가위 밑 그림의 음화와 양화』, 열림원, 1999; 송기정, 「현실과 허구의 경계를 넘어─이청준의 「이어도」에 대한 정신분석적 연구」, 『비교문학』, 한국비교문학회, 2009; 양정임, 「이청준 文學의 아니마 硏究」, 한국어문교육연구회 『어문연구』 153, 2012.3; 엄미옥, 「『소문의 벽』 연구─라깡의 네 가지 담론을 중심으로」, 『시학과 언어학』 4, 시학과 언어학회, 2002.12; 오생근, 「갇혀 있는 자의 시선」, 권오룡 편, 앞의 책; 우찬제, 「이청준 소설에 나타난 불안의 의식 연구」, 『어문연구』 33-2, 국어문교육연구회, 2005.여름; 이상우, 「정신적 외상과 성격 발전의 왜곡」, 『현대소설론』, 양문각, 1992; 이승준, 「이청준 소설에 나타난 정신이상 연구─프로이트의 정신분석학적 관점에서」, 『현대소설연구』 17, 한국현대소설학회, 2002.12; 이화진, 「이청준의 「소문의 벽」 연구─불안의식의 근원과 극복 양상을 중심으로」, 『인문과학연구』 6, 안동대 인문과학연구소, 2003.11; 임금복, 「한국적 외디푸스 콤플렉스의 초상」, 『비평문학』 7, 1993.10; 임영환, 「이청준 소설의 심리분석적 연구─「병신과 머저리」를 중심으로」, 『육사논문집』 35, 육군사관학교, 1988.12; 임영환, 「이드와 초자아의 갈등」, 이주형 외, 『한국현대작가 연구』, 민음사, 1989; 정장진, 「정신분석 문학비평의 필요성, 혹은 유용성」, 『세계사상』, 1997.가을; 최종배·조두영, 「이청준 연작소설 『남도사람』에 대한 정신동력적 고찰」, 『신경정신의학』 135, 대한신경정신의학회, 1996.11.
* **단행본**
김종주, 『라깡 정신분석과 문학평론』, 하나의학사, 1996; 이승준, 『이청준 소설 연구』, 한국학술정보, 2005; 이윤옥, 『(비상학, 부활하는 새)다시 태어나는 말』, 문이당, 2005.

으로부터 기인한다고 덧붙인다.

또한 이청준 소설에 관한 정신분석학적인 접근은 주로 아버지와 아들의 관계에 초점을 맞춘, 프로이트의 오이디푸스 콤플렉스를 중심으로 분석되는 경향을 보인다. 김성경은 이청준 소설의 특징을 관념소설과 귀향소설로 규정하고 있는데, 이 둘을 관류(貫流)하는 서사 원리를 '오이디푸스 서사'라고 전제하였다. '아버지의 자리'에서 비껴남으로써 영원히 미성년자로 남으려던 아들은 복잡한 추상화의 경로를 거쳐 신성화된 어머니에게로 회귀한다는 것이다. 정장진도 『남도사람』 연작에 등장하는 '아버지'를 초자아로 상정하고, 소설이 생물학적 아이가 사회적 존재를 획득하는 통과의례인 '거세 콤플렉스' 과정을 서사화하고 있다고 분석한다.[49] 임금복 역시 '오이디푸스 콤플렉스'를 중심으로 아버지를 상실한 아들들이 홀로된 어머니 옆의 빈자리를 엄격히 감시하고, 동시에 어머니에게 복합적인 심리를 부과하고 있음에 주목하였다. 이러한 양상은 서구식 오이디푸스 콤플렉스와 다른 한국의 특수한 상황을 띤 분석이라는 점에서 유의미하다.

반면 김치수는 소설이 '지금 여기'의 현실적 맥락을 조정하기 위한 장르라는 것을 생각할 때, 과연 인물들에게서 밝혀진 정신적 상처가 현재 인물이 갖고 있는 증상의 원인으로 굳어질 수 있을 것인가에 대해

---

49 이밖에도 서경희는 오이디푸스 콤플렉스를 통해 상징적 아버지의 법과 '전짓불'의 폭력성으로 인한 주체의 정신적 외상과 '상상계'에의 고착에 대해 논한다(서경희, 「이청준 소설 연구―작중 인물의 정신분석학적 연구」, 세종대 석사논문, 1999). 한편 김은하는 소리꾼 일가의 가족 로맨스를 통해 '민족의 주체성'이 생산된다고 보았다. 무엇보다 장님 여자의 몸이 주인공에게 아버지의 거세 위협을 온 몸으로 보여주는 '훼손된 어머니의 몸'으로 해석되고 있음이 주목된다(김은하, 「소설에 재현된 여성의 몸 담론 연구―1970년대를 중심으로」, 중앙대 석사논문, 2003).

의문을 제기한다. 작중인물들은 "현재에도 여전히 그들을 불행으로 몰아넣는 공포를 경험"하고 있다는 점에서, 인물의 불행을 단순히 과거의 상처 탓으로 돌릴 수만은 없다는 것이다.[50] 오생근도 자아의 진실이 옹호되지 않는 사회에서 이청준의 작중인물들은 이중적인 자아를 소유하게 되기에 대부분 '병신'이거나 '환자'가 된다고 분석한다. 그러므로 과거의 정신적 상처가 주인공들의 현재 정신 상태에 대한 원인으로만 존재한다면, 그것은 심리학과 정신분석학에 모든 것을 맡기는 결과가 될 것이라고 비판을 가한다.[51]

인물들이 보이는 이상 증상은 그들을 둘러싼 ② **세계의 폭력성과 연결해서 권력과 주체의 윤리 문제**로도 확장된다.[52] 이때 폭력은 단순히 물리적인 것만이 아닌, 과도한 도시화·산업화에 따른 자본주의의 폐해

---

50   김치수, 앞의 글, 1999, 95쪽.

51   오생근, 앞의 글, 130쪽.

52   이청준 소설을 '권력'과 '주체'의 관점에서 다루고 있는 연구는 다음과 같다(학위논문은 〈부록 2〉 참고).
      김영찬, 「4·19와 1960년대 문학의 문화정치」, 『한국근대문학연구』 15, 한국근대문학회, 2007.4; 나병철, 「근대이성비판, 이청준의 초기소설」, 『한국문학의 근대성과 탈근대성』, 문예출판사, 1996; 서동수, 「시뮬라크르의 세계와 미시권력─이청준의 「이어도」」, 『겨레어문학』 27, 겨레어문학회, 2001.10; 송명진, 「이청준 소설의 이야기 권력 연구─『당신들의 천국』을 중심으로」, 『시학과언어학』 4, 시학과 언어학회, 2002.12; 송은영, 「1960, 70년대 한국의 대중사회화와 대중문화의 정치적 의미」, 『상허학보』 32, 상허학회, 2011.6; 우찬제, 「권력의 역설, 그 문학적 지평」, 『욕망의 시간』, 문학과지성사, 1993; 유경수, 「국가장치에서 전쟁기계로 탈주하는 욕망의 정치학─이청준의 『당신들의 천국』을 중심으로」, 『인문학연구』 33-1, 충남대 인문과학연구소, 2006.4; 윤효선, 「국가권력의 '역사 씻기기'의 제의(祭儀)─이청준 『신화를 삼킨 섬』」, 『현대소설의 '무(巫)' 수용 양상』, 한국학술정보, 2007; 이선영, 「'탈권력'을 위한 권력적 글쓰기」, 『국어국문학』 162, 국어국문학회, 2012; 이수형, 「언어의 정치학과 문학의 수행성」, 『상허학보』 33, 상허학회, 2011.10; 차혜영, 「냉소적 이성과 권력의 거리, 이청준 후기 소설 연구─『신화를 삼킨 섬』을 중심으로」, 『한국언어문화』 39, 한국언어문화학회, 2009.

를 포함한다. 이에 김치수는 이청준의 주인공들이 전쟁과 같이 겉으로 드러난 폭력만이 아니라, 보이지 않는 공포에 의해 체제 내의 금기와 싸운다고 지적한 바 있다. 하지만 결과는 언제나 실패로 귀결되기에, 인물들의 삶은 비극으로 치닫는다.[53]

　　그리고 이러한 비극은 주로 ③ **전통적인 예술을 고수하는 '장인'과 그들의 '한(恨)'**을 통해 가시화된다.[54] 이들은 대개 산업사회에서 소외된 기

53　김치수, 「자기 완성을 위한 탐구」, 이청준, 『황홀한 실종』, 나남, 1984.
54　이청준의 소설을 '예술'과 '한(恨)'의 관점에서 연구한 논문은 아래와 같다(학위논문은 〈부록 2〉 참고).
　　김경수, 「삶으로서의 예술, 예술로서의 삶−이청준론」, 『소설 농담 사다리』, 역락, 2001; 김경용, 「한의 육화, 한의 세앙스」, 『기호학의 즐거움』, 민음사, 2001; 김병로, 앞의 글; 김승종, 「이청준 소설 『남도사람』 연작에 나타난 "한(恨)"의 미학과 "용서"의 정신」, 『현대문학이론연구』, 현대문학이론학회, 2009; 김영숙, 「용서와 구원의 문제에 접근하는 두 가지 태도−「행복원의 예수」·「벌레 이야기」를 중심으로」, 『한국문학이론과 비평』 14-1(제46집), 한국문학이론과 비평학회 2010.3; 김인경, 「예술가소설에 나타난 예술관의 특징과 지향점−이청준의 「날개와 집」과 이문열의 「금시조」를 중심으로」, 『현대소설연구』 36, 한국현대소설학회, 2007.12; 김정남, 「이청준 소설에 나타난 예술관 연구」, 『한국 소설과 근대성 담론』, 국학자료원, 2003; 김주희, 「이청준의 「벌레 이야기」가 '증언'하는 용서의 도리」, 『한국문예비평연구』 14, 창조문학사, 2004.6; 김창식, 「예술의 본질과 예술가의 존재방식−이청준의 「시간의 문」」, 『우암어문논집』 5, 부산외국어대학교, 1995.2; 김치수, 「한의 삶과 삶의 한−「서편제」」, 『서평문화』 10, 한국간행물윤리위원회, 1993.8; 김희선, 「용서와 인간실존의 문제에 대한 두 태도−단편소설 「벌레 이야기」와 영화 〈밀양〉」, 『문학과 종교』 14-2, 한국문학과 종교학회, 2009.여름; 배경열, 「한국사상 문학−『서편제』 연작에 나타난 "한"의 극복 과정 고찰」, 『한국문학이론과 비평』 51, 한국문학이론과 비평학회, 2011.6; 손정수, 「예술과 현실의 대립과 초월」, 『시간의 문』, 열림원, 2000; 신정현, 「닫힘에서 열림으로−이청준의 『흰옷』에 나타난 한국 현대사의 비극적 결함과 열림의 미학」, 『문예중앙』 17-1, 중앙일보사, 1994.2; 양윤모, 「근대화와 전통적 기예의 관계에 대한 연구−이청준의 「줄」, 「과녁」, 「매잡이」를 대상으로」, 『한국근대문학연구』 3-1(통권 제5호), 한국근대문학회, 2002.4; 이보영, 「현대소설에서의 恨과 그 초극−이청준의 경우」, 『한국근대문학의 문제』, 신아출판사, 2011; 이상우, 「죄의식의 표출과 예술가의 고통−이청준의 「병신과 머저리」에 대하여」, 『국제어문』 9·10합, 국제어문학연구회, 1989.7; 장양수, 「한 곡예사의 살신의 선택−이청준 단편 「줄광대」의 의미」, 『동의논집』 28, 동의대학교, 1998.2; 장양수, 「한의 예술적 승화−이청준 연작 『서편제』의 성격」, 『동의논집』 31, 동의대학교, 1999.8; 전흥남, 「원망의 좌절과 해원의 방식−

인(奇人)들로, 현대 사회에서 자신들의 장인적인 삶을 포기하지 않는 까닭에 비극을 경험한다.

손정수는 이청준 소설에서의 근원적 갈등이 '예'와 '현실'의 관념적 대립에서 초래되는 것이 아니라, 그 대립을 삶 속에서 극복·초월하는 과정에서 비롯된다고 바라본다. 이에 작가는 장인의 세계를 보편적 삶의 가치를 인정하는 세계로 조명하고, 그러한 비극적인 운명과 싸워서 패배하는 과정을 처절한 아름다움으로 형상화하고 있다는 것이다. 이러한 논의는 『남도사람』 연작[55]에서 가장 적극적으로 언급된다. 소리꾼 여인을 통해 전개되는 전통적인 '한(恨)'의 세계는 이청준 소설을 대표하는 특징에 해당하기 때문이다. 이에 대해 김주연은 이청준이 '원한'과 '그리움'이 '한'이 되어가는 모습을 소리를 통해 그려냈으며, 이는 억압과 예술과의 관계를 극명하게 드러내는 것이라고 분석한다. 이때 억압을 통한 '한(恨)'의 문제는 속악한 도시에서 벗어나 '고향'으로 회귀하고자 하는 욕망으로도 해석된다.

④ '고향'에 관한 문제는 이청준 소설에서 매우 중요한 주제 의식에 해당한다.[56] 김동식은 이청준 소설에 나타난 '고향'이 다층적이며 복합

이청준의 『신화를 삼킨 섬』을 중심으로」, 『영주어문』 8, 영주어문학회, 2004.8; 정과리, 「용서, 그 타인들의 세계」, 이청준, 『겨울광장』, 한겨레, 1987; 한순미, 「근대 재현적 주체의 죽음과 탈주의 욕망―이청준의 예술관을 검토하기 위한 시론적 연구」, 『국어국문학』 136, 국어국문학회, 2004.5; 한순미, 「이청준 소설의 시간 인식과 예술관」, 『국어국문학』 139, 국어국문학회, 2005.5; 황경, 「한국 예술가소설의 맥락―예술과 현실의 길항 관계를 중심으로」, 『우리어문연구』, 우리어문학회, 2011.

55 이청준의 『남도사람』 연작은 「서편제―남도사람 ①」(1976), 「소리의 빛―남도사람 ②」(1978), 「선학동 나그네―남도사람 ③」(1979), 「새와 나무―남도사람 ④」(1980), 「다시 태어나는 말―남도사람 ⑤」(1981)을 가리킨다.

56 이청준 소설에 나타난 '고향'의 의미를 연구한 논문은 아래와 같다(가나다 순).

적인 성찰들을 내재하고 있다고 분석하였는데, 고향이란 개인의 선택 이전에 주어진 필연의 장소이자 운명적인 공간이기 때문이다.[57] 따라서 고향은 부모・친지・친구들과 같은 인간관계와 겹쳐지면서 원체험적인 시공간의 이미지를 구축한다. 이는 자신의 '소설 쓰기'를 고향을 떠나 도회지에서 느낀 열등감과의 싸움에서 시작되었다는 작가의 진술을 통해 뒷받침된다.[58] 그런 의미에서 현실과 이상의 갈등, 그것을 극복하려는 삶의 의지가 '고향'을 통해 도출되고 있다고 볼 수 있다.

한편 김윤식은 이청준의 작품이 고향에 대한 '죄의식'과 관련된다고 보았다.[59] 또한 고향은 '낙원의식'과도 연결되는데, 이는 '고향이 삶의 고통을 객관적으로 인식하고도 끊임없이 동경의 세계를 꿈꿀 수 있는 삶의 원천을 제공하기 때문이다. 그러므로 고현제는 현실과 이상의 갈등, 그것을 극복하려는 삶의 의지가 '고향'에 있다고 강조한다. 이밖에도 고향은 '어머니'로 상정되는 구원과 속죄의 공간이자, 벗어나고 싶은 '가난'의 공간이라는 복합적인 의미로도 확대된다.[60]

고현제, 「이청준 소설 연구―'고향'의 상징적 의미를 중심으로」, 경희대 석사논문, 2001; 김동식, 「고향을 잃어버린 고향에 관하여」, 『가면의 꿈』, 문학과지성사, 2011; 류보선, 「귀향의 변증법―이청준론을 위한 몇 개의 메모」, 『현대문학』 569, 현대문학, 2002.5; 마희정, 「이청준 소설에 나타난 고향탐색―「귀향연습」, 「눈길」, 「살아있는 늪」을 중심으로」, 『개신어문연구』 21, 개신어문학회, 2004; 장윤호, 「소설에 나타나는 고향탐색 모티프 양상 연구―김승옥・이청준・한승원 소설을 중심으로」, 동덕여대 박사논문, 2005; 주지영, 「이청준 소설에 나타난 '고향'의 변모양상과 주체의 동일화」, 서울대 석사논문, 2004; 한강희 편, 「탈향과 귀향―장례의 한국적 해석, 『축제』 쓴 소설가」, 『소통과 성찰의 상상력』, 시와사람, 2003.

57 김동식, 위의 책, 351쪽.

58 이청준은 도회와 고향 사이를 되풀이 오간 떠남과 되돌아옴의 반복 과정이야말로 '소설의 바른 길 찾기'라고 말하였다(이청준, 「나는 왜, 어떻게 소설을 써 왔나」, 『신화의 시대』, 물레, 2008, 306~308쪽).

59 김윤식, 「감동에 이르는 길」, 『이청준론』, 삼인행, 1979, 64쪽.

그리고 앞서 언급했던 폭력과 권력의 문제는 '비극성'과 '고향'의 문제로도 연결되지만, ⑤ **'언어 문제'**를 통해 보다 구체화된다.[61] 『언어사회학서설』 연작[62]을 중심으로 드러나는 '말'의 상실과 추구의 문제는

60　이청준 소설에서 '어머니'와 '가난'에 주목하고 있는 논문들은 아래와 같다(가나다 순).
　　김성경, 「이청준 소설 연구―외디푸스 서사 구도를 중심으로」, 연세대 박사논문, 2002; 김성진, 「이청준 소설에 나타난 '가난'의 의미 탐구」, 대진대 석사논문, 2004; 김윤식, 「선험적 문학과 선험적 가난―자생적 운명의 시선에서 본 김현과 이청준」, 『문학의 문학』 9, 동화출판사, 2009. 가을; 김치수, 「가난, 폭력, 죽음에 대한 복수―이청준 초기 소설」, 『자음과 모음』 3, 이룸, 2009. 봄; 양선규, 「이청준 소설에 나타난 모성성 변주의 양상」, 『초등교육연구논총』 26-2, 대구교대 초등교육연구소, 2010.12; 한순미, 「한국 현대문학에서의 "어머니" 표상과 "희생" 서사」, 『석당논총』 50, 동아대 석당학술원, 2011; 한정민, 「이청준 소설의 '가난'과 '어머니'에 대한 연구」, 대진대 석사논문, 2003.

61　이청준 소설을 '언어'와 관련해서 연구한 논문의 목록은 다음과 같다(가나다 순).
　　권택영, 「이청준 소설의 중층 구조」, 권오룡 편, 앞의 책; 김병익, 「말의 탐구, 화해에의 변증」, 위의 책; 김은경, 「이청준 소설의 글쓰기 양상에 대한 일고찰―소설형식을 통해 살핀 언어와 세계의 관계를 중심으로」, 『관악어문연구』 26, 서울대 국어국문학과, 2001.12; 김인호, 「언어로 해방을 꿈꾸는 두 가지 방식―최인훈과 이청준의 경우」, 『본질과 현상―평화를 만드는 책』 4, 본질과현상사, 2006. 여름; 김주연, 「억압과 초월, 그리고 언어」, 『문학과 비평』 6, 문학과 비평사, 1988.5; 마희정, 「이청준의 『언어사회학서설』 연구」, 『개신어문연구』 20, 개신어문학회, 2003.12; 백지은, 「이청준 「이어도」의 언어적 형식화 양상 연구」, 『한국문학이론과 비평』 10-1(제30집), 한국문학이론과 비평학회 2006.3; 우찬제, 「억압 없는 자유의 꿈을 향한 언어 조율사의 반성적 탐색」, 『소설과 사상』 10, 고려원, 1995.3; 유철상, 「복수와 해방의 변증법적 화해―이청준의 『언어사회학 서설』 연작을 중심으로」, 『현대문학이론연구』 16, 현대문학이론학회, 2001.12; 이수형, 「언어의 정치학과 문학의 수행성」, 『상허학보』 33, 상허학회. 2011.1; 장경렬, 「시간, 언어, 현실의 문제와 글쓰기의 어려움」, 이청준, 『누군들 초장부터 꾼으로 태어나랴』, 성훈출판사, 1992; 장윤수, 「이청준의 코뮤니타스적 언어 체험과 글쓰기」, 『국제어문』 30, 국제어문학회, 2004.4; 채대일, 「이청준 소설의 죄의식과 고백 양상 연구―『남도사람』 연작과 『언어사회학서설』 연작을 중심으로」, 서강대 석사논문, 2003; 한순미, 「이청준 소설의 언어 철학적 함의」, 『국어국문학』 141, 국어국문학회, 2005.12; 한순미, 「이청준 소설의 언어 인식 연구」, 전남대 박사논문, 2006.

62　이청준의 『언어사회학서설』 연작은 「떠도는 말들―언어사회학서설 ①」(1973), 「자서전들 쓰십시다―언어사회학서설 ②」(1976), 「지배와 해방―언어사회학서설 ③」(1977), 「가위잠꼬대―언어사회학서설 ④(원제 : 몽압발성)」(1981), 「다시 태어나는 말―언어사회학서설 ⑤」를 의미한다. 그런데 1981년에 '문학과지성사'에서 출판된 『잃어버린 말을 찾아서―言語社會學序說』에서는 『남도사람』 연작의 마지막 편으로 알려진 「다시 태어

이청준 소설 연구에서 빼놓을 수 없는 핵심 주제이기 때문이다. 이에 권오룡은 이청준 문학의 출발을 언어가 겪는 '시대적 고통'으로 집약된다고 보았으며, 권택영은 이청준 소설에 나타난 '말'을 인간성과 신뢰를 회복하기 위한 '탐구'라고 분석하였다. 더불어 '말의 원형'이라 할 수 있는 '소리꾼'의 남도창이 타락한 말을 대신한다고도 보았다. 한편 김병익은 이청준의 70년대 작품을 두고 '잃어버린 말'을 향한 집요한 '탐구의 수련기'라고 언급하였는데, '소설쓰기'를 언어와 사회에 대한 형이상학적 접근이라고 본 것이다.

이때 말의 탐구를 통해 인간성과 신뢰가 회복되기 위해서는 그 전제가 되는 '파괴'의 문제에 집중할 필요가 있다. 이때 제기되는 것이 바로 ⑥**전쟁과 분단**의 문제인데, 주로 전쟁의 기억을 상징하는 '전짓불'을 통해 분석된다.[63] 그러나 고명철은 기존의 '전짓불 공포'에 관한 논의가

나는 말」이 『언어사회학서설』 연작의 다섯 번째 작품으로 수록되어 있음이 발견된다. 이는 해당 작품의 머리말 격인 '책을-꾸미면서'에 기술된 내용을 통해 이해될 수 있다. 작가는 "'言語社會學序說'에서 사람과 사람들 사이의 삶의 관계를 형성하고 여러 법칙을 만들어 온 말들의 모습이나 우리와 그것과의 화해롭고 조화스런 질서를 찾는 일이, 『남도사람』 연작에서 우리의 삶의 한 숨은 樣式이나 존재의 근원을 찾는 일과 전혀 다른 일이 아님을 확인하게 되었다. 하여 지난 봄 나는 「다시 태어나는 말」 한편으로 일단 이후 연작물의 結編 작업을 대신하기에 이르렀던 것"이라고 말하고 있기 때문이다. 이러한 이유로 1998년 열림원에서 출판된 연작소설집 『서편제』에는 「다시 태어나는 말」이 「남도사람 ⑤」로 수록되어 있다. 여기에서도 "'다시 태어나는 말」은 『남도사람』과 다른 연작소설 『자서전들 쓰십시다』 두 시리즈 가운데 ④ 「몽압발성(夢壓發聲)」의 결편을 겸하고 있어, 양쪽의 이야기가 한데 섞이고 있음"(193쪽)이라고 서술되고 있다. 이에 「다시 태어나는 말」은 『남도사람』 연작만이 아니라, 『언어사회학서설』 연작의 결편이라고도 볼 수 있다.

63 이청준 소설과 '전쟁'의 문제를 연결 짓고 있는 연구들의 목록은 다음과 같다(가나다순). 고명철, 「한국전쟁의 유년기 체험에 대한 인식론적 소설쓰기—이청준의 「소문의 벽」론」, 『성균어문연구』 33, 성균관대 성균어문학회, 1998.12; 김병익, 「분단의식의 문학적 전개」, 『상황과 상상력』, 문학과지성사, 1979; 김영찬, 「1960년대 문학과 6·25의 기억」, 『세계문학비교연구』 35, 한국세계문학비교학회, 2011.6; 조구호, 「이청준 소설 연구—전쟁의

유년기의 전쟁체험을 단순히 '정신적 외상'이라는 협소한 차원으로 국한시킴으로써, 한국전쟁의 상흔을 정신분석학의 대상으로 전락시키고 있다고 지적한다.[64] 따라서 유년기의 전쟁체험을 소재의 문제로만 접근해서는 곤란하며, 작가의 문학적 원체험을 발견하는데 초점을 두어야 한다고 강조한다. 즉 분단체제를 환기하는 것으로 자족할 것이 아니라, 분단체제를 극복할 수 있는 소설적 인식의 지평을 새롭게 모색해야 한다고 본 것이다.

한편 김영찬은 이청준의 소설에서 "전짓불 경험'을 제외하고는 6·25의 기억이 크게 의미있는 형태로 서사화 되지 않고 있음에 문제를 제기한다.[65] 비슷한 맥락에서 조구호도 이청준이 6·25 전쟁과 분단문제를 다양한 방법으로 형상화해왔음에도 불구하고, 연구자들에게 크게 주목받지 못했음을 문제 삼는다.[66]

이밖에도 이청준 소설에 나타난 비정상적인 인물들의 비논리적인 행위와 경계가 모호한 시공간은 ⑦'**환상성**'을 통해 보다 확장된 의미를 획득한다.[67] 원기중은 자신의 박사논문에서 이청준 소설 연구에 관한 앞으

상처와 분단극복을 중심으로」, 『동양학』 45, 동양학연구소, 2009.2.

64 고명철, 위의 글, 306쪽.
65 김영찬, 앞의 글, 2011.6, 12쪽.
66 조구호, 앞의 글, 2쪽. 조구호는 이청준 소설에 나타난 전쟁과 분단의 문제를 60년대에서 90년대에 이르기까지, 세 개의 시기로 구분하여 분석한다. 첫 번째 시기에는 주로 6·25 전쟁과 분단 시대를 살아온 세대들이 겪어야 했던 고통과 상처에 대한 문학적 반응, 두 번째 시기에는 전쟁에 편승한 집단의 폭력과 개인의 비극이 부각됨을 강조하였다. 무엇보다 두 번째 시기에는 6·25 전쟁이 남북한의 이념과 정체적 대립에서 비롯되었지만, 전쟁이 진행되는 과정에서 이루어진 폭력은 다양한 계층 간의 대립과 반목이 크게 작용하고 있음을 지적한다는 점에서 주목된다. 마지막으로 90년대 작품을 중심으로 한 세 번째 시기에는 분단극복의 방안을 모색하며, 좌익 운동가들에 대한 전향적 인식과 아픔을 공유하는 자세를 강조한다.

로의 과제로 '환상성'을 언급한 바 있다. '환상성'을 '사실성'을 중심에 놓는 서구 소설의 한계를 넘어서는 가치로 전망한 것이다.[68] 나아가 양선규는 이청준의 '환상주의'를 이광수 이래의 한국 근대소설이 성취한 커다란 업적이라고까지 평가하였다. 이밖에도 정과리는 작품의 무대가 주로 반일상성의 공간이라는 점에서, 김승희는 비일상적이고 비정상적인 인물을 근거로 이청준 소설에 나타난 환상의 가능성에 주목하였다.

또한 김혜영은 우리가 '사실(reality)'이라고 규정해왔던 것이 '사실 효과'에 불과하다는 생각과 함께, 사실에 관한 기존의 인식틀이 동요되고 있음을 지적하였다. '환상'을 존재 / 부재, 죽음 / 구원, 사랑 / 증오, 합리 / 경험과 같이 대립되는 두 영역이 교차하는 지점에서 발생한다고 본 것이다. 더불어 '역설'에 의해 존재와 부재의 구별이 무화됨을 지적하며, 소재로서의 환상이 담론으로 구성되는 방식을 통해 환상의 서사 내적 기능을 밝히고 있음이 유의미하다.

한편 이승준은 현실적 삶에 대한 위안과 화해의 가능성으로 '환상'을 바라본다. 그러나 이는 환상을 억압된 본능충동을 해소하는 심리적 현실 대응방식으로 한정하고 있다는 점에서 한계로 지적된다. 이외에도 남미영은 이청준의 단편 「침몰선」을 성장소설로 상정하고, 성장소설

---

67 이청준 소설에 관해 '환상성'을 중심으로 연구한 논문의 목록은 다음과 같다(가나다 순). 김병익, 「말의 탐구, 화해에의 변증」, 권오룡 편, 앞의 책; 김세정, 「이청준 「이어도」 연구 ─환상성을 중심으로」, 한양대 석사논문, 2012; 김소륜, 「이청준 소설에 나타난 환상성 연구─'모성' 추구 양상을 중심으로」, 이화여대 석사논문, 2006; 김혜영, 「근대소설에 나타난 환상의 존재 방식 연구─이청준의 「이어도」를 중심으로」, 『한국언어문학회』 48, 2002.6; 양선규, 「환상, 또는 불패의 진서」, 『세계의 문학』, 1992.여름; 오양진, 「소외, 혹은 환상문학의 가능성」, 『상허학보』 34, 상허학회, 2012.2; 정과리, 「용서, 그 타인됨의 세계」, 권오룡 편, 앞의 책.
68 원기중, 앞의 글, 84쪽.

이란 "어린이가 가지고 있는 환상의 세계가 부서지고 소멸되면서 현실의 세계로 편입되는 문제를 다루"는 것이라고 설명한다.[69] 이는 환상을 극복의 대상으로 한정한다는 점에서 아쉬움을 남긴다.

최근에는 '후기' 작품인 『신화를 삼킨 섬』과 『신화의 시대』를 중심으로 한 ⑧**신화성 연구**가 활발하게 진행 중에 있다.[70] 그러나 이는 단지 소재 혹은 모티프로서의 '신화'만을 지칭하지 않는다. 때문에 서정기는

---

69 남미영, 「韓國 現代 成長小說 研究」, 숙명여대 박사논문, 1992, 70쪽.

70 이청준 소설을 '신화'를 중심으로 분석한 논문의 목록은 다음과 같다(가나다 순).
김경수, 「현대소설과 샤머니즘 상상력」, 『현대소설의 유형』, 도서출판 솔, 1997; 김열규, 「찾음의 얘기들 (I)·(II)」, 『한국문학사』, 탐구당, 1983; 김열규, 「슬픈 환멸에의 입사―이청준의 「침몰선」」, 『우리의 전통과 우리의 문학』, 문예출판사, 1987; 김인호, 「신화로 일어서는 역사―이청준의 『신화를 삼킨 섬』」, 『현대비평과 이론』 15-1(통권 29호), 한신문화사, 2008. 봄·여름; 서정기, 「노래여, 노래여―이청준 작품 속에 나타난 신화적 상상력, 「이어도」, 「해변 아리랑」, 「선학동 나그네」를 중심으로」, 『작가세계』 8-3, 세계사, 1992.8; 송수경, 「이청준 소설의 신화성 연구」, 세종대 박사논문, 2012; 양진오, 「이청준의 신화적 상상력과 그 문학적 의미」, 『한국문학과 신화』, 예림기획, 2006; 연남경, 「신화의 현재적 의미―최인훈, 이청준을 중심으로」, 『현대문학이론연구』 44, 현대문학이론학회, 2011.3; 오은엽, 「이청준 소설의 신화적 상상력과 공간―『신화의 시대』와 『신화를 삼킨 섬』을 중심으로」, 『현대소설연구』 45, 한국현대소설학회, 2010.12; 이경욱, 「문학텍스트에 대한 문학인류학적 해석―이청준의 『신화를 삼킨 섬』론」, 『비평문학』 38, 한국비평문학회, 2010.12; 이경욱, 「이청준 소설의 문학인류학적 연구」, 서강대 박사논문, 2012; 이재복, 「역사적 정신태를 넘어 넋으로―이청준의 『신화의 시대』에 부쳐」, 『본질과 현상―평화를 만드는 책』 11, 본질과 현상사, 2008. 봄; 이홍숙, 「신화로 본 우리 소설―이청준의 「선학동 나그네」」, 『檀山學志』 9, 전단학회, 2005; 장일구, 「과도(過渡)의 공간, 그 신화적 원형과 서사적 변주」, 예림기획, 2006; 전흥남, 「원망(願望)의 좌절과 해원(解寃)의 방식―이청준의 『신화를 삼킨 섬』을 중심으로」, 『영주어문』 8, 영주어문학회, 2004.8; 정호웅, 「이야기로 풀어낸 역사와 신화화된 이야기―황석영의 「손님」과 이청준의 『신화를 삼킨 섬』」, 『실천문학』 71, 실천문학사, 2003.8; 표정옥, 「이청준 소설의 영상화 과정의 생성원리로 작용하는 원형적 신화 상상력에 대한 연구―영화 〈서편제〉·〈축제〉·〈밀양〉·〈천년학〉을 대상으로」, 『서강인문논총』 25, 서강대 인문과학연구소, 2009.6; 표정옥, 「이청준 소설에 내재된 아리랑의 신화적 상상력과 영화 〈서편제〉의 문화적 놀이성 연구」, 『비교한국학』 20-3, 국제비교한국학회, 2012; 한순미, 「이청준의 폭력과 희생제의 구조」, 『소외의 서사학』, 태학사, 1998.

이청준이 작품들 속에서 어떤 궁극적 실재를 가정하고, 그것에 합류됨으로써 존재의 치유에 이르고자 하는 것을 '신화적'이라고 명명하였다. 특히 신화나 민담에서 발견되는 '부재하는 아버지' 모티프가 이청준 소설에서도 반복되고 있는데, '부재하는 아버지'는 세속적으로 결핍과 가난의 원인이라는 점에서 영웅의 필요조건이라고 설명한다. 더불어 이청준의 인물들이 결핍의 치유를 위해 현실적인 방법에 도움을 청하기보다는, 곧바로 죽음 혹은 죽음 저 너머로 직행하고 있다는 점에서도 신화적이라고 분석된다.

오은엽 역시 이청준의 소설을 "신화적 상상력에서 비롯된 특성"을 지닌다고 바라보았다. 이청준의 소설을 "신화적 상상력에 근거하여 상호텍스트적인 맥락 속에서 재해석"할 경우, 소설의 비가시적인 심층의 의미를 공간화하여 드러낼 수 있다고 본 것이다.[71] 이밖에도 최근 발표된 두 편의 박사 논문 모두 이청준 소설의 '신화적 가치'에 주목하고 있음이 눈에 띈다.

우선 이경욱[72]은 문학인류학적 징표인 '제의의 상징'과 '설화의 원형'을 『춤추는 사제』, 「비화밀교」, 『신화를 삼킨 섬』이란 세 장편소설을 중심으로 분석하였다. 실존민속인 '제의'와 구비전승된 '설화'를 통해 민족의 '전통'과 '영웅'에 대한 문화원형을 현대적 의미로 재해석함으로써, 이청준 소설에 담긴 문학인류학적 가치에 주목하고 있는 것이다. 또한 각 작품에서 소설적 형식으로 연행된 '제의'는 개인적 사명에 의한 희생제의, 집단적 연대에 의한 횃불제의, 무속적 해원에 의한 씻김제의

---

71 오은엽, 앞의 글, 2010.12, 263쪽.
72 이경욱, 「이청준 소설의 문화인류학적 연구」, 서강대 박사논문, 2012.

등으로 변천되는데, 이는 곧 작가의식의 변모로 분석된다. 그리고 공통적으로 '관(官) 주도'의 제의는 실패하고 '민(民) 주도'의 제의는 성공한다는 사실을 통해, '민간제의'가 일종의 대항적 담론으로 기능하고 있음을 밝혀내었다. 이와 같은 논의는 이청준을 민중문학과 거리가 먼 '이지적' 혹은 사변적인 소설가로만 보았던 기존의 작가론이 지닌 한계를 넘어선다. 그러나 분석대상이 세 개의 장편 소설에 국한되었다는 점에서, 이청준의 방대한 문학세계를 통시적·공시적으로 조망하겠다는 애초의 의도가 충분히 성취되지 못하였다는 아쉬움이 남는다.

또한 송수경[73]은 이청준이 신화적 상상력을 통해 인간 삶의 심층적 의미와 우주적 진리를 탐구하고 있음에 주목하였다. 근대적 합리주의가 놓쳐 버린 인간적 진실을 신화 혹은 신화적 상상력을 통해 재발견하고 있는 것이다. 그러므로 이청준 소설의 신화성은 현실을 비추고 반성하는 거울이자, 글쓰기의 최종 도착점이 된다. 그러나 '신화성'을 통과제의·희생제의·씻김제의와 같이 '제의적 틀'로 접근하고 있음이 오히려 '신화'의 세계를 제한하고 있는 것은 아닌지 의문이 제기된다. 이밖에도 '신화'의 문제는 '무속신앙'의 차원에서도 중요하게 다루어진다.[74]

73　송수경, 「이청준 소설의 신화성 연구」, 세종대 박사논문, 2012.
74　이청준 소설을 '무속신앙'적 관점에서 연구한 논문의 목록은 아래와 같다(가나다 순). 김개영, 「한국 현대소설에 나타난 무속적 구원의 양상 연구―김동리 「무녀도」, 이청준 「이어도」, 윤흥길 「낫」을 중심으로」, 고려대 석사논문, 2007; 김경수, 「소설과 문화변용의 힘―이청준 론」, 『석화촌』, 도서출판 솔, 1996; 김주연, 「제의와 화해」, 『이청준 론』, 삼인행, 1991; 김옥경, 「현대소설의 민속 수용 양상과 의미―호남지역 배경의 작품을 중심으로」, 전남대 석사논문, 2008; 이상우, 「이청준 소설에 나타난 동종주술적 모티프」, 『예체능논집』 4, 명지대 예체능연구소, 1994.12; 이윤옥, 「우리를 씻기는 소설들」, 『비상학, 부활하는 새, 다시 태어나는 말』, 열림원, 2005; 장양수, 「이청준 중편 「이어도」의 무속적 해석」, 『새얼어문논집』 6, 새얼어문학회, 1993; 정호웅, 「씻김굿의 새로운 형식」, 이청준, 『흰옷』, 열림원, 2003.

그러나 이청준의 소설은 ⑨ **기독교 · 불교 · 유교를 바탕으로 한 종교 ·
철학적 관점**에서도 꾸준한 논의가 이루어지고 있다.[75] 그 가운데에 '기
독교적'인 측면에 관한 논의가 가장 활발한 편인데, 그 이유는 이청준
의 소설 가운데 상당수가 '기독교 정신'을 중심 소재이자 주제로 다루
고 있기 때문이다. 그러나 알려진 바대로 이청준은 기독교인으로서 삶
을 살지는 않았다. 이를 두고 김영숙은 작가가 자신의 역할을 '문학' 안
에서 찾고자 한 까닭이라고 설명한다.[76]

---

75 이청준 소설을 종교적 관점에서 연구한 논문의 목록은 다음과 같다(학위논문은 〈부록 2〉
   참고).
   김기석, 「이청준의 '당신들의 천국'」, 『세계의 신학』 19, 한국기독교연구소, 1993.여름; 김
   은자, 「이청준의 『낮은데로 임하소서』 연구」, 『기독교언어문화논집』 4, 국제기독교 언
   어문화연구원, 2001; 김주연, 「이청준의 종교적 상상력」, 『본질과 현상』 14, 본질과현상
   사, 2008.겨울; 김희선, 「용서와 인간실존의 문제에 대한 두 태도─단편소설 「벌레 이야
   기」와 영화 〈밀양〉」, 『문학과 종교』 14-2, 한국문학과 종교학회, 2009.여름; 손선희,
   「이청준 소설에 나타난 관음화현(觀音化現)의 상상력─「노거목과의 대화」를 중심으로」,
   『한국언어문학』 79, 한국언어문학회, 2011; 송상일, 「소설가 아담의 고뇌─「벌레 이야기」,
   「비화밀교」를 중심으로」, 『작가세계』 14, 세계사, 1992.8; 이대규, 「이청준 소설 「벌레 이
   야기」의 상상력 연구」, 『현대소설연구』 5, 한국현대소설학회, 1996.12; 이동하, 「한국 대
   중소설의 수준─낮은 데로 임하소서」, 『이청준 론』, 삼인행, 1991; 이동하, 「인간의 숙명
   에 대한 두 가지 대응방식─이청준의 「벌레 이야기」」, 『한국소설과 기독교』, 국학자료
   원, 2003; 이동하, 「한국 현대소설에 나타난 기독교 비판」, 『한국소설과 기독교』, 국학자
   료원, 2003; 차정식, 「한국 현대소설과 성서신학의 "교통 공간"─이청준, 이문열, 이승우
   의 몇몇 작품을 중심으로」, 『한국기독교신학논총』(구 신앙과 신학) 73, 한국기독교학회,
   2011; 최재선, 「한국현대소설에 나타난 신정론 연구─이청준의 「벌레 이야기」와 송후
   혜의 「고양이는 부르지 않을 때 온다」를 중심으로」, 『문학과 종교』 13-2, 한국문학과 종
   교학회, 2008; 최진석 · 우찬제, 「이청준 소설의 道家的 解釋」, 『한국문학이론과 비평』 8,
   한국문학이론과 비평학회, 2000; 한순미, 「호남 지역 사찰공간의 문학적 형상화에 담긴
   다층적 의미」, 『현대문학이론연구』 34, 현대문학이론학회, 2008.8; 한순미, 「불교철학적
   인 물음에 비추어 본 이청준 소설」, 『국어국문학』 149, 국어국문학회, 2008.9; 현길언, 「구
   원의 실현을 위한 사랑과 용서─「벌레 이야기」」, 『이청준 론』, 삼인행, 1991.
76 김영숙, 앞의 글, 2009, 11~12쪽. 김영숙은 이청준 소설에서 기독교적 상상력을 형상화
   한 작품을 대상으로 소설과 기독교 정신과의 관련성을 조명하였다. 『당신들의 천국』을
   통해 믿음과 사랑의 문제를, 『낮은 데로 임하소서』를 통해 종교적 체험인 '거듭남'과 소

또한 김주연은 "이청준이 기독교에 깊은 관심을 갖고 이와 관련된 혹은 비슷한 발상의 작품들을 많이 쓴 것은, 유한한 인간이 눈에 보이는 가시적인 물상에만 집착하여 갈등과 분쟁을 일삼는 데에 대한 그 극복과 모색의 힘겨운 도정이 낳은 결과" 때문이라고 분석하였다.[77] 그러나 이청준 소설에 관한 기독교적인 관점에서의 접근은 대부분『당신들의 천국』,『낮은 데로 임하소서』,「벌레 이야기」와 같은 몇몇 텍스트에 국한되어 있다는 점에서 아쉬움을 남긴다.

한편, 불교의 교리와 절 공간 역시 이청준 소설에서 반복적으로 등장하는 주제 의식이자 중심공간이다. 그러나 이청준 소설을 '불교'적 관점에서 전면적으로 다룬 논의는 그다지 눈에 띄지 않는다. 이는 불교를 "일상화된 신앙"으로 상정하고, 이것이 "문학적 상상력의 활동"을 가능하게 한다던 작가의 진술을 떠올릴 때 매우 안타까운 지점이라고 볼 수 있다.[78]

이러한 가운데 "불교철학적인 물음은 이청준 소설의 심층에 자리하여 소설 세계를 이끄는 동력"이라고 주장한 한순미의 논의를 주목할 수 있다. 연구자는 이청준의 소설쓰기를 "불교철학적인 화두를 하나씩 하나씩 풀어나가는 과정"에 비견될 수 있다고 주장하였기 때문이다.[79] 손선희 역시 '불교적 세계관의 문학적 수용 양상'에 초점을 맞추고 있

명의식의 문제를,「벌레 이야기」를 통해서는 용서와 구원의 문제를 인간과 신의 관점으로 나누어서 분석하고 있다. 마지막으로『자유의 문』에서는 '율법'과 '자유'의 문제에 대해 이야기한다.

77 김주연, 앞의 글, 2008, 123쪽.
78 이청준·권오룡, 앞의 글, 37쪽.
79 한순미, 앞의 글, 2008.9, 727쪽.

다는 점에서 주목된다. 연구자는 이청준의 소설이 '관음화현(觀音和絃)'의 상상력을 통해 이루어지고 있으며, '인간 본원의 탐구'라는 작가의 작품 세계가 불교적 세계관에 맞닿아 있음을 밝히고 있다.

이외에도 최진석과 우찬제는 이청준의 소설을 '도가적' 관점에서 분석한다. 이는 동양 철학의 관점에서 새로운 소설읽기를 시도했다는 점에서 주목할 만하다. 연구자들은 이청준 소설에 나타난 소설관·스타일·주제 형상화의 과정 등이 도가적 친연성을 지니고 있다고 보았으며, '도가적 해석안'을 통해 작품을 분석할 때 보다 심층적인 의미를 발견할 수 있다고 주장한다.[80] 또한 송지연은 "동양 유가철학의 인간학적 관점과 내면적이고 성찰적인 성격을 바탕으로 '인간'과 '이야기'의 존재 조건이 지닌 상관성을 밝힘으로써 새로운 서사 해석의 틀"을 마련하였다.[81] 이는 개인의 내면에 집중하는 '의(義)의 서사'와 사회 문제에 대한 참여 의지를 대화와 역설을 통한 교섭의 구조로 담론화하는 '인(仁)의 서사'에 해당한다. 이때 '義'의 부정성·대립성·저항성은 서사의 '주체'를 정립하는 기제로, '仁'의 긍정성·연결성·소통성은 서사의 '윤리'를 구성하는 기제로 해석된다. 이러한 발상은 서사와 인간에 대한 새로운 해석의 틀을 제공한다는 면에서 유의미하다.

또한 이청준 소설 연구는 ⑩ **외국 작품과의 비교문학적 차원**에서도 활발한 접근이 이루어지고 있다.[82] 이는 주로 독일의 소설가 '토마스 만'

---

80 최진석·우찬제, 앞의 글, 264~265쪽.

81 송지연, 「이청준 소설의 유가 인간학적 연구」, 충남대 박사논문, 2010, 163쪽.

82 이청준의 소설을 비교문학적 관점에서 연구한 논문의 목록은 아래와 같다(학위논문은 〈부록 2〉 참고).
김윤식, 「감동에 이르는 길」, 『눈길』, 홍성사, 1984; 김주연, 「사회와 인간」, 『문학과 지성』,

과 '카프카'와의 비교 연구로 모아지는데, 독문학을 전공한 작가의 이력 때문인 것으로 파악된다. 비교적 초기 논의로는 원당희의 논문을 살펴볼 수 있다. 연구자는 루카치의 이론을 중심으로 '토마스 만'과 '이청준' 소설에 나타난 문제적 주인공의 유형에 관한 분석을 시도한다. 그리고 둘 사이의 유사성을 "동경의 반성적인 힘과 미래지향적인 역동성"에서 찾아낸다.[83]

한편 임금복은 이청준 소설에 관한 기존의 비교문학적 관심이 구체적인 분석으로 확장되지 못하고 있음을 문제 삼는다. 이에 이청준 문학에 수용된 '토마스 만'의 소설 기법에 관한 나름의 분석을 시도한다. 이때 주목되는 것이 '작중소설가의 등장'과 '액자소설의 구조' 문제이다. "작중소설가의 등장"은 인간·인생·문학에 대해 소설가의 시선이 얼마나 중요한지를 보여주며, "액자소설의 구조"는 인간의 순수하고 성실하게 취한 행위나 그 행위의 목격을 제시하는데 활용된다는 것이다.[84]

한편 2000대 들어선 이후 이청준 소설에 관한 연구는 '영화'를 중심으로 새로운 전성기를 맞이하였다고 볼 수 있을 만큼, 연구자들의 관심

1976.가을; 김 현, 「장인의 고뇌」, 『별을 보여드립니다』, 일지사, 1971; 송재영, 「넋의 문학과 도전의 양식」, 『문학과 지성』, 1979.가을; 원당희, 「Th. Mann의 소설 Tonio Kroger와 이청준의 "잔인한 도시"에 나타난 문제적 주인공의 유형대비」, 『比較文學』 12, 한국비교문학회, 1987.12; 임금복, 「이청준과 토마스만의 "소설기법" 비교 연구」, 『성신어문학』 2, 성신어문학연구회, 1989; 조정래, 「카프카와 이청준의 예술가 소설 비교 연구」, 『독일언어문학』 15, 독일언어문학연구회, 2001.6; 조창현, 「한국문학과 독일문학에 나타난 주인공의 신화적 탐색 – 토마스 만의 『마의 산』과 이청준의 『당신들의 천국』을 중심으로」, 『독일어문학』 40, 한국독일어문학회, 2008.3; 천이두, 「이원적 구조의 미학」, 『한국문학과 한』, 이우출판사, 1985.

83 원당희, 위의 글, 27쪽. 해당 논문에서 제기된 문제의식은 이후 박사논문으로 확장되어 '토마스 만'과 이청준 소설의 주인공들을 비교·분석하는 원동력이 된 것으로 추정된다.

84 임금복, 앞의 글, 1989, 97쪽.

이 집중되고 있다. 이는 이청준 소설의 영화화로 인한 것으로, ⑪ **매체 전이와 서사적 변용에 관한 연구**를 통해 접근된다.[85] 이때 주로 분석대상으로 언급되는 작품은『남도사람』연작,『축제』,「이어도」,「벌레 이야기」이다. 그러나 2008년도에 영화〈나는 행복합니다〉가 개봉된 이후로는 원작 소설인「조만득씨」에 관한 연구도 활발해지고 있다. 이때

---

85 이청준 소설의 '영화화'와 관련된 논문의 목록은 아래와 같다(학위논문의 목록은〈부록 2〉를 참고).

김영옥,「영화〈밀양〉의 서사구조와 수사학」,『수사학』11, 한국수사학회, 2009.9; 김지석,「길, 실패한 꿈의 기록-임권택론」,『한국 영화 읽기의 즐거움』, 책과몽상, 1995; 김창윤,「소설「벌레 이야기」와 영화〈밀양〉의 상관관계」,『인문과학연구』20, 강원대 인문과학연구소, 2008.12; 김형중,「기나긴 fort-da 놀이-문학과 영화-〈서편제〉를 중심으로(2)」,『문예연구』14-1(통권 52호), 문예연구사, 2007.봄; 나상오,「소설과 영화의 스토리 소통」,『(송원대학)논문집』33, 송원대학, 2007; 나소정,「원작소설과 각색영화의 주제해석에 관하여-이청준「벌레 이야기」와 이창동「밀양」」,『한국문예창작』8-2(통권 제16호), 한국문예창작학회, 2009.8; 노귀남,「소리의 빛과 한의 리얼리티」,『소설구경 영화읽기』, 청동거울, 1998; 노영윤,「영화〈나는 행복합니다〉에 나타난 조만수의 인간관계와 과대망상증 치료과정」,『영화와 문학치료』, 서사와 문학치료연구소, 2010.8; 민순의,「영화〈밀양〉이 제기하는 인간학적 성찰-악의 현실과 구원의 방향성을 중심으로」,『종교와 문화』13, 서울대 종교문제연구소, 2007; 박상익,「소설, 연극, 그리고 영화의 매체 간 서사 재현 양상 연구-이청준의「조만득씨」·연극〈배꼽춤을 추는 허수아비〉·영화〈나는 행복합니다〉를 중심으로」,『국제어문』55, 2012; 송기정,「이청준의 소설에서 임권택의 영화로-『서편제』의 각색에 대하여」,『비교문학』, 한국비교문학회, 2009; 송태현,「소설「벌레 이야기」에서 영화〈밀양〉으로」,『세계문학비교연구』25, 세계문학비교학회, 2008.12; 송희복,「이청준 소설의 영화화와 그 의미」,『두류국어교육』5, 두류국어교육학회, 2004.4; 오은엽,「이청준 소설의 모성 은유와 열린 텍스트의 상상력」,『현대소설연구』47, 한국현대소설학회, 2011.8; 우찬제,「한국 소설과 영상 미학-이청준의 소설과 임권택의 영화를 중심으로」,『대산문화』30, 대산문화재단, 2008.겨울; 이채원,「소설과 영화의 매체 간 상호텍스트성 연구-이청준의「이어도」와 김기영 감독의 영화〈이어도〉를 중심으로」,『시학과 언어학』, 시학과 언어학회, 2009; 이현석,「이청준 소설의 영화적 변용에 나타난 서사적 특성 연구」,『한국문학논총』53, 한국문학회, 2009.12; 장윤수,「『축제』의 글쓰기 제의와 연희적 성격」,『현대소설연구』20, 한국현대소설학회, 2003.12; 표정옥,「이청준 소설의 영상화 과정의 생성원리로 작용하는 원형적 신화 상상력에 대한 연구-영화〈서편제〉·〈축제〉·〈밀양〉·〈천년학〉을 대상으로」,『서강인문논총』25, 서강대 인문과학연구소, 2009.6.

연구의 주된 방향은 대체로 소설의 영화화에서 발견되는 서사 구조·서술 기법·표현 양식의 변화를 중심으로 한 서사적 변용 양상을 다루는 논의들이다. 또한 소설에서 영화로 매체가 전이되는 가운데 발생하는 수사학적인 가치에 대해서도 다양한 논의가 이루어지고 있다. 이청준 소설은 앞으로도 연극 혹은 영화로 각색될 가능성이 열려있다는 점에서, 매체 간 상호텍스트성에 관한 연구는 점차 확대되어 나갈 것이라고 예상된다.

마지막으로는 ⑫ **교육학적 콘텐츠 측면**에서의 연구를 살펴볼 수 있다.[86] 이는 주로 문학 교육의 측면에서 접근되고 있지만, 최근에는 소설과 영화의 상호읽기를 통한 교육 방면으로 활발한 논의가 이루어지고 있다. 뿐만 아니라 문학 치료로도 그 범위가 확장되고 있는데, 이는 그만큼 이청준의 소설이 다양한 분야의 문제를 내포하고 있음을 드러낸다는 점에서 의의를 찾을 수 있다.

지금까지 살펴본 바와 같이 이청준의 작품은 "소설 세계가 몹시 다양하기 때문에 한두 마디의 말로 요약하거나 일목요연하게 분류하기가 거의 불가능"하다.[87] 각 작품별로 드러나는 굵직한 주제의식은 이청

---

[86] 이청준 소설을 교육학적인 차원에서 접근한 연구의 목록은 다음과 같다(가나다 순).
서유경, 「판소리를 통한 문화적 문식성 교육 연구-이청준의 『남도사람』 연작을 중심으로」, 『판소리연구』 28, 판소리학회, 2009.10.
우신영, 「가치탐구활동으로서의 소설교육」, 『새국어교육』 86, 한국국어교육학회, 2010.12.
이종섭, 「특집 : 소설과 영화를 통한 상상력 신장 교육의 한 방법」, 『국어교육학연구』, 국어교육학회, 2009.8.
최인자, 「타자 지향의 서사 윤리와 소설교육」, 『독서연구』 22, 한국독서학회, 2009.12.
황정현, 「문학 텍스트로써의 판소리 동화 수용의 교육적 의의-이청준의 판소리 동화를 중심으로」, 『한국초등국어교육』 37, 박이정, 2008.8.
[87] 성민엽, 「겹의 삶, 겹의 문학-후기 이청준에 대하여」, 권오룡 편, 앞의 책.

준의 소설을 종합적으로 고찰하는데 있어 큰 벽으로 존재해온 셈이다. 따라서 기존의 이청준 소설에 관한 연구는 주로 초기 소설이나 개별 작품, 몇몇 한정된 주제 내에서만 논의되어 온 경향이 강하다. 그러나 앞서 열거한 주제는 각각 따로 존재하는 것이 아니라, 상호간의 유기적인 결합관계를 형성하고 있다.

이러한 맥락에서 본 글은 앞서 살펴보았던 선행 연구의 미덕을 바탕으로 삼되, 이청준 작품 전반에 관한 종합적인 연구가 이루어지지 않았다는 기존 연구의 한계를 극복하는데 초점을 맞춘다.[88] 이를 통해 작가의 작품 세계 전반을 가로지르는 고유한 주제의식을 발견함은 물론, 이청준만의 고유한 창작원리를 도출해내고자 한다. 이때 주목되는 것이 바로 작품에 내재한 '악마성'이다.

---

88 저자는 석사논문인 「이청준 소설에 나타난 환상성 연구 – '모성' 추구 양상을 중심으로」(이화여대 석사논문, 2006)를 통해 이청준 소설 전반을 관통하는 서사원리를 '환상성'으로 파악하고, 작품 전체를 통시적인 관점에서 이해하고자 시도하였다. 이는 이청준의 문학 세계를 일관된 주제의식과 방법론을 통해 종합적으로 조명했다는 점에서 의의를 갖는다. 그러나 작가의 생존 시기에 진행된 연구로, 2004년 이후에 발표된 작품들은 포함하고 있지 않다. 이에 이 글은 이청준의 작품 세계 전반을 보다 종합적인 차원에서 조망하는데 초점을 맞춘다.

이청준 소설과 '악'의 발견

    이청준은 인간의 내면에 자리하는 '악'에 관한 본능적인 이끌림에 남다른 관심을 기울여왔다. 사람의 마음속에는 누구나 "기묘한 파괴의 욕망"을 지니고 있으며,[1] "착한 데가 있으면 악한 데가 있고, 밝은 곳이 있으면 어두운 곳"[2]이 있듯이 "사람의 심성에는 평화를 사랑하는 순한 성정뿐 아니라 다투고 부수고 죽이는 폭력 욕구까지 함께 잠재"한다고 본 것이다.[3] 이를 반영하듯 이청준의 소설 속에는 인간 내면에 숨겨진 파괴 욕망, 가학적 폭력, 숨기고 싶은 치부(恥部)들이 산재한다. 작가는 '선'과 '악'의 이분화된 대립구도 속에서 언제나 제거되어야 할, 그러나 그럴 수 없기에 숨겨놓을 수밖에 없던 '악'의 문제에 적극적인 관심을 드러내고 있는 것이다.

    이는 이청준의 소설을 "잔인하고 악랄"하며, '악의'적이라고 보았던

---

1   이청준, 「秩序와 調和에 대하여 — 카드섹션이 예술이라니!」, 『작가의 작은 손』, 열화당, 1978, 83쪽.

2   이청준, 「기로수 씨의 마지막 심술」, 『벌레 이야기』, 열림원, 2002, 14쪽.

3   이청준, 「작가노트: 폭력 욕망의 유희화」, 『예언자』, 열림원, 2001, 158쪽.

김승옥의 주장을 통해서도 뒷받침된다.[4] 오생근 역시 이청준의 소설에 나타난 '가면'은 "허위와 위선과 악의 얼굴"이며, 작가는 그러한 "악의 가면"과 거리를 두지 않는다고 언급한 바 있다.[5] 실제로 이청준의 소설은 우리 사회의 불편한 진실을 적나라하게 드러낸다는 점에서, 그리고 그에 관한 뚜렷한 해결책을 제시하지 않는다는 점에서 '악마적'이다. 여기서 말하는 악마란 "세계가 잘 정돈된 무균질의 상태에 있다는 믿음의 허위성을 폭로함으로써 이 세계 속에 존재하는 더러운 세균에 현미경을 갖다 대는 존재"를 의미한다.[6] 그러므로 '악마'란 세계의 숨겨진 이면을 폭로하는 작가의 다른 이름이라고 볼 수 있다.

이러한 맥락에서 '악'이란 문학 작품을 분석하는 데 있어 결코 간과될 수 없는 중요한 요소임이 분명해진다. "위대한 문학 작품 치고 그 속에 강력한 악의 요소가 없는 경우는 드물"기 때문이다.[7] 그러므로 우리는 '악'에 관한 탐구를 통해 "선악의 구분이 없던 우주적 공간을 다시 체험"함은 물론, "방향성이 정해지지 않은 원초적 힘"을 마주하게 된다.[8] 때문에 이재선은 한국문학에서 인식되고 있는 '악'의 사상에 관한 논의

---

4 김승옥 · 김현 · 박태순 · 이청준은 '서울대 문리대 학보'인 잡지 『형성』에서 「현대문학방담」을 진행하였다. 이때 김승옥은 이청준의 소설에 대해 "쓴 사람이 누구인 줄 뻔히 알면서도 싫어질 때가 많아. 잔인하고 악랄하게 쓰지"라고 진술한다. 또한 이청준이 소설을 통해 긴장을 지나치게 추구한다고 지적하며, 이를 두고 "악독"하며 "악의"에 의한 글쓰기라고 말한 바 있다(김승옥 외, 「현대문학방담」, 『형성』, 1968. 봄, 79쪽).

5 오생근, 「갇혀있는 자의 시선」, 권오룡 편, 『이청준 깊이읽기』, 문학과지성사, 1999, 138쪽.

6 김미현, 「악은 악을 파괴할 권리가 있다-「엘리베이터에 낀 그 남자는 어떻게 되었나」」, 『서평문화』 35, 한국간행물윤리위원회, 1999.9, 46쪽.

7 이남호, 「한국 문학과 악(惡)-조선 시대 소설에 나타난 악의 양상」, 『한국 문학이란 무엇인가』, 이문열 · 권영민 · 이남호 편, 민음사, 1995, 111쪽.

8 위의 글, 114쪽.

와 해명이야말로, 한국문학의 정신사적인 특성과 인간 발견의 경로를 밝혀줄 중요한 통로를 제공한다고 주장하였다.[9]

그러나 안타깝게도 한국 현대 문학, 특히 소설이란 장르 내에서 이루어진 '악'에 관한 논의는 그다지 활발하다고 볼 수 없다. 이는 '악'이란 언제나 '선'과의 대립항으로, 극복되어야 할 열등한 존재로 치부되어 왔기 때문이다. 그러므로 문학 작품 안에 드러난 '악'은 독자적인 의미를 획득하지 못한 채, 언제나 지나치게 포괄적으로 혹은 단순히 소재적인 차원으로만 다루어져왔다.

이러한 이유로 문학 작품에 나타난 '악'에 관한 탐구는 작품에 내재한 본질적 속성에도 불구하고 지나치게 간과되어온 경향이 강하다. 더구나 연구 대상으로 언급된 작품들도 대부분 '특정 시기'에 발표된 소수의 작가로 국한되어 있다는 점에서 문제적이다. 이러한 가운데 한국 현대소설 안에서 '악'의 문제가 비교적 비중있게 다루어지고 있는 논의들을 살펴보면 대략 다음과 같다.

우선 1920년대 예술가 소설을 중심으로 '악'의 문제를 제기한 이철호의 논의를 살펴볼 수 있다. 그는 동인지 시대의 청년문학가들이 "속악한 현실과 분리된, 신성하거나 악마적인 예술가 형상을 주조해냈고, 이를 정당화하기 위해 흥미롭게도 반기독교적 어법과 수사에 의존"했음을 지적하였다.[10] '악마'로부터 사회적 압제에 저항하는 영웅적인 낭만적

---

9   이재선, 「한국문학과 악(惡)의 사상」, 『한국문학 주제론―우리 문학은 어디에서 왔는가』, 서강대 출판부, 2009, 89쪽. 이재선은 고전 소설이 주로 '인과응보'관에 기인하여 '악'을 '선'의 결여로 조명했다면, 현대 소설에서는 분명한 인성론적 선악관을 드러내지 않는다고 지적한다(95쪽).

10   이철호, 「악마를 위한 변론―1920년대 예술가 소설과 낭만적 주체성」, 『사이間SAI』 3호, 국제한국문학문화학회, 2007, 44쪽. 이철호는 「한국 근대문학의 형성과 종교적 자아 담

주체상을 발견하고, 이를 통해 기성의 문학 제도나 관념에 맞서는 새로운 문학경향을 견인하는 역할을 마련하고자 했다는 것이다.[11] 이명회 역시 1920년대 소설과 '악'의 문제를 연결 짓고 있는데, 대표적인 작가로 '최서해'를 언급한다. 최서해의 소설이 "악에서 선을 느끼게 함으로써 이해와 감동을 이끌어내는 묘한 매력과 미학"을 지닌다고 본 것이다.[12]

한편 임정연은 임노월의 소설을 두고 "유미주의의 극단적 형태로서 악마주의를 표방하고 이를 서사적으로 형상화한 최초의 사례"라고 소개하였다.[13] 작가는 도덕과 상식에 반하는 병리적 상태에 있는 인물들을 '악마'로 명명하였는데, 이는 "죽음과 광기를 찬미하며 영원과 무한을 욕망하는 '정념'의 존재이며, 비애와 고통이라는 감정의 약동을 통해 경이로운 미지의 세계에 매혹된 인간"을 의미한다.[14] 또한 팜프파탈형 여성들은 미지(未知)에 대한 임노월의 매혹과 공포가 구현되어 있는 서사적 결정체로, 악의 속성을 심미적으로 체험하게 만드는 요소로 분석된다.[15] 이러한 이유로 임정연은 임노월의 악마성을 단순히 허위와

론－영, 생명, 신인 담론의 전개 양상을 중심으로」(동국대 박사논문, 2007)를 통해서도 비슷한 논의를 전개한다.

11 "악마주의적 활력은 김동인이나 나도향 이후 한국 근대문학의 낭만주의적 지류 속에서 더 이상 중요한 문학적 표현을 얻지 못"한다. 이철호는 그 이유를 개인주의에 관대하지 않은 한국문학의 오래된 관행 때문이라고 설명한다(위의 글, 41쪽).

12 이명회, 「악에서 선의를 이끄는 미학」, 『문학, 환멸 속에서 글쓰기』, 새미, 2002, 155쪽.

13 임정연, 「임노월 문학의 악마성과 탈근대성」, 『국제어문』 50, 국제어문학회, 2010.12, 151쪽.

14 위의 글, 163쪽.

15 임정연은 '악마'란 "'유혹하는 여성'이며 이는 '매력적'인 동시에 '위험한' 존재를 유표화하기 위한 수사"라고 이야기한다. '악마'는 대상에 대한 접근 금지이기 이전에 금기를 넘어서는 은밀한 욕망을 역설적으로 드러내는 수사로, 과거에 매혹의 대상이었던 대상에 대해 담론주체가 반성적으로 재생산해낸 이미지라고 볼 수 있다(임정연, 「1920년대 연애 담론 연구－지식인의 식민성을 중심으로」, 이화여대 박사논문, 2006, 116~117쪽).

인습에 반발하는 계몽의 포즈나 미적주체의 예술행위와는 변별된다고 주장한다. 오히려 일체의 규율과 귀속을 거부하는 작가의 의지가 극단적으로 표출된 형태라는 점에서, '반도덕'을 넘어 '탈(脫)도덕'의 세계를 지향한다고 바라본다.[16]

또한, 한국 소설과 '악'의 문제에 집중하고 있는 대표적인 연구자인 정은경은 '악'을 "부정성의 다양한 스펙트럼을 포괄하는 보다 확대된 차원"으로 해석한다는 점에서 주목된다.[17] "한국 근대 문학이 '미'라는 예술성의 원리를 내세워 어떻게 여타의 근대성이 추구하는 진리와 도덕적 가치와 결별하고, 진리가 아닌 '오류와 허위, 혹은 허구'를, '선'이 아닌 '악과 비윤리적인 것'들을, 심지어 '미'와 반대되는 '추'까지를 의미화하고 수용"하는지에 관해 집중하고 있기 때문이다.[18] 이를 바탕으로 김동인의 '악'이 반도덕성을 통해 역설적으로 도덕적 영역에 묶여 있었다면, 이상의 '악'은 진정성과 허위를 판별하는 차원인 진리의 영역에서 사유되고 있다고 분석한다.[19]

이밖에도 정은경은 손창섭과 김승옥 소설에 나타난 '악'의 표상에 관한 연구를 지속해 나간다. 이때 손창섭 소설에 나타난 '악'의 표상은 '생'과 '자유의지'를 의미화 함으로써, 기존의 인간관을 전복하는 새로운 차

---

16 임정연, 앞의 글, 2010, 171쪽.

17 정은경, 「한국 근대소설에 나타난 악의 표상 연구-김동인과 이상을 중심으로」, 고려대 박사논문, 2005, 1쪽.

18 위의 글, 4쪽.

19 위의 글, 92쪽. 정은경은 '김동인' 문학에 나타난 '악'의 문제를 「김동인 소설에 나타난 '惡' 의 의미와 미적 수용에 관한 연구-「감자」와 「광염소나타」를 중심으로」, (『어문논집』 50, 민족어문학회, 2004.10)를 통해 보다 구체적으로 전개한다. 「감자」의 악의 표상이 사실적 차원에서 '진리'를 드러내주고 있다면, 「광염소나타」 계열의 작품에서는 미학적 차원에서의 '탐미주의' 내지는 '낭만주의'가 악의 표상 역할을 한다고 주장한다(252쪽).

원의 휴머니즘임을 드러낸다. 다시 말해 손창섭 소설에 나타난 '악'의 표상을 "인간을 비인간이 되게끔 하는 자연적 악, 인간 자체를 무의미하게 하고 종말에의 의지로 이끄는 존재론 악에 항거하는 자유 의지로서의 '발악'과 '위악'"이라고 본 것이다.[20] 한편 김승옥 소설에 나타난 '악'은 실체나 개념이 아니라 '부정성'으로 표출되는 일종의 의식형태에 가깝다. 따라서 "문학에서의 '악'은 사회적 맥락에서 내용적 특성을 지니는 비도덕적 행위 자체를 의미하는 것이 아니라, 심미적 차원에서의 '강렬한 전율과 무시간성'에 대한 체험을 의미"한다고 해석된다.[21]

한편 박상민은 리쾨르의 '악의 상징'을 문학연구방법으로 의미화하고 있는데, '악'이란 실체를 갖고 있지 않기에 '상징 작용'을 통해서만 접근될 수 있다고 보았다.[22] 또한 '악의 상징'은 '금기'의 문제로 집중되며, 이때 금기란 애초부터 인간에게 어길 수 있는 자유를 전제한다는 점에서 역설적이라고 주장하였다. 정영훈 역시 리쾨르의 '악의 상징'을 통해 황순원의 장편소설을 분석하는데, 황순원 소설에 내재하는 "악의

---

20 정은경, 「손창섭 소설에 나타난 악(惡)의 표상 연구」, 『어문논집』 54, 민족어문학회, 2006.10, 342쪽. 손창섭 소설에서 드러나는 '악'의 양상과 의미는 크게 세 가지 측면에서 요약된다. 첫 번째는 인간의 의지와 무관하게 주어진 '자연적 악'으로, 전쟁 직후의 폭력적 현실을 의미한다. 이것은 인물들에게서 발견되는 비도덕성의 필연성을 설명한다. 두 번째로는 폭력적 현실에서 생의 의지로 드러나는 인물들의 '도덕적 악'에 관한 부분으로 작품 내의 리얼리즘을 획득하는데 기여한다. 마지막으로 의지와 무관하게 상황에 던져진 인간 실존에 대한 인식과 부조리와 무의미로 드러나는 '존재론적 악'은 손창섭 소설에서 환경에 의해 타락한 인물 이외에 극단으로 치닫는 위악적 인물들에 대한 원인으로 작용한다(같은 글, 313~314쪽).

21 정은경, 「김승옥 소설에 나타난 악의 표상 연구」, 『한국문학이론과 비평』 35(11-2), 한국문학이론과 비평학회, 2007.6, 371쪽.

22 박상민, 「문학연구방법으로서의 '악의 상징'」, 『대중서사연구』 15, 대중서사학회, 2006.6, 203쪽.

수준과 깊이에 대한 인식, 악을 치유할 수 있는 방법론의 모색, 내면에 도사리고 있는 악에 대한 반응, 당하는 악으로서의 고통에 대한 해석의 문제"와 같은 '악'에 관한 다양한 사유들을 밝혀내는데 집중하고 있다.[23] 무엇보다 '악'의 문제야말로 황순원 소설이 단편에서 장편으로 나아가는 동력임을 강조하고 있음이 주목되는데, 이는 전쟁을 통해 경험한 인간악이 그만큼 컸다는 방증을 드러낸다.[24]

유철상은 현대사회에서 반사회적이거나 규범질서에 반대되는 모든 것을 지칭하는 '악'과 '폭력'이 '문학적인 소통'으로 수용되는 양상을 설명한다. 그 가운데 당대의 사회적 의식이 사회 전체의 질서 확립과 유지를 위해 '악'이나 '폭력'이라는 이름으로 비동일적 타자를 억압하고 배제시켜 왔음을 밝혀내었다. 따라서 '악'과 폭력의 문제는 특정 기준에서 벗어난 일탈의 개념이 아닌, 그것이 내포하고 있는 부정성을 중심으로 고찰되어야 함이 강조된다. 그 결과 한국현대소설에서 형상화된 '악'의 표상은 기존의 도덕과 질서에 대한 저항, 혹은 자본주의적 현실의 속악성에 대한 비판이라는 의미를 획득한다.[25]

또한 오양진[26]은 1960년대 한국소설을 대상으로 "근대성이 구성하는 주체성의 낭만적 성격과 그것이 형성한 문학의 인간관에 주목"함으

---

23 정영훈, 「황순원 장편소설에 나타난 악의 문제」, 『한국현대문학연구』 21, 한국현대문학회, 2007.4, 270쪽.

24 위의 글, 294~295쪽.

25 유철상, 「한국 현대소설에 나타난 악과 폭력의 문학적 형상화」, 『비교문학』 45, 한국비교문학회, 2008.6, 158~159쪽.

26 오양진의 박사논문인 「1960년대 한국소설의 비인간화 연구」(고려대, 2005)는 이후에 발표된 「캐리커처의 인류학―남정현 소설의 풍자와 아이러니에 대하여」와 함께 『소설의 비인간화』(월인, 2008)라는 제목의 단행본으로 출간되었다. 이 글에서는 단행본의 내용을 참고하였다.

로써, 60년대 소설들이 구현한 인간들의 모습에서 징후적으로 나타나는 '비인간적' 경향들을 제시하였다.[27] 이는 인간 격하·변이·실종이라는 징후적 양상들로, 각각 '비인간화'의 전조(前兆), 경과(經過), 예후(豫後)로 설명된다. 이 가운데 '인간 격하'는 근대적 주체의 '위악적 상상력'으로 접근되고, 근대적 주체에게 위악은 '악'을 섬기기 위한 구실과 변명을 제공한다.[28]

한편 남미영은 '악'을 '자기 상실의 힘'으로 상정하며, 문학에서의 '악'이란 '선'을 이야기하기 위해서가 아니라면 의미가 없다고 덧붙인다. 따라서 성장소설은 '악'을 발견함으로 인해 그 '악'의 덫을 끊을 수 있는 용기와 기회를 갖게 한다는 점에서 '선'을 가능하게 하는 문학이 되어야 한다고 본 것이다.[29] 이는 '악'을 극복의 대상으로 한정한다는 점에서, 선악에 관한 기존의 이분법적 논리를 고스란히 반복하고 있다는 한계를 내포한다. 이밖에도 권채린[30]은 전상국의 작품 세계를 관통하는 모티프를 '악의 문제'로 상정하고, 그의 소설을 물리적 악·도덕적 악·구조적 악이라는 세 가지 유형을 통해 분석하였다. 그 가운데 '악'의 형태가 현대사회로 접어들면서 점차 비가시적으로 내면화되고 있음을 밝혀내었다.[31]

---

27 오양진, 위의 책, 259쪽.

28 위의 책, 74쪽.

29 남미영, 「韓國 現代 成長小說 硏究」, 숙명여대 박사논문, 1992, 92쪽.

30 권채린, 「전상국 소설 연구—악의 표출양상을 중심으로」, 경희대 석사논문, 2000, 2쪽.

31 부분적으로나마 현대 소설 안에서 '악'의 문제가 언급된 논문들을 살펴보면 다음과 같다. 김창식은 「일제하 한국 도시소설 연구」(부산대 박사논문, 1994)에서 방인근의 「마도의 향불」을 중심으로 '모순적 공간의 병치와 도시의 악마성'을 분석하였다. 김경수는 「현대소설의 형성과 여성—악한의 탄생」(『우리말글』 39, 우리말글학회, 2007.4)을 통해 염상섭

이상에서 살펴본 바와 같이 현대 소설에 나타난 '악'에 관한 논의는 주로 기존의 문학 제도나 관념에 맞서는 새로운 문학경향으로 접근되고 있음이 발견된다. 이는 90년대 문학 비평에서 '악'의 문제가 '악마'라는 구체적인 실체로 명명됨으로써 보다 본격화된다. 세기 말의 정서가 악마의 이미지를 생산하고, 이것이 진보적인 문화 이론가들에 의해 담론화 되면서 '악마'가 우리 미학사 안에서 중심부로 부상하기 시작한 것이다.[32]

대표적으로 김미현은 90년대의 독자성과 시대성을 규명하기 위한 키워드로 '악마성'을 제시하였다. 이때 악마는 90년대 이전의 "그럴 수밖에 없었던 정황의 피해자들"과는 구별되는, 적극적으로 악마이기를 원하는 존재들이다.[33] 또한 90년대 소설에서 발견되는 '불안한 고요'는 '악마

의 「해바라기」에 등장하는 여주인공을 '여성-악한'으로 상정하고, 그녀를 "근대소설의 특징적인 장르라고 할 수 있는 피카레스크 소설의 전형적인 인물"이라고 설명하였다. 한편 김한식은 「1970년대 후반 '악한 소설'의 성격 연구」(『상허학보』 10, 상허학회, 2003.2)를 통해 1970년대 후반에 집중적으로 발표된 소설들을 '악한 소설'이라고 명명하였는데, 이때의 주인공들은 주로 산업화 시대의 산물에 해당한다. 또한 강문주(「김유정 소설의 악마적 순환 이미지」, 인제대 석사논문, 2000)는 김유정 소설의 인물들이 현재보다 나은 삶을 살고자 노력하지만, 헛된 욕망으로 인해 다시 원점으로 돌아오는 '악마적인 순환'을 반복한다고 이야기한다. 그러나 이러한 순환이 '원형적' 이미지 분석에 그치고 있다는 점에서 아쉬움이 남는다. 이밖에도 전상국 소설과 악의 문제를 다룬 연구들로는 김종욱(「현실의 폭력을 넘어서는 사랑의 언어」, 『작가세계』, 1996.봄), 김태현(「광기의 임상보고서」, 『현대문학』, 1996.10), 김현(「증오와 폭력」, 『분석과 해석』, 문학과지성사, 1988), 류양선(「시대적 삶과 소설의 모습」, 『세계의 문학』, 1987.여름), 이남호(「소아적 자기보호와 끈질긴 악의 행로」, 『형벌의 집』 해설, 한겨레, 1987), 정현기(「죄악에 관한 소설적 탐구」, 『한국문학』, 1987.6) 등을 들 수 있다.

32 이재복, 「악마가 되기 위한 기나긴 도정」, 『오늘의 문예비평』 44, 오늘의 문예비평, 2002.3, 100쪽.

33 김미현, 「불한당들의 문학사—90년대의 악마주의 소설」, 『판도라 상자 속의 문학』, 민음사, 2001, 130쪽. 김미현은 90년의 대표적인 악마주의 소설가로 김영하, 백민석, 배수아를 언급하고 있다. 이때 김영하를 "이성의 적으로 감성(感性)이 아닌 마성(魔性)"을 택했으

적 상황'으로 대응되며, 악은 '도덕의 부재'가 아니라 '선이 우회한 것' 혹은 '도덕을 넘어서는 도덕'을 의미하게 된다. 한편 신철하는 90년대 작품에서 발견되는 '죽음에의 욕망'을 '파괴적 악마성'으로 명명하였다.[34]

마지막으로 정은경은 앞서 언급했던 김동인·이상·손창섭·김승옥에 이어 90년대에서 2000년대 발표된 소설들에 대해서도 '악'의 문제를 고찰하였다.[35] 이때 "악의 존재 형식은 부정방정식에서의 X와 같다"는 표현이 주목되는데, '악'이란 반드시 다른 무엇인가를 필요로 한다는 전제를 가시화한다.[36] 이로써 '악'은 일반적이고 보편적인 개념이나 형태가 아니라, 하나의 부정방정식에 의해 구해지는 '미지수'라는 점에서 구체적이고 개별적인 존재가 된다. 또한 2000년대 이후의 젊은 작가들은 '악'을 "현실 사회의 한계 지점을 넘어서려는 자유의지"보다는 "새로운 예술에 대한 열정에 의해 추동된 결과물"로 바라본다고 지적한다.[37]

이상에서 살펴본 바와 같이 한국 현대 소설에 있어 '악'의 발견은 주로 '금기'를 위반하는 '자유'의 의미를 내포함이 발견된다. 그러나 이때의 '자유'는 또다시 기존의 선악에 관한 이분법적 오류를 재현한다는

며, 악을 단죄하지 않고 변호한다는 점에서 유혹적인 악마라고 명명한다(137쪽). 백민석은 스스로 '가해악당(加害惡黨)'이 되어 폭력으로 세상을 폭력화하는 '이악제악(以惡制惡)'의 방식을 취하고 있으며, 이것이야말로 "백민석식 악의 양생술이자 퇴치술"이라는 설명한다(139쪽). 마지막으로 배수아는 "저항할 의지를 마비시키는 폭력이 부도덕한가 아니면 그런 의지를 상실한 인간이 더 부도덕한가"라는 질문을 던진다고 언급한다(146쪽). 이를 정리하면 "김영하는 금속성의 '만든 악'을, 백민석은 동물성의 '저지른 악'을, 배수아는 식물성의 '당하는 악'을 보여"준다고 할 수 있다(147쪽).

34   신철하, 「우리 소설의 악마성에 관하여 — 최인호, 장정일, 그리고 배수아」, 『문예중앙』, 중앙일보사, 1995. 가을, 285·287쪽.

35   정은경, 「악, 부정방정식의 X」, 『지도의 암실』, 소명출판, 2010, 115쪽.

36   위의 글, 112쪽.

37   위의 글, 132쪽.

점에서 문제적이다. 자유를 억압하는 '선'은 '악'의 자리로, '악'은 자유의 대가라는 측면에서 '선'의 자리로 옮겨가기 때문이다. 이는 '악'을 언제나 극복되어야 할, '선'의 대립항으로 치부해온 결과로 볼 수 있다. 그러나 '악'을 극복의 관점에서만 접근할 경우, 문학 작품에 대한 논의는 지나치게 단순화될 우려가 있다. 이것이 바로 문학 연구에서 '악'의 문제가 부각되지 못한 근본 원인에 해당한다. 더불어 이청준 소설에 나타난 '악'의 문제가 간과되어온 이유이기도 하다.

기존의 이청준 소설 연구는 '악'이라는 개념과는 거리가 먼, 주로 '한'과 '용서'의 미학에 주목해온 경향이 강하다. 그러나 '한'을 품거나, '용서'를 하기 위해서는 보다 근본적으로 그것들이 왜 존재하는가에 대한 탐구가 필요하다. 한(恨)이 고난을 감내해야 하는 주체의 특별한 태도만을 설명한다면, 악(惡)은 '가해지는 고난'과 '감내해야 하는 고난'까지도 포함하는 까닭이다.[38] 더불어 이청준 문학의 중요한 주제의식 가운데 하나인 '죄의식' 역시 스스로를 고통으로 몰아간다는 점에서 '악'으로 분류될 수 있다. '악'이란 넓은 의미에서 인간에게 고통을 주는 모든 것을 포함하기 때문이다.[39] 그러므로 "죄가 저지르는 악, 또는 도덕적 악이라면 고통은 당하는 악의 일종"이 된다.[40] 이는 세계를 구성하는

---

38 '한(恨)'이 고난의 주체와 객체를 잘 드러내 주지 못하는 것은 '한(恨)'의 관점이 '감내하는 고난'의 의미를 설명하는 데는 적절하지만, 다른 누군가에게 '가하는 고난'의 의미를 제대로 설명할 수 없기 때문이다(박상민, 「박경리 『토지』에 나타난 악(惡)의 상징 연구」, 연세대 박사논문, 2008, 3쪽).

39 이남호는 "인간에게 고통을 주는 모든 힘이나 현상을 통틀어 악"이라고 설명한다.(앞의 글, 110쪽) "넓은 시각에서 악은 인간의 비도덕적 속성만이 아니라, 인간에게 고통을 주는 모든 것(자연적인 재해, 죽음, 전쟁, 실업과 같은 사회적인 해악 등)을 포함"하기 때문이다.

40 정영훈, 앞의 글, 2007.4, 273쪽.

근본 요소가 '선'이 아닌 '악'에 있음을 떠올리게 한다. 또한 문학은 이러한 인간의 삶을 반영한다는 점에서, '악'이란 문학 작품 연구에서 간과될 수 없는 중요한 주제의식이 된다. 더불어 문학이란 그 자체로 "악의 표현"이라는 주장을 떠올릴 때, '악'에 관한 보다 확장된 논의의 필요성이 제기된다.[41]

이와 같은 맥락에서 이 글은 반세기에 걸쳐 진행된 이청준의 작품 세계를 조명하되, 지금까지 다루어지지 않았던 '악'의 문제에 천착해 들어간다. 이때 '악'의 문제는 작품 속의 인물과 공간, 그리고 모티프를 통해 구체화된다는 점에서 보다 실체화된 '악마성'으로 명명될 수 있다. 그러므로 이청준 소설의 '악마성' 연구는 반세기 가까이 이어진 작가의 구체적인 창작 원리를 도출하는 과정이라고도 볼 수 있다.

이청준은 40여 년이라는 긴 시간 동안 꾸준히 작품 활동을 지속했지만, 구체적인 '창작론'에 대한 서술은 남기지 않았다. 다만 몇몇 산문과 작품 노트를 통해 창작에 관한 작가로서의 고민을 토로하고 있을 뿐이다. 그러나 이청준의 소설 속에는 '글쓰기' 자체가 중요한 주제의식으로 빈번하게 등장한다. 이러한 작가의 글쓰기는 '악'의 문제를 통해 추동(推動)된다는 점에서 '악마적 글쓰기'로 명명될 수 있다. 이에 이 글은 이청준 소설을 가로지르는 일관된 주제의식이자, 창작의 원리로 '악마성'을 상정한다. 이는 이청준만의 고유한 창작원리를 도출하는 과정이자, 한국 현대 문학 안에서 이청준이라는 작가의 위상을 재정립하는 기회가 될 것으로 기대된다.

---

41 조르주 바타이유, 최윤정 역, 『문학과 악』, 민음사, 1995, 12쪽.

'악'의 철학, '악마'의 문학

1. '악(惡)'의 철학사 — 악의 개념과 이론

인간의 삶에서 '악'은 거의 전 분야에서 다루어지고 있다. 사회학·심리학·신학·철학·예술을 다루는 인문학 분야만이 아니라, 행태학·유전생물학·사회생물학과 같은 자연과학 분야에서도 '악'은 유전자의 생존전략으로 설명되고 있기 때문이다.[1] 이와 같은 '악'에 관한 다양한 관심은 우리가 살아가는 세계가 결코 '악'과 분리될 수 없음을 시사한다. 그러나 '악'에 대한 개념은 각 분야별로, 같은 분야 내에서도 시대와 장소에 따라 결코 동일한 의미를 내포하지 않는다. 예를 들면 심리학에서는 '악'을 인간의 타고난 성향으로 인식하는데, '문화화'의 과정을 통해 그러한 성향이 제한된다고 바라본다.[2] 반면에 사회학에서

---

1 안네마리 피퍼, 이재황 역, 『선과 악―그 하나의 뿌리를 찾아서』, 이끌리오, 2002, 36쪽.
2 프로이트는 도덕적 규범 체계가 인간의 공격 충동을 억제하고 해소하며 승화시킬 수 있

는 '악'을 스스로 형성된 집단의 억압적 구조에서 유래한다고 인식한다.[3] 이처럼 '악'이라는 개념은 타고난 본래적 성향이라고 보는 입장과 사회적 산물이라고 보는 입장으로 대립된다. 뿐만 아니라 '심리학' 분야 내에서도 '악'은 단일한 의미를 갖지 않는다. '악'으로 규정된 인간의 '공격적 충동'을 금지하는 규범들은 주체에게 불안과 공포심을 조장하며, 욕망을 억압한다는 점에서 또 하나의 '악'으로 분류되기 때문이다. 이처럼 '악'에 대한 개념은 거의 모든 분야에서 제기되지만, 구체적인 합의점을 찾기는 매우 어렵기만 하다. 이에 본 장에서는 '악'에 관한 기존의 입장을 종합적으로 살펴봄으로써, 이청준 소설에 나타난 '악마성'을 고찰하기 위한 밑거름을 마련하고자 한다.

우선 '악'에 관한 문제를 가장 적극적으로 다루고 있는 분야로는 '신학'을 들 수 있다. 신학에서는 '악'을 '선'의 부재(不在) 혹은 결여로 바라본다. 이러한 논의는 신을 '선'의 원천으로, 인간을 '악'의 유일한 원천으로 상정한 전통적인 기독교 사상에서 비롯된 것이라고 볼 수 있다.

기독교 신학에서는 '악'의 근원을 신의 금지 명령을 어긴 첫 인간들의 '원죄'에 있다고 바라본다. 고로 '악'의 창시자는 인간이라는 논리가 성립된다.[4] 하지만 이러한 주장은 신이 모든 존재의 절대적 출발점이라는 전제적 가설과 모순된다. 신이 인간을 창조했다는 점에서, 인간

다고 주장하였다. 그러나 프로이트는 악에 관한 저술을 남기지 않은 것은 물론, '악'을 '악'이라고 부르지도 않았다. 다만 그의 저서인 『문명과 그 불만』을 통해 '악'을 ─ 무(無)를 추구한다는 의미에서 ─ '죽음을 향한 욕동(欲動)'이라고 설명한 바 있다(찰스 프레드 앨퍼드, 이만우 역, 『인간은 왜 악에 굴복하는가』, 황금가지, 2004, 20쪽).

3 안네마리 피퍼, 앞의 책, 70쪽.
4 위의 책, 79쪽.

의 타락은 신의 전능함을 부정하는 결과로 해석되기 때문이다. 이러한 의문은 신을 중심으로 한 입장을 유지하면서도, 인간의 상대적 자율을 확립하고자 하는 움직임을 자극한다. 대표적인 인물로 토마스 아퀴나스(Thomas Aquinas)를 들 수 있다.

아퀴나스는 무려 5년 동안이나 모든 악의 원인·악마·악의(惡意)를 비롯한 다양한 '악'의 문제를 탐구해왔다. 그 결과 그를 위시한 대부분의 중세철학자들은 '선(善)'이란 존재에 대해 새로운 내용이나 성질을 덧붙이는 것이 아니라, 존재하는 것 속에 필연적으로 내포된 것이라는 주장을 하기에 이르렀다. '선'은 존재하는 모든 존재자에게 속한 속성으로, 존재와 '선'은 공존재적인 것이 된다. 이에 존재한다는 것은 현실성을 갖고, 현실성을 갖는 것은 완전성을 지니며, 완전성을 지닌다는 것은 선하다는 의미를 획득한다. 존재는 곧 '선'이라는 논리가 성립되는 것이다. 따라서 존재는 하나의 개별적 사물을 서술하는 범주가 아니라, 모든 완전성을 포괄하는 초월개념이 된다. '악'의 본질은 곧 존재의 결여인 셈이다. 이는 '악'이란 단순한 '선'의 부정이 아니라, 사물이 반드시 지녀야 하는 '선'의 결핍 혹은 결함임을 의미한다.[5] 그러므로 사물이 원래 소유하고 있어야 할 완전성을 갖지 못하다면, 그것은 그 자체로 '악'이라고 볼 수 있다.[6]

이러한 논리에 따른다면 '선'인 주체와 '악' 사이에는 대립이 성립되지 않는다. 대신 '악'과 주체가 가져야 할 '완전성'과의 사이에만 대립이

---

5 강영안, 「악에 대한 형이상학적 성찰」, 한국정신문화연구원 철학·종교연구실, 『악(惡)이란 무엇인가—철학·종교에서 본 악과 고통의 문제』, 창, 1992, 36~40쪽.

6 예를 들면 병에 걸리는 것은 그 자체로 악이 된다. 인간은 원래 건강한 상태로 만들어졌기 때문이다(프랑소와 쁘띠, 강성위 역, 『악이란 무엇인가?』, 이문출판사, 1984, 92~93쪽).

존재하게 된다. 이는 '악'을 죄에 대한 형벌 혹은 시련으로서의 '고통'과 연결 짓는 까닭이다.[7] 그런데 '악'은 파고들면 들수록 신의 속성에 의심을 품게 만든다는 점에서 문제적이다. 이를 해결하기 위해 신학과 철학의 교차점에서 등장한 것이 바로 사변적 사고의 한 형태인 '변신론'[8]이다. 3세기의 북아프리카 출신 기독교 저술가인 락탄티우스(Caecilius Firminaus Lactantius)는 변신론의 문제를 다음과 같이 요약하였다. "신은 세상에서 악을 제거하려고 하는데 제거할 수 없거나, 제거할 수는 있지만 제거하려고 하지 않거나, 제거할 수도 없고 제거하려고도 하지 않거나, 아니면 제거하려고도 하고 제거할 수도 있거나 이 네 가지 중의 하나"[9]라는 것이다.

만일 신이 '악'을 제거하려고 하지만 제거할 수 없다면, 이러한 무능력은 신의 본질과 모순된다. 그리고 제거할 수는 있지만 제거하려고 하지 않는 '악'의 성질 역시 신의 본성에서 위배된다. 또한 제거할 수도 없고 제거하려고도 하지 않는 것은 '악'의 성질인 동시에 무능력이기에 신의 본성과 부합되지 않는다. 마지막으로 제거하려고도 하고 제거할 수도 있다는 것만이 신성의 본질과 일치하지만, 여전히 '악'의 근원에 대해서

---

7 '고통'에는 반드시 목적이 있다는 점에서 '선한 것'으로도 받아들여진다. 고통이란 야훼가 주는 축복 중의 하나로, 고통 없이는 '선한 것'도 창조될 수 없기 때문이다(김영태, 「악에 대한 종교철학적 이해」, 한국정신문화연구원 철학·종교연구실, 앞의 책, 116~119쪽).

8 고대·중세·근세(일부분)의 신학자와 철학자들은 '악'이 존재한다는 사실에 대해 그 책임자인 신이나 절대자의 정당성을 변호하는 '변신론(辯神論, Theodizee)'의 작업을 수행해야 했다. 그러나 인간은 근세 이후 자기 스스로 자신의 행위를 선택하고, 자신의 힘으로 운명을 개척함은 물론, 역사를 형성해 나가는 주체적인 존재가 되었다. 따라서 더 이상 악의 존재에 관한 책임을 신이나 절대자에게 돌릴 수 없다는 논리가 성립된다(이엽, 「악에 대한 윤리학적 이해」, 한국정신문화연구원 철학·종교연구실, 앞의 책, 102~103쪽).

9 뤼디거 자프란스키, 곽정연 역, 『악 또는 자유의 드라마』, 문예출판사, 2002, 361~362쪽.

는 해답을 찾을 수가 없다.[10] 이처럼 '선'과 '악'의 문제는 신학 안에서 분명한 대립구도를 구성하며, 끊임없이 새로운 의문을 제기해 나간다.

이와 같은 '악'에 관한 의문은 **철학**에 이르러 보다 본격적으로 다루어진다. 철학 안에서의 '악'은 형이상학적 · 윤리학적 관점으로 세분화되기 때문이다. 우선 형이상학적인 측면은 또다시 일원론적 해석과 이원론적 해석으로 나눠진다. 이때 **일원론적 해석**이란 모든 존재는 하나의 근원, 즉 신을 통해 비롯된다는 입장을 의미한다. 반면 **이원론적 해석**이란 서로 적대적인 두 가지의 절대적 힘을 설정한다.

우선, 일원론적 해석에서는 고대 말기를 대표하는 그리스의 철학자 플로티노스(Plotinos)의 논의를 살펴볼 수 있다. 그는 신적 일자 외에 다른 근원은 없다고 보았으며, 신적 일자로부터는 결코 악한 존재가 나올 수 없다고 주장하였다. 따라서 '악'은 존재하지 않는다는 결론이 도출된다. '악'이란 '선'이 왜곡되고 탈취된 것으로, '선의 반대'이자 '행하지 않는 선'인 것이다.

한편 17세기의 형이상학자 스피노자(Baruch Spinoza)는 자신의 철학 체계의 정점에 '아무런 전제도 없는 출발점'으로서 절대적이고 무한한 실체를 설정하고, 이를 통해 '선'과 '악'에 대한 일원론적 설명을 진행하였다. '악'은 신의 자기실현 과정에서 나타난 의도하지 않은 부수 효과이거나, 신의 내재적 진화 과정에서 발생한 예기치 못한 과실이라는 것이다.[11] 그는 '선'과 '악'을 인간의 상상력 아래에 있는 것으로 치부함으로써, 신은 모든 일을 선한 이성 아래에서 행한다는 논리를 펼친다.[12]

---

10   안네마리 피퍼, 앞의 책, 84 · 195쪽.
11   위의 책, 101쪽.

그러나 18세기 초 라이프니츠(Gottfried Wilhelm Leibniz)는 세상에 존재하는 '악'에 대한 책임이 신에게 있다는 논리에 강력하게 반박한다. 만일 신이 창조한 세계가 모든 가능한 세계들 중 최선의 세계가 아니라면, 그때의 '신'은 결코 '신'이 될 수 없다는 것이다. '악'이란 인간이 지적 한계나 무지(無知)와 같은 '이성의 유한성'으로 인해 발생하는 것으로, 모든 '악'의 근원은 인간이 된다. 그러나 '악'을 단순히 인간의 그릇된 선택행위에서 비롯된 '선'의 결핍으로만 보지는 않는다. 라이프니츠는 '악'을 세계의 완전성과 '선'을 실현하기 위한 가능조건으로 바라본다. 그는 이 '악'으로부터 인간의 신체적 고통이나 죽음(물리적 악), 그리고 죄(도덕적 악)가 출현한다고 설명한다.[13] 더불어 모든 고통·질병·불행과 같은 '악'이 세계 안에 존재함에도 불구하고, 이 세계는 가능한 세계 중에서 최선의 세계이며 '악'이란 세계 질서를 위해 없어서는 안 될 존재라고 주장한다. 이는 "약간의 작은 무질서가 존재하는 곳은 바로 가장 큰 질서 속"이라는 논리를 통해 뒷받침된다.[14] '악'이란 세계의 완전성과 '선'의 실현을 위한 가능조건이기 때문이다.[15]

반면 19세기 초의 셸링(Friedrich Wilhelm Joseph von Schelling)은 신의 개념을 새롭게 파악하였다. '신'을 내재적으로 완전한 실체로 보았던 전

12　프리드리히 니체, 홍성광 역, 『도덕의 계보학—하나의 논박서』, 연암서가, 2011, 109쪽.

13　강영안, 앞의 글, 45쪽.

14　미셸 라크르와, 김장호 역, 『악』, 영림카디널, 2000, 28쪽.

15　라이프니츠는 보다 큰 '선'의 실현을 위해 반드시 '악'이 필요하다고 보았다. 아무 이유 없이 당한 고난과 질병은 일시적인 상실과 고통을 가져다주지만, 이러한 고통을 통해 삶을 그대로 수용할 수 있는 지혜를 배울 수 있기 때문이다. 그러나 이것은 다수의 행복을 위해 소수의 희생을 가져올 우려가 있다. 각 개개인이 당하는 '악'과 고통이 전체의 이름 아래 무시될 수 있기 때문이다(강영안, 앞의 글, 60쪽).

통적인 입장과 달리, 내적인 갈등 끝에 비로소 완전성을 향해 나아가는 존재로 본 것이다.[16] 따라서 '신' 역시 '선'을 성취해야 한다는 논리가 성립된다. 즉 신은 성취된 '선'을 통해 자신을 선한 존재로 규정하고, 그것을 통해 신으로서의 자격을 획득한다.[17] 이는 셸링이 '악'을 '선'의 부정이나 박탈로 보지 않음을 드러낸다.

한편 **이원론적 해석**의 경우, 서로 적대적인 두 가지의 절대적 힘을 설정한다. 대표적으로 아우구스티누스(Aurelius Augustinus)는 '악'의 문제를 본격적으로 다룬 최초의 철학적 저작을 쓴 인물로, '악'이 실체적인 것이 아니라 일종의 우연적 현상을 지칭하는 개념이라고 보았다. '악'의 본질은 무엇을 생산해 낼 수 있는 근원적인 것이 아니라, 단지 자연 혹은 실체의 결여나 상상에 불과하다는 것이다. 이는 우리가 살아가는 세계의 모든 것은 신에 의해 창조되었기에 선하지 않을 수 없다는 의미이다. 그러므로 '악'은 그것을 행한 자가 책임을 져야 한다는 논리가 성립된다. '악'이 힘을 발휘하는 것은 오직 인간의 자유로운 의지를 통해서이기 때문이다.[18]

이와 같은 '선'과 '악'의 문제는 칸트(Immanuel Kant)에 이르러 형이상학적 차원에서 윤리학적 차원으로 내려온다. '악'은 환상이 아니라 현실인 까닭이다.[19] 이때 칸트는 철저하게 '도덕적 악'에 국한된 사고를 전개하는데, 이는 '선의지' 자체를 도덕적 가치의 최고 근거로 삼기 때

---

16 안네마리 피퍼, 앞의 책, 104쪽.

17 위의 책, 105쪽.

18 김선욱, 「근본악과 평범한 악 개념」, 『사회와 철학』 13, 사회와 철학연구회, 2007.4, 33~34쪽.

19 강영안, 『도덕은 무엇으로부터 오는가 ─ 칸트(Kant)의 도덕 철학』, 소나무, 2000, 169쪽.

문이다. 오직 선의지에서 나온 행위만이 도덕적 가치가 있다고 본 것이다. 따라서 '선'과 '악'은 언제나 상호 배제적이다. 이러한 바탕 위에서 칸트는 '선'과 '악'의 주체를 현실 속에서 '도덕법칙'과 '자기애' 사이에서 갈등하는 자유로운 개별적 인간이라고 인식하였다. 따라서 개인으로서의 인간이 자신의 자유를 올바르게 사용하면 선한 인간이 되고, 잘못 사용하면 악한 인간이 된다. 이러한 이유로 칸트는 선과 악이 인간의 역사와 더불어 발생했다고 주장한다. '선'과 '악'의 근원은 역사적 사실이 아니라 의지적 행위라는 것이다.[20]

이때 중요한 것은 칸트가 말하는 '선'의 모순 개념인 '비선(非善)'이다. 이는 다시 '단순한 결핍'과 '적극적으로 반대되는 것'으로 나누어진다. 이때 '선'에 반대되는 적극적인 근거는 '근본악'에 해당한다. 칸트는 이를 '적극적 악'이라고 명명하였는데, "인간에게 있어서 악에의 성향은 '보편적'인 본성일 뿐 아니라 '생래적'인 본성"이기 때문이다.[21] 이처럼 칸트는 인간이란 오직 자기 자신의 자유로운 선택 행위를 통해서만 도덕적으로 선하거나 악할 수 있다고 보았다. '선'과 '악'은 외부의 어떤 원인에 의해 발생하는 것이 아니라, 오직 자신의 의도에 의해 스스로

20　그 결과 다음의 세 가지 사실이 도출된다. ① 선과 악의 근원으로 고려될 수 있는 것은 인간의 의지뿐이다. 인간의 의지는 그 의도의 방식에 의해 그 의지 자체의 선 또는 악을 발생시킨다. 그리고 그 의지가 원하는 것을 행동으로 달성할 때 필요한 수단의 선 또는 악도 발생된다. ② 선과 악은 의지의 특성들로서 그 의지가 원하는 바가 뚜렷이 표명되는 원칙들에 의해 구별된다. 선한 의지는 모두에게 선한 것을 위해 오직 누구에게나 통용될 수 있는 원칙들에 의해서만 스스로를 규정한다. 반면 악한 의지는 다른 사람들의 희생과 손해를 통해 사리사욕을 채우도록 조장하는 원칙들을 수용한다. ③ 선한 의도와 악한 의도는 어떤 도덕적 당위를 의식하면서 이루어지는 것인 한, 비이성적인 것이 아니라 이성이 동반된 것이다(한국정신문화연구원 철학·종교연구실, 앞의 책, 13쪽).

21　김선욱, 앞의 글, 34쪽.

결정된다는 것이다.

때문에 칸트는 성악설이나 원죄설처럼 인간의 본성 자체를 '악'으로 보는 모든 종류의 자연주의를 거부한다. '악'이란 우리의 본성이나 출생에 기인한 것이 아니라, 인간의 자유에 기초하기 때문이다.[22] 그러므로 인간은 자신이 어떤 사람이 되고자 하는가를 선택할 수 있으며, 그 가운데 스스로 원하는 대로 존재하는 자가 된다.[23]

이와 같이 인간의 특성을 윤리적인 자기 선택으로 바라보는 입장은 키에르케고르(Søren Aabye Kierkegaard)에게서도 살펴볼 수 있다. 키에르케고르는 칸트와 마찬가지로 '선'과 '악'이라는 도덕적 대립이 자유라는 근원에서 비롯된다고 보았다. 인간은 자신의 소질을 자연발생적으로 펼쳐나가는 다른 유기체들과는 다르게, 어떤 식으로든 자신의 태도를 정할 수 있다는 점에서 '존엄성'을 갖기 때문이다. 이러한 존엄성은 자연적으로 주어지는 것이 아니라 노력을 통해 획득된다.[24] 그러므로 자유는 근본적으로 모두를 위해 선한 것이 되며, 부자유는 모두에게 악한 것으로 인정된다. 이러한 점에서 '선'과 '악'의 범주는 윤리적 자유 공간의 경계를 이룬다. '선'을 긍정하는 것은 부자유의 원칙을 배제하는 것이고, '악'을 긍정하는 것은 자유의 원칙을 부정하는 것이다. 그러므로 자유를 원칙으로 인정하는 것은 '악'을 선택할 수 있는 가능성으로 이어진다. 이러한 맥락에서 '선'과 '악'의 문제는 실존적 결단의 문제로 확장된다.

---

22 강영안, 앞의 글, 56쪽.
23 미셸 라크르와, 앞의 책, 35쪽.
24 윤병렬, 「하이데거와 현대의 철학적 사유에서 초월개념에 관한 해석」, 『존재론 연구』 18, 한국하이데거학회, 2008.10, 206~207쪽.

반면 도덕의 해체를 통해서 '악'의 개념 자체를 해체하고자 한 인물로는 니체(Friedrich Wilhelm Nietzsche)를 들 수 있다. 칸트가 도덕적인 자기규정과 근본악 사이의 긴장 관계에 주목했다면, 니체는 그와 같은 긴장을 근본적으로 해소하는데 집중한다.[25] 특히 '선'과 '악'을 자연적 속성이 아닌, 인간에 의해 꾸며낸 것임을 폭로한다. "오늘날 우리 시대에 악덕이라 불리는 것이 고대 그리스에서는 덕으로 칭송"되었다는 점에서,[26] '선'과 '악'은 애초부터 사적 이익이나 관심을 관철시키기 위해 구성된 것이라고 본 것이다.[27] 그러므로 약한 자들은 위험을 회피하기 위해 강한 자들을 악의 마력을 지닌 자들이라고 몰아세워 자신들의 약함을 선과 미덕으로 포장해왔음을 폭로한다.[28] 이러한 내용은 그가 저술한 『도덕의 계보학』을 통해 살펴볼 수 있다. 이 책에서 니체는 '선'과 '악'의 기준이 왜 만들어졌는지를 질문하며, 그에 관한 답을 '선'과 '악'의 기준이 만들어진 기원에서 찾아내고 있기 때문이다.[29] 그 가운데 기존의 대립적 구도의 가치개념을 해체함으로써 '선'과 '악'은 본래적인 가치라는 사실을 밝혀내었다. 이로 인해 이전의 '선'은 '악'으로, 이전의 '악'은 '선'으로 자리를 옮겨간다.[30] 허구와 가상의 선악개념을 해체시

---

25 한국정신문화연구원 철학·종교연구실, 앞의 책, 59쪽.

26 프리드리히 니체, 앞의 책, 249쪽.

27 홍성광은 니체의 『도덕의 계보학 – 하나의 논박서』(연암서가, 2011)을 해설하며, '선'과 '악'의 기준을 만든 피지배계층이 자신의 원한을 분출해 지배자들에게 복수를 가했다고 설명한다. 이 복수는 "현실적 쾌락을 악으로, 내세에 대한 믿음을 선으로 보는 가치관"을 만들었으며, 니체는 이러한 가치 기준을 만들어낸 결정체를 '금욕적 이상'이라고 결론짓는다(252쪽).

28 미셸 라크르와, 앞의 책, 50쪽.

29 프리드리히 니체, 앞의 책, 250쪽.

30 뤼디거 자프란스키, 앞의 책, 315~316쪽.

키고, 지금까지 타자로 머물던 '악'의 개념을 복원시키는 것이다.

한편 『악의 상징』을 저술한 리쾨르(Paul Ricoeur)도 전통적인 철학적 논의와 구별되는 주장을 전개한다. 그는 '악'을 비존재 혹은 존재의 결여로 보지 않았다. 그에게 있어 '악'은 그것이 그저 있기 때문에 실재적이다. 이에 '악'이란 사람이 갖는 원초적이고 근본적인 체험이 된다.[31] 이러한 '악'의 구체적인 체험은 주로 고백의 형태로 나타난다. 고백은 복잡한 체험의 구조를 이루고 있는데, 이때 죄의 고백에서 드러나는 체험은 허물·죄·흠이라는 세 단계로 설명된다. 이 세 가지 유형은 리쾨르가 '악'의 상징이 갖는 역사적 전개 과정을 분류하는 가운데에서도 언급된다.

우선 '흠'이란 접촉을 통해 오염시키는 물질과 다름없다. 이때 접촉은 '두려움'이라는 특별한 감정을 통해 주관적 사건이 되는데, 두려움은 윤리적 위기의식을 포함한다. 그러므로 '고난'은 '악'의 결과이며, 잘못을 저지른 것에 대한 대가가 된다. 또한 흠의 상징 속에는 노예 의지의 세 가지 축이 포함되어 있다. 첫째는 '악'이란 무(無)이거나 질서의 결여가 아니라 '제거해야 할' 무엇이라는 점이고, 두 번째는 '악'이 자유의 바깥 측면에 위치한다는 점이다. 그리고 마지막은 '악'이 '오염'과 관계된다는 것으로, 외부에서 오는 시험은 자기에 의한 자기 오염이라고 볼 수 있다. 그러므로 '악함'이란 인간 안의 '순결, 빛, 아름다움'이 퇴색하거나 추해진 것이라고 볼 수 있다. 이는 '악'이 '선'만큼 근원적이지 않다는 사실을 입증한다.[32]

---

31 폴 리쾨르, 양명수 역, 『악의 상징』, 문학과지성사, 1994, 22쪽.
32 한국정신문화연구원 철학·종교연구실, 앞의 책, 154~155쪽.

한편, 죄는 헛된 '무(無)'라고 볼 수 있다. 이때 죄는 개인적이며 동시에 공동체적이다. 더불어 실체를 갖는다는 점에서, 자유보다는 해방의 문제로 이어진다. '악'에 대한 마지막 상징은 '허물'인데, 일반적으로 잘못의 주관적인 계기를 가리킨다. 이는 앞서 언급한 죄가 잘못의 존재론적 계기였다는 점과 변별된다. 허물의 구도에 따르면 '악'은 개개인이 '일으키는 행위'라는 사실이 분명해지기 때문이다. 그러므로 사람은 누구나 철저하게 죄인이지만, 허물에 있어서는 각각의 차이를 갖는다는 점에서 독자성을 확보한다.[33]

이러한 '악'에 관한 논의는 20세기 이후에도 꾸준히 지속된다. 이때 주목할 점은 악에 대한 기존의 논의가 신학과 철학의 차원을 넘어, 정치 및 사회적 담론으로 확장되고 있다는 사실이다. 대표적으로 알랭 바디우를 들 수 있는데, 그는 '선'(진리)에 의존적인 '악'의 진정한 형상으로 "시뮐라크르(거짓된 사건에 대한 테러적인 충실자로 존재하는 것), 배반(자기 자신의 이해 관심을 위해 진리를 양보하는 것), 명명될 수 없는 것에 대한 촉성 또는 파국(진리의 힘이 전능하다고 믿는 것)"을 언급한다.[34]

'악'이란 진리에 대한 "시뮐라크르"의 과정으로, 이때 "시뮐라크르에의 충실성"이란 전쟁과 학살을 그 내용을 삼는다. 고로 어떠한 불사적 존재도 주체적으로 도래하지 않는다. '악'은 그 본질에 있어서 모든 자에게 행해지는 테러인 셈이다. 그리고 이를 통해 우리는 진리에 대한 배반에 노출된다. 이때의 '배반'은 곧 진리의 윤리학이 갖는 패배로, 되돌아올 수 없는 '악'의 다른 이름이라고 볼 수 있다. 마지막으로 '명명될

33 폴 리쾨르, 앞의 책, 112~113 · 146쪽.
34 알랭 바디우, 이종영 역, 『윤리학─악에 대한 의식에 관한 에세이』, 동문선, 2001, 126쪽.

수 없는 것'은 '그 자체로서' 명명될 수 없는 것을 의미하지 않는다. 그 것은 잠재적으로 상황의 언어에 의해서는 접근될 수 있지만, 불사적 존 재에 의해서는 접근될 수 없다. 그런 의미에서 '명명될 수 없는 것'이란 상황의 순수한 실재의 상징, 진리 없는 그 삶의 상징이라고 볼 수 있 다.[35] 이때 가장 중요한 것은 '악'이란 '선'을 만남으로 인해 열리는 가능 성이라는 지점이다. 이러한 바디우의 논의는 철학적 사유가 사회적이 고도 정치적인 부분과 어떤 식으로 접점을 이루고 있는지를 드러낸다 는 점에서 주목할 만하다.

이는 아렌트(Hannah Arendt)가 제기한 '악의 평범성'을 통해서도 살펴 볼 수 있다. 아렌트는 '악'의 개념을 정치철학적 문제로 거론한 최초의 인물로, 그녀는 '악'의 개념이 전후 유럽의 지적생활에 있어 근본 문제 가 될 것이라고 예견하였다.[36] 이러한 '악'에 대한 문제제기는 1951년에 출간된 『전체주의의 기원』의 초판에서 '절대악'의 개념을 통해 구체적 으로 제시된다. 이는 '홀로코스트'의 참상을 통해 도출된 개념으로, 용 서하거나 응징할 수 없는 '악'을 의미하며, '근본악'과 동일시된다. 이때 '근본악'이란 칸트의 용어이지만, 칸트의 개념으로도 이해할 수 없는 근본성을 내포한다. 아렌트가 말하는 '악'은 인간을 잉여적으로 만드는 시스템과 관련하여 출현하기 때문이다.[37]

이러한 '악'의 개념은 제2차 세계대전 당시 수백만의 유태인을 학살 한 '아돌프 아이히만'에 관한 재판을 통해 새로운 전환을 맞이한다. 그

---

35   위의 책, 107~123쪽.
36   김선욱, 앞의 책, 35쪽.
37   위의 책, 38쪽.

녀는 이 재판에서 아이히만이 특별히 악마적인 인물이 아니라는 사실에 주목하였는데, 그에게서 반인륜적 범죄를 저지르게 만든 악마성 대신 아무 생각 없이 자신의 직무를 수행하게 만든 '사고력의 결여'를 발견한 것이다. 이에 '현대의 악'은 "생각하지 않음"에 있음을 밝히고, 인간의 정신활동과 정치와의 관련성에 대해 깊이 연구하기 시작하였다. '악'의 화신으로 여겼던 인물의 '악마성'은 부정되고, '악'의 근원이 평범한 곳에 있다는 '악의 평범성'이 제기된 것이다.

지금까지 자연과학·사회학·심리학·신학·철학·정치학에 이르기까지, '악'을 바라보는 다양한 영역의 관점을 정리해보았다. 이를 통해 기존의 논의가 대부분 '선'을 이야기하기 위한 작업으로서 '악'을 희생시켜왔음을 발견할 수 있었다. 이는 비단 기독교 신앙을 바탕으로 한 서구 사회의 특수성만으로 받아들여지지 않는다. 유교와 불교를 중심으로 삼고 있는 **동양 문화권**에서도 이와 같은 문제는 반복된다.[38]

유가 철학에서는 '악'을 우주론적 이해, 심성론적 해석, 이기론적 해석이라는 세 가지 입장에서 접근한다. 우선 '악'에 대한 '우주론적 이해'는 자연의 모든 이상 현상이 인간 선악의 결과라는 입장으로, 자연의 이상 현상은 인간의 부조화 행위 때문이라는 논리가 성립된다. 한편 '악'에 대한 '심성론적 해석'은 '이의론'과 '성정론'으로 또다시 구분된다. 이때 '이의론'은 '악'을 이로움을 좇는 욕심으로, '성정론'은 완전하게 '선한 선'이 아닌 감정을 '악'이라고 규정한다. 이러한 해석은 '악'을 인

---

38 중국문화권에서 '악(惡)'은 본래 추한 마음을 어원으로 갖는다. 한자어에서 '惡'은 '아(亞)' 와 '심(心)'이라는 두 개의 글자가 합하여 이루어진 것으로, 마치 사람의 구부린 등을 연상시킨다는 점에서 '추함'을 뜻하기 때문이다(곽신환, 「악에 대한 유가철학적 이해」, 한국정신문화연구원 철학·종교연구실, 앞의 책, 162쪽).

간의 이기적 욕망으로부터 기인한다고 바라본다는 점에서, 사회적 '악'을 설명할 수 있는 근거를 제공한다.[39] 마지막으로 '악'에 대한 '이기론적' 해석은 하늘과 인간의 대립을 통해 접근된다. 이것은 완전히 선한 '하늘의 이치(天理)'와 '인간의 욕심(人慾)' 사이의 대립을 의미한다. 다른 말로 우주의 원리로서의 '이(理)'와 움직임의 토대로서의 '기(氣)'의 대립이기도 하다. 유가철학에서는 '이'와 '기' 가운데 항상 후자에 '악의 가능성'이 도사린다고 보았다. 따라서 '기'가 맑으면 그 때의 행위는 '선'이요, '기'가 탁할 때의 행위는 '악'이 된다.[40] 이처럼 유가 철학은 인간을 자연과 비교해서 힘의 결핍 혹은 인간의 근원적 결핍을 드러내는데 초점을 맞춘다. 고로 '악'은 하늘이 만든 것이 아니라 사람에 의하여 빚어진다는 논리가 도출된다.[41]

한편 불교에서는 '악'의 성격을 규정하는 대신에 '악'을 구분한다. 대표적으로 '악'의 유형을 열 가지로 구분한 '십악(十惡)'[42]을 들 수 있다.

---

39 이때 주목되는 두 인물은 '성선설(性善說)'을 주장한 맹자와 '성악설(性惡說)'을 주장한 순자이다. 맹자는 인간의 본성은 원래부터 선하다고 주장하며, 이를 '남에게 차마 하지 못하는 마음[不忍人之心]'이라고 설명한다. '악'이란 사람들의 지나친 이기적 욕망에서 비롯된다고 본 것이다. 반면 순자는 인간의 본성이 원래 악하다고 주장하며, '선'을 인위적이고 후천적인 가치로 바라본다. '악'은 개인의 욕심에 기인하며, '악에 대한 징계는 '선'을 권함에 있다는 것이다. 이를 통해 인간의 본성을 무엇으로 보느냐에 대해서만 차이가 있을 뿐, 악에 대한 인식이나 규정은 맹자와 순자가 크게 다르지 않다고 볼 수 있다(위의 글, 170~171쪽).

40 위의 글, 176쪽.

41 위의 글, 181쪽.

42 불교에서 말하는 '십악(十惡)'은 살아있는 생명을 죽이는 살생(殺生), 남의 물건을 도적질하는 투도(偸盜), 아내나 남편 이외의 타인과의 음행을 의미하는 사음(邪淫), 이간질하는 말인 양설(兩舌), 남을 성내게 하는 나쁜 말인 악구(惡口), 겉만 좋아 보이고 실속 없는 기어(綺語), 망령되고 이치에 맞지 않는 망어(妄語), 마음속으로 남의 물건을 탐하는 탐심(貪心), 화로써 타인을 괴롭히는 진심(瞋心), 어리석은 마음을 의미하는 치심(痴心)을 가

대체로 신체 · 언어 · 마음에서 생긴 나쁜 마음과 행동을 총칭하는 것으로, 거의 모두 극복을 전제로 삼는다. 불교에서 말하는 '오계(五戒)'를 실천함으로써, 자아의 완성을 향해 나아가는 것이다.[43] 이런 실천이 모든 중생들에게 퍼져 나갈 때 사회의 모든 '악'은 제거될 수 있으며, 마침내 사회공동체적 '선'의 구현을 위한 발판이 마련된다.[44]

정리하자면 '악'을 바라보는 동양의 관점 역시, 서양에서 바라보던 것과 마찬가지로 '선'을 전제로 삼고 있음을 확인할 수 있었다. 특히 불교에서 말하는 '십악(十惡)'은 '십불선업(十不善業)'으로도 명명되는데, '악'이란 곧 '불선(不善)'이라는 의미를 구현한다. 따라서 '악'은 '선'에 대한 결여의 측면에서 접근됨이 다시금 확인된다. 뿐만 아니라 '악'을 철저하게 인간의 문제로 상정하고 있음도 공통점이라고 할 것이다. '악'이란 하늘이 만든 것이 아니라 사람에 의하여 빚어진다고 보았던 유가 철학이나, '악'을 사람이 범한 죄의 종류로 설명하고 있는 불교의 입장은 '악'을 인간의 책임과 연결 짓고자 했던 서구의 철학 이론과 맞물리기 때문이다. 그러나 서양에서의 '악'이 인간의 본질에 대한 자유 의지를 탐구하는 부분에 집중되었다면, 동양에서의 '악'은 주로 국가를 중

리킨다. 유교에서도 기본질서를 침해하는 범죄유형을 열 가지로 구분하여 '십악(十惡)'이라고 칭한다. 이는 사면이 허용되지 아니하거나, 형의 일부에 한해서만 감형되는 범죄를 말한다. 그 내용은 모반(謀反), 모대역(謀大逆), 모반(謀叛), 악역(惡逆), 부도(不道), 대불경(大不敬), 불효(不孝), 불목(不睦), 불의(不義), 내란(內亂)을 가리킨다(진희권, 「십악을 통해서 본 유교의 형벌관」, 『법철학연구』 5-1, 세창출판사, 2002.6, 286쪽).

43 '오계'란 ① 살생하지 않음(不殺生), ② 주지 않은 것을 가지지 않음(不偸盜), ③ 삿된 성행위를 하지 않음(不邪淫), ④ 거짓말을 삼감(不妄語), ⑤ 술에 취하지 않음(不飮酒)을 의미하는 것으로, 불교의 가장 기본적인 도덕이다(김정희, 「불교의 생명윤리와 재가 여성 불자」, 『한국여성철학』 4, 한국여성철학회, 2004.11, 32쪽).

44 한국정신문화연구원 철학 · 종교연구실, 앞의 책, 24~29쪽.

심으로 하는 공동체의 질서를 위협하는 존재로 초점을 맞추고 있음이 차이점이라고 할 수 있다.

이상에서 살펴본 바와 같이 '악'에 관한 연구는 당대의 과학·종교·문화·사회·사상·철학·정치적 의미를 도출하는 효과적인 자료가 된다. '악'이란 고정된 개념이 아니라, 주어진 시대와 문화권에 따라 변모하는 유기체이기 때문이다. 그러므로 '악'을 단순한 '선'의 결여 혹은 모자람으로 정의하는 것은 '악'에 대한 올바른 이해를 불가능하게 만든다.

한편, 신학적인 의미에서 다루어지던 '악'은 낭만주의 시대에 이르러 "미학적 버전의 악마"라는 새로운 유형을 등장시켰다.[45] 낭만주의자들에게 있어 악마는 예술적 천재로 인식되었는데, 천재는 기존의 규칙을 모두 파괴한다는 점에서 악마와 비슷한 성격을 갖기 때문이다.[46] 따라서 낭만주의 작가들에게 있어 '악마'는 '반란'을 상징하며, 동시에 '미'와 '선'의 상징으로 제시되기 시작하였다.[47]

이는 문학이란 "본질적인 것이거나 아무것도 아니다. 악 — 악의 첨예한 형태 — 은 우리에게 더할 나위 없는 가치를 지니는 것이라고 나는 믿는다. 문학은 바로 그 악의 표현"이라고 주장한 바타이유(Georges Bataille)의 논의와도 연결된다.[48] '악'은 그 자체로 본질이며, 기존의 질서와 구조를 전복할 힘을 갖는다는 점에서 그 자체로 가치를 지닌다.

---

45 진중권, 『ICON』, 씨네북스, 2011, 214쪽.
46 "낭만주의 특유의 '아이러니' 감성은 악마 속에서 천사를 보고, 천사 속에서 악마를 본다. 위선(천사표 악마)에 대한 혐오는 위악(악마표 천사)에 대한 선호로 이어졌다."(위의 책, 214~215쪽)
47 박상춘, 「도스또옙스끼 소설에 나타난 악의 형상화」, 연세대 석사논문, 2004, 3쪽.
48 조르주 바타이유, 앞의 책, 12쪽.

우리가 '악'에 매력을 느끼는 이유는 "선을 행하려면 각자의 개성을 무시하고 누구에게나 두루 적용되는 공동체의 규칙"을 따라야 하기 때문이다.[49] 이에 문학은 일상적인 존재의 한계를 벗어나려는 인간적인 열정의 표현이라는 점에서, 법과 제약의 한계 밖으로 나가고자 하는 '악'과 유사해진다.[50] 바로 이 지점에서 문학은 '악'의 표현이 되어야만 한다는 바타이유의 주장이 다시금 힘을 얻는다.

보들레르(Charles Baudelaire) 역시 금기를 벗어나려는 강렬한 욕구 충동과 새로운 세계에 대한 창조적 의지를 '악'과 연결 지어 이야기한다. 악마가 미학적인 존재가 될 수 있는 것은 금기를 벗어나려는 강렬한 욕구 충동과 새로운 세계에 대한 창조적 의지 때문이다.[51] 다시 말해 '악마성에 대한 찬양을 통해 신의 그늘 속에 억압되어 있던 시인의 자아가 각성과 창조를 향한 의지로 나아간다고 본 것이다. 그러므로 보들레르에게 있어 '악'이란 금기를 벗어나려는 강렬한 욕구 충동과 새로운 세계에 대한 창조적 의지를 드러낸다. 이러한 맥락에서 '악마'는 미학적인 존재의 최정점을 가리킨다고 볼 수 있다.

이처럼 신학에 등장하던 '악마'는 점차 문학적인 인물로 변모되어 간다. 대표적인 예로 괴테의 『파우스트』에 등장하는 메피스토펠레스를 들 수 있다. 그는 이전의 악마와 달리, 지식인의 면모를 갖추고 있음이 특징적이다.[52] 이에 제프리 버튼 러셀은 메피스토펠레스가 기독교의 악마이

---

49 안네마리 피퍼, 앞의 책, 2002, 7쪽.

50 이재선, 「한국문학과 악(惡)의 사상」, 『한국문학 주제론－우리 문학은 어디에서 왔는가』, 서강대 출판부, 2009, 105쪽.

51 이재복, 「악마가 되기 위한 기나긴 도정」, 『오늘의 문예비평』 44, 오늘의 문예비평, 2002.3, 398쪽.

면서 사회에 대한 냉소적인 비평가이며, 한편으로는 속인들의 대변인이기도 하고 진보적인 인문주의자라고 분석한 바 있다.[53] 이후 낭만주의 시대에 나타난 악마에 관한 문학적 형상화는 주로 인간의 성적 타락에 초점을 맞춘 퇴폐주의로 흐르게 된다. 이밖에도 악마는 중세와 르네상스를 거치는 동안 다양한 모습으로 변주되어 간다. 눈에서 불을 뿜고 긴 뿔과 꼬리를 가진 기형적인 괴물로부터, 근사하게 차려입은 인간의 모습으로 나타나게 된 것이다.[54] 이러한 가운데 악마는 더 이상 지옥에 존재하는 구체적인 인격체가 아닌, 일종의 성격으로 제시되기 시작한다.

이에 이 글은 기존의 논의가 '선'을 향해 나아가기 위해 '악'을 희생시켜왔다는 점에 착안하여, 문학 작품의 창조적 원동력이 되는 '악'의 고유성을 부각시키는데 초점을 맞추고자 한다.

2. '악마'의 문학사 – 한국 소설과 악마성

우리의 삶은 '선'과 '악'을 둘러싼 투쟁의 연속이다. 문학 작품은 이와 같은 인간의 삶을 반영하는데, 그 가운데에서도 주로 '악'의 문제에 집

---

52 박상춘, 앞의 글, 3쪽.
53 제프리 버튼 러셀, 김영범 역, 『메피스토펠레스 – 근대 세계의 악마』, 르네상스, 2006, 250쪽.
54 조반니 파니니, 송병선 역, 『악마이야기 – 종교, 철학, 문학, 예술에 나타난 악마의 모습』, 예문, 1995, 239쪽.

중해온 경향이 강하다. '악'은 갈등을 야기한다는 점에서 예술가들에게 창조적 동력을 제공하는 매혹적인 주제이기 때문이다. 그러나 한국 소설에 나타난 '악'에 관한 연구는 문학 자체의 '미학성' 보다는, 주로 지배 이데올로기에 대한 저항의 측면에서 해석되어온 경향이 강하다. 따라서 식민지 시대의 청년문학가들은 '악마적인 예술가 형상'을 통해 사회적 압제에 저항을 시도했으며, 해방 이후 전쟁과 같은 외부적 폭력에 내몰린 작가들은 도덕과 상식에 반하는 병리적 인물들을 내세워 일체의 규율과 귀속을 거부해왔다. 이때의 '악'은 기존의 문학 제도나 관념에 맞서는 새로운 문학 경향으로 해석된다.

그런데 문제는 이러한 가운데 또다시 반복되는 '선'과 '악'의 사이의 대립이다. 우리가 믿어왔던 '선'이 사실은 '악'의 다른 이름이며, '악'이야말로 우리에게 자유를 부여하는 '선'이라는 논리를 재연하고 있기 때문이다. 이는 문학 작품에 나타난 '악'을 극복의 대상으로 한정시킨 결과라고 볼 수 있다.

일반적으로 문학 작품에 나타난 '악'은 숨겨진 진실이자, 불편한 현실로서 마주한 이들에게 '고통'을 부여한다. 숨겨놓고 싶지만 불쑥 정체를 드러내는 불편한 현실 앞에서 작중 인물은 물론, 작품을 읽는 독자들까지도 '고통'을 경험하기 마련이다. 이때 '고통'을 대면한 주체들이 제일 먼저 욕망하는 것은 '고통의 원인'을 찾는 일이다. '고통'의 원인을 밝혀냄으로써, 그것을 극복할 수 있는 해결방안을 모색하려는 것이다. 이것은 '고통'을 제거되어야 할 '악'으로 인식하는 가운데 발생한 오류에 해당한다.[55]

---

55   폴 리쾨르, 앞의 책, 42쪽.

그러나 '악'은 결코 극복되지 않는다. 이는 '악'에 관한 정의가 매번 새로운 질문을 도출한다는 점에서 뒷받침된다. '악'이 무엇인지는 결코 답할 수 없으며, 오히려 그러한 질문들이야말로 '악'의 본질적 속성을 드러내는 요소라고 볼 수 있다. 이청준 역시 '악'을 '선'에 대한 대립항으로 상정하지 않는다. 그의 소설은 우리가 몸담고 있는 사회가 폭력적 억압의 질서에 길들여져 있다면, 그 질서에 순응하는 이들이야말로 '악마'가 아니냐고 묻고 있기 때문이다. 더불어 주어진 사회의 '악'을 고발하고, 안정적인 세계를 흔들어 혼란으로 몰고 가는 이들의 이름에 대해서도 질문한다. '악'을 교정하려는 '선'이야말로 무시무시한 '악'이 될 수 있음을 드러내는 것이다. 이와 같은 작가의 질문은 사탄을 쫓아내고자 벌인 '마녀사냥'이야말로 무자비한 '사탄의 역사'였다는 역설을 떠올리게 만든다.[56]

그러나 이청준이 제기하는 진정한 문제는 '선'과 '악'의 자리교체에 머물지 않는다. '선'은 '악'의 자리로 옮겨갈 수 있으나, '악'은 결코 '선'의 자리로 옮겨갈 수 없기 때문이다. '악'은 또 다른 '악'의 자리로 옮겨간다는 점에서, 이청준은 우리의 삶이 결코 '악'으로부터 벗어날 수 없음을 선언한다. "악(Evil)을 거꾸로 읽으면 삶(Live)"이라는 격언처럼, 우리가 살아가는 삶의 다른 이름이 '악'임을 밝히고 있는 것이다.[57] 이는 악의 문제를 "인간의 가장 원초적이고 근본적인 체험"이라고 말한 리

---

56 진중권, 앞의 책, 214쪽.
57 찰스 프레드 앨퍼드는 미국의 메릴랜드 주 퍼튜젠트 교도소의 재소자들과 일반인을 상대로 악에 관한 질문을 제기하였다. 해당 문장은 14번째 질문인 "오래된 격언이 있습니다. '악을 거꾸로 읽으면 삶이다.' 그 의미가 무엇이라고 생각하십니까?"에서 참고하였다 (찰스 프레드 앨퍼드, 앞의 책, 296쪽).

퀴르의 주장을 통해 뒷받침된다.[58] 따라서 이청준 소설의 갈등은 '선'과 '악'의 이분법이 아닌, 끊임없이 분기하는 '악'과 '악' 사이의 투쟁으로 심화된다. 절대 진리인 '선'에 대한 기준 미달만이 아니라, '선'을 초과하는 것 역시 '악'으로 치부되기 때문이다. 이러한 이유로 '악'은 매번 '선'에 대한 '모자람' 혹은 '넘침'을 이유로 비정상적인 처형을 당해야만 했다. 이청준은 이처럼 절대 진리이자 기준이 되는 '선'이 사실은 무자비한 살인을 일삼던 '프로크루스테스 침대'와 다름없음을 폭로하고 있는 것이다.

무엇보다도 이청준 소설에 나타난 '악'은 인과성의 차원에서 논의하기가 매우 어렵다는 특징을 갖는다. 이는 작가 스스로가 '악'의 인과성을 거부하고 있는 까닭이다. 이청준은 '악'을 극복함으로써 '선'을 회복해야 한다는 필요성을 거절한다. 우리의 삶이 결코 '악'으로부터 벗어날 수 없음을 선언하면서도, 그것을 극복하기 위한 어떤 해결책도 제시하지는 않는 것이다. 오로지 "탐색의 과정"만을 드러내기에 독자들은 작품을 읽으면 읽을수록 중첩되는 의문들과 마주할 수밖에 없다.[59] 이는 작가란 "해답"이 아닌 "끊임없는 질문"을 제시하고, 소설이란 "삶의 문제에 대한 확정적 해답"이 아닌 "괴롭고 아프게 그것을 묻고 되돌아오는 반성의 정신"이라고 진술했던 이청준의 글을 통해 뒷받침된다.[60]

따라서 독자는 소설 안에서 '답'을 찾는 대신, 작가가 제시해놓은 '문제' 찾기에 집중하게 된다. 이것은 '과정으로서의 사유'에 동참하는 길

---

58   폴 리쾨르, 앞의 책, 1994, 22쪽.

59   한상규, 「다양한 표정의 소설세계에 대한 다양한 비평」, 『작가세계』 14, 세계사, 1992.8, 164쪽.

60   이청준, 「책 속에 길 없다」, 『작가의 작은 손』, 열화당, 1978, 190쪽.

로, '선'과 '악'의 이분법이 아닌 끊임없이 분기하는 '악'과 '악' 사이의 투쟁을 의미한다. 이때 요구되는 것은 다름 아닌 '사유'이며, 이것은 철학이란 끊임없는 '사유의 연속'이라고 보았던 들뢰즈(Gilles Deleuze)의 이론을 통해 구체화된다.[61]

기존의 서구 철학은 이데아·형상·본질 등의 '해(解)'를 찾는 것을 출발점으로 삼아왔다. 그리고 그 안에서 끊임없이 진짜와 가짜를 구분하고자 노력해왔다. 이러한 맥락에서 '악'은 가짜이자 이데아에 이르지 못한 불완전한 모사품에 불과하였다. 그에 반해 들뢰즈는 기존의 정통적인 사유를 거부하고 '문제'의 철학을 전개한다. 들뢰즈에게 중요한 것은 결과로서의 '답'이 아니라, 과정으로서의 '사유'이기 때문이다. 이는 곧 "문제 자체"를 의미한다.[62]

그러나 대부분의 사람들은 문제란 답이 있을 경우에만 시작된다고 믿는다. 따라서 문제들은 해(解)와 더불어 사라져야 할 것으로 간주된다. 들뢰즈는 이러한 믿음을 "유아적인 선입견"이자 "사회적 선입견"이라고 보았다.[63] 들뢰즈가 말하는 '사유'란 자신이 예상할 수 없는 상황들과의 갑작스런 마주침, 그 속에서 찾을 수 없는 답을 찾기 위해 지속되는 물음들이기 때문이다. 이청준의 글쓰기 역시 이와 같이 "모든 전제들을 배제"함으로써 이루어진다.[64] 이에 세계를 자신만의 독자적인 시선으로 바라보기 위해서는 '편견'을 배격해야만 한다. 이청준 역시 "하나의 편견에는 언제나 자신의 주장을 일반화시키고자 하는 파괴적

---

61 키스 W. 포크너, 한정헌 역, 『들뢰즈와 시간의 세 가지 종합』, 그린비, 2008, 24쪽.
62 질 들뢰즈, 김상환 역, 『차이와 반복』, 민음사, 2004, 347쪽.
63 위의 책, 350쪽.
64 위의 책, 289쪽.

자기 실현욕"이 있음을 경계해왔다.[65]

한편, 우리는 여기에서 또 하나의 질문과 마주한다. 이러한 '편견'을 해체하고자 공격하는 것을 과연 '선'이라고 명명할 수 있는지의 문제이다. 이처럼 멈추지 않는 질문을 통한 '사유의 연속'이야말로 이청준의 글쓰기가 갖는 핵심이며, 이는 늘 분열을 초래한다는 점에서 '악마적'이다.[66] '악'은 고정불변의 '개념'이 아니라, 배치를 통해 발생하는 일종의 '사건'이기 때문이다.

기존의 전통 철학에서는 '사건'을 가치 없는 것, 따라서 무의미한 것으로 간주해왔다. 이에 대해 들뢰즈는 '사건의 존재론'을 바탕으로, 세계를 바라보는 '동사적' 관점을 제시한다.[67] 사건이란 하나의 사물이 다른 사물과 특정한 관계 속에 들어가는 계열화를 통해 의미를 부여받는 것으로, '악'은 사건들 간의 관계를 통해 출현한다는 것이다. 그러므로 '사건'이란 "모든 일어나는 것의 영원하고도 실행되어질 수 없는 부분"이며, "여전히 도래하지 않은 만큼 언제나 이미 도래한 무감동의 실체"라고 정의될 수 있다.[68] 이를 통해 '사건'은 영원히 지나간 것이고 지나가게 될 것이지, 결코 지나가는 것은 아니라는 결론이 도출된다.[69]

---

65 이청준, 「偏見에 대하여(I)」, 『작가의 작은 손』, 열화당, 1980, 73쪽.

66 이 글에서 서술하고 있는 '분열'이란 정신분석학에서 말하는 개념과 변별된다. 들뢰즈적 분열증에서 가져온 개념으로, 들뢰즈에게 '분열'은 "다수의 충동들이 해방되는 사건"을 의미한다. "수시로 모습을 바꾸어"가는 "익명의 것들"은 "인격적 동일성을 지니지 않"기 때문이다(서동욱, 『일상의 모험』, 민음사, 2005, 265~266쪽).

67 들뢰즈는 '동사' 중심으로 세계를 바라볼 때, 우리가 살아가는 세계는 사건들의 총체임을 발견할 수 있다고 보았다(질 들뢰즈, 이정우 역, 『의미의 논리』, 한길사, 1999, 23~38쪽 참조).

68 아르노 빌라니·로베르 싸소, 신지영 역, 『들뢰즈 개념어 사전』, 갈무리, 2012, 198쪽.

69 위의 책, 202쪽.

비슷한 맥락에서 자프란스키는 '악'이란 어떠한 한계를 넘어서려는 의지와 행동, 한계지점을 돌파하는 경이로운 체험이라고 이야기한 바 있다.[70] '악'은 개념이 아니라 '자유에 대한 대가'인 것이다. 이러한 이유로 '악'은 고정된 개념이 아닌, '악'을 행하는 주체와 당하는 타자 사이의 관계를 통해 비롯되는 구조의 문제로 접근되어야 함이 제기된다.

이와 같은 '사유'를 바탕으로 한 이청준의 '글쓰기'는 작가이자 비평가인 모리스 블랑쇼(Maurice Blanchot)의 '글쓰기'와 닮아있다. 들뢰즈의 '사유'는 전제를 거부한다는 점에서 '고유한 개별성'으로 명명될 수 있는데, 들뢰즈는 블랑쇼가 이러한 "고유한 개별성을 간직한 '비인칭'을 가장 정확하고 심도있게 추구한 작가"라고 언급하고 있기 때문이다.[71] 푸코 역시 블랑쇼의 글쓰기를 두고 "바깥의 사유"라고 명명하였는데,[72] 이때 '바깥'은 "고정되고 단일한 중심"이 없는 "분산의 공간"이자 '중심을 벗어난 중심'을 의미한다.[73] '바깥'이란 "문학 이전에, 그리고 문학의 기원"을 말하는 것으로,[74] "하나의 또 다른 세계"가 아니라 "모든 세계의 타자"인 것이다.[75]

블랑쇼는 예술작품의 기능은 이미 존재하는 어떤 사실을 표상하는 것이 아니라, 그것을 새로운 각도에서 보고 느낄 수 있는 새로운 언어적 틀을 창안해내는데 있음에 주목하였다.[76] 그런 의미에서 '바깥의 사

---

70   정은경, 「악, 부정방정식의 X」, 『지도의 암실』, 소명출판, 2010, 112쪽.

71   유치정, 「블랑쇼 문학과 새로운 글쓰기의 의미」, 서울대 박사논문, 2011, 2 · 8쪽.

72   송진석, 「현대 프랑스 문학과 바깥의 사유-마르그리트 뒤라스와 조르주 바타이유」, 『프랑스학연구』 55, 프랑스학회, 2011.2, 146쪽.

73   유치정, 앞의 글, 122쪽.

74   박준상, 『바깥에서-모리스 블랑쇼의 문학과 철학』, 인간사랑, 2006, 34쪽.

75   위의 책, 146~147쪽.

유'는 "내부와 대립되는 사회체의 외부가 아니라, 사회체 내부의 기준이 작동하는 안의 한계 지점"이 된다.[77] 즉 '바깥'이란 내부와 대립되는 외부로서의 바깥이 아닌 '안의 가장자리'로, 가장자리의 존재들은 사회체 내부로 완전히 편입되지 못하고 배제된다. 따라서 '바깥의 사유'란 "주체의 외부에서 주체의 한계를 드러내면서 주체를 빈 상태로 만"든다.[78] 들뢰즈에게도 '바깥'은 사유를 가능하게 하는 이질적인 힘으로 작용한다.[79]

이에 본 글은 들뢰즈가 제기한 사유의 개념을 바탕으로 삼되, 한 걸음 더 나아가 "바깥의 사유"로 명명된 블랑쇼의 '글쓰기'의 의미를 통해 이청준 소설의 특징을 도출해보고자 한다. 이들은 모든 권력의 제도화에 의문을 제기한다는 점에서, 이청준의 글쓰기를 설명할 수 있는 중요한 통로라고 볼 수 있다.[80] 무엇보다 이들이 말하는 '바깥'은 통일성을 잃어버린 공간으로, '통일성'을 상실한 '바깥'의 글쓰기는 역설적으로 무제한적인 '분산의 힘'을 지닌다.[81] 이것은 다름 아닌 이청준 소설의 핵심으로, 작가는 "결론을 직설적으로 전달"하는 대신 "독자적인 질서로서 그것을 잉태하고 태어나게 하는 소우주를 형성"해 나아간다.[82]

이청준은 고정된 중심을 뒤집는 사유를 전복함으로써, 고정된 텍스

---

76 유치정, 앞의 글, 60쪽.

77 김영희, 「푸코와 '바깥(le dehors)'의 사유」, 『인문학논총』 15-3, 경성대 인문과학연구소, 2010, 89쪽.

78 유치정, 앞의 글, 119쪽.

79 김영희, 앞의 글, 93쪽.

80 울리히 하세 · 윌리엄 라지, 최영석 역, 『모리스 블랑쇼 침묵에 다가가기』, 앨피, 2008, 222쪽.

81 유치정, 앞의 글, 60쪽.

82 이청준, 「알리바이 文學」, 『작가의 작은 손』, 열화당, 1978, 204쪽.

트가 아닌 독자를 통해 새로운 '글쓰기'를 시도한다. 이에 작가는 끊임없이 질문을 늘어놓는 "질문 청부업자"이고, 소설은 "그의 질문의 숲"을 이루게 된다.[83] 이청준은 숲에 버려진 독자에게 스스로의 힘으로 길을 찾으라고 말한다. "한 편의 소설은 그의 독자를 만났을 때, 그 독자 안에서 비로소 마지막 완성이 이루어"지는 까닭이다.[84] 그런 의미에서 이청준의 소설은 독자들에게 "문학적 독서"를 유도한다고 볼 수 있다.

블랑쇼는 독서의 종류를 크게 '비문학적인 독서'와 '문학적인 독서'로 구분한 바 있다. 전자가 '기존의 체계만을 확인'하는 소극적인 독서라면, 후자는 '새로운 질문과 개방의 힘 속에서 작품의 언어를 듣는 것'에 해당한다. 다시 말해서 '문학적 독서'란 "읽을 때마다 새롭고 유일한 독서"로, "독자는 이미 도래한 저자이며, 저자는 다가 올 독자"로 상정된다.[85] 그리고 우리는 이 속에서 '숭고'를 경험한다. 숭고미란 "독자들 스스로 숭고미의 창조자가 되어 인간의 한계를 극복한 지고한 상상의 세계를 경험하도록 하는 미적인 체험"인 까닭이다.[86]

이청준의 소설은 이처럼 독자를 수동적인 소비자의 위치에서 능동적인 생산자의 위치로 격상시킨다. 그러므로 이청준의 '글쓰기'에 관한 연구는 단순히 작가 개인에게 국한된 것이 아니라, 작품을 읽는 독자를 통해 또 한 번의 '글쓰기'를 이끌어낸다는 측면에 초점이 맞추어져야 한다. 그런데 이러한 '사유'의 연속은 언제나 새로 시작해야 한다는 점에서 파괴를 전제한다. 따라서 이청준 소설에 나타난 '사유로서의 글쓰

---

83 이청준, 「책 속에 길 없다」, 위의 책, 186쪽.
84 이청준, 「알리바이 文學」, 위의 책, 201쪽.
85 유치정, 앞의 글, 35~36쪽.
86 롱기누스, 김명복 역, 『롱기누스의 숭고미 이론』, 연세대 출판부, 2002, 4쪽.

기'는 그 자체로 '악마적'이라고 볼 수 있다.

그런데, 이때 문제가 되는 것이 바로 '사유의 무능성'이다. 이청준의 '글쓰기'는 멈추지 않는 '사유'의 과정이며, 이러한 '사유'는 정답을 제시하지 않는다는 측면에서 '악마적'이기 때문이다. 그러나 '사유'를 통해 제기된 '악'의 문제는 '사유하지 않음'이 '선'이라는 공식을 제공하지 않는다. 이청준이 제기하는 진정한 문제는 '선'과 '악'의 자리교체에 있지 않다. '선'은 '악'의 자리로 옮겨갈 수 있으나, '악'은 결코 '선'의 자리로 옮겨갈 수 없는 까닭이다. 이에 '사유의 무능성' 역시 '악'으로 간주된다. 그리고 이러한 '사유의 지속'과 '사유의 정지'라는 경계 위에 '사유의 유보'에 관한 문제가 추가된다. 이는 '사유에 관한 사유'의 연속을 의미한다.

이에 본 글은 이청준 소설의 핵심을 '사유'로 상정하고, 이러한 사유를 바탕으로 이루어지는 창작 행위의 전(全)과정을 '악마적 글쓰기'라고 이름 붙이고자 한다. 이때 시작도 끝도 알 수 없는 뫼비우스의 띠를 연상시키는 이청준의 '사유'는 정지·유보·지속이라는 특징 가운데 각각 '악의 평범성'·'악의 불가해성'·'악의 파괴성'으로 명명된다. 이는 본론의 제2부, 제3부, 제4부를 구성하는 핵심 주제로, 이는 작품 안에서 사유의 무능성, 환상의 가능성, 창조의 역능성이라는 구체적인 창작원리를 도출하는 역할을 담당한다. 각 장에서 전개될 이청준 소설의 '악마성'이 갖는 핵심을 살펴보면 다음과 같다.

우선 제2부에서는 '사유의 정지'로서 '사유의 무능성' 문제를 분석한다. 이는 곧 '사유의 결핍'을 의미한다는 점에서, 아렌트를 통해 제기된 '악의 평범성(banality)'과 연결된다. 아렌트가 말하는 '악의 평범성'이란 주어진 역할과 체제 아래에서 무조건적인 복종을 일삼는 '사유의 무능성'을 의미하기 때문이다. 이는 제2차 세계대전이 끝난 뒤 이스라엘 비밀경찰에 의해 체포된 '아돌프 아이히만'[87]의 사례를 바탕으로 제기되었다. 아렌트는 아이히만이 수많은 유대인을 학살한 것은 그의 악마적인 성격 때문이 아니라, 주어진 임무에 무조건적으로 복종했던 '사유의 무능성'에 있음에 주목하였다. 이로써 '악'의 문제는 '존재의 결핍'이 아닌 '사유의 결핍'임이 드러나고, '악'이란 오늘날 현대인 누구에게나 열려있음을 밝혀내었다.[88]

이와 같은 과정을 통해 아렌트는 종교학과 철학의 영역에서 다루어지던 '악'의 문제를 정치적 차원에서 주목하는데 성공한다. '악'의 발생을 "정치적 삶의 현장에서 인간의 사유와 판단의 부재"에서 비롯된 것으로 파악하고 있기 때문이다.[89] 그러므로 '악'이란 자기가 무엇을 하고

---

87 아돌프 아이히만은 제2차 세계 대전 당시 히틀러의 지시에 따라 수많은 유대인을 학살하였다. 그는 독일이 패망한 뒤 아르헨티나로 도망쳐 15년간 숨어 지낸다. 그러다 1960년 5월 11일 밤, 이스라엘 비밀조직에 의해 체포되어 이스라엘로 압송되었다. 1961년 4월 11일에 예루살렘 지방법원에서 재판을 받기 시작하였으며, 1961년 12월 15일 금요일 아침 9시에 사형이 선고되었다. 아이히만에 대한 재판을 접한 아렌트는 『뉴욕커』 편집장인 윌리엄 숀에게 자신을 재판 참관자로 제안하였다. 이에 특파원 자격으로 재판을 참관한 아렌트는 1963년 2월부터 다섯 차례로 나뉘어 기사를 발표한다. 그 가운데 '악의 평범성'에 관한 문제가 도출되었고, 이로 인해 아렌트는 "반이스라엘적인 사람이며, 반시온주의자이고, 스스로 유대인을 증오하는 사람이며, 법적 순수주의자이고 칸트적 도덕주의자라는 비판"을 받았다. 그러나 영-브륄은 이와 같은 아렌트의 논의가 정치적 악에 대한 공평성을 확립하고자 시도했다는 점에서 존경받을 만하다고 주장한다(엘리자베스 영-브륄, 홍원표 역, 『한나 아렌트 전기』, 인간사랑, 2007, 552~553·843쪽).
88 김선욱, 앞의 글, 2007, 44쪽. '평범성(banality)'이란 '진부성'이나 '일상성'으로도 번역될 수 있다. 그러나 '진부성'이란 "평범하고 또 익숙할 정도로 많이 접해서 진부해졌다"는 것이지, "시간적으로 오래되었다"는 의미는 아니다(한나 아렌트, 김선욱 역, 『예루살렘의 아이히만—악의 평범성에 대한 보고서』, 한길사, 2006, 16쪽).
89 정재식, 「한나 아렌트의 「평범한 악」의 정치철학적 의미」, 숭실대 석사논문, 2002, 2쪽.

있는지를 깨닫지 못하는 '사유의 무능성'에서 비롯됨이 분명해진다.

그런데 여기서 말하는 '사유의 무능성'이란 능력의 '결여'로 이해해서는 곤란하다. 아렌트가 말하는 '사유의 무능성'이란 '타자의 관점에서 생각할 수 있는 능력'의 결여를 의미하기 때문이다.[90] 다시 말해 '사유의 무능력'은 "자신의 행위가 옳고 그른가에 대한 반성을 포기한" 상태라고 볼 수 있다. 따라서 인간은 악하기 때문에 악한 행동을 하는 것이 아니라, 자신이 하는 행위에 대한 사유를 거부했기 때문에 악한 행동을 한다는 논리가 성립된다. 이는 '악'이 인간적 실재임을 뒷받침하는 근거로 작용한다. 이러한 논리에 따른다면 악마란 성경이나 동화 속에 등장하는 추상적 존재가 아닌, "생각하는 능력이 없는 사람"[91]이라는 실체가 된다.

또한 아렌트가 말하는 '사유의 무능성(inability to think)'이란 세 가지의 무능성을 포함하는데, 그것은 "말하기의 무능성, 생각의 무능성, 타인의 입장에서 생각하기의 무능성"이다.[92] 그러므로 이청준 소설에 나타난 '사유의 무능성' 문제는 인물에게서 발견되는 '말하기의 불능'을 통해 구체화되며, 이는 주로 작품 안에서 일방적인 고백을 강요하는 타자의 요구로 가시화된다.

이때 타자의 요구는 대개 '죄'에 대한 고백으로 이어진다. 고백은 말하는 이를 죄인으로 전제한다는 점에서 그 자체로 '악의 상징'에 해당

---

90 아이히만은 유대인 학살에 관해 양심의 가책을 받은 적이 없느냐는 질문을 받는다. 이에 대해 오히려 '명령받은 일(유대인 학살)'을 하지 않았다면 양심의 가책을 받았을 것이라고 대답한다(한나 아렌트, 앞의 책, 18쪽).

91 엘리자베스 영-브륄, 앞의 책, 541쪽.

92 김선욱, 「역자 서문」, 한나 아렌트, 앞의 책, 20쪽.

한다. 또한 주체의 시선이 오직 자기 자신에게만 집중되어 있다는 점에서 '나르시시즘'적이다. 따라서 '악마'는 곧 '나르시스트'이며, 그들이 몸담고 있는 '진술불능'의 공간 역시 '지옥'의 다른 이름이 된다. 그리고이와 같이 세계로부터 소외된 인물들은 작품 안에서 억울하게 죽어가는 '똥개'로 형상화된다. 나아가 '똥개'들을 죽음으로 몰아가는 잔혹한 '악마성'은 정체를 드러내지 않는 '전짓불' 모티프를 통해 구체화된다.

이어지는 제3부에서는 사유의 '유보성'을 바탕으로, 설명할 수 없는 '악'의 의미를 탐구한다. 이는 '악의 불가해성'에 대한 고찰로, 주로 '환상의 가능성'을 통해 제시된다. 지그문트 바우만은 악을 "우리가 알지 못할 뿐 아니라, 영원히 알 수 없는 존재"라고 정의한 바 있다.[93] 이청준은 이러한 '악'의 문제를 드러내기 위해 작품 속으로 '환상'을 끌어들인다. 이에 그의 소설 속에는 비일상적이며 비정상적인 인물, 그들의 애매한 지각, 비현실적이며 비논리적인 사건의 전개, 더불어 일상적 세계에서 벗어난 몽환적 시공간에 이르기까지 다양한 측면의 환상적 요소가 등장한다. 이를 통해 작가는 '가능함'이 아닌 '불가능함', '실재'가 아닌 '비-실재, 명명될 수 없고 형태가 없는 것, 알려지지 않고 보이지 않는 세계를 이야기한다.[94]

이때 주목되는 것이 작품 속 인물들이 호소하는 '불안'이다.[95] 불안은 "주체가 확실히 가늠할 수 없는 타자의 욕망, 그리고 주체를 위협하

---

93 지그문트 바우만, 함규진 역, 『유동하는 공포』, 산책자, 2009, 96쪽.

94 로즈마리 잭슨, 서강문학연구회 역, 『환상성 – 전복의 문학』, 문학동네, 2001, 40쪽.

95 우찬제는 이청준의 소설쓰기를 "불안한 시대에 불안의 상상력을 통해 불안의 현실과 문학적으로 대결"하기 위한 작업이었다고 서술한다(우찬제, 「소문의 불안, 불안의 소문」, 『문학과 사회』 85, 문학과지성사, 2009. 봄, 432쪽).

는 전능한 타자의 향락으로 인해 느끼는 정서"를 가리킨다.[96] '불안'이란 미지(未知)의 대상에 관한 무지(無知)로 인해 발생하기 때문이다. 이러한 불안은 우리의 삶 안에서 결코 사라지지 않는다. 불안이란 상징계 속에 존재하는 주체라면 어느 누구도 피할 수 없는 근원적 정서인 것이다.[97]

한편 불안은 '공포'로 명명될 수 있는데,[98] '공포'를 느끼는 것이 '악'이라면 우리가 '악'하다고 여기는 것 역시 '공포'라는 논리가 성립된다. "공포와 악은 샴쌍둥이"처럼 연결되어 있는 까닭이다.[99] 이러한 불안은 '악'과 '환상'을 관통하는 핵심 개념으로, 이청준 소설에서는 주로 뚜렷한 주체가 드러나지 않는 '소문'의 유입과 구축을 통해 가시화된다. 소문이란 현실을 구축하는 환상이자, 그로 인해 발생하는 불안 기제이기 때문이다. 무엇보다 소문은 진실과 거짓이 구분 없이 뒤섞여 있다는 점에서, 발화자가 익명이라는 점에서 불가해한 '악'의 속성을 형상화한다. 불안정한 세계 속에서 인물들은 극심한 불안을 호소하고, 자신이 속한 세계를 더욱 모호하게 만들어가기 때문이다. 나아가 진짜와 가짜의 모호한 구분은 단지 현실과 환상과의 대립을 넘어, 환상과 환상 사이의 분열을 초래한다. 이에 하나의 공간은 현실과 환상이라는 이분법은 물론, 환상과 또 다른 환상으로 끊임없이 분열되어 나간다. 이때 인물들은 분열된 세계가 주는 혼란 속에서 자신이 서야 할 자리를 찾기

---

96 우찬제, 「이청준 소설의 불안의식」, 『어문논집』 33-2, 한국어문교육연구회, 2005. 여름, 191쪽.

97 우찬제, 앞의 글, 2009. 봄, 439쪽.

98 지그문트 바우만, 앞의 책, 209쪽.

99 위의 책, 95쪽.

위해 헤매고, 이는 궁극적으로 '죽음'을 유발한다.

정신분석학적인 측면에서 프로이트는 '악'을 죽음을 향한 욕동, 즉 '죽음본능'이라고 설명한 바 있다. 이때 '죽음본능'은 에로스적인 결합을 해체하여 생명체를 무기물로 환원시키는 힘을 의미한다.[100] 이러한 '죽음본능'과 '악'의 연결은 '문학' 작품에서 중요한 창조적 동력이 된다. 인물들은 죽음을 통해 영원한 안식, 자극이 없는 무생물계의 '정지 상태'로 돌아가고자 욕망하는 까닭이다. 이때 프로이트의 논의를 따른다면 아무것도 하지 않는 것이야말로 '악'이라는 정의가 성립된다. 그러므로 삶의 권태와 환멸을 호소하며 죽음을 욕망하는 이청준의 인물들은 '악마'와 동일시된다. 그리고 이러한 죽음은 자기 자신을 파괴하고 영원히 상대방과 하나가 되고 싶은 충동, 즉 '에로티즘'의 문제로 확장된다.

한편 이청준 소설에 나타난 현장부재의 '눈빛' 혹은 '유령'처럼 부유하는 인물들은 고정된 실체를 거부하는 '부정(不定)의 논리'을 드러내는 '환영(幻影)'의 모티프로 제시된다. 이를 통해 독자는 작가가 제기하는 인간 내면, 나아가 사회 구조의 은폐된 진실을 마주선다. 그러나 작가는 어떤 순간에도 뚜렷한 해결책을 제시하지 않는다. 대신 끊임없이 새로운 문제를 제기함으로써, 세계를 더욱 '알 수 없는' 상태로 몰아간다. 이로 인해 독자는 이청준의 작품을 통해 이해할 수도 없고 파악할 수도 없는 '악의 불가해성'을 경험하게 된다. 그리고 이로써 작가는 고정불변의 선을 '부정(否定)'하는 '부정(不定)'의 세계관을 드러내는데 성공한다.

---

100 이창재, 『프로이트와의 대화』, 민음사, 2003, 263쪽.

이어지는 제4부에서는 사유의 '연속'을 통한 '악의 파괴성'을 분석한다. '악'은 그 자체로 문학의 본질이며, 기존의 질서와 구조를 전복할 힘을 갖기 때문이다. 보들레르 역시 금기를 벗어나려는 강렬한 욕구 충동과 새로운 세계에 대한 창조적 의지를 '악'으로 명명한 바 있다. 따라서 인간을 억압하는 규준이 '선'이라면, 인간에게 해방을 선사하는 것은 '악'이라는 논리가 성립된다. 기존의 질서에서 탈주하려는 '자유'야말로 악의 본질인 셈이다. 이는 '악(惡)'을 '자유의 대가'라고 보았던 자 프란스키를 통해서도 뒷받침된다. 이러한 맥락에서 '악'은 어떠한 한계를 넘어서려는 의지와 행동, 한계지점을 돌파하는 경이로운 체험이라는 정의가 성립된다.[101]

그러나 이청준이 말하는 '악'은 기존의 세계를 전복하는 것에 머물지 않는다. 기존의 질서를 파괴함과 동시에, 새로운 질서를 창조하는 역동적 힘을 내재하고 있기 때문이다. "창조는 파괴로부터 시작"되고, 글쓰기는 "모든 기반의 사라짐"을 출발점으로 삼는 까닭이다.[102] 이청준의 글쓰기는 이러한 '파괴'를 기반으로 삼는다. 그의 소설에 나타난 창조는 언제나 파괴를 전제하고, 그러한 파괴를 통해 새로운 창조로 나아가는 계기를 마련하고 있는 것이다. 따라서 파괴와 창조는 '악'의 양면성으로, 주로 작품 안에서 이전의 작품이 해체되는 가운데 발생한다. 하나의 이야기는 그 자체로 고정되지 않고, 또 다른 작품 안에서 변주되며 '새로운 이야기(新話)'를 구성해내기 때문이다.

이때 '새로운 이야기'를 '신화(神話)'라고 명명한다면, 신화 구축을 위

---

101 정은경, 앞의 글, 112쪽.
102 이혜인, 「블랑쇼 문학론에서의 글쓰기와 언어의 문제」, 연세대 석사논문, 2013, 4쪽.

해 작가가 선택한 일차적인 창작원리로 '언어의 해체'를 주목할 수 있다. '신화(神話)'란 문자로 기록되기 이전에 '노래'로 전승되는 까닭에, 작품 안에서 흐르는 '노래'와 '소리'는 '신화(神話)'를 창조하는 중요한 통로로 기능한다. 이러한 '창조의 역능성'은 고정된 시원(始原)을 해체하고, '나'와 '너'를 구분하는 기억은 물론 선과 악의 구분도 해체한다는 점에서 파괴적이다. 그러나 모든 것은 분열되어 있기에, 무엇이든 새로운 창조가 가능해진다. 이러한 점에서 이청준 소설에 나타난 '악의 파괴성'은 불완(不完)이 아닌 미완(未完)의 서사로 접근되며, 이는 영원한 창조의 동력이 된다.

이상에서 살펴본 바와 같이 문학 작품에 나타난 '악'을 탐구하는 작업은 작품 내의 미학적 가치를 드러내는 것은 물론, 작품 안에 반영된 작가 의식, 나아가 당대의 가치관을 가시화하는 역할을 맡는다. 이청준 역시 '악'을 통해 마주할 수밖에 없는 '현실'과 숨겨진 '진실'을 이야기한다. '악'이라는 형이상학적인 주제의식을 자신만의 고유한 창작원리인 '악마성'으로 형상화하고 있는 것이다.

그러므로 이청준 소설에 나타난 '악마성'은 흠이나 결여와 같은 신학적 차원의 '악'과는 분리된다. 또한 "인간의 탐욕, 이기심, 성욕 등의 본능과 충동의 소산"이라는 악에 대한 전통적인 인식과도 변별된다.[103] 뿐만 아니라 인간의 의지와는 무관한 재해(災害) · 수해(水害) · 질병과 같은 '자연적 악'도 논의의 대상에서 제외한다. '악'이란 사회적 구조 내에서 발생하는 '사건'이며, 정답이 아닌 과정으로서의 '사유'이기 때문

---

103 정은경, 「김동인 소설에 나타난 '惡'의 의미와 미적 수용에 관한 연구-「감자」와 「광염소나타」를 중심으로」, 『어문논집』 50, 민족어문학회, 2004.10, 282쪽.

이다. 그러므로 '악'은 극복의 대상이 아닌, 지속적인 추구의 대상이 된다. 이청준은 이러한 '악'의 문제를 인물들의 말하기를 통해 표출하고, 그들이 몸담고 있는 공간을 통해 상징화하며, 반복되는 모티프를 통해 표상해낸다. 이는 각각의 장을 통해 구체화된다.

우선, 각 1장에서는 타자와 주체의 관계를 형성하는 인물들의 언어 행위에 집중한다. '언어'는 삶의 본질에 대해 몰두해 온 이청준에게 있어 피할 수 없는 주제의식이다. '말'이란 단순한 의사소통의 수단이 아닌 인간과 인간 사이의 신뢰와 소통을 기반으로 삼는, 상호 작용이나 의사소통 속에서 생겨나는 구체적 산물인 까닭이다. 실제로 이청준에게 있어 '언어'는 그의 전 작품을 통해 나타나는 주된 화두로, '언어'에 관한 문제의식은 작가의 소설 세계 전반을 이해하기 위한 초석(礎石)이 된다.[104] 이러한 맥락에서 인물들에게서 발견되는 '말하기'의 방식은 작가의 고유한 세계관을 확인하는 중요한 통로라고 볼 수 있다.

이어지는 각 2장에서는 앞서 언급한 인물들이 몸담고 있는 세계를 분석한다. 이청준에게 있어서 '악'은 단순한 비도덕적 행위로 인한 반사회적인 차원의 것이 아니다. 그것은 "심미적 차원에서의 '강렬한 전율과 무시간성'에 대한 체험"이다.[105] 작품 속에 드러난 세계는 시간의 악마적 힘들로서 유기체 · 성욕 · 정서들로 들끓는다. 우리는 이 힘들

---

104 "무엇을 어떻게 쓸 것인가'라는 소설 언어에 대한 고뇌는 소설가 소설(예술가소설)의 주요한 화두로 자리잡아 의심 없이 믿어왔던 실재, 실체, 현실에 대한 방법적 회의를 제기함으로써 참 / 거짓, 진실 / 소문, 진정한 / 타락한, 사용가치 / 교환가치, 현실 / 허구 등 근대 철학적인 사유의 근원을 검토하는 작업으로까지 확장된다."(한순미, 「불교철학적인 물음에 비추어 본 이청준 소설」, 『국어국문학』149, 국어국문학회, 2008.9, 708쪽)

105 정은경, 「김승옥 소설에 나타난 악의 표상 연구」, 『한국문학이론과 비평』35(11-2), 한국문학이론과 비평학회, 2007.6, 371쪽.

을 우리 안에 속하도록 유지하고자 하지만, 동시에 부정한다. 우리가
시간을 통제하는 것이 아니라, 시간이 우리를 통제하는 까닭이다.[106]
이러한 시간의 악마성은 주체가 몸담고 있는 세계를 지배함으로써, 각
각 나르시시즘·에로티즘·카니발리즘의 공간을 구축하는 동력이 된
다. 이청준에게 있어 인물들이 몸담고 있는 공간은 인물의 내면을 드
러내는 통로이자, 눈에 보이지 않는 작품 내 상황을 가시화하는 수단이
며, 나아가 작가가 지향하는 세계관을 드러내는 역할을 맡기 때문이다.
따라서 공간은 단순히 물리적 공간이 아닌, 신체적·정신적 공간으로
확장된다.

마지막으로 3장에서는 작가의 고유한 창작원리를 드러내는 독특한
'모티프(motif)'에 집중한다. '모티프'란 한 작품에서 찾아볼 수 있는 최소
의 의미 단위, 즉 주제의 최소 단위들을 가리킨다.[107] 또한 서술 단위들
중에서 더 이상 분해할 수 없는 최소 단위로, 반복되어 나타나는 동일한
또는 유사한 낱말·문구·내용을 의미한다.[108] 이에 이청준 소설에서
만 찾아볼 수 있는 독특한 '모티프' 분석은 구체적인 악의 성격과 작가의
고유한 창작원리를 연결하는 중요한 지점이 될 것으로 기대된다.[109]

---

106 키스 W. 포크너, 앞의 책, 23쪽.

107 이상우, 『현대소설론』, 양문각, 1995, 86쪽. 조남현은 한국 현대 문학 연구에 있어서 모티
프라는 말이 사용되고 모티프 추출 작업이 일반화되기 시작한 것은 1980년대이며, 모티
프 연구는 한국 현대 문학사를 '사실로서의 문학사'에서 '의미로서의 문학사'로 끌어올리
는 계기를 마련하였다고 설명하고 있다(조남현, 「반복 모티프의 기능과 의미」, 이문열·
권영민·이남호 편, 『한국 문학이란 무엇인가』, 민음사, 1995, 77쪽).

108 '모티프'란 한 작품에서 나타날 수도 있고 한 작가, 또는 한 시대, 또는 한 장르에서 나타
날 수도 있다. 일부 형식주의자들은 작품에서 쓰여진 최소 의미단위, 즉 문장의 내용을
모티프라고 부른다(이상섭, 『문학비평용어사전』, 민음사, 1995, 68~69쪽).

109 류철균은 개별 작품의 주제와 구별되는 모티프에 대해 "외국의 이론을 수용하는 단계에

지금까지 언급한 일련의 과정은 이청준 소설에 나타난 악마성이 작가의 고유한 창작 원리를 구현하는 효과적인 통로가 될 것으로 사료된다. 나아가 각 장 안에서 서술되는 절의 구성은 주어진 문제의식에 관한 외부와 내부의 시각을 드러내는 것으로, 이를 단순한 이분법적 대립항으로 이해해서는 곤란하다. 오히려 '선'과 '악'이라는 이분법적 논리를 해체하는 작가의 창작원리를 도출하기 위한 작업으로, 어느 한쪽에 치우치는 대신 주어진 문제를 다각도에서 바라보는 작가의 수준 높은 세계 인식을 확인하는 작업으로 접근되어야만 할 것이다. 그런 의미에서 이 글에서 분석하게 될 작품들의 목록을 밝히면 다음 쪽의 표와 같다.[110]

　　　서 벗어나 한국 현대 소설 모티프 분류체계에 대한 연구"가 이루어져야 한다고 주장한다 (류철균, 「한국 현대 소설 창작론 연구」, 서울대 박사논문, 2001, 117쪽).

110 '열림원'에서 출간된 『이청준 문학전집』은 1998년에서 2003년 사이에 완간되었다. 단편 소설 10권, 연작소설 3권, 장편 소설 11종 12권까지, 총 24종 25권으로 이루어져있다. 한편 작가가 세상을 떠난 이후, 새로운 『이청준 문학전집』이 '문학과지성사'를 통해 출간 중에 있다. 중·단편 16권, 장편 15권, 별권 3권을 포함한 총 33종 34권짜리 기획으로, 2015년까지 발간이 이루어질 예정이다. 이 글에서 다루는 소설은 가장 최근에 출간된 '문학과지성사'의 『이청준 문학전집』을 대상으로 삼는다. 그러나 아직 출간 진행 중인 까닭에, 미수록 작품은 열림원에서 나온 『이청준 문학전집』을 통해 분석을 시도하였다. 본문에서 언급되는 소설들이 수록된 작품집은 각주로 달되, 최초로 언급된 경우에만 완전 주석체제로 명기하였다.

〈표 1〉 분석 작품 목록

시대		분석 작품
1960년대	중·단편	「퇴원」(1965), 「줄광대(원제 : 줄)」(1966), 「바닷가 사람들」(1966), 「굴레」(1966), 「무서운 토요일」(1966), 「아이 밴 남자(원제 : 임부)」(1966), 「전근발령」(1966), 「병신과 머저리」(1967), 「별을 보여드립니다」(1967), 「더러운 강」(1967), 「과녁」(1967), 「마기의 죽음」(1967), 「행복원의 예수」(1967), 「등산기」(1967), 「나무 위에서 잠자기」(1968), 「매잡이」(1968), 「석화촌」(1968), 「침몰선」(1968), 「이상한 나팔수」(1969), 「개백정」(1969), 「보너스(원제 : 보우너스)」(1969), 「꽃과 뱀」(1969), 「꽃과 소리」(1969), 「가수」(1969), 「마스코트」(1969), 「소매치기올시다－소매치기, 글쟁이 다시 소매치기(1)」(1969)
	장편	『조율사』(1967), 『씌어지지 않은 자서전』(1969), 『이제 우리들의 잔을(원제 : 원무)』(1969)
1970년대	중·단편	「가학성훈련」(1970), 「전쟁과 악기」(1970), 「그림자」(1970), 「소문의 벽」(1971), 「소문과 두려움」(1971), 「목포행－소매치기, 글쟁이, 다시 소매치기(2)」(1971), 「문단속 좀 해주세요－소매치기, 글쟁이 다시 소매치기(3)」(1971), 「현장사정」(1972), 「배꼽을 주제로 한 변주곡」(1972), 「귀향연습(원제 : 어떤 귀향)」(1972), 「가면의 꿈」(1972), 「엑스트라」(1973), 「떠도는 말들－언어사회학서설(1)」(1973), 「대흥부동산공사」(1973), 「낮은 목소리」(1974), 「뺑소니사고」(1974), 「이어도」(1974), 「황홀한 실종」(1976), 「별을 기르는 아이」(1976), 「해공의 질주」(1976), 「치자꽃 향기」(1976), 「꽃동네의 합창」(1976), 「서편제－남도사람(1)」(1976), 「예언자」(1977), 「거룩한 밤(원제 : 불알 깐 마을의 밤)」(1977), 「잔인한 도시」(1978), 「얼굴 없는 방문객」(1978), 「소리의 빛－남도사람(2)」(1978), 「겨울광장」(1979), 「흐르지 않는 강」(1979), 「선학동 나그네－남도사람(3)」(1979)
	장편	『사랑을 앓는 철새들』(1973), 『당신들의 천국』(1974), 『춤추는 사제』(1977)
1980년대	중·단편	「조만득씨」(1980), 「새와 나무－남도사람(4)」(1980), 「가위잠꼬대－언어사회학서설(4)」(1981), 「다시 태어나는 말－남도사람(5)」(1981), 「여름의 추상－잃어버린 일기장을 완성하기 위하여」(1982), 「시간의 문」(1982), 「가위 밑 그림의 음화와 양화(1)－머릿그림」(1984), 「벌레 이야기」(1985), 「비화밀교」(1985), 「숨은 손가락」(1985), 「해변 아리랑」(1985), 「흐르는 산」(1987), 「전짓불 앞의 방백－가위 밑 그림의 음화와 양화(2)」(1988)
	장편	『제3의 현장』(1984), 『인간인』 1(아리아리랑)(1988)
1990년대	중·단편	「용소고」(1990), 「이 여자를 찾습니다」(1990), 「키 작은 자유인」(1990), 「세월의 덫」(1991), 「가해자의 얼굴」(1992), 「돌아온 풍금소리」(1993), 「목수의 집」(1997), 「시인의 시간」(1999)
	장편	『인간인』 2(강강수월래)(1991), 『흰옷』(1993)
2000년대	단편	「문턱」(2003), 「지하실」(2005), 「그곳을 다시 잊어야 했다」(2007), 「이상한 선물」(2007)
	장편	『인문주의자 무소작씨의 종생기』(2000), 『신화를 삼킨 섬』(2003), 『신화의 시대』(2008)

제2부 /
악의 평범성과 사유의 무능성

'말하기'의 불능과 유예된 말

1. 고백의 강요와 자기연민적 진술

이청준 소설에 나타난 '악의 평범성'은 주로 '말하기의 무능성'을 통해 가시화된다. "말하는데 무능력함(inability to speak)"이란 "생각하는데 무능력함(inability to think)"을 의미하기 때문이다.[1] 그러므로 '말하기의 불능'은 '사유의 불능'과 동일시 된다. 이와 같은 문제는 장편 **『씌어지지 않은 자서전』**(1969)[2]의 주인공을 통해 확인할 수 있다. 주인공 이준은 10일간의 유예 휴가를 받은 잡지사 편집국 직원으로, 휴가 기간 동안 '들

---

1 김선욱, 「역자 서문」, 한나 아렌트, 김선욱 역, 『예루살렘의 아이히만—악의 평범성에 대한 보고서』, 한길사, 2006, 20쪽.
2 이청준, 『씌어지지 않은 자서전』, 열림원, 2001. 『씌어지지 않은 자서전』은 1968년 여름에 완성되었으며, 『선고유예』란 제목으로 『문화비평』(1969년 봄호~1970년 봄호)에 연재되다 중단되었다. 이듬해 다시 연재되지만 또다시 중단되고, 1972년에야 완성된 형태로 발표되었다(후에 이청준의 글을 반복하여 인용할 시에는 작품 제목과 쪽수, 혹은 쪽수만을 표기함을 원칙으로 한다).

어야 할 말'과 '해야 할 말' 사이에서 갈등을 겪는다. 그러나 끝내 어떤 말도 제대로 듣거나 말하지 못한다.

이준에게서 발견되는 '말의 무능성'은 그가 처한 두 가지 문제 상황을 통해 가시화된다. 하나는 휴가가 끝나면 정말로 회사를 그만두어야 하는지에 관한 '현실적 차원'의 문제이고, 다른 하나는 사형 집행을 막기 위해 새로운 진술을 찾아내야하는 '관념적 차원'의 문제이다. 이때 가시적으로 드러난 갈등은 회사와 연관된 현실적 차원의 문제이다. 그러나 전반적인 소설의 흐름은 신문관 사내와 이준의 관계를 통한 관념적 차원에 머문다. 소설에서 벌어지는 가장 중요한 갈등은 어느 날 갑자기 이준 앞에 나타난 "도대체 내심을 알 수가 없"(43쪽)는 사내의 요구로 인해 발생하기 때문이다. '정체나 속내를 알 수가 없는 사내'는 이준에게 끊임없이 '어떤 반역적 음모 사건'에 대한 진술을 강요하고, 이준은 그러한 사내의 요구에 응답하기 위해 끊임없이 자신의 과거를 고백해야하는 상황에 놓인다.

그는 끝내 나의 혐의 사실을 입증해 내고 말겠다는 듯 자신 있는 어조로 이렇게 말했다.

당신은 아마 스스로 자백을 하지 않으면 안 되게 될 것이오. 나는 그 방법을 알고 있소.

그러나 사내는 그 당장 일이 어떻게 그렇게 될 수 있는지에 대해서는 말을 하지 않았다. 그만큼 여유가 있었던 탓일 게다. 그는 다만 나에게 나의 생애에서 가장 최초로 기억되는 일에서부터 현재까지의 모든 삶의 과정을, 말하자면 내 온 생애의 역사를 차례차례 정직하게 진술하라 요구했다.

—『씌어지지 않은 자서전』, 86쪽

고백이란 "한 개인이 존재할 필요가 있고 자신을 확정 시켜 줄 수 있는 공동체를 대표하는 청자에게 자신의 본성을 설명하기 위한 의도적이고 자의식적인 시도"이다.[3] 따라서 고백이 이루어지기 위해서는 고백의 주체와 고백의 내용, 그리고 공동체를 대표하는 청자라는 세 가지 조건이 충족되어야 한다. 고백이란 기본적으로 소통을 기대하는 발화 행위이기 때문이다. 따라서 주체는 고백을 통해 자신에 대한 이해와 인정을 욕망하게 된다. 자신의 부끄러움을 언어로 털어냄으로써 '자기 정화'의 단계로 나아가고자 하는 것이다.

그러나 『씌어지지 않은 자서전』에서 그려진 '고백' 속에는 청자와 화자 사이에 오고가야 할 '내용'이 부재한다. 이준은 자신이 고백해야 할 내용이 무엇인지도 모르고, 심지어 자신이 왜 진술을 해야 하는지조차 알지 못한다. 그에게 주어진 것은 사내가 원하는 진술을 찾기 위해 고민하는 일 뿐이다. 따라서 그의 진술은 언제나 사내의 "마음에 들게 하기 위해 자주 번복"(43쪽)된다.

공동체 속의 자아는 타자들과 공동체 의식이 다르다는 이유로 소외를 경험한다. 이에 고백을 통해 공동체 속으로 편입되길 욕망하고, 이를 통해 자아 동일성을 회복하고자 꾀한다.[4] 이러한 욕망은 10일 간의 유예 휴가가 끝나고 다시 회사로 복귀하고자 욕망하는 이준의 내면을 드러낸다. 고백이라는 행위는 사내와의 관념적 차원에서 전개되지만, 고백을 통해 욕망하는 것은 현실적 차원의 문제로 환원되고 있는 것이다. 따라서 끝끝내 고백의 '내용'을 찾지 못한 이준이 회사로 복귀하지

---

3   우정권, 『한국 근대 고백소설의 형성과 서사양식』, 소명출판, 2004, 27쪽.
4   위의 책, 30쪽.

못하는 것은 당연한 결과이다. 그러나 문제는 여기에서 끝나지 않는다. 고백에 실패한 이준 앞에 '사형(死刑)'과 '대뇌 기능 제거 수술 형(刑)' 중에 하나를 선택하라는 요구가 내려지기 때문이다.

사내는 이준이 자신들을 무조건 신뢰하고 순응하지 않은 까닭에, 정직한 자기 진술을 하지 못했다고 지적한다. 이때 사내가 말한 무조건적인 신뢰와 순응은 아렌트를 통해 제기된 '사유의 무능성'과 연결된다. 이는 이준에게 진술을 강요하는 사내에게서 발견되는 특징이기도 하다. 작품 속에서 사내는 '각하'에 대한 무조건적인 신뢰와 순응적 태도를 보이기 때문이다.

> 각하께서 당신에게 다시 한 번 날짜를 확인 통고하라는 말씀이셨습니다.(48쪽)
> 오늘 각하께서 당신의 혐의 사실에 대한 형벌을 확정지으셨습니다. 각하께서는 당신의 진술을 매우 신중하게 검토하신 끝에 오늘 드디어 심판을 내리신 것입니다.(162쪽)
> 그래서 각하께서는 당신에게 '대뇌 기능 제거 수술 형'을 결정하셨습니다.(166쪽)
> 좋습니다. 우선 각하께 이 사실을 알리지요.(251쪽)
> 당신의 형 집행을 당분간 연기하라는 각하의 명령이셨습니다.(255쪽)
> 각하께서 확실한 심증을 얻으실 때까지 말입니다.(256쪽)

위의 인용문(강조-인용자)에서 살펴볼 수 있듯이 사내는 매번 '각하'의 존재를 언급한다. 뿐만 아니라 이준과의 마지막 만남에서도 "이것으로 일단 이번의 내 임무는 끝내기로 하겠습니다"(267쪽)라는 말을 남긴다. 이준에게 진술을 요구하는 것은 사내가 아닌 '각하'였음이 다시금 확인되는 순간이다. 결국 사내는 관료체계 속에 존재하는 도구적 존재로서, 각하의 명령에 맹목적으로 순응하는 '無사유자'였음이 확인된다. 따라서 사내는 이준의 혐의에 대한 각하의 비상식적인 논리를 그대로 따를 뿐, 어떤 의심이나 비판적 사고도 행하지 않는다.

> 당신에 대한 심판의 근거는 그것으로 충분했습니다. 그 이유는 다음과 같습니다. 첫째로 당신은 우리에게 이미 체포당한 사람이라는 사실입니다. 전에도 말했듯이 당신이 우리에게 체포당했다는 사실 그 자체로 당신의 혐의는 충분한 것이고, 우리에겐 당신을 신문할 권리가 생긴 것입니다. 당신이 체포당한 이유나 경위 따위는 전혀 문제가 되지 않습니다.
> ─『썩어지지 않은 자서전』, 162쪽

사내는 이준에게 부여된 최초의 혐의를 그가 체포되어 있다는 사실에서 비롯된다는 비논리적인 주장을 펼친다. 이는 '각하'의 요구에 무조건적으로 복종하는 사유의 무능성을 극단적으로 보여주는 사례라고 볼 수 있다. 그런데 더 큰 문제는 그것을 타인에게도 강요한다는 점이다. 따라서 사내는 "당신의 사고 기능의 일부가 제거되면 당신은 오히려 편안한 일상생활을 누릴 수 있을 것"(167쪽)이라며, 이준에게 "불필요한 사고를 중지시키는 수술"(166쪽)을 집행하고자 한다. 물론 이 모든 선택은 각하의 의지이자 판단으로, 사내는 각하의 의도를 전달만 할 뿐이다.

다시 말해서 이준에게 '대뇌 기능 제거 수술'과 '사형' 가운데 하나를 선택하라고 강요하는 사내의 행위는 인간 본연의 악성(惡性)으로 인한 것이 아니라, 지배 체제의 명령에 맹목적으로 순응하는 '사유의 무능성'에서 비롯된 것이라고 할 것이다. 아렌트는 이러한 '사유의 무능성'을 '악의 평범성'이라고 설명하였다. 그런 의미에서 '생각하는 능력이 없는' 사내의 다른 이름은 '악마'가 된다.

한편 이준에게 진술을 요구하는 사내는 정답을 미리 알고 있다는 점에서 절대적인 기준, 즉 '선'의 자리를 점유한다. '선 / 악'으로 규율화된 지배 체제 내에서 사내는 질서를 수호하기 위한 '절대선'의 자리에 선 것이다. 그러나 자신이 원하는 답만을 허용한다는 점에서, 또다시 사내는 그 누구보다 강력한 '악마'가 된다. 이것은 "사내의 말은 사내 쪽에선 제법 타당한 것처럼 보였다. 그러나 내 쪽으로 보면 그것은 어느 하나도 온전한 승복이 힘들었다"(164쪽)는 이준의 진술을 통해 뒷받침된다. 이처럼 '선'과 '악'은 고정되지 않고 끊임없이 유동한다. 그러나 '선'은 '악'의 자리로 이동하는 반면, '악'은 '또 다른 악'의 자리로만 이동한다.

그런 의미에서 본인의 정체를 구체적으로 드러내지 않는, 미지(未知)의 존재인 사내는 그 자체로 충분히 악마적이다. 아무 때, 아무 곳에서나 불쑥 나타나는 사내로 인해 이준은 견딜 수 없는 불안을 느끼기 때문이다. 게다가 그토록 쉬지 않고 진술을 강요했음에도 불구하고, 그들이 주목한 것은 진술의 내용이 아닌 형식과 태도였다는 점도 문제적이다. 진실한 진술을 요구했지만, 진실한 질문을 던지지 않은 까닭이다. 때문에 이준은 사내와 각하를 "기계처럼 차갑"(167쪽)다고 묘사한다.

한편, 사내에게서 발견되는 '말하기의 무능성'은 이준에게서도 고스란히 발견된다. 우선 사내의 요구에 따라 "수없이 망설임을 되풀이"(165쪽)하며 이어지던 이준의 진술은 그 자체로 '말의 무능성'을 드러내기에 충분하다. 그리고 가장 큰 문제는 이준의 빗나간 진술이 스스로를 고발하는 결과로 이어진다는 점이다.

> **우리는 실상 그때 당신에게 꼭 어떤 음모가 있었다고는 믿지 않았습니다.** 정말 그런 것이었는지는 아직도 분명히 밝혀지지 않았지만, 우리가 당신에게 그런 반역 음모 혐의를 걸어 진술을 요구한 것은 우리의 신문 방법이었습니다. 우리는 누구나 처음엔 그 '음모 혐의'로 신문을 시작합니다. 그러면 **피의자들은 대개 무거운 공포감 속에 제 스스로 쫓기며 그 혐의에서 벗어나려 안간힘을 쓰다가 불의에 다른 숨은 혐의 사실을 드러내게 됩니다.**
>
> ─『씌어지지 않은 자서전』, 164쪽(강조─인용자)

사내의 음모대로 이준은 자신이 무엇을 고백해야 하는지조차 알지 못하는 상황에서 끊임없이 스스로를 고발하고, 그 나열된 죄목들로 인해 죄의식을 쌓아나간다. 죄의식이란 '마음' 속의 '뿌리 깊은 악'을 의미한다.[5] '죄의식'은 '악'에 대한 반응이자, 자신을 고통으로 몰아가는 '악'인 것이다. 따라서 죄의식에 사로잡힌 이준 역시 그 자체로 '악'의 구체적인 실체인 '악마'로 명명될 수 있다.

타자에 의해 강요된 고백은 주체의 빗나간 진술을 유도하고, 이를 통해 스스로를 고발하는 결과로 이어진다. 이로써 인물들은 스스로에게 새로운 죄목들을 추가해 나간다. 스스로를 고발하거나 죄를 묵인함

---

5 폴 리쾨르, 양명수 역, 『악의 상징』, 1994, 68쪽.

으로써, 어떤 상황에서든 처벌 받아 마땅한 '죄인'이 되는 셈이다. 다시 말해 법을 수행하면 할수록 죄인이 되고, 법에 엄격히 복종하면 할수록 죄가 더 커지는 모순된 논리에 빠지고 만다.[6]

뿐만 아니라 이준은 '선택'의 문제에서 언제나 한발 물러선 자세를 취한다. 이는 소설 안에서 소개된 이준의 단편 소설을 통해 극명하게 제시된다. '소설 속 소설' 안에서 주인공은 결혼을 앞두고 '동지다운 아내'와 '귀여운 아내' 가운데 한 명을 선택해야 하는 상황에 놓인다. 갈등 끝에 그는 같은 시각에 두 여인을 한꺼번에 집으로 불러들임으로써, 그들끼리 결론을 짓도록 유도한다. 스스로의 판단과 선택을 포기해버린 것이다. 스스로의 선택을 미루고, 그 책임을 타인에게 전가하고자 하는 태도 역시 '사유의 무능성'으로 이해될 수 있다. 그리고 '소설 속 소설'의 주인공은 이준의 무의식을 드러낸다는 점에서, 다시 한 번 이준의 '무사유성'을 확인하게 만든다.

이러한 '사유의 무능성'은 다방 '세느'에서 왕을 기다리는 이준의 모습 속에서도 다시금 발견된다. 이준은 다방 구석에 자리 잡은 '왕'을 바라보며 "회사 일의 결단에 관한 해답이 왕의 단식에 달려 있는 것처럼 그 단식의 결과를 기다리기 시작"(221쪽)한다. 그리고 "왕으로 인한 이 긴장이 빨리 끝나 줬으면!"(102쪽) 하고 바란다. 그런데 이러한 왕 역시 이준에게 "내 단식은 언제쯤 끝나게 될까요? 그리고 이 노릇이 어떻게 끝이 날까요?"(203쪽)라는 질문을 던진다. 이준과 왕, 모두가 스스로의 선택을 거부하고 있는 셈이다. 심지어 소설 말미에 이준을 찾아온 갈태는 "제기- 이대로 한 며칠 영 날이나 새지 말았으면 좋겠다"(268쪽)는

---

6 질 들뢰즈, 이강훈 역, 『매저키즘』, 인간사랑, 2007, 101쪽.

저주를 내뱉으며 잠을 청한다. 어둠의 지속을 욕망하는 갈태의 내면 역시, 현실에서의 사유를 거부하는 행위로 해석될 수 있다. 그들은 하나같이 세계의 주변을 맴도는 사유의 무능력자들인 셈이다. 이러한 '사유의 무능성'을 통한 '악의 평범성'의 문제는 이청준의 다른 작품들에서도 쉽게 찾아볼 수 있는데, 주로 정신질환자를 치료하는 '정신과 의사'들에게서 반복된다.

「소문의 벽」(1971)[7]에는 스스로를 미쳤다고 주장하는 노이로제 환자 박준(본명 : 박준일)이 등장한다. 소설에 나타난 갈등은 박준의 소설에 관한 '나'와 '안 형' 사이의 대립, 그리고 박준의 치료에 관한 '나'와 '김박사' 사이의 대립으로 중첩된다. 두 갈등은 모두 '진술'이라는 문제로 연결되는데, 우선 안 형은 박준의 소설이 선량한 독자를 속이고 있다며 잡지에 소개하는 것을 용납하지 않는다. 소설이란 소설가에게 있어 무엇보다도 절실한 진술의 통로가 된다는 점에서, 안 형의 행동은 박준의 진술을 억압하는 폭력으로 해석될 수 있다. 이러한 폭력은 진술에 대한 강요에서도 발생한다. 정신과 의사인 김 박사는 직접적인 본인의 '진술'을 통해서만이 치료가 가능하다고 주장하며, 『씌어지지 않은 자서전』의 사내처럼 박준하게 고백을 요구하기 때문이다. 그러나 박준은 진술에 대한 공포증에 시달린다는 점에서, 김 박사의 요구는 무시무시한 폭력이 된다.

　　진술공포증이라는 박준의 증상과 자기진술을 통해서만 그 증세의 원인을 찾아 해소시켜야 한다는 김 박사의 치료방법은 그러니까 서로 기이한

7　이청준, 「소문의 벽」, 『소문의 벽』, 열림원, 1998.

배반을 하고 있는 셈이었다. 잔인한 아이러니였다. (…중략…) **"잔인해도**
할 수 없지요. 좋은 결과는 방법을 합리화할 수 있는 것이니까요."

—「소문의 벽」, 90쪽(강조─인용자)

의사로서의 투철한 신념을 지닌 김 박사는 "마지막 비상수단을 사용
해서라도 박준의 진술은 기어코 얻어"(135쪽)내고 말겠다고 다짐한다.
박준이 왜 그러한 이상 행동을 하는지에 대해서는 관심을 갖지 않고,
오직 자신의 치료 행위 자체에만 몰두하는 것이다. 때문에 박준이 쓴
소설에 관심을 가져보라는 '나'의 권유는 김 박사에게 전혀 받아들여지
지 않는다. "언제나처럼 자신만만한 웃음을"(112쪽)지으며, 자신의 신념
만을 밀고 나갈 뿐이다. 그런 의미에서 김 박사는 직업의식이 투철한
유능한 의사일지는 몰라도, 한 순간도 타인의 관점에서 사유하지 못하
는 '무능력자'임이 확인된다.

김 박사에게 발견되는 이러한 '판단의 무능력'은 사유의 전적인 '부
재'를 드러낸다는 점에서 '악의 평범성'으로 명명된다. 때문에 그의 치
료는 결국 박준을 진짜 미치광이로 몰아간다. 김 박사의 치료는 자신
에게 주어진 임무를 성실하게 수행함으로써, 수많은 유태인을 죽음의
길로 인도했던 독일인 '아이히만'을 떠오르게 한다. 이는 김 박사를 향
한 화자의 힐난을 통해 보다 확실하게 뒷받침된다.

이미 나에겐 김 박사의 태도가 환자를 치료하는 의사의 그것으로는 보여
오지 않았다. 그는 적수를 굴복시키려는 한 고집 센 인간의 오기 덩어리에
불과했다. 신념에 넘친 듯해 보이면서도 사실은 지극히 비열하고 치사한

오기 덩어리였다.

―「소문의 벽」, 148쪽

위의 인용문에서 확인할 수 있듯이 김 박사의 '살인적인 사명감'은 박준을 현실로부터 완전히 고립시키고 만다. 물론 애초부터 박준은 지배 체제의 규범화된 질서를 벗어난 인물로 상정되어 있었다. 지배 질서를 벗어났다는 점에서, 박준은 그 자체로 교정되어야 할 '악'의 실체로 존재한다. 그렇다면 박준을 교정하고자 노력하는 김 박사는 해당 사회가 지향하는 '선'으로 규정될 수 있는지 의문이 제기된다. 이때의 '선'은 '악마'보다도 더욱 악랄하기 때문이다. 지배 체제는 자신들이 욕망하는 사회를 만들기 위해 김 박사와 같은 이들을 이용하여, 보다 잔인하고 악독하게 '선'을 행사한다. 김 박사는 지배 질서를 유지하기 위한 도구적 존재인 셈이다.

의사의 '살인적인 사명감'은 이청준의 또 다른 작품 「황홀한 실종」 (1976)[8] 안에서도 반복된다. 주인공 윤일섭은 자기 실종의 욕망을 지닌 창살 도착증 환자이다. 평범한 은행 직원으로 살아온 30대의 건장한 남성인 그는 언제부터인가 아내와의 잠자리 이후 혼자서 남은 욕망을 해결하고, 동료 여직원에게 그녀를 짝사랑하는 남자 직원을 가장하여 은밀한 부위의 체모(體毛)를 보내는 등의 이상 행동을 보인다. 이러한 이유로 아내는 그를 병원으로 인도하고, 그 곳에서 정신신경과 의사인 손영묵 박사를 만나게 한다. 손 박사는 윤일섭의 행동들이 실은 '사람 기피증'의 결과로 나타난 증상임을 밝혀낸다. 그리고 윤일섭에게 발견

---

8   이청준, 「황홀한 실종」, 『소문의 벽』, 열림원, 1998.

된 '창살 도착증'이란 '나 혼자만 철창 바깥에 존재한다는 두려움'이 기억의 전도에 의해 발생한 것이라는 정확한 진단을 내린다. 이때 윤일섭의 기억은 진실로부터의 벗어나있기에, 치료의 핵심은 이를 바르게 교정하는 것이 된다. 때문에 손 박사는 「소문의 벽」의 김 박사와 마찬가지로, 윤일섭에게 '사실 확인'을 요구한다.

> "그건 사실이었으니까요. 그리고 환자에겐 무엇보다도 먼저 그 사실을 확인시켜 주는 것이 중요한 일이었으니까요……." / "사실…… 사실이라. 하긴 그걸 일단 사실이라고 말해도 상관없겠지요. 박사님께서 아직도 그걸 굳이 사실로 믿고 싶으시다면 말씀입니다. 하지만 전 바로 박사님의 그 사실의 확인이라는 것이 무슨 필요가 있느냐 하는 점에서 박사님의 처방에 대해 납득이 잘 가지 않고 있다는 말씀입니다. 도대체 그 윤 형에게서 과거의 사실을 확인시켜 주는 것이 그에게 지금 무슨 의미가 있는 것입니까?" / "사실의 확인만이 환자의 비뚤린 의식을 바로잡아 나갈 수 있는 유일한 길이니까요."
> ─「황홀한 실종」, 224쪽

위의 인용문에서 확인할 수 있듯이, 윤일섭의 치료에서 가장 중요한 것은 '사실 확인'이다. 이것은 윤일섭의 진실한 고백을 통해서만 도달할 수 있다. 따라서 손 박사는 윤일섭에게 고백을 강요한다. 그러나 고백에 응할 수 없는 윤일섭은 결국 사자 우리의 자물쇠를 부수고 들어가, 사자 대신 스스로를 쇠창살 안에 가두어 버린다. 이는 「소문의 벽」의 박준이 행방불명을 선택한 것과 비슷한 맥락에서 이해될 수 있다. 일방적인 고백의 요구 앞에서 답을 찾을 수 없는 주체들은 스스로를 지위버리는 길을 선택한 것이다. 그러므로 스스로를 쇠창살 안에 가둔 윤일섭의 행동은, 그렇게라도 "환자의 속마음을 읽어 내는" 손 박사의 눈길을 피하고 싶었던 간절한 욕망의 발현이라고 볼 수 있다.

자기중심적인 치료 행위를 통해 타자를 죽음으로 몰고 가는 의사의 폭력성이 가장 극단적으로 제시된 작품으로는 **「조만득 씨」**(1980)[9]를 들 수 있다. 조만득은 가난하지만 온 동네 사람들이 인정할만한 효자로 성실한 삶을 살아왔다. 그러던 그가 어느 날부터 스스로를 '백만장자'라고 여기는 과대망상성 정신분열증을 앓게 된다. 아이러니한 것은 20년 동안 앓아누워 지내는 노모와 가출한 아우의 끊임없는 협박이 도사리는 현실보다는, 정신분열증을 앓는 망상의 세계가 조만득에게는 훨씬 행복하다는 사실이다. 그러나 조만득의 행복은 그를 치료하려는 정신과 의사인 민창호 박사로 인해 위협을 받는다. 민 박사는 "진단이나 처방"은 물론 "환자를 돌보는 진료 태도 또한 누구보다 진지하고 열정적"(338쪽)인 인물로 묘사된다. 앞서 제시되었던 정신과 의사들처럼 자신이 맡은 환자를 치료하기 위한 강한 신념을 가진 인물이라고 볼 수 있다. 비극은 바로 그의 투철한 직업의식으로부터 비롯된다. 그의 관심은 환자가 왜 그러한 증상을 갖게 되었는가가 아닌, 오로지 자신에게 부여된 '치료'라는 결과에 고착되어 있기 때문이다. 타인에 대해 생각할 줄 모르는 '판단의 무능성'은 민 박사를 통해 '사유의 무능성'으로 고스란히 반복된다.

이때 조만득을 두고 민 박사와 대립하는 인물로 간호사 미스 윤이 등장한다. 그녀는 "조만득 씨가 미쳐 있는 동안은 그래도 그 나름으로는

---

9   이청준, 「조만득씨」, 『소문의 벽』, 열림원, 1998.

행복할 수 있었을 텐데요. 병원이라고 그런 행복을 일방적으로 간섭하고 깨부술 권리가 있을까요?"(371~372쪽)라고 질문한다. 조만득이 처한 현실의 짐을 대신 져주지 못하는 사람으로서, 과연 그를 비정한 현실 속으로 내모는 것이 옳은가에 대해 묻는 것이다. 그러나 의사로서의 사명감에 충만한 민 박사는 미스 윤의 의견에 귀 기울이지 않는다.

> 민박사는 부동의 신념과 끈기 있는 인내로 조만득의 병태를 대처해 나갔다. 때로는 위엄 있는 아버지처럼 엄격한 규율로, 때로는 이해심 깊은 어머니처럼 부드럽고 세심하게, 어떤 땐 너그럽게 반말을 용납하면서도, 치료에 필요한 기본 규율은 추호도 섣불리 양보하는 일이 없이. 그런 식으로 민 박사는 조만득 씨의 인간과 그의 증세를 비정스럽도록 확고하게 장악해 나갔다. 처음에는 물론 반강제적인 수단도 불사할 때가 있었다. 민 박사는 자신의 확고부동한 자세와 이해성 깊은 설득 이외에 필요할 때는 경비간호원의 위협적인 완력을 비는 수도 있었고, 형세가 심할 때는 오락실 출입이나 배식을 금지하는 책벌도 가했다.

> ─「조만득 씨」, 356쪽

민 박사는 위와 같은 방법을 통해 조만득의 '순진스럽고 밝은 웃음'을 빼앗는데 성공한다. "웃음을 빼앗는 것이 그의 병을 쫓는 일"(357쪽)이기 때문이다. 이제 남은 일은 그에게서 자신이 백만장자가 아닌, 병든 노모와 문제아 동생을 가진 가난뱅이라는 사실을 고백받는 것뿐이다. 이를 위해 조만득이 그토록 피하고 싶어 했던 말썽쟁이 아우를 불러들이고, 조만득에게 아우의 존재를 고백하도록 압박한다. 결국 민 박사의 치료는 성공하고, 조만득의 현실 복귀도 이루어진다. 그러나 집으로 돌아간 조만득은 "앓아 누운 어머니와 말썽쟁이 아우를 어느 날 밤 차례로 목을 눌러"(375쪽) 살해하고 만다. 결국 민 박사의 치료는 조만득에게 가해진 가혹한 폭력으로, 살인이라는 또 다른 폭력을 양산하는 결과로 이어진다. 결국 민 박사는 조만득을 파멸로 이끌어간다는 점에서 누구보다도 악랄한 '악마'임이 증명된다. 그런데 여기에서 중요한 것은 민 박사와 대립되는 조만득이 '선'의 자리로 옮겨갈 수 없다는 사실이다. 가족을 살해하는 '패륜'을 저질렀다는 점에서, 조만득은 사회에서 격리되어야 할 잔악한 '악마'가 된다. 이런 의미에서 현실부적응자인 조만득과 이를 교정하려는 민 박사의 관계는 선과 악이라는 이분법적 구도 안에서 설명될 수 없음이 분명해진다. '악'은 새로운 '악'의 자리로 옮겨갈 뿐이다.

이처럼 말과 사유를 허용하지 않는 '악의 평범성'을 통한 폭력의 문제는 「**귀향연습**(원제 : 어떤 귀향)」(1972)[10]을 통해서도 반복된다. 작품 안에는 실제 정신과 의사가 등장하는 것은 아니지만, 정신과 의사와 동궤를 이루는 '기태'라는 인물이 존재한다. 그는 자신만이 고향을 소유하고 있다는 점에서 과시적 우월감을 나타낸다. 이에 '실향(失鄕)'으로 인해 병을 앓는 인물들을 집으로 불러들인다. 고향을 찾을 수 없을 만큼 망가진 몰골로 배앓이를 하는 지섭, 고향을 갖지 못했기 때문에 자꾸만 뼈가 부러지는 병을 앓는다는 훈, 고향을 배우면 자신의 병이 나을 거라고 믿는 초등학교 선생 은영이 그 주인공들이다.

기태는 "묘한 우월감" 속에서 시종일관 "다른 사람들을 환자시"(39쪽)

---

10 이청준, 「귀향연습」, 『가면의 꿈』, 문학과지성사, 2011.

하는데, 이는 자신이 지섭·훈·은영을 치료할 수 있다는 오만으로 이어진다. 이러한 기태의 오만은 앞서 살펴본 김 박사·손 박사·민 박사를 떠올리게 한다. 하지만 기태의 치료행위는 그들보다 훨씬 더 잔인하고 폭력적이다. 기태는 은영의 치료를 명목으로 그녀를 겁탈하였기 때문이다.

> 그날 밤 기태는 과수원 사잇길에서 정 선생을 기다리고 있다가 그녀의 처녀를 빼앗아버린 것이었다. 하지만 그는 다만 그렇게 하여 여자에게서 그 허망스런 시선을 빼앗아주고 싶었을 뿐이랬다. 그래서 그녀의 증세를 고쳐주고, 과수원과 바다와 사람들에게, 무엇보다도 그녀 자신에게 조금이라도 정직해질 수 있도록 해주고 싶었을 뿐이랬다.
>
> —「귀향연습」, 88쪽

기태는 은영의 순결을 빼앗음으로써, 첫사랑 상대가 심어준 '환상'이라는 질병을 치료했다고 확신한다. '환상'을 거둬내어 현실을 직시하도록 만들었다는 것이다. 이때 주어진 현실을 직시한다는 것은 그동안 자신이 믿어온 세계가 '가짜'였음을 고백하라는 강요와 다름없다. 이로 인해 은영은 방문을 걸어 잠근 채 혼자만의 세계로 침잠해 들어간다. 그러나 기태는 "그게 다 병 고치고 사람 되어가는 징조"(86쪽)라고 자신한다. 이러한 확신은 은영이 몰래 집을 떠나고, 일하던 학교에 사직서가 제출된 뒤에도 이어진다. 결국 은영 역시 「소문의 벽」의 박준처럼 사라지는 길을 선택한 셈이다.

은영의 사라짐에도 불구하고 기태의 오만은 지섭에게 "쓸데없는 소리 말구 그냥 가만히 있어. 자네 병은 우리 집서 내가 고쳐준다"(94쪽)는 식으로 이어져 나간다. 기태는 스스로 "환자를 썩 잘 보살피는 정신과 요양원장"(38쪽)으로 여기고 있지만, 실상은 "자신의 증상조차 알지 못하고 있는, 누구보다 난처한 환자"(39쪽)임이 드러나는 순간이다. 이러한 기태의 자기중심적인 사고는 판단의 절대적인 무능성을 드러낸다. 기태는 박준을 진짜 미치광이로 만든 김 박사, 조만득을 살인자로 몰아간 민 박사처럼 "자기가 생각하는 선을 타자에게 부과"하는 권력의 폭력성을 재현한다.[11] 그러므로 기태는 스스로가 환자들을 치료하는 '병원(病院)'이 되고자 욕망했지만, 오히려 수없이 많은 '병원(病原)'을 양산하는 악마로 전락한다.

2. 고백의 거절과 자기기만적 진술

일반적으로 고백을 욕망하는 인물은 스스로에 대한 환멸감을 갖고 있기에 심리 상태가 매우 불안정하다. 따라서 그들은 내부에 자리한 환멸을 언어를 통해 표출함으로써, 내부의 정화를 욕망한다. 이러한 과정을 통해 '자아의 정체성'을 회복할 수 있다고 믿는 것이다. 그러므로 사람들은 어떻게 해서든 '있어야 하는 자아'와 '현재 있는 자아' 사이의 불일치에서 벗어나고자 고백을 욕망한다.[12] 이와 같은 특징은 『이제

---

11   이종영, 『사랑에서 악으로─권력의 원천에 대한 연구』, 새물결, 2004, 47쪽.

우리들의 잔을』(1969)[13]에 등장하는 인물들 속에서 쉽게 발견된다. 인물들은 대개 스스로에 대한 환멸을 느끼고 있으며, 이를 고백이라는 방식을 통해 극복하고자 욕망하기 때문이다.

그 주인공들은 소설의 중심적 공간이 되는 여래암, 그곳에서도 가장 외떨어진 대원토굴에 머무는 네 명의 남자들이다. 시험을 치르지 않고 '응시 효과'만을 누리는 고시생 허진걸, 국회의원을 꿈꾸며 자서전을 쓰는 김 의원, 파계(破戒)한 신부 안 선생, 사촌 누이를 범하고 쫓겨 온 청년 노명식. 그들은 하나같이 고백을 욕망하지만, 그들의 고백은 어느 것 하나 받아들여지지 않고 거절된다.

우선 '김 의원'이란 별명으로 불리는 김삼응에게 주목할 수 있다. 그는 시골 면장 출신으로 두 번이나 국회의원 선거에서 낙선하지만, 언젠가 가슴에서 금배지가 빛날 날이 올 거라는 기대를 버리지 않는다. 이러한 그의 욕망은 '자서전' 쓰기를 통해 가시화된다. "정치가란 미리 그렇게 자기의 자서전을 마음속에 써놓고 그것을 실현하고자 노력하는

12　Peter M. Axthelm, *The Modern Confessional Novel*, New Haven, Conn : Yale University Press, 1967, p.9(우정권, 앞의 책, 108쪽에서 재인용).

13　이청준, 『이제 우리들의 잔을』, 문학과지성사, 2011. 해당 작품은 1969년 11월 15일부터 1970년 8월 14일까지 『조선일보』에 연재된 신문소설이다. 당시 제목은 『원무』였으며, 총 230회에 걸쳐 연재되었다. 1978년 예림출판사에서 『이제 우리들의 잔을』이란 제목을 달고 첫 단행본으로 출간되었는데, 이때 신문 연재시의 총 16장이었던 전체 구성이 총 10장으로 재편되었다. 또한 등장인물의 비중 변화나 에필로그에서의 재언급 등 적잖은 텍스트의 변모를 거쳤다. 한편 조선일보에 『원무』를 연재하던 시기, 작가는 1970년 1월에서 1971년 2월까지 『여성동아』에 『이제 우리들의 잔을』이라는 소설을 연재한 적이 있다. 그런데 이 작품은 단행본으로 출간되지 않았다. 대신 『원무』를 단행본으로 간행하며 이 제목을 가져왔다. 이로 인해 애초의 『이제 우리들의 잔을』은 사라지고, 『원무』가 『이제 우리들의 잔을』이라는 작품으로 남게 되었다(손정수, 「내러티브들의 원무(圓舞)」, 이청준, 『이제 우리들의 잔을』, 문학과지성사, 2011, 525~527쪽).

사람"(31쪽)이라고 믿기 때문이다. 그러나 어느 누구도 김 의원이 쓰고 있다는 "자서전의 구체적인 내용이나 진도에 대해서는 전혀 들은 일"(32쪽)이 없다. 고백을 하겠다는 욕망만 있을 뿐, 고백의 내용은 어디에서도 찾아볼 수 없는 것이다. 때문에 김 의원의 고백은 "실제의 인물이 없는 자서전"(370쪽)으로 그치고 만다. 고백이라는 일방적인 욕망만이 자리할 뿐, 고백의 내용도 그것을 들을 대상도 상정되어 있지 않은 까닭이다.

이는 그가 유언 한줄 남기지 않은 채 세상을 떠남으로써 보다 명확해진다. 그러나 보다 본질적인 문제는 김 의원의 죽음을 두고 어느 누구도 질문을 던지지 않는다는 점이다. 이로써 김 의원의 자기 파괴적 고백은 어느 누구에게도 받아들여지지 않음이 확인된다. 진실한 자기 고백에 실패한 김 의원, 그리고 그의 죽음에 아무런 질문도 던지지 않는 사람들, 그들은 하나같이 타인의 삶에 눈을 돌리지 않는 '무(無)사유자'들이라고 볼 수 있다.

일방적인 고백이 빚어낸 폭력은 사촌누이를 범하고 고향에서 쫓겨난 청년 노명식을 통해서도 구체적으로 묘사된다. 그는 작품에 등장하는 어느 누구보다도 적극적으로 고백을 욕망하는 인물이기 때문이다.

"제 고백을 들어주시고 죄를 사해주시기 않으면 전 날이 새더라도 여기 엎드려 선생님 방을 나가지 않겠습니다."

사뭇 회오의 고통이 어린 얼굴로 애원을 하는가 하면,

"그건 제 본성이 나빠서 저지른 잘못이 아니라, 워낙 어린 호기심 때문이었습니다. 분별없는 호기심이 저지른 한 번의 잘못 때문에 평생을 이웃의 눈총과 죄책감에 쫓기며 살아야 합니까. 저도 좀 떳떳하게 살아보고 싶습니다. 저의 실수가 그토록 용서받을 수 없는 것이라고는 생각되지 않습니다. 언제고 선생님께서도 제 영혼을 구해주고 싶은 생각이 나시리라 믿습니다. 그때까지 전 몇날 몇 해고 기도하며 기다리겠습니다."

제법 어른이 된 듯한 소리로 협박을 하기도 했다.

한번은 또 칼을 가지고 와서 그날 밤 안으로 자기의 고해가 허락되지 않으면 그것으로 안 선생의 단죄가 내려진 것으로 알고 스스로 혈관을 끊겠노라 위협을 하다 간 일도 있었다.

—『이제 우리들의 잔을』, 169쪽

위의 인용문은 명식이 안 선생에게 자신의 죄를 고백하고자 욕망하는 부분이다. 이때 중요한 것은 명식이 암자의 여러 인물들 가운데 안 선생을 선택했다는 점이다. 명식이 안 선생을 선택한 이유는 그가 과거 천주교 신부였기 때문으로, 안 선생에게 신부로서 자신의 고해를 들어달라고 요청한다. 그러나 안 선생은 자신은 더 이상 신부가 아니라는 이유로 명식의 고백을 거절한다. 대신 사제가 아닌 이웃으로서 명식의 고통을 기꺼이 함께 나누겠다고 말한다. 하지만 명식은 이웃이 아닌, 신부인 안선생에게 고백을 하겠다고 고집한다.

명식이 범한 죄는 종교적·법률적·윤리적 관점에서 모두 처벌받아야 마땅하다. 사촌 누이를 향한 애증이라는 내면적 죄악은, 강제로 성관계를 맺음으로써 도덕과 법률적인 죄악으로까지 확장되었기 때문이다. 따라서 명식은 고향 마을로부터, 심지어 아버지에게마저 외면을 당한다. 이는 자신이 속한 공동체로부터 철저하게 격리되었음을 의미하는데, 명식은 공동체로의 회복을 위해 '고백'을 욕망한다.

자신을 공동체 내부로 복귀시켜줄 수 있는 강력한 힘을 가진 '절대 자'에게 고백을 함으로써, 죄를 사함 받고자 하는 것이다. 때문에 명식은 이웃이 아닌, 신부인 안 선생에게 죄를 고백하고 '사함'을 받아야만 한다. 이처럼 고백을 들어줄 상대를 택하는 명식의 태도는 철저하게 자기중심적이라고 볼 수 있다. 진정한 반성이 부재한, 단지 용서를 통해 자신의 구원만을 욕망하고 있기 때문이다.

'고백'이란 자신이 지은 죄를 언어를 통해 '털어'냄으로써 자기 정화를 욕망하는 발화 행위이다. 따라서 화자는 "자기 정화 작용을 여러 번 반복하면서 자신의 정체성에 대한 믿음을 갖게 되고, 그러면서 점차적으로 안정적인 정신 상태"[14]를 갖게 된다. 그러나 명식은 자신의 죄를 기록하는 대신, 애숙에 대한 기록에만 집중한다. "언제부터 그 무서운 죄악의 싹이 나에게서 움돋기 시작했는가부터. 그리하여 내 기억이 미치는 한에서는 나의 참회의 몫을 남김없이 찾아내"(243쪽)겠다고 말하지만, 명식이 쓴 참회록에 기록된 죄악의 싹은 애숙으로부터 비롯되고 있기 때문이다.

애숙아, 미안하다.

이런 글을 적은 것이 너를 다시 욕보이는 것 같구나. 그리고 이미 저질러진 잘못을 더욱 잊을 수 없게 만들고 있는 것 같구나.

하지만 도리가 없는 일이다. 용서해다오. 이런 식으로라도 나는 스스로를 구할 방법을 찾아야 할 형편이니까 말이다. (…중략…) 이번 일에서뿐만

---

14 우정권, 앞의 책, 29쪽.

이 아니라 더 오랜 옛날부터도 너는 나를 괴롭혀왔다. 나를 이렇게 만들어놓은 것이 너라고 한 것도 그래서 그러게 말한 것이다. 스스로 나를 구할 길을 찾아야겠다.

—『이제 우리들의 잔을』, 243쪽(강조—인용자)

위의 인용문은 명식의 고백이 담긴 참회록의 서두로, 스스로를 구하기 위해 참회록을 서술하고 있음을 확인할 수 있다. 자신을 이렇게 만든 것은 다름 아닌 '애숙'이라고 밝히고 있기 때문이다. 명식의 아버지는 애숙 아버지의 형이지만, 동생의 땅에서 농사를 지으며 살아간다. 이에 명식은 어린 시절부터 '명식이 아버지는 애숙이네 머슴'이라는 동네 아이들의 놀림을 들으며 자란다. 이러한 열등감은 애숙을 누이가 아닌 여인으로 동경하는 마음과 뒤섞이면서, 명식을 질투와 절망이라는 복합적인 감정의 소용돌이에 빠지게 만든다. 명식은 이러한 자신의 내적인 번뇌를 다스리지 못하는데, 이는 '대학입시'를 낙방하고 고향집으로 돌아오면서부터 걷잡을 수 없이 불거진다. 진걸은 이러한 심리를 '복수심'이라고 명명한다. 명식이 "자신의 좌절감을 온통 애숙에게서 해소"(265쪽)하고자 했다는 것이다. 이로써 명식은 스스로를 반성하지 못하는, 끊임없이 타인에게로 책임을 전가하는 '사유의 무능력자'임이 분명해진다.

한편, 명식의 가학성은 애숙에게 유년시절의 기억을 떠올리게 만드는 행위를 통해 구체화된다. 명식의 참회록은 표면적으로 자신 안에 자리한 죄악의 근원을 찾아가는 과정이라고 이야기되지만, 실은 애숙의 숨겨진 기억을 헤집어내는데 집중되고 있기 때문이다. 이에 정작 당사자인 애숙이 기억하지 못하는 행동들을 대신 고백함으로써, 그녀를 불편하게 만든다.

> "제가 철쭉꽃을 좋아한다구요?"
>
> 애숙은 이제 가정법을 쓰지 않고 직접 물었다.
>
> "그럼, 애숙인 철쭉꽃을 어느 꽃보다 좋아하고 있지."
>
> 사실인즉 나는 아까부터 자꾸만 그 이야기를 꺼내고 싶던 참이었다.
>
> (…중략…)
>
> 애숙이 정말 철쭉을 좋아하든 말든 그것은 상관이 없는 일이었다. 나는 다만 애숙에게 그 이야기를 들려주고 싶었을 뿐이었다.
>
> ─『이제 우리들의 잔을』, 271쪽

위의 인용문에서 확인할 수 있듯이, 명식은 애숙이 기억하지 못하는 일을 대신 고백한다. 애숙이 원하지 않는 고백을 명식이 대신 하는 것이다. 따라서 명식의 참회록을 통해 이루어지는 고백 속에는 진정한 반성이 부재한다. 그는 다만 스스로 죄를 참회하고 있음에 만족감을 느낄 뿐이다. 이는 마치 "500만 명의 유대인의 죽음에 내 양심이 거리낀다는 사실이 나에게 대단한 만족감을"[15] 준다고 진술했던 '아이히만'을 연상시킨다.

이와 같은 명식의 "대중화된 죄책감"[16]은 타인에게만이 아니라, 자신에게마저 기만적으로 작용한다. 이때 '자기기만'은 '내가 나 자신을 속

---

15 한나 아렌트, 앞의 책, 103쪽.

16 위의 책, 347쪽.

이는 모순'적 상황 위에서 세워진다.[17] "악마는 우리를 끊임없이 속이는 자"라고 주장했던 데카르트를 떠올릴 때,[18] 스스로를 속이는 자 역시 '악마'라고 명명될 수 있다. 그런 의미에서 명식은 자신이 저지른 죄로 괴로워질 때마다 '고백록'을 작성하면서 참회를 했다고 말하지만, 실질적으로는 과거의 죄악을 추억하는 것으로 쾌락을 삼던 '악마'였음이 증명된다.

이러한 기만은 안 선생에게서도 발견된다. 안 선생은 자신이 누군가의 죄를 사할 '권능'을 잃은 사람이라는 이유로 명식의 고해를 거절한다. 그는 스스로 죄를 깨닫고, 그 죄를 닦고자 노력하지 않은 채 죄를 그저 "하느님께 부려버리"(170쪽)고는 "용서를 얻었노라고 착각하는"(170쪽) 사람들에게 환멸을 느끼고 있기 때문이다. 따라서 그는 명식에게 자신의 죄책감을 혼자 견딜 것을 요구한다. 그러나 명식이 끝내 안 선생의 요구를 받아들이지 않자, 이번에는 자신이 먼저 명식에게 고백을 하겠다고 나선다. 그리고는 명식의 의사와 상관없이 자신의 이야기를 털어놓는다. 그런데 이때 안 선생의 고백을 통해 이야기되는 것은 진정한 고백의 의미를 상실한 사람들에 관한 내용이다.

그의 이야기에 따르면 사람들의 고백이란 하나같이 일방적인 자기중심적 행위에 해당한다. 따라서 안 선생은 "용서한다는 것은 그가 같은 잘못을 되풀이 저지를 용기를"(182쪽) 주는 행위일 뿐이라고 받아들인

---

17 서동욱, 『일상의 모험』, 민음사, 2005, 94쪽.

18 서양 근대철학의 아버지 데카르트는 "악마는 우리를 끊임없이 속이는 자이다"라고 말하였다. 그의 철학적 과제는 사람이 악마의 꾐에 넘어가지 않을 확실한 진리를 발견하는데 있었는데, 악마의 속임수에 넘어가지 않는 정신이 바로 "참된 정신"이기 때문이다(구연상, 『철학은 슬기맑힘이다』, 채륜, 2009, 134쪽).

다. "사함이 행해지는 교회는 오히려 그의 죄의식을 마비시키고 행죄의 습관을 길러줄 수도 있"(182쪽)다는 점에서 '악'의 공간으로 전락하고 만다. 교회의 안과 밖 모두 온통 죄로 가득한 악마의 공간이 되는 것이다.

물론 이러한 안 선생의 태도는 감춰진 비리를 들춰낸다는 점에서 긍정적으로도 해석될 수 있다. 하지만 안 선생의 문제는 처음부터 누구도 용서하지 않으려 했다는 점에 있다. 이는 "안 선생은 애초 명식을 용서할 생각이 없는 사람"(184쪽)이었다는 진걸의 주장을 통해 뒷받침된다. 마음의 평안을 얻고자 죄를 고백하는 행위를 비판하고, 스스로의 죄닦음을 주장하는 모습 속에는 자신을 타인보다 우월한 위치에 두려는 '위선'이 깔려있던 것이다. 자신은 '신부'로서의 자격을 상실했다고 이야기하고는 있지만, 그의 내면에는 다른 사람을 정죄함으로써 그들과 자신을 구분 짓는 '교만함'으로 가득 차 있던 셈이다.

> 진걸에게 안 선생의 태도가 못마땅하게 여겨지는 것은 바로 그 점이었다. 그리고 그 안 선생이 자꾸 그의 기분을 역하게 해오고 있는 것도 그의 그런 자신만만한 태도와 지나친 결벽성의 자기 신뢰감 때문이었다. 안 선생의 그 너무도 자신만만하고, 그리고 그런 자신감 때문에 명식에게마저 똑같은 결벽성을 요구하고 있는 것이 못마땅했다.
>
> ─『이제 우리들의 잔을』, 184쪽

위의 인용문에서 발견되는 안 선생의 '독선(獨善)'은 곧 '악'의 다른 이름임을 짐작할 수 있다. 이에 진걸은 그러한 안 선생의 자신감을 무참하게 꺾어놓고자 계획을 꾸민다. 안 선생에게도 명식과 같은 "어떤 치명적인 인간의 과실을 지니게 하여 그 마음속의 비밀을 누구에게라도 호소하고 싶어질 인간적인 약점을 경험"(185쪽)하도록 만들려는 것이다. 이를 위해 진걸은 "가장 여자다워야 할 곳"(81쪽)이 여자답지 못한 육체를 가진 경숙을 이용한다. 경숙의 바다 구경길 안내자로 안 선생을 동행시킴으로써, 그가 경숙의 비밀을 목도하도록 만든 것이다. 그리고 함정에 빠진 안 선생이 스스로 비밀을 토해내고 싶도록 죄책감을 자극하며, 동시에 고백을 통해 비밀의 사슬에서 벗어나는 길을 철저하게 차단한다.

> 바야흐로 작자들의 입이 열리려는 참이었다.
>
> 사정이 무척 다급하게 되어가고 있었다.
>
> 하지만 진걸은 아직 어림없다고 생각했다.
>
> 작자들의 입이 열려서는 안 되었다.
>
> 작자들에겐 훨씬 더 오랜 시일을 혼자서 견디게 해야 했다. 할 수만 있다면 그 비밀의 괴로움 때문에 그들의 입에서 신음 소리가 튀어나올 때까지, 아니면 그 안 선생에게 그것을 혼자서 견디는 일이 얼마나 힘들고 고통스런 노릇인가를 스스로 깨닫게 될 때까지만이라도.
>
> —『이제 우리들의 잔을』, 196쪽

이러한 진걸의 잔임함은 소설의 전반적인 분위기를 지배해나간다. 자살을 암시하는 김 의원을 조롱하고, 안 선생에게 고백의 고통을 부여하고자 경숙을 비참한 상황으로 밀어 넣었기 때문이다. 이밖에도 진걸은 여성들과의 잠자리 횟수를 그래프로 기록하는 반윤리적인 태도를 보인다. 그는 "여인에 대한 완전무결한 무관심과 배신의 용기를 연마한 다음 결혼을 할 작정"(49쪽)이라며, 그래프의 마지막을 여래암을 찾은 지윤희라는 여성을 통해 완성하고자 한다. 이는 단순히 윤희의 육체를 빼앗는 것을 넘어, 그녀가 간직한 '바다'로 대변되는 첫사랑의 추억을 빼앗고자 하는 잔악함으로 확대된다. 그러나 그러한 욕망은 실현될 수 없음에도 불구하고, 진걸은 윤희에 대한 집착을 거둬들이지 못한다.

> 그 일이 있을 무렵 진걸은 윤희에 대해서 거의 자포자기에 가까울만큼 행동이 난폭해지고 있었다. 밤마다 윤희를 찾아가서는 거칠고 모진 학대를 계속하다 날이 밝을 무렵에야 겨우 제풀에 지쳐 난 사지를 거둬 돌아오곤 했다.
> ─『이제 우리들의 잔을』, 427쪽

위와 같은 진걸의 태도를 두고 윤희는 "정말로 제게 악마의 저주를 가르쳐줄 셈이세요?"(428쪽)라고 힐난한다. 한편 진걸의 잔인함은 제대로 시험을 치르지 않음으로써, 기약없이 그를 기다리는 약혼녀 명순과 부모님을 기만하는 행위로도 반복된다. 이러한 진걸의 잔악성 역시 고백을 향한 욕망이 근원으로 자리한다. 이는 진걸에게 "도대체 제게 무슨 말을 하고 싶은 거지요?"(471쪽)라고 묻는 윤희의 말을 통해 뒷받침된다. 그러나 진걸의 고백은 윤희에게 거절되고 만다. 윤희는 자신을 찾아온 진걸에게 "아무 말씀도 하지 마세요. 전 진걸 씨의 얘길 들으려고 온 건 아니니까요"(473쪽)라고 말하기 때문이다.

결국 소설 속에 등장하는 인물들은 하나같이 고백을 욕망하지만, 철저하게 거절당한다. 이때 중요한 것이 고백을 거절하는 주체의 행위이다. 고백을 거절하는 것은 타자로 하여금 고백을 통해 심리적 부채를 청산하지 못하게 하겠다는 의지의 반영이다. 그런 의미에서 『이제 우리들의 잔을』에 나타난 인물들의 고백은 하나같이 진정성이 부재한 '무능한 말하기'라고 볼 수 있다. 더불어 그러한 말하기조차 차단하는 인물들은 타자를 위한 사유를 거부하는 사유의 '무능성'을 다시금 확인하게 만든다. 이와 같이 거절된 고백의 문제는 이청준의 다른 작품들 속에서도 쉽게 발견된다.

「문단속 좀 해주세요 – 소매치기, 글쟁이 다시 소매치기(3)」(1971)[19]에는 스스로를 '소매치기'라고 밝히는 화자가 등장한다. 이러한 설정은 「소매치기올시다 – 소매치기, 글쟁이 다시 소매치기(1)」(1969)[20]에서 이미 언급된 바 있다. 이 작품에서도 화자는 자신을 뻔뻔할 만큼 당당하게 '소매치기'라고 고백한다. 그는 소매치기를 만든 것은 자기 것을 빼앗겼음에도 불구하고, 아무 말도 못하는 사람들의 '달갑지 않은 아량과 관용' 때문이라고 이야기한다. 이러한 화자의 진술은 현대 사회에 만연한 '사유의 무능성'을 고발한다고 볼 수 있다. 그러나 발화의 주체가 '우리'라는 익명의 존재로 제시된다는 점에서, 고백으로까지는 나아가지 못한다.

반면 「문단속 좀 해주세요」에는 보다 구체적인 고백의 주체가 등장한다. 그는 목포행 기차를 함께 탄 '사내'에게 스스로를 '소매치기'라고 고백하는데, 정작 상대방은 그의 고백을 믿지 않는다. 자신이 "소매치

---

19 이청준, 「문단속 좀 해주세요 – 소매치기, 글쟁이 다시 소매치기(3)」, 『소문의 벽』, 문학과지성사, 2011(이하 「문단속 좀 해주세요」로 표기).

20 이청준, 「소매치기올시다 – 소매치기, 글쟁이 다시 소매치기(1)」, 『꽃과 소리』, 문학과지성사, 2012(이하 「소매치기올시다」로 표기).

기라는 걸 확인시켜 주려고 하면 할수록 오히려 자꾸 더 곧이를 듣지 않으려"(308쪽)들기 때문이다. 이러한 청자의 거절은 스스로를 소매치기라고 말한 화자와의 긴장과 대결을 회피하기 위함이다. 따라서 '고백'을 거절하는 것은 청자들의 무기력한 패배의식을 드러내는 통로가 된다.

이때 청자들의 무책임한 관용과 무기력한 저항 의식은 특정 개인에게서만 발견되는 특징이 아니다. 오히려 사회 전반을 지배하는 분위기로 작용한다. 이에 사내는 화자에게 자신의 "스위스제 고급 손목시계"를 내놓으라고 당당하게 주장하지 못한 채, 비굴한 미소만을 띨 뿐이다. 화자의 고백은 끝끝내 받아들여지지 않은 셈이다. 따라서 고백을 향한 화자의 욕망은 『이제 우리들의 잔을』에서 자서전을 쓰고자 했던 김 의원, 참회록을 썼던 노명식, 그래프를 완성하고자 했던 허진걸과 마찬가지로 '기록'에 대한 의지로 발현된다.

나는 일찍부터 나름대로 한 권의 자서전을 가지고 있다. (…중략…) 누구나 마음속엔 자신의 그런 자서전을 한 권씩 지니고 살아가게 마련이다. 나 같은 주제에 건방진 소리가 될지 모르지만, 사람이 세상을 살아간다는 건 결국 그 마음속의 자서전을 현실 가운데에서 실현시켜가는 과정이 아닐까도 생각된다. (…중략…) 우리는 그렇게 각자의 자서전 속에 알맞은 인물들을 들어앉혀놓고 스스로 그 인물을 닮으려 애를 쓰고 있는 격이다. (…중략…) 그런데 나의 그 자서전의 인물이 다른 아닌 어떤 유명한 소매치기인 것이다. (…중략…) 남아있는 것은 겨우 소매치기 정도였다. 그래서 나는 소매치기를 바로 내 자서전의 주인공으로 삼기로 한 것이다.

—「문단속 좀 해주세요」, 296~297쪽

위의 인용문에서 확인할 수 있듯이, 화자의 자서전 속에는 실제의 자신이 존재하지 않는다. 『이제 우리들의 잔을』의 김 의원처럼 자신이 살아보고자 하는 대상만이 가상으로 존재할 뿐이다. 자서전이란 본디 자신의 생애에 대한 솔직한 진술이라는 점에서, 화자의 자서전은 실패한 고백이라고 볼 수 있다. 자신의 얼굴이 없는 자서전이라는 점에서, 처음부터 이루어질 수 없는 고백이었던 것이다.

이러한 실패는 「**병신과 머저리**」[21](1966)를 통해서도 확인된다. 외과의사인 형은 수술 실패로 어린 소녀의 목숨을 잃게 하는데, 이 사건 이후 마치 참회록을 작성하듯이 소설을 쓰기 시작한다. 이때 형의 소설 속에는 군대시절에 만난 오관모와 그에게 괴롭힘을 당하던 김 일병에 관한 이야기가 기록되어 있다. 이는 일종의 '자기 고백'으로, 동생은 소설을 통해 10년 가까이 침묵해온 형의 "패잔(敗殘)과 탈출에 관한 이야기"(171쪽)를 듣고자 욕망한다. 그러나 소설은 뚜렷한 결말을 제시하지 않은 채 불태워진다. 이는 형의 '고백'이 실패했음을 의미한다.

이러한 실패는 자신이 무엇을 그려야하는지조차 알지 못하는 동생의 '그림'을 통해서도 반복된다. 동생에게는 '그림 그리기'가 일종의 자기고백에 해당하는 까닭이다. 그러나 결국 완성되지 못한 그림은 형에 의해 찢겨지고 만다. 소설은 고백을 원하지만 답을 찾지 못한 동생의 '자기연민'과 고백할 내용을 알지만 끝내 답할 수 없는 형의 '자기기만'으로 채워지고 있는 셈이다. 이러한 고백의 실패는 '사유의 무능성'을 드러내는 통로로 작용한다. 형이 쓴 '소설' 안에는 폭력과 살인을 저지른 악마적 인물인 '오관모'가 등장하지만, 이청준의 초점은 가시적으로 드러난 오관

---

21 이청준, 「병신과 머저리」, 『병신과 머저리』, 문학과지성사, 2010.

모라는 '악마'가 아닌 다른 사람을 향해 있기 때문이다. 즉, 작가가 바라보는 진정한 '악마'는 오관모를 바라보는 '나'라고 볼 수 있다.

'나'는 잔인할 정도로 김 일병을 학대하는 오관모의 행동에 역겨움을 느끼지만 어떤 행동도 취하지 않는다. 그저 "괴상한 울음소리 같은 것을 입에 물며 땀을 뻘뻘 흘리"는 오관모와 "절대로 흐트러지지 않"는 김 일병 사이의 "끔찍스러운 광경"을 목도할 뿐이다. 주어진 체제 아래에서 아무 것도 할 수 없는 주체의 무능성은 '소설 속 소설'에 기술된 노루사냥에 관한 이야기로 거슬러 올라간다. 하얀 설원에 피를 뿌리며 죽어간 노루는 폭력적인 세계의 가학성을 드러낸다. 이때 '나'는 김 일병에게 가해진 오관모의 일방적인 폭력을 무력하게 지켜본 것처럼, 노루의 죽음 역시 지켜보기만 한다. 행동하지 못한 '나'의 태도는 "자신의 행위가 옳고 그른가에 대한 반성을 포기한" 상태를 의미한다.[22] 이러한 의미에서 소설 속의 '나'와 그런 '나'로 상정된 '형'은 하나같이 '사유의 무능력자'들인 '악마'로 명명될 수 있다.

이러한 문제는 형의 소설을 몰래 읽는 동생에게서도 발견된다. 동생의 화폭은 소설이 진행되는 가운데 조금도 채워지지 않으며, 그는 자신이 상대방을 사랑하는지 아닌지조차 확신하지 못한다. 때문에 혜인의 결혼에 대해서도 아무 반응을 보이지 않는다. 이를 두고 혜인은 "어떤 일도 선생님은 책임을 지려고 하지 않"았으며, 그것이 바로 "아무것도 책임질 능력이 없다는 증거"(199쪽)라는 내용이 담긴 편지를 건넨다. 주어진 체제 아래에서 아무것도 할 수 없는 인물의 무능성, 이는 '사유의 무능성'을 의미한다. 그러므로 동생의 빈 화폭은 결말이 쓰여 지지 않

---

22   홍원표, 『아렌트—정치의 존재이유는 자유다』, 한길사, 2011, 217쪽.

은 형의 소설과 맞물리고, 동생 역시 형과 다름없이 고백에 실패한 '악마'라는 사실을 드러낸다.

이와 같은 고백의 실패는 「**행복원의 예수**」(1967)²³를 통해서도 발견된다. 소설의 화자인 '나'는 제대를 한 뒤, 어린 시절 자신이 떠났던 '행복원'으로 되돌아온다. 그가 '행복원'을 떠난 이유와 다시 돌아오기까지의 과정은 작품 안에서 그가 쓴 '소설'을 통해 이야기된다. 화자는 '소설 속의 소설'을 두고 "나의 참회서"(308쪽)라고 고백하고 있는데, 그의 고백은 누군가의 용서를 기대하지 않는다는 점에서 문제적이다. 그는 "고백의 유일한 대상이 있다면 그것은 나 스스로"(308쪽)일 뿐이라고 말하기 때문이다. 타인을 향한 고백을 거절하고, 오직 자기 자신을 향한 고백을 선택한 것이다.

이때 '하나님'이나 '예수님'이 아닌 자신을 고백의 대상으로 삼았다는 것은, 그 자신을 신(神)의 위치에 상정해놓고 있음을 의미한다. 그에게 있어 구원은 자신의 필요에 의해 얼마든지 반복될 수 있기에 '절대자' 따위는 필요로 하지 않는다. 이처럼 고백의 대상이 타인이 아닌 자신에게로 되돌아온다는 점에서, 그의 고백은 처음부터 무의미한 행위라고 볼 수 있다. 애초부터 고백을 통해 자신의 죄를 정화하고자 했던 욕망이 부재했음을 의미한다. 실제로 지금까지 화자의 삶은 "네놈은 하느님도 용서 못한다. 하느님이 용서해도 내가 못한다"(316·321쪽)는 최 노인의 외침을 통해 이어져왔다. 죄를 고백함으로써 내부의 죄과(罪科)를 정화하고자 하는 대신, 오히려 죄를 짊어진 채로 세상을 살아가는 길을 선택했던 것이다. 이처럼 구원을 거절하는 인물의 행위는 '선'으

---

23   이청준, 「행복원의 예수」, 『병신과 머저리』, 문학과지성사, 2010.

로 규정된 절대자를 거절한다는 점에서 '악마적'이다.

　그리고 이러한 인물의 악마성은 '행복원' 내에서 '엄마'라고 불리는 여인의 알몸을 엿보고, 그녀와 손을 잡고 예배당에 가는 아이 머리를 돌로 내리치는 행위를 통해 보다 직접적으로 가시화된다. 이로 인해 화자는 여자로부터 "마귀! 마귀!"(320쪽)라고 불리고, 행복원에서 쫓겨나기 때문이다. 이후 '하느님'도 용서하지 못하는 화자는 '행복원' 바깥에서 '하느님의 용서'를 이용해서 수많은 사람들을 속여 나간다. 신실한 신도로 위장하며 용서와 구원은 모조리 자신의 손바닥 안에 있다고 자신하면서 말이다. 그런데 '행복원'에 돌아온 그는 자신이 최노인과 엄마, 그들 모두에게서 용서를 받았다는 사실을 발견하고 당황한다. 용서를 구한 적이 없음에도 불구하고 용서가 이루어졌기 때문이다. 고백을 한 적이 없음에도 고백이 이루어진 상황의 아이러니는 결국 진정한 소통이 부재함을 증명한다. 이는 고백의 진정성과는 무관하게, 무조건적인 용서와 구원만을 이야기하는 이들의 무(無)사유를 드러낸다.

　용서를 구한 적이 없음에도 이루어지는 용서의 폭력성은 「벌레 이야기」(1985)[24] 속에서 보다 극명하게 제시된다. 이때의 비극은 고백을 하는 자와 고백을 듣는 자 사이의 불일치를 통해 발생한다. 우선 고백을 듣고자 하는 인물은 사랑하는 자식을 잃은 어머니이다. 소설은 그 여성을 바라보는 남편의 시각을 통해 진행된다. 한쪽 다리가 불편한 아이는 아내가 마흔 가까이에 얻었다는 점에서 더욱 애틋한 존재로 묘사된다. 그런 애틋한 아이가 어느 날 갑자기 유괴되어 처참하게 살해를 당한다. 범인은 아이가 다니던 주산학원의 원장으로, 그를 향한 아내

24　이청준, 「벌레 이야기」, 『벌레 이야기』, 열림원, 2002.

의 분노는 결코 지나치다고 할 수 없다. 그러나 아내는 교회에 나가 신앙생활을 하는 가운데 조금씩 자신의 분노를 다스리게 되고, 급기야 살인범을 용서할 수 있는 경지에까지 이른다. 그런데 아이러니하게도 바로 이 지점에서 새로운 비극이 출현한다. 아내는 자신이 직접 살인범을 만나 그를 용서함으로써 '자기용서의 증거'를 확인하고자 욕망하기 때문이다. 그러나 욕망은 시작하기도 전에 실패에 이른다. 살인범은 이미 용서를 받았다고 고백하고 있기 때문이다.

상대방을 용서하겠다는 것은 그 대상자가 자신에게 용서를 구할 때 가능한 일이다. 따라서 아내는 살인자 김도섭의 고백, 죄의 뉘우침에 대한 진술을 욕망했을 것으로 추정된다. 그러나 김도섭은 아내에게 죄의 뉘우침 대신 "같은 아버지의 형제자매로서 아내의 어떤 저주나 복수도 용서할 각오가 되"(166쪽)어 있다는 고백을 내뱉는다. 그것은 아내가 원한 고백의 내용이 아니다. 이로 인해 아내는 자기용서의 증거를 획득하지 못하고, 결국 자기 파괴의 길을 걷고 만다.

고백이란 단순히 자기 자신에게 하는 독백이 아니라, 공동체 속에서 자기 자신을 깨닫고자 하는 주체의 반성적 행위이다.[25] 따라서 고백을 하는 주체는 고백을 듣는 타자의 반응에 민감하게 반응할 수밖에 없다. 그런 면에서 김도섭의 고백은 그 내용과 대상이 모두 빗나가있다고 볼 수 있다. 주님의 용서를 받았다는 김도섭의 주장이 성립되기 위해서는 제일 먼저 아이 부모님의 용서가 전제되어야 하기 때문이다.

고백을 하는 화자는 자신의 치부, 죄악과 같이 남에게 알릴 수 없는 것들을 언어화함으로써 자기 정화를 시도해야 한다. 그래야만 자신의

---

25 우정권, 앞의 책, 27쪽.

정체성에 대한 믿음을 회복하고, 점차 안정적인 정신 상태를 획득할 수 있다.[26] 그러나 김도섭은 '자기 정화의 단계'를 거치지 않았다. 그는 자신이 아이를 살해한 죄, 그로 인해 아이 부모에게 가한 고통에 대해 최우선적으로 진술했어야만 했다. 그것은 자기 안의 추악한 진실을 마주하는 시간으로, 그 자체로 고통과 반성을 수반한다. 그러나 김도섭은 그러한 고통과 반성의 순간을 거치지 않았다. 진짜 용서를 구해야 할 대상을 배제한 채, 진정한 의미의 화해가 아닌 일방적인 자기 안위만을 추구한 셈이다.

그러므로 이미 죄를 용서받았다는 김도섭의 고백은 타인의 아픔을 생각하지 않는 이기적인 태도, 즉 '사유의 무능성'을 드러낸다. 따라서 아내는 그러한 김도섭의 고백을 거절한다. 뿐만 아니라 그를 용서할 수 있다고 고백했던 자신의 고백마저도 부정한다. 아내는 김도섭을 용서함으로써 '자기용서의 증거'를 고백하고자 했던 자신의 욕망마저도 거절한 것이다. 이러한 거절은 "유서 한 조각 남기지 않은 채"(175쪽) 스스로 세상을 떠나버린 아내의 행동을 통해 완성된다.

이상에서 살펴본 바와 같이 이청준의 소설 속에는 괴상한 버릇과 기이한 증상에 시달리는, 현실 세계에 적응하지 못한 인물들이 빈번하게 등장한다. 그들은 하나같이 자기 실종을 꿈꾸고, 가면으로 스스로를 위장하며, 병인(病因) 없는 배앓이를 앓거나, 말을 빼앗긴 채, 현대사회의 갖가지 공포증에 시달리는 '현실부적응자들'이다. 기존의 이청준 소설 연구는 이러한 현실부적응자들에 관해 많은 관심을 기울여왔다. 그러나 작가의 관심은 이들에게만 머물지 않는다. 현실부적응자들의 문

---

26 위의 책, 29쪽.

제 상황을 목격하고, 그것을 교정하려는 인물들이야말로 이청준 소설의 핵심 인물 군(群)에 해당하기 때문이다. 이들은 지배질서의 규칙을 준수하고 도덕과 윤리를 따른다는 점에서, '선 / 악'의 이분법 가운데 '선'의 위치를 선점한다. 이러한 논리에 따른다면 현실에 적응하지 못한 비정상적인 인물들은 그 사회에서 제거되어야 할 '악(惡)'의 축이라는 점에서 '악마'로 명명된다.

그런데 문제는 '선'이 '악'을 교정하고자 욕망한다는 지점에서 발생한다. 이는 작품 안에서 일방적인 고백을 강요하는 타자의 요구를 통해 가시화된다. 리쾨르는 '악의 개념'을 현상적으로 제시하기 위해 '죄에 대한 고백의 현상'을 이야기한 바 있다. 이때 서양의 전통이 '죄의 고백'을 통해 '악'의 실재를 발견했다는 점에서, 죄의 고백은 그 자체로 '악의 상징'을 의미한다. 고백이란 스스로를 죄인으로 전제하는 까닭이다.

이러한 의미에서 고백을 강요하는 타자의 요구는 주체에게 스스로를 고발하도록 강요하는 폭력이 된다. 그 결과 인물들은 자기 자신에 대한 연민에 빠진 채 세상 안에서 스스로를 지워버리거나, 상대방의 고백 자체를 거절한다. 이때 고백의 거절은 스스로의 고백마저 차단한다는 점에서 자기기만적 진술로 명명된다. 이처럼 타자가 요구하는 고백을 거절하는 것은 물론, 자신에게 고백을 욕망하는 타자의 욕망마저 부인한다는 점에서 이청준의 인물들은 '악마성'을 갖는다.

불구적 소통과 나르시시즘 공간

1. 환멸적 자기애와 가학의 다(多)'방'

이청준의 소설에는 출구가 소멸된, 사방이 밀폐된 '방(房)'들이 존재한다. 그러한 방 안에 갇힌 인물들은 세계와 단절된 채, 능동적인 사유 능력을 박탈당한 존재들이다. 따라서 그들은 출구가 없는 방 안에서 출구를 찾고자 욕망한다. 이는 마치 고백의 내용을 알지 못한 채, 고백을 강요당하는 인물들을 연상시킨다. 때문에 그들의 탈출은 실패한 고백처럼 언제나 좌절로 귀결된다. 끊임없는 의문만이 부유하는 미궁(迷宮) 안에 갇히고 마는 것이다. 따라서 출구 없는 '방'이란 소통불능의 세계를 표현하기 위한 작가의 효과적인 창작 공간이 된다. '방' 안에서는 어떠한 위로도 얻을 수 없으며, 진정한 관계 맺기도 불가능하기 때문이다. 이때 '방' 안에 갇힌 인물들은 세계를 향해 시선을 돌리지 못한 채, 자신만을 향해 몰두하는 나르시시즘적인 태도를 보인다. 나르시시즘

에 빠진 자아는 타자와의 관계를 거절하는 까닭이다.[1]

이를 확인할 수 있는 공간으로는 우선, 남녀 간의 성적 결합이 이루어지는 여관방을 살펴볼 수 있다. 여관이란 '집'이라는 일상공간에서 벗어난, 비(非)일상의 공간을 의미한다. 그런 점에서 여관에서 이루어지는 관계란 비일상적인 관계인 경우가 다반사이다. 예를 들어 「줄광대(원제 : 줄)」(1966)[2]의 남 기자는 승천한 줄광대의 이야기를 취재하기 위해 고향에 내려왔다가 여관방에서 낯선 여자와 밤을 보낸다. 그러나 "세 밤을 같이 지낸 여자의 이름도 나는 모르고 있었다"(95쪽)는 고백을 남길 정도로 상대에 대해 아무 것도 알지 못한다. 또한 『이제 우리들의 잔을』에서도 진걸은 경숙과 밤을 보내고자 여관방을 찾지만, 여자의 몸을 지니지 못한 경숙의 몸을 확인할 뿐 관계를 맺지는 않는다. 이는 단지 육체적인 결합의 실패만이 아니라, 자신을 이해하고 받아줄 수 있는 남자를 갈망하던 경숙의 욕망이 좌절되었음을 의미한다.

뿐만 아니라 진걸이 자신의 그래프를 완성하기 위해 윤희의 몸을 탐하는 공간 역시 여관방이다. 이때 윤희는 경숙과 달리 진걸과 육체적 결합을 이루어내지만, 다음 날 아침 아무 말 없이 사라져버린다. 대신 여관방에는 "전 끝내 계산이 틀리고 말았으니까요. 아무것도 새로워질 수가 없었어요"(330쪽)라는 글이 적힌 쪽지만이 남겨진다. 이후 윤희는 진걸의 아이를 임신했으나 낙태하고 다른 사람과 약혼한다. 이를 통해 진걸과 윤희는 처음부터 소통불능의 관계였음이 증명된다. 나아가 이러한 불구적 소통은 그들이 머물던 여래암의 암자가 뚜렷한 주인 없이

1 우정권, 『한국 근대 고백소설의 형성과 서사양식』, 소명출판, 2004, 46쪽.
2 이청준, 「줄광대」, 『병신과 머저리』, 문학과지성사, 2010.

사람들이 들고나는 여관방과 다름없음을 떠올리게 한다. 그들의 시선은 오직 자신의 상처와 아픔에만 몰두해 있을 뿐, 상대방을 향해서는 결코 고개를 돌리지 않기 때문이다.

이처럼 진실한 인간관계가 부재하는 공간으로서의 '여관방'은 일정한 주인이 부재하는 하숙방과도 비슷한 성격을 지닌다. 이청준의 인물들은 대개 고향을 떠나 도시를 향하거나, 도시에서도 머물 곳을 찾아 끊임없이 부유한다. 한 곳에 뿌리내리지 못한 채 여기저기 떠밀려 다닐 뿐이다. 그들에게는 안식처가 되어 줄 '집'을 마련하는 일이 이룰 수 없는 꿈처럼 힘겹기만 하다. 도시 안에서 인물들이 선택할 수 있는 것은 고작해야 '하숙방' 혹은 '셋방'이 전부이기 때문이다. 이처럼 작가는 현대 사회에 뿌리내리지 못한, 자신의 정체성을 상실한 인물들이 머무는 공간으로 주인 없는 '하숙방'과 '셋방'을 선택한다.

구체적인 예로 「별을 보여드립니다」(1967)[3]를 살펴볼 수 있다. 소설의 시작은 '하숙방'에 돌아온 화자가 자신의 트랜지스터라디오와 사전이 도난당했다는 사실을 목도하는 것으로부터 시작한다. 손목시계에 이어 두 번째 발생한 절도 사건이지만, 화자는 물건을 훔쳐간 사람('그')을 너무나 잘 알고 있다는 점에서 적극적으로 대응할 것을 포기한다. 그것이 상대방을 위한 배려라고 여기는 것이다. 그러나 그것은 '그'가 진정으로 원하는 것이 아니다. '그'가 물건을 집어가는 것은 사람들이 자신에게 '관심'을 가져주길 원하는 까닭이다.

자신을 향한 '관심'을 욕망한다는 것은 강력한 '자기애'의 일종이다. 그러나 '그'의 욕망은 충족되지 않고 번번이 실패에 이른다. 화자를 비

3 　이청준, 「별을 보여드립니다」, 『병신과 머저리』, 문학과지성사, 2010.

롯한 주변 친구들 가운데 어느 누구도 '그'에게 진실한 관심을 보이지 않기 때문이다. 따라서 '그'가 느끼는 소외감은 증폭될 수밖에 없다. 그리고 이 '소외감'은 '그'에게 참을 수 없는 열등감과 수치심을 부여한다는 점에서 폭력적이다. 이를 극명하게 보여주는 사례가 바로 졸업식에 대한 에피소드이다. 가난한 형편 때문에 한 번도 제대로 된 졸업식을 경험하지 못한 '그'는 대학 졸업식만은 주변 사람들의 축하 속에서 보내기를 간절히 소망한다. 그러나 막상 졸업식 당일에는 식구들은 물론, 단 한 명의 친구들도 참석하지 않는다.

이러한 주변 사람들의 무관심은 어머니가 돌아가셔서 집에 내려갈 차비를 구하는 과정에서도 반복된다. '그'는 친구들을 찾아다니며 차비를 사정했지만 "우연스럽게도 그의 주문에 응한 친구는 하나도"(236쪽) 없었기 때문이다. 비참한 현실 속에서 '그'가 선택할 수 있는 일이란 "굴 속 같은 셋방"(235쪽) 안에서 소주병을 들이키거나, 버쩍 마른 몸으로 하숙방을 지키는 일 뿐이다. 누구에게도 이해받을 수 없는 그의 현실이 낡고 초라한 셋방을 통해 가시화되는 것이다.

뿐만 아니라 화자는 자신의 사전을 되찾기 위해 찾아간 '그'의 하숙방을 "남산 밑 싸구려 하숙"(241쪽)이라고 서술한다. 초라한 '그'의 현실이 '싸구려 하숙방'으로 가시화된 것이다. 이렇게 '방'을 통한 인물의 내면을 가시화하는 설정은 '그'가 친구들의 하숙방을 기웃거리는 과정에서 또다시 반복된다. 타인에 대한 배려가 부재한 인물들의 무관심은 곧 사방이 꽉 막힌 하숙방으로 형상화되고 있기 때문이다. 따라서 인물들이 머무는 하숙방은 사유를 가로막는 '악'의 공간이며, 그 안에 머무는 인물들 역시 끔찍한 '악마'가 된다.

이처럼 '악의 평범성'을 드러내는 '하숙방'은 「**빈방 – 혹은 딸꾹질주의보**」(1979)[4]를 통해서도 확인된다. 「빈방」에는 자신이 몸담고 있는 세계를 쉽게 벗어나지 못하는 인물의 수동성이 '하숙방'이란 공간을 통해 가시화되기 때문이다. 이때 하숙방이란 수많은 사람들이 거쳐 가는 곳으로, 누구의 것이든 될 수 있지만 누구의 것도 될 수 없는 공간을 의미한다.

하숙방은 대체로 지방에서 올라온 대학생들이 머물던 공간이다. 그런데 '윤'이란 인물은 대학을 졸업하여 신문 기자가 되었으면서도 하숙방을 벗어나지 않는다. 물론 경제적인 이유를 포함한 다양한 문제들이 존재하겠지만, 윤이 하숙방을 떠나지 않는 것은 변화를 거부하는 그의 수동성 때문이라고 볼 수 있다. 이와 같은 인물의 수동성은 기존의 것을 유지하겠다는 강력한 욕망으로, 지배 체제의 명령에 맹목적으로 순응하는 태도로 이어진다. 이러한 윤의 태도는 동숙(同宿)인으로 맞이한 지승호라는 인물을 통해 구체적으로 발현된다.

학생도 직장인도 아닌 지승호는 잠을 자거나 밥을 먹을 때를 제외하곤 쉴 새 없이 딸꾹질을 해대는 사회부적응자이다. 쉬지 않고 딸꾹질을 한다는 것은 '진술 불능'의 상태를 가시화한다. 따라서 윤은 지승호의 억눌린 '말'을 찾아낸다면, 그의 '딸꾹질'도 치료할 수 있다고 여긴다. 이로 인해 윤은 끊임없이 지승호에게 대화를 시도하고, 그로인해 그들이 머무는 '방' 안은 보이지 않는 '말'들로 꽉 채워진다. 그러나 그 '말'들은 하나같이 진실이 배제되어 있다는 점에서 '거짓말'에 가깝다. 답을

---

4   이청준, 「빈방–혹은 딸꾹질주의보」, 『자서전들 쓰십시다』, 열림원, 2000(이하 「빈방」으로 표기).

알고 있으면서도 모르는 척 연기하는 것, 이는 애초부터 소통의 불구성을 전제하기 때문이다. 더구나 가장 문제가 되는 것은 윤의 태도이다. 그는 지승호가 내는 수수께끼의 답을 모두 알고 있지만, 그가 왜 같은 수수께끼를 반복하는지에 대해서는 관심을 기울이지 않는다. 앞서 살펴본 정신과 의사들과 마찬가지로 병의 원인에 대한 탐색보다는, 치료의 결과를 통한 자기 만족감에 집중하고 있다고 볼 수 있다. 즉, 출구가 없는 방 안에 갇힌 것처럼 자신만의 생각을 고집해 나간다. 그러므로 그의 해결책은 번번이 벽에 부딪히고, 급기야 빈방 안을 채우고 있던 딸꾹질에 전염당한다.

소설의 핵심적 갈등인 지승호의 딸꾹질은 공장 여직원들에게 가해진 가혹한 인권유린 현장에 관한 기억으로부터 기인한다. 그것은 벌거벗은 여직원들을 향해 쏟아지던 차가운 물벼락과 그로 인한 고통과 두려움에 찬 비명에 관한 내용이다. 지승호는 자신의 '딸꾹질'을 벌거벗은 몸에 찬물을 뒤집어쓴 여직원들의 한기(寒氣)가 옮겨온 탓이라고 여긴다. 어쩌면 지승호는 그날의 사건에 관해 스스로에게 '딸꾹질'이라는 처벌을 가한 것이라고 볼 수 있다. 이러한 지승호의 '딸꾹질'은 일종의 자기 우월감의 발현으로 설명된다. 일반적으로 우월함을 확보하려는 나르시스트의 욕구가 위협받을 경우, 그가 선택하는 것은 '경멸'이기 때문이다.[5] 따라서 지승호는 당연히 말해야 할 것을 말하지 않는 언론의 무능성을 지적하고, 신문기자인 윤을 향한 교묘한 경멸의 칼날을 세운다.

절대 '선'을 자처하며 진실한 진술을 가로막는 지배 이데올로기는 그 자체로 강력한 '악'에 해당한다. 그런 의미에서 신문기자인 윤은 '악'의

---

5   샌디 호치키스, 이세진 역, 『나르시시즘의 심리학』, 교양인, 2006, 38쪽.

구체적인 실체인 '악마'로 명명될 수 있다. 지승호의 아픔에 대해 눈을 돌리기보단, 그를 교정해야 한다는 지배 체제의 논리에 종속된 태도만을 보이기 때문이다. 따라서 모든 사실을 알게 되었음에도 불구하고 기사를 쓸 수 없는 그의 현실은 '딸꾹질'만이 남겨진 하숙방과 동궤를 이룬다. 즉 윤에게서 발견된 '사유의 무능성'은 말의 흐름을 차단하는 딸꾹질만이 채워진, 지배 이데올로기의 명령에 복종할 수밖에 없는 진술 불가능으로 이어지는 것이다. 그러나 '딸꾹질'은 윤에게 전도된 부채의식이지만, 동시에 양심의 가책조차 받지 않는 비겁한 타인과 자신을 구분 짓는 나르시시즘의 변형으로도 해석될 수 있다. 그러므로 딸꾹질만이 남겨진 '빈방'은 가학적인 자기애의 발현이자, 환멸적 '악'의 공간이 된다.

이와 같은 '방'을 통해 가시화되는 환멸성은 「**가학성훈련**」(1970)[6]에 나타난 '셋방'을 통해서도 확인된다. 자가용 운전수로 일하는 '현수' 부부는 4살짜리 딸 선희와 함께 주인집에 세 들어 살고 있다. 개인이 주로 하숙방에 머물렀다면, 가족 단위로 묶인 인물들은 대개 셋방을 전전한다. 그리고 집주인과 세입자라는 관계는 그들이 속한 공간을 중심으로 주인과 노예라는 이분법을 새롭게 구축해낸다. 이는 현수의 딸 선희와 주인 부부의 3살 난 딸아이와의 관계를 통해 드러난다. 주인 부부는 아이가 울 때 마다 선희를 데려가는데, 아이는 선희의 '머리끄덩이'를 꺼들 때에만 울음을 그치기 때문이다. 이에 선희는 주인 부부가 쥐어준 과자를 얻어먹으며, 주인집 아이에게 머리카락을 쥐어뜯기는 폭력에 길들어간다. 현수 부부 역시 이러한 상황을 알고 있지만, 어떤 항의도

---

6 이청준, 「가학성훈련」, 『소문의 벽』, 문학과지성사, 2011.

하지 못한다. 이에 현수 부부의 유일한 안식처인 셋방은 불안과 위협의 공간이자, 굴복과 복종으로 채워진 환멸의 공간으로 변질된다.

이때 현수는 선희가 주인집 딸에게 머리채를 꺼들리는 것을 묵인할 수밖에 없는 상황을, 자신이 사장의 명령에 무조건 복종해야 하는 상황과 연결 짓는다. 주인과 노예의 관계는 빈부 간의 격차를 통해 반복되고, 이는 현수 아버지에 관한 기억으로까지 확장되어 나간다. 현수의 아버지는 소에게 씌우는 굴레를 자신의 굴레로 받아 들여온 인물이다. 현수도 새로운 직장을 찾아 적응하느니 지금 있는 곳에 머무는 것이 더 좋다고 생각하며, 선희 역시 과자를 얻어먹을 수만 있다면 머리채를 잡히는 것쯤은 대수롭지 않게 여긴다. 이처럼 삼대(三代)에 걸친 현수 가족의 노예근성은 세계에 대한 패배의식을 드러난다. 이를 집약적으로 제시하는 공간이 바로 '셋방'이다.

현수는 셋방에서 자신을 호출할 사장과 새로운 방을 구했다는 아내의 전화를 기다린다. 그런데 전화기는 주인 부부의 방에만 존재한다. 전화가 온다고 해도 주인부부가 전달해주지 않으면 아무 소용이 없다. 현수는 그저 방 안에서 일방적인 명령만을 기다릴 뿐이다. 더욱 비참한 것은 현수가 전화를 기다리면서도 전화가 오는 것을 겁내고 있으며, 겁을 내면서도 전화를 기다려야만 하는 모순된 심리 상태에 놓여있다는 점이다. 결국 현수의 '방'은 일방적인 명령과 부름만을 강요받으며, 부당한 폭력에 저항하는 대신 침묵할 수밖에 없는 비굴한 '악'의 공간이 된다. 따라서 아버지 현수는 딸조차 구해낼 수가 없다.

이와 같이 무능력한 현수가 선택하는 것은 고작해야 자신의 머리카락을 딸에게 내어주는 일이 전부이다. 딸을 위해 스스로 굴레를 쓴 소가 되는 길을 선택함으로써, 스스로에게 콧잔등을 못 견디게 간질이는 헐렁헐렁한 굴레가 아닌 팽팽하게 조여진 굴레를 부여하는 것이다. 이 것이 바로 이청준 소설의 특징이라고 볼 수 있다. 작가는 결코 '굴레'를 극복의 대상으로 제시하지 않기 때문이다. 이는 단순히 현수의 패배로 이해될 수 없다. 오히려 현수를 둘러싼 세계가 그만큼 잔인하다는 의 미로, '지옥'과 다름없는 현실을 살아가기 위해서는 '악마'의 철저한 노 예가 되어야 한다는 '악'의 논리를 폭로하고 있는 셈이다.

이와 같은 소통불능의 공간은 하숙방이나 셋방이 아닌, 자신의 집에 있는 방에서도 마찬가지로 반복된다. 무엇보다 「**병신과 머저리**」에 등 장하는 동생의 '방'은 형의 '동굴'과 동일시된다는 점에서 문제적이다. 이는 '나'의 이야기가 '형의 과거'를 기록한 것이지만, 동시에 소설을 읽 는 '동생의 현재'를 의미하는 까닭이다. 따라서 형은 소설을 불태우며 동생을 향해 "이 참새가슴 같은 것, 뭘 듣고 있어. 썩 네 굴로 꺼져!"(211 쪽)라고 소리를 지른다. 동생은 형의 말에 쫓겨나듯이 자신의 '방'을 향 하는데, 이때 형이 말하는 "네 굴"이란 김 일병을 죽이려는 오관모에게 "아무말도 못하고 고개를 떨"(202쪽)구어야만 했던 '나'의 '동굴'을 의미 한다. 그 곳에서 '나'는 김 일병의 고통과 오관모의 폭력을 무력하게 지 켜보아야만 했다. 결국 형과 동생의 현실은 '동굴'과 다름없는, 사방이 가로막힌 '방'이라는 사실이 확인된다. 그로 인해 그들은 자기 자신에 게 "영영 열리지 않을 문의 성주(城主)"(200쪽)로 남겨진다. 자기 안에 갇 힌 채, 그 안에서 자학과 자해를 반복하며 자신이 스스로에게 부여한 고통에 침잠하는 나르시스트가 되는 것이다.

이와 같은 불구적 공간으로서의 '방'은 「**무서운 토요일**」(1966)[7]을 통해서도 반복된다. 「무서운 토요일」의 주인공은 매주 토요일마다 약방에서 약을 사들고 퇴근을 한다. 약을 먹어야만 몸을 합할 수 있는 이들 부부는 '토요일'이라는 정해진 날짜에만 육체관계를 맺는다. 이들 사이에 예외가 끼어들 여지는 없다. "맹세를 하고 약정을 한 것은 나 자신이었지만, 그것들은 이미 나로부터 떠나가서 오히려 나를 지배하고 있었다"(107쪽)는 주인공의 고백처럼, 주체의 자율성은 배제된 지 이미 오래이다. 아내 역시 "예외를 두게 되면 우리는 피차 피해를 입게 돼요"(102쪽)라는 말만을 반복하며, 정해진 틀 바깥으로 나오지 않는다. 이러한 인물의 수동성은 외부 세계에 대한 두려움이나 불안으로부터 자신을 보호하기 위한 방어기제 이상의 성격을 지닌다. 주어진 틀을 벗어나지 않겠다는 '사유의 무능력'으로 인한 가악행위인 것이다.

또한 정해진 대로만 행동하는 이들 부부의 모습은 수수께끼의 정답을 미리 알고 있으면서도 모르는 척 대화를 이어가는 「빈방」의 인물들을 연상시킨다. '딸꾹질'을 통해 가시화된 소통의 불구성은 아내의 '웃음소리'로 변주되고 있는 것이다.

> 그때 아내의 서재 쪽에서 그 웃음소리가 들려왔다. 나는 그대로 자세를 굳힌 채 귀에다 바짝 신경을 보았다. 이번에는 아무 소리도 들려오지 않았다. 착각이거니 했다. 그러나 조금 후에 웃음소리는 다시 들려왔다. 키득키득 스며드는 것 같은 소리였다. 나는 귀를 세워 그 소리를 쫓다 말고 오싹 소름을 느꼈다.
>
> ―「무서운 토요일」, 102쪽

---

7   이청준, 「무서운 토요일」, 『병신과 머저리』, 문학과지성사, 2010.

나는 곧 굉장히 피곤해졌고 등을 대고 누운 아내 쪽에선 자꾸만 전번과 같은 그 웃음소리가 들려왔다. (…중략…) 눈을 감고 누우면 금세 어디선가 그 웃음소리가 다시 들려왔다. / 나는 왠지 무서운 꿈이라도 꿀 것 같은 불안감에 좀처럼 그대로 잠을 이룰 수가 없었다.

—「무서운 토요일」, 105쪽

그러니까 그날 이후 한번 살아난 그 키득키득한 웃음소리는 토요일 밤마다 나를 괴롭혔다. 그러나 아내는 언제나 웃고 있지 않았다. 나는 무서운 꿈을 꿀 것 같은 불안감에 싸여 겨우겨우 잠이 들곤 하였다.

—「무서운 토요일」, 107쪽

방 안은 구석에서부터 시커먼 어둠이 서려 들었다. 그 구석에서는 별안간 와 하고 무서운 웃음소리가 터져 나올 것 같은 착각이 들기도 했다. 나는 가끔 머리를 쳐들고 안계에서 어둠이 벗겨질 때까지 그 두석들을 쏘아보았다. 키득키득 웃음소리가 어느새 다시 나의 귀청을 간질이려 들곤 했다.

—「무서운 토요일」, 118쪽

위의 인용문들에서 확인할 수 있듯이, 방 안에는 주인공이 만들어낸 아내의 웃음소리가 떠다니고 있다. 이때 아내의 웃음이 불안과 두려움을 주는 이유는 신혼여행에서 그녀가 이야기한 개구리의 춤 때문이다. 동물학과 석사과정을 밟고 있는 아내는 뜨거운 깡통 안에 개구리를 가둬놓고 춤을 추게 만드는 과정을 이야기하며 키득키득 웃음을 터뜨린다. 주인공은 그러한 아내의 이야기를 잊고 싶은 불쾌한 기억으로 회고한다. 개구리의 우스꽝스러운 춤은 실은 고통에서 벗어나고자 발버둥치는 행위였다는 점에서, 아내의 웃음은 주인공에게 '잔인한 복수 같은 웃음'으로 각인되었기 때문이다.

그런데 문제는 이러한 악마의 웃음소리가 주인공의 귓가를 떠나지 않는다는 점에 있다. 딸꾹질 소리로 채워진 「빈방」의 '하숙방'처럼 주인공의 방은 아내의 가악적인 웃음소리로 채워진다. 이에 가장 아늑해야 할 침실에서조차 주인공은 안식을 취할 수가 없다. 이처럼 소통불능의 불안함만이 남겨진 방 안에서는 아이가 잉태될 수 없으며, 설사 생겨났다고 하더라도 매번 죽음으로 이어진다. 실제로 이들 부부는 "비정한 유희의 대가로 늘 학살을 되풀이"(123쪽)해 나간다. "법을 수행하면 할수록 죄인이 되고, 법에 엄격히 복종하면 할수록 죄가 더 커지는 모순된 논리"[8]에 빠져버린 듯, 이들 부부는 자신들의 약속을 지켜나갈수록 죄목을 하나씩 늘려나간다.

결국 주인공을 괴롭히는 가학적인 웃음이 떠다니는 '방'은 소통불능의 '빈방'이며, 이는 곧 생명을 잉태할 수 없는 아내의 '빈 자궁'의 다른 이름이 된다. 이는 아이를 낳음으로써 '어엿한 어른'이 되고자하는 주인공의 욕망이 좌절되었음을 의미하며, 그들의 방이 '성장 불능'의 공간임을 드러낸다. 따라서 무엇도 새롭게 시작될 수 없는 그들의 방은 끝내 "짐승의 울음소리"와 다름없는 아내의 울부짖음으로만 채워진다.

이처럼 '침실' 공간 안에서 발생하는 아내와 남편 사이의 어긋난 관계 맺기는 **「나무 위에서 잠자기」**(1968)[9]를 통해서도 분명하게 제시된다.

---

8 질 들뢰즈, 이강훈 역, 『매저키즘』, 인간사랑, 2007, 101쪽.
9 이청준, 「나무 위에서 잠자기」, 『매잡이』, 문학과지성사, 2010.

소설은 "아내가 누운 쇠상자의 밑바닥"에 대한 묘사로부터 시작하는데, 여기서 말하는 쇠상자란 삐걱거리는 철제 침대를 의미한다. 소설의 공간적 배경은 이 침대가 놓인 방 안을 한 치도 벗어나지 않는다. 그런데 여기에서 '침대'는 부부 사이를 가로막는 장애물로 기능한다. '나'는 절대로 침대 잠을 잘 수 없으며, 아내는 절대 바닥 잠은 잘 수 없기 때문이다. 그러므로 침대는 부부 사이를 가로지르는 경계선으로, 두 사람이 결코 합일될 수 없는 관계에 놓여있음을 가시화한다. 이는 '나'가 침대에서 잠을 이루지 못하는 이유를 아내에게 설명하고자 욕망하지만, 그것이 결코 이루어질 수 없다는 사실을 통해 뒷받침된다. '나'의 과거사는 그의 머릿속에만 존재할 뿐, 진술을 증명할 수 있는 근거는 어디에서도 찾을 수 없기 때문이다. 따라서 아내는 '나'를 "아랫몸뚱이가 없는 유령"(110쪽)처럼 두려워하고, '나'는 그로 인한 열등감에 휩싸이게 된다.

한편 침대를 통한 상하 이분법적인 공간 분할을 통해, 이들이 존재하는 방은 굴욕과 패배를 넘어 복수의 공간으로 치닫는다. 이는 일주일에 한두 번 아내의 침대로 올라갔다 내려올 때마다 이루 형언할 수 없는 굴욕감을 견뎌야 한다는 '나'의 진술을 통해 확인된다. 따라서 '나'는 자신이 느끼는 굴욕감을 아내에게 복수하기 위해, 그녀를 굴복시키길 욕망한다. 그 방법은 갑작스레 군대에 가는 바람에 분실된 자신의 짐을 찾아, 과거를 증명하는 길이다. 그러나 욕망은 결코 이루어지지 않는다.

그러다 나는 내가 그 광고를 두려워하고 있는 이유를 어슴푸레 깨닫기 시작했다. / 간밤의 꿈이 생각났다.

나는 내 짐을 찾아낸 거라고 했다. 이우인이란 사내가 트렁크를 가지고 나를 찾아왔다. 나는 내 짐짝이라는 그 트렁크를 열자 깜짝 놀랐다. 트렁크 안에는 아무것도 들어 있는 것이 없었다.

—「나무 위에서 잠자기」, 117쪽

'나'는 꿈속에서 텅 빈 트렁크를 돌려받는다. 이때의 꿈은 현실을 대변하는 상징적 기능으로 작용한다. 광고까지 내서 과거를 증명하고자 했지만, 실제로는 광고를 통해 자신의 짐을 찾게 되는 것을 두려워하는 현실을 반영하고 있는 것이다. 이는 마치 「가학성훈련」에서 전화를 기다리면서도 전화를 두려워하는 화자의 심리를 떠올리게 만든다.

또한 '나'의 꿈속에서 마주한 빈 트렁크는 존재 증명에 실패한 '나'가 머무는 '방'이나 다름없다. 애초부터 '방' 안에는 구원이 존재하지 않았으며, 이는 형광등이 차례로 고장을 일으키는 창밖의 십자가를 통해 소통의 불구성을 드러낸다. 구원의 기능을 상실한 십자가는 위험 신호만을 보내기 때문이다. 따라서 존재의 증명과 구원이 부재하는 '방' 안에 갇힌 '나'가 할 수 있는 일이라고는 고작해야 아내가 깨어나지 않기만을 바라는 것이 전부이다.

이상에서 살펴본 바와 같이 이청준의 소설 속에는 수많은 '방'들이 등장한다. 「**바닷가 사람들**」(1966)[10]에는 송 주사에 대한 두려움으로 눈을 뜨지 못하는 어린 아들과 그런 아들을 끊임없이 깨우려고 드는 어머니가 깃든 '방'이 있다. 평안과 안식을 제공해야 할 '방'은 어머니와 아들에게 상처를 부여하는 잔혹한 폭력의 공간으로 전락해 버린 것이다.

10 이청준, 「바닷가 사람들」, 『병신과 머저리』, 문학과지성사, 2010.

이외에도 「**가면의 꿈**」(1972)에는 변장 용구들이 숨겨진 남편의 방이 있고, 「**낮은 목소리**」(1974)에는 텔레비전 수상기를 숨겨둔 아버지의 방이 있으며, 「**배꼽을 주제로 한 변주곡**」(1972)에서는 배꼽을 잃어버린 남자의 방이 있다. 또한 「**별을 기르는 아이**」(1976)에서는 얇고 좁은 천 조각 사이로 허연 살덩이를 드러낸 '차순이'들의 부끄러움을 상실한 방이 있고, 「**이상한 나팔수**」(1969)에서는 홀로 아이를 낳다가 죽어간 여자의 '비극적인' 방이 있다.

이밖에도 「**마기의 죽음**」(1967)에서 에덴으로 불리는 '감옥' 역시 일종의 '방'으로 은유될 수 있다. 끝없는 콘크리트의 벌판으로 이루어진 무한한 공간의 감옥은 인간의 사고를 억압하는 무시무시한 폭력적 세계에 해당한다. 그 곳은 "모든 사고의 질료를 차단해버리고 무의미한 공간만을 제공함으로써 사고를 불가능하게 했고 정신을 마비"(26쪽)시키기 때문이다.

이러한 방은 후기작에 해당하는 「**지하실**」(2005)[11]에서도 발견된다. 애초의 지하실 용도는 일제 말기 공출소동에 대비한 것으로, 해방 후에는 밀주 단속을 대비한 공간으로 활용되었다. 그 은밀하고도 비밀스런 공간은 전쟁이 일어나자, 물건이 아닌 사람을 숨겨두는 장소로 변모된다. 물건처럼 숨겨져야만 하는 인간의 비극적 상황은 서로 다른 이념을 좇던 종가 어른과 병삼 씨가 지하실에 순차적으로 몸을 숨기는 가운데 가시화된다. 서로 다른 위험을 피하기 위해 찾아든 사람들로 인해 '지하실'은 종가 어른을 지켜낸 자랑스러움을 안은 화창한 역사이자, 비극적으로 죽어간 윤호 부자(父子)의 가슴 아픈 상처의 기억으로 '이중

---

11   이청준, 「지하실」, 『그곳을 다시 잊어야했다』, 열림원, 2007.

표상'되기 때문이다.

둘 중에 무엇이 진실인지는 어디에서도 설명되지 않는다. 따라서 지하실을 복원하고자 하는 화자에게 집안의 형님인 성조씨는 "어느 쪽 일이 사실이고 진실인지 아직도 분명히 가닥지을 수 없는 마당에 새 동네 분란거리 만들지 말고 지하실의 흔적과 함께 모든 일을 그대로 묻어두라"(135쪽)고 권면한다. 이에 지하실은 복원되어서는 안 될 "원죄처럼 어두운 기억"(117쪽)으로, 영원히 고립될 처지에 놓인다. 이는 그 시절을 증언할 수 있는 사람이 아무도 남아있지 않다는 것은 물론, 당사자인 자신조차도 스스로에게 당시의 상황을 설명할 수 없다는 점에서 소통의 불구성을 드러낸다.

2. 절대적 자기애와 자학의 '다(茶)방'

오늘날 우리가 '다방(茶房)'이라고 지칭하는 공간은 도시의 근대성을 상징한다는 점에서 독특한 의미를 지닌다.[12] 다방은 경성이 근대적 도

12　고려와 조선에도 '다방(茶房)'이 존재했지만, 이는 어디까지나 궁중에 차를 공급하고 다례를 주관하던 관청에 불과하였다(이해원, 「문화(文化) – 중국의 차(茶) 문화」, 『CHINDIA journal』 64, 포스코 경영연구소, 2011.12, 52~53쪽; 이기훈, 「'다방', 그 근대성의 역정」, 『문학과학』 71, 문학과학사, 2012.9, 224쪽에서 재인용.) 새로운 형태의 공간으로서 '다방'이 출현하기 시작한 것은 1888년 개항을 통해서이다. 우리나라의 근대적 다방의 효시는 개항과 함께 인천에 개업한 대불 호텔과 슈트워드 호텔이다. 이곳에서 부속다방의 형태로 커피를 팔기 시작했다. 1920년대에는 명동과 충무로에 일본인들이 다방을 차렸고, 1927년에는 영

시로 변모하고 있음을 드러내는 상징물로서,[13] 마땅한 문화적 활동 공간이 없던 문인들에게 예술을 논할 수 있는 공론의 장으로 기능했기 때문이다.[14] 다시 말해 다방은 최첨단의 유행과 문화를 선도하는 예술가들과 작가들이 모여드는 문화의 산실 역할을 했다고 볼 수 있다.[15] 이로 인해 다방은 현대 지식인들의 무기력과 권태를 반영하는 장소로 자리 잡기 시작하였다.[16] 이청준 소설에 등장하는 '다방' 공간 역시 이와 비슷한 의미를 지닌다. 장편소설 『조율사』를 시작으로 단편 「전쟁과 악기」, 연작소설 「가위잠꼬대」에 등장하는 '다방'은 하나같이 소설가이지만 소설 한편 제대로 쓰지 못하는 인물들의 집합장소이기 때문이다.

우선 장편소설 『**조율사**』(1967)[17]를 주목할 수 있는데, 등장인물들은 거의 대부분 '다방' 안에서 만나고 헤어짐을 반복한다. 작품 안에서 구체적으로 명명된 다방은 총 세 곳으로, '나'와 지훈이 만난 '호산나', 조율만을 일삼는 글쟁이들의 집합소인 신촌의 '기적', 그리고 연인 은경과 만나기로 했던 제2한강교 부근의 '강'이 있다. 소설은 뚜렷한 사건 진행 대신 '나'의 의식만을 따라가기에, 독자의 시선은 '호산나'에서 '강'으로, 다시 '기적'에서 '강'으로 부유한다. 이밖에도 작품 속 인물들은

화배우 이경손이 내국인 최초로 '카카듀'라는 다방을 개업한 것으로 조사된다(김병덕, 「현대소설에 나타난 다방의 심리지리」, 『비평문학』 34, 한국비평문학회, 2009.12, 30쪽).

13 김병덕, 위의 글, 30쪽.

14 이기훈, 앞의 글, 235쪽.

15 위의 글, 229쪽.

16 다방은 가정의 사적 공간으로부터 분리되어 사회 속으로 나와 있지만, 동시에 원고를 쓰거나 사색을 하는 개인적 작업이 가능한 공간이었다. 이런 점에서 다방은 공적 공간과 사적 공간의 경계가 모호하다는 특징을 지닌다(위의 글, 231쪽).

17 이청준, 『조율사』, 문학과지성사, 2011. 본 소설은 1967년에 탈고되었으나, 잡지사에서 4년간 보류되었다. 이후 1972년에 『문학과지성』(봄호·가을호)에 연재되었다.

이름 모를 수많은 다방 안에서 만남과 헤어짐을 반복한다.

일반적으로 다방의 사전적 의미는 "사람들이 이야기를 나누거나 쉴 수 있도록 꾸며 놓고 차나 음료 따위를 파는 곳"을 가리킨다.[18] 그러나 이청준 소설에 등장하는 다방은 인물들에게 '쉼'을 제공하지 않는다. 끊임없는 이야기들이 오고가지만 진정한 소통이 부재하기 때문이다. 그러므로 다방은 소외와 고립을 드러내는 도시의 축소판이자, '나'가 몸담고 있는 세계의 은유가 된다.

우선 소설이 시작되는 다방 '호산나'에 관해 주목할 필요가 있다. '나'는 이곳에서 친구 팔기를 기다린다. 그러나 엉뚱하게도 이름조차 제대로 알지 못한 채 어색한 인사만 나누던 '녀석'과 마주친다. '나'는 아는 것이 아무 것도 없으면서도 쓸데없이 자주 마주치는 '녀석'을 "재수 없는 친구"(14쪽)라고 생각하지만, 막상 그와의 대면을 적극적으로 피하지 못한다. 이러한 두 사람의 만남이 다방 '호산나'에서 이루어졌다는 것은 매우 의미심장하다.

'호산나'란 '우리가 당신께 구하오니 우리를 구원하소서'라는 의미를 담은 히브리어이다. 예수 그리스도의 예루살렘 입성을 환영하던 이스라엘 백성들의 기쁨과 승리, 구원의 희망이 담긴 외침이라고 할 수 있다. 그러나 '나'에게 있어 다방 '호산나'는 피하고 싶은 만남을 제공한다는 점에서 역설적이다. 더 큰 문제는 그토록 피하고 싶던 '녀석'의 정체가 팔기를 통해 소개받기로 한 비평가, 즉 '나'가 그토록 만나기를 희망하던 '지훈'이였다는 사실에 있다. 이는 '호산나'라는 단어 속에 담긴 '배신'의 의미를 떠올리게 한다. 이스라엘 백성들이 외친 '호산나'라는 부

---

18 국립국어원 표준국어대사전(http://stdweb2.korean.go.kr/search/List_dic.jsp), 2013.2.20.

르짖음은 결국 대제사장과 율법학자들에 의해 그리스도를 십자가에 못 박는 계기를 제공하였다. 심지어 호산나를 외치던 사람들은 '같은 입술'로 그리스도를 십자가에 못 박으라고 외치고 조롱하기에 이른다. 이로 인해 '호산나'는 영광의 상징이자, 배신을 전제한 외침이라고 볼 수 있다. 이청준의 다방 '호산나' 역시 이러한 의미를 함축한다. 서로를 진정으로 알지 못하는 '나'와 지훈은 결국 자기 자신에게조차 이해될 수 없는 존재로 남기 때문이다. 따라서 지훈은 어렵게 다시 한 편의 글을 발표하지만, 이내 망가진 악기처럼 방안으로 숨어든다. 그런 의미에서 소설이 시작된 장소인 다방 '호산나'는 비록 소설의 도입 부분에만 등장하지만, 작품의 전체적인 흐름을 제시한다는 측면에서 중요한 의미를 획득한다.

이후 '나'는 '호산나'를 나와 제2한강교 부근의 다방 '강'으로 향한다. '강'은 '나'와 은경이 서로 헤어지기로 했더라도 다시 한 번 만나 자신들의 선택이 옳았는지를 생각해보기로 약속한 장소이다. 그런데 '나'로서는 은경이 그 약속을 기억하고 있는지조차 의문이다. 그러한 이유로 '나'는 '배앓이'를 호소하며 '강'으로 향하던 발걸음을 중단한다. 이후 다시 한 번 '강'을 찾지만 도망치듯이 빠져나오고, 심지어 그곳에 있던 은경을 목격해놓고도 택시를 잡아 탄 채 떠나버린다. 이를 통해 '나'는 애초부터 은경과의 만남을 회피하고 있었음을 짐작할 수 있다. 사랑의 맹세가 이루어졌던 장소가 결별과 배신을 확인하는 장소로 전환된 것이다. 따라서 '나'는 은경과 만나기로 한 날 배앓이를 하고, 약속 시간이 아닌 날에야 '강'을 찾으며 끊임없이 진실을 피해 달아난다. 그런데 '나'가 피하고자 하는 진실은 은경의 배신이 아닌, 은경에게 버림받을 수밖에 없는 자신의 상황이다.

'나'에게 남겨진 것은 선산까지 팔아먹고 죽어버린 술주정뱅이 형과 그로 인해 홀로된 형수와 두 조카, 노모에 대한 부채뿐이다. 더구나 현재는 노모마저 돌아가시고 어린 조카를 양육해야할 형편에 놓여있다. 반면 은경은 미국행을 열망한다는 점에서, 두 사람의 결합이 결코 쉽게 이루어지지 않을 것임을 짐작할 수 있다. 그런데 이때 '나'의 관심은 오로지 버림받은 자기 자신에게만 몰두해있을 뿐, 버릴 수밖에 없는 은경의 고통으로까지 확장되지 못한다. 이는 은경과 마지막으로 만난 다방 '강'에서 확인된다.

은경은 어느 날 느닷없이 일요일 오후 다섯 시에 '강'에서 만나자는 엽서를 보내온다. 그 곳에서 '나'는 다른 남자와 약혼할 것이라는 은경의 선언을 듣고, 그날 처음으로 은경의 상대가 자신이 알 만한 사람임을 짐작한다. 단 한 번도 은경의 상대에 대해 알고자 하지 않았다는 것, 이는 다방 '호산나'에서 이루어졌던 지훈과의 만남을 연상하게 한다. '나'의 시선은 타인을 향해 확장되지 않은 채, 오로지 자기 자신에게만 몰두되어왔음이 확인되는 순간이다.

이러한 문제는 은경에게서도 발견된다. 그녀는 미국행에 대한 강한 집념을 지니고 있던 인물로, 약혼을 하는 대로 미국에 가게 되어 있다. 그런데 정작 그 미국행에 대한 불안이 그녀의 결심을 방해하는 요인으로 작용한다. 은경은 그러한 자신의 고민을 '나'가 나누어주길 욕망한다. 이러한 은경의 태도 역시 스스로 사유하지 못하는 인물의 한계를 드러내며, 동시에 타인에 대한 배려는 물론 자기 자신과의 소통조차 이루어내지 못하는 비루한 현실을 상기시킨다. 나르시시즘에 빠진 자아는 타자와의 관계를 원하지 않는다. 오로지 자기보전을 위해서만 자기 밖의 세계와 관계한다.[19] 이에 '나'와 은경은 이별 앞에서조차 서로를 배제한다. 자신의 상처와 아픔에만 몰두한다는 점에서, 그들은 지독한 '나르시스트'들로 명명될 수 있다.

한편 '나'는 은경이 미국으로 떠나자, 그동안 미루어왔던 '단식'을 결행한다. "가사 상태로 들어가기 전의 절망에 가까운 공포감과 회복기의 진통"(29쪽)을 경험함으로써 새로운 생명의 탄생을 욕망하는 것이다. 말초 세포의 기능까지도 모두 정지하는 '가사(假死)' 상태는 죽음이자 깊은 잠으로 비유될 수 있다. 실제로 작품 안에서 주로 다루어지는 내용은 단식의 '회복기'가 아닌 '가사' 상태에 빠져드는 모습으로, '나'는 깊은 잠에 빠진 듯 환상 속에서 시체들의 악취가 풍기는 조율실을 목격한다.

프로이트는 "잠을 자려는 욕구, 즉 수면 욕구는 자아에서 발산되는 모든 리비도 집중을 다 끌어들여 절대적인 나르시시즘을 회복하려"하는 것이라고 분석한 바 있다.[20] 그런 의미에서 '나'의 단식은 성공여부와 관계없이 절대적 나르시시즘에 대한 욕망으로 이해될 수 있다. '죽음본능'이란 절대적 나르시시즘이라는 원상태를 회복하려는 '나'의 강렬한 욕구이기 때문이다.

이와 같이 작품의 전체 분위기와 다방 이름과의 연관성은 마지막으로 언급된 다방 '기적'에서 보다 강렬한 의미를 획득한다. 목조 2층 다방 '기적' 안에는 음악 대신 가끔 역을 드나드는 기차의 '기적' 소리만이 홀 안을 메우고 있다. 따라서 다방의 이름인 '기적'은 기차에서 울리는

---

19 김상봉, 『서로주체성의 이념』, 길, 2007, 46쪽.

20 위의 책, 48쪽.

소리를 의미하는 '기적(汽笛)'과 다름없다. 요란한 소리가 울리지만 실체를 잡을 수 없는 '기적'처럼 다방 안에 모여든 사람들은 의미 없는 이야기만을 주고받을 뿐이다.

실제로 소설가인 '나'와 팔기, 기 형, 시인 정 형, R일보 문화부의 김 형을 비롯한 무리들은 '기적'에 모여 문학과 관련된 이야기로 시간을 보낸다. 심지어 활자화시키지 않고 있는 소설을 들고 와서는 돌려 읽고, 열성적으로 작품에 대한 이야기를 나눈다. 그러나 그 이야기들에는 결론이 없다. 그저 목적 없이 무의미한 이야기들만을 주고받을 뿐이다. 제대로 된 글을 발표하지도 못하면서 문학을 논하는 이들의 대화는 스스로를 향한 학대와 다름없다.

이러한 고통은 **「전쟁과 악기」**(1970)[21]를 통해 보다 구체화된다. 장편 『조율사』의 연장선이라고 볼 수 있는 단편 「전쟁과 악기」에서도 다방 '기적(汽笛)'은 '조율사'들의 집합장소로 제시되고 있다. 어느 누구도 실제로 글을 쓰지 않지만, 다방은 서로의 이야기를 발표하는 토론장이자 문인들의 아지트로 기능하고 있기 때문이다.

> 그런데 알 수 없는 일이 한 가지 있었다. 녀석들은 모두 시인 아니면 소설을 쓰는 위인들이었다. 그것은 녀석들 자신도 부인하려 하지 않았다. 한데도 이들은 어찌 된 셈인지 도대체 글을 쓰지 않았다.
>
> —「전쟁과 악기」, 57쪽

21 이청준, 「전쟁과 악기」, 『소문의 벽』, 문학과지성사, 2011.

다방 안에는 시끄럽게 울려대지만 정작 실체를 잡을 수 없는, 말 그 대로 '기적(汽笛)'과 다름없는 사람들의 '이야기'만이 흩어져있다. 이는 『조율사』와 달리 다방 '기적'의 상호가 한자로 정확하게 '汽笛'이라고 표시되어 있다는 점에서 더욱 분명한 의미를 획득한다. 그런데 어느 날, 언제나 있는 듯 없는 듯 조용하게 자리를 지키던 시인 송이 자신이 구상한 소설에 관해 이야기를 시작한다. 그것은 "조율만을 일삼는 영원한 조율사"(149쪽)에 관한 이야기로, 장편 『조율사』에서 '조율하는 사람들'에 관한 메모를 남긴 정 형의 이야기를 연상시킨다. 『조율사』의 정 형과 「전쟁과 악기」의 송에게 있어 다방 '기적'은 나르시스트로서의 그들의 성향을 드러내는 공간으로 활용되고 있기 때문이다.

나르시시즘이란 주체의 '확고한 긍지'를 통해 발현된다. 여기서 말하는 긍지란 '위에-있음(super-esse)'의 의식이다.[22] 정 형과 송은 다른 사람들처럼 다방 '기적'을 찾지만 그들의 대화에 적극적으로 개입하지 않음으로써, 알게 모르게 그들과 자신을 구분 짓고 있던 것이다. 그것을 가시화하는 것이 '조율하는 사람'에 관한 메모와 이야기이다. 이를 통해 그들은 자신이 남보다 우위에 있음을 자각하고, 자기보다 아래에 있는 타인들을 멸시한다. 이러한 나르시스적인 정신은 언제나 자기 속에 머물러 자기와 관계하기에, 타자와의 만남을 거부하는 정신이라고 볼 수 있다.[23] 그런 까닭에 정 형이나 송의 행동은 진정한 회복을 불러오지 못한다. 소리를 낼 수 없는 난폭한 조율에 불과한 그들의 이야기는 줄이 끊어져버린 『조율사』의 지훈과 끝끝내 어디에서도 글을 찾아볼

---

22 김상봉, 앞의 책, 54쪽.
23 위의 책, 55쪽.

수 없는 「전쟁과 악기」의 송 자신을 통해 확인된다.

그런 의미에서 다방 '기적'은 실패한 '기적(奇蹟)'의 공간이라고 볼 수 있다. 이는 연작 『언어사회학서설』의 네 편째 작품인 「**가위잠꼬대**(원제 : 몽압발성)」(1981)[24]에 등장하는 다방 '기적'을 통해서도 접근된다. 다방 안에는 수없이 많은 말들이 넘쳐흐르지만, 어느 누구도 상대의 말을 믿지 않는다. 심지어 말하는 당사자조차 말의 진위를 따지지 않는다. 이는 결론이 없는 이야기들을 주고받던 『조율사』의 글쟁이들을 연상시킨다. 화자를 비롯한 여러 문인들은 매일 밤 다방에 모여 문학을 이야기하지만, 실제로는 한 줄의 글도 쓰지 못하는 글쟁이들이기 때문이다. 오줌을 누고 나오다 즉석에서 지어낸 거짓말들로 채워진 다방 안에는 목적을 상실한 채 무의미하게 소모되는 '말'들만이 떠돌 뿐이다.

이러한 '말'의 가치 상실은 다방 '기적'이 등장하는 『조율사』, 「전쟁과 악기」, 「가위잠꼬대」 안에서 공통적으로 발견되는 특징이다. 하지만 가장 나중에 발표된 「가위잠꼬대」의 경우, '말'에 관한 불신과 훼손이 훨씬 강렬하게 제시된다. 이는 '사람의 자존심과 치질이란 질병의 상관관계'라는 소설을 이야기했던 백경태를 통해 가시화된다. 말의 순결을 더럽히려는 백경태의 행위는 '무서운 말의 사역이자 학대'로 간주되기 때문이다. 따라서 강한욱은 그러한 백경태의 말을 막기 위해 물리적 폭력을 행사한다. 이전까지의 다방 '기적'이 말과 말의 대립으로 존재해왔다면, 「가위잠꼬대」의 '기적'에서는 말과 말의 대립을 넘어, 말과 폭력의 대립으로 비화됨을 의미한다. 이는 결코 회복될 수 없는

---

24 이청준, 「가위잠꼬대 ─ 언어사회학서설 ④(원제 : 몽압발성)」, 『자서전들 쓰십시다』, 열림원, 2000.

소통불능의 세계를 드러낸다. "완력은 그 자신의 말에 대한 완전한 절망의 선언"(154쪽)인 까닭에, 인물들은 자신들의 말에 대해서조차 절망할 수밖에 없는 것이다.

더 이상 구원을 기대할 수 없는 "글쟁이들의 무덤"이 되어버린 다방은 '기적'이라는 이름 속에 담긴 두 번째 의미를 떠올리게 한다. 「가위잠꼬대」 안에는 앉은뱅이를 일으키고 장님의 눈을 뜨게 할 정도의 신비한 능력을 지닌 안 장로라는 인물이 등장하는 까닭이다. 다방 '기적'에 모인 사람들은 저마다 안 장로가 부흥회에서 행한 수많은 '기적(奇蹟)'을 이야기 한다. 그러나 그것들은 모두 실체를 확인할 수 없다는 점에서 '기적(汽笛)'과 다름없다.

> 참으로 알 수 없는 일이었다. '기적'으로 돌아온 녀석들은 한결같이 모두 부흥회장엘 다녀왔노라 말했다. 그러나 위인들이 말하는 부흥회의 규모나 이적의 내용은 하나같이 모두 제멋대로였다. 부흥회장을 다녀온 사람이 늘어가면 갈수록 현장 사정은 혼란만 더해갔다. 한데도 위인들은 그걸 그리 괘념하려지도 않았다.
>
> —「가위잠꼬대」, 166쪽

위의 인용문에서 확인할 수 있듯이, 다방 '기적'에 모인 어느 누구도 실제 부흥회장에 다녀온 것으로 여겨지지 않는다. 그러나 인물들은 저마다 자신이 보았다는 안 장로의 기적과 부흥회장의 모습을 이야기한다. 이를 통해 우리는 다방 '기적'에 모여들었던 이들이 얼마나 간절하게 '기적(奇蹟)'을 열망하고 있는지를 짐작할 수 있다. 그러나 결국 안 장로는 '기적(汽笛)'처럼 사라지고, 진심이 없는 말의 장난은 세계를 폭력으로 물들인다. 이로 인해 다방 '기적'은 타자적 관계가 배제된 자학의 공간이자, 지독한 나르시시즘의 공간임이 분명해진다.

이처럼 '기적(奇蹟)'이 부재하는 다방 '기적'의 문제는 「**엑스트라**」(1973)[25]에서도 반복된다. 중학교 시절부터 좋아하는 여자 아이에게 남의 이름으로 대신 편지를 써서 전해주던 '나'는 면사무소 취직해서는 면장님의 연설문을 대필하는 일을 한다. 이후 국회의원 선거에서 사용할 연설문은 물론, 자서전 대필 작가로서 살아간다. 그러나 언제부터인가 다른 사람들의 이야기를 주워 모으는 대신, 자신의 주어진 삶을 제대로 이야기하고 싶다는 욕망을 품게 된다. 이에 배우이자 감독이자 제작자인 윤 감독에게 자신의 이야기가 담긴 시나리오를 보여준다.

이때 '나'와 윤 감독의 만남이 이루어지는 장소는 '스타'라는 이름의 '다방'이다. 이는 스스로의 삶에서 주인공이 되길 욕망하는 화자의 심리를 가시화한다. 그러나 '나'의 욕망은 너무나 쉽게 좌절로 치닫는다. 윤 감독이 시나리오의 주인공을 연기하고자, 그에게 억지 '클라이맥스'를 요구하기 때문이다.

> 그러나 자신의 직접 겪어온 이야기를 썼던 '나'는 클라이맥스를 억지로 만들어낼 수가 없다. 자신의 삶의 주인공으로 글을 쓰게 되면, 현실의 나는 엑스트라로밖에는 살아갈 수밖에 없다. 그렇다고 자신의 이야기를 거짓으로 꾸며야 하는가?
>
> —「엑스트라」, 236쪽

---

25 이청준, 「엑스트라」, 『가면의 꿈』, 문학과지성사, 2011.

윤 감독의 요구로 인해 '나'는 "어떤 불한당에게 내 삶의 알맹이를 통째로 몽땅 빼앗기고 있는 듯한 허전스러움이, 끝없는 무력감이 가슴을 가득 채워"(240쪽)옴을 느낀다. 결국 자신만의 삶을 살아보겠다는 '나'의 욕망은 소설가이지만 소설 한 줄 쓰지 못하는 다방 '기적'의 인물들처럼 좌절되고 만다. 이는 '나'의 첫사랑이자 배우를 꿈꾸는 순영의 소망 역시 실패할 수밖에 없음을 짐작케 한다. '기적'이 존재하지 않는 다방 '기적'처럼, 다방 '스타'는 자신의 삶에서조차 주인공이 될 수 없는 인물들의 비참한 현실을 부각시킨다.

'다방'은 수많은 사람들이 오고 가고, 수없이 다양한 이야기들이 머물지만 어느 것 하나 제대로 소통되지 않는다는 점에서 비극적이다. 이러한 비극은 『**씌어지지 않은 자서전**』에 등장하는 다방 '세느'를 통해서도 확인된다. 주인공 '이준'은 "다방 세느 부근에서는 쑥스럽지 않은 일이 거의 없다. 거리의 풍경이나 사람들의 거동이나 다방 안의 대화나 일대에 진을 친 하숙가의 풍속이나 쑥스럽지 않을 일이 한 가지도 없다"(11쪽)고 고백하고 있기 때문이다. 이때 다방 '세느'가 쑥스러울 수밖에 없는 이유로는 그곳에 '왕'이라고 불리는 광인(狂人), 연인이면서도 관계를 부정하는 윤일과 정숙, 그리고 낙서를 끼적이고 농담을 주고받는데 여념이 없는 젊은 여대생들, 손님들에게 자신의 헌신적 봉사를 강조하는 위선적인 마담이 있는 까닭이다.

특히 마담은 항상 '여러분'을 위해 봉사한다고 말하지만 실은 자기 이익만을 추구하며, 여성지에 수필을 투고해서 실린 경력이 있다고 으스대는 자아도취적 인물이다. 뿐만 아니라 다방을 드나드는 손님들이 적어놓은 방명록에는 마담이 손님을 가장한 채 적어놓은 글들도 상당하다. 이처럼 진실이 부재하는 다방 '세느' 안에서는 어떤 해답도 찾을 수가 없다. 따라서 윤일과 정숙은 서로를 사랑하면서도 부정하고, 왕은 언제나 미쳐있을 수밖에 없다.

이때 다방 안에 머무는 사람들은 하나같이 나르시시즘적 태도를 보인다. 이는 그들이 모두 타인의 얼굴을 모른다는 사실을 통해 뒷받침된다. 옆방에 살면서도 서로의 얼굴과 이름도 알지 못하는 여대생과 이준의 관계가 이를 증명한다. 이와 같이 다방 안에는 자기 자신에게만 몰두한 채, 상대방을 배려하거나 고려하지 않는 지독한 나르시스트들이 넘쳐난다. 특히 왕에게서 발견되는 '광기'는 자신만의 세계에 몰두하려는 나르시시즘적 태도의 극대화된 변주라고 볼 수 있다. 이에 왕은 결국 호수에 비친 자신과 사랑에 빠져 먹는 것조차 잊고 죽어간 '나르키소스'처럼 스스로의 죽음에 이르고 만다. 그런 의미에서 왕의 단식이 이루어지는 다방 '세느'는 왕의 나르시시즘적 욕망이 실현되는, 절대적 자기애의 공간이 된다.

이상에서 살펴본 바와 같이 이청준에게 있어 '다방'은 주어진 역할을 감당하지 못하는 실패한 인물들의 공간임을 알 수 있다. 따라서 '다방' 안에는 목적과 가치가 상실된 말만이 부유한다. 그러나 소통이 부재함에도 불구하고 다방 안은 언제나 '초만원'을 이룬다. 이는 「예언자」(1977)[26]에 등장하는 살롱 '여왕봉'을 통해 확인할 수 있다. '여왕봉'은 지배와 복종이라는 이분법적 사고가 반영된 대표적인 자학의 장소로, 손님들은 스스로의 얼굴을 자발적으로 포기한다. 홍마담의 요구대로 가면을 씀으로써 자신을 지워내고 있기 때문이다. 이와 같이 자신의 얼굴을

---

26 이청준, 「예언자」, 『예언자』, 열림원, 2001.

감춘 사람들 사이에서 오고가는 대화 속에는 진실이 끼어들 여지라고는 찾아볼 수 없다.

종업원들과 손님들은 홍마담의 요구대로 매일 밤 10시가 되면 가면을 쓴다. 이에 홀 안은 온통 이상스런 요기가 느껴지는 도깨비굴로 변한다. 사람들은 그러한 변화를 두고 그저 "마담이 시킨 일이니까 하자는 대로 따를 뿐"(220쪽)이라며, 으스스한 홀 분위기를 묵인한다. 이와 같이 마담의 일방적인 요구에 맹목적으로 순응하는 인물들의 태도는 '여왕봉'이 주체적인 사유를 허락하지 않는 닫힌 공간임을 증명한다. 따라서 이들이 몰두하는 것은 여왕의 명령에 따라 가면을 쓰고, 그 가면에 스스로를 길들이는 길 뿐이다. 때문에 사람들은 밤 10시가 되면 여왕봉을 찾아가 가면을 찾아 쓰고, 자신이 쓰고 있는 가면의 내력에 복종하며 스스로 그 가면의 사연들을 닮아간다. 이러한 무비판적인 사람들의 태도는 홍마담이 살인을 하게 될 것이라는 나우현의 예언을 대할 때도 마찬가지이다.

> 단골들은 살인의 예언 앞에 자신을 피해 나갈 엄두를 못 냈다. 여왕봉 출입을 중단하지도 않았고 홍마담의 가면을 거부하지도 못했다. 그들은 마치 독사의 눈독에 쏘인 개구리처럼, 또는 마담과 우현에게 이중의 최면을 당해 버린 무리처럼 속수무책으로 두려워하고만 있었다. / 그리고 무력하고 초조하게 살인을 기다렸다.
>
> ─「예언자」, 249쪽

여왕봉의 술손들은 끝끝내 속수무책이었다. 술손들은 여전히 여왕봉을 떠날 수가 없었다. 홍마담의 도저한 군림을 거부할 수도 없었고, 우 씨의 그 위협적인 적대감 앞에 자신들을 보호할 대비책을 마련해 낼 수도 없었다. (…중략…) 그녀의 압도적인 군림 앞에 누구도 감히 그녀의 질서를 넘보고 나서는 자가 없었다. 술손들은 그녀 앞에 함부로 말을 건넬 수도 없을 지경이었다. 그것은 스스로 그녀 앞에 불손을 드러내는 모험으로까지 느껴지고 있었다. / 술손들을 그렇게 여왕봉의 모든 것에 자신을 잘 순종시키면서 무기력하게 살인을 기다리고 있었다.

—「예언자」, 251쪽

위의 인용문들에서 확인할 수 있듯이 '여왕봉'을 찾는 사람들은 하나같이 스스로의 사유를 포기한 무력한 인물들이다. 이는 채찍을 든 마담이 우덕주를 향해 무지막지한 폭력을 휘두를 때에도 반복된다. 잔인한 마담의 유희를 가로막고 나서는 사람은 물론이거니와, 홀을 나가거나 시선을 외면하려는 사람조차 없기 때문이다. 이에 대해 우현은 애초의 허물이 스스로 복종을 선택한 자신들에게 있음을 지적한다. 따라서 자신의 명령을 어긴 여종업원의 가면을 벗겨내는 홍마담의 가학성은 우덕주를 향한 폭력으로, 나우현을 향한 살의(殺意)로 확장되어 나간다. 이는 가면을 벗으라는 마담의 요구에 여종업원이 "살려주세요"라고 외쳤다는 사실을 통해 입증된다. 따라서 사람들은 각자 자신의 가면을 빼앗기지 않기 위해 홍 마담에게 절대적인 복종을 이어간다. 그 가운데 누구보다도 강력한 복종심과 참을성을 드러내는 인물로는 우덕주를 들 수 있다. 그는 마담이 씌어준 곰의 탈을 쓰고, 실제로 마담의 곰이 되기 때문이다. 이에 마담이 바라는 대로 나우현을 죽이기 위해 한걸음씩 다가들어 간다.

'여왕봉'에서 유일하게 마담에게 반기를 드는 인물은 나우현 뿐이다. 오직 나우현만이 '여왕봉'을 유지하는 굴종과 억압과 지배의 광기를 예언자적 혜안으로 꿰뚫어본다. 그러나 문제는 나우현이 지배와 복종으로 점철된 '여왕봉'을 벗어나지 않고, 그 안에서 맴돌고 있다는 사실이다. 뿐만 아니라 앞서 분석했던『조율사』의 정 형이나,「전쟁과 악기」의 송처럼 같은 공간 안에 있는 사람들과 자신을 구분 짓고 있음도 문제적이다. 가면이 주는 쾌락에 길들여져 가는 사람들을 멸시하며, 스스로를 그들보다 우위에 있다고 인식하고 있기 때문이다. 다른 사람과 자신을 비교하고, 자신을 그들보다 위에 있다고 인식하는 것은 나르시스트들의 대표적인 특징에 해당한다.[27] 그러므로 우현은 지배당하면서도 그것을 인지하지 못하는 인물들을 비판하고, 그들과 자신을 구분 짓는 지독한 나르시스트라고 볼 수 있다.

이와 같은 자기애는 '여왕봉'의 주인 홍 마담에게서도 발견된다. 함부로 회초리를 휘두르며 군림하고자 하는 그녀는 살인을 통해서라도 완전한 여왕이 되길 욕망한다. 그런 의미에서 살롱 '여왕봉'은 정직한 예언자가 되고 싶었던 나우현과 진짜 여왕으로 군림하길 욕망한 홍마담의 절대적인 자기애가 구현되는 공간이라고 볼 수 있다.

이상에서 살펴본 바와 같이 이청준의 인물들이 속한 세계는 불구적 소통의 공간임이 분명해진다. 이는 사방이 가로막힌 '방(房)' 공간을 통해 구체화된다. 안식을 제공해야 할 사적 공간인 '방'들은 그 기능을 상실한 채, 외부로부터 가해지는 폭력 앞에서 무참하게 무너져 내리기 때문이다. 이러한 '방'은 진실한 관계 맺기가 부재하는 소통의 불구성을

27　김상봉, 앞의 책, 54쪽.

드러낸다. 한편 '다방(茶房)'안에 머무는 이들은 주변 인물들과의 관계만이 아니라, 자기 자신과의 소통에서조차 실패에 이른다. 인물들은 외부로 시선을 돌리지 못한 채, 오직 자기 자신에게만 시선을 집중하고 있기 때문이다. 비록 누구나 드나들 수 있는 열린 공간으로 존재하는 '다방(茶房)'이지만, 그 안에 머무는 인물들은 타인은 물론이고, 스스로와의 관계 맺기조차 실패한다. 그러므로 '다방(茶房)'은 '말'의 목적과 가치를 상실한 '글쟁이'들의 '무덤'이자, 소설 한줄 쓰지 못하는 '조율사'들의 '조율실'과 다름없다. 그리고 그 안에서 인물들은 스스로의 한계를 자각하지만, 끝끝내 진실한 고백을 회피한다. 이러한 회피는 스스로를 학대한다는 점에서 자학적이다. 이때 고립된 방 안에 갇힌 인물들은 외부로부터 학대를 당하고 심지어 스스로를 학대하는 태도를 보인다. 이는 일종의 변형된 자기애로 해석될 수 있다. 나아가 '방' 안에 갇힌 인물들은 출구를 찾고자 간절히 욕망하지만, 매번 실패에 이른다는 점에서 세계의 악마성을 폭로한다.

억압의 논리와 소외의 모티프

1. 속죄 불능과 '똥개'의 죽음

이청준은 자신의 소설 쓰기를 두고 '부끄러움'이라고 이야기한 바 있다. 이때의 부끄러움이란 『가위 밑 그림의 음화와 양화』의 마지막 연작인 **「키 작은 자유인」**(1990)[1]을 통해 구체적으로 설명된다. 도회지에 있는 중학교에 진학하기 위해 친척 누님 댁에 머물러야했던 화자는 변변한 선물하나 살 형편이 되지 못해 하루 종일 개펄에서 바닷게를 잡는다. 그러나 정작 누님 댁에 도착하자, 열 시간 가까운 버스길에 흔들리고 '바스라져 버린 게'들은 악취 풍기는 쓰레기로 변해버린다. 이청준은 소설 속에 묘사된 상황을 자신의 자전적 기록이라고 진술한 바 있다. '당신은 어떻게 소설을 쓰게 되었는가'라는 질문에 대해 "남루하고 부끄러운 시골뜨기 자신을 그대로 쓰레기통에 던져버리고 유족하고 자랑스런 도회인

---

1   이청준, 「키 작은 자유인」, 『가위 밑 그림의 음화와 양화』, 열림원, 1999.

으로 다시 태어나기를 소망했다"고 고백하고 있기 때문이다.[2]

그러므로 이청준에게 있어 도회살이는 언제나 낯설고 서툰, 끼어들 수 없는 부끄러움 그 자체였다고 할 수 있다. 그러한 부끄러움이 "세상에 대한 실망과 원망을 삭이고 무력한 자신을 다독이기 위한 자기 위안의 길"을 갈망하게 만들었으며, 자신을 배제시킨 질서와는 다른 세계를 꿈꾸고자 소설을 쓰게 되었다는 것이다.[3] 그런 의미에서 이청준에게 있어 '부끄러움'이란 소설 창작의 근원이 된다고 해도 과언이 아닐 것이다.

이러한 작가의 '부끄러움'은 주로 '개'를 통해 가시화되는데, **「거룩한 밤**(원제 : 불알 깐 마을의 밤)」(1977)[4]에서는 '개새끼'가 곧 '무자격자'와 같은 말로 사용된다. 화자는 불임수술을 받아야만 입주가 가능한 아파트에 수술을 받지 않은 상태로 부정 입주를 한 상태이다. 이로 인해 그는 스스로 '무자격자'라는 열등감에 시달린다. 이러한 열등감은 관리사무소에 전화를 걸어 자신이 기르는 암캐의 발정을 잠재우기 위해 단지 내에 수캐를 기르는 사람이 있는지 방송을 내달라는 엉뚱한 방식으로 표출된다. 수캐를 찾는다는 방송은 곧 아파트 안에 자신과 같이 남자로서의 권리를 유지하고 있는 인물이 있는지 확인하길 소망하는 화자의 내적 욕망의 발현이라고 볼 수 있다. 그렇다면 발정 난 암캐란 '모든 남성의 창조'를 잃어버린, 여성화되어버린 남성들로 들어찬 아파트 단지로 비유된다. 따라서 암캐와 수캐에 대한 언급은 단순한 불임수술을 통해

2　이청준, 「작가의 말 : 나는 왜, 어떻게 소설을 써 왔나」, 『신화의 시대』, 물레, 2008, 306쪽.
3　위의 글, 306~307쪽.
4　이청준, 「거룩한 밤(원제 : 불알 깐 마을의 밤)」, 『예언자』, 열림원, 2001.

남성이 여성화되어간다는 문제로 해석해서는 곤란하다. 이는 '불임수술'이란 자연의 섭리를 거부한 것이자, 인간이 인간으로서의 존엄성을 상실했음을 의미하기 때문이다. 화자는 그러한 '불임수술'을 위장하고 아파트에 불법 입주했다는 점에서 이중의 자기 모멸감을 느낀다. 따라서 관리사무소 직원이 "상대를 못할 저질이로군. 개새끼!"(317쪽)라고 내뱉은 욕설을 통해 자기 자신이 아파트에 살 자격이 없는 '무자격자'임을 다시 한 번 되새기게 된다.

> 개새끼, 무자격자──, 무자격자, 개새끼…….
> 사내가 마지막으로 내뱉은 그 개새끼 소리와 무자격자란 단어가 아직도 귓속에 쟁쟁하게 맴돌고 있었다. 개새끼, 무자격자, 무자격자, 개새끼…….
> 뿐더러 나는 위인의 단언처럼 정말로 이 아파트엔 거주할 자격이 없는 것 같았고, 그리고 혼자서 그 개새끼 처지가 되고 있는 것 같았다. 이 아파트의 모든 사람들 가운데에 나 혼자만 이곳을 살아갈 자격이 없고, 그리고 개새끼가 되어 살고 있는 것 같았다.
>
> ─「거룩한 밤」, 317~318쪽

위의 인용문에서 언급된 '개새끼'는 화자가 느끼는 열등감에 관한 압축적인 표현이다. 이는 아파트에 입주하기 위해 '불임수술'까지 해야 하는지에 대한, 그 사실을 속여 가면서까지 이 아파트에 살아야 하는지에 대한 회의를 의미한다. 스스로에 대한 부끄러움이 자신이 '개새끼'로 살아가고 있다는 모멸감을 부여하는 것이다. 그러므로 '개새끼'는 인간이 인간 이하의 존재로 전락했음을 드러내는 핵심적인 모티프가 된다.

이는 「줄빰」(1974)[5]에 등장하는 기합 전문가 김만석이 중대원에게 개처럼 한쪽 다리를 옆으로 비켜든 채 일을 보게 함으로써 '자생적 고통'을 부여한다는 부분을 통해 보다 구체화된다. 인간이 '개'가 되는 것은 스스로에게 말할 수 없는 고통을 부여하기 때문이다. 인간이 '개'가 된다는 것은 인간이 인간답게 살 수 있는 권리를 박탈당한 것으로 '부끄러움'을 의미한다. 그러나 이것은 일반인들 역시 보편적으로 인식하고 있는 '부끄러움'이다. 이청준에게 '개'는 이와 같은 보편적인 의미를 넘어, 자신만의 고유한 창작 '모티프'로 활용된다. 즉 이청준 소설에서의 '개'는 사유의 무능력자들로 인해 죽어갈 수밖에 없던 인물들의 은유라고 볼 수 있다.

그런데 이때의 '개'는 주로 품종이 따로 구분되지 않는 '똥개'로 집중된다.[6] 이러한 '똥개'는 화자의 내적 욕망과 주어진 상황을 드러내는 역할을 맡는다. 예를 들어 「바닷가 사람들」은 첫 문장에서 화자가 기르는 개 '복술이'에 대한 묘사가 등장한다. 개펄 위를 정신없이 뛰어다니는 복술이는 천진난만한 어린 화자를 대신하는데, "한 손으로 귀를 붙잡고 있었기 때문에 안타까운 듯 낑 소리를 한 번 내고는 다시 주저앉아"버리고 만다. 이러한 모습은 아버지와 형처럼 떠나고 싶지만 그럴 수 없는 화자의 현재 상황과 내적 욕망을 드러내기에 충분하다. 또한 마지막에 사라진 복술이의 존재는 화자가 배에 몸을 싣고 아버지와 형이

---

5 이청준, 「줄빰」, 『숨은 손가락』, 열림원, 2001.
6 이윤옥은 이청준 작품에는 두 종류의 개(복서종, 복서종이 아닌 개)가 등장한다고 말한다. 복서종은 힘과 권력을 지닌 개이고, 복서종이 아닌 개는 복서종의 그늘에서 억압받는 존재이다. 이에 개의 주인도 복서종의 주인과 복서종이 아닌 개의 주인으로 구분된다(이윤옥, 「텍스트의 변모와 상호 관계」, 이청준, 『매잡이』, 문학과지성사, 2010, 378~379쪽).

떠나간 수평선을 향해 나아갈 것을 암시한다. 작가는 복술이를 통해 화자의 내면과 앞으로의 행동까지도 암시하고 있던 것이다. 또한 이청준에게 있어 '부끄러움'이란 세계로부터 홀로 배제되어버렸다는 열패감과 연결된다는 점에서, '복술이'처럼 품종조차 구분되지 않는 '똥개'는 작가의 분신으로 기능한다. 이는 주로 외국산 고급 품종의 '개'와의 대조를 통해 제시된다.

「그림자」(1970)[7]는 이름조차 없는 똥개와 '베스'라는 이름을 지닌 명견(名犬)을 도살한 청년이 '가견류 도살 절취 미수' 혐의로 조사를 받는 이야기이다. 이때 갈등의 초점은 청년이 명견 베스를 도살한 사실은 인정하되, 똥개의 도살은 절대 인정하지 않는다는 점에 있다. 개의 주인이나 형사 가운데 누구도 똥개의 죽음 따위는 신경 쓰지 않는다. 그들의 관심은 오직 명견 베스의 죽음에 집중되어 있기 때문이다. 그러한 상황에서 청년은 굳이 '똥개'의 시점으로 진술서를 기록하며, 똥개의 도살을 부정한다.

이때 청년이 똥개의 시점으로 진술서를 써내려갔다는 점이 주목되는데, 이는 청년이 제대로 된 이름도 없던 똥개와 자신을 동일시하고 있음을 보여준다. 사실상 똥개의 내력을 알 수 없다는 점에서, 똥개의 시점으로 진술된 내용들은 곧 청년 자신의 이야기라고 보아도 무방하다. 고로 시골에서 서울로 올라온 똥개라는 설정은 시골에서 서울로 떠나온 청년의 상황을 설명해준다. 따라서 청년은 "범행의 동기나 목적은 통틀어서 그 똥개를 위해서 베스 놈을 죽여 없애는 것 한 가지에 있었"(88~89쪽)다는 진술을 고집해 나간다.

---

7   이청준, 「그림자」, 『소문의 벽』, 문학과지성사, 2011.

청년은 베스를 죽이려고 했을 당시, 똥개가 이미 죽어있었다고 진술한다. 이를 통해 독자들은 똥개가 베스의 죽음을 막기 위한 도구였음을 짐작할 수 있다. 똥개는 도둑들이 집에 들어오기 위해 독이 든 고기 덩어리를 던져놓으면, 베스보다 먼저 독이 든 고기를 먹게 하기 위해 갖다 놓은 도구에 불과하다. 이러한 똥개의 삶은 사람과 사람 사이에 존재하는, 보이지 않는 계급의식의 가시화라고 볼 수 있다. 그런 의미에서 죽은 똥개는 도회살이에 적응하지 못한 청년에게 닥칠 종말이라고 보아도 무방하다.

비슷한 예는 「**과녁**」(1967)[8]을 통해서도 찾아볼 수 있다. 활쏘기를 배우고자 소망하는 석주호는 북호정을 찾을 때마다 '폴'이라는 이름의 개를 끌고 나타난다. 예전에 고약한 개에게 물린 경험이 있는 소년이 폴을 보고 질겁하며 달아나자, 석주호는 노인에 대한 배려로 폴을 사정 기둥에 매어놓는다. 그러나 고전동이 없는 과녁판에 불만을 품게 된 석주호는 언젠가부터 폴을 풀어놓기 시작한다. 줄이 풀리자 발작이 난 듯 몸뚱이를 날리는 폴로 인해 소년은 더 이상 사정 부근에는 모습을 드러내지 않게 된다. 그렇게 며칠이 지난 어느 날 석주호는 노인에게 "녀석, 개는 몹시 무서워하는 군. 건너가서 화살이나 주우면 좋지 않아"(75쪽)라는 말을 흘리고, 결국 소년을 고전동으로 과녁판 앞에 서게 만든다. 그러나 아직 실력을 갖추지 못한 석주호는 과녁판 대신 고전동 소년을 맞추고 만다. 결국 소년을 죽음으로 몰고 간 결정적인 수단으로 '폴'이라는 이름의 개가 활용되었다고 볼 수 있다. '폴'은 소년에게 가해진 세계의 잔혹한 폭력인 셈이다. 이는 과거 소년이 '고약한 개'에게 당한 적이 있었다는 사

---

8   이청준, 「과녁」, 『매잡이』, 문학과지성사, 2010.

실을 통해 뒷받침된다. 새벽길에 쓰레기처럼 버려진 소년의 아픈 '과거'
는 '고약한 개'에게 물린 경험으로 은유되고 있기 때문이다.

이처럼 베스의 그림자로서 살아가야했던 '똥개의 비극'은 폴을 피해
고전동으로 섰다가 죽음을 맞이하게 된 '소년의 비극'으로 반복된다.
고로 소년은 곧 '똥개'와 동궤를 이룬다. 이러한 비극은 「**가위 밑 그림의
음화와 양화(1) - 머릿그림**」(1984)[9] 안에서도 발견된다. 화자는 사라지거
나 지워질 줄 모르는 괴로운 그림 가운데에서도 가장 소름끼치는 장면
으로 누런색 개의 죽음을 이야기하기 때문이다.

> 마을 어귀에 높이가 가히 10여 미터는 되어 보이는 커다란 느티나무 한
> 그루가 서 있었다. 그리고 그 느티나무의 중단쯤 되는 가지에 지금 막 누런
> 색 개 한 마리가 목이 매달려 있었다. 소리의 진원은 물론 녀석의 죽음이었
> 다. 그 녀석의 죽음의 소리였다. 녀석은 아직도 숨이 끊어지지 않은 채 그
> 단말마의 고통을 벗어나려 하반신을 또아리처럼 거꾸로 꼬아 올렸다간 힘
> 이 다해 다리를 다시 길게 아래로 늘어뜨리곤 하였다.
>
> ─「머릿그림」, 19쪽

화자에게는 위의 장면이 뇌리 속에 선명하게 찍혀진, '지워버리고 싶
은 양화'로 기록되어있다. 그 이유는 단순히 끔찍한 장면을 목도했다는
사실만이 아니라, 처참한 죽음을 보고도 끝내 도망치듯 사라져버린 자
기 자신에 대한 부끄러움 때문이다. 그런 의미에서 '똥개'는 자기 자신

---

9   이청준, 「가위 밑 그림의 음화와 양화(1)─머릿그림」, 『가위 밑 그림의 음화와 양화』, 열
     림원, 1999(이하 「머릿그림」으로 표기).

의 부끄러움일 뿐 아니라, 주어진 상황에서 아무 것도 할 수 없던 무능력한 자신의 부끄러움을 일깨우는 복합적인 기능을 맡는다. 바로 이것이 이청준의 '개 모티프'에서 발견되는 독특한 지점이다.

한편 복술이나 누런색 개와 같은 일련의 '똥개'들이 모두 죽음으로 귀결된다는 점도 주목할 지점이다. 이러한 '개'의 죽음은 소설 「**개백정**」(1969)[10] 안에서 보다 극명하게 제시된다. 6·25 전쟁이 시작되고 마을에는 가죽을 얻기 위한 개 공출이 내려진다. 물론 대상은 따로 품종을 따질 수 없는 '똥개'들이다. 문제는 개를 징집해가는 개백정들의 태도에 있다. 그들은 개의 가죽을 벗기고 주인에게 고기를 찾아가라고 통보하는데, 이때 개를 진심으로 아끼고 사랑했던 사람들은 차마 죽은 개의 고기를 찾으러 오지 못한다는 사실을 이용한다. 이러한 이유로 개백정들은 개의 죽음을 진심으로 아파할 만한 집들만 돌아다니며 개를 때려잡는다. 그래야 고기가 자신들의 차지가 된다는 계산 때문이다. 타인의 감정 따위는 고려하지 않고, 자신에게 이익이 되는 것만을 추구하는 이들의 악마성은 곧 '사유의 무능성'으로 명명될 수 있다. 그리고 이러한 사유의 무능성은 부끄러움의 상실로부터 기인한다.

이청준은 남의 아픔을 보고 그것을 함께하거나 나누지 못할 때, 사람이라면 누구나 부끄러워지게 마련이라고 이야기한 바 있다.[11] 따라서 사람들은 그 부끄러움 때문에 남의 아픔을 모른 척 지나칠 수가 없다는 것이다. 그러나 개백정들은 남의 아픔을 외면하고, 오히려 그것을 철저하게 이용한다. 이는 개 가죽 공출이 끝났음에도 불구하고, 개

---

10   이청준, 「개백정」, 『매잡이』, 문학과지성사, 2010.
11   이청준, 「작가노트: 함께 아파하기」, 『벌레 이야기』, 열림원, 2002, 281쪽.

고기를 찾으러 오지 않을 집들만 골라 계속해서 개사냥을 이어가는 행위를 통해 더욱 잔혹하게 묘사된다.

이와 같은 무차별적인 학살은 '개'로만 한정되지 않는다. '개 공출'을 통해 이루어지는 잔혹한 살상은 외삼촌 식구들이 동네 사람들 손에 몰살당하는 사건과 맞물리고 있기 때문이다. 나아가 화자가 기르는 '복술이'는 잠결에 팬츠 바람으로 도망친 '외종형'으로 은유된다. 때문에 어머니는 외종형의 소식을 알아보기 위해 길을 떠나며, 화자에게 "복술이 잘 지켜라"(279쪽)고 당부한다. 이를 통해 독자는 복술이의 죽음이 외종형의 죽음을 암시하고 있음을 추측할 수 있다. 그러나 결국 복술이는 개백정들의 손에 붙잡히고 만다.

> 발 하나를 몹시 절뚝거리고 있었어. 게다가 가까이서 보니 녀석은 두 눈마저 이미 시력을 잃고 있는 것 같았어. 오른쪽 눈은 눈두덩이 두껍게 부어올라 이미 뜰 수조차 없게 되어 있었고, 피가 흐르고 있는 왼쪽 눈은 그 피로 범벅이 된 눈두덩 털 때문에 형체조차 잘 알아볼 수가 없었어. 피는 눈에서 흐르는 것뿐 아니었을 거야. 녀석의 머리통 부근과 탐스럽던 털의 이곳저곳에까지 붉은 핏자국들이 번져 있었다.
>
> ─「개백정」, 289쪽

어머니는 처참한 몰골의 복술이를 보고 파랗게 얼굴이 질린 채 기절하고 만다. 이때 "왜들…… 왜들 그 꼴로 만들어…… 숨을 아주 뚝 끊어 놓지 못하고……"(291쪽)라고 울부짖는 어머니의 외침은 실은 채 죽지 않은 상태로 흙구덩에 던져진 외종형을 향한 것이라고 볼 수 있다.

이와 같은 무자비한 개백정들의 태도는 아렌트가 제시한 사유의 세 가지 무능성 가운데 하나인 '판단의 무능성'을 가장 극단적으로 제시한다. 이때 '판단'이란 '타인의 입장에서 사유'하는 능력을 의미한다. 이청준은 남의 아픔을 외면함으로써 생긴 부끄러움에마저 눈이 멀게 되는 것은 곧 뻔뻔스러움이며, 그 뻔뻔스러움은 더럽고 위험스런 폭력이라고 이야기하였다. 그런 이유로 개백정들의 행위는 사유의 무능성을 드러내는 악마적 행위로 이해된다. 이에 등산객들로 인해 나무에 매달려 기다랗게 몸을 늘어뜨린 누렁이와 개백정들에게 사냥당한 복술이는 인간의 내부에 자리한 잔혹한 악마성을 확인하게 해주는 슬픈 희생양이 된다. 하지만 바라보는 이에게 '부끄러움'이라는 고통을 부여한다는 점에서 접근한다면, '똥개'는 그 자체로 '악'을 상징한다. 이처럼 '똥개'는 화자의 부끄러움이자, 화자에게 부끄러움을 부여하는 복합적인 존재인 셈이다. 다시 말해서 '똥개'는 자신을 향해 가해지는 '악'으로 인해 고통 받는 존재이지만, 동시에 상대방에게 죄책감과 부끄러움을 부여한다는 점에서 '악마적'이라는 것이다.

이러한 '악'의 논리를 보여주는 또 하나의 작품이 바로 「병신과 머저리」이다. 소설 속에는 오관모의 학대 속에서 묵묵히 고통을 수용한 김 일병, 손을 밟혀놓고도 소리 한번 제대로 지르지 못한 거지 아이가 등장한다.

앞서 걷던 형의 구둣발이 소녀의 그 내민 손을 무심한 듯 밟고 지나가는 것이 아닌가. 놀란 것은 거지 아이보다 내 쪽이었다. 형의 발걸음은 유연했다. 발바닥이 손을 깔아뭉개는 감촉을 느끼지 못한 것 같았다. 더욱 이상한 것은 그때 깜짝 놀라 머리를 들었던 소녀가 벌써 저만큼 멀어져가고 있는 형의 뒤를 노려볼 뿐 소리도 지르지 않은 것이었다. 나는 소녀의 손을 내려 다보았다. 아무렇지도 않았다. **소녀는 다시 자세를 잡았다. 나는 울컥 화가 치밀어 올랐으나,** 그것을 꾹 참아 넘기며 앞서 가는 형을 조용히 뒤따랐다.

—「병신과 머저리」, 182~183쪽(강조—인용자)

문맥의 흐름상 '나'는 형의 행동에 '울컥 화가 치밀어' 오른 것으로 이해된다. 그러나 작가는 해당 문장 바로 앞에 "소녀는 다시 자세를 잡았다"라는 내용을 배치한다. 이로써 동생이 화가 난 지점은 소녀의 손을 밟고 지나간 '형'이 아니라, 소리조차 지르지 못한 채 다시 자세를 잡는 '소녀'라는 사실을 추측할 수 있다. 이러한 소녀의 모습은 형이 쓴 소설 속의 '김 일병'으로 반복된다. 부당한 상황에 그저 침묵으로 일관할 뿐, 적극적으로 행동하지 않는 김 일병이야말로 동생이 가장 참기 힘든 인물이기 때문이다. 이는 혜인에 대해서 시종일관 침묵으로 일관하는 자기 자신에 대한 분노를 통해 뒷받침된다.

김 일병과 거지 아이는 단순한 피해자가 아닌, 가해자에게 '악'을 부추기고, 그것을 지켜보는 이에게 고통을 부여한다는 점에서 또 하나의 '악'으로 간주될 수 있다. 이청준에게 있어 '악'은 오관모와 같은 악마적 인물이 벌이는 행위로 국한되지 않는 것이다. 오히려 오관모를 지켜보던 '형'과 그런 '형'을 지켜보던 '동생'을 통해 '지켜보는 악'이라는 문제를 제기하고 있음이 문제적이다. '악'은 특정한 대상에게 한정되지 않고, 사람들 사이로 무차별적인 침입을 감행하는 것이다. '악'은 우리 도처에 존재하는 '평범'한 것임이 입증되는 순간이다. 이에 세계는 온통 '악'으로 가득 차게 된다.

아렌트는 자신의 행위가 옳고 그른가에 대한 반성을 포기할 경우, 우리 내부에서 '악마'가 출현하게 된다고 경고하였다. '생각하는 능력'의 결여야말로 '사유의 무능성'으로서의 '악'을 야기하는 근본 원인인 것이다. 이러한 논리에 따른다면 「병신과 머저리」에 등장하는 가장 잔인한 악마는 혜인의 결혼에 대해 어떤 판단도 내리지 못하는 '동생'이라고 볼 수 있다. 이 상황에서 악을 가하는 대상, 그로 인해 고통을 겪는 대상, 이 모든 과정을 지켜보는 대상이 모두 '동생'에게로 환원되고 있기 때문이다. 즉 동생은 혜인에 대한 어떤 책임도 지지 않는다는 점에서 '악'을 가하는 '악마'로 규정될 수 있다. 그런데 아이러니한 것은 그로 인해 고통을 받는 대상 역시 '자기 자신'이라는 것이다. 이에 동생은 또다시 '당하는 악'의 주체로 남겨진다. 나아가 이것을 모두 지켜보는 존재 역시 자기 자신이라는 점에서 '동생'은 소녀의 발을 밟은 형이나 김 일병을 학대하던 오관모보다 더욱 강력한 악마가 된다.

2. 진술 불능과 '전짓불'의 감시

정홍수는 이청준이 "현실의 억압을 그 자체로 그리기보다는 억압의 조건과 정황을 이념화하여 '전짓불 앞의 진술'과 같은 좀 더 포괄적이고 추상도 높은 물음"으로 바꾸어 표현하고 있다고 설명한 바 있다.[12]

12 정홍수, 「역사의 공백과 공허를 가로지르는 진리의 정치학」, 『춤추는 사제』, 문학과지성

소설을 통해 진술 불가능한 상황에서의 진술을 시도하고 있는 것으로, 이를 통해 작가는 억압의 보편적 조건과 정황에 관한 복합적이고 중층적인 소설적 질문을 만들어내고 있다고 본 것이다. 이러한 맥락에서 이청준 소설의 '전짓불'은 작가의 작품 세계 전반을 비추는 중요한 모티프가 된다.

또한 '전짓불'은 자신을 드러내지 않은 채, 상대방에게 무조건적인 진술만을 강요한다는 점에서 악의 평범성을 대표하는 상징물로 이해될 수 있다. 전짓불은 깊은 밤중에 들이닥쳐서는 어느 편인가를 다그쳐 묻는 폭력적 타자이기 때문이다. 전짓불이 원하는 답을 제시하지 못할 경우, 주어지는 것은 '죽음'뿐이다. 이에 '전짓불'은 화자에게 '진술공포증'을 부여하고, 이는 소설가이지만 소설을 쓰지 못하는 인물과 자신의 글을 쓰지 못하고 대필만을 업(業)으로 삼는 인물들의 문제로까지 확장되어 나간다. 뿐만 아니라 '전짓불'은 정답을 직접 제시하지 않고 끊임없이 독자에게 질문을 던지는 작가의 독특한 소설 구조로도 연결된다. 따라서 '전짓불'은 폭력적 세계와 억압의 문제를 가시화하는 이청준만의 고유한 모티프라고 볼 수 있다.

'전짓불'의 문제는 등단작 「**퇴원**」(1965)[13]으로부터 비롯된다. 주인공은 소학교 시절, 광에 가득히 쌓아올린 볏섬 사이에 몸을 숨긴 채 낮잠을 자는 버릇을 갖고 있다. 남몰래 가져다 깔아놓은 어머니와 누이들의 속옷 위에서 포근한 잠에 취해있던 어느 날, 그는 아버지가 비춘 '전짓불빛'을 받고 눈을 뜨게 된다.

사, 2012, 301쪽.
13   이청준, 「퇴원」, 『병신과 머저리』, 문학과지성사, 2010.

소학교 3학년 때 가을. 나는 그 즈음 남몰래 즐기고 있는 한 가지 비밀이 있었다. 광에 가득히 쌓아올린 볏섬 사이에 내 몸이 들어가면 꼭 맞는 틈이 하나나 있었다. 나는 거기다 몰래 어머니와 누이들의 속옷을 한 가지 두 가지씩 가져다 깔아놓고, 학교에서 돌아오면 그곳으로 기어들어 생쥐처럼 낮잠을 자곤 했다. (···중략···) 그런데 어느 날은 거기서 너무 오래 잠이 들어 있다가 아버지가 비춘 전짓불빛을 받고서야 눈을 떴었다. 아버지는 아무 말도 하지 않고 그대로 광을 나가더니 나를 남겨둔 채 문에다 자물쇠를 채워버렸다.

―「퇴원」, 17~18쪽

위의 인용문은 「퇴원」에 관한 연구에서 가장 빈번하게 언급되는 '나'의 유년시절에 관한 기억이다. 이때 '전짓불'은 주인공의 평화롭던 세계를 위협하는 폭력으로 해석된다. 따라서 전짓불을 비추는 '아버지'는 어린 아들의 세계를 지배하는 절대적인 권력자라고 볼 수 있다. 외부로부터 유입된 강력한 힘에 의해 아들은 내밀한 자신만의 세계를 박탈당하고 만 것이다. 이는 아들과 눈이 마주친 뒤에 아무 말 없이 광에 자물쇠를 채워버린 아버지의 행위를 통해 확인된다. 광 안에 잠들어있는 아들에게 아무 것도 묻지 않았다는 것은 아들에게 진술할 기회를 박탈했음을 의미한다. 아들에게는 말할 기회조차 허락되지 않으며, 오직 아버지의 일방적인 진술만이 허락될 뿐이다. 이러한 까닭에 아버지는 아들에게 "이틀을 굶겨 놔도 배고픈 줄을 모르는 놈"이라고 말하며, "너는 제 구실도 한 번 못해 볼게다. 날마다 네 친구 발바닥이나 핥아!"라고 명령한다. 이에 대해 아들은 아무런 대항도 하지 못한 채, 그저 침묵만을 지킨다.

이와 같이 아들의 입장을 배려하지 않는 아버지의 일방적인 진술은 '광'이라는 내밀한 안식 공간을 위협하는 전짓불과 다름없다. 이에 아버지의 '목소리'는 어두운 광 안을 비추던 '전짓불'처럼 끈질기게 아들의 삶에 따라붙는다. 이때 광에 갇혀있던 아들이 할 수 있던 일이 옷을 백 갈래 천 갈래로 찢어놓는 길 뿐이었다는 점에서, 광에서 나온 이후에도 아들의 내면은 갈가리 찢겨진 채 봉합되지 못한 상태에 머물고 만다. 따라서 아들은 자신의 정체성을 회복하지 못한 채 집을 나와 떠돌고, 뚜렷한 병명도 없이 환자가 되어 세계를 겉돌고 만다.

이러한 전짓불의 폭력성은 장편소설 『씌어지지 않은 자서전』을 통해서도 발견된다. 주인공 이준은 어느 날 갑자기 나타난 신문관 사내로부터 일방적인 진술을 요구받는데, 그 과정에서 '전짓불'에 담긴 구체적인 의미가 제시된다.

> 수위는 그때마다 밖에서 손전짓불로 교실 안을 획획 둘러보곤 하였지요. 그 전짓불이 내겐 얼마나 큰 두려움이었는지 모릅니다. 사람은 보이지 않고 불빛만 번쩍거리는 그 비정스런 전짓불 말입니다. (…중략…) 나는 그 전짓불이 별나게 두려웠어요. 무엇보다 그 불빛 뒤에 선 사람의 얼굴이 보이지 않는 게 그랬지요.
>
> ─『씌어지지 않은 자서전』, 110~111쪽

대학 입학식을 하고도 마땅히 거할 집을 찾지 못했던 이준은 저녁마다 강의실로 숨어 들어가 잠을 청한다. 밤마다 순찰을 도는 수위의 전짓불빛 아래에서 금방이라도 숨이 끊길 것 같은 긴장을 느끼면서 말이다. 이때의 '전짓불'은 숨어있는 '나'를 드러나게 만든다는 점에서, 「퇴원」에 묘사된 '전짓불'과 같은 의미를 획득한다. 숨기고 싶은 나만의 세계를 파괴하고 있기 때문이다. 이때 '나만의 세계'란 숨기고 싶은 '부끄러움'과도 연결된다. 어머니와 누이의 속옷을 모아놓은 '광' 안의 '나'와 잠 잘 곳이 없어 강의실에 숨어들어야 하는 '나'의 상황은 숨기고 싶은 '부끄러움'이다. 전짓불은 이러한 나의 '부끄러움'을 적발하고, 무자비하게 세상에 공개한다는 점에서 가학적이다.

전짓불의 폭력성은 무엇보다도 빛을 비추는 사람의 얼굴이 보이지 않는다는 점에서 발현된다. 자신의 정체를 드러내지 않고 상대방에게 일방적인 진술을 강요한다는 점에서, 전짓불은 화자에게 말할 수 없이 '끔찍한' 공포로 각인되기 때문이다. 진술을 요구받은 대상은 자신에게 질문하는 상대가 원하는 답이 무엇인지를 찾기 위해 목숨을 건 선택을 해야 한다. 그런 의미에서 전짓불은 진술할 기회를 허락하지 않을 경우에도, 진술을 요구할 경우에도 매번 가혹한 채찍이 된다. 그러므로 『씌어지지 않은 자서전』에서 자신의 정체를 밝히지 않고 이준에게 일방적인 진술을 요구하는 신문관 사내는 곧 '전짓불'의 의인화라고 볼 수 있다.

정체를 드러내지 않는 신문관의 일방적인 진술 요구에 전짓불의 기억을 떠올리는 것은 또 다른 소설 「소문의 벽」에서도 반복적으로 제시된다. 박준의 인터뷰, 박준이 쓴 소설, 그리고 박준을 지켜보는 화자를 통해 지속적으로 '전짓불'에 관해 이야기가 언급되고 있기 때문이다. 그 가운데 '이 달의 화제작가'로 언급된 박준의 인터뷰 속에는 6·25 전쟁 당시 경찰대와 지방 공비가 뒤죽박죽으로 마을을 찾아들던 유년시절에 관한 이야기가 언급된다.

6·25가 터지고 나서 우리 고향에는 한동안 우리 경찰대와 지방 공비가 뒤죽박죽으로 마을을 찾아드는 일이 있었는데, 어느 날 밤 경찰인지 공비인지 알 수 없는 사람들이 또 마을을 찾아 들어왔다. (…중략…) 눈이 부시도록 밝은 전짓불을 얼굴에다 내리비추며 어머니더러 당신은 누구의 편이냐는 것이었다. 하지만 어머니는 그때 얼른 대답을 할 수가 없었다. 전짓불 뒤에 가려진 사람이 경찰대 사람인지 공비인지를 구별할 수 없었기 때문이다. 대답을 잘못했다가는 지독한 복수를 당할 것이 뻔한 사실이었다. (…중략…) 어머니의 입장은 절망적이었다. 나는 지금까지도 그 절망적인 순간의 기억을, 그리고 사람의 얼굴을 가려버린 전짓불에 대한 공포를 생생하게 간직하고 있다.

―「소문의 벽」, 219쪽

얼굴을 드러내지 않은 채 일방적인 진술만을 강요하는 '전짓불'은 말 그대로 '사유의 무능성'을 형상화한다. 그리고 그 앞에서 상대방이 원하는 답을 찾기 위해 고군분투하는 것 역시 같은 맥락에서 이해될 수 있다. 이러한 '전짓불'의 의미는 박준이 쓴 '소설 속 소설' 속에서도 반복된다. 이 소설은 주인공 G가 그의 환상 속에 나타난 신문관에게 자신의 과거를 고백하는 내용으로, 장편 『씌어지지 않은 자서전』을 연상시킨다.

이때 신문관의 정체를 알 수 없다는 점에서, G는 어떤 식의 진술이 자신의 결백을 증명하는 데 가장 효과적일지 고민하게 된다. 그런데 어찌된 셈인지 G의 고백은 하나같이 전짓불과 관련된 내용들로만 모아진다. 전짓불은 G의 전 생애를 지배하는 존재로 작용하는 것이다. 이때 주인공 G는 소설을 쓴 소설가 '박준'의 분신이라고 볼 수 있다. 따라서 전짓불은 단지 소설 속에만 등장하는 것이 아니라, 박준이 입원한 정신병원 의사인 김 박사를 통해 현실 속에서 재현된다. 김 박사는 진술공포증이라는 박준의 증상을 치료하겠다는 명목으로 그의 얼굴에 전짓불을 비추기 때문이다. 박준에게 나타난 진술공포증의 원인을 이해하기보다는, 증상을 치료하겠다는 결과에만 몰두한 결과이다. 김 박사는 결국 가장 잔인한 방법으로 박준을 위협하고, 그로 인해 박준은 병원을 뛰쳐나가 어딘가로 사라져버리고 만다. 이로써 전짓불은 단순한 과거의 트라우마가 아닌, 현존하는 거대한 지배집단의 가학적인 '폭력'이라는 사실이 입증된다.

이러한 전짓불의 폭력성은 「**잔인한 도시**」(1978)[14]를 통해서도 확인된다. 주인공은 이제 막 교도소에서 출감한 늙은 사내로, 교도소 근처 공원 입구에 있는 '방생의 집'에 도착한다. 과거 이곳은 교도소에서 출감한 사람들이 반년 가까이 노역해서 받은 돈을 모두 털어가면서까지 '새'를 사서 날려 보내던 장소이다. 뼛골이 빠지게 고역에 시달리고, 맘 놓고 사식 차입 한번 먹지 않고 모은 돈으로 새를 날리는 것이다. 이는 자유를 향한 이들의 바람이 얼마나 간절한지를 보여준다. 그러나 이는 단순히 교도소 안에서 누리지 못한 자유에 대한 갈망만을 의미하지 않는다. '새'는 아무도 면회 오지 않는 이들에게 고향으로 자신의 소식을 전해줄 간절한 소망의 매개체이기 때문이다.

그러나 이들의 소망은 처참하게 묵살된다. 사내가 마주한 '방생의 집'은 더 이상 간절한 바람이 깃든 공간이 아니기 때문이다. 그저 재미 삼아 헐값에 새를 날려 보내려는 사람들만이 있을 뿐이다. 그럼에도

---

14 이청준, 「잔인한 도시」, 『소문의 벽』, 열림원, 2005.

불구하고 사내는 공원에 떨어진 동전을 주워 모아 매일 자신을 위해, 그리고 함께 수감했던 사람들을 위해 새를 날린다. 그러던 어느 날 사내는 어두운 밤 공원을 비추는 한줄기의 빛을 목격하게 된다.

　① 한밤중에 웬 전깃불의 환한 빛줄기가 어두운 숲속을 장대처럼 이리저리 훑고 있었다. 빛줄기는 때로 나뭇가지들의 한 곳에서 곧게 고정되고 한 사내의 그림자가 그때마다 나무 위로 올라가 빛줄기의 끝에서 열매를 따듯 잠든 새들을 집어내렸다. 잠결에 빛을 맞은 새들은 눈먼 장님처럼 옴짝달싹을 못했다. (…중략…) 그림자는 끊임없이 빛줄기를 들이대며 잠든 새들을 사냥하고 있었다.

ー「잔인한 도시」, 274쪽

　② 그러나 전깃불의 눈길은 실수가 없었다. 빛줄기가 끝내는 사내의 머리통을 맞혀잡고 말았다. 동시에 사내의 머리통도 완전히 야전잠바 깃 속으로 모습을 숨겨 들어가 버렸다. / 하지만 한번 사내를 붙잡은 빛줄기는 그를 좀처럼 떠나려 하지 않았다. 그 빛줄기가 그의 잠바자락을 뚫고 점점 세차게 젖어 들어왔다. 사내는 숫제 잠바자락 속에서 눈을 감고 있었으나, 감은 눈꺼풀 위로도 빛이 스며들어 왔다. (…중략…) 빛줄기는 잠바자락 속의 사내를 거의 질식 상태로 짓눌러 놓은 다음에야 간신히 그에게서 걷혀 나갔다.

ー「잔인한 도시」, 274〜275쪽

①은 '전깃불'에 의해 사냥당하는 새들이, ②는 그 새들처럼 '전깃불' 앞에서 꼼짝도 하지 못한 사내에 대한 글이다. '방생의 집'은 헐값에 자

유를 사고팔던 속물적 공간을 넘어, 밤마다 날려 보낸 새를 되잡아오는 '악마적' 공간이었던 것이다. 이에 전짓불 앞에서 옴짝달싹하지 못하는 새들은 곧 사내와 동궤에 놓인다. 속날개깃이 잘려서 멀리 날아가지 못하고 밤마다 사냥을 당하는 새들은 자신도 모르게 자꾸 교도소로 되돌아오는 사내의 지난 삶을 설명해주기 때문이다. 결국 공원 숲을 비추던 전짓불은 사내의 삶에 가해진 보이지 않던 세계의 폭력을 가시화한다. 이러한 전짓불로 인한 공포는 『가위 밑 그림의 음화와 양화』 연작인 「**전짓불 앞의 방백**」(1988)[15] 속에서도 재진술된다.

> 내 개인적인 체험에 불과한 일이기는 하지만, 저 혹독한 6·25의 경험 속의 공포의 전짓불(다른 곳에서 그것에 대해 쓴 일이 있다), 그 비정한 전짓불빛 앞에 나는 도대체 어떤 변신이나 사라짐이 가능했을 것인가. 앞에 선 사람의 정체를 감춘 채 전짓불은 일방적으로 '너는 누구 편이냐'고 운명을 판가름할 대답을 강요한다. 그 앞에선 물론 어떤 변신도 사라짐도 불가능하다. 대답은 불가피하다. 그리고 그 대답이 빗나가 편을 잘못 맞췄을 땐 그 당장에 제 목숨이 달아난다.
>
> ―「전짓불 앞의 방백」, 42쪽

위의 글에서도 확인되듯이, 전짓불은 '나'의 목숨을 위협하는 무시무시한 권력자와 다름없다. 타인의 입장을 배려하지 않는 일방적인 진술 요구로 은유되는 '전짓불'은 악의 평범성을 구체적으로 가시화하는 것이다.[16] 그러나 이청준의 전짓불은 여기에 머물지 않는다. 이는 하나의

---

15 이청준, 「전짓불 앞의 방백」, 『가위 밑 그림의 음화와 양화』, 열림원, 1999.

주제 혹은 소재를 두고, 서로 다른 측면의 가치를 향해 고르게 시선을 두고자 했던 작가의 독특한 창작원리를 통해 접근된다.

전짓불의 요구에 대응할 수 있는 유일한 길은 자신의 진실을 근거로 한 선택임을 언급하고 있기 때문이다. 이청준은 자기 목숨을 건 자기 진실의 드러냄, 그것이 곧 전짓불에 맞서는 길이라고 이야기하였다. 이에 자신의 소설 작업에 대해 '개인적 진실'과 '사회적 공의'라는 '두 개의 전짓불'로 인해 감시당하고 있다고 비유한 바 있다. 이는 작품 안에서 "나는 소심하게도 그 두 개의 전짓불에 쫓기면서 끊임없이 선택을 강요당하고 있는 꼴인 것이다"(57쪽)라고 고백하고 있음을 통해 뒷받침된다. 그러므로 전짓불은 이청준 소설 창작의 중요한 동력임이 분명해진다.

작가는 사유의 무능력을 드러내는 전짓불의 공포, 즉 악의 평범성을 통해 자신만의 글쓰기를 진행해 나간다. 이는 「소문의 벽」에서 "내가 소설을 쓰고 있는 것이 마치 그 얼굴이 보이지 않는 전짓불 앞에서 일방적으로 나의 진술만을 하고 있는 것 같다"고 말한 박준의 말을 통해서도 뒷받침된다. 이처럼 '전짓불'은 단순한 소설적 소재가 아닌, 창작의 원동력으로서 진술불능과 관련된 또 다른 서사를 추동시켜 나간다. '전짓불'은 일방적인 대답을 강요하는 폭력의 가시화이자, 소설가이지만 소설을 쓰지 못하는 인물들의 '진술 불능'의 문제를 상기시키기 때문이다.

따라서 이청준의 작품에는 소설가이지만 소설을 쓰지 못하는 수많

---

16 이때 전짓불의 변형으로, 주체에게 공포를 주는 모티프들은 이청준의 다른 작품들에서도 쉽게 발견된다. 주체의 능동적인 사유를 억압하는 폭력의 모티프로는 「병신과 머저리」에 등장하는 오관모의 '대검', 「공범」에 등장하는 강중위의 '회초리', 『언어사회학서설』 연작에 해당하는 「자서전들 쓰십시다」에서 피문오가 낀 '가죽장갑', 「예언자」의 홍마담이 휘두르는 '지휘봉'과 '채찍'을 들 수 있다.

은 인물들의 문제가 제기된다. 「줄광대」의 남기자는 문학가를 지망했지만 한 편의 작품도 쓰지 못한다. 그에게는 소설적 질서를 부여하는 능력이 결여된 까닭이다. 남기자는 자신이 "소설을 쓸 수 없다는 것은 다른 아무것도 할 수 없다는 것과 마찬가지 소리"(68쪽)라고 말함으로써, 진술불능의 공포를 드러낸다. 「매잡이」(1968)[17]의 민태준도 소설을 쓰기 위해 취재여행을 다니지만, 결국 비망록만을 남긴 채 세상을 떠난다. 물론 한 편의 소설을 남기긴 했지만, 그가 남긴 마치 '연구 노트'와도 같은 취재 메모를 떠올릴 때 민태준이 지닌 진술에 대한 두려움을 가늠할 수 있다.

소설가이지만 소설을 쓰지 못하는 인물들은 『조율사』, 「전쟁과 악기」, 「소문의 벽」, 「가위잠꼬대」, 「목포행」, 「예언자」에 등장하는 소설가들에게서도 발견된다. 또한 「해공의 질주」(1976)에서 소설을 쓰기 위해 메모장과 취재일기, 신문광고를 뒤적이는 소설가 '송형'과 「얼굴없는 방문객」(1978)에서 소설을 쓰고 나면 기이하게도 그 소설 속의 이야기와 비슷한 사건이 일어난다는 두려움으로 글쓰기를 중단한 'P씨', 주식 투자 이후 더 이상 시를 쓰지 못하는 「시인의 시간」(1999)의 화자, 마흔 넘어 한 편의 소설을 발표한 이후로 더 이상 작품 활동을 하지 않는 「문턱」(2003)의 반형준, 그리고 반형준에게 끊임없이 소설거리를 제공하면서도 정작 자신은 소설을 쓰지 못하는 구정빈을 통해 '진술'의 어려움을 호소한다.

그리고 이러한 '진술 불능'의 고통은 자신의 이야기를 직접 할 수 없는 '대필' 모티프로도 확장된다. 스스로 목숨을 끊은 「가수」(1969)의 주

17　이청준, 「매잡이」, 『매잡이』, 문학과지성사, 2010.

영훈은 '한국 펜팔 구락부'에서 대필업자로 살아왔으며, 『**언어사회학서설**』 **연작**의 주인공 윤지욱도 자서전 대필 작가로 자신의 일에 참을 수 없는 회의를 느낀다. 「**새와 나무**」(1980)에 등장하는 '시쟁이'도 집터를 마련하기 위해 재벌가의 자서전을 쓸 예정이라고 말한다.

나아가 전짓불의 공포로 인한 진술불능은 『**이제 우리들의 잔을**』의 실패한 자서전으로, 「**별을 보여드립니다**」의 '그'와 「**문패도둑**」의 '임종태'에게서 발견되는 거짓말로, 「**빈방**」 지승호의 딸꾹질 등으로 다양하게 변주되고 있음을 발견할 수 있다. 그러므로 이청준 소설에 나타난 '전짓불' 모티프는 작가의 작품세계를 탐구하기 위한 중요한 열쇠이자, 독특한 창작원리가 된다. 어둠 속에서 뻗어 나오는 한 줄기 칼날과도 같은 빛은 이청준에게 있어 상상력의 어두운 근원을 가로지르는 빛으로 작용하는 것이다.[18]

이상에서 살펴본 바와 같이 세계로부터 소외된 인물들은 작품 안에서 억울하게 죽어가는 '똥개'로 형상화됨을 확인할 수 있었다. 또한 '똥개'들을 죽음으로 몰아가는 악의 평범성은 정체를 드러내지 않는 '전짓불' 모티프를 통해 반복적으로 제시됨도 발견되었다. 내부의 '부끄러움'과 외부의 '감시'가 서로 대립되고 있음이 가시화된 셈이다. 이러한 내부와 외부의 대립, 즉 주체와 타자와의 관계는 독자들에게 현실의 모순 상황을 환기시키는 기회를 제공한다. 더불어 타인의 입장에서 생각하지 못하는 지배체제의 무능성을 지적한다는 부분에서, 독자에게 능동적인 사유를 자극한다. 이러한 시도는 지배질서를 향한 저항으로, 또 하나의 '악'으로 분류될 수 있을 것이다.

---

18 권오룡, 「해설—어둠 속에서 글쓰기」, 이청준, 『소문의 벽』, 열림원, 2005, 380쪽.

제3부 /
악의 불가해성과 환상의 가능성

'말하기'의 변형과 떠도는 말

1. 소문의 유입과 '복수(復讐)'의 진술

이청준은 현실을 구축하는 환상과 그로 인해 발생하는 불안 기제로서의 '소문'에 관해 남다른 관심을 보여 왔다. 이는 그의 소설에 등장하는 인물들이 거의 대부분 소문을 통해 제시되고 있다는 점에서 확인된다.

처음에는 그가 썩 줄을 잘 탔다고 생각지도 않았으면서 몇 해가 지나니 사람들은 그 줄광대가 명수로 줄을 잘 탔던 것처럼 말했고, 나중엔 위인이 정말 승천을 해갔다고 믿게끔 되어버렸다는 거였다.

　　　　　　　　　　　　　　　　　　　　　　　—「줄광대」, 75쪽

"모르죠. 듣기로는 보내려고 하지 않는다는 소문이기도 하고, 보내려고는 하는데 처녀가 싫다고도 하고 알쏭달쏭한 모양입니다."

　　　　　　　　　　　　　　　　　　　　　　　—「과녁」, 47쪽

한동안 그런 이야기들이 오갔다. 그리고 그러던 어느 날부터 이 정체불명의 외방객에 대해 다시 한 가지 괴상한 소문이 나돌았다. (…중략…) 그러나 소문은 빨랐다. (…중략…) 그러나 그들은 이내 또 소문을 잘 믿는 사람들이 으레 그렇듯이 이미 풍문으로서의 가치를 잃고 사실로 고정되어버린 그 소문을 재빨리 잊어가고 있었다.

—「변사와 연극」, 12쪽

그러나 어느 것도 확실한 것은 아니었다. 추측과 소문일 뿐이었고, 그 추측과 소문을 확인할 길은 없었다. (…중략…) 그는 출근을 하자마자 한 가지 민간인 마을의 소문을 이야기하기 시작했다.

—「이상한 나팔수」, 38・45쪽

그러나 그 모든 것은 다만 뜬소문에 불과했습니다. 이십몇 년 동안 진짜 누이에 관한 믿을 만한 소식은 아직 한 번도 없었습니다.

—「꽃과 뱀」, 117쪽

어디서부터 흘러나온 소린지 사람들은 이따금씩 그 나우현의 전력에 대해 그가 젊었을 때 한동안 승방 생활을 했었다는 소문을 입에 올릴 뿐이었고, 그 확인도 부인도 불가능한 소문을 그의 지혜와 어렴풋이 관련 지어보곤 할 뿐이었다. (…중략…) 홍 마담이 나타난 첫날 밤부터 여왕봉 술꾼들은 어디서 어떻게 주워들은 소리들인지 그녀의 전력에 대해 이러쿵저러쿵 얘기들이 많았다.

—「예언자」, 213・216쪽

가겟거리에 두목의 마지막 소문이 퍼지기 시작한 것이다.

들고나는 사람이 많은 턱거리 사람들은 너나없이 원래 소문을 좋아했다. 유독히나 그 두목의 소문에는 오랫동안 버릇들이 들어있었다.

소문다운 소문은 확실한 진원을 밝힐 수가 없는 법이었다. 진원이 밝혀지면 소문은 소문다운 재미를 잃게 마련이었다. 진위가 밝혀져서도 안 되었다. 턱거리 사람들은 소문을 즐기는 법을 알고 있었다. 소문을 소문답게 다뤄나가고 그것을 즐길 줄도 아는 지혜를 갖고 있었다.

　　　　　　　　　　　　　　　　　　　　　　—「흐르지 않는 강」, 345쪽

우리들의 궁금증은 풀릴 길이 없었고 학교나 동네에선 나름대로의 추측과 빈 소문들만 늘어갔다. (…중략…) 그런저런 추측과 소문들 중에서 가장 그럴듯한 것은 물론 두 사람이 전날부터 남의 눈을 속여온 숨은 연인 사이라는 것이었다.

　　　　　　　　　　　　　　　　　　　　　　—「빛과 사슬」, 232쪽

도섭이 고향 마을에서 불의의 사고를 저지르고 종당엔 이 대원사(大願寺) 골짜기까지 몸을 숨겨 들어왔을 때부터 무불(無佛) 스님은 늘 밤잠을 앉아서 주무신다는 소문이었다.

　　　　　　　　　　　　　　　　　　　　　　—「흐르는 산」, 176쪽

"그래저래 그 생존자는 지금 그렇게 한창 소문의 바람을 먹고 실체를 갖춰가고 있는 중일 겁니다. 허허."

　　　　　　　　　　　　　　　　　　　　　　—『신화를 삼킨 섬』, 274쪽

앞에서 열거한 작품 외에도 이청준의 소설 속에는 '소문'으로 떠도는 인물들이 즐비하다. 또한 주류 문화에서 편입되지 못한 소외된 인물들과 사라져가는 사건들에 얽힌 소문은 이청준 소설의 중심 주제로 자리를 잡고 있다. 소문은 작품 내에서 서사를 구축하는 창조적 원동력이자, 인물과 그들을 둘러싼 세계를 형상화하는 구체적인 창작 원리인 것이다.

일반적으로 소문은 "정보의 출처와 객관적인 근거가 불명확한 상태로 한 사회의 언중들 사이에서 유통되는 이야기 양식"을 의미한다.[1] 출처와 근거가 불명확하다는 점에서, "상황의 애매성과 정보의 불확실성에서 기인하는 정보의 점진적인 왜곡"을 전제한다.[2] 이때 소문의 가장 흥미로운 점은 애매하고 불확실할수록 더욱 빠르게 퍼진다는 사실에 있다. 뿐만 아니라 진위여부와 관계없이 일방적으로 확산되어 나간다는 점에서 소문은 더할 나위 없이 폭력적이다. 따라서 소문은 시간이 갈수록 원래의 모습을 확인할 수 없는 흉측한 괴물로 변하며, 급기야 소문의 당사자를 공격하기에 이른다.

우선, 이러한 소문의 폭력성은 「**과녁**」을 통해 발견될 수 있다. 명석한 두뇌와 유복한 환경에서 자란 검사 석주호는 어느 새벽, 읍공원에 있는 북호정(北虎亭)에서 활을 쏘는 부녀(父女)를 목격한다. 이후 활을 배우기로 결심하고, 그들에 관한 소문을 수집해나간다. 직접적인 질문을 배제한, 근거 없이 떠도는 소문은 애초부터 실패한 소통을 전제한다. 이는 활장이 노인과 그의 딸 사이에 얽힌 은밀한 소문을 통해 구체

---

1 김승민, 「염상섭 소설에 나타난 '소문'의 의미와 서사화 방식에 대한 고찰」, 『한국현대문학연구』 33, 한국현대문학회, 2011.4, 179쪽.
2 최현용, 「고골의 『죽은 혼』에 나타나는 기호의 불확정성과 소문의 슈제트 형성적 기능」, 『노어노문학』 15-1, 한국노어노문학회, 2003.6, 434쪽.

적으로 확인된다.

활장이 노인은 거지 남매를 거두어 친자식처럼 길러낸다. 하지만 사람들은 시집을 가지 않은 딸을 두고 노인이 "보내려고 하지 않는다는 소문"(47쪽)을 퍼트린다. 이러한 소문은 석주호를 따라 활터를 찾은 무리를 통해 당사자인 노인에게로까지 전해진다. 노인에게 "딸 머리도 얹지 않고 처녀 과부로 늙힐 작정이오?"(67쪽)라고 묻는 사람들의 질문은 북호정 부녀를 상대로 떠도는 소문의 핵심이기 때문이다. 그들은 자신들의 은밀한 욕망을 노인과 딸에 관한 소문을 통해 표출하는 것으로, 멋대로 꾸며진 소문은 노인에게 말할 수 없는 수모와 증오심을 불러일으킨다.

> 그 딸과 노인을 이상한 방법으로 관련지어 상상함으로써 그 말로 인한 노인의 처참한 분노를 예감하기도 했고, 또는 이렇다 할 근거도 없이 그 말이 노인을 어떤 수모와 증오로 떨게 하여 드디어는 지독한 좌절 속으로 떨어뜨리고 말 것 같기도 했다.
>
> —「과녁」, 68쪽

위의 인용문에서 발견되는 노인의 좌절은 소문에 의한 것으로, 북호정을 찾은 무리들은 곧 소문의 의인화된 형태라고 볼 수 있다. 그렇다면 석주호는 그 소문을 몰고 온 폭력의 주체가 될 것이다. 물론 석주호는 노인이 자신의 신념을 지켜나가는 순수한 장인 정신을 지닌 인물이라고 높이 평가한다. 하지만 자신이 몰고 온 무리들이 노인을 상대로 왜 딸을 시집보내지 않는지 질문하고, 그 딸이 활을 쏘는 모습을 보고 싶다고 희롱하는 태도를 두고 어떤 제재도 가하지 않는다. 도리어 소문으로 노인을 자극하고, 그 가운데 자기 안에 자리한 모종의 음모를 실현시키고자 욕망한다.

그 결과 고전동 소년은 죽음에 이르고, 이러한 죽음은 가족 관계의 파괴를 암시한다. 아버지와 딸로 살아온 노인과 딸의 관계를 위협하는 소문의 폭력성이 소년의 죽음을 통해 가시화된 셈이다. 그런 의미에서 외부로부터 유입된 석주호는 노인의 내부에 균열을 가하는 '악마적' 존재이자, 그 자체로 위협적인 '소문'의 속성을 형상화하고 있다고 볼 수 있다.

이와 같은 소문의 악마성이 직접적으로 제시된 작품으로는 **「소문과 두려움**(원제 : 발아)」(1971)[3]을 들 수 있다. 제목에서 언급되고 있듯이, 소문과 두려움은 서로의 내부에서 공존한다. 두려움은 소문을 만들어내고, 소문은 새로운 두려움을 만들어내는 것이다. 그리고 새로운 두려움은 또 다른 소문을 만들어 나간다. 소문과 두려움은 끊임없이 순환하는데, 이를 끊어내는 길은 소문 당사자의 죽음뿐이다. 따라서 주인공 '나'는 소문으로 인한 두려움에서 벗어나기 위해 같은 반 친구를 살해하기에 이른다.

> 그러니까 내가 그런 사고를 저지르게 된 최초의 원인은 바로 그 소문에 있다고 할 수 있었다. 그 소문 때문에 나는 동수가 차츰 두려워지기 시작했고, 결국에는 그 두려움 때문에 녀석을 죽이게 되기까지 했으니까 말이다.
>
> ─「소문과 두려움」, 125쪽

---

3 이청준, 「소문과 두려움」, 『소문의 벽』, 문학과지성사, 2011.

'나'에게 불만을 느끼고 있는 아이들은 새로 전학 온 동수가 '나'에게 맞설 실력자라고 믿고 싶어한다. '나'에 대한 두려움이 동수에 대한 소문을 만들어낸 것이다. 비록 동수에게 정말 그만한 실력이 있는지 검증되지는 않았지만, '나'는 이미 동수에 관한 소문으로 인해 위기의식을 느끼고 있다. 소문이 사람들 속으로 파고들기 시작한 것이다.[4] 따라서 '나'는 동수가 새로운 패거리를 만들지 못하도록 철저하게 외톨이로 만들고, 혼자 불러내어 비겁하게 덮쳐들고는, 급기야 돌맹이로 머리를 갈기고 주먹을 날리는데 성공한다. 싸움이라곤 전혀 구경도 못 해본 듯, 엉성한 포즈로 공격을 해오는 동수에게 잔인할 만큼 가혹한 폭력을 행사하여 죽음에 이르게 한 것이다.

동수를 향한 '나'의 잔인함 속에는 무엇보다도 '두려움'이 강하게 자리한다. '나'는 동수가 소문처럼 자신을 맞설만한 상대인지, 그로 인해 별 볼일 없는 자신의 존재가 드러날 것인지를 두고 두려움을 느끼기 때문이다. 소문이 사실일지도 모른다는 막연한 불안은 '나'의 내면은 물론, 상대를 파괴할 만큼 치명적이다. 그러므로 동수를 죽음으로 몰고 간 '나'의 악마성은 다름 아닌 '소문'이라는 거대한 악마로부터 잉태된 것이라고 볼 수 있다. '악'은 타자에게 두려움을 부과하여 스스로 그것을 회피하고자 하는 가학증의 속성을 지니기에, '악'의 원인은 '두려움'이 되는 것이다. 두려움은 고통을 회피하려는 자연스러운 심리이다. 하지만 우리는 고통을 당하기 전부터 이미 두려움을 경험한다. 그런 의미에서 '두려움'은 악의 원인이자 근본요소라고 볼 수 있다. 리쾨르 역시 악의 경험이 근본적으로 '두려움'에서 시작된다고 말한 바 있다.

4 니콜라스 디폰조, 곽윤정 역, 『루머사회』, 흐름출판, 2012, 23쪽.

이러한 '두려움'은 작품의 원래 제목을 통해 보다 분명한 의미를 전달한다. 소설의 원래 제목은 「발아」로, 이윤옥은 이 제목이 소문의 속성을 축약적으로 제시하고 있다고 이야기한다. 애초에 씨앗에 불과했던 소문에 싹이 트면 무섭게 자라나듯이, 소문과 갈등을 먹고 자라는 '두려움' 역시 커져간다는 것이다.[5] 이와 같이 확인되지 않은 소문의 폭력성은 사회에 만연한 불안과 위기의식으로 인해 더욱 빠르게 확산되어 간다. 소문이란 "모두가 그렇게 말하기 때문에 그런 것이고, 소문이 그렇기 때문에 모두가 그렇게 말하는 것"이기 때문이다.[6] 이러한 소문의 증식은 개인을 더욱 위기 상황으로 몰고 간다는 점에서 실체를 확인할 수 없는 악마의 '복수(復讐)'가 된다.

　소문의 폭력성은 또 다른 작품인 「굴레」(1966)[7]를 통해서도 발견된다. 소설은 M일보사에서 모집하는 '견습 기자' 채용에 지원한 '나'를 중심으로 전개된다. '나'는 필기시험을 보러 가는 순간부터 "부질없는 짓을 하러 왔다"(142쪽)며 후회하기 시작하는데, 그 이유는 바로 M일보사에 관한 소문 때문이다.

　　X지방 출신은 철저히 배격한다는 소문이 있는 M일보사였다. 인사 관리에 비공식이 심하다는 M일보였다. 잊어두자. 잊어버리자. 처음부터 내가 뽑히리라는 기대는 갖지 않았던 일인데. (…중략…) "섭섭한 얘기지만 안 될 걸로 생각해두는 게 좋을 거야. 불문율 같은 게 있지. X지방 출신과 아

5　이윤옥, 「텍스트의 변모와 상호 관계」, 이청준, 『소문의 벽』, 문학과지성사, 2011, 385쪽.
6　한스 J. 노이바우어, 박동자·황승환 역, 『소문의 역사』, 세종서적, 2001, 47쪽.
7　이청준, 「굴레」, 『병신과 머저리』, 문학과지성사, 2010.

버지가 생존해 있지 않은 사람은 첫 번째로 제외되고 있어. 뭐 그런 사칙 (社則)이 있는 것은 아니지만" / 소문대로였다.

—「굴레」, 154～155쪽

"이상한데…… 우리 X지방 패들은 뽑지 않는다는 소문이던데 1차에 붙여준 게?" / 불안한 얼굴이었다.

—「굴레」, 158쪽

위의 인용문들에서 확인할 수 있듯이 M일보사는 X지방 출신을 뽑지 않는다는 소문이 지배적이다. 그럼에도 불구하고 X지방 출신인 '나'는 필기시험에 합격하고, 두 차례의 면접까지 치른다. 그러면서도 내내 X지방을 배격한다는 소문을 떠올리며 불안을 느낀다. 진위(眞僞)가 확인되지 않은 소문은 인물의 내면을 위축시키고, 자신에게 질문을 던지는 면접관들이 자신을 속이고 있다는 생각까지 들게 만든다.

소문은 사실적인 것과 허구적인 것의 결합체이다.[8] 따라서 X지방 출신을 배제한다는 소문은 사실일 수도, 그렇지 않을 수도 있다. 소문이란 절망과 희망의 경계선 위에 놓여 있기 때문이다. 그러나 작품 안에 떠도는 소문은 희망보다는 절망 쪽에 더 가깝게 그려진다. 그리고 더 큰 비극은 이러한 후회와 망설임에도 불구하고, 마지막까지 새로운 결단을 내리지 못한다는 사실에 있다. 회사 측에서는 소문과 달리 자신을 채용해줄 것처럼 꾸미고, '나'는 그것이 "가장 모욕적인 횡포요 사

---

8   김승민, 앞의 글, 177쪽.

기"(166쪽)라고만 받아들일 뿐이다.

소문이란 얼마나 '거짓'된 정보를 담고 있느냐가 아닌, 도저히 부인할 수 없는 '사실'을 내포한다는 점에서 문제적이다.[9] 그런 의미에서 X 지방 출신을 뽑지 않는다는 소문은 주어진 현실에 분명히 존재하는 차별과 소외의식을 드러낸다. '소문'이란 사실과 거짓의 경계에서 직접적으로 표현할 수 없었던 은폐된 진실의 의미를 드러내는 까닭이다. 이처럼 우리 사회에 존재하는 모순적 현실은 **「보너스」**(1969)[10] 속에 나타난 소문을 통해서도 쉽게 확인된다.

> 12월 24일. 크리스마스 보너스를 기다리고 있는 것이다. 크리스마스 보너스가 약속된 일은 없었다. 보너스 같은 건 일찌감치 단념해두는 게 좋다고 속 시원히 선언된 일도 물론 없었다. 그런데 12월에 접어들면서부터 회사 안에선 누구의 입에서부터인지 크리스마스 보너스에 관한 소문이 나돌기 시작했다. 처음에는 그저 막연히 보너스가 있으리라는 정도의 이야기가 떠돌아다니더니, 그게 나중엔 제법 1백 프로니 50프로니 하고 지급액 비율까지 구체적으로 쳐드는 친구들이 나섰다. 어느 땐가는 1년 이상 근속자에게만 1백 프로가 지급되리라는 소문이 나돌아 신참자들을 실망시키기도 했고, 다음 날은 또 일률적으로 50프로가 지급되리라는 소문이 하급직 사원들을 다시 안심시키기도 했다. 그러나 바로 또 다음 날엔 그도 저도 아주 아무것도 없을 것이라고 했다가, 오후에는 다시 그 보너스 지급일이 연말로 미루어졌다기도 했다. 나중에는 아예 몇 가지 소문이 한꺼번에 편집실

---

9   위의 글, 202쪽.
10   이청준, 「보너스」, 『매잡이』, 문학과지성사, 2010.

을 돌아다니며 사원들끼리 이러쿵저러쿵 말쌈까지 시켰다.

—「보너스」, 303쪽

주인공은 사무실 직원들과 함께 크리스마스 이브에 지급될 것으로 소문이 난 '보너스'를 기다리고 있다. 이처럼 소망을 담은 소문은 환상, 꿈, 바람 등을 구체화하여 조직 구성원 사이로 퍼져나간다.[11] 하지만 그러한 소문은 정보의 출처와 객관적인 근거가 부재한다. 그러면서 사람들 사이를 오가며 싸움을 일으키고, 어떤 선택도 내릴 수 없는 비굴한 존재로 만든다. 더욱 중요한 것은 이들 가운데 어느 누구도 앞장서서 소문의 진위를 확인하지 않는다는 사실에 있다. 그 이유는 소문의 진원지를 마주했을 때의 두려움 때문이다.

> 어쩌면 사장은 그렇게 여러 가지 소문을 번갈아 퍼뜨려 직원들이 갈팡질팡 눈치만 보다가 종국에는 제풀에 지쳐빠지게 하려는 속셈인지도 몰랐다. 도대체 일언반구 언질이 없었다. 직원들은 결국 열심히 풍문만을 쫓아다니다 제풀에 피곤해지고 비굴해져서 당일에는 막상 이러지도 저러지도 못하고 눈치만 살피게 되어버린 꼴이었다.

—「보너스」, 303쪽

위의 인용문에서 확인할 수 있듯이 화자는 어쩌면 소문의 진원지가 사장일 수 있다고 추측한다. 그러나 마지막까지 사실 여부를 확인하지 않는다. 대신 사장이 만들어놓은 지배 체제에 구속되어, 사유의 힘을

11　니콜라스 디폰조, 앞의 책, 25쪽.

빼앗긴 "중력없는 인간"(305쪽)으로 살아갈 것을 선택한다. 소설의 초반부에서 화자는 보너스를 두고 "사장 쪽으로 말하면 그건 의무예요. 우리 쪽으로 보면 당연히 받아낼 권리가 있는"(318쪽) 것이라고 주장하며, 스스로의 권리를 주장하지 못하고 비굴하게 눈치를 보는 사무실 직원들을 비난하였다. 하지만 도리어 화자는 소문의 적극적인 생산자로 공모하게 된다.

> "선생님에 대해 이상한 소문이 있던데 정말인가요?"
> "이상한 소문이라니, 무슨 소문이요?"
> 나는 모처럼 화젯거리가 생긴 것이 반가워서보다, 나에 대한 이상한 소문이라는 데에 얼른 말을 되받았다.
> "그럼 본인도 모르는 뜬소문인가요? 선생님이 여길 다시 그만둘거라는."
> ─「보너스」, 316쪽

화자는 사무실에서 함께 일하는 미스 김으로부터 자신이 회사를 그만둘 거라는 소문이 돌고 있음을 전해 듣는다. 자신의 입으로 내뱉지 않은 말들이 실체를 띠고 사람들 사이를 오가는 것이다. 그는 자신이 최근 "한두 가지씩 책상 서랍"을 정리하고, "보너스에 대해서는 받아도 좋고 안 받아도 좋다는 식으로 은근한 불만기를 시위"(316쪽)하는 행동을 통해 비롯된 소문임을 짐작한다. 그러나 소문을 바로 잡으려 들지는 않는다. 뿐만 아니라 자신이 돈을 꾸어서라도 하루 한번은 빠찡꼬에 가야 하는 '빠찡꼬 귀신'이라는 소문을 충족시키기 위해 일부러 S호텔 지하를 한 바퀴씩 도는 행동까지 지속한다. 화자는 왜곡된 소문을 교정하는 대신, 그 소문에 맞춰 자기 자신을 변형해가는 것이다. 이로써 불확실한 소문의 흐름에 동참하게 된다.

이러한 화자의 심리는 보너스 지급에 관한 소문이 사실이길 바라는 간절한 바람에서 기인한다. 일반적으로 사람들이 소문을 믿는 이유는 그 내용이 그들의 감정이나 사고, 태도, 선입견, 견해, 행동과 일치하기 때문이다. 즉, 소문은 그것을 받아들이고 싶은 심리적 공간을 통해서 설득력을 얻게 된다고 볼 수 있다.[12] 그런 까닭에 화자를 포함한 사무실 직원들은 이번에도 보너스가 지급되지 않을 거라는 '사실'보다는, 이번에는 보너스가 지급될 지도 모른다는 공통된 '환상' 속에서 현실을 지탱해 나간다. 따라서 화자는 자신에 관한 소문을 교정하는 대신, 소문대로 움직이는 길을 선택한 것이다.

한편 소문의 악마성은 단순히 진원지를 알 수 없다는 사실에 머물지 않는다. 소문이란 그 목적지를 알 수 없다는 점에서 강력한 공포감을 부여하기 때문이다. 이에 '나'는 자신이 회사를 그만둘지도 모른다는 소문이 사장의 귀에 흘러들어가게 되는 것이 아닌지 불안을 느낀다. 따라서 "누가 사장에게 그런 애길 해 바쳤는지 모르겠어" 혹은 "글쎄 누가 그런 소릴 했을까"(334쪽)라고 주위 사람들을 떠본다. 그것도 모자라 사장이 자신이 회사를 그만둔다는 사실을 눈치 채고 있다는 거짓 소문까지 퍼트리기에 이른다. 이로 인해 '나'의 거짓말은 새로운 소문의 씨앗이 된다. 회사를 그만둔다는 소문은 정말 회사를 그만둬야 할지도 모른다는 불안감을 부여하고, 그 불안은 다시 새로운 소문을 생산해나가는 것이다. 물론 이 모든 소문의 근원에는 보너스 지급이라는 문제가 자리한다.

---

12   위의 책, 154쪽.

앞서 언급된 예문에서 알 수 있듯이 '보너스'에 관한 소문은 직원들을 지배하기 위한 사장의 계획이었음을 추측할 수 있다. 따라서 '나'를 비롯한 직원들은 사장이 이야기를 꺼내기도 전에 스스로 보너스를 사양한다. 정리해고를 핑계로 직원들을 압박하려는 사장의 속셈을 뻔히 알면서도 속아 넘어갈 수밖에 없는 것이다. 때문에 화자와 사무실 직원들이 선택할 수 있는 것이라고는 그저 "주저앉아 눈을 질끈 감"(343쪽)는 길 뿐이다. 이와 같이 지배집단에 의해 유입된 소문은 인물의 내면을 불안으로 잠식해 들어간다.

지배 집단에 의해 의도적으로 유포된 소문은 민중의 기억을 왜곡하는 '우상' 만들기로도 확장된다. 이는 「뺑소니 사고」(1974)[13]에서 신앙적 존재로 추앙받는 '일파 안승윤 선생'에 관한 예를 통해 접근될 수 있다. 일제의 강압과 회유에도 뜻을 굽히지 않던 한국 언론의 거목 '안승윤 선생'은 해방 후에는 사학자이자 저술가로 민족의 운명과 양심을 증언하는 역할을 맡는다. 그러던 가운데 3·15 부정 선거에 항거하며 열흘간의 금식 기도를 진행하던 중 사망에 이르고 만다. 그의 죽음은 역사의 수레바퀴를 돌아가게 하는 원동력이 되었고, 그렇게 14년의 세월이 흐른다.

문제는 14년 전 S일보 사회부의 병아리 기자였던 배영섭이 안승윤의 금식에 관해 의문을 제기하면서부터 시작한다. 이는 안승윤이 마지막으로 남긴 "내가 부정한 빵을 먹었소"(170쪽)라는 말 때문이다. '부정한 빵'은 안승윤 선생의 유훈에 남겨진 말로, 끝끝내 육신의 복수를 피하지 않은 성자적 양심의 상징어로 일컬어져왔다. 그러나 배영섭은 '부정

13　이청준, 「뺑소니 사고」, 『예언자』, 열림원, 2001.

한 빵'이 단지 "비유 말씀으로가 아니라 정말로 당신이 그런 빵을 잡수신 데 대한 솔직한 고백과 회한의 말씀"(174쪽)이었을지도 모른다고 문제를 제기한다. 물론 처음에는 이러한 의문을 악마의 말이요, 악마의 속삭임이라고 부정하였다. 그러나 배영섭은 고민 끝에 진실을 확인하기로 마음먹는다.

이러한 배영섭과 대립하는 인물로 일파 사상 연구회의 양진욱 회장이 등장한다. 그는 안승윤의 죽음을 미화함으로써, 그를 신앙적 존재로 추앙받도록 이끄는데 결정적인 역할을 한 인물이다. 여기서 주목할 것은 안승윤을 향한 대중의 찬양이 일종의 '소문'에 의존하고 있다는 사실이다. 앞서 소문이란 진실과 거짓의 경계선 위에서 존재한다고 밝힌 바 있다. 어떤 것이 거짓이고 참인지는 아무도 알지 못한다.

비극이란 그동안 믿어왔던 진실이 거짓이었음을, 혹은 거짓이라고 믿어왔던 것이 실은 추악한 진실이었음을 확인하는 순간 발생한다. 따라서 안승윤의 거룩한 죽음, 숭고한 삶이 날조된 소문에 불과하다는 사실은 대중의 가치체계를 위협하는 무자비한 폭력이 된다. 하지만 그렇다고 진실을 은폐하는 것이 '선'이 될 수는 없다. "악마의 거짓말"에 귀를 기울인 배영섭의 입을 막기 위해 살인을 저지른 양진욱을 '선'이라고 부를 수는 없기 때문이다. 이로써 세계 어디에도 '선'이 개입할 자리는 없으며, 어디에나 '악'이 산재하게 된다. 소문은 배영섭의 의문사를 통해 안전하게 유지되고, 대중은 안승윤을 찬양하는 '하찮은 소도구 노릇'을 지속해 나가는 것이다.

이와 같이 소문의 진상을 드러내고자 욕망한 인물의 죽음은 「**숨은 손가락**」(1985)[14]에서도 반복된다. 주인공 동준이 속한 부대는 수복 지역의 정화 사업을 위해 '삼성리'를 향한다. 씨족마을인 '삼성리'는 동준의 고향으로, 그는 마을의 참혹한 학살극을 연출한 현우에게 복수하기 위해 되돌아온 것이다.

한 마을에 사는 동갑내기 친구인 동준과 현우는 청색 청년단과 흑생당이라는 각기 다른 노선을 따른다. 그러나 동준이 청년단에 들어가게 된 것은 소학교 교직원인 까닭에 강제 입단을 한 것이고, 현우의 경우에도 이념에 대한 신념보다는 늘 자신 위에 있던 '한 사람'과 같아지기 위해 선택한 일에 불과하다. 따라서 두 사람 사이에서 이념적 대립은 큰 갈등으로 치닫지 않는다. 그러나 문제는 현우가 늘 자신 위에 있던 '한 사람'으로 동준을 지목하고 있다는 부분에서 발생한다. 현우는 동준을 파괴하기 위한 은밀한 계획을 추진하고 있었기 때문이다.

모든 것은 흑색 부대의 탄약고가 몽땅 폭발했다는 '소문'으로부터 비롯된다. 탄약고가 폭발했다는 이유로, 청년단 활동 경력이 있는 동준은 보복의 표적이 되어 체포되고, 그곳에서 현우로부터 은밀한 제안을 받는다. "자신의 죽음을 고발로 모면하라는 무서운 교환 조건"(163쪽)이 제시된 것이다. 죽음의 기로에서 갈등하던 동준은 결국 마을 사람들이 모두 지켜보는 현장에서 종숙을 혐의자로 지목한다.

동준은 이 모든 상황을 현우의 "너무도 교활하고 잔인스런 연극"으로, 평소 자신에게 갖고 있던 패배감을 그러한 방식으로 복수하고 있는 것이라고 받아들인다. 흑색주의를 빌려 "저주스런 인간 숙명의 가학적 복수심을 즐기고 있"(186쪽)는 것이라고 말이다. 이러한 현우의 복수는 동준에게 지속적으로 밀고를 요구하는 과정에서 본격화된다. 동준은

14   이청준, 「숨은 손가락」, 『숨은 손가락』, 열림원, 2001.

거듭되는 고발 요구에 "이번에는 나를 처형해 주게"라고 답하지만, 받아들여지지 않는다. 살아남는다는 것이 죽는 것보다 더 큰 절망과 고통이라는 점에서, 가까스로 탈출에 성공한 동준은 현우에게 똑같은 방식으로 복수를 감행하고자 삼성리를 찾는다. 그러나 동준은 마을에서 전혀 다른 진실을 마주하게 된다.

> 자네의 그 손가락을 적신 피가 어디 자네의 종숙 한 분만의 것인가. 자넨 자신의 종숙뿐 아니라 이 마을 모든 희생자들의 피를 흘려 적셨지. 도대체 이 마을에서 그토록 희생을 당해 간 사람들이 누구의 밀고에 의해서였던가. 자넨 첫 번 고발 이후로도 용꼬리 진내에 계속 살아 숨어 앉아서 마을 사람들을 차례차례 밀고하지 않았던가. 그 용꼬리 흑색 부대가 한차례씩 청색군의 공격을 당할 때마다……. 그래서 마을 사람들의 생목숨을 제물 삼아 자신의 하루하루를 연명해 가지 않았던가. 자네가 증거를 말했으니 얘기지만 그때 자네가 탈출 때까지 목숨이 부지된 이유가 뭐였던가. 그러고 오늘 이렇게 다시 살아 돌아올 수 있었다는 게 무언가. 그게 자네가 그 후로도 계속 밀고를 일삼고 있었던 증거가 아니고 무언가. 그건 …….
>
> ─「숨은 손가락」, 201쪽

위의 인용문에서 확인할 수 있듯이, 마을 사람들은 동준이 목숨을 부지하기 위해 계속해서 무고한 사람들을 지목해나갔다고 믿고 있다. 소문의 매체인 풍문은 다른 사람들의 공간적 부재를 기반으로 삼는다.[15] 따라서 맨 처음 동준이 종숙을 지목한 이후로, 마을 안에서 벌어진 처형

---

15 한스 J. 노이바우어, 앞의 책, 59쪽.

은 당연히 동준의 짓이라는 소문이 번진다. 이러한 풍문은 동준이 마을을 떠나있던 3개월의 시간 동안 확고한 진실로 자리 잡는다. 이에 대해 동준은 "본 사람이 없다고 네 맘대로 혼자 잘도 꾸며냈구나"(203쪽)라고 분노하지만, 어느 누구에게도 진실을 전달하지 못한다. 심지어 함께 '삼성리'를 찾은 강 대장 역시 동준이 아닌 현우의 이야기를 믿는다. 이러한 믿음을 가능하게 한 매개체는 다름 아닌 현우의 '숨은 손가락' 때문이다. 동준에게는 마을 사람들의 목숨과 맞바꾼 손가락이 그대로 남아있었다. 하지만 현우에게는 그 손가락이 남아있지 않았다. 마을 사람들 가운데 혐의자나 반동 인물을 지목하라는 요구에 현우는 부엌칼을 가져다 스스로 자신의 손가락을 잘라버렸기 때문이다.

동준은 현우를 향해 "이 악마, 간악한 살인자!"(205쪽)라고 외치지만 아무 소용이 없다. 이는 동준과 같은 문중의 사람조차 동준이 아닌 현우를 위한 증언에 나선다는 사실을 통해 확인된다. '삼성리'를 죽음으로 몰아넣은 동준의 손가락에 관한 소문은 현우의 빈 손가락을 통해 증명되고 있는 셈이다. 그런 의미에서 현우의 빈 손가락은 보이지 않지만 분명히 존재하는, 오히려 보이지 않기에 더욱 강력하고 존재하는 소문을 형상화한다.

따라서 "이건 계략이오. 이자의 말은 모두 사실이 아니오. 이건 절대로 사실일 수가 없어요"(209쪽)라는 동준의 호소는 누구에게도 받아들여지지 않는다. 동준의 진실은 끝끝내 동준 혼자만의 것일 수밖에 없는 것이다. 이에 누구도 믿지 않는 예언을 내뱉던 '카산드라'처럼 비극적인 최후를 맞이하게 된다. "이튿날 아침 마을 회관 사무실에서 그의 자살 시체가 발견"(215쪽)되었기 때문이다. 그러므로 빈 손가락, 숨겨진 손가락은 불확실성·실체 없는 소문을 형상화하는 효과적인 매개체가 된다. 결국 가짜 소문이 진실을 삼켜버린 셈이다.

이와 같은 대중의 맹목적인 믿음은 불확실한 '소문'을 고정불변의 '역사'로 둔갑시키는데, 이는 「돌아온 풍금소리」(1993)[16]를 통해서도 확인된다. 화자는 20년 만에 고향 모교의 동창회에 참석한다. 그리고 그 가운데 어린 시절 자신의 버짐투성이 머리통에 다정하게 약을 발라주던 여선생님에 관한 추억을 떠올린다. 그것은 궁벽스런 시골학교에서 좀처럼 보기 힘들던, 읍내에서 정식 부임한 '전영옥 선생님'에 대한 기억이다. 화자는 그녀의 비극적인 종말에 대한 궁금증을 품는데, 이에 대한 정확한 답은 어디에서도 찾을 수가 없다.

> "그 여자 그때 이 지역 공비들과 함께 쫓겨 입산을 했다가 그 유치산 굴 속에서 빨갱이로 죽었던 거 아닌가." (…중략…) 여선생의 죽음을 억지로 끌려가 당한 재앙으로 치부한 것이었다. 그러나 차츰 시일이 지나면서 그녀의 행적과 종말에 대해 다른 소리들이 뒤따랐다. (…중략…) 여선생의 일은 그러니까 사실이 어쨌든 그 양 선생의 증언으로 일단락이 지어진 셈이었다. 그리고 그때부터 그녀는 누구에게나 진짜 빨갱이로 치부되고 진짜 빨갱이의 죽음 속에 기억이 잊혀져 갔다. 그리고 어언 40여 년.
> —「돌아온 풍금소리」, 214~216쪽

위의 인용문에서 확인할 수 있듯이 여선생은 사람들 사이를 오가는 소문 속에서 매번 새로운 죽음을 맞이한다. 타인의 삶에 대한 진심어

---

16 이청준, 「돌아온 풍금소리」, 『목수의 집』, 열림원, 2000.

린 이해가 사라진 채, 그저 풍문으로만 기억되고 있기 때문이다. 더구나 여선생이 외부로부터 유입된 존재라는 점에서, 그녀의 존재는 그 자체로 '소문'과 유사한 구조로 파악된다. 뚜렷한 실체를 간직하지 못한 소문은 사람들에 의해 끝없이 소비되고, 급기야 지배 이데올로기에 의해 구성된 새로운 소문으로 또다시 소비되고 마는 것이다.

따라서 옛날 분교 시절의 교지(校誌) 정리 사업 중 발견된 여선생의 사연은 그녀를 '참민족 교육의 선구자'이자, '주체적 민족사의 숨은 불씨'로 형상화하는 계기를 마련한다. 급기야 사람들은 그녀의 개인용 풍금을 찾아내 기념관까지 세울 계획을 추진한다. 그들에게는 버짐투성이 머리통을 직접 치료해주던 생생한 선생님의 기억 따위는 존재하지 않는다. 그저 자신들의 필요에 의해 소비될 소문으로만 존재할 뿐이다. 이는 소문이란 "제멋대로인 작가이자 사회적 현상의 해석자이며 이름도 없는데다 가면을" 쓰고 있다는 사실을 떠올리게 만든다.[17] 따라서 대중은 조작된 소문을 통해 비판적으로 사유할 힘을 상실한다. 그리고 화자는 소문에 동참하는 대신 침묵의 길을 선택한다. 모든 의구심들은 한낱 '부질없는 호삿거리'에 불과하기에, 스스로 입을 다물어버리고 마는 것이다.

---

17 한스 J. 노이바우어, 앞의 책, 66쪽.

2. 소문의 구축과 '복수(複數)'의 진술

이청준은 「소문의 벽」을 통해 작가와의 이야기는 소설로만 가능하다고 진술하였다. 작가는 오직 소설로 말을 하게 해야 한다는 것이다. 그렇지 않을 경우 문학은 한낱 '소문 속의 소문'으로 그치고 만다고 경고한다. 이에 외부로부터 유입된 소문은 내부에 가해진 폭력이라는 점에서, 나를 향해 갑자기 날아든 날카로운 '복수(復讐)'의 칼날이 된다. 그러나 소문은 고정되지 않고 끊임없이 유동한다는 점에서 유목민적인 성격을 지닌다. 닫힌 영토 안에 머무는 대신, 출발점도 도착점도 없는 흐름의 연속선 속에 존재하는 것이다. 그런 의미에서 '소문'은 지배계급의 자기중심적인, 고정불변의 질서를 교란하는 역할을 수행한다. 따라서 외부로부터 유입된 '복수(復讐)'로서의 진술과 달리, 내부로부터 구축된 소문은 지배 질서를 교란하며 끊임없이 증식해 나가는 '복수(複數)'의 진술이 된다.

이는 작가의 마지막 발표작이라고 볼 수 있는 「이상한 선물」(2007)[18]을 통해 확인된다. 소설은 온통 갖가지 소문들로 채워져 있기 때문이다. 이는 대부분 주인공 기태의 고향 '선바우골[立巖洞]'에 남겨진 허다한 후일담들이다. 비가 오는 날이면 옷을 풀어헤치고 흙을 던지던 '떠돌이 의원집 아낙'에 관한 소문, 스물을 넘기고도 장가를 못 가는 과수댁 아들 '장순'의 양물(陽物)에 관한 소문, 언젠가 마을에 스며든 광녀(狂女) '자두리'와 항상 자두리가 있는 과수원집에서만 방아를 찧는 노총각

---

18 이청준, 「이상한 선물」, 『그곳을 다시 잊어야했다』, 열림원, 2007.

'창선'에 관한 소문, 부잣집 씻나락 담가둔 것을 몽땅 털어 가난한 이웃들에게 나눠줬다는 '그림자 도둑'에 관한 소문, 도깨비와 싸움을 할 정도로 담력이 센 '방씨 어른'에 대한 소문까지, 선바우골에는 갖가지 소문들이 넘쳐난다. 이처럼 실체 없이 떠도는 소문들이야말로 선바우골 사람들의 삶을 지탱하는 버팀목이 된다.

> 내 황 선생헌티 하나 물어봄세. 그 그림자 도둑 말일세. 자네 그렇게 마음 착하고 넉넉한 도둑이 정말로 있었다고 생각하는가? (…중략…) 그 고마운 도둑 덕에 절량의 어려움을 연명했다는 동네 사람들…… 그 사람들 중에 정말로 그 곡물자류를 얻어먹은 사람은 한 사람도 없었어. 그냥 이신점심으로 그렇게 서로 소문을 만들어낸 것뿐. 내 마을 그러니께 그런 마음씨 고운 도둑은 있어본 일이 없었다는 게야. 그냥 도둑이 마을 사람들 입소문으로 그렇게 변했을 뿐. 그러구 그때나 지금이나 그런 줄을 알면서도 진짜 사실을 말하거나 그걸 굳이 허황된 거짓말이라고 우기고 나서려는 사람도 없어. 지금 이런 소릴 털어놓는 나 역시도…….
>
> —「이상한 선물」, 172~173쪽

위의 인용문에서 알 수 있듯이 마을을 떠도는 소문은 마을 사람들의 각박한 현실을 지탱하는 일종의 '환상'과 다름없다. 인물들이 살아가는 상징적 현실 속에는 언제나 '대상 a'만큼의 공백이 존재하기 때문이다. 현실은 완벽하지 않으며, 단지 완벽한 척 가장하고 있을 뿐이다. 이러한 가장을 가능하게 하는 것이 바로 '환상'이다. 그런 의미에서 선바우골에 사는 사람들은 자신들이 만든 환상을 통해 자신들의 내부에 존재하는 욕망을 이야기해왔다고 볼 수 있다.[19] 이는 주어진 소문을 맹신하는 '사유의 무능성'과는 변별된다. 그들은 이미 소문의 진위(眞僞)를 알고 있기 때문이다. 따라서 그들에게 중요한 것은 현실에서 환상을 벗겨내는 것이 아니라, 환상을 유지하는 일이 된다. 그런 이유로 마을 사람들은 능동적으로 소문을 생산해내고, 그 속에서 자신들만의 세계를 안전하게 유지해 나간다. 이런 식으로 구축된 소문의 중심에는 주인공 기태가 존재한다.

어린 시절의 기태는 벽지 시골 동네 아이들이 대개 그랬듯이 초등학교를 졸업하고 농사일을 돕는다. 그러던 가운데 독학으로 중·고등학교 과정을 공부하고, '보통고시'에 합격하여 도청 삼급 사무관직에 오르는데 성공한다. 그러나 막상 기태는 스스로의 삶을 "크게 자랑할 것이나 후회할 것이 없는, 기복 없이 그럭저럭 살아낸 평범한 삶"(152쪽)이라고 받아들인다. '가방끈'이 짧은데다 인맥도 없는 기태로서는 더 이상 오르거나 나아갈 길이 없었기 때문이다. 그런데 언제부터인가 마을에는 "우리 동네에 천재가 났다. 황기태는 우리 동네가 낳은 큰 인물이다. 선바우골 유사 이래 황기태보다 크게 출세한 사람은 없다"(153쪽)는 소문이 퍼지기 시작한다. 기태는 자신을 향한 사람들의 칭송과 기대의 눈길이 거북하고 부담스럽기만 하다. 그래서인지 고향을 떠나 수도권 도시의 한 변두리 관공서 근처로 사무실을 옮겨버린다.

기본적으로 소문이란 '공간적 부재'에 기반을 둔다. 소문은 항상 현재

---

19 우리는 환상을 통해서 욕망하는 법을 배운다. 환상의 역설은 바로 이 매개적인 위치에 있다. 환상은 우리의 욕망을 조율하는 틀이지만 동시에 '케 보이?'에 대한 방어, 다시 말해 타자의 욕망의 심연을, 그 간극을 은폐하는 스크린이다(슬라보예 지젝, 김소연·유재희 역, 『삐딱하게 보기』, 시각과언어, 1995, 206쪽).

존재하고 있지 않은 사람들을 인용하기 때문이다. 즉 소문을 통해 부재하는 군중이 말을 하고, 군중은 오직 알레고로만 가시화된다.[20] 그러므로 기태의 부재는 오히려 더 많은 소문을 양산하는 원인이 된다. 이는 십수년 만에 고향을 찾은 기태에게 조카 녀석이 하는 말을 통해 뒷받침된다.

> 당숙님은 이 동네 산 전설이시잖아요. 걸어다니는 법전…… 군청이나 도청 시절엔 당숙님이 곁에 계시지 않으면 일을 볼 수 없었을 만큼 머리 좋은 천재……. 지금도 잊지 않고 전해오는 이 동네 사람들 말이구먼요. (…중략…) 천재? 동네 전설? 기태 씨는 쓴웃음을 흘리며 그쯤 녀석과 통화를 끝내고 말았다.
>
> —「이상한 선물」, 156쪽

위의 인용문에서 확인할 수 있듯이, 기태는 마을 사람들에게 "동네 전설"이자 "동네 샛별"로 자리 잡고 있다. 그러나 정작 기태는 이러한 반응에 '쓴웃음'만 지을 뿐이다. 그러나 소문은 정주하지 않고 끊임없이 새로운 소문으로 증식해나간다. 자신도 모르는 사이 동네의 전설이 되어버린 기태에 관한 소문은 그가 마을 사람들이 찾고 있는 '심지연(心池硯)'을 갖고 있다는 새로운 소문을 생산해내기 때문이다.

'심지연'이란 동네 글방에서 학동들이 공동으로 사용하던 팔각 벼루를 가리킨다. 그러나 6·25 전쟁으로 서당 문이 닫힌 뒤로는 더 이상 사용하지 않게 되었는데, 언제부터인가 마을 사람들이 '심지연'을 기억해내고 그것을 찾고자 욕망한다. 그것은 바로 "심지연의 보이지 않는

---

20 한스J. 노이바우어, 앞의 책, 59~60쪽.

신통력과 음덕"(164쪽)에 관한 소문 때문이다. 그 벼루에 먹을 갈아 글씨를 배운 학동들 중에는 마음보가 비뚤게 자란 아이가 없고, 모두 글씨를 잘 쓰고 지력이 뛰어났다는 소문이다. 그런데 벼루의 행방을 도무지 찾을 수 없자, 마을 사람들은 벼루의 주인인 안 선생의 선친이 누군가에게 따로 맡긴 것이 분명하다고 믿기 시작한다. 그리고 벼루를 보관하고 있는 사람이 다름 아닌 '기태'라고 지목하기에 이른다. 물론 이 모든 것은 '소문'일 뿐이다.

그러나 중요한 것은 소문의 진위여부를 판단하는 일이 아니다. 벼루가 지닌 음덕에 대한 환상은 마을 사람들의 간절한 소망이라는 점에서, 마을의 영웅인 기태가 그 벼루를 지녔다는 소문은 벼루를 향한 마을 사람들의 바람이 얼마나 간절한 지를 보여주기 충분하다. 소문은 늘 사람들의 불안, 희망, 기대와 관련되는 탓이다.[21]

사람들은 소문을 통해 자신들의 간절한 바람을 공유한다. 따라서 소문은 비록 '사실'은 아니더라도 '진실'이 될 수는 있다. 뿐만 아니라 주어진 현실을 더욱 생생하게 살아내기 위한 능동적인 창조행위가 된다. 이와 같은 소문의 특징은 현실의 틈새를 메우는 환상과 맞닿는다. 환상이란 주어진 현실의 고통을 견디는 힘이자, 좌절된 소망의 성취 과정이며 만족스럽지 못한 현실에 대한 보상인 까닭이다.[22] 그런 의미에서 소문의 진위를 확인하는 작업은 환상을 파괴하는 행위나 다름없다. 이는 막상 벼루를 찾고 보니 자신들이 기억해 온 것과 너무 달랐다는 안 선생의 말을 통해 뒷받침된다.

---

21   위의 책, 18쪽.
22   이승준, 『이청준 소설 연구』, 한국학술정보, 2005, 171쪽.

찾고 보니 이 벼루 우리가 기억해온 그런 물건이 아니었어. 크기도 그렇고 모양새도 그렇고. 황 선생을 비롯해 이 동네 인물들을 길러낼 만한 음덕을 지닌 벼루라기엔. 동네 사람들 앞에 내놓을 수가 없었제.

—「이상한 선물」, 168쪽

안 선생은 실물을 곧이곧대로 내보일 수 없다면, 누군가 동네 밖에서 이 벼루를 지녀줘야 한다고 이야기한다. 그리고 마을 사람들 사이에서 기태가 벼루를 지녔을 거라는 소문이 퍼진 시점이, 기태가 마을에 발길을 하지 않을 때부터였다고 덧붙인다. 결국 마을 사람들에게 소문은 그 진위여부 판단에 있지 않음을 알 수 있다. 그들에게 필요한 것은 '소문' 그 자체였던 셈이다. 이런 이유로 선바우골 사람들은 "모두가 각기 한 가지씩 제 역할을 맡아 살아"(176쪽)간다. 소문이란 외부로부터 유입된 것이 아니라, 마을 사람들이 자신들의 삶의 터전을 지켜내고자 안으로부터 구축한 '복수(複數)의 진술'인 셈이다. 따라서 공동체의 간절한 소망을 통해 구성된 '소문'은 소문의 당사자와 유포자들 사이의 적극적인 공모를 통해 유지된다. 이는 임종의 순간에야 '험한 밤 산길 그만 떨고 다녀도' 되겠다고 안심했던 '도깨비 할배' 방씨 영감을 통해서 확인된다. 영감은 도깨비와 싸워 이겼다는 자신에 관한 소문 때문에, 그동안 산길이 무서워도 무섭다고 말하지 못했음을 고백한다. 나름대로의 맡은 역할을 충실하게 수행해온 셈이다. 그런 의미에서 소문은 내부의 균열을 가하는 것이 아닌, 오히려 그 균열을 봉합하는 긍정적인 의미를 획득한다. 소문이란 선바우골 사람들의 집단 창작물인 것이다.

그러므로 기태는 안 선생의 부탁대로 벼루를 받아 돌아옴으로써, 공동 창작에 참여하게 된다. 소문을 통해 더욱 많은 가능성이 열림을 깨달은 것이다. 작가는 이러한 자신의 주제의식을 강조하기 위해 소설의 결말에 또 하나의 소문을 삽입한다. 이는 안 선생과 헤어진 기태가 원래 예정했던 '무위사'를 향함으로써 확인된다. 그곳에서 기태는 파랑새가 그림을 그리다가 날아갔다는 전설의 벽화를 마주한다. 그러나 그것은 실제 벽화가 아닌 '벽화에 얽힌 소문'이다. 붓을 물고 그림을 그리던 파랑새가 마지막 붓질을 못한 채 사라져버린 까닭에, 벽화 안에 그려진 '보살상'의 눈동자가 텅 비게 되었다는 것이다. 그러나 소문은 여기에서 멈추지 않는다. 눈동자가 빈 '보살상'에 관한 소문은 마음이 깨끗한 사람만이 벽화 속에 그려진 보살상을 볼 수 있다는 새로운 소문을 생산해낸다. 기태는 사람들이 이와 같은 이야기를 만들어낸 것은 "벽화의 아름다움을 인간의 솜씨를 넘어선 신필이나 성화로 격상"(180쪽)시킴으로써, 영구불변의 것으로 만들고자했던 간절한 바람이라고 받아들인다.

그러므로 작품 안에서 이야기되는 '소문'은 「뺑소니사고」와 「돌아온 풍금소리」에서처럼, 지배 이데올로기로부터 구축된 '소문'들과 구별된다. 이는 안으로부터의 합의를 통해 구축된 '환상'이기 때문이다. 중요한 것은 눈동자가 없는 보살의 그림이 실재하느냐가 아닌, 그것을 보고자 소망하는 마음의 눈을 지니는 일이 된다. 따라서 기태가 안 선생에게 받은 심지연도 진짜 벼루일 필요가 사라진다. 실제로도 보자기 안에는 벼루 대신 낫이나 칼날을 가는 '숫돌판'이 들어있을 뿐이다. 애초부터 음덕을 지닌 벼루 같은 것은 존재하지 않았으며, 단지 현실을 버티기 위해 만들어진 소문만이 존재할 따름이다.

이와 같이 집단적으로 구성된 소문은 현실을 향한 저항이라는 점에서 '악'으로 간주될 수 있다. 진짜와 가짜가 선과 악으로 이분화된다는 점에서, 이들이 만들어낸 '가짜' 진실은 '악'이 되기 때문이다. 그러나 바로 이러한 '악'으로 인해, 사람들은 현실을 살아갈 근거를 마련한다. 따라서 이청준 소설에 나타난 '선'과 '악'은 단순한 자리 교체를 통해 설명될 수 없다.

앞서 이야기한 바와 같이 '소문' 안에는 소문 유포자들의 간절한 소망이 담겨 있다. 이는 「**용소고**(龍沼考)」(1990)[23]를 통해 확인된다. 작품의 중심 배경이 되는 '절골'은 과거 1년에 한두 차례씩 대처의 난폭스런 불량배 패거리들의 습격을 받던 장소이다. 그런데 어느 날 마을 사람들의 금품을 갈취하던 사납고 흉포스럽던 불량배들을 물리치고, 마을에 평화를 가져다 준 인물이 나타난다. 그 이름은 다름 아닌 '털보'이다. 그는 '비법의 무술'로 하룻밤 사이에 깡패들을 모조리 몰아내고, 홀연히 마을에서 자취를 감춘다. 소문이 대상자의 '공간적 부재'를 기반으로 삼는다는 점에서, 털보에 관한 소문은 그가 사라졌다는 사실을 통해 더욱 왕성하게 증식해 나간다. 절골의 평화는 소문으로만 남은 털보로 인해 안전하게 유지되어온 셈이다. 따라서 털보의 재등장은 소문의 종식을 의미하며, 이는 곧 절골의 평화를 위협하는 결과를 낳는다. 실제로 절골의 평화는 전설적 인물 '털보'가 20여 년 만에 모습을 드러냄으로써 위기를 맞는다.

화자는 백산 장강수와 함께 충청도 예산으로 바람을 쐬러 나왔다가 근처에 있는 아담한 한식 초옥 식당인 '반월정(伴月庭)'을 찾는다. 이때

---

23   이청준, 「용소고」, 『벌레 이야기』, 열림원, 2002.

식당에서 일하는 20대 초반의 청년은 끊임없이 말을 걸며 화자와 백산의 식사를 방해하다. 화자는 귀찮은 청년의 질문을 물리치기 위해, 절골에 내려오는 전설을 이용한다. 자신과 함께 식사를 하는 백산이 절골에 내려오는 전설의 '털보'라고 거짓말을 한 것이다. 소문의 진위 여부와 관계없이, 떠도는 소문을 소비함으로써 또 하나의 새로운 소문을 생산해낸 것이다. 그런데 문제는 그것이 거짓 소문이 아닌 '사실'이라는 점에서 비롯된다.

실제로 백산은 20년 전 절골에서 마을 사람들을 괴롭히던 불량배들을 물리친 이력을 지니고 있다. 그러나 당시의 사정은 사람들이 알고 있는 것과는 사뭇 다르다. 백산이 불량배들과 맞선 것은 자발적인 의지가 아닌, 자신을 향한 마을 사람들의 신망을 외면하지 못한 '울며 겨자 먹기' 식의 행위였던 것이다. 그래서 사건 이후 도망치듯 동네를 빠져나올 수밖에 없었고, 20년이 지나도록 발길을 피해왔다. 그런데 뜻밖에도 백산이 발길을 끊은 20년이 지나는 동안, '털보'에 관한 소문은 어느새 마을의 '전설'로까지 자리 잡게 된 것이다. 소문이란 알려지지 않은 많은 사람들의 입을 통해 전해지는 현재 사건들에 관한 것으로, 과거 사건들에 관한 것은 '전설'이 되는 까닭이다.[24] 그러므로 전설의 주인공인 백산의 등장은 절골을 유지하던 환상을 위협하는 계기가 된다. 이는 백산이 과장된 소문을 교정하는 대신, 그것을 빌미로 절골에서의 특권을 누리고자 하는 과정에서 더욱 불거진다. 그는 자신의 권위를 이용하여 반월정의 청년과 그의 애인을 희롱하는 가학적인 행위를 벌였기 때문이다.

---

24 한스 J. 노이바우어, 앞의 책, 171쪽.

"그만 그치지 못해. 괜히 술맛 떨어지게."

최 형과 백산의 연이은 핀잔 소리도 이제는 귀에 들어오지 않는 듯 아랑곳이 없었다. 여자로서의 마지막 수치심을 참고 있는 자기 체념과 소리 없는 원망의 눈물인 셈이었다. (…중략…) 녀석이 끝내는 더 버티기가 괴로운 듯 어느 순간 불쑥 엎드린 채 머리통을 비틀어 올렸다. (…중략…) 그때 녀석의 눈길 속엔 나로 인한 놀라움과 두려움 이외에 어떤 다른 항의나 도전의 빛 같은 걸 찾아볼 수가 없었다. 항의나 도전커녕 역시 지저분한 눈물범벅이 된(그도 또한 울고 있었다!) 눈길 속에, 이젠 제발 좀 그만 괴롭혀주십사, 그만 좀 괴롭히고 물러가 주십사— 무기력한 원망과 비굴스런 애원기만 가득할 뿐이었다.

—「용소고」, 248~249쪽

털보에 대한 소문 속에는 뚜렷한 근거가 부재한다. 그러나 확인되지 않았다는 점에서 보다 강력한 힘을 발휘한다. 때문에 청년과 그의 애인은 백산의 가학적인 행위에 대해 어떤 저항도 하지 못한다. 이로써 절골의 평화를 유지하던 털보의 신화는 무너질 위기에 처한다. 소문이란 집단 구성원들의 희망, 꿈, 바람 등을 구체화한 '환상의 구성물'이다. 따라서 절골 사람들의 기대를 배반한 털보는 더 이상 소문의 주인공이 될 수 없다. 이에 사람들은 새로운 소문을 만들어내기로 결심한다. 백산은 가짜 털보이고, 진짜 털보는 따로 있다는 소문이다.

"나, 저 웃동네서 털보 씨가 보내온 사람이오." (…중략…) "털보 좋아하시는군. 당신은 이제 털보가 아니야. 남의 집 장사에 행패나 부리고, 좋아하는 아이들 못된 훼방을 놓아서 울고 갈라지게나 만들고…… 그런 게 어디 털보가 할 짓이야! 털보는 오랫동안 이 동네 어려움을 지켜주신 어른이란 말야. 당신네들 같은 못된 건달이나 깡패들에게서 이곳을 보호하고 세상살이가 고단한 사람들의 꿈이 돼주고…… 그리고 그 진짜 털보 어른은 지금 저 위에 계시단 말씀이야. 그런데 당신 같은 건달뱅이가 아직도 무슨 잠꼬대야. 털보라면 아마 그 어른을 사칭하고 다니는 가짜 털보겠지."

— 「용소고」, 261~262쪽

위의 인용문에서 확인할 수 있듯이 소문에서 중요한 것은 그것이 사실인지, 거짓인지에 있지 않다. 중요한 것은 소문을 통한 현실 유지이다. 그러한 이유로 마을 사람들은 털보가 자신들이 그토록 경멸해 마지않던 깡패 패거리와 다를 바 없음을 받아들일 수 없던 것이다. 따라서 그들은 '털보'에 대한 새로운 이야기를 창작한다. 그리고 이러한 인물들의 행위는 사실을 은폐한다는 점에서 '악'으로 규정된다. 실재와의 온전한 마주침이 '선'이라고 본다면, 절골의 인물들은 스스로 그 '선'을 파괴하고 있기 때문이다. 이처럼 소문을 통한 집단적 창작 행위는 화자의 기억에 남겨진 '반실제 반가공의 악인 방두천'을 통해서도 뒷받침된다. '두천'이라는 이름 속에는 "어른들의 은밀스럽고 겁먹은 주저 소리"(234쪽)가 담겨있는데, 이는 학교에서나 동네에서나 온갖 허물과 원망을 그에게로 돌림으로써 실현된다.

성정이 간악하고 무도한 두천이-.
제 잇속밖에 모르는 노랭이 두천이-.

남을 한사코 못살게 괴롭히는 두천이, 도척이 두천이, 인정머리도 없고 의리도 없는 두천이, 하늘에서까지 저주를 받은 방두천이-.

-「용소고」, 235쪽

마을 사람들은 방두천이란 극악한 악마를 창조하고, 그에게 모든 악덕과 악행의 허물을 몰아넣는다. 방두천이란 '반실제 반가공의 악인의 표상'을 통해 주변에서 벌어지는 온갖 악덕과 악행을 저주하고, 그로써 자신들의 두려움을 견디고자 한 것이다. 마치 절골 사람들이 '털보'라는 위인을 만들고 온갖 존경과 선행을 칭송함으로써 마음의 안식을 찾고자 했던 것처럼 말이다. 결국 마을 사람들에 의해 집단적으로 창작된 소문은 어떤 식으로든 그들이 처한 현실을 유지하기 위한 마음 속 표상의 발현이었음이 확인된다.

위에서 서술한 바와 같이 소문이란 고정불변의 것이 아닌, 시작과 끝을 알 수 없는 유목적 성격을 지닌다. 또한 매번 새로운 형태로 변형된다는 점에서 언제나 '복수(複數)'적이다. 이는 **「목포행 - 소매치기, 글쟁이, 다시 소매치기(2)」**(1971)[25]를 통해서도 살펴볼 수 있다. 연작으로 볼 수 있는 「소매치기올시다」와 「문단속 좀 해주세요」가 소매치기를 '하려는 자'와 '당하는 자' 사이의 긴장에 대해 서술했다면, 여기에서는 더 이상 소설을 쓰지 않는 소설가인 '나'와 매번 소문을 통해 부활하는 '육촌형'과의 대립이 주를 이룬다.

화자는 현재 기차를 타고 목포와 여수의 중간쯤 되는 J읍을 지나고

---

25 이청준, 「목포행-소매치기, 글쟁이, 다시 소매치기(2)」, 『소문의 벽』, 문학과지성사, 2011(이하 「목포행」으로 표기).

있다. 그의 목적지는 목포로, 육촌형을 만나기 위해 이동 중이다. 이때 육촌형은 화자보다 20살이나 많은, 무려 다섯 차례나 죽음을 맞이한 인물로 소개된다.

〈표 2〉「목포행―소매치기, 글쟁이, 다시 소매치기(2)」에 등장하는 육촌형의 죽음

	사망 이유
첫 번째 죽음	태평양 전쟁에 참가했다가 남중구해의 일본 군함에서 사망
두 번째 죽음	인천, 6·25 사변 중에 인민재판을 통해 사망
세 번째 죽음	부산, 약국을 들이받은 화물트럭에 치여 사망
네 번째 죽음	서울, 4·19 당시 서울 거리에서 총에 맞아 사망
다섯 번째 죽음	목포에서 사망

위의 〈표 2〉에서 확인할 수 있듯이 육촌형은 매번 새로운 죽음을 맞이하고, 그러한 "육촌형의 소식은 마치 어떤 소문"(272쪽)과도 같이 화자에게로 전해진다. 이때의 소문은 "처음에는 아주 조심스럽게 쉬쉬 뒷 추측들을 하고 있는 것 같더니, 나중에는 마을이 온통 그런 식으로 믿어버리"(273쪽)는 식으로 힘을 얻어나간다. 이때 주목할 점은 화자의 '떠남'이 형을 만나기 위함이 아니라, 소문을 만나기 위함이라는 사실에 있다. 이는 형의 죽음을 확인하기 위함이 아닌, "언젠가는 또다시 죽게 될 형. 그러니 어디엔가 다시 살아 있어야 할 육촌형을 찾으러 가는 길"(269쪽)이라는 화자의 고백을 통해 뒷받침된다.

언제나 형이 새로 죽었다는 소식이나 소문뿐이었습니다. 그러니 제겐 그 형이 어떻게 생각되었겠어요. 육촌형의 소식은 제게 언제나 죽음뿐이었어요. 그리고 그 죽음의 소식은 거기서 끝나지 않고 사실이 확인되기도 전에

늘 먼젓번 죽음에서 당신이 다시 살아나 있곤 한 꼴이었지요. 그래 당신이

죽었다는 소식은 거꾸로 그새 어디선지 당신이 다시 살아 계셨다는 소리가

될 밖에요. 그렇듯 수없이 죽으면서도 언제나 다시 살아나는 육촌형은 그

러니까 제게 죽음을 모르는 불사신, 불멸의 거인이 되어버린 것이구요.

　다시 말해 그 육촌형의 죽음의 소식은 제게 있어서 그분의 새로운 탄생

이며, 그래 그 죽음을 확인하러 간다는 것도 거꾸로 그분의 그 거인적인 불

멸의 생존을 확인하러 가는 것이 되는 셈이지요.

—「목포행」, 274쪽

위의 인용문에서 확인할 수 있듯이 육촌형의 죽음에 관한 소문은 화
자에게 오히려 새로운 탄생을 예감하게 만든다. 따라서 화자는 육촌형
의 소식을 찾아 나설 때마다 수수께끼 같은 환상을 마주하고, 이를 통
해 자신의 삶에 드리워진 암울한 상실감을 씻어낼 근거를 마련한다.
이는 "육촌형의 불사신 같은 환상에서 큰 힘"(281쪽)을 얻고 있다는 화
자의 진술을 통해 뒷받침된다. 그런 의미에서 형에 관한 소문은 화자
를 지탱하는 역동적인 힘을 제공해준다고 볼 수 있다.

　이와 같이 소문은 허구적인 것과 사실적인 것의 결합체로서, 사실과
거짓의 경계에서 직접적으로 표현할 수 없었던 은폐된 진실의 의미를
드러낸다.[26] 그런 의미에서 소문은 '현실의 세계는 언제나 추하고 부도
덕하며 허망한 것으로 도외시하고 싶었다'는 이청준의 고백을 확인할
수 있는 매력적인 창작원리가 된다.

　이상에서 살펴본 바와 같이 이청준은 현실 이면에 감추어진 인간의

26　김승민, 앞의 글, 202쪽.

내밀한 욕망과 현실의 부조리함에 대한 남다른 관심을 보여왔음을 확인할 수 있다. 때문에 그의 작품 속에는 비일상적이며 비정상적인 인물들, 그들의 애매한 지각, 일상적 세계에서 벗어난 모호한 시공간, 비현실적이며 비논리적인 사건의 전개들이 쉽게 발견된다. 그러나 이때 이청준 소설에 나타난 환상은 단순히 현실의 위안을 얻고자 함이 아니라, 우리가 살아가는 '지금' 여기에서의 확고한 진실을 이야기하기 위함이라고 볼 수 있다. 또한 환상은 불분명하고 불확실하며 불확정적이라는 점에서 인물에게 '불안'을 부여하는데, 이러한 '불안'은 소설 안에서 뚜렷하게 드러나지 않는 '소문'의 유입과 구축을 통해 가시화된다. 외부로부터 유입된 소문은 주체를 불안에 빠뜨리며, 내부로부터 구축된 소문은 세계를 불안에 빠뜨리기 때문이다. 따라서 소문은 현실을 구축하는 환상이자, 그로 인해 발생하는 불안 기제임이 분명해진다. 무엇보다 소문은 진실과 거짓이 구분 없이 뒤섞여 있다는 점에서, 발화자가 익명이라는 점에서 악의 불가해성을 드러낸다. 불안정한 세계 속에서 인물들은 극심한 불안을 호소하고, 자신이 속한 세계를 더욱 모호하게 만들어가기 때문이다.

감각적 분열과 에로티시즘 공간

1. 경계 중첩과 유보적 무대

이청준 소설 속에는 비일상적인 인물들 혹은 사건으로 인한 불안정적인 세계가 그려진다. 그리고 그 불안정한 세계로 인해 인물들은 극심한 불안을 호소하고, 자신이 속한 세계를 더욱 모호하게 만들어간다. 방향성을 상실한 세계의 불가해성은 인물들의 내면에 균열을 가하고, 분열된 인물들은 자신이 몸담고 있는 세계의 균열을 가속화하는 것이다. 이러한 악순환의 구조 속에서 이청준의 인물들은 판단을 유보한 채 늘 망설일 수밖에 없다. 진짜와 가짜 사이의 모호한 구분은 현실과 환상과의 대립을 넘어, 환상과 환상 사이의 분열로까지 나아가기 때문이다.

이러한 분열은 **「침몰선」**(1968)[1]의 중심 공간인 '바다'를 통해 가시화된다. 이때 바다는 그 위에 떠 있는 '침몰선'과 동일시되는데, 침몰선의 정

---

1   이청준, 「침몰선」, 『매잡이』, 문학과지성사, 2010.

체에 관한 환상은 곧 바다를 향한 환상과 일치하기 때문이다. 그런데 문제는 진 소년(이하 수진)[2]에 의해 조명되는 환상이 현실의 대립항이 아닌, 또 다른 환상과의 대립에서 비롯된다는 점이다. 때문에 바다 위의 "크고 당당하던 배의 모습"은 "어느새 조그맣게 변해"(133쪽)버리고, 이내 "다시 옛날의 그 당당하고 거대한 모습으로 변해"(135쪽)간다. 수진에게 있어 바다는 유년시절부터 일평생을 함께 해온 현실 공간이지만, 그의 내부에서는 언제나 새로운 환상이 교체된다는 점에서 유보적 공간이 된다. 이때의 유보란 현실과 환상은 물론, 환상과 환상 사이의 중첩으로 인해 발생하는 '사유'의 지연이라고 볼 수 있다.

한편 '바다' 공간이 환상적으로 다가오는 이유는 그 위에 떠있는 침몰선의 정체를 아무도 알지 못한다는 사실에 있다. '악'이란 우리가 알지 못할 뿐 아니라 영원히 알 수 없는 존재라는 점을 떠올릴 때, '침몰선'은 그 자체로 수진을 유혹하는 치명적인 '악'의 형상이 된다. 이는 태어나서 한 번도 바다를 구경한 일이 없던 '소녀'의 경우에도 마찬가지이다. 따라서 소녀는 수진의 바다 이야기에서 실제보다 아름다운 바다를 마주한다. 환상은 눈에 보이지 않는 것까지도 눈에 보이도록 만드는 놀라운 힘을 지닌 까닭이다. 그러나 소녀의 환상은 진짜 바다를 구경하고 난 뒤로 무너져내린다. 바다를 직접 목격한 소녀의 두 눈에는 더 이상 바다가 드리워지지 않기 때문이다. 이를 통해 수진은 자신이 그동안 소녀를, 아니 자기 자신까지도 속여 왔음을 깨닫게 된다. 자신

---

2   진 소년의 이름은 이수진이다. 그는 성장함에 따라 '진'에서 '수진'으로, '수진'에서 '자네', '총각'으로 불린다. 이름이 개체성을 나타내는 고유명사에서 보통명사로 바뀌고 있다고 볼 수 있다(이윤옥, 「텍스트의 변모와 상호 관계」, 이청준, 『매잡이』, 문학과지성사, 2010, 390쪽).

이 이야기하던 바다는 생각만큼 푸르거나 맑지 않으며, 침몰선도 그 자리에서 삭아 없어지거나 가라앉고 말 것임을 확인해버린 것이다. 이로 인해 수진은 소녀를 미워하고 바다를 원망하기 시작한다.

현실은 환상을 통해서만 유지된다는 점에서, 환상은 욕망 자체가 아닌 주체의 욕망을 구조화하고 조직하는 '무대'라고 볼 수 있다. 이에 바다와 침몰선에 관한 비루한 진실은 수진의 삶에 가혹한 균열을 가한다. 모호한 환상의 중첩 속에서 위태롭게 유지되던 현실이 일시에 무너져 내림으로써, 수진의 현실은 '비극적 무대'로 변모하는 것이다. 따라서 수진은 자신의 현실을 살아내기 위해 또다시 환상을 추구한다. 그 환상 속에서 새로이 바다를 바라보고, 침몰선의 항해도 재개한다. 환상을 통해 균열된 현실의 틈새를 메우고, 불완전한 세계를 완전하다고 믿으며 살아가게 된 것이다. 이러한 구조는 환상이 현실을 구축하는 토대임을 증명해준다.

그러나 수진의 환상은 또다시 위기를 맞는다. 마을에 찾아든 고철 장수로 인해 침몰선이 쇠붙이라곤 단 한 조각도 남지 않은, 쓸 만한 나뭇조각까지도 모조리 떼어가 버린 '도깨비집 광'이라는 사실이 밝혀졌기 때문이다. 환상이 깨지는 순간 수진의 현실도 함께 무너져 버린다. 하지만 작가가 그러한 수진에게 무엇인가를 요구하지 않는다. 환상을 거둬내고 현실을 마주해야 한다고 이야기하지 않으며, 그렇다고 환상을 지켜주고자 노력하지도 않는다. 그저 주어진 상황을 제시하고, 그 속에서 인물이 스스로 사유해 나가도록 요구할 따름이다. 이는 곧 사유의 분열을 초래한다.

이러한 분열은 「꽃과 뱀」(1969)[3] 안에서 보다 분명하게 발견된다. 작품의 중심 공간은 시들지 않는 꽃을 파는 '조화 가게'이다. 살림집과 붙어있는 가게는 화자의 아버지 때부터 운영되어온 곳으로, 화자의 전 생애를 지배해온 공간에 해당한다. 이곳은 계절에 상관없이 아무 때나 즐길 수 있는 것은 물론, 진짜 꽃보다 더 은은하고 매혹적인 향기를 내뿜는 꽃들로 가득하다. 따라서 자연의 질서가 사라진, 신의 섭리를 거부한 공간이라는 점에서 '악'의 속성을 내포한다. 이는 화자의 딸이 매일 하교 길에 들르는 '생화 가게'와의 대립을 통해서도 의미화된다.

일반적으로 '생화'는 진짜라는 점에서 '선'으로, '조화'는 가짜라는 점에서 '악'으로 구분될 수 있다. 그러나 선악의 이분법은 이처럼 단순하게 이루어지지 않는다. 조화 가게는 꽃 사이를 기어 다니는 '환영으로서의 뱀'과 '실체로서의 뱀'으로 이분화되며, 환영으로서의 뱀이 존재하는 공간 역시 '20년 전의 과거'가 재현되는가, 그렇지 않은가로 중첩되기 때문이다. 이처럼 조화가게는 끊임없이 균열이 일어나는 분열 공간으로, 설명하거나 이해될 수 없는 불가해한 '악'의 속성을 드러낸다.

또한 '뱀'은 '악'의 공간을 구체화하는 실체로도 가시화된다. '뱀'의 등장으로 인해 화자의 아버지는 뚜렷한 병명도 없이 흉하게 야위어가다가 숨을 거두고, 화자 역시 노이로제에 걸린 듯 피로를 느끼기 때문이다. 뱀은 조화 가게에 스며든 치명적인 '병원균(病原菌)'으로 공포와 불안을 부여한다. 그런데 아버지가 돌아가시고 사라졌던 뱀의 그림자가 또다시 화자의 가게 안에서 출현한다. 뱀의 출현은 화자가 생화 가게 앞에서 딸 경선과 마주친 날로부터 시작되며, 화자는 뱀의 그림자를 보았을 때의 놀라움 속에서 낮에 만난 경선을 떠올린다. 물론 낮에 경선을 만난 것과

---

3   이청준, 「꽃과 뱀」, 『꽃과 소리』, 문학과지성사, 2012.

밤에 뱀의 그림자를 본 것은 인과적으로 연결되는 사건이 아니다. 하지만 화자는 그 속에서 우연한 시간의 연속성을 발견한다. 그것은 그날 낮에 목격한 경선의 얼굴 위로 겹쳐진 누이 '이화'의 모습 때문이다.

이화가 집을 나간 것은 아버지가 뱀을 보고 자리에 누우셨던 때로, 뱀은 자연스럽게 이화에 대한 연상으로 이어진다. 그러나 뱀의 그림자를 보기 전, 이미 경선의 얼굴을 통해 이화를 마주했다는 점에서 뱀은 화자의 내면에서 파생된 환영임을 짐작할 수 있다. 뱀은 이화의 귀환에 대한 불길한 전조인 셈이다. 이는 뱀을 보고 기절했다가 깨어날 때마다 이화를 찾던 아버지의 물음과 "그 양반이 돌아오지 말아주었으면 좋겠는데"(116쪽)라고 소망하는 화자의 진술을 통해 뒷받침된다. 따라서 화자는 이화가 돌아온다면 과거 '아버지의 죽음'에 이어 새로운 불행이 닥쳐올 거라는 불안을 떨칠 수가 없다.

그렇다면 이화가 불행을 몰고 온다고 생각하는 이유는 무엇일까? 그것은 이화가 세계를 향해 질문을 던지고 있기 때문이다. 이때 질문에 대한 답은 언제나 제시되지 않는다. 왜 자신의 집에 있는 꽃에는 물을 주지 않느냐는 질문에 대해, 부모님은 설명 대신 폭력으로 진압할 뿐이다. 질문에 관한 해답이 제시되지 않는다는 점에서, 또 다른 의문 역시 차단될 수밖에 없다. 그러나 답을 얻고자 하는 욕망은 끈질기게 사라지지 않는다. '뱀'은 이러한 욕망의 가시화라고 볼 수 있다.

성경에 따르면 '뱀'은 인간을 유혹하는 간악한 악마로 묘사된다. 이때의 유혹은 '앎'에 대한 욕망에 해당한다. '선악과(善惡果)'를 따먹는 순간 신과 같은 지혜를 얻을 수 있을 거라는 뱀의 유혹은, 소설 안에서 왜 자신의 집에 있는 꽃에는 물을 주지 않느냐는 이화와 경선의 물음으로 변주되고 있는 것이다. 그러므로 이화와 경선의 질문은 뱀의 유혹만큼이나 치명적이다. 그것은 그녀들의 질문이 화자의 세계에까지 균열을 가한다는 사실에서 접근된다. 사실 조화 가게 안을 기어 다니던 '뱀'은 화자의 내면에서 울려나오는 욕망의 목소리였기 때문이다. 그러나 화자는 생명력이 없는 조화 가게 안에 머문 채 그 진실한 목소리를 부정한다. 그러므로 거의 일평생을 몸담고 살아왔던 가게는 화자에게 가장 친숙한 공간이지만, 동시에 스스로를 위협하는 가장 두려운 공간으로 변모한다. 익숙한 것이 한 순간에 낯선 것으로 변해버림으로써, 화자는 설명할 수 없는 불안과 공포에 시달리는 것이다.

이러한 두려움은 같은 해 발표된 중편 「꽃과 소리」(1969)[4]를 통해서도 확인된다. 소설 안에는 '조화 가게'를 운영하는 주인공과 늘 생화 가게를 엿보는 누이에 관한 연극이 진행된다. 연극의 내용은 단편 「꽃과 뱀」에서 언급된 상황과 거의 일치하는데, 조화 가게를 운영하는 남자 주인공은 누구보다도 자신의 가게 안에 있는 가짜 꽃을 못 견뎌하는 인물로 그려지고 있음이 주목된다. 이때 남자 주인공은 자신의 욕망을 순순히 받아들이지 못하고, 시종일관 누이에게로 욕망을 전가하는 태도를 보인다. 이것은 「꽃과 뱀」에 등장하는 화자 역시 자신의 욕망을 누이에게로 전가하고 있었음을 짐작하게 해준다. 화자가 두려워하는 누이의 얼굴은 곧 자신의 내면에 자리한 욕망의 얼굴이었음이 확실해지는 순간이다.

이와 같은 이유로 이화는 집단의 질서를 유지하기 위해 제거되어야 할 치명적인 '악마'가 된다. 이에 부모님은 어린 이화를 교정하기 위해

---

4   이청준, 「꽃과 소리」, 『꽃과 소리』, 문학과지성사, 2012.

매질을 하고, 성인이 된 이후에는 남편에게 얼굴과 몸이 온통 퍼렇게 멍이 들 때까지 학대를 당한다. 이화 내부의 '악'을 제거하기 위해 가족들은 악마보다 더 가학적인 폭력을 행사하고 있는 것이다. 이에 세상에서 가장 무서운 '악'은 자신이 '진리'라고 확신하는 '선'의 독단에 있음이 확인된다. 진정한 '악'은 종류를 막론한 모든 광신적인 독단주의에서 발현되기 때문이다.[5]

그러나 완벽한 지배는 이루어질 수 없기에, 이화는 질문을 받아들이지 않는 세계를 향해 '뱀'을 풀어놓는다. 뱀의 그림자는 포기되지 않는 이화의 질문들이라고 볼 수 있기 때문이다. 그러나 질문에 관한 답은 여전히 제시되지 않는다. 이로 인해 이화는 짐승처럼 방 안에 갇혀있거나, 집을 떠나고, 이후로는 실체 없는 뜬소문으로 부유하게 된다. 결국 이화는 그 자체로는 설명될 수 없으며, 이해될 수 없는 불가해한 '악'의 가시화인 셈이다. 또한 언제 다시 파고들어와 자신과 가족들을 감염시킬지 모를 두려운 병원균(病原菌)이라는 점에서 '악마적'이다. 결국 이화는 경선의 얼굴을 통해 되돌아온다. 화자는 경선의 얼굴 속에서 "옛날 누이 이화의 얼굴에 늘 끼어 있던 그 원망 비슷한 것이 어려"(119쪽)있음을 발견하기 때문이다. 뿐만 아니라 경선은 이화가 어린 시절에 했던 행동을 그대로 반복한다.

①꽃들이 온통 물을 뒤집어쓰고 있지 않겠습니까. 비닐과 플라스틱은 그런대로 색감을 얻고 있었지만 종이꽃들은 이미 축 젖어 있었습니다. 하지만 내가 그렇게 놀란 것은 꽃들이 못쓰게 되어버린 때문에서가 아니었습니다.

---

5   슬라보예 지젝, 이수련 역, 『이데올로기라는 숭고한 대상』, 인간사랑, 2002, 58쪽.

엄마, 우리 집 꽃에는 왜 물을 주지 않어?

—「꽃과 뱀」, 92쪽(강조—인용자)

"응? 말해 봐요. 무슨 짓을 했어요?"

아내의 말투가 경어로 변한 것은 몹시 화가 나 있다는 증거였습니다. 기묘하게도 화가 나면 말투가 초등학교 여선생처럼 싸늘한 경어로 바뀌는 아내의 습관을 나는 알고 있었습니다.

—「꽃과 뱀」, 91쪽(강조—인용자)

② **엄마, 우리 집 꽃엔 왜 물을 주지 않어?**

그것은 분명, 소식조차 알 수 없는 누이 이화(梨花)의 목소리였습니다. (…중략…) 그날 아침 이화는 가게 꽃에다 모조리 물을 끼얹어놓았던 것입니다. 종이로만 된 꽃들이 물에 젖어 모조리 못 쓰게 된 것이지요.

—「꽃과 뱀」, 93~94쪽(강조—인용자)

"이리루-. 방으루 들어와요!" / 어머니는 처음 화도 내시지 않고 이화에게 우선 방 안으로 들어가자 하셨습니다. 그것은 물론 어머니가 너무 화가 나 있었기 때문입니다.

—「꽃과 뱀」, 96쪽(강조—인용자)

인용문 ①은 경선과 아내, ②는 이화와 어머니 사이에 있었던 대화와 행동이다. 20여 년이라는 세월이 무색할 만큼, 두 모녀의 대화와 행동은 쌍둥이처럼 닮아있다. 이 가운데 화자는 과거 아버지처럼 뱀의 그림자를 목격하고 불안에 시달린다. 피어나지도 시들지도 않는 가짜 꽃들의 공간은 흐르지 않는 시간의 공간임을 드러내는 것이다. 이에 불안은 해소되지 않으며 영원히 반복된다. 소문으로만 떠도는 이화의 죽음은 확인되지 않기에 애도될 수 없으며, 실재계를 향한 질문 역시 되돌아올 수밖에 없다.

한편 「꽃과 소리」의 공간도 「꽃과 뱀」과 마찬가지로 지속적인 분열을 거듭한다. 화자는 한동안 소식을 알 수 없던 미스 윤과 함께, 소설의 제목과 동일한 연극을 관람한다. 이때 화자는 갑자기 나타나 다짜고짜 자신을 끌고 연극 구경에 나선 미스 윤에 대해 막연한 불안을 느낀다. 이러한 불안은 연극 진행 도중, 객석에 앉아있던 남자가 무대 위에 뛰어오름으로써 한층 증폭된다.

> "당신 같은 사람이 하느니보다는 차라리 내가 직접 해보이겠소. 그게 나을 지경이오."
> 남자는 따지듯이 단호하게 말한다. 그러자 이상하게도 처음 사내는 쉽사리 단념을 한 듯 고분고분 자기 의상을 벗어서 나중 남자에게 넘겨준다. 나중 남자가 그것을 받아 자기 옷 위에다 겹쳐 입는다. 그러고는 여유 있게 2층 조명을 향해 손짓한다.
> —「꽃과 소리」, 128쪽

위의 인용문에서 확인할 수 있듯이, 공연 중에 일어난 돌발 상황은 실은 처음부터 계획된 연극의 일부였음을 짐작할 수 있다. 무대가 객석으로까지 연장된 것이다. 그러나 연극을 보는 화자는 뭔가 석연찮은 느낌을 받는다. 이에 "나 자신까지도 이야기의 진행 어느 부분에 참가하고 있는 것이나 아닐는지. 적어도 그러한 나의 심리 상태가 이 연극의 이해에 어떤 중요한 몫을 하고 있는 것은 아닌지"(151쪽) 의문을 품는다. 이로써 화자는 더 이상 편안하게 연극을 관람할 수 없는 상황에 이르게 된다. 그리고 아니다 다를까, 2막이 오르자 함께 연극을 보던 미스 윤이 소리치며 자리에서 일어나 무대 위에 끼어드는 상황이 발생한다. 화자는 당황하여 미스 윤을 붙잡아 자리에 앉히려고 하지만, 미스 윤은 무대를 향해 계속해서 소리를 질러댄다. 이에 대해 관객들은 먼젓번처럼 "이번에도 속임순가?" 혹은 "거기도 배역이 앉아있었군!"(185쪽)이라고 받아들인다. 화자는 자신도 모르게 연극의 배역을 맡게 되고, 연극과 실제의 경계가 무너지는 상황을 경험하게 되는 것이다.

> 뭐야. 연극을 하는 거야 장난을 하는 거야.
>
> 그 여자 끌어내려버려!
>
> 어이, 앞에 따라나가 서 있는 젊은 친구. 빨리 데리고 나가지 못하나?
>
> 이번에는 나를 향해 소리치는 친구까지 있다. 아닌 게 아니라 그 말이 옳은 듯했다. 이게 뭔가. 앞에 멍하니 서서. 빨리 꺼져버리든지 미스 윤을 끌어내리든지 하지 않고……
>
> 나는 더 생각할 것 없이 무대로 뛰어 올라갔다.
>
> ─「꽃과 소리」, 187~188쪽

위의 인용문처럼 화자는 자신도 모르는 사이에 연극에 합류하게 된다. 하지만 갑작스러운 미스 윤의 행동을 연극의 연장선으로 받아들이지는 못한다. 그러나 연극을 지켜본 다른 관객들에게는 화자 역시 연극의 구성원으로 받아들여진다. 그들은 출구를 향해 걸어 나가는 화자에게 "선생님 역은 다 마치셨습니까?"(193쪽)라고 물으며, 아무리 실수로 무대에 오른 것이라고 설명해도 곧이들으려고 하지 않는다. 도리어 그렇게까지 감출 필요가 있겠냐고 반문한다. 이로 인해 화자는 애초에 무대 위에 뛰어오른 남자가 예정된 대본에 있던 인물인지, 중간에 무대 위로 뛰쳐나간 미스 윤이 정말 대본 속의 주인공인지, 자신의 역할이 애초부터 부여되어 있던 설정인지 혼란을 느낀다. 주인공이 뒤바뀌고, 조화와 생화가 뒤바뀌고, 무대 위 배우와 무대 아래 관객의 자리가 뒤바뀌는 가운데, 객석과 무대 위의 구분도 사라진다. 이에 무대 위의 연기는 객석까지 스며들어 관객들의 머리에까지 '껌뎅이'를 떨어뜨린다. 현실은 연극무대 위로 확장되고, 연극 무대는 현실 깊숙이 침입해 들어간 것이다. 진짜라고 확신할 수 있는 것은 아무 것도 없다. 이와 같은 사유의 유보는 연극이 끝난 뒤에도 반복된다.

> "호호? 왜 이러세요? 아직도 꼭 연극을 하고 계신 것 같아요."
> 그녀의 말소리가 차가운 물처럼 나의 머리에 끼얹어졌다.
> "그래, 그럼 좀 물어봅시다. 도대체 난 오늘 저녁 연극을 한 건가?"
> 나는 씁쓸하게 그녀를 바라보며 물었다. 그러나 물어놓고 나서 나는 곧 두려움을 느꼈다.
> (…중략…)
> "그럼 미스 윤네 집은 정말로 조화 가게를 가지고 있나요?"
> 그러나 이번에는 미스 윤이 예상 밖이었다.

"네, 그건 정말이에요. 그리고 아까 그 조화 장수 남자는 집에서도 꽃 가게를 지키는 진짜 제 오빠구요."

묻지 않은 사실까지 일러준다.

"그렇다면, 오빠는 연극을 한 거요? 도대체 어디까지가 연극이고 어디까지가 진짜요? 그리고 나는?"

한꺼번에 몇 가지를 물어대고 있었다.

"글쎄요. 저도 그게 확실치가 않아요. 더욱이 그쪽까지 껴서 한꺼번에 생각을 하자니까 말예요."

또 글쎄요, 그녀 역시 잘 모르겠다는 것이 정말이라는 표정이다.

—「꽃과 소리」, 199~200쪽

위의 인용문에서 확인할 수 있듯이, 화자도 미스 윤도 자신이 연극을 한 것인지 아닌지 확신하지 못한다. 현실과 환상은 구분할 수 없으며, 환상은 또 다른 환상으로 중첩되고 있는 까닭이다. 이러한 불확실한 상황은 인물에게 두려움을 부여한다. 따라서 화자는 현실과 환상의 확실한 경계를 구분 짓기 위해 다시 한 번 극장을 찾는다.

연극은 전날과 똑같이 객석에 앉아있던 사내의 소동 이후 주인공을 교체한다. 그런데 미스 윤이 무대 위로 뛰어오르던 장면에서는, 그녀가 아닌 다른 여자가 나타난다. 그러자 연극은 전날과 다른 방향으로 전개된다. 이를 두고 화자는 미스 윤이 아닌 다른 여자였기 때문에 오빠가 알아보지 못한 것이라고 받아들인다. 그렇다면 연극 무대는 곧 현실이 되며, 오늘의 사고는 진짜 우발적인 실수가 된다. 그러나 화자는 과연 그것이 꼭 실수라고 볼 수 있는지에 관해 의문을 제기한다. 심지어 연극의 대본을 직접 쓴 미스 윤 역시, 어디까지가 진짜고 어디까지가 연극인지 구별할 수 없다고 고백하기 때문이다.

하지만 그녀는 이내 현실 자체를 정직하게 바라보는 것이 가능한 일인지에 관해 의문을 제기한다. 연극은 현실이 아니지만, 그 무엇보다 정직한 현실이 될 수 있다는 것이다. 그러므로 환상은 현실보다 더욱 정직하게 현실을 보여주는 무대가 된다. 이는 화자의 유년 시절, 남이 써준 원고를 읽으며 눈물까지 흘리던 기억을 통해서도 뒷받침된다. 어디까지를 온전한 자신의 현실로 자신할 수 있는가에 대해, 어쩌면 우리의 현실이야말로 일종의 연극 무대와 다름없음을 의심하게 되는 것이다. 고로 우리가 살아가는 세계는 모두 가짜이거나, 혹은 모두 진짜가 된다. 이는 이청준 소설에서 중요한 것이 인물과 그를 둘러싼 세계의 사실적 재현에 있지 않음을 확인하게 해준다.[6] 환상은 욕망 자체가 아닌, 주체의 욕망을 구조화하고 조직하는 '무대'인 것이다. 이는 환상 공간을 "욕망들을 영사하기 위한 일종의 스크린과 같이 비어있는 표면의 역할"이라고 보았던 지젝의 논의를 통해 뒷받침된다.[7]

이와 같은 분열은 또 다른 작품인 **「치자꽃 향기」**(1976)[8]를 통해서도 살펴볼 수 있다. 주인공 지욱은 한 달에 한두 번은 여인의 벗은 몸을 엿봐야 견딜 수 있는 친구 영진을 위해 아내에게 옷을 벗어달라고 요구한다.

---

6 정홍수는 이청준 소설이 인물과 세계의 사실적 층위를 외면하는 것은 아니지만, 그 층위의 진정한 의미는 모종의 지향성 속에서 결정된다고 설명한다. 궁극적으로 문제가 되는 것은 개개의 체험이나 현실의 사건이 아니라 지향성으로서의 이념인 것이다(정홍수, 「역사의 공백과 공허를 가로지르는 진리의 정치학」, 『춤추는 사제』, 문학과지성사, 2012, 300쪽).

7 숀 호머, 김서영 역, 『라캉 읽기』, 은행나무, 2006, 161쪽.

8 이청준, 「치자꽃 향기」, 『병신과 머저리』, 열림원, 2001.

도무지 상식적으로 용인되지 않는 비윤리적인 요구이지만, 아내는 남편의 간곡한 설득에 결국 우물가에서 목욕을 하기로 약속한다. 이로써 소설은 친구에게 아내의 알몸을 보여주려는 지욱과 남편의 친구 앞에서 옷을 벗는 아내, 그리고 여자의 알몸을 엿보는 기벽을 가진 친구 영진이라는 기묘한 삼각구도를 형성하게 된다. 그러나 약속한 날 밤, 아내의 알몸을 엿보기로 한 친구 영진은 오지 않는다. 처음부터 아내의 알몸을 보고자 했던 것은 남편 지욱이었기 때문이다. 따라서 지욱은 친구 영진의 눈과 마음으로 아내의 벗은 몸을 엿보기 위해 자신의 집으로 향한다. 이로써 가장 익숙한 '나의 집'은 비일상적이며 반윤리적인 공간으로 분열된다. 이러한 분열은 지욱의 환상으로부터 기인한다.

지욱에게는 여인의 알몸에서 풍겨오는 '치자꽃' 향기에 대한 환상이 있다. 유년 시절 누님과 동네 처녀들의 밤 목욕 파수꾼 역할을 하던 지욱은 희부연 어둠 속으로, 혹은 뽀얀 달빛 속으로 환각처럼 어른거리는 여자들의 흰 알몸과 마을 언덕에 만발하던 치자꽃 향기를 연결 짓는다. 이에 지욱은 여인의 알몸으로부터 치자꽃 향기를 찾아 헤매게 된다. 그런데 언제부터인가 지욱은 아내에게서 그 치자꽃 향기를 맡을 수가 없음을 깨닫는다. 아름다운 것을 아름답게 보기 위한 거리를 상실했기 때문이다. 이에 지욱은 아내에게서 잃어버린 거리를 회복하기 위해, 남편의 친구라는 환상을 만들어낸다. 그러나 이러한 남편의 환상은 아내에게도 자신만의 환상을 부여한다.

그러던 어느 순간이었다. 울타리 너머 그의 아내가 비로소 그녀를 엿보고 있는 사내의 숨은 눈길을 알아차린 모양이었다. 그녀에게서 갑자기 예기치 않은 몸짓이 나타났다. 우물가 시멘트 바닥 위로 서서히 자신의 벗은 몸을 주저앉힌 아내는 한 팔을 뒤로 돌려 짚고 두 다리를 비스듬히 세워 뻗은 자세로 다시 그녀의 양쪽 가슴을 호소하듯 둥그렇게 치솟아 올렸다. 그리고 그녀의 검은 머리채를 뒤로 내뻗은 한쪽 팔을 따라 길게 아래로 내려뜨려 묘하게 수줍고 유혹적인 자세를 만들어냈다. 그녀는 저녁 냉기도 잊은 듯 한동안이나 조용히 그러고 앉아 있거니, 이윽고는 남은 한 손으로 천천히 물바가지를 들어올려 자신의 몸에 우물물을 흘려 붓기 시작했다. (…중략…) 하지만 그렇듯 대담스런 노출이나 몸짓에도 불구하고 그녀의 모습에는 여인들 특유의 은밀스런 수줍음과 교묘한 유혹의 눈짓 같은 것이 깃들어 있었다. 그리고 알 수 없는 외로움기 같은 것이 깃들어 있었다.

—「치자꽃 향기」, 200쪽

위의 인용문은 아내 역시 외간 남자를 유혹하고 싶은 욕망을 품고 있음을 드러낸다. 그녀는 단순히 친구 남편 혹은 친구를 가장한 남편의 욕망을 채우기 위한 환상의 대상이 아닌, 그녀 자신의 환상을 욕망하는 것이다. 때문에 지욱은 이러한 아내의 모습을 도저히 견디지 못하고 몸을 돌려 뛰쳐나온다. 그리고 집으로 돌아와서는 아내의 얼굴에서 미안한 표정을 찾고자 한다. 그러나 아내에게서는 그러한 표정을 찾을 수가 없다. 그 순간 지욱은 자신이 찾은 집이 자신의 집이 아님을 깨닫는다. 지욱은 "남의 집을 찾아든 외간 남자였고, 그녀는 그의 친구의 아내였"(202쪽)던 것이다. 이로 인해 지욱은 남의 아내를 범하고 싶은 은밀스런 욕망에 사로잡힌다. 따라서 두 사람 사이에 벌어진 육체관계는 비록 남편과 아내 사이에 이루어진 행위이지만, 실은 남편의 친구와 친구의 아내 사이에서 이루어진 반윤리적 행위라고 이해될 수 있다. 그리고 이들의 행위는 환상 속에서 이루어진 현실인지, 현실에서 이루어진 환상인지 정의를 내리기가 불분명해진다.

이와 같이 이청준 소설의 인물들은 분열된 세계가 주는 혼란 속에서 자신이 서야 할 자리를 찾기 위해 방황한다. 그런데 문제는 이들이 선택하는 자리가 하나같이 진짜가 아닌 가짜, 현실이 아닌 환상 공간이라는 사실이다. '무지(無知)'와 '미지(未知)'의 경계 위에서, 언제나 세계의 모호함을 경험하고 있는 것이다. 그리고 이러한 모호함이야말로, 악의 불가해성을 드러내는 핵심이라고 볼 수 있다.

2. 죽음 충동과 성애적 무대

불확실한 공간 안에 갇힌 인물들은 상대방에게 자신의 존재를 증명받고자 욕망한다. 이에 인물들은 보다 적극적으로 거짓 혹은 환상에 참여한다. 자신이 속한 세계 속에서 진짜와 가짜, 현실과 환상 사이의 분열을 느끼지만 강요된 선택이나 판단을 거부하는 것이다. 대신 스스로가 진실이라고 믿는 세계를 현실로 구축한다. 이때 요구되는 것이 바로 '죽음'이다.

죽음은 인간의 능력으로는 도저히 설명해낼 수 없는 자연 현상이다. 알 수 없음, 설명할 수 없음, 증명할 수 없음이 주는 공포를 부여하는 죽음은 그 자체로 '악마의 영역'에 해당한다. 그런 의미에서 죽음이란 최고로 지배하기 어려운 자연, 최고로 포착하기 힘든 현상이 된다.[9] 고로 죽음을 지배한다는 것은 자연에 대한 자아의 궁극적 승리라고 볼 수 있다. 죽음이란 스스로 자신의 가능성과 자유를 시험하고 증명하는 최종심급인 까닭이다.[10]

여기에서 자기 자신을 파괴하고 상대방과 영원히 하나가 되고 싶은 충동, 즉 죽음의 유혹으로서의 '에로티즘'의 문제가 제기된다. 바타이유는 오르가즘에서의 황홀경을 '작은 죽음'이라고 명명하였는데, 절정의 순간에 죽음을 연상시키는 파열이 찾아오기 때문이다. 그런 의미에서 에로티즘과 죽음은 거울의 양면과 다름없다. 따라서 이청준의 인물들은 죽음의 예행연습을 마친 후에 스스로 목숨을 끊는다는 공통된 행동을 보인다. 이때 '자살'은 "악마적인 악"의 전형에 해당한다는 점에서 주목된다.[11]

우선 「**석화촌**」(1968)[12]의 경우를 살펴볼 수 있다. 작품의 주요 공간은 용머리산 봉우리가 보이는 '석화밭'이다. 그러나 주인공 별녜에게는 석화밭을 일구는 일이 더 이상 큰 의미를 주지 못한다. 이는 부모님의 죽음에서 이유를 찾을 수 있다. 별녜의 아버지는 평생을 '뱃놈'으로 살아왔다. 그런데 어느 날 어이없게도 물에 빠져 세상을 떠나고 만다. 이에

---

9 권이오, 「눈(目)과 에로티즘」, 『프랑스어문교육』 15, 한국프랑스어문교육학회, 2003.5, 288쪽.

10 박준상, 「바깥, 죽음—하이데거에 대한 블랑쇼의 응답」, 『철학과 현상학 연구』 21, 한국현상학회, 2003.가을.

11 알렌카 주판치치, 이성민 역, 『실재의 윤리—칸트와 라깡』, 도서출판 b, 2004, 168쪽.

12 이청준, 「석화촌」, 『매잡이』, 문학과지성사, 2010.

별녜의 어머니는 물에 빠진 아버지를 저승길에 보내기 위해 스스로 물에 몸을 던진다. 다른 사람을 주저앉혀 대신 물귀신으로 만들어놓지 않고는 영영 저승으로 떠나지 못하는 까닭에, 물속에서 다른 사람을 기다리고 있을 별녜의 아버지를 구하기 위함이다. 그러나 아버지를 향한 어머니의 사랑은 마을 사람들 사이에서 별녜를 미움과 저주의 대상으로 전락시킨다. 사람들은 별녜가 자신의 어머니를 저승길로 보내드리고자, 하루 빨리 새 물귀신이 생기도록 마을 사람들을 저주하고 있을 거라고 믿기 때문이다. 이로써 별녜는 마을 안에서 축출되어야 할 두려운 '악마'가 된다.

그러나 별녜의 입장에서는 미움과 저주로 가득한 마을이야말로 자신을 위협하는 무시무시한 악의 공간에 해당한다. 더구나 별녜는 차가운 바닷물, 바닷바람, 파도 소리, 바다의 모든 것에서 물속을 헤매고 있는 어머니를 느낀다. 별녜를 둘러싼 세계는 마을 사람들의 저주와 어머니의 울부짖음, 그리고 거무에 대한 죄책감까지 더해져 서로 다른 차원의 '악'으로 가득 채워진다. 이로 인해 별녜에게 남겨진 목적은 두 가지로 제한된다. 어머니의 추운 혼령을 저승으로 보내드리는 것과 자기 혼자 남겨지지 않는 것이다. 이 두 가지는 오직 '거무'와의 사랑을 통해서만 충족될 수 있다.

> 갈대밭에 배를 끼워놓고 두 사람은 머리 위에서 크게 흔들리는 밤하늘의 축복을 받았었다. 거무는 깊은 바다 밑으로 가라앉듯 그녀의 속으로 가라앉아 들어왔다.
>
> —「석화촌」, 173쪽

혼자는 무섭다. 그리고 거무는 어젯밤 내 남자가 된 거다. (…중략…) 내
가 뛰어든다…… 그러면 거무도 뛰어든다…… 그래야 한다…… 그는 내 남
자니까…… 나를 가졌으니까…… 나도 그를 가진다…… 뱃바닥의 구멍이
그렇게 만들어준다…….

―「석화촌」, 189~190쪽

첫 번째 인용문은 별녜와 거무, 두 사람의 성적 결합을 암시한다. 부
모님이 돌아가시고 홀로 남은 별녜에게 '거무'라는 새로운 가족이 탄생
한 것이다. 별녜와 거무는 서로의 남자와 여자가 됨으로써, 더 이상 혼
자가 아닐 수 있게 된다. 그런데 이와 같은 새로운 가족 만들기는 생명
의 출산이 아닌, 죽음을 예비한다는 점에서 '악'의 속성을 내포한다.

거무와 몸을 섞은 그날, 별녜는 식칼로 배 밑을 쪼아 구멍을 만든다.
물귀신이 되었을 어머니를 저승으로 보내드리고자 거무와의 죽음을 준
비하는 것이다. 이때 별녜가 어머니를 위해 스스로 물에 뛰어들 것이라
는 점에서, 배에 난 구멍은 거무의 죽음을 불러올 통로가 된다. 그런데
바로 이 지점에서 별녜는 스스로에게 질문을 던진다. 거무가 자신을 사
랑한다면 배에 구멍을 낼 필요가 없기 때문이다. 배에 구멍을 내는 것은
거무가 자신을 따라 바다에 뛰어들지 않을 것을 대비한 행동이라는 점
에서, 별녜는 자신을 향한 거무의 사랑에 불안을 느낀다. 별녜의 '사랑'
은 자발적인 죽음을 전제조건으로 삼는 까닭이다.

따라서 별녜는 거무가 자신을 좋아하지 않을 지도 모른다는 생각이
들자, 배 밑을 쪼아 구멍을 낸 자신의 행동이 '살인'이나 다름없음을 깨
닫는다. 이에 정신없이 구멍으로 새어 들어오는 바닷물을 퍼낸다. 이

러한 별녜의 행동은 그녀가 단순히 물귀신이 되는 것을 피하려는 것이 아님을 의미한다. 별녜가 원하는 것은 사랑하는 사람과 '함께' 하는 것이다. 다행스럽게도 거무는 별녜의 바람을 받아들인다. 그리고 두 사람의 사랑을 확인하기 위해 죽음을 선택한다. "깊은 바다 밑으로 가라앉듯 그녀의 속으로 가라앉아 들어왔"(173쪽)던 거무는 별녜의 어머니가 기다리는 바다 속으로 '함께' 가라앉아 들어간다.

이러한 거무의 행위는 상징계 내에서 자신의 지위를 지우고, 스스로를 무(無)에서 재창조하려는 결정이라고 볼 수 있다.[13] 이로써 거무와 별녜는 더 이상 미움과 저주, 원한이 존재하지 않는 공간으로 진입한다. 이를 증명하듯 두 사람은 "아직도 살아서 힘을 주고 있는 듯한 네 팔로 두 몸뚱이가 하나로 꼭 엉킨 채"(195쪽) 마을 앞 바닷가로 파도를 타고 밀려들어온다. 마을 사람들은 이들의 주검을 통해 그동안 마을 안을 긴장시키던 '악'이 제거되었음을 목도한다.[14]

그러나 동시에 그들의 죽음은 마을을 떠돌던 '물귀신'에 대한 환상을 더욱 공고히 한다는 점에서 악마적이다. 환상은 결코 사라지지 않는다. 마을 사람들에 의해 구축된 환상은 별녜의 믿음으로 현실이 되고, 별녜와 거무의 죽음을 통해 새로운 환상을 구축해 나간다. 이처럼 두

---

13 슬라보예 지젝, 주은우 역,『당신의 징후를 즐겨라』, 한나래, 1997.

14 마을 사람들이 물에 빠져 죽은 사람들의 가족들을 도외시한 것은 그들이 자신의 가족을 저승에 보내고자 다른 사람을 저주할 것이라는 믿음 때문이다. 그런데 별녜와 거무에게는 그들의 영혼을 저승으로 보내기 위해 마을 사람들을 저주할만한 가족들이 존재하지 않는다. 따라서 더 이상 마을 사람들에게 두려움의 대상이 되지 않는다. 별녜의 가족은 이미 모두 물에 빠져 죽었으며, 거무 역시 "마을의 어떤 다른 집 형편과도 마찬가지로 거무네의 살림도 끼니를 안심할 정도는 못 되었고, 더욱이 그는 세 아들 중의 막내로, 귀염을 받지 못한 막내가 대개 그러하듯 고집이 제 맘대로였다"(177쪽)고 서술됨으로써 그의 죽음을 애도할 다른 가족이 없음을 짐작하게 한다.

사람의 결합이 이루어진 에로틱한 공간은 그들의 죽음을 예비하는 것은 물론, 죽음을 실현하는 악마적 공간이라고 볼 수 있다.

이러한 공간의 악마성은 「**가수**」(1969)[15]를 통해서도 확인된다. 소설은 두 명의 '주영훈'이 일 년을 사이에 두고 같은 날, 같은 시간, 같은 방법으로 죽음을 맞이하게 된 기이한 사건에 대해 이야기한다. 같은 호적을 사용했다는 점에서, 한 사람의 죽음은 두 사람의 죽음을 낳는다. 따라서 앞서 죽은 '주영훈①'로 인해, 남겨진 또 하나의 '주영훈②'는 살아있으나 죽은 존재와 다름없게 된다.

> ― 아까도 말했지만 부인의 남편은 제 이름으로 죽은 겁니다. 우리는 한 호적을 사용하고 있었어요. 그가 제 이름을 빌린 것이지요. 애초에 그에게는 호적이 없었습니다. 그런데 그는 빌린 제 이름을 가지고 죽어버림으로써 그 이름을 아주 자기 것으로 만들어버린 것입니다. 제가 다시 제 이름을 돌려받을 수 없도록 말입니다.
>
> ―「가수」, 259쪽

위의 인용문에서 확인할 수 있듯이 '주영훈②'는 '주영훈①'의 죽음으로 인해 사라진 자신의 호적을 살리고자 욕망한다. 그러나 이것은 자신의 삶을 회복하기 위한 노력이라기 보단, 자신의 죽음을 확보하기 위한 노력에 가깝다. 이는 "무엇보다도 전 제 호적을 살려내야겠습니다. 영훈의 죽음은 그 친구의 것이 될 수 없으니까요"(260쪽)라는 '주영훈②'의 주장을 통해 뒷받침된다. 이로 인해 '주영훈②'는 '주영훈①'의 죽음을

15 이청준, 「가수」, 『꽃과 소리』, 문학과지성사, 2012.

자신의 것으로 만들기 위해 급기야 그의 삶을 모방하기 시작한다.

　실제로 '주영훈②'는 '주영훈①'처럼 파나마모를 쓰고 철길을 걷는 것은 물론, 그의 표정과 말씨는 물론 전체적인 분위기까지도 닮아가기 시작한다. 이에 '주영훈①'의 아내는 "표정이며 말씨며, 그런 것을 온통 뒤섞어놓은 분위기 전체가 놀랄 만큼 돌아가신 분과 닮아가고 있었어요"(263쪽)라고 진술한다. 이러한 흉내내기는 '주영훈②'가 '주영훈①'이 죽은 날짜와 시간에 정확히 같은 방법으로 세상을 떠남으로써 절정에 달한다. '주영훈②'는 '주영훈'이란 이름의 사망일자 가운데서 햇수를 1년만 뒤로 정정해달라고 요구했기 때문이다. '68'이란 숫자를 '69'로 수정함으로써, 호적상에 기록된 죽음이 자신의 것이 될 수 있다고 믿은 것이다. 이를 통해 '주영훈②'가 욕망한 것은 '주영훈①'의 삶이 아닌, 그의 죽음이었음이 재확인된다.

　이러한 죽음은 '주영훈②'가 '주영훈①'의 아내를 자신의 여자로 만듦으로써 완성된다. 작가는 '주영훈②'가 '주영훈①'의 죽음까지도 자기 것으로 만들고자 했던 가장 큰 이유가 바로 '외로움'이었음을, 작품 안에 등장하는 소설가 허순의 입을 통해 말하고 있기 때문이다.

　"이해할 수가 없군요. 도대체 영훈이란 허 선생의 친구는 무엇 때문에 한 사내가 살고 간 흔적을 그렇게 열심히 자기 것으로 만들려고 했습니까? 심지어는 그의 죽음까지도 말입니다."

　이 말에 허순은 담배 연기만 한동안 피워 올리고 있었다. 그러다가 중얼거리듯 애매하게, 그러나 짧게 말했다.

　"외로웠기 때문이었겠죠."

"외로웠기 때문이라구요? 무슨 의미지요?"

그러나 이번에는 허순도 애매한 표정으로 말했다.

"저 역시 그 의미는 확실치 않습니다. 다만 그렇게 생각될 뿐입니다."

—「가수」, 273쪽

허순은 '주영훈②'가 보여준 일련의 기이한 행위의 원인을 '외로움'에 때문이라고 지적한다. 작품 안에서 가장 중요한 주제로 다루어지고 있는 '죽음'은 바로 이 외로움과 연결되고 있는 것이다. 허순은 "사람은 죽음의 두려움 앞에서 가장 외로워지는 법"(291쪽)이라며, 죽음은 바로 그 외로움으로부터 태어난다고 설명한다. 그런 의미에서 외로움은 '주영훈②'의 죽음 욕망을 추동하는 근원이 된다. 이때 작품 안에서 '주영훈②'의 외로움이 가장 전면적으로 묘사된 부분은 '주영훈①'의 아내와 나눈 성행위 장면이다.

— 어느 날 영훈은 운평에서 터널을 향해 조그맣고 외롭게 철길을 걸어간다. 그리고 기차를 지나고 나서 둑을 내려가 유리창에 붙어 서서 그의 모습을 지켜보고 있는 여자에게로 간다. 몇 마디 말을 주고받고, 그리고 그는 자기가 방금 걸어온 철길을 한숨짓듯 내다보다가 문득 여자에게서 자기의 외로움을 발견한다 — 아! 그 여자는 영원히 마르지 않을 고독의 샘을 지니고 있었다. 희고 탄탄한 여자의 두 다리는 그 외로움의 샘을 영원히 마르지 않게 할 것이었다. 영훈은 여자의 다리 사이로 뛰어들어 그것을 퍼내기 시작한다. 자기의 외로움을 그 여자의 외로움을. 숨이 가빠지도록 쉬지 않고 퍼낸다. 그러나 아무리 깊은 두레박질에도 영훈에게서 갈증은 사라질 줄

을 모른다. 여자에게서도 그것은 가시지를 않는다. 샘은 마르지 않고. 영훈은 눈을 감아버린다. 이윽고 그 맞닿은 눈썹들이 수은같이 번쩍이는 방울들을 한 줄로 내몬다.

영훈은 다음 날도 철길을 걸어온다. 그리고 그 운명처럼 깊고 음습한, 영원히 마르지 않을 외로움의 샘에서 그것을 길어낸다. 그리고 거기서 진짜 자기의 외로움과 만난다. 자기를 만나고 영훈을 만나고…… 그러나 여자는 지금 그가 누군지를 모른다. 누가 그녀에게서 숨을 헐떡거리며 구슬땀을 흘리며 그녀의 외로움을 길어내는지를 모른다. 남자들은 말을 하지 않는다. 그 여자와 만나지 않았다. 말없이 자기의 외로움만 퍼내고 있었다. 그리고는 혼자 고뇌스런 눈물을 지었다. 그러는 남자들은 그녀를 내버려 두었다. 그녀 역시 말을 하지 않았다. 그녀는 남자보다 더 먼저부터 울고 있었다. 소리를 지르며 울고 있었다. 영원히 가시지 않는 그 외로움이 두려워서. 너무도 튼튼하고 희고 용솟음치는 다리가 두려워서.

－「가수」, 275～276쪽

위의 인용문에 나타난 두 사람의 성행위는 동물적인 욕망과는 거리가 먼, 인간의 본질적인 외로움을 가시화한다. 그러나 위의 내용이 사실이라고는 증명될 수 없다. 단지 유상균의 상상 속에서 전개된 추측일 뿐이다. 그런 의미에서 '주영훈②'와 여자의 결합은 유상균의 외로움을 드러내는 통로이기도 하다. 즉 그의 환상인 셈이다. 이는 다른 의미로 두 사람 사이의 '성관계가 없음'을 의미한다.

남성과 여성, 인간은 모두가 결여를 지닌 존재들이다. 따라서 서로의 보완은 불가능하다. 즉 둘이 온전한 하나가 되어 외로움을 극복할 수 있을 것이라는 욕망은 애초부터 환상에 불과한 셈이다. 그러므로 '주영훈②'와 여자의 결합은 유상균의 근원적 결핍을 드러내는 통로만이 아니라, 두 명의 주영훈이 가질 수밖에 없던 근원적 결핍을 확인시켜준다. 결국 두 명의 주영훈은 각자의 외로움을 극복하기 위해 자살을 선택한 것이라고 볼 수 있다. 자신의 외로움과 불안을 최소화하고자 하는 욕망, 이는 곧 '타나토스'로 연결된다.

유기체는 자신의 긴장을 최소화하여 무(無)가 되려는 경향을 갖는다. 이것이 바로 타나토스, 즉 '죽음의 본능'이다. 이러한 죽음 본능은 유기체 내부에서 진행되며, 삶 본능에 의해 은폐된다는 점에서 겉으로 잘 드러나지 않는다. 그러나 모든 생명체에 자극이 없는 무생물계의 '정지 상태'로 돌아가고자 하는, 영원한 안식으로서 '죽음'을 열망하는 '죽음' 본능은 부정할 수 없다. 이에 '주영훈②'와 여자의 성적 결합이 이루어지는 '성애적' 공간은 외로움으로부터 벗어나기 위한, '무(無)'를 향해 나아가기 위해 죽음을 욕망하는 감각적 분열 공간이라고 볼 수 있다.

이처럼 이청준 소설에서 나타나는 남녀 사이의 성적 결합은 하나같이 인물들을 죽음으로 인도한다. 에로티즘은 죽음을 피하기 위한 방책이 아니라, 죽음을 체험할 수 있는 계기를 제공하는 것이다. 그런 의미에서 에로티즘은 죽지 않으면서 죽음 저편으로 여행할 수 있는 죽음의 예행연습이라고 볼 수 있다.[16] 에로티즘은 인간이 자기 자신을 상실함으로써 참여할 수 있는 총체성의 영역을 향해 가도록 이끄는 동력인 것이다.

---

16 김겸섭, 「바타이유의 에로티즘과 위반의 시학」, 『인문과학연구』 36, 대구대 인문과학연구소, 2011.2, 102쪽.

성적 결합과 죽음을 연결 짓는 또 다른 작품으로는 「이어도」(1974)[17]를 들 수 있다. 소설은 긴긴 세월 동안 늘 거기 있었지만, 아무도 본 사람이 없는 섬에 관한 이야기로부터 시작한다. 섬을 본 사람은 모두 섬으로 가 버렸기 때문에 섬을 증명해줄 사람은 아무도 없다. 이처럼 도무지 설명 되지 않는 섬의 존재는 그 자체로 불가해한 환상의 대상이 된다.

> 그것은 이를테면 오랜 세월 동안 이 제주도 사람들의 입에서 입으로 전 해 내려온 전설의 섬이었다. 천리 남쪽바다 밖에 파도를 뚫고 꿈처럼 하얗 게 솟아 있다는 제주도 사라들의 피안의 섬이었다. 아무도 본 사람은 없었 지만, 제주도 사람들의 상상의 눈에선 언제나 선명한 모습을 드러내고 있 는 수수께끼의 섬이었다. 그리고 누구나 이승의 고된 생이 끝나고 나면 그 곳으로 가서 새로운 저승의 복락을 누리게 된다는 제주도 사람들의 구원의 섬이었다. 더러는 그 섬을 보았다는 사람도 있었지만, 이상하게도 한번 그 섬을 본 사람은 이내 그 섬으로 가서 영영 다시 이승으로는 돌아오지 않았 기 때문에 그 모습을 분명하게 말할 수 있는 사람이 아무도 없는 섬이었다.
> — 「이어도」, 66쪽

위의 인용문에서 확인할 수 있듯이, 소설의 중심 공간인 '이어도'는 어디에도 존재하지 않는다. 그러나 '이어도'라는 환상은 오히려 현실의 고된 질곡을 참아낼 수 있는 강력한 힘을 제공한다. 섬사람들의 고단 한 '오늘'을 지탱해주는 힘이 '이어도'라는 '내일'의 환상 속에 존재하는 까닭이다. 그러므로 이어도는 현실과 분리되지 않는, 아니 그 자체로

---

17 이청준, 「이어도」, 『이어도』, 열림원, 1998.

이미 또 하나의 현실이 되어버린 환상 공간이라고 볼 수 있다. 환상이자 현실이며, 현실보다 더욱 강한 현실인 셈이다.

섬사람들은 이러한 '이어도'에 의해 삶을 지배당한다. 이는 천남석의 죽음을 전하기 위해 신문사를 찾은 선우 중위가 편집장인 양주호의 손에 이끌려 방문하게 된 술집 '이어도'를 통해 가시화된다. 방석집 규모조차 못 되어 보이는 허름한 술집 '이어도'는 섬사람들에게 그들이 염원하던 진짜 이어도를 만나게 해주기 때문이다. 이에 양주호는 "우린 날마다 이 이어도를 찾아옵니다. 하루라도 이어도를 찾아오지 않으면 못사니까요. 이어도를 찾아와서 술을 마시고, 이 이어도 여자와 노래를 부르고 사랑도 하면서 하루하루씩을 더 살아갑니다"(74쪽)라고 고백한다. 이는 환상의 섬 '이어도'의 존재가 그들의 삶에 얼마나 막강한 영향력을 행사하고 있는지를 짐작하게 만든다. 그들은 자신들이 꿈꾸는 환상의 섬 '이어도'를 만나기 위해, 현실 공간에서 또 하나의 '이어도'를 구축해내고 있는 것이다. 그리고 그 속에서 또다시 환상을 키워나간다. 환상이 현실을 낳고, 그 현실은 다시 환상을 유지해나가는 원동력을 제공하는 셈이다. 이러한 현실과 환상의 중첩은 섬사람이 아닌 선우 중위에게 있어 도무지 설명할 수도, 이해할 수도 없는 불가해한 의미로 다가온다.

따라서 그는 양주호를 따라 '이어도' 문을 들어서면서 "자신이 마치 진짜 그 저승의 섬에라도 들어서고 있는 것 같은 이상스러운 요기마저 느끼고 있었다"(75쪽)고 진술한다. 그리고 그 곳에서 마치 암무당의 외동딸처럼 야릇한 분위기를 풍기는 '이어도의 여인'을 마주한다. 그녀는 술집 '이어도'를 찾는 사람들에게 또 하나의 이어도와 다름없다. 따라서 선우 중위는 그녀로부터 알 수 없는 불안을 느끼고, 그녀와의 예기치 않은 관계 속에서 수많은 환각을 경험한다.

> 그녀는 남자가 정말 섬으로 돌아올 수 없게 된 것을 알자 스스로 옷을 벗은 것이었다. 스스로 자리를 펴고 스스로 불을 끄고 스스로 옷을 벗었다. 중위가 다가가자 그녀는 별로 긴장하는 빛도 없이 고스란히 그를 받아들였다. 그리고 중위의 체중을 지그시 견디면서 무엇인가를 또 말없이 기다리고 있었다. 모든 것이 그 끈질긴 침묵의 수렁 속에서였다. 그녀 자신이 온통 어두운 침묵의 수렁이었다. (…중략…) 여자로 하여금 무슨 소리든 입을 벌리게 해놓지 않고는 도대체 그 자신의 환각들을 끌 수가 없었다. 난폭스럽게 여자를 학대했다. 여자는 끝끝내 아무 대꾸가 없었다. 아니 끝끝내 대꾸가 없을 것만 같았다. 하지만 여자의 그 수렁 같은 침묵에도 결국은 바닥이 기다리고 있었던 것일까. 중위가 한참 더 정신없이 지껄여대며 그녀를 학대하고 난 다음이었다. 여자에게서 마침내 반응이 나타나기 시작했다.
>
> ―「이어도」, 105~106쪽

위의 인용문 속에 나타난 선우 중위는 「가수」에서 '주영훈①'의 아내를 탐하던 '주영훈②'처럼, 천남석의 여자와 몸을 섞는다. 이미 예언된 일을 수행하듯 선우 중위는 자신도 모르게 천남석이 되어 '이어도의 여인'과 잠자리를 갖고, 그 속에서 천남석의 어머니가 부르는 노래 소리를 듣게 된다. 이에 두 남녀의 성적 결합은 온갖 환각들이 밀려와 부유하는 불가해한 '악'의 속성을 가시화한다는 점에서 '악마적'이다. 따라서 두 사람의 결합은 절대 충족될 수 없다. 오직 극복될 수 없는 외로움과 고단함, 결핍만을 생산할 뿐이다. 그러므로 천남석의 죽음을 둘러싼 선우 중위의 의문도 결코 해결되지 않는다. 오히려 여자와의 관계 속에서 일시에 밀려드는 환각들로 불안을 호소하고, 두려움에서 벗어나기 위해 여자를 학대할 뿐이다. 두 사람의 성적 결합이 이루어지는 성애적 공간은 상대를 불안에 휩싸이게 만드는 '향락'의 공간으로 전이된 것이다.

'향락'이란 쾌락과 고통의 결합으로 '고통 속의 쾌락'을 의미한다. 그러므로 '이어도'의 여인과 밤을 보내는 선우 중위는 쾌락과 동시에 고통을 경험한다. 여인과 밤을 보내며 천남석이 들려준 환각을 경험하고, 그로 인해 여인을 학대하며, 그러면서도 여인의 입에서 흘러나오는 노래를 놓치지 않으려고 애쓰기 때문이다. 그리고 이러한 과정이 끝난 후, 천남석은 주검이 되어 파도에 휩쓸려 돌아온다. 이는 마치 선우 중위와 여자의 성적 결합이 천남석의 죽음을 확정 짓기 위한 전조였음을 추측하게 한다.

이때 찬남석의 죽음은 「석화촌」의 결말에서 주검으로 돌아온 별네와 거무처럼, 새로운 환상을 구축하는 힘을 제공한다. 천남석은 자신의 죽음을 통해 '섬'에 대한 환상을 지켜냈기 때문이다. "결국 이어도의 부재가 천 기자의 사고를 낳게 되고 천 기자의 사고는 또 다른 이어도의 존재를 증명"(83쪽)해내는 결과로 이어진다.

이처럼 환상과 현실, 허구와 실재, 죽음과 구원이라는 대립 구도는 작품 내의 '환상성'을 부여하는 힘을 제공한다. 우리가 알고 있는 진실이 과연 진실인가에 대한 의문 속에서 형성되는 '사유의 유보'는 소설 초반에 선우 현 중위가 택시를 잡는 장면에서부터 암시된다. "중위님이 거꾸로 가는 차를 잡으셨어요"(55쪽)라는 택시 기사의 말을 통해, 지금까지 선우 중위가 알고 있던 것들이 모두 전복될 수 있음을 시사하기 때문이다. 이와 같이 이청준의 환상은 현실을 지탱하는 원동력이자, 끊임없이 새로운 환상을 생산함으로써 세계를 이해할 수 없는 '악'의 공간으로 몰아간다.

또 다른 소설 「흐르지 않는 강」(1979)[18]에서는 성적 결합과 죽음의 상관성이 보다 적극적으로 제시된다. 주인공 두목은 '새색시'만 보면 거의 언제나 강물을 틀어막고 싶어 미쳐 날뛰는 이상행동을 보이는 광인(狂人)으로 묘사되고 있다. 이때 강물을 틀어막겠다는 행위는 두목이 마지막에 강물 속으로 사라지고 만다는 점에서, '죽음'을 향한 욕망으로 이해될 수 있다. 또한 강을 틀어막겠다는 행위는 새색시에 대한 성적 욕망으로, 이때의 죽음 욕망은 성적 욕망과 동일시된다.

바타이유에게 있어 에로티즘은 인간 고유의 '내적 체험'에 해당한다. 내적 체험의 절정에서 인간은 자아·의식·이성을 완전히 상실하는 '연속성'의 상태에 도달한다. 이러한 에로티즘의 격렬한 감정적 상태는 종종 과도한 폭력이나 살해와 같은 불안정한 결과로 나타난다는 점에서, 이성적인 문명의 기반을 위협한다. 이에 소설에 등장하는 두목의 성욕은 거의 대부분 폭력과 죽음을 연상시킨다.

하지만 알 수 없는 게 있었다. 두목이 강남옥 색시를 물에서 꺼내 올렸을 때 그녀의 몸뚱이는 옷을 하나도 걸치지 않은 알몸이었다. 설마하고 다시 보아도 저녁나절 산그늘 속에 하얗게 떠오른 그녀의 몸뚱이는 실오라기 하

---

18 이청준, 「흐르지 않는 강」, 『이어도』, 열림원, 1998.

나 걸치지 않은 완전한 알몸뚱이였다.

—「흐르지 않는 강」, 225쪽

돌배는 위의 장면을 통해 두목이 강남옥을 죽였다고 확신한다. 이에 "난 다 안다! 두목이 강남옥 색시를 쥑인거다!"(229쪽)라고 소리 지른다. 이러한 믿음은 두목이 언젠가 그의 눈먼 색시를 죽이고 말 것이라는 불안으로 번져나간다. 이러한 돌배의 불안은 소설 안에서 두 명의 죽음을 통해 실현된다. 그것은 바로 두목 자신과 눈먼 색시의 죽음이다. 이때 두 사람의 죽음에는 일정한 공통점이 발견된다. 눈먼 색시는 자신의 "허언 젖더미"를 돌배에게 물리고, 돌배의 엄마인 '마마상'은 두목에게 젖을 먹이고 있기 때문이다. 이후 두 사람은 모두 죽음에 이른다.

두 사건은 얼핏 어머니와 아들의 관계를 연상시킨다. 그러나 서로 젖을 물려야 할 상대가 어긋나 있다는 점에서 성립될 수 없는 '모자관계'를 가시화한다. 이러한 이들의 비틀린 행위는 잃어버린 연속성에 대한 '정신적 희구'라는 측면에서 에로티즘으로 명명될 수 있다.[19] 젖을 물리는 행위는 잃어버린 연속성을 찾기 위한 이들의 간절한 욕망의 발현이기 때문이다.

한편, 성적 본능과 죽음 사이의 연결은 두목과 돌배가 비밀장소로 삼은 동굴을 통해서도 접근된다. 사냥 도구들을 숨겨놓는, 산 속에 숨겨진 '별장'으로 불리는 동굴은 두목에게 있어 은신처로 기능한다. 이곳에서 두목은 색시들과 성관계를 맺는다. 돌배는 그러한 두목의 행위를 '해괴한 발장난질'로 묘사한다. 이때 두목의 주체할 수 없는 성욕은

---

19 조르주 바타이유, 조한경 역, 『에로티즘』, 민음사, 1997, 73쪽.

돌배로 하여금 그를 죽이겠다는 결심을 하게 만든다. 이로써 두목과 돌배의 비밀 공간이자, 두목의 성적 욕망이 충족되던 공간은 '살의(殺意)'의 공간으로 변모한다.

이때 돌배가 느끼는 살의(殺意)는 단순한 강남옥 색시에 대한 질투만이 아니라, 두목의 눈먼 색시에 대한 연민으로도 확장된다. 두목이 강남옥 색시와 살기 위해 눈먼 색시를 죽일지도 모른다고 생각하기 때문이다. 이처럼 확인되지 않은 자신만의 상상은 또 다른 죽음을 꿈꾸게 만든다. 위로와 안식을 제공하던 '동굴'은 피로와 위협, 채워지지 않는 비극의 공간이 되어버린 것이다.

또한 작품의 제목이 되는 '흐르지 않는 강'은 현실적으로는 불가능한 공간이다. 그러나 "강물이 멈췄구나! 강이 죽었구나! 죽은 강물이 통곡을 한다!"(334쪽)라고 소리치던 두목에 의해 현실적 공간이 된다. '흐르지 않는 강'이란 '죽은 강'이며, 곧 두목의 죽음을 의미하기 때문이다. 그러므로 강물을 다시 흐르게 하겠다는 두목의 '몸부림'은 현실의 폭력으로부터 벗어나겠다는 저항의 표출이라고 볼 수 있다. 다시 말해서 두목은 강을 다시 흐르게 하겠다는 '세계와의 대결의식'을 통해, 강물 속에서 스스로의 죽음을 맞이한 셈이다.

이상에서 살펴본 바와 같이, 불안정한 세계 속에서 살아가는 인물들은 자신이 속한 세계를 더욱 모호하게 만들어간다. 이에 방향성을 상실한 세계의 불가해성은 인물들의 내면에 균열을 가하고, 분열된 인물들은 자신이 몸담고 있는 세계의 균열을 가속화시킨다. 이와 같은 악순환의 구조 속에서 진짜와 가짜의 모호한 구분은 단지 현실과 환상과의 대립을 넘어, 환상과 환상 사이의 분열을 초래한다. 이에 하나의 공간은 현실과 환상이라는 이분법이 아닌, 환상과 또 다른 환상으로 끊임없이 분열되어 나간다. 이때 인물들은 분열된 세계가 주는 혼란 속에서 자신이 서야 할 자리를 찾기 위해 헤매고, 이는 궁극적으로 '죽음'을 유발한다고 볼 수 있다.

부정(不定)의 논리와 환영의 모티프

1. 미지(未知)의 세계와 현장부재의 '눈빛'

　일반적으로 눈은 존재론적 차원에서 인간의 의식과 물질적 세계 사이의 경계로 간주된다. 따라서 '눈'은 타인의 의식에로 향한 일종의 창(窓)이자, 타인의 존재를 인식하는 도구이며, 다른 세계로 향한 문(門)으로 해석될 수 있다.[1] 이청준 소설에서도 '눈'은 타인을 이해하는 중요한 통로로 작용한다. 이는 등단작 「**퇴원**」에서 타인과 소통하지 못하는 화자의 내적 상황이 그의 "노리끼리한 눈"을 통해 가시화되고 있다는 점에서도 접근된다. 그런데 이청준 소설의 특이한 점은 '눈'이 주로 여성인물을 형상화하는 코드로 활용된다는 사실이다.

　이는 앞서 언급한 「퇴원」의 간호사 미스 윤을 통해서 살펴볼 수 있

1　권이오, 「눈(目)과 에로티즘」, 『프랑스어문교육』 15, 한국프랑스어문교육학회, 2003.5, 295쪽.

다. 처음 보았을 때부터 반해 버린 사랑스러운 귀와 율동감 넘치는 발걸음 소리 덕분에, 미스 윤은 화자에게 위안을 제공하는 유일한 인물로 그려진다. 그러나 화자는 미스 윤의 시선에 대해서만은 어딘지 알 수 없는 불편함을 느낀다.

> 입 표정과는 정반대로 조심스럽게 나를 지켜보는 그녀의 눈동자만은 어떻게 해볼 재간이 없었다. 속까지 환히 들여다보는 듯한, 은근한 핀잔을 담은 그런 눈초리였다. 그 눈과 마주치면, 나는 그녀의 입에서 금방 나의 비밀이 튀어나올 것 같은 조마조마한 기분이 되어 버리곤 하는 것이다.
>
> —「퇴원」, 12쪽

위의 인용문에서 확인할 수 있듯이, 화자는 미스 윤의 눈이 마치 자신의 치부를 환히 들여다보고 있는 것 같다고 느낀다. 더구나 미스 윤은 화자에게 "눈빛이 형편없이 탁해졌군요"(16쪽)라고 말하는데, 이를 통해 '눈'이 피하고 싶은 진실을 드러내기 위한 통로로 기능하고 있음이 분명해진다. 피하고 싶지만 피할 수 없다는 점에서, 여인의 '눈'은 치명적인 유혹의 대상인 것이다.

이러한 특징은 **「아이 밴 남자**(원제 : 임부)」(1966)[2]에 등장하는 현희를 통해 확인된다. 화자는 "검은자와 흰자가 너무나 선명하고 가는 선으로 갈라지고"(48쪽) 있는 현희의 눈이 늘 맑게 보인다는 사실에 매력을 느낀다. 이때 맑고 선명한 눈은 이청준의 남성 인물들이 지향하는 이상적인 여성상을 드러낸다. 반면 맑은 눈을 갖지 못한 여성들은 혐오

---

2 이청준, 「아이 밴 남자(원제 : 임부)」, 『병신과 머저리』, 문학과지성사, 2010.

의 대상으로 간주된다. 이러한 사실은 화자가 죽이고 싶어 했던 여동생이 '사팔눈'이었다는 점과 「이 여자를 찾습니다」에서 남동생에게 불결하게 취급되던 누이 박장순이 '사시 증세'를 지니고 있었다는 점을 통해 접근된다.

일반적으로 '사시(斜視)'란 "양쪽 눈의 방향이 같은 방향이 아니어서, 정면을 멀리 바라보았을 때에 양쪽 눈의 시선이 평행하게 되지 아니하는 상태"를 의미하는 의학용어이다.[3] 그런데 문학작품 속에 등장하는 '사시'는 또 다른 의미인 '사시(邪視)'로 접근해볼 수 있다. '사안(邪眼)'이라고도 명명되는 이 단어는 영어로 'evil eye'라고 하며, 사람이나 물체에 재앙을 가져오는 초자연적인 힘을 가진 눈을 의미한다.[4] 이는 인간 내부에 자리하는 신비적인 힘이 본인의 의지와는 무관하게 타인에게 재앙을 가져온다는 점에서 악마적이다. 근본적 원인을 알 수 없다는 점에서, 인과관계에 의해 영향력을 행사하지 않는다는 점에서, 언제 어디에서 불쑥 나타날지 알 수 없는 두려움을 부여하기 때문이다. 이러한 맥락에서 이청준 소설에 나타난 '사팔눈'의 여인들은 증오의 대상이자, 두려움의 대상이 된다. 그리고 이러한 사팔눈은 대상을 바라보지만 늘 빗나간 것으로 읽히는 '현장부재의 눈빛'으로 확장되어 나간다.

그때 나는 현희의 눈이 늘 맑게 보이는 것은 검은자와 흰자가 너무나 선명하고 가는 선으로 갈라지고 있기 때문이라는 것을 알았다. 그러나 현희

---

3 국립국어원 표준국어대사전(http://stdweb2.korean.go.kr/search/List_dic.jsp), 2013.2.20.
4 종교학사전 편찬위원회 편, 『종교학대사전』, 한국사전연구사, 1998.

의 눈은 나를 보고 있는 것 같지 않았다. 나는 절반쯤 무관심한 듯한 그 눈에서 어떤 찌릿한 모멸감을 맛보았다.

—「아이 밴 남자」, 48쪽

위의 인용문에서 확인할 수 있듯이, 현희의 시선은 화자를 향하지 않는다. 화자가 분노하는 부분이 바로 이 지점으로, 그가 여동생을 증오했던 이유로 '사팔눈'을 들고 있었다는 점을 연결지을 수 있다. 화자가 견딜 수 없는 것은 그녀들의 시선이 늘 대상을 빗나가 있었기 때문이다. 그러므로 여동생의 '사팔눈'과 현희의 '현장부재의 눈빛'은 넓은 의미에서 공통항으로 묶일 수 있다.

이처럼 초점을 알 수 없는 여성의 눈빛은 이청준 소설에서 반복적으로 등장하는 모티프이다. '눈'은 또 다른 세계로 향한 문으로, 그 측정이 불허하다는 점에서 '공포'이자 '유혹'의 대상이기 때문이다. 이는 눈과 여성 성기의 형태적 유사성을 언급한 바타이유의 주장을 통해 뒷받침된다. '눈'은 상대를 유혹할 수 있는 가장 핵심적인 육체의 부분으로, 에로티즘의 환상을 확대시키는 기능을 담당한다. 이러한 이유로 이청준 소설의 남성 인물들은 여성에게서 발견되는 '현장부재의 눈빛'을 통해 상대방을 욕망하게 된다. 대표적인 예로 『이제 우리들의 잔을』에 묘사된 윤희의 눈을 들 수 있다.

아직도 그의 머리에 뚜렷하게 남아 있는 것은 그녀의 눈, 시선을 먼 데로 흘리고 있는 듯한 두 눈뿐이었다. 그 눈을 바로 그런 시선 때문에 그녀의 얼굴 표정 전체를 좀 멍해 보이게 하면서도, 이상하게 상대방의 깊은 곳을 파고드는 강한 것이 느껴지는 것이었다.

—『이제 우리들의 잔을』, 9쪽

소설은 진걸이 절에서 처음 만난 윤희의 눈을 떠올리는 것으로부터 시작한다. 이때 묘사된 윤희의 눈은 '바다'를 향한 환상을 담아내고 있음이 특징적이다. 이청준 소설에 등장하는 여성 인물들은 거의 대부분 그 눈 안에 '바다'를 담고 있는데, 작가는 이와 같은 여성들의 '눈'을 '현장부재의 눈빛'으로 명명한다. '현장부재의 눈빛'이라는 표현이 작품 속에서 최초로 언급된 것은 「**귀향연습**」으로, 정은영 선생을 통해 살펴볼 수 있다.

> 그녀의 눈빛은 서늘한 기분이 들 만큼 맑은 느낌을 주었다. 그러나 그녀는 그 맑은 눈으로 무엇을 맑게 바라보려질 않았다. 그녀는 나를 쳐다보면서 나를 보지 않는 식으로 잠깐 동안 시선만 스쳐 갈 뿐 이내 눈빛이 뿌옇게 멀어져가 버렸다. 눈빛은 맑지만 시선이 몽롱하다는 말이 가능할지. 상대방을 보면서도 시선은 오히려 그 상대의 후방으로 멀리 흘러가버리는 그런 눈빛. 눈앞의 상대보다 그 너머의 잡히지 않는 무엇을 좇고 있듯 이상스레 방심스런 **현장 부재의 눈빛**—

—「귀향연습」, 50쪽(강조─인용자)

위의 인용문에서 확인할 수 있듯이, 상대를 향하는 대신 언제나 그 너머를 좇는 눈빛을 두고 이청준은 '현장 부재의 눈빛'이라고 명명하였다. 대상을 향한 명확한 초점을 맞추는 대신, 잡히지 않는 무엇인가를

좇는 몽롱한 시선은 정해진 틀을 거부하는 이청준의 '부정(不定)의 세계
관'을 엿보게 하는 중요한 통로가 된다. 이들의 시선은 현실에 없는 환
상을 향해있기에, 그녀들의 눈은 자신을 바라보는 이들에게도 설명될
수 없는 세계의 틈새를 드러내기 때문이다.

그런 의미에서 '현장부재의 눈빛'은 환상을 드러내는 통로이자, 그
자체로 '환상'이라고 볼 수 있다. 이를 이해하기 위해서는 은영이 '현장
부재의 눈빛'을 갖게 된 배경에 관한 이해가 요구된다. 은영은 K시의
여중 3학년 때, 같은 K시의 고등학교를 다니던 한 남학생을 사귀게 되
었다. 남학생은 남해의 어느 섬마을에서 유학을 온 소년으로, 은영에
게 고향 마을의 바다이야기를 자주 들려주곤 했다. 실제로 바다를 본
적이 없는 은영은 여름방학이 되자 소년에게 바다를 구경시켜 달라고
조르는데, 어찌 된 일인지 소년은 은영을 피해 혼자 고향으로 돌아가
버리고 만다. 다시 K시에 돌아와서도 한동안은 바다 이야기를 꺼내지
않는데, 시간이 흐르자 예전처럼 다시 열정적으로 바다에 관한 이야기
를 시작한다. 그러나 끝끝내 소년은 은영에게 바다를 보여주지 않는
다. 대신 그녀를 떠나며 한 권의 책을 전달한다.

그 속에는 바닷가 결핵 요양소의 어느 간호사와 청년 환자 사이의 애
틋한 사랑이야기가 담겨있다. 청년 환자는 간호사에게 수평선에서 배
를 찾아달라고 부탁하는데, 이는 간호사의 눈길에서 예전에 사랑했던
여자를 느끼려 함이다. 그를 떠나간 여자는 언제나 그렇게 수평선을 바
라보듯 먼 시선을 가지고 있었기에, 그는 그 꿈을 꾸듯 몽롱한 여자의 눈
빛을 잊지 못해 가슴을 앓게 된 것이다. 청년이 바라는 것이 무엇인지를
알게 된 간호사는 청년이 원하는 눈길이 되어보고자 애쓰고, 덕분에 청

년의 병은 호전되어 요양소를 떠난다. 그러나 간호사는 청년에게서 배우고 익힌 여인의 눈빛을 버리지 못한 채, 꿈을 꾸듯 수평선을 바라보는 먼 시선을 간직하게 된다. 기태는 은영이 그 소설 속의 여인을 흉내내고 있다고 단정하고, 그것이 바로 은영이 앓는 병이라고 진단한다.

> 그 여잔 내가 옛날의 그 사내 녀석이 끝끝내 바다를 보여주지 않은 건 그 녀석 역시도 자신의 환상 속에서밖엔 그 고향 마을 앞바다를 아름답게 지닐 수 없었기 때문일 거라고, 녀석도 실상 그런 아름다운 바다는 가지지 못했기 때문일 거라고 몇 번씩 일러줘도 영 곧이를 듣지 않는 거야. 그러면서 그 동화 같은 소설 속의 바다나 찾고 있는 거지. 그런 눈이나 흉내 내고. 가짜일 수밖에 없지. 과장이구, 병이 들었어.
>
> —「귀향연습」, 67쪽

위의 인용문에서 확인할 수 있듯이, 기태는 은영이 첫사랑의 환상에 빠진 채 현실을 직시하지 못한다고 진단한다. 이에 병을 고쳐주어야 한다며 환상을 깨뜨리고자 은영을 겁탈한다. 그녀의 삶의 기호가 되는 바다를 빼앗음으로써, 그녀가 정직해질 수 있도록 만들어주겠다는 것이다. 그러나 기태의 말은 겉으로 내세운 명분에 불과하다. 은영에게 가해진 기태의 폭력은 은영의 시선에 대한 질투와 모멸감에서 기인하기 때문이다. 이는 기태가 은영을 좋아하고 있었다는 사실을 통해 뒷받침된다. 「아이 밴 남자」의 화자가 현희의 시선이 자신을 향해 있지 않음에 분노했듯이, 기태 역시 은영의 시선이 자신이 아닌 첫사랑 남자를 향하고 있음을 견딜 수 없던 것이다.

이와 같이 시선의 문제는 『이제 우리들의 잔을』에 등장하는 윤희에게서도 발견된다. 때문에 진걸은 "그 눈엔 분명 어떤 환상이 있었어"(59쪽)라고 말한다. 이는 기태가 은영을 두고 자신이 만든 환상에 갇혀있다고 지적하는 것과 일맥상통한다. 따라서 진걸은 기태와 마찬가지로 "우선 윤희에게서 그 바다를, 바다가 어린 눈빛을 빼앗아버려야겠다고 생각"(205쪽)한다. 이를 통해 이청준의 남성인물들이 여성의 눈을 두려워하고 있음을 발견할 수 있다. 그들은 자신들이 알지 못하는 새로운 세계로 나아가게 되는 것을 두려워하고 있는 것이다. '눈'이란 또 다른 세계로 향한 문이자, 측정을 불허하는 까닭에 공포의 대상이 되기 때문이다.

또한 「침몰선」에 등장하는 소녀 역시 은영이나 윤희와 마찬가지로 두 눈에 바다를 향한 환상을 품는다. 소녀는 아직 한 번도 바다를 구경한 일이 없기에, 수진이 들려주는 바다 이야기를 들으며 자신만의 바다를 만들어나간다. 먼 꿈에라도 젖어 들어가듯 소녀의 눈빛이 달콤하고 신비스럽게 변해가고, 수진은 그러한 소녀의 눈을 통해 자신이 이야기한 바다를 목도한다.

바다— 수진은 그 소녀의 눈에서 자신의 바다를 볼 수 있었다. 아니 그 눈속의 바다는 실제보다도 더 아름답고 신비스러워보였다. 소년은 그 소녀의 눈 속에 더욱 아름답고 분명한 바다를 심어주기 위해 계속 더 열심히 그 바다 이야기를 했다. 그러면서 그녀의 눈 속에서 하루도 빠짐없이 그의 바다를 보았다.

—「침몰선」, 153쪽

위의 인용문에서 확인할 수 있듯이, 수진은 소녀의 눈을 통해 자신의 '바다'를 목격한다. 이때 소녀의 눈에 비친 '바다'는 수진이 이야기하는 실제의 바다가 아닌, 소녀의 내부에 존재하는 욕망이라고 볼 수 있다. 환상은 욕망의 투사를 위한 일종의 스크린의 기능을 한다는 점에서, '바다'는 소녀의 욕망을 투사하기 위한 환상이 된다. 환상은 주체의 욕망을 조정하고 그 대상을 특화시키며 그 속에서 주체가 취하는 위치를 지정하는 까닭이다. 이로써 우리는 환상을 통해서 어떻게 욕망할 것인가를 배운다.[5] 그렇기 때문에 환상이 위협받게 되면 주체의 욕망 또한 무너질 수밖에 없다. 이러한 위협은 소녀가 직접 바다를 목격함으로써 현실화된다. 수진과 함께 바다를 보러 왔던 소녀는 더 이상 '현장부재의 눈빛'을 띠지 않기 때문이다. 도망치듯이 혼자 K시로 떠나버리고, 더 이상 바다 이야기도 꺼내지 않는다. 이는 수진에게 더 이상 바다가 푸르지도 맑지도 않으며, 침몰선도 영원히 떠나지 못하고 그 자리에서 삭아 없어지고 말 것이라는 '실재'를 마주하게 한다.

우리가 '현실'이라고 부르는 상징계는 결코 완벽하지 않다. 때문에 그 속에서는 항상 실재의 '블랙홀'을 메우는 환상기제가 작동한다. 상징적 현실은 결코 일관적이지도, 균열 없이 매끄럽게 통합된 총체적인 그 무엇도 아닌 것이다. 이에 지젝은 우리가 '징후로 가득 찬 구멍 뚫린 상징계에 살면서 때때로 대면하는 실재를 환상으로 대치시키고 있다'고 설명한다. 실재는 환상으로 가려져 있기에 '왜곡된' 응시를 통해서만 인지될 수 있다는 것이다. 따라서 사람들은 자신만의 특수한 환상을 추구한다. 그러므로 이청준의 여인들에게서 발견되는 '현장부재의

---

5 슬라보예 지젝, 이수련 역, 『이데올로기라는 숭고한 대상』, 인간사랑, 2002, 206쪽.

눈빛'은 자신들의 세계를 유지하기 위한 환상이라고 볼 수 있다. 환상은 우리의 '현실감각'을 보증하는 프레임인 까닭이다. 그러므로 우리는 상징계가 붕괴되지 않도록 유지해야 하며, 이를 위해 실재와의 대면을 피해야만 한다. 이는 결국 상징적 질서의 결여를 은폐하는 환상을 유지해야 한다는 말이 된다.

'눈'을 통한 환상 추구는 「**줄광대**」에 등장하는 절름발이 여자를 통해서도 접근될 수 있다. 절음발이 여자는 줄광대인 운이 줄에서 내려올 때마다 남몰래 꽃다발을 전하곤 사라진다. 이후 운은 절름발이 여자에게 "넌 나하고 같이 살아야 한다"(90쪽)고 말하는데, 뜻밖에도 여자는 운을 사랑하지 않는다고 대답한다. 여자는 운이 줄을 타고 있을 때는 그를 사랑하고 있다고 느끼지만, 막상 운을 가까이에서 마주하면 무서움을 느끼기 때문이다 결국 여자가 사랑한 것은 운이 아니라, 자신에게 없는 '자유로운 다리'였음이 확인된다. 이번에도 여자의 시선은 대상을 빗나가 있음이 발견된다. 이에 운은 여자를 죽이고자 목을 조르지만, 이내 포기하고 대신 스스로의 삶을 마감한다. 죽음은 부메랑처럼 자신을 향한 칼날로 되돌아온 셈이다. 이는 요즘 사람들의 말은 믿지 않는다던 여자의 시선 속에서도 발견된다. 화자는 여자의 눈에서 "해득해낼 수 없는 어떤 말이 안으로 숨어들고"(96쪽) 있음을 느끼기 때문이다.

이처럼 도저히 해독해낼 수 없는 여인의 눈빛은 후기작에 해당하는 「**이상한 선물**」에서도 발견된다. 기태는 평소에는 차림새나 행동이 얌전한 의원집 아낙이 날씨만 꾸무럭해지기 시작하면 돌변하던 일을 기억해낸다. 가슴께를 함부로 드러내거나 치맛자락을 질질 끌어내며 히죽히죽 혼잣소리를 중얼거리는 여자를 두고 사람들은 "비가 오려나.

미친년 또 날궂이 시작하는구만"(143쪽)이라며 비웃는다. 기태는 그런 그녀가 어느 날 자신의 집 앞 골목길에서 발걸음을 멈추고 자신에게 말을 걸었던 일을 떠올린다.

> 어느 날 그녀가 또 '날궂이' 중에 기태네 집 앞 골목길에서 그를 스쳐 지나다 말고, 웬일로 문득 발걸음을 멈추고 서서 그를 찬찬히 건너다보며 혼잣소리처럼 물어오던 그 유심한 눈길. 그 눈길 속엔 중얼중얼 혼잣소리 이상의 어떤 간절한 속말이 담겨 있는 것 같았었다. 하지만 그는 그녀가 그토록 하고 싶은 말이 무엇인지 알 수 없었고, 그걸 섣불리 물을 수도 없었다.
>
> ―「이상한 선물」, 143쪽

위의 인용문은 한 사내가 위태롭게 왕복 이차선 차도 중앙선을 타고 걸어오는 장면을 보는 순간 떠오른 장면이다. 기태는 수십 년 세월 만에 향하는 고향 길에서, 철 지난 땟국 전 양복저고리를 입은 사내를 통해 의원집 아내를 떠올린 것이다. 찻길 중앙선을 걸어가는 사내의 알 수 없는 행위 속에서, 오래 전 여인의 해득해낼 수 없는 눈을 마주한 것이라고 볼 수 있다. 그런 의미에서 의원집 아낙의 이상행동은 현실에서는 이해할 수 없는 세계를 가시화하며, 이는 그녀의 눈을 통해 기태에게로 전달된다. 눈은 다른 존재를 향해 나아갈 수 있는 문(門)이라는 점에서, 의원집 아낙의 눈은 화자에게 자신이 몸담고 있던 세계로부터 또 다른 세계로 나아가는 통로 역할을 한 셈이다. 이에 여인의 눈은 바라보는 이에게 두려움을 부여한다.

이러한 두려움은 「꽃과 뱀」에 등장하는 경선과 이화의 눈을 통해서도 제공된다. 조화 가게를 운영하는 화자는 우연히 생화 가게 앞에서 서 있는 경선과 마주친다. 이때 화자는 반가운 마음에 딸을 부르지만, 이내 딸의 눈빛을 보는 순간 온몸에 소름이 끼치는 현상을 경험한다. 경선의 눈에는 "애소나 원망기 같은, 어린애에게는 도대체 어울리지 않는 어떤 어른스런 표정을 담고 있었"(87쪽)기 때문이다. 그 눈빛은 오 래 전 집을 나간 누이 이화의 눈빛을 떠올리게 한다.

화자가 아버지로부터 조화가게를 물려받았기에, 이화는 경선과 마 찬가지로 조화가게를 운영하는 아버지 밑에서 자라난다. 경선과 이화 는 마치 쌍둥이처럼 자신의 집에 있는 가짜 꽃들이 진짜 꽃이 되길 욕 망한다. 그들이 몸담고 있는 세계가 '조화'의 세계라는 점에서 이들이 욕망하는 '생화'는 그들의 현실에는 없는 '환상'이라고 볼 수 있다. 이때 '환상'을 향한 인물의 갈망은 이청준의 소설에서 거의 대부분 여인의 '눈길'을 통해 그려진다. 그리고 남성 화자는 이러한 여인의 '눈길'을 통 해 자신의 욕망을 발견하고, 두려움을 느낀다.

> 내가 영영 잊을 수 없다고 한 것은 바로 그때 누이의 눈길이었습니다. 눈 물을 가득 담은 채 어머니를 쳐다보는 그 누이의 눈길은 어린 내 가슴속까 지 한없이 아프게 했습니다. 그 눈길 때문에 나는 절대로 누이와 다시는 가 깝게 지낼 수 없을 것 같은 절망감마저 들었습니다.
>
> —「꽃과 뱀」, 97쪽

위의 인용문에서 확인할 수 있듯이, 화자는 이화의 눈길을 지울 수 없는 두려움으로 기억한다. 이는 "슬픈 원망기"가 어린 이화의 눈길을 볼 때마다, "우리 집 꽃엔 왜 물을 주지 않어?"(107쪽)라는 환청을 경험한다는 화자의 고백을 통해 뒷받침된다. 자신이 몸담고 있는 세계가 아닌, 확인될 수 없는 세계를 향한 여인의 눈빛은 앞서 언급했던 '현장부재의 눈빛'의 연장선으로 해석될 수 있다. 이에 현장부재의 눈빛을 지닌 여성들은 하나같이 두려움의 대상이다. 따라서 남성들은 두려움에서 벗어나고자 여성들의 환상을 강압적으로 제거한다. 기태는 은영을 겁탈하고, 진걸은 윤회를 성적으로 학대하고, 이화는 아버지와 남편으로부터 매질을 당한다. 타인의 환상을 인정하는 것이야말로 진정한 윤리라는 점에서, 현장부재의 눈빛을 지닌 이들에게 가해진 폭력은 우리에게 환상의 진정한 윤리학에 관한 질문을 던진다.

이밖에도 눈은 화자가 처한 상황을 효과적으로 형상화하는 중요한 통로가 된다. 「무서운 토요일」에는 '건조한 눈'을 지닌 아내와 "비난도 호기심도 아무것도 찾아볼 수 없는 무심한 눈길"(116쪽)을 보내는 약국 여자가 등장한다. 약을 먹지 않고는 육체적 결합을 맺을 수 없는 부부 사이의 관계는 아내의 '건조한 눈'을 통해, 그러한 상황으로 인해 화자가 느끼는 심리적 고통은 약국 여자의 눈을 통해 형상화되고 있는 것이다. 이때 일주일에 한 번씩 들르는 약국 여자의 에피소드는 소설의 흐름과 직접적인 관계를 맺지 않는다. 화자가 약국에서 약을 사서 나왔다고만 해도 이야기의 진행에는 아무 지장을 받지 않기 때문이다. 그럼에도 불구하고 작가의 시선은 약국 여자의 눈빛을 향한다.

두 번 이곳을 들른 후로 이 여자는 절대로 묻는 법이 없었다. 그리고 언제나 그녀가 약을 건네줄 때 그녀의 시선은 나의 어깨 너머로 길 밖을 내다봤다. 비난도 호기심도 아무것도 찾아볼 수 없는 무심한 눈길. 그래서 보는 사람이 오히려 지루해지고 짜증이 날 것 같은 그런 눈길이었다.

—「무서운 토요일」, 116쪽

위의 인용문에서 확인할 수 있듯이 '눈'은 약을 먹어야만 부부관계를 맺는 자신의 상황에 대한, 예외를 용납하지 않는 아내와의 관계를 가시화한다. 여인의 눈은 곧 화자의 눈이며, 나아가 그들이 속한 세계의 시선인 까닭이다. 이는 약국에서 나온 화자가 "전차를 탄 사람도 약방의 여자와 비슷한 눈길을 하고 차창을 내다보고 있었"(116쪽)다고 진술함으로써 뒷받침된다. 이를 통해 작가는 '현장부재의 눈빛'을 지닌 여성 인물들을 통해 가시적으로 드러나지 않는 현실의 이면을 드러내고자 했음을 짐작할 수 있다. 이에 여성은 잡을 수 없는 '대상 a'가 된다.

라깡은 '대상 a'를 두고 '욕망의 대상'이라고 설명하였다. 또한 "몸의 나머지 부분과 분리될 수 있는 것으로 상상되는 요소"이자, "욕망을 작동시키는 어떤 대상"으로서 "욕망의 원인"이라고까지 말하였다. 그런 의미에서 이청준 소설의 여성은 욕망의 대상으로, 남자들의 욕망의 원인인 환상적 존재가 된다. '대상 a'란 획득 불가능할 뿐만 아니라, 애초부터 현실에 존재한 적이 없는 "이상화된 이미지"이기 때문이다. 그러므로 '대상 a'로서의 '현장부재의 시선'은 불안의 대상이자, 우리가 타자속에서 추구하는 욕망의 대상이라고 할 수 있다.[6] 이는 나아가 『남도소리』 연작의 눈먼 소리꾼 여인과 「흐르지 않는 강」의 눈먼 색시 등을 통

---

6 박혜영, 「졸라의 『나나』를 통해 본 라깡의 욕망의 메커니즘과 "오브제 a"로서의 여성」, 『프랑스문화예술연구』 39, 프랑스문화예술학회, 2012.2, 36쪽.

해 극대화된다. 소리꾼 여인은 뼈다른 오빠에게, 눈먼 색시는 남편인 두목에게 영원히 닿을 수 없는 대상 a로 존재하기 때문이다.[7]

2. 무지(無知)의 이름과 현실부재의 '유령'

서구 철학의 기원은 원형적 이데아를 상정하고 진짜와 가짜, 동일자와 타자의 나눔을 통해 사유를 진행하는 플라톤으로부터 비롯된다. 따라서 모든 사물은 진짜와 가짜로 구분되고, 개별자들의 다양성은 언제나 유적 동일성인 이데아에 귀착되어야만 했다. 다시 말해 서구 철학의 전통은 타자를 어떤 식으로든 동화되고 이해되고 전유되어야 하는, 동일자의 변이형으로 이해해왔던 것이다.[8] 이때 동일성 안으로 포섭되지 않는 타자는 두렵고 낯선, 따라서 배제되어야만 할 대상이 된다.

이청준의 소설에는 이와 같이 두렵고 낯선 타자들이 등장한다. 그들

7　이청준 소설에 나타난 여성의 눈에 대해서는 김승만의 「이청준 소설에 나타난 여성의 눈에 관한 연구」(『현대문학이론연구』, 현대문학이론학회, 2008)와 김지혜의 「최인훈, 김승옥, 이청준 소설의 몸 인식과 서사구조 연구」(이화여대 박사논문, 2010)를 들 수 있다. 김승만은 이청준의 여성들이 에로틱한 환상을 소유하고 있으며, 이러한 여성의 '눈'은 "식민지 조선과 해방 이후의 혼란, 개발 독재 시대를 살아가는 인텔리 여성의 혼란한 시각을 반영"한다고 설명한다(210쪽). 그러나 본문 안에서는 이와 관련된 실질적인 분석이 뒷받침되지 않고 있음이 아쉬움으로 남는다. 한편 김지혜는 "여성의 시선은 남성인물들이 느끼는 현재의 불안을 가중"시킨다고 분석한다(169쪽). 따라서 "이청준의 남성인물들은 이들의 시선을 통해 자신의 환부를 찾아 자기를 해명하고자" 욕망한다고 볼 수 있다(173쪽).

8　서동욱, 『차이와 타자』, 문학과지성사, 2000, 12쪽.

은 현실에 실재하지 않고 떠도는 '유령적' 타자들이다. 명명될 수 없는 이름을 지닌 존재들로, 언제 어디에서 '나'를 위협할지 모른다는 점에서 두려움을 부여한다. 그리고 이들은 구체적인 이름이나 뚜렷한 실체를 지니지 않음에도 불구하고, 작품 전체를 지탱하는 중심인물로 기능한다.

대표적으로 「**겨울광장**」(1979)[9]의 완행댁이 찾고 있는 '딸'을 '유령적 타자'라고 볼 수 있다. 완행댁은 읍광장 버스 정류소에서 시종일관 딸의 소식을 수소문하며 돌아다니지만, 어디에서도 딸의 흔적은 찾지 못한다.

> 하지만 완행댁은 이날 이때까지도 아직 딸년의 소식을 알아내지 못하고 있었다.
>
> 아무도 그녀에게 딸년의 소식을 가져다 주는 사람이 없었다.
>
> 아무도 그녀와 딸을 찾으러 길을 함께 떠나 주려는 사람이 없었다.
>
> 아니 완행댁에겐 애초부터 그녀에게 돌아와 줄 딸 아이가 없었다는 게 옳았다.
>
> 광장 주변 사람들은 이제 그 딸년의 소식이 없는 걸 오히려 당연한 일처럼 여기고들 있었다.
>
> ―「겨울광장」, 305쪽

위의 인용문에서 확인할 수 있듯이 완행댁의 딸은 현실 속에 부재하는 '유령적 타자'라고 볼 수 있다. 딸아이는 오직 완행댁의 진술 속에서만 존재하기 때문이다. 딸에 관한 첫 번째 정보는 그녀가 평소 마음에 두었던 사내에게 몸을 주기 위해, 원치 않는 사내와 육체관계를 맺었다

---

9 이청준, 「겨울광장」, 『소문의 벽』, 열림원, 2005.

는 완행댁의 진술을 통해 이루어진다. 사연인즉, 한밤중에 딸의 방에 숨어들어간 동네 청년 둘은 가위바위보로 순서를 정해 딸아이를 범하기로 한다. 이때 딸은 자신이 좋아하던 청년이 두 번째 순서가 되자, 그에게 몸을 주기 위해 먼저 남자와의 관계를 참아낸다. 그러나 기다리던 청년이 중간에 소리를 지르며 뛰쳐나가버리고, 이로 인해 딸아이는 마음에도 없던 첫 번째 청년과 결혼을 강요받게 된다. 이에 완행댁은 강제 결혼을 피하고자 집을 나간 딸을 찾아 헤매고 있음이 밝혀진다.

한편 딸에 관한 완행댁의 두 번째 진술은 집을 나갔던 딸이 결국 첫 번째 청년과 결혼하고, 남편의 모진 학대와 핍박 속에서 또다시 집을 나갔다는 사연으로 이루어진다. 그러나 완행댁은 자신이 처음에 이야기했던 딸과 두 번째 진술에서 언급된 딸이 동일인물이 아니라고 주장한다. 그 두 사연을 한 사람의 것으로 연결 짓지 못하는 까닭에, "완행댁에게선 그 두 딸들이 제각기 다른 모습으로 까마득한 실종상태"(324쪽)로 존재하게 된다. 현실에 부재하는 사라진 딸들은 뚜렷한 이름도 없이 오직 완행댁의 진술을 통해서만 모습을 드러내고 있는 것이다. 이와 같은 유령적 타자는 또 다른 사연으로 집을 나간 세 번째, 네 번째 딸로 분열되어 나간다. 완행댁은 실체를 잡을 수 없는 딸들의 허망스런 그림자만을 안타깝게 쫓고 있을 뿐이다.

이는 결국 완행댁이 이야기한 딸의 사연이 실은 그녀 자신의 것임이 밝혀짐으로써 한층 복잡해진다. 비록 완행댁에게 딸이 존재하지 않으며, 그녀가 말한 이야기가 모두 자신의 삶이라고 하더라도 완행댁에겐 여전히 찾아야 할 딸이 존재하기 때문이다. 이와 같은 현실과 환상의 중첩은 과거와 현재의 경계를 무화(無化)시키며, 이는 곧 존재 자체를 무(無)의미하게 만든다. 완행댁에겐 자신의 소재와 실체를 송두리째 내주다시피 한 소망과 망상만이 있을 뿐이며, 동시에 그 망상의 딸들로 인해 자신의 소재와 실체를 모두 잃어버리고 있기 때문이다. 이는 딸에 관한 이야기 속에서 철저하게 부재하는 완행댁을 통해 재확인된다.

완행댁은 딸들에 관한 이야기 속에서 언제나 실종상태로 그려진다. 이로 인해 완행댁은 명명될 수 없는, 현실부재의 유령으로 규정된다. 다시 말해 그녀는 딸의 실종을 통해 자신의 실종을 감행해 온 셈이다. 이에 그녀의 딸들이 명명될 수 없는 유령적 타자라면, 완행댁 역시 유령적 타자라고 볼 수 있다. 이것은 그녀에게 뚜렷한 이름이 없다는 사실을 통해 뒷받침된다. '완행댁'이라는 명칭은 그저 딸의 소식을 직행노선 손님보다 완행버스 손님들 쪽에서 즐겨 묻는 까닭에, 완행버스 담당이라는 뜻으로 붙여진 별명에 불과하기 때문이다.[10] 그러므로 완행댁이 찾는 딸들이 현실에 부재하는 '환영'과 다름없다면, 완행댁 역시 현실 부재의 유령적 존재가 될 수밖에 없다. 이를 통해 우리는 무엇도 확실하다고 자신할 수 없는, 작가 특유의 '부정(不定)'적 세계관을 발견하게 한다. 이에 딸들의 사연은 하나로 모아지지 않고 끊임없이 분기(分岐)해 나간다.

그런데 이때 중요한 것은 분열된 딸들을 하나로 합친다고 해도, 그것이 온전한 완행댁을 구성하지는 못한다는 사실이다. 완행댁의 딸들은 결코 동일성으로 환원되지 않으며, 쉬지 않고 분열되어 나간다. 덕

---

10 『신화의 시대』에 등장하는 '자두리' 역시 비슷한 맥락에서 접근될 수 있다. 그녀는 자신의 과거사나 이름을 묻는 질문에 오로지 '자두리'라고만 대답하는 탓에 '자두리'로 불린다. 구체적인 이름없이 존재하는 그녀는 현실에 부재하는 유령적 타자인 것이다. 그래서인지 '자두리'는 작품 중반에 홀연히 자취를 감추고 만다.

분에 완행댁은 때로는 광장을 지나는 젊은 아가씨에게, 때로는 광장 구석에서 껌통을 파는 늙은 할머니에게까지도 '엄마'가 될 수 있다. 나아가 작가는 이처럼 하염없이 광장을 헤매는 완행댁을 향해 작중 인물들의 입을 빌려 "그대로 그냥 딸아일 기다리게 해"(337쪽)줄 것을 선언한다. 이로써 완행댁은 환상을 통한 삶의 근거를 제공받는다.

이러한 완행댁의 모습은 이미 다섯 차례나 죽은 육촌형을 찾아 나서는 「**목포행**」의 화자를 통해서도 뒷받침된다. 죽음과 부활을 거듭하는 육촌형은 화자에게 있어 유령적 타자이다. 화자는 이처럼 "육촌형의 불사신 같은 환상"(281쪽)을 통해 삶의 근거를 마련한다. 같은 이유로 「겨울광장」의 사람들은 "완행댁에게서 그녀의 꿈을 빼앗아 버릴 수가 없는 것이다. 완행댁에게서 딸의 환상을 빼앗는 것은 완행댁을 위해서나 광장 사람들 자신을 위해서나 더 이상 잔인스러울 수 없는 일처럼 여겨"(333쪽)지는 까닭이다. 그들은 현실에 부재하는 유령적 타자를 통해 오히려 삶을 지탱해나갈 근거를 마련하고 있는 셈이다. 이에 완행댁은 "죽을 때까지도 딸아일 만나선 안 될 여자"(337쪽)로 기록된다.

이처럼 '유령적 타자'를 찾는 이야기는 「**별을 기르는 아이**」(1976)[11]를 통해서도 확인된다. 소설은 '누나'를 찾는 진용의 서사를 중심으로 이루어지는데, 이때 누나는 이미 죽고 세상에 없다. 물론 진용이도 사실을 알고 있지만, 누나를 찾는 일을 포기하지 않는다. 심지어 부재하는 누나를 찾으려는 진용의 욕망은 화자의 욕망으로까지 번져간다. 화자는 진용의 누나와 함께 일했다는 '지영숙'으로부터 누나가 이미 죽은 사람이라는 것을 확인받지만, 진용과 함께 누나를 찾아 나서겠다고 선

---

11 이청준, 「별을 기르는 아이」, 『별을 보여드립니다』, 열림원, 2001.

언하기 때문이다.

이와 같은 맥락에서 진용의 '누나'는 인물들의 현실을 지탱해주는 '환상'이라고 볼 수 있다. 그러므로 오히려 진짜 누나의 존재를 확인하게 될 경우, 이들은 삶의 기반을 상실할 위기에 처한다. 따라서 『겨울광장』의 완행댁이 "죽을 때까지도 딸아일 만나선 안 될 여자"(337쪽)인 것처럼, 진용과 화자도 결코 누나를 만나서는 안 된다는 논리가 성립된다. 중요한 것은 실제로 '누나'를 찾을 수 있는지, 없는 지에 관한 문제가 아니다. 오직 누나를 찾는 '행위로서의 과정'만이 중요할 뿐이다. 이는 고정불변의 '결과'를 거부하는, 새로운 가치를 발견하려는 '과정'에 대해 주목하는 작가의 남다른 시선을 떠올리게 한다. 이는 일정하거나 정해진 것을 거부하는 이청준의 '부정(不定)'의 세계관을 뒷받침한다.

사라진 누이를 찾고자 하는 인물의 소망은 「이 여자를 찾습니다」를 통해서도 반복된다. 소설의 제목에 해당하는 '이 여자'는 사라진 누이 '박장순'이다. 그녀를 찾는 것은 남동생 박장덕으로, 그는 '호소문'을 통해 20년 전 헤어진 누이 박장순을 찾고 있다. 그런데 이때의 호소문은 박장덕이 직접 작성한 것이 아니다. 화자는 스스로 "처지가 퍽 딱해 보이는 한 고향 친지를 위해 대필"을 했다고 밝히고 있으나, 작품 안에서는 그 모습을 발견할 수가 없다. 이에 실종된 누이와 함께 화자 역시 현실에 부재하는 유령적 타자로 등장한다. 결국 소설 속에는 박장순·박장덕·화자에 이르기까지, 구체적인 인물이 단 한 사람도 등장하지 않는다. 이들은 하나같이 보이지 않는 타자로 흘러내리며, 부재함으로써 현존을 드러낸다.

이는 『언어사회학서설』 연작 1편에 해당하는 「떠도는 말들」(1973)[12]을 통해서도 확인된다. 자서전 대필 작가인 윤지욱은 어느 날 젊은 여자에게서 걸려온 한 통의 전화를 받는다. 여자는 평소부터 지욱을 잘 알고 있었다는 듯이 이야기하는데, 정작 지욱은 전화기 속 여자에 대해 아무 것도 알지 못한다. 이에 여자의 존재를 확인하고자 약속 장소에 나가지만, 번번이 허탕을 친다. 그 가운데 "그 여잔 만나질 리가 없었어. 미련스럽게도 난 어떤 정처없는 말의 유령을 만나러 나섰던 거야"(30쪽)라고 깨닫는다. 작가 역시 전화기 너머로만 존재하는 여자를 두고 "아가씨의 말은 정처 없이 떠도는 유령이었다. 그 역시 길을 잃고 깃들일 곳을 찾아 헤매다니는 가엾은 말의 유령일 뿐"(31쪽)이라고 서술한다.

이는 또다시 여자에게서 전화가 오지만, 혼선으로 인해 다른 남자에게로 연결됨으로써 확인된다. 자신에게 했던 말을 다른 사람에게 똑같이 반복하는 여자를 통해 지욱은 "역시 유령이었어. 정처 없고 허망한 말의 유령. 바야흐로 복수를 꿈꾸기 시작한 말들의 유령"(47쪽)이라고 고백하고 있기 때문이다.[13]

이와 같이 유령처럼 부유하는 존재는 이청준의 소설에서 '가짜 인간'이라는 모티프로 확장된다. 「더러운 강」(1967)[14]의 '녀석'은 전날 함께 수영을 했던 '눈썹이 짙은 여자'로부터 '가짜 인간'이라는 욕설을 듣는다.

---

12 이청준, 「떠도는 말들」, 『자서전들 쓰십시다』, 열림원, 2000.

13 김동식(「해설 : 고향을 잃어버린 고향에 관하여」, 『가면의 꿈』, 문학과지성사, 2011, 365쪽)은 윤지욱이 코미디언 피문오 씨의 자서전을 대필함으로써, 피문오라는 유령을 만들어내고 있었다고 분석한다. 그 과정에서 지욱의 글 자체가 유령이 되어가고 있었으며, 윤지욱 자신 또한 유령으로 변모하고 있었다는 것이다. 나아가 자서전 대필은 다른 사람의 일생을 거짓으로 만들어내는 것으로, 유령들을 만들어내는 작업이라고도 볼 수 있다. 이는 「떠도는 말들」에서 자서전을 두고 "유령들이 온통 제 세상을 만난 듯 깃들이기 쉬운 곳. 그 유령들의 소굴. 자서전"(309쪽)이라고 말하던 지욱의 진술을 통해 뒷받침된다.

14 이청준, 「더러운 강」, 『매잡이』, 문학과지성사, 2010.

작가는 실제 이름은 물론 구체적인 정체를 알 수 없던 '녀석'에게 직접적으로 '가짜 인간'이라고 명명하는 것이다. 이는 녀석이 한번도 "밝은 햇빛 아래로 당당하게 돌아온 일이 없"(85쪽)다는 서술을 통해 유령적 분위기를 더한다.[15] 그런데 이러한 '가짜 인간'은 '녀석' 한 사람에게 국한된 명칭이라고 볼 수 없다. 작품에 등장하는 여인들 역시 '흰 블라우스 여자'와 '눈썹 짙은 여자'라고 명명되고 있기 때문이다. 이들에게는 자신의 존재를 증명할 수 있는 이름이 부재하기에, 모두가 자신의 얼굴을 상실한 현실 부재의 유령들이 된다.

이러한 유령들은 존재를 확신할 수 없다는 점에서 설명할 수 없는 '악'의 속성을 드러낸다. 이는 「병신과 머저리」속에서도 발견되는데, 사유의 유보 혹은 중첩을 통한 '악의 불가해성'의 문제가 제기되고 있는 것이다. 우선, 동생은 형의 소설을 통해 6·25 사변 때 형이 패잔병으로 낙오되었던 일에 관한 궁금증을 해소하고자 욕망한다. 당시 "낙오의 경위가 어떠했으며, 어떤 동료를, 그리고 왜 어떻게 죽이고 탈출해왔는지, 또는 그 천리 길의 탈출 경위가 어떠했었는지"(173쪽)에 대해 알고자 하는 것이다. 그러나 마지막까지 사실은 확인되지 않는다. 동생이 대신 쓴 결말과 형이 다시 쓴 결말을 통해 의문만이 중첩될 뿐이다. 이에 "매일 저녁 나는 그 형의 소설을 뒤져보고 어서 끝이 나기를 기다렸지만, 관모는 항상 아직 골짜기 아래서 가물거리고 있었고, 김 일병은 김 일병대로 형의 결정을 기다"(195쪽)릴 뿐이라고 진술된다. '악'은 "우리가 알지 못할 뿐 아니라, 영원히 알 수 없는 존재"라는 점에서,[16] 형의 소설은 그 자체로 '악마의 책'과 다름없다. 궁금증은 해결되

---

15 이윤옥, 「텍스트의 변모와 상호 관계」, 이청준, 『매잡이』, 문학과지성사, 2010, 380쪽.

지 않으며 원점으로, 아니 더욱 모호한 결말로 몰아갈 뿐이다.

　이러한 모호함이 부여하는 불안은 작품 말미에서 등장하는 '오관모'를 통해 한층 고조된다. 분명 형의 소설에서 오관모는 죽은 인물로 그려진다. 따라서 혜인의 결혼식장에 나타났다는 오관모는 동생만이 아니라 독자들에게도 모호함을 부여한다. 더구나 형은 오관모가 자신을 보고는 시치미를 떼며 도망을 쳤다고 이야기한다. 그렇다면 오관모는 왜 그런 행동을 한 것인지, 그 남자가 오관모가 맞기는 한 것인지에 대해 의문들이 제기된다. 그러나 역시 어떤 것도 확실하게 해결되지 않는다. 불안의 핵심이 '알 수 없는' 대상으로 인한 '알 수 없음'이라는 점에서, 인물들은 자기 안의 이야기조차 알지 못하는 존재로 전락할 뿐이다. 이처럼 확인될 수 없는 오관모의 얼굴은 곧 사라진 주체의 얼굴을 대변한다고도 볼 수 있다. 이는 오관모가 자신을 알아보지 못한 채 피했다던 형의 진술을 통해 확인된다. 사라진 것은 오관모가 아닌, 형의 얼굴인 것이다.

　이처럼 얼굴을 잃어버린 존재들은 이청준 소설을 지배하는 중요한 모티프로, '가면 모티프'를 통해 접근될 수 있다. 가면을 쓴다는 것은 스스로를 망각함으로써, 전혀 다른 존재가 되고자 하는 욕망의 발현이다. 나아가 타자의 시선에 구속되지 않기 위한 발악이라고도 볼 수 있다. 타인의 시선은 단순히 나를 대상성으로 만드는데 그치지 않고, 나에게서 세계를 훔쳐가며 그 소유를 박탈하기 때문이다.[17] 따라서 인물들은

16　지그문트 바우만, 함규진 역, 『유동하는 공포』, 산책자, 2009, 96쪽.

17　누군가에 의해 '바라보인다'는 것은 내가 중심으로 있던 세계가 완전히 와해되는 것으로, "타자는 나의 가능성들의 죽음"이라고 볼 수 있다(변광배, 『장 폴 사르트르 시선과 타자』, 살림, 2004, 188쪽) 사르트르는 이러한 타인의 시선을 메두사의 시선으로 비유한다. 희랍

자신의 세계를 타인의 시선으로부터 지켜내고자 가면으로 위장하는 길을 선택한다.

이는 「**가면의 꿈**」(1972)[18]에 등장하는 명식을 통해 확인된다. 명식은 S 법대를 수석 졸업한 판사인데, 기이하게도 '변장'이라는 습관을 지닌 인물로 묘사된다. 스스로의 얼굴을 지워냄으로써, 현실에 존재하지 않는 유령적 타자가 되길 욕망하는 것이다. 「**예언자**」에 등장하는 사람들 역시 다방 안에서 가면을 썼을 때에 비로소 마음에 안정을 느낀다. 현실에서 얻은 피로를 풀어내고자, 현실 속의 자신을 실종시키고 익명의 유령이 되길 욕망한다. 이외에도 이청준 소설에는 작품 속에 등장하지 않는 유령적 인물들이 즐비하다. 『**이제 우리들의 잔을**』에는 여자도 남자도 아닌 경숙이, 「꽃과 뱀」에는 사라진 누이 이화가, 「**치자꽃 향기**」에서는 애초부터 등장하지 않은 친구 영진이 '존재하지 않음으로 존재'하고 있기 때문이다. 이는 「**얼굴없는 방문객**」에서 눈에 보이지 않는 '죽음'으로도 확장된다.

뿐만 아니라 유령처럼 사라져버리는 인물들은 「**시간의 문**」(1982)[19]의 유종열을 통해 새로운 가능성으로 제시된다. 난민선을 향해 보트를 저어가던 유종열은 "그는 그냥 그렇게 사라져간 거예요"(224쪽)라는 진술을 통해, "아니 아직 살아 있다고 할 수는 없"으며, "그렇다고 그냥 죽었다고 할 수도 없는"(223쪽) 존재로 묘사된다. 작가는 어느 순간에도 명

신화에 나오는 메두사는 머리칼이 하나하나 뱀으로 되어있는 괴물로, 이 괴물이 바라보는 사람은 누구나 돌로 변한다. 이처럼 타인의 시선은 대자를 딱딱하게 굳혀 즉자로 만든다(박정자, 『사르트르의 실존주의』, 상명여대 출판부, 1991, 143쪽).

18 이청준, 「가면의 꿈」, 『가면의 꿈』, 문학과지성사, 2011.

19 이청준, 「시간의 문」, 『시간의 문』, 열림원, 2000.

확한 결론을 짓지 않는다. 선택은 철저하게 독자의 몫으로 돌려질 뿐이다. 이와 같이 고정되지 않고 흘러내리는 환영의 모티프는 이청준 소설에 나타난 부정적 세계를 드러내는 매혹적인 창작원리가 된다.

이상에서 살펴본 바와 같이 이청준은 현실 이면에 감추어진 인간의 내밀한 욕망과 현실의 부조리함에 대한 남다른 관심을 보여 왔다. 이때 가시화되지 않는 현실을 그려내기 위한 작가만의 고유한 창작원리로 '환상'이 주목된다. 이청준은 이러한 '환상'의 원리를 현장부재의 '눈빛'이나 유령처럼 부유하는 인물들을 통해 '환영(幻影)'의 모티프로서 제시하였다. 고정된 실체를 거부하는 '부정(不定)의 논리'을 드러내기 위한 효과적인 선택이었던 셈이다. 이를 통해 독자는 작가가 제기하는 인간 내면, 나아가 사회 구조의 은폐된 진실을 마주하게 된다.

그러나 작가는 어느 순간에도 뚜렷한 해결책을 제시하지 않는다. 대신 끊임없이 새로운 문제를 제기함으로써 세계를 더욱 '알 수 없는' 세계로 몰아간다. 이로 인해 독자는 이청준의 작품을 통해 이해할 수도 없고 파악할 수도 없는 '악의 불가해성'을 경험한다. 이로써 고정불변의 선을 '부정(否定)'하는 '부정(不定)'의 세계관을 드러내는데 성공하게 된다.

제4부 /
악의 파괴성과 창조의 역능성

'함께' 말하기와 해체된 말

1. 집단적 '노래'와 탈주적 공명

이청준의 소설에는 수많은 소리들이 등장한다. 등단작 「퇴원」에서 울리던 간호사 미스 윤의 발소리와 군인들의 행진소리, 「바닷가 사람들」의 폭약소리, 「병신과 머저리」의 총소리, 「석화촌」의 파도소리와 휘파람 소리, 「보너스」의 코인 소리, 「이상한 나팔수」의 나팔 소리, 「들어보면 아시겠지만」의 북소리, 심지어 「꽃과 소리」에서는 엿장수의 가위 소리·두부장수와 청소부의 종소리·안마사의 피리 소리·아궁이 소제부의 징 소리·야경꾼의 딱따기 소리·간장 장수의 장구 소리까지 온갖 소리들이 울려댄다. 이때 '소리'에 대한 작가의 관심은 단순한 소재적 차원을 넘어서, 이청준만의 고유한 주제의식으로 승화된다. 이는 주로 '사람'에게서 발생하는 '소리'를 통해 접근될 수 있다. 이청준 소설 속에는 숨소리·술주정 소리·웃음소리·울음소리를 비롯한 다양한

'사람의 소리'들이 즐비하고 있기 때문이다. 이 가운데에서도 '노랫소리'는 이청준 소설에서 발견되는 핵심적 소재라고 볼 수 있다.

이청준의 소설을 읽노라면 '노래'를 부르는 인물들을 쉽게 만나게 된다. 이때 '노래'란 일상적인 '말'로는 설명될 수 없는 내면의 목소리를 드러냄은 물론, 시공간을 초월한 집단적 발화를 전제한다. 덕분에 가면을 쓴 채 거짓말을 늘어놓던 인물들도 '노래'를 통해서는 진실한 내면의 소리를 토해낸다.

이는 「더러운 강」에 등장하는 '녀석'의 경우를 통해 살펴볼 수 있다. '녀석'은 너무나 정확한 서울토박이 '악센트'로 인해 오히려 거북함을 주는 인물이다. 구체적인 이름이 언급되지 않기에, 함께 사는 '나'는 '녀석'의 이름을 그의 집에 있는 책들에 씌어 있는 여러 이름들 중의 하나로 부른다. 그러나 그조차도 고정되지 못한 채, 이것저것 바꾸어가며 불리어진다. 이러한 '녀석'의 실체는 오로지 그가 부르는 노랫소리를 통해서만 희미한 실마리를 제공한다.

> 그제야 녀석의 그 서투른 노랫소리가 멀리 들려왔다.
> 이윽고 녀석이 마치 개척민 부부처럼 여자와 손을 잡고 "**해는 져서** 어두운데……"를 외치면서 숲길에 나타났다.
>
> —「더러운 강」, 92쪽(강조—인용자)

해가 떨어지고 나서도 그는 배를 띄울 생각을 않고 혼자 모래펄을 거닐며 뒹구는 휴지 같은 걸 주워 읽거나 혹 배를 낼 때도 손님은 태우지도 않고 "**해는 져서**……"를 소리 지르며 혼자 강물을 휘젓고 돌아다녔다. 녀석이 아주 건너편 숲속으로 들어가 그 소리만 들려오는 때도 있었다.

　　　　　　　　　　　　　　　　－「더러운 강」, 96쪽(강조－인용자)

　이름조차 알 수 없는 '녀석'은 오직 그가 부르는 노래를 통해서만 존재가 확인된다. 작가는 유령처럼 부유하는 '녀석'에 관한 정보를 오직 '노래'를 통해서만 제공하기 때문이다. 이때의 정보는 '녀석'이 부르는 노래가 '고향생각'이라는 점과 유독 '해는 져서'라는 부분이 반복됨을 통해 접근된다. 이를 바탕으로 독자는 '녀석'이 고향을 잃어버린 존재임을 짐작할 수 있다.

　'고향'이란 존재의 본질적 근원으로, '고향 상실'은 '존재의 본질'이 상실되었음을 의미한다. 이는 작품 안에서 '눈썹이 진한 아가씨'가 '녀석'을 향해 "네가 가짜 인간이란 걸 모르고 속아준 줄 아냔 말야"(97쪽)라고 이야기하는 장면에서 확인된다. 이를 통해 '녀석'이 부르는 고향노래는 잃어버린 자신의 존재에 대한 갈망임을 짐작할 수 있다.[1] 따라서 '녀석'이 부르는 '노래'는 드러나지 않은 인물의 내면을 드러내는 핵심 통로가 된다. '노래'는 고정된 말의 틈을 비집고 흘러 들어가, 보이지 않는 것을 드러내는 창조의 힘을 발휘한다는 점에서 이청준만의 독특한 창작원리가 되는 것이다.

　이때 이청준 소설에 나타난 '노래'가 주로 '고향'에 집중되고 있다는

1　'고향 상실'은 이청준 소설에서 빈번하게 발견되는 설정으로, 대표적으로 「가수」에 등장하는 주영훈 ①의 상황을 떠올릴 수 있다. 주영훈 ①은 월남한 고아로 호적조차 갖지 못했으며, 그래서 다른 누군가의 이름을 빌린 채 살 수밖에 없던 것으로 그려진다. 「더러운 강」의 '녀석'은 '나'를 자기의 집으로 안내하는데, 이는 '녀석'이 주영훈 ①과 같이 '나'에게서 '이름'을 빌리고자 했던 것이 아닌지 추측하게 한다.

사실을 주목할 필요가 있다. 「더러운 강」의 '녀석'이 부른 노래가 '고향 생각'이었다는 것은 물론이거니와, 다른 작품들 속에서도 '고향'을 노래하는 수많은 목소리들이 울려 퍼지고 있기 때문이다. 예를 들면 단편 「**전근발령**」(1966)[2]은 "나의 살던 고향은 꽃피는 산골 복숭아꽃 살구꽃 아기 진달래"(213쪽)로 시작하고, 「**꽃동네의 합창**」(1976)[3]은 "울긋불긋 꽃대궐 차리인 동네"(136쪽)로 끝을 맺는다. 하나의 소설은 그 안에서 머물지 않고, 마치 돌림노래라도 부르듯이 여러 작품들 속에서 목소리를 나누어 하나의 노래를 합창한다. 이처럼 '고향'에 관한 노래들은 이청준 작품에서 고향이 갖는 의미를 떠올리게 만든다. 작가에게 있어 고향은 "생명과 삶의 근원지요, 마음과 정신이 싹터 오른 요람이며 그 삶의 바탕 모양"을 지어준 "어머니의 품"이기 때문이다.[4]

이에 늘 전시태세를 갖추고 있는 「**마스코트**」(1969)[5]의 비행 조종사들은 출격에서 돌아올 때마다 휘파람으로 "켄터키 옛집에 햇빛 비치어 여름날 검둥이 시절"(300쪽)을 읊조린다. 전쟁으로 인한 두려움과 피로를 씻어낼 수 있는 길은 오직 하나, '고향'을 기억해내는 일인 것이다. 이러한 '고향'은 자신의 본래 모습 혹은 삶의 근원을 상징한다. 따라서 고향 상실은 삶의 근원을 상실했다는 것과 다름없으며, 인물들은 스스로를 회복하고자 쉬지 않고 노래를 부른다.

또한, 중요한 것은 이러한 노래가 집단적으로 불리어진다는 사실에 있다. 「**전근발령**」에서는 전쟁으로 폐허가 된 학교를 복구하는 과정에서

---

2 이청준, 「전근발령」, 『병신과 머저리』, 문학과지성사, 2010.
3 이청준, 「꽃동네의 합창」, 『별을 보여드립니다』, 열림원, 2001.
4 이청준, 「작가노트 : 아픔 속에 숙성된 우리 정서의 미덕」, 『서편제』, 열림원, 2004, 195쪽.
5 이청준, 「마스코트」, 『꽃과 소리』, 문학과지성사, 2012.

아이들에게 '고향'의 노래를 가르쳐 '함께' 부르게 한다. 『흰옷』(1993)[6]에서도 "제대로 된 신발 한짝 못 신고 맨 발바닥으로 학교 길을 오가야"(28쪽)하는 아이들에게 노래를 가르치는데, 그들은 '함께' 부르는 노래를 통해 "누구 못지않게 활기차고 당당"(30쪽)한 삶을 살아가게 된다. 뿐만 아니라 어린 종선의 노래는 이념갈등으로 곤란한 상황에 놓인 '허 선생'을 구할 기회를 마련한다. 이때의 노래 속에는 종선 혼자만의 목소리가 아닌, 허 선생을 구해내고자 노력했던 전 선생과 교장의 숨은 목소리까지도 함께 흐른다고 볼 수 있다. 이와 같이 이청준 소설에 나타난 노래는 한 사람의 목소리가 아닌, '집단'으로 이루어지고 있다는 점에서 유의미하다. 집단적 노래를 통해 인물들은 스스로를 위로함은 물론, 나아가 고정된 시간과 공간을 탈주하여 '공명'을 일으키고 있기 때문이다.

이때의 '공명'이란 "이질적인 두 개 이상의 항들 사이의 조화"로, 들뢰즈는 "두 사건이 공명할 수 있는 근거는 둘 사이의 유사성이 아닌 '차이'" 때문이라고 설명한 바 있다.[7] 이청준 소설에서 발견되는 공명 역시 이러한 '차이'를 근거로 삼는다. 그들은 '나'와 '너'의 아픔을 하나의 동일성 안에서 희석하고자 애쓰지 않는다. 대신 각각의 아픔을 있는 그대로 인정한다. 이는 친구의 회사를 찾았다가 문전박대를 당한 「꽃동네의 합창」의 이원수가 위로를 얻는 과정에서도 발견된다.

이원수는 늙고 초라한 자신의 처지에서 온 아픔을 술집 '꽃동네'에 모인 사람들과 함께 '고향의 봄'이라는 노래를 합창하는 가운데 위로받는다. 그러나 자신이 어떤 이유로 얼마만큼의 상처를 받았는지는 설

---

6 이청준, 『흰옷』, 열림원, 1993.
7 서동욱, 『들뢰즈의 철학』, 민음사, 2002, 93쪽.

명하지 않는다. 술집 안에 모인 사람들 역시 마찬가지이다. 그들은 각자 자기 몫의 상처를 지니고 있으며, 노래를 통해 각자의 아픔을 위로할 뿐이다. 각각의 아픔을 동질화하지 않음으로써, 타자와의 진정한 '공명'을 이루어낸다. 이처럼 노래는 삶의 본질을 회복하게 만드는 매개체로서, 상처받은 사람들의 내면에 '고향'을 떠올리게 만드는 중요한 수단이 된다.

그런데 아이러니하게도 이청준 소설에서의 '고향'은 언제나 부재(不在)함으로써 현존한다. 고향은 실재하는 대상이 아닌 '상상되는 존재'인 까닭이다. 따라서 이청준 소설의 인물들은 언제나 고향을 그리워할 뿐, 직접 고향을 찾아 나서지 않는다. "섣부른 귀향은 오히려 자기 삶의 어떤 지표로서의 고향과 그 의미를 파손"[8]할 뿐임을 잘 알고 있는 까닭이다. 그러므로 고향은 욕망의 대상이자 결여의 대상으로, 실체를 잡을 수 없는 '노래'를 통해 그들 안에서 흘러내린다.

이때 '노래'를 통해 상상되는 고향은 「별을 기르는 아이」 안에서 어머니를 대신하는 누나로 변용된다. 어린 진용은 이미 죽어버린 누나를 찾기 위해 거리를 헤매고 다니는데, 그때마다 "외롭고 슬프면 하늘만 바라보면서 / 밤거리의 뒷골목을"(240쪽)이라는 노래를 중얼거린다. 이는 '누나'를 찾기 위해 뒷골목을 헤매는 자신을 향한 위로의 노래라고 볼 수 있다. 이러한 노래는 진용과 화자 사이의 공명을 일으키며, '부재하는 누나'를 찾는데 협력하도록 이끈다.

이러한 공명은 「대흥부동산공사」(1973)[9]에 언급된 노래를 통해서도

---

8 이청준, 「작가노트 : 아픔 속에 숙성된 우리 정서의 미덕」, 『서편제』, 열림원, 2004, 205쪽.
9 이청준, 「대흥부동산공사」, 『가면의 꿈』, 문학과지성사, 2011.

이루어진다. 소설은 "임진강 얼음판에 팽이 치는 아해들아 / 삼각산 가는 길에 흰 눈이 쌓여고나"(249쪽)를 열창하는 아버지의 노래로부터 시작되는데, 40년간의 교직 생활에서 물러난 '아버지'가 일생을 통해 유일하게 알고 있는 유행가인 '남아의 일생'은 고단한 아버지의 삶을 위로하는 역할을 맡기 때문이다.

일반적으로 유행가는 "특정한 시기에 대중의 인기를 얻어 많은 사람이 듣고 널리 부르는 노래"를 가리킨다.[10] 따라서 유행가는 특정 시기의 사람들이 공유하던 기억을 떠올리게 만든다. 즉, 그 시대를 살아가는 인물들에게 주어진 현실을 버틸 수 있는 힘을 제공하는 것이다. 그러나 '특정한 시기'에 대한 아픔을 공유하지 못하는 이들에 의해서 소비될 경우, 듣는 이에게 치명적인 상처를 부여한다.

이에 관한 예는 「현장사정」(1972)[11]을 통해 살펴볼 수 있다. 「현장사정」은 늦깎이 수습 판사인 지인호가 술자리에서 부를 노래를 연습하는 것으로 시작된다. 이밖에도 작품 속에는 동요, 낡은 유행가, 최신 유행가, 민요에 이르기까지 다양한 노래들이 이어진다. 이때 인호는 술자리에서 노래 때문에 망신을 당할 것을 염려하며, 미리 열곡 정도의 노래를 연습해 둔 상태이다. 그런데도 막상 모임 장소에 도착하자, 어느 곡 하나 제대로 부르지 못한다.

갑자기 노래 연습을 잘못해 온 것 같았다. 이런 자리에서 넝넝너구리 어쩌고 나섰다간 망신이나 당하기 꼭 알맞았다. 하물며 아서라 큰일 날라 쌍

---

10 국립국어원 표준국어대사전(http://stdweb2.korean.go.kr/search/List_dic.jsp), 2013.5.27.
11 이청준, 「현장사정」, 『가면의 꿈』, 문학과지성사, 2011.

둥이가 어쩌고 하는 소린 더욱 가당치 않을 분위기였다.

— 「현장사정」, 182쪽

위의 인용문에서 확인할 수 있듯이 유행가를 준비해온 인호는 자신이 준비해온 노래가 분위기에 맞지 않음을 깨닫고 크게 당황한다. 그리고 재빨리 '고향의 봄'과 '오빠 생각'의 가사를 떠올리며 다른 노래를 준비한다. 그러다가도 술을 접대하던 아가씨가 '석류의 계절'이라는 신식 유행가를 부르자, 또다시 다른 종류의 노래를 불러야 하는 것이 아닌지 긴장감을 내비친다. 이를 통해 인호가 느끼는 불안은 그가 노래를 잘 부르느냐, 그렇지 않으냐에 있지 않음이 확인된다. 문제가 되는 것은 "앞으로 어떤 식의 노래판이 벌어질 것인가"에 관한 "불길한 예감"(185쪽)을 통해 발현되는 것이다. 자신의 노래를 찾지 못하고, 주어진 분위기에 어울리는 노래를 찾기에만 급급한 그의 태도 속에서, 우리는 인호가 느끼는 열등감을 목격할 수 있다. 이러한 열등감은 이내 "심한 낭패감과 함께 복수심과도 같은 묘한 심술기"(198쪽)로 확장되어 나간다. 그것은 유행가를 소비하는 현석과 강회장의 태도를 통해 확인된다.

현석과 강회장의 유행가에서 문제가 되는 것은 그들이 '옛 유행가'를 부른다는 점에 있다. 그들에게 '옛 유행가'는 과거 소중했던 추억과는 무관한, 그저 술자리에서 흥을 돋우기 위한 안주거리에 불과하다. 그러나 인호에게 '옛 유행가'는 자신이 떠나온 '고향'을 떠올리게 만드는 중요한 통로가 된다는 점에서 차이를 갖는다.

어린 인호는 동네에서 단 하나뿐인 유성기가 있는 돌담 너머 집 근처에서 연을 날리며 시간을 보내곤 했다. 그 과정에서 자연스럽게 유성기의 노랫소리를 들으며, 남몰래 노래를 배워나간다. 그리고는 집에 있는 누님에게 자신이 배운 노래를 가르쳐주고, 누님은 그것을 또다시 마을 처녀들에게 전해주며 밤이 새도록 '함께' 노래를 부른다.

> 아랫방에서 마을 처녀들과 함께 밤을 지내는 누님은 그 아랫방에서 가늘디가는 목소리로 동네 처녀들과 소리를 합해 노래를 따라 불렀다. 그리고는 나의 노래 솜씨를 놀라워하면서 다른 노래도 배워다 주기를 간청했다. 나는 슬그머니 재미가 들었다. 이젠 노래를 배우기 위해서도 연을 날려야 했다. 나는 더욱더 열심히 연을 날렸다. 그리고 밤이 되면 새로운 노래를 배워주러 누님의 방으로 내려가 등잔불 아래 수를 놓으면서 목소리를 합해주는 동네 처녀들과 함께 노래를 불렀다.
>
> ―「현장사정」, 193쪽

위의 인용문에서 확인할 수 있듯이, 무기력하고 지루한 유년시절을 견딜 수 있던 힘은 그 당시 누님과 함께 부르던 유행가 속에 담겨 있다. 노래는 무료하고 따분한 인호의 세계를 전혀 다른 세계로 재구축하는 '신화의 표식'이나 다름없던 것이다. 따라서 인호에게 있어 유행가는 '낫질'을 하느라 왼손 검지에 패인 '흉터' 자국이며, 다섯 아이를 기르느라 앞니가 모두 빠져버린 누님이라는 구체적인 실체로 새겨진다.

이에 비해 강회장의 "노랫가락은 멋이 들대로 들어"(187쪽) 있음은 물론, "노래를 부르는 데에 조금도 고통을 느끼지"(187쪽) 않는다. 바로 이 점이 인호에게 고통을 제공한다. 이는 과거 친구들의 하숙이나 자취방을 찾아 하루하루를 기식하던 시절의 기억과 연결된다. 당시 술에 취해 자신을 스쳐갔던 남자에 관한 기억 속에서, 인호는 "얼치기 도회지 녀석들에게 나는 내 가난까지 빼앗기고 만 느낌"(186쪽)을 받았다고 고백하기 때문이다.

도회지에선 유행가가 전축과 방송국과 술집들에서만 억척스럽게 불리어진다. 하지만 시골에선 푸나무꾼 숨어들어간 녹음 짙은 산골에서, 아낙네들이 김을 매는 콩밭 이랑 사이나 눈 내리는 겨울밤 동네 총각들의 사랑방 구석 들에서 그것이 간절하게 불리어졌다. 시골의 유행가는 보다 천천히 그리고 오래오래 불리어지면서 가난과 한탄과 설움이, 때로는 작은 즐거움이나 꿈이 깃들기 시작했다. 생활의 내력과 추억이 어려 들었다. 세월의 때가 묻어 들었다. 그리하여 하나의 유행가는 거기에서 서서히 다시 태어났다. 그리고 사람들은 그렇게 세월의 때가 앉은 유행가를 가지고 거꾸로 그 노래를 보내준 도회지로 나갔다. (…중략…) 한동안 세월이 흐르고 나면 어느 때 어떤 식으로 그런 노래가 불리어지고 있었느냐보다, 그것을 부르던 시절의 생활이나 추억이 더욱 간절해지는 것이 시골 사람들의 유행가였다. 시골에서 유행가를 읽힌 사람들은 술집이나 트랜지스터 라디오나 전축에서 그것을 배운 사람들보다는 훨씬 간절한 것이 있을 듯싶었다.

—「현장사정」, 198~199쪽

인호에게 유행가란 그 시절의 추억이라는 점에서, 손가락의 흉터만큼이나 아프게 다가온다. '유행가'를 들음으로써 그 시절 그 노래를 듣고 부르던 기억을 떠올리게 되고, 그로부터 아련한 추억을 마주하게 되는 것이다. 이에 '유행가'는 과거와 현재의 경험이 병치됨으로써 생기는 "공명의 효과"를 생산해낸다.[12] 이때 노래를 통해 떠오르는 '고향'은 단순한 과거의 재생을 의미하지 않는다. '고향'이란 낡은 기억의 반복이 아닌, 현재와의 공명 가운데 태어나는 새로운 기억인 까닭이다.

이는 「귀향연습」에서 지섭이 "시끄럽고 빙충맞은 요즘 식의 유행가"(76쪽)가 아닌, "옛날옛날의 노래들"(76쪽)에 남다른 애정을 지니고 있음을 통해서도 뒷받침된다. 그에게 있어 진짜 유행가란 고향이 묻어있는 이야기이기 때문이다. 이를 통해 우리는 이청준이 '유행가'를 통해 말하고자 했던 것이 '공명'을 통한 '함께 아파하기'의 문제였음을 짐작할 수 있다.

이청준은 "남의 아픔을 외면하면 부끄러움이 생기게 마련이고, 그 자기 부끄러움에마저 눈이 멀게 되면 그게 다름 아닌 뻔뻔스러움이며, 그 뻔뻔스러움은 곧 더럽고 위험스런 폭력"이 된다고 서술한 바 있다.[13] 이청준은 자신이 소설을 쓰는 것은 이러한 부끄러움을 견디기 위함이며, 남의 아픔을 함께 아파하는 과정이라고 말하고 있는 것이다. 이청준의 소설은 바로 그러한 힘의 원천을 담보한다. 그리고 이러한 '함께 아파하기'는 소설 속에서 '함께 노래 부르기'의 가능성에 통해 실현된다.

이를 보다 극명하게 보여주는 작품이 바로 「세월의 덫」(1991)[14]이다. 소설 속에는 수십 년간 서로 만나지 못하고 살아온 자매가 등장한다.

---

12 들뢰즈는 '차이 자체'를 설명하기 위해 마르셀 프루스트의 예를 든다. 마르셀은 "우연히 마들렌의 맛을 봄으로써 비자발적으로 과거의 동일한 맛을 상기하게 되고 그로부터 행복감"을 느끼게 된다. "과거의 마들렌 경험과 현재의 마들렌 경험이 병치됨으로써 생기는 행복감이 공명의 효과"라는 것이다. 이때 중요한 것은 현재의 것과 과거의 것이 동일한 경험임에도 불구하고 양자 사이엔 개념적 동일성이나 심리상의 차이성으로 환원되지 않는 본질적 차이가 있다는 사실이다(서동욱, 『들뢰즈의 철학』, 민음사, 2002, 473쪽).

13 이청준, 「작가노트 : 함께 아파하기」, 『벌레 이야기』, 열림원, 2002, 282쪽.

14 이청준, 「세월의 덫」, 『벌레 이야기』, 열림원, 2002.

이때 언니 박명순은 상대방이 자신의 동생임을 확신하지만, 동생은 그리움이 지나쳐 원망에 사로잡힌 나머지 언니에 대한 거부 반응을 보인다. 그렇게 끝내 서로를 확인하지 못할 것 같던 두 사람은 '고향생각'이란 노래를 '함께' 부름으로써, 마침내 서로의 존재를 확인하게 된다.

> 언니뻘은 이제 더 대답을 기다리지 않고 혼자서 가만가만 낮은 소리로 속삭이듯 노랫가락을 읊조리기 시작했다. / 봄이 오니 고향 생각 절로 납니다. / 남쪽 나라 제비 손님 찾아오고요……. / 「고향 생각」이라는 어린아이들의 동요 조 노래였다. 그런데 그 노래가 절반쯤 진행되어 나갔을 때-. / 아직도 계속 창밖을 향해 선 붉은 입술 쪽에서도 같은 노랫소리가 조용조용 따라 흐르고 있었다.
>
> —「세월의 덫」, 273쪽

위의 인용문에서 확인할 수 있듯이, 두 사람은 '함께' 노래를 부르는 가운데 서로를 알아본다. 자신을 두고 떠났다는 원망으로, 언니의 존재를 인정하지 않으려던 동생의 마음이 노래를 통해 열린 것이다. '함께 부르는 노래'를 통해 그동안 쌓아왔던 원망이 해소되고, 수십 년의 세월을 포용할 수 있는 이해의 폭이 생성된 것이라고 볼 수 있다. 이에 두 사람은 진정한 재회를 맞이하고, 새로운 관계를 구축할 기회를 획득한다. 새로운 역사의 시작이라는 점에서, 노래는 무엇보다 강력한 창조적 힘을 선사한다. 이러한 창조의 힘은 그들의 노래 안에 내재한 두 사람만의 추억을 통해 '공명'의 효과를 자아낸다.

"그래 이 세상에서 그 노래를 '누나' 대신 '엄마'로 바꿔 부를 사람은 아마 우리 둘뿐일 게다." "아니야. 나한텐 아니야. 나한텐 언니가 엄마였어. 나한 텐 일부러 노래를 바꿔 부른 게 아니었단 말이야."

—「세월의 덫」, 275쪽

　두 자매는 2절에서 '누나 생각'을 '엄마 생각'으로 바꾸어 불렀던 기억을 공유하고 있다. 원래 있던 노래 가사를 바꿈으로써, 그들은 자신들만의 새로운 노래를 만들어낸 것이다. 기존의 것을 파괴하는 작업이 새로운 '창조의 역능성'으로 이어지고 있는 셈이다. 이처럼 노래는 서로의 기억을 전제하며, 수십 년간 쌓아온 서로의 아픔을 치유하는 원동력을 제공한다.

　이에 「**해변아리랑**」(1985)[15]에 등장하는 '노래장이' 이해조는 어머니에게 "아들이 진정 기다려지시거든 어머니의 노래를 부르십시오. 그러시면서 그 노래 속에서 저를 대신 만나 주십시오"(100쪽)라고 이야기한다. 비록 멀리 떨어져있더라도 '노래'를 통해 서로를 만날 수 있다고 본 것이다. 따라서 어머니의 노래는 결국 아들과의 '함께' 부르기라고 볼 수 있다. '노래'를 통해 어머니와 아들을 가로막는 물리적 시공간이 해체되고, 어머니에게 돌아오지 않고도 어머니 곁에 함께 있을 수 있는 새로운 세계가 창조되는 것이다.

　이와 같은 질서의 해체는 「**비화밀교**」(1985)[16]에서 울리는 합창소리를 통해서도 확인된다. 정훈은 그믐날 밤 제왕산 등반을 통해 산 아래서

15　이청준, 「해변아리랑」, 『눈길』, 열림원, 2000.
16　이청준, 「비화밀교」, 『벌레 이야기』, 열림원, 2002.

이루어지는 모든 세속의 질서가 사라지고, 새로운 힘이 탄생하는 놀라운 현장을 목격한다. 이는 진원을 알 수 없는 기이한 합창소리와 함께 이루어지는데, 비탄과 비슷한 지하의 합창 소리는 시간이 흐를수록 어떤 절정의 절규로 폭발할 듯이 부풀어 오른다. 이를 통해 인물들은 개인과 개인을 넘어, 세대를 위로하기에 이른다.

이는 『흰옷』에 이르러 '사자(死者)'를 향한 '위로'로 확대된다. 동우는 전쟁으로 인한 이념의 편 가르기를 지양하고, "모든 혼백들"을 "한자리에 불러 달래고 위로"(214쪽)하고자 '위령굿'을 추진하는데, 이때 핵심이 되는 부분이 바로 굿판에서 울려퍼지는 아이들의 합창소리이다.

영생평화! 평화영생!
함성에 가까운 그 당찬 합창소리와 함께 아이들은 이제 다시 어떤 약동을 준비하듯 그쳤던 발놀음들을 힘차게 되살려 나갔다.

─『흰옷』, 233쪽

아이들의 합창을 통해 종선은 물론이고, '풍금'을 부셔버렸던 방 선생마저 잃어버린 '꿈과 소망'의 소리를 되찾는다. 방 선생은 아이들의 함성과 버꾸풍물소리 속에서 "그 소망이 참으로 소중하고 사랑스럽"(234쪽)다는 고백을 하고 있기 때문이다. 이를 통해 종선 역시 "망자고 생자고 이제는 지나간 옛 꿈과 노래의 질곡에서 벗어나 각기 제 삶과 죽음의 길을 따라 자기 몫의 세월"(238쪽)을 소망하게 되었다고 이야기한다. 이는 종선만이 아니라, 방 선생과 아들 동우의 소망으로도 뻗어나간다.

이와 같은 '함께 부르기'를 통한 치유의 가능성은 「목수의 집 - 혹은

수공업 시대의 추억」(1997)[17]에 나타난 '함께 연주하기'로도 변주된다. 30년 가까이 소설만을 써온 허세훈은 정보화 사회의 물결과 몰개성적 가치관으로 인해 창작에 대한 욕망과 세상 읽기의 의욕마저 모두 상실한 상태이다. 이러한 허세훈에게 삶의 의미를 되새겨주는 것이 바로 동천과 그의 아내, 그리고 딸아이가 벌인 '삼합 풍물판'이다.

"잘해보이려 애쓰지 말고 우리가 늘 해오던 대로 하면 된다."

양손에 꽹과리와 소리채를 꼬나쥔 동천이 거두절미 그 한마디를 신호로 곧 깨갱매갱 첫소리를 울리기 시작했고, 이내 딸아이의 둔탁한 북소리와 아내의 느리고 가벼운 징소리가 뒤를 따르기 시작했다.

동천 일가의 예상찮았던 합주는 그러니까 처음 한동안은 우록의 말처럼 그저 좀 우습고 엉성하기만 하였다. 솜씨들이 그다지 능숙할 수도 없었지만, 악기나 차림새나 자리나 표정들까지 모든 것이 제각각으로 부조화스럽기만 한 데다, 느릿느릿 묵연스레 천장만 쳐다보며 긴 징소리를 먹여대고 있는 그 고무줄 치마 차림 아낙의 엉거주춤한 형색에 이르러선 무언가 어색하고 기괴스런 느낌마저 들었다.

그러나 한동안 느슨한 시간이 흐르고 세 사람의 합주가 차츰 열기를 띠어가면서 분위기가 일변하기 시작했다. 세 사람은 여전히 입을 굳게 다문 채 각각의 연주에만 열중하고 있었지만, 그 눈길들은 서로 상대 쪽을 좇아 얽혀 밀고 당김질을 끊임없이 계속해나갔다. 거기다 무슨 절규나 몸부림과도 같은 딸아이의 맹렬한 북채놀음, 그런 딸아이를 부드럽게 어루만져주

---

17 이청준, 「목수의 집 – 혹은 수공업 시대의 추억」, 『목수의 집』, 열림원, 2000(이하 「목수의 집」으로 표기).

고 자신의 숨은 망념을 지그시 억눌러가고 있는 듯한 동천의 신중한 눈짓 손짓, 그리고 덩덩 자기 가슴속을 울리고 서 있는 듯한 그 아내의 아득한 표정들이 지금까지의 엉성하고 어색한 부조화감을 오히려 뜨겁고 섬뜩한 공감, 전율감으로 이끌었다.

─「목수의 집」, 35~36쪽

세훈은 이러한 동천 가족의 신명풀이 굿판을 통해 '사람 사는 동네'를 만들어갈 수 있다는 믿음을 품게 된다. '함께' 한다는 것, '함께' 부르는 노래란 바로 이와 같은 연대를 전제한다. '노래'는 말로 설명되거나 설득될 수 없는 소통을 가능하게 해주기 때문이다.

이러한 이유로 『**춤추는 사제**』(1977)[18]에서는 백제인들의 통곡과 함성의 애끓는 노랫소리가 천년이라는 시간을 거슬러 울려온다. 이에 이청준 소설의 노래는 과거와 현재 사이에 구멍을 뚫으며 어느 방향으로나 자유롭게 유동함을 확인할 수 있다. 더불어 수많은 타자들 사이에 구멍을 뚫으며, 그 사이에서 고유한 소통을 이루어냄을 발견하게 된다. 물론 이러한 '구멍 뚫기'는 '함께 아파하기'를 위해 부여되는 고통이라는 점에서 가학적이다. 그러나 이것은 '함께'라는 공명을 위해 요구되는 것으로, 새로운 '신화(神話 / 新話)' 구축을 위한 기반을 제공한다는 점에서 창조적 의미를 획득한다. 이에 이청준 소설에 나타난 '노래' 속에는 악의 파괴성과 창조성이 동시에 내재되어 있다고 볼 수 있다.

---

18 이청준, 『춤추는 사제』, 문학과지성사, 2012. 해당 작품은 1977년 1월부터 1978년 2월까지 『한국문학』에 연재되었고, 1979년 4월에 단행본으로 출간되었다.

2. 확산적 '소리'와 전복적 연대

이청준에게 '소리'는 "우리 삶의 희노애락 생로병사의 모든 국면을 가림없이 받아들이고 힘있게 융화시켜 그 삶을 더 값지게 넓게 열어 주는 예술의 양식"으로 이해된다.[19] 이때의 '소리'는 판소리, 그 가운데에서도 특히 '남도소리'를 의미한다고 볼 수 있다. 이청준은 이러한 '소리'를 두고 우리의 삶에 내재한 "즐겁고 아름다운 것, 선하고 귀한 것뿐만 아니라 슬프고 추한 것, 악하고 천한 것을 모두 다 싸안아 함께 엮어"나가는 것은 물론, "우리 삶에 대한 총체적 포용과 융합적 이해양식"이라고 설명한다.[20] 따라서 이청준 소설에 나타난 '소리'에 대한 탐구는 '말'의 수난과 복수에 대해 몰두했던 작가의 관심이 어떤 식으로 극복되어 나갔는지를 보여주는 중요한 통로가 된다.

이청준 작품에서 '소리'가 본격적으로 다루어진 것은 「서편제」(1976), 「소리의 빛」(1978), 「선학동 나그네」(1979), 「새와 나무」(1980), 「다시 태어나는 말」(1981)로 알려진 『남도사람』 연작이라고 볼 수 있다.[21] 그러나 '남도소리'에 대한 관심은 1973년에 발표된 장편 **『사랑을 앓는 철새들』**[22]로 거슬러 올라간다.

---

19 "무엇보다 그 판소리의 우리 인생사에 대한 총체적 포용과 융합적 이해양식은 그 아픔과 괴로움까지 함께 끌어안아들여 보다 더 강인하고 힘찬 삶을 숙성시켜 온 우리네 누님과 어머니, 그 선인들의 유현한 정서구조와 맥을 같이하고 있기 때문이다."(이청준, 「작가 노트 : 아픔 속에 숙성된 우리 정서의 미덕」, 앞의 책, 199쪽)

20 위의 책, 199쪽.

21 이청준, 『서편제』, 열림원, 1998.

22 『사랑을 앓는 철새들』는 『서울신문』에서 1973년 4월 2일부터 12월 2일까지, 총 209회에 걸

이때 『사랑을 잃는 철새들』에 언급된 '콩밭 사이를 오가면서 소리를 흥얼거리던 여자'와 '노랫가락의 형태로 나타난 소리꾼 사내' 그리고 '그 사이에서 태어난 딸아이'와 '아버지가 다른 오라비'라는 인물구도는 『남도사람』 연작에 등장하는 소리꾼 오누이의 일화와 거의 흡사하다.

① 여인은 골짜기의 녹음으로부터 노랫가락이 흘러나오면 가라앉을 듯 콩밭 사이를 오가면서 자신도 늘 묘한 소리를 내고 있었다. 우우우, 무슨 바다 울음소리 같기도 하고 또 혼자 그저 콧노래를 흥얼거리고 있는 것 같기도 한 소리를 그녀는 쉬임없이 흘려내고 있는 것이었다. (…중략…) 그때 였다. 바로 그때 그 소리가 산을 내려왔다. 그리고 뱀처럼 산 어스름을 타고 살금살금 산을 내려온 소리는 아낙에게로 다가가 아낙을 범하고 말았다. (…중략…) "그리고 그 여인은 열달 뒤에 조그만 계집아이 모습으로 그 소리를 낳았습니다"

— 『사랑을 잃는 철새들』 6회, 1973년 4월 9일

처 연재된 신문소설이다. 우찬제는 단행본으로 출간되지 않고 '연재본'으로만 남아있는 이유를 "작가의 소설 스타일상 신문 연재 형식이 다소간 거북했을 것이라는 점, 그래서 본 인이 쓰고 싶은 만큼 이르지 못한 소설이라고 생각했을 것이라는 점, 더욱이 소설에 대한 작가의 각별한 염결성을 고려하면 수정하고 싶은 욕망이 적지 않았으리라는 점"을 통해 설명한다. 게다가 곧바로 장편소설 『당신들의 천국』(『신동아』, 1974.4~12) 연재에 집중 하느라 수정할 시간을 허락받지 못했을 것이며, "『당신들의 천국』이 출간되는 1976년경 부터는 「서편제」를 비롯한 이른바 '남도사람' 연작이 발표되기 시작하는데, 『사랑을 잃는 철새들』에서 가장 인상적인 인물 중 하나인 송정화의 소리 내력이 그 연작에 형태로 웅숭 하게 형상화되므로 이 소설을 다시 수정하는데 심리적 거북함을 느꼈을 것"이라고 덧붙 이고 있다(우찬제, 「견인성 보헤미안의 견딤의 미학」, 『문학과 사회』 87, 문학과사회, 2009. 가을, 463쪽).

②밭고랑만 들어서면 우우우 노랫소리도 같고 울음소리도 같던 어미의 그 이상스런 웅얼거림이 이날따라 그 산소리에 화답이라도 보내듯 더욱더 분명하고 극성스럽게 떠돌아 번지기 시작한 것이다. 그러면서 어미는 뜨거운 햇볕 아래 하루 종일 가물가물 밭이랑 사이를 가고 또 오갔다. 그리고 마침내 산봉우리 너머로 뉘엿뉘엿 햇덩이가 떨어지고, 거뭇한 저녁 어스름이 서서히 산기슭을 엎어 내려오기 시작하자, 진종일 녹음 속에 숨어 있던 노랫소리가 비로소 뱀처럼 은밀스럽게 산 어스름을 타고 내려왔다. 그리곤 그 뱀이 먹이를 덮치듯 아직도 가물가물 밭고랑 사이를 떠돌고 있던 소년의 어미를 후다닥 덮쳐 버렸다.

—「서편제」, 20쪽

위의 인용문을 통해 살펴볼 수 있듯이 『사랑을 잃는 철새들』과 「서편제」는 매우 비슷한 인물구도를 지닌다. 이는 『사랑을 잃는 철새들』이 단행본으로 출간되지 않았다는 점에서, 어쩌면 작가는 「서편제」를 통해 '다시 쓰기'를 시도한 것이 아닌지 추측하게 만든다. 따라서 「서편제」에서 어머니가 "무서운 복통 끝에 흡사 핏속에서 쏟아내듯 작은 살덩이 형상 하나를 낳"(21쪽)았다는 것은 『사랑을 잃는 철새들』에서 "그 여인은 열 달 뒤에 조그만 계집아이 모습으로 그 소리를 낳았"다는 표현과 맞물린다. 즉 어린 딸아이는 곧 '소리'의 형상화인 셈이다.

이때 '소리'의 탄생은 생명의 근원인 어머니의 죽음을 전제한다. '소리'를 통해 잉태된 생명을 세상에 내어놓기 위해서는 '죽음'을 선택해야 한다는 딜레마가 발생하는 것이다. 이처럼 이청준 소설에 나타난 '소리'는 창조와 파괴를 동시에 내포한다. 때문에 '소리'를 통해 맺어진 부부관계는 죽음으로 깨어지고, 이는 새롭게 형성된 부자관계에도 영향을 미친다. 아들은 어머니를 돌아가시게 한 원인이 소리꾼 남자에게 있다고 여기고, 그를 죽이겠다는 '살의(殺意)'를 품기 때문이다. 이때 '소리'는 소리꾼 남자를 죽이고 싶은 살의를 일깨우지만, 동시에 육신의 힘을 뽑아가 버릴 만큼 매혹적으로 다가온다. 이에 아들은 결국 소리꾼 사내와 '뼈다른' 누이를 버리고 도망쳐버린다. 그러나 결국엔 평생에 걸쳐 그 '소리'를 찾아 떠도는 운명에 놓이고 만다. 이러한 맥락에서 '소리'는 벗어나고 싶지만 벗어날 수 없는, 치명적인 악마의 유혹이나 다름없다. 따라서 '뼈다른' 오누이는 '소리'를 통해 서로를 찾아나서지만, '소리'로 인해 서로를 모른 척하고 떠나보낸다. 이처럼 '소리'는 이별과 만남, 그리고 다시 이별이라는 방식으로 두 사람 사이를 유동한다. 창조를 위한 파괴와 파괴를 통한 창조의 관계를 이어가는 것이다. 이는 딸아이의 눈을 멀게 하는 소리꾼 사내의 행동을 통해서도 찾아볼 수 있다.

> 딸아이에게 눈을 잃게 한 것은 다름 아닌 그녀의 아비 바로 그 사람이었을 거라 말한 것이 여자가 사내에게 털어놓은 놀라운 비밀의 핵심이었다.
>
> 소리꾼의 딸아이 나이 아직 열 살도 채 못 되었을 때 — 어느 날 밤 그녀는 갑자기 견딜 수 없는 통증으로 그의 아비 곁에서 잠을 깨어 일어나게 되었고, 잠을 깨고 일어나 보니 그녀의 얼굴은 웬일로 숯불이라도 들어부은 듯 두 눈알이 모진 아픔으로 활활 타들어 오는 것 같았고, 그것으로 그녀는 영영 앞을 못 보는 장님 신세가 되어 버리고 만 것이라 했다. 여자의 아비가 잠든 계집 자식 눈 속에 청강수를 몰래 찍어 넣은 것이라 했다.
>
> —「서편제」, 24쪽

일부러 딸의 눈을 멀게 했다는 비정한 아버지의 욕망은 '소리'라는 예술을 창조하기 위한 무서운 파괴본능을 보여준다. 좋은 소리를 가꾸자면 소리를 지니는 사람 가슴에다 말 못할 '한(恨)'을 심어 줘야 하기 때문이다. 따라서 '소리'는 결핍을 통해 생성되고, 존재의 근거를 마련한다. 그러나 '소릿재'를 찾은 사내, 즉 눈먼 소리꾼 여인의 오라비로 추정되는 남자는 전혀 '다른 이야기(新話)'를 건넨다.

'한(恨)'이라는 것은 누가 심어 주려고 해서 심어 줄 수 있는 것이 아니며, 노인은 '자식년'이 당신 곁을 떠나지 못하게 해두고 싶은 마음이 더 컸을 거라는 이야기이다. 그렇다면 소리꾼 여인이 눈이 멀게 된 이유는 그녀의 오라비 때문이라는 논리가 성립된다. 이는 「소리의 빛」에서 "오라비가 가고 난 후 노인네는 아마 딸년마저 도망질을 칠까 봐 겁이 나지 않았겠소. 그래 아비는 딸의 눈을 멀게 한 거랍니다"(51쪽)라고 말하는 여인(성장한 딸)의 진술을 통해 뒷받침된다.

결국 여인이 눈을 멀게 된 것은 오라비 때문이며, 이로 인해 사내는 평생 누이에 대해 짊어져야 할 부채를 부여받게 된다. 따라서 누이의 소리는 사내에게 끝없는 '빚'으로 돌아오고, 사내는 부채청산을 위해 누이를 찾아 나설 수밖에 없는 것이다.

이러한 둘의 만남은 「**소리의 빛**」을 통해 이루어진다. 열 살 무렵 헤어졌던 여동생과 오라비는 「소리의 빛」 안에서 각각 '서른 즈음'의 여인과 '마흔 줄에 갓 올라섰으나 이미 쉰 살도 넘은 것처럼 노쇠해진' 사내의 모습으로 마주선다. 그러나 오라비는 동생에게 자신의 존재를 드러내지 못한다. 그저 "내 우연찮게 읍내서부터 자네 소문을 듣고 왔네"(37쪽)라고 말할 뿐이고, 동생 역시 오라비를 아는 척하지 않는다. 다만 희롱을 당한 사람처럼 엷은 노기의 빛이 그녀의 얼굴 위를 스쳐가지만, 이내 노기도 깊은 체념기 속으로 스러져 가버린다. 아버지에 대한 원망을 '소리'로 풀어낸 것처럼, 자신의 정체를 드러내지 않는 오라비의 행동에 대한 노기 역시 '소리'로 풀어낼 뿐이다. 이로써 두 사람의 만남은 '소리'를 통해 이루어졌지만, 또다시 그 '소리'를 통해 부정되고 만다. '말'로는 설명될 수 없는 두 사람의 세월이 '소리'를 통해서 전복되고 있는 것이다.

> 느리거나 빠르거나 여자의 소리만 시작되면 사내는 마치 장단을 미리 외우고 있었던 것처럼 솜씨가 익숙했다.
> 그러나 손님이고 여자고 새삼스레 상대편의 솜씨를 놀라워하는 빛은 전혀 서로 내색을 하지 않았다. 여인과 손님은 끊임없이 소리를 하고 장단을 몰아 나갈 뿐이었다.
> ─「소리의 빛」, 48쪽

수십 년의 세월을 무너뜨리는 이들 오누이의 소리는 '과거-현재-미래'라는 수직적인 시간을 해체한다는 점에서 악마성을 내포한다. 이들의 소리는 "서로 몸을 대지 않고 능히 상대편을 즐기는 음양 간의 기막힌 희롱과도 같은 것이었고, 희롱이라기보다는 그 몸을 대지 않는 소리와 장단의 기묘하게 틈이 없는 포옹과도 같은 것"(48쪽)이었기 때문이다. 이와같은 묘사는 일상적인 관념으로는 용인될 수 없는 오누이 간의 교류가 있었음을 짐작하게 만든다. 이것은 『남도사람』 연작의 씨앗이라고 할 수 있는 『사랑을 앓는 철새들』에서 '이부남매' 백기윤과 송정화가 서로를 이성적으로 욕망하고 있었음을 통해 뒷받침된다. 또한

「소리의 빛」에서 손님으로 온 오라비와 여자는 "새벽녘 동이 틀 무렵에야 간신히 소리를 끝내고 여인의 방에서 함께 잠자리로 들었다"(49쪽)라고 서술된다. 이때 주목되는 것이 '소리'를 통해 오누이 간의 관계는 깨어지고, "우리 남매는 이제 이것으로 두 번 다시 상면을 할 수도 없는 처지"(55쪽)가 되어버렸다는 부분이다. 이를 통해 작가는 서로를 찾아 헤매는 오누이를 '비련의 연인'으로 상정하고 있음을 발견할 수 있다. 결국 이들의 운명은 그네들이 감당해야 할 '한(恨)'이자 '소리'가 된다. 그런 의미에서 '소리'는 단순한 체념이나 '한'의 산물이 아닌, 뜨거운 '욕망'의 산물이라는 점에서 악마성을 갖는다.

바로 이 지점에서 우리는 '새로운 이야기(新話)'이자 '근원적인 이야기(神話)'를 발견하게 된다. 한국과 중국을 중심으로 내려오는 여러 신화들에서 공통적으로 언급되는 '홍수남매신화'를 떠올릴 수 있기 때문이다. 오랜 옛날 인류는 홍수로 인해 오누이, 단 두 명만이 살아남는다. 이에 새로운 인류의 시작은 이 오누이의 결합을 통해 비롯된 것으로 전해진다. 그런 의미에서 이청준 소설에 나타난 오누이의 결합은 새로운 세계를 여는 시작점이라고도 해석될 수 있다.[23]

이러한 창조의 역능성은 「선학동 나그네」에서도 발견된다. 여전히 소리꾼 누이의 뒤를 좇는 사내(오라비)는 30년 전 의붓아버지(노인)와 누

23 　표정옥 역시 이청준 소설에 나타난 "신화 상상력은 불가항력적인 상황에 대한 인간의 끝없는 욕망과 좌절과 극복"이라고 설명하며, 동양의 오누이 신화를 언급한 바 있다. 이는 한국의 맷돌 신화 속의 오누이, 중국의 여와와 복희, 그리고 일본의 이자나기와 아자나미를 통한 창조신화이다. 「서편제」의 오누이는 소리에 의해서 상징적으로 결합되는 상징적 근친을 감행하고 있으며, 이러한 근친은 '소리'를 통해 예술적으로 승화되고 있다는 것이다(표정옥, 「이청준 소설에 내재된 아리랑의 신화적 상상력과 영화 〈서편제〉의 문화적 놀이성 연구」, 『비교한국학』 20-3, 국제비교한국학회, 2012, 60쪽).

이(여자)와 함께 머물렀던 '선학동'을 다시 찾는다. 그곳에는 마을 앞 포구에 밀물이 차오르면, 그 위로 관음봉이 한 마리의 학이 되어 날아오른다는 기이한 이야기가 내려오고 있다. 이는 포구에 물이 들면 관음봉의 산 그림자가 떠오르는데, 그 형상이 영락없는 '비상학'의 형국을 자아내기 때문이다. 그런데 30년 만에 선학동을 찾은 사내는 들판으로 변해버린 포구를 목도한다. 물길이 막혀서 관음봉의 그림자가 내려 비칠 수 없게 된 것이다. 따라서 더 이상 관음봉은 한 마리 '선학'으로 물 위를 날아오르지 못한다. 그런데 물도 없는 포구에 다시 학이 날기 시작하고, 그 모습은 앞을 보지 못하는 눈먼 여자를 통해 목격된다. "어딘지 허황하고 기이한 이야기"로만 들리는 이 모든 사건을 가능하게 한 것은 다름 아닌 '소리'이다.

> 해질녘 포구에 물이 차오르고 부녀가 그 비상학과 더불어 소리를 시작하면 선학이 소리를 불러낸 것인지 소리가 선학을 날게 한 것인지 분간을 짓기가 어려울 지경이었지요. 헌디 그렇게 한 서너 달쯤 지났을까요. 노인넨 그 동안 맘속으로 깊이 목적한 일이 따로 있었던 거드구만요. 무어라 할까…… 노인넨 그냥 비상학을 상대로 소리를 즐긴 게 아니라 어린 딸아이의 소리에 선학이 떠오르는 이 포구의 풍경을 심어 주려 했다고나 할까…….
>
> —「선학동 나그네」, 72쪽

위의 인용문에서 알 수 있듯이, 노인은 포구에 물이 차오를 때면 언제나 소리를 시작한다. 덕분에 앞을 보지 못하는 여자는 아버지가 들려주었던 소리를 통해 다른 사람들이 보지 못하는 '학'의 비상을 목격하게 된다. '소리'를 통해 아버지와 딸은 서로의 눈이 되어주고, 이는 가시적 세계와 비가시적 세계의 연대를 이루어낸다. 그리고 '소리'를 통한 연대는 주변 사람들에게로 확대되어 나간다.

아버지의 '소리'를 통해 말라붙은 들판에서 물과 산 그림자를 보게 된 여인은 그곳에서 자신의 '소리'를 시작한다. 이로 인해 여인이 머물던 주막의 주인 사내는 "오장이 끓어오르는 듯한 목소리" 속에서 오래 전에 사라졌던 '비상학'을 목격한다. "여자의 소리가 길게 이어져 나갈수록 다시 옛날의 포구로 바닷물이 차오르고 한 마리 선학이 그곳을 끝없이 노닐기 시작"(83쪽)하게 되었다고 진술되기 때문이다. 결국 아버지의 '소리'는 딸을 통해 이어지고, 사람들은 그 딸의 '소리'를 통해 사라졌던 '학'의 비상을 목도하게 되는 셈이다. 이는 비가시적인 세계와 가시적인 세계 사이의 전복에 해당한다. 이처럼 '소리'는 '과거-현재-미래'라는 수직적인 시간을 파괴함으로써, 사라졌던 학이 언제까지나 선학동의 하늘을 날 수 있도록 창조적 동력을 제공한다.

이는 「여름의 추상 – 잃어버린 일기장을 완성하기 위하여」(1982)[24]에 서술된 '남도소리'에 대한 부분을 통해서도 확인된다. 화자는 뚜렷한 대상이 지목되지 않은 가운데, 카메라를 든 누군가를 피해서 서울의 집을 떠나 고향을 향한다. 그리고 그곳에서 '언어'에 대한 남다른 고민을 이어나간다. 그것은 표준어와 사투리에 대한 생각으로, 그는 표준어가 말 자체의 사랑이 적기 때문에 사실적인 지시성을 넘어설 수 있는 자유가 제약되어 있다고 분석한다. 이에 반해 사투리는 훨씬 많은 자유를

---

24   이청준, 「여름의 추상-잃어버린 일기장을 완성하기 위하여」, 『눈길』, 열림원, 2000(이하 「여름의 추상」으로 표기).

누리는데, 그 이유는 말 자체가 그 땅과 그 땅의 삶에 대한 사랑과 믿음의 표현이기 때문이다. 그러나 사투리보다 훨씬 큰 자유를 누리는 '말'이 있다. 그것은 다름 아닌 '남도 소리'이다.

> 가장 넓고 큰 자유를 누리는 말은 어떤 것일까. 그것은 아마 노래일 것이다. 노래 가운데서도 서민적 민요조, 그 가운데서도 **서민적인 사설이 두드러진 남도 소리가 가장 많은 자유를 누리는 말의 모습**이 아닌가 생각된다. 사투리는 그 말과 소리의 중간쯤 되는 말인 것 같다. 사투리가 더 많은 자유를 얻어 남도 소리가 되어간 거라면 그야 지나친 속단일 테지만.
>
> ─「여름의 추상」, 269~270쪽(강조─인용자)

위의 인용문에서 확인할 수 있듯이 이청준에게 '남도소리'는 단순한 고향의 의미를 넘어선다. '사투리'가 고향을 연상시킨다는 점에서, 사투리보다 더 많은 자유를 내포하는 남도소리는 개인의 고향을 넘어선, 더 큰 의미의 고향을 지향하기 때문이다. 즉 '나'의 고향이 아닌, 나와 너를 포함한 '우리'의 고향 탄생을 의미한다. 이는 "한 마당의 소리는 그런 모순과 파격에도 불구하고 끝내는 더 높은 질서와 조화로 승화되어 간다. 그것은 바로 창자와 듣는 자의 흥취(신명기)의 교합 때문"(270쪽)이라는 진술을 통해 뒷받침된다.

'소리'란 반드시 창자와 듣는 자가 전제된다는 점에서, 두 사람의 신명이 교류되어야 한다. 뿐만 아니라 그들 자체가 서로에게 '소리'가 된다는 점도 중요하다. 이에 「**새와 나무**」의 주인 사내는 '소리'하는 집을 찾아 나서는 손님을 향해 "노형이 바로 그 소릿가락 같은디"(144쪽)라고 말을 한다. 이처럼 '소리'는 그 자신이며, 동시에 나와 타인을 연결해주는 통로라고 볼 수 있다. 이에 「서편제」에서는 소리꾼 부녀의 소리를 사랑한 대가집 주인이 병든 부녀에게 양식을 보내고, 홀로 남은 딸에게도 살아갈 길을 열어주고자 마음을 쓴다. 마을 사람들 역시 밤만 되면 들려오는 '소리'를 귀찮아하거나 짜증내지 않으며, 「선학동 나그네」에서는 여자가 그 땅에 죽은 아비를 묻고 떠날 수 있도록 눈감아준다. 그런 의미에서 여인의 '소리'는 혼자만의 것이 아닌, 사람과 사람 사이를 이어주는 집단적 연대의 매개체라고 볼 수 있다.

이처럼 '소리'가 집단적 연대로 확장되는 것은 장편소설 **『인간인』 2 (강강수월래)**(1991)[25]를 통해서도 살펴볼 수 있다. 이는 결말 부분에서 소리꾼 난정이 아이를 낳는 장면을 통해 가시화된다. 장손은 아이를 출산하기 위해 난정을 데리고 광주로 향하는데, 그 가운데 귓가를 쟁쟁하게 울리는 합창소리를 듣게 된다. 장손은 그 소리가 난정의 안전과 무사 분만을 위한 성원의 소리라고 받아들인다.

차 위에서는 다시 구호와 합창 소리가 가득 차올랐다. 장손에겐 여전히 그 모든 소리들이 난정의 안전과 태아의 무사 출산을 기원하고 성원하는 소리들로 들렸다. 난정과 새로 태어날 아이를 위해 차의 속력을 함께 다그쳐대는 소리들로만 들렸다. 한 어린 생명의 탄생을 위한 그 간절하고 장엄한 소망의 합창과 행렬! 장손은 이제 난정이 그 혼자만의 여자가 아니라, 그와 같은 소망으로 행렬에 함께 하고 있는 모든 사람들의 여자이며, 그녀가 낳게 될 뱃속의 아이 또한 자신이나 다른 어떤 한 사람이 아니라 차 위의 **모**

---

25   이청준, 『인간인』 2(강강수월래), 열림원, 2001(이하 『인간인』 2로 표기).

든 사람들의 아이라는 생각이 뜨겁게 솟구쳐 오르고 있었다.

—『인간인』 2, 338쪽(강조—인용자)

위의 인용문에서 확인할 수 있듯이 장손은 난정이 낳을 아이가 자신만의 아이가 아닌 '공동의 핏줄'이라고 받아들인다. 그러므로 거대한 합창 속에서 걸어 나오는 "일출처럼 눈부신 한 아이"(342쪽)는 어둠으로 가득한 세계를 밝혀줄, 공동체가 기다려온 신화의 주인공이 된다. 이청준은 이러한 신화의 주인공을 '소리'의 형태로 묘사한다. 이는 난정이 지닌 '소리의 내력'을 통해 이루어진다.

장손은 난정의 소리가 "심신이 다 무너져내리는 듯한 그 하염없는 심사 속에 제풀에 사지가 꽁꽁 묶여버리는, 그러나 그걸 쉬 물리치고 덤벼들 엄두가 나지 않는 이상스런 마비감"(110쪽)을 불러일으킨다고 묘사한다. 이러한 소리의 불가사의한 마력은 "알 수 없는 사슬"[26]로 묘사되는데, 사슬에 묶인 것은 난정 역시 마찬가지이다. 난정은 우연히 대원여관에서 목청이 빼어난 소리꾼 여자 '송화'를 만나고, 그녀를 통해 소리의 사슬에 묶이기 때문이다.

이때 말하는 '소리의 사슬'은 단순히 기술적인 차원에서의 '소리'와는 변별된다. 그 속에는 소리꾼 어미의 생애, 그것을 이어받은 송화의 깊은 정한, 이름 모를 스님의 비밀, 장손의 고달픈 인생사, 누이 장덕의 애달픈 소망이 한꺼번에 흐르기 때문이다. 이는 곧 난정이 낳은 '아이'

---

26 '소리'를 운명의 '사슬'과 연결 짓고 있는 작품으로는 「빛과 사슬」(1988)을 들 수 있다. 화자는 장 선생의 '소리'가 온 선생의 삶을 자유롭게 해준 것인가, 아니면 노예처럼 속박하고 만 것인가를 두고 의문을 제기한다.

로 가시화되며, 동시에 '공동의 핏줄'로서 집단의 연대를 이루어낼 근
거를 제공한다. 그러므로 작품에 언급된 '소리'는 그 자체로 새로운 역
사를 열어갈 신화의 주인공이라고 볼 수 있다. '소리'의 확산을 통해 자
신 안의 '한'을 승화시키고, 집단과 집단 사이의 흐름을 창조해 나가고
있기 때문이다. 결국 소리는 집단적 연대의 상징이자, 새로운 세계로
의 진입을 가능하게 한다는 점에서 전복성을 갖는다.[27]

　소리를 통한 집단의 연대는 『신화를 삼킨 섬』(2003)[28]을 통해 보다 넓
은 의미로 확장된다. 이는 '산 자(生者)'와 '죽은 자(死者)' 사이를 연결하
는 차원으로까지 확대되고 있기 때문이다. 이때 작품의 핵심적 사건은
'씻김굿'이다. 무속에 있어 죽은 자는 부정한 존재에 해당한다. 따라서
그들의 영혼은 굿을 통해 씻김을 받음으로써 신성한 존재로 거듭난다.
그러나 씻김굿은 죽은 이의 부정을 깨끗이 씻어 극락으로 보내는 행위
이지만, 단순히 죽은 자의 혼을 달래는 것에 그치지 않는다. 이는 굿의
본래적 의미가 사자(死者)와 생자(生者) 모두가 하나 되는 축제의 장으
로서 건강한 생(生)을 소망하는 민중의식의 발현에 있는 까닭이다.

　따라서 소설 속에 그려진 '굿'은 민족공동체의 회복을 향한 작가의 주

27　이는 작품의 부제가 '강강수월래'라는 점에서 보다 확실하게 드러난다. '강강수월래'는
　　손에 손을 잡고 도는 공동체 의식으로서, 모두가 하나의 방향을 향해 나아간다는 점에서
　　화합과 통일성을 드러낸다. 때문에 『인간인』1에서 대원사에 숨어든 '남도섭'은 『인간인』
　　2에서 '안장손'으로 되돌아온 것으로 해석될 수 있다. 2권에 등장하는 '안장손'은 1권 후반
　　부에 등장하는 '남도섭'처럼 속세로부터 쫓겨 대원사로 숨어들었기 때문이다. 그리고 '안
　　장손'은 인간의 본질이 사랑과 실천에 있음을 깨닫게 된다. 각권은 각각의 인물을 통해
　　전혀 다른 이야기를 전달하는 듯하지만, 한편의 소설로서 유기적인 서사를 구축해 나간
　　다. 마치 시작도 끝도 없이 이어지는 '강강수월래'의 원처럼 말이다. 따라서 대원사로 숨
　　어든 '남도섭'은 대원사에서 깨달음을 얻고 세상을 향해 나아가는 '안장손'이 된다. 이는
　　마치 50년 전 학승이 환생을 해서 자신이 닫은 문을 열었다는 전설을 재현한다.
28　이청준, 『신화를 삼킨 섬』, 문학과지성사, 2011.

제 의식을 드러내는 통로가 된다. '굿'이라는 상징적 행위를 통해 이승과 저승의 경계를 해체하고, 과거를 현재로 불러냄으로써 새로운 미래를 열어가고자 소망하고 있기 때문이다. 이처럼 『신화를 삼킨 섬』에 등장하는 '굿'은 죽은 혼을 달래는 것에 그치지 않고, 살아남은 자들의 자기 결단을 이루는 과정으로 확대되어 나간다. 이는 굿판 속에서 이루어지는 죽은 형과 살아남은 아우의 대화를 통해 확인된다. 굿을 통해 내세와 현세, 이승과 저승 간의 단절이 소멸되는 것이다.

이를 두고 작가는 작품 안에서 '굿'이란 여타의 다른 고등 종교처럼 수직적 종속 관계로서가 아니라 수평적 시혜 관계 속에 함께 주고받으며 어울리는 "신화의 재현"이자 "그 자체로 살아 있는 신화"(56쪽)라고 이야기한다. 이러한 신화의 재현은 원통하게 죽은 망자의 한을 풀어 새 저승길을 열어주기 위한 굿판 가운데 이어지는 "창원하고 구성진 육바재기 진양조 가락"(192쪽)을 통해 본격화된다. 무당의 입에서 구송(口誦)되는 말은 이승과 저승을 오가며, 경계에 구멍을 뚫고 있기 때문이다. 그런 의미에서 '무가(巫歌)'는 새로운 세계를 창조하는 신화적 언어이며, 무당의 딸인 금옥이 소리에 이끌리는 것 또한 당연한 결과라고 볼 수 있다.

어디선지 알 수 없는 먼 노랫가락 소리가 끊임없이 시끌시끌 금옥의 귀청 속을 울려왔다. 마음을 가다듬어 사설을 좀 가려들으려 하면 가뭇없이 사라지고, 환청이었던가 싶으면 어느새 다시 머릿속을 가득 채워오곤 하였다. 어떻게 들으면 선율이 어릴 때 들은 적이 있는 중간산 테우리들의 말 모는 소리가락 같기도 했고, 다시 들으면 이따금 방송 같은 데서 들은 일이 있는 먼 육지부 수심가나 벽지 산골 아라리 가락 혹은 배따라기 사설 가락처럼 구슬프고 아득했다.

─『신화를 삼킨 섬』, 277쪽

위의 인용문에서도 드러나듯이 금옥은 정체를 알 수 없는 소리에 밤낮으로 시달린다. 이를 두고 금옥의 어머니는 "조상님이 다시 너를 부르신 게 분명하다"(278쪽)고 설명한다. 결국 금옥은 남도 무당 유정남의 느닷없는 육자배기 한 가락이 끝나고 조복순의 망자 혼받이 사설 가락이 시작되자, 무아경의 황홀한 도무(跳舞)를 추게 된다. 한사코 소리로부터 달아나려던 금옥은 조 만신의 북쪽 넋굿 마당에서 비로소 '소리'의 근원과 본색을 마주하게 된 것이다. 이후 금옥은 더이상 자신의 운명을 거스르지 못하고 신 굿을 치르게 된다.

'신 굿'이란 죽었다가 다시 살아난다는 상징적 제의를 통해 이루어진다. 이는 전생과 현생이 달라지듯이, 당자의 일생을 뒤바꾸는 중대한 사건에 해당한다. 주어진 세계를 전복하는 파괴이자, 새로운 창조를 가능하게 하는 계기가 되는 것이다. 또한 이러한 '신 굿'은 금옥과 만우의 결합을 의미하며, '큰무당'으로 다시 태어난 금옥이 앞으로 버림받은 수많은 혼백을 위로하게 될 것임을 암시한다.

이는 나아가 요선이 소록도를 향해 떠남으로써, 그 곳에 갇힌 수백 수천의 혼백을 씻기게 될 것이라는 추측을 가능하게 한다. 공간적 경계를 허무는 '굿'은 산 자와 죽은 자의 경계마저 와해시키며, 망자의 혼령이 현실세계에서 이야기할 수 있도록 허락하기 때문이다. 그러므로 "긴 세월 이 제주도 사람들에게서조차 잊혀지고 버려져 온"(199쪽), 죽어서도 섬을 떠나지 못하고 깜깜한 어둠 속을 떠도는 '생귀신들'이 입을 열기 시작한다. 생(生)과 사(死)를 넘어서는 이러한 전복적 연대는 지켜보는 이들의 가슴마저도 뜨겁게 만든다.

> 그 애틋하고 숙연한 분위기 속에 종민은 혼자 새삼 뜨거운 감동에 젖고 있었다. 아, 이것이구나. 이것이 한국의 굿이구나! 죽은 사람은 죽어서나마 이승의 한을 풀고, 산 사람은 산 사람대로 그 가슴 아픈 망자의 짐을 벗고 다시 제 고난스런 삶의 자리를 찾아 돌아가는 재이별의 자리. 그 서럽고도 아름다운 열별 의식, 그것이 이 한국의 굿이구나. 그래서 한국 사람들은 그 굿을 하며 살아왔고, 굿이 있어 그 삶이 다시 일어서 이어질 수가 있었구나⋯⋯.
> ―『신화를 삼킨 섬』, 213쪽

위의 인용문에서 확인할 수 있듯이 굿을 통해 산 자와 죽은 자는 서로를 위로하고, 비로소 진정한 이별을 맞이하게 된다. 이는 새로운 시작을 전제한다는 점에서 이중적이다. 이처럼 씻김굿 속에 흐르는 '소리'는 자기 자신의 삶을 씻기고 사회를 씻기는 데 그치지 않는다. 우리네 삶의 비애와 본질에 관한 성찰로 확대되어 나아가기 때문이다. 또한 '굿'은 단순한 공연이 아닌 행위자와 관중이 모두 '참여자'가 된다는 점에서, 독자들에게 보다 능동적인 독서를 요구하게 된다. 따라서 이청준의 작품은 공동체 연희인 '굿'과 마찬가지로, 작가와 독자의 공동 글쓰기로 확장되어 나간다. 이는 블랑쇼에 의해 제기된 '문학적 독서'에 해당한다. 문학적 독서에서 중요한 것은 '이해'가 아니라 '주의 깊게 듣는 일'이며, "독자는 이미 도래한 저자이며, 저자는 다가 올 독자"이기 때문이다.[29]

---

29 유치정, 「블랑쇼 문학과 새로운 글쓰기의 의미」, 서울대 박사논문, 2011, 36쪽.

이청준은 이러한 자신의 소설 쓰기를 '젖은 속옷 제 몸 말리기'라고 비유한 바 있다. 젖은 속옷을 자신의 체온으로 기다려 말려야한 한다는 것은 더없이 찜찜하고 부끄러운 일이다. 이때 부끄러움이란 "남의 아픔을 보고 그것을 함께하거나 나누지 못"하는 것을 의미한다.[30] 그러므로 사람들은 그 부끄러움 때문에 남의 아픔을 그냥 지나치지 못한다.[31] 바로 이것이 이청준이 지향하는 글쓰기의 핵심이다.

부끄러움을 극복하기 위해 함께 아파하는 것, '소리'는 이러한 '함께 아파하기'를 가시화하는 가장 극대화된 형태라고 볼 수 있다. 다시 말해서 이청준 소설에 나타난 '소리'는 "이렇다 할 환부가 없이도 너무나 아픈 환자, 현실에서 상처받아 지친 영혼, 하여 말과 맘을 잃어버린 존재들의 이야기를 써오던" 작가가 "상처를 발본적으로 치유하기 위한 원형적인 상상력" 펼치기 시작했음을 의미한다.[32] 따라서 이청준의 '소리'는 "우주와 인간의 비밀을 열어가는 하나의 의미심장한 열쇠"라고 볼 수 있다.[33] '소리'는 숨겨진 비밀을 폭로하는 악의 '파괴적' 속성을 드러냄과 동시에 창조의 원동력을 포함하기 때문이다.

이청준에게 있어 '악'은 어떠한 한계를 넘어서려는 적극적인 의지로 해석된다. 이는 기존의 질서를 파괴함과 동시에, 새로운 질서를 창조하는 역동적인 힘의 근원을 의미한다. 비슷한 의미에서 블랑쇼는 "창조는 파괴로부터 시작"되고, 글쓰기는 "모든 기반의 사라짐"을 출발점으로 삼

30 이청준, 「작가노트 : 자기 부끄러움과 소설질에 대하여」, 『벌레 이야기』, 열림원, 2002, 45쪽.
31 이청준, 「작가노트 : 함께 아파하기」, 위의 책, 281쪽.
32 우찬제, 「견인성 보헤미안의 견딤의 미학」, 『문학과 사회』 87, 문학과지성사, 2009. 가을, 468쪽.
33 근대문학 100년 연구총서 편찬위원회, 『약전으로 읽는 문학사』 2, 소명출판, 2008, 442쪽.

는다고 이야기한 바 있다.[34] 이청준의 글쓰기도 이러한 '파괴'를 기반으로 삼는다. 그의 소설에 나타난 창조는 언제나 기존의 것을 파괴하고, 그러한 파괴를 통해 새로운 창조로 나아가는 계기를 마련하기 때문이다. 이때 파괴와 창조라는 '악'의 이중성은 주로 작품 안에서 이전의 작품이 해체되는 가운데 발생한다. 하나의 이야기는 그 자체로 고정되지 않고, 또 다른 작품 안에서 변주되며 '새로운 이야기(新話)'를 구성해내는 까닭이다. 이때 '새로운 이야기'를 '신화(神話)'라고 명명한다면, 신화 구축을 위해 작가가 선택한 일차적인 창작원리로 '언어의 해체'를 주목할 수 있다.

'신화(神話)'란 문자로 기록되기 이전에 '노래'로 전승되는 까닭에, 작품 안에서 흐르는 '노래'와 '소리'는 '신화(神話)'를 창조하는 중요한 통로로 기능하기 때문이다. 또한 '노래'와 '소리'는 세대와 세대는 물론, 산 자(生者)와 죽은 자(死者)의 세계를 이어주는 '집단'적 발화라는 점에서 보다 중요한 의미를 획득한다. 집단적 소통이 확산됨으로써 기존의 수직적 시간은 해체되고, 원형적 시간이 탄생하는 까닭이다. 이를 통해 '나'와 '너'의 경계는 해체하고, '과거-현재-미래'의 시간마저도 전복되어 새로운 연대가 가능해진다.

---

34 이혜인, 「블랑쇼 문학론에서의 글쓰기와 언어의 문제」, 연세대 석사논문, 2013, 4쪽.

유동적 시원과 카니발리즘 공간

1. 떠도는 '길'과 나그네의 신전

이청준은 자신이 소설을 쓰는 이유를 두고 '새 고향 길'을 닦는 심정으로 '옛 시골고향 길'을 다시 찾아다니며, 도회에서 소진된 삶의 피로를 덜고 새로운 생기와 활력을 회복하는 과정이었다고 서술한 바 있다. 그러나 이청준의 시선이 언제나 고향에만 머물렀던 것은 아니다. 이는 "도회에서는 내 근원에 대한 결핍감에 시달리고 시골에서는 다시 끊임없이 움직이고 변화하는 도회살이 속에서 함께 부대끼며 내 정신의 균형과 조화를 얻어나가야 한다는 강박에 쫓기며 도회와 시골 사이를 반복해 오가고 있었다"[1]는 작가의 고백을 통해 접근될 수 있다.

따라서 이청준 소설의 핵심은 도회와 고향 사이를 되풀이 오가던 '길'로써, 떠남과 되돌아옴의 반복과정에 있다고 할 것이다. 그러므로

---

[1] 이청준, 「작가의 말: 나는 왜, 어떻게 소설을 써 왔나」, 『신화의 시대』, 물레, 2008, 308쪽.

작가의 소설 쓰기는 '나그네의 길' 혹은 '쉼 없이 떠도는 유랑의 길'로 비유될 수 있다. 이때 '나그네'는 이청준이 '가장 좋아하는 한 마디의 말'로, 작가는 '나그네'가 "삶에 대한 가장 허심탄회하고 용기있는 구도(求道)의 모험"을 떠나면서도, 어느 곳에서나 자신의 신전(神殿)을 짓지 않는 존재라고 설명한다.[2]

> 자신의 신을 위한 신전을 지을 수 없는 존재인 것이다. 그 길에서 수많은 사람들을 만나고 그 사람들의 삶을 만나도 그는 언제나 다시 떠나야 하는 사람이기 때문이다. (…중략…) 어느 곳에나 자신의 신전을 지을 수 없는 대신 자신의 신전을 자신의 등에 짊어지고 다니는 사람의 삶, 어쩌면 그 자신이 차라리 자기의 삶의 신전으로 끊임없는 구도의 길을 떠나고 있는 사람— 나는 그 나그네란 말에는 그런 사람의 허허한 삶의 무게가 연상되기 때문에 이 말을 좋아하고 있는 것 같다.
>
> ─「나그네─내가 좋아하는 한 마디 말」, 36쪽

위의 인용문에서 언급된 바와 같이 나그네란 자기의 신전을 세상 그 어디에도 정착시키지 않고, 자신의 몸에 직접 짊어지고 살아가는 존재이다. 따라서 결코 멈춤이 없는 모색의 끈기야말로 그 존재의 본질이라고 볼 수 있다. 이때 나그네에게 부여된 신전이란 일정한 진리나 체계, 혹은 신념과 같은 확고한 실체를 뜻하지 않는다. 오히려 그것은 일시적인 현현의 상태이며, 잠깐 동안 의식에 충격을 가하고 사라지는 암시성 짙은 존재일 뿐이다.[3]

---

2 이청준, 「나그네─내가 좋아하는 한 마디 말」, 『말없음표의 속말들』, 나남, 1985, 35쪽.

그런 의미에서 이청준 소설에 나타난 인물의 '길' 떠남은 들뢰즈와 가타리에 의해 이야기된 '야금술'로 명명될 수 있다. '야금술'이란 주어진 재료를 다른 것과 섞고 변형함으로써, 소재로부터 물질성을 해방시키고 새로운 형태를 부여한다.[4] 이들은 '구멍 뚫린 공간'을 통해 홈 패인 공간이든 매끈한 공간이든 자신이 원하는 곳에서 수많은 타자들과 관계를 맺어 나간다. 이청준 소설 속에는 이와 같은 야금술사적인 인물들이 쉽게 발견된다. 그들은 한 곳에 안주하지 않고 언제나 길 위를 유랑하며 새로운 구멍을 뚫는다.

이는 대표적으로 『남도사람』 연작을 들 수 있다. 소설에 등장하는 주요 인물들은 거의 모두 '길' 위를 떠돈다. 소리꾼 누이는 누이대로, 그녀를 찾는 오빠는 오빠대로 각자 자신들만의 길을 걷고 있기 때문이다. 이는 그들의 아버지인 소리하는 사내의 경우도 마찬가지이다. "소리를 하고 다니는 사람들이 한곳에 정해 놓고 몸을 담는 일이 있었겠소"(23쪽)라는 말처럼, 그의 등장은 "뱀처럼 산 어스름을 타고"(20쪽) 이루어진다. 그리고 이내 의붓아들과 어린 딸을 데리고 길을 떠난다. 그 가운데 의붓아들도 자신만의 길을 떠나고, 딸 역시 아버지의 죽음 이후 홀로 자신만의 길을 걷게 된다. 뿐만 아니라 오빠는 누이동생을 찾기 위해,

---

3 한상규, 「다양한 표정의 소설세계에 대한 다양한 비평」, 『작가세계』 14, 세계사, 1992.8, 19쪽.

4 야금술사 "변형시키는 자고, 변형을 통해 질료를 흐름으로 만들고, 그 흐름을 따라가면서 그때마다 필요한 새로운 형태를 부여하는 자"라고 볼 수 있다. 야금술은 "질료-흐름의 의식 내지 사유고, 금속은 이 의식의 상관물"인 것이다. 따라서 야금술은 "변형의 기술이고, 물질성을 통해 어떤 형식화된 재료의 문턱을 넘는 기술이며, 근본적으로 물질성의 흐름 자체에 대한 사유"에 해당한다. 이진경은 이러한 사유가 소수적 과학, 유목적 과학의 특징을 지닌다고 설명하였다(이진경, 『노마디즘』 2, 휴머니스트, 2002, 447쪽).

누이동생은 그런 오빠를 피해 끊임없이 길 위를 걷는다. 그런데 이들의 목적은 반드시 동생을 찾겠다거나, 굳이 오빠를 피해 도망을 치겠다는 사실에 머물지 않는다. 그들은 그저 '나그네'처럼 '길' 위를 떠돌 뿐이다.

우선 『남도사람』 연작 1편에 해당하는 「서편제」는 떠나간 의붓아들, 즉 사내를 중심으로 전개된다. 그는 소리꾼 누이를 찾기 위해 '소릿재'를 찾지만, 누이동생은 이미 떠난 지 오래이다. 이로써 작품의 중심 공간은 '소릿재'가 아닌 '길' 위로 이동한다. 이는 연작 2편인 「소리의 빛」에서도 반복된다. 산골 주막집에는 앞을 보지 못하는 장님 색시가 있는데, 바로 「서편제」에서 사내가 찾던 누이 동생이다. 사내와 누이는 극적으로 마주하게 된다는 점에서 주막집은 화해와 통합의 공간이 된다. 그러나 두 사람은 결코 서로의 존재를 드러내지 않는다. 그저 밤새 '소리'만을 주고받고, 심지어 날이 밝자 사내는 슬그머니 주막을 떠나버린다. 누이 역시 "이제 그만 어디론가 몸을 좀 옮겨야 할 때도 되었지요"(56쪽)라고 말한다. 이를 통해 중심공간은 산골 주막집이 아닌 사내가 '떠난' 길이요, 누이가 '떠날' 길이 된다.

이러한 구도는 연작 3편인 「선학동 나그네」에서 또다시 반복된다. 사내는 누이를 찾아 선학동을 찾지만, 이미 누이는 그곳을 떠나고 없다. 이에 사내는 또다시 길을 떠나게 될 것임을 짐작할 수 있다. 이러한 사내의 길은 연작 4편인 「새와 나무」(1980)를 통해서도 어김없이 재발견된다. 소설은 20여 일이 넘도록 도보로 보성과 장흥과 강진 땅을 돌아 해남 땅에 접어든 남자의 등장으로부터 시작된다. 그리고 다시 분명한 행선지도 없이 길을 떠나는 남자의 이야기로 마무리된다. '쉼'없는 나그네로서의 삶이 극명하게 그려지고 있는 셈이다. 이때 작품 안에서 소리꾼 오누이의 이야기가 직접적으로 언급되지는 않는다. 그러나 "이제 어디로 가실 겝니까?"라는 질문에 '소리하는 집'이나 찾아보려한다고 답함으로써, 그 정체를 짐작할 수 있다. 이로써 독자는 또다시 길 위를 방랑하는 오누이를 마주하게 된다.

이러한 방랑은 '빗새'라는 이미지를 통해 보다 넓은 개념으로 확장된다. 오랜 시간 나그네처럼 길을 걸어온 남자는 우연히 폐원처럼 보이는 수림을 발견하는데, 그 곳에서 청하지도 않은 술상과 푸짐한 저녁상은 물론 잠자리까지 대접받는다. 남자는 자신에게 이처럼 융숭한 대접을 해주는 주인 사내의 행동이 도통 이해되지 않는다. 그 가운데 남자는 비가 내려도 깃들일 둥지가 없는 '빗새' 이야기를 듣게 된다. 이때'빗새'란 집을 나간 주인 사내의 형이자, 끝내 자신의 집을 짓지 못한 시인이며, 길 위를 떠도는 남자임이 밝혀진다. 주인 사내는 이와 같은 '빗새'들에게 의지할 나무가 되어주고자 했던 것이다.

> 사내의 그런 마음 씀씀이는 이미 그의 형에게만 머물러 있는 것이 아니었다. 그가 기다리고 있는 것이 착각이 아닌 실제의 자기 형이었다 하다라도, 집을 떠나간 형은 이제 그 빗새가 되어 숲을 찾아 오고 있었다. 사내도 이젠 그의 노친네가 옛날 당신의 아들을 대신한 그 한 마리 빗새만을 위해 동백나무를 심지 않았듯이, 그의 숲을 지나가는 모든 피곤한 길손들을 그의 빗새로 맞아들이고 있는 것이다.
>
> ㅡ「새와 나무」, 117쪽

위의 인용문에서 확인할 수 있듯이 이청준 소설에서 중요한 것은 단순한 '나그네'의 유랑이 아닌, 그 '길'에서 마주하는 사람들과의 인연이다. 그러므로 '길'은 새로운 인연을 생산하는 '생명력' 넘치는 시원(始原)이라고 볼 수 있다. 이는 「선학동 나그네」에서 "연전에 한 여자가 이 동넬 찾아들었지요. 그리고 그 여자가 지나간 다음부터 이 고을에 다시 학이 날기 시작했어요"(69쪽)라는 진술을 통해서도 확인된다. 여자의 흐름은 물도 없는 포구에 다시 학이 날게 만드는 놀라운 신화(神話)를 이루어내기 때문이다.

이와 같은 생명력 넘치는 흐름은 스스로 '꽃씨 할머니'라는 신화적 존재가 되어버린 『인문주의자 무소작씨의 종생기』(2000)[5]를 통해서도 확인된다. 주인공 무소작은 어린 시절부터 자신이 사는 세계에 답답함을 느낀다. 이는 씨앗이 싹을 틔우는 것은 땅 속이 갑갑해서이고, 물고기가 낚싯바늘을 물고 물속에서 나오는 것은 물속에서만 사는 것이 답답해서라고 여기던 어린 무소작의 생각을 통해 드러난다. 그런 가운데 무소작은 점차 "세상에는 그가 보고 듣고 아는 것 말고 그가 알지 못해 온 또다른 세상이 어디에나 숨어 가려져 있다고 생각"(28쪽)하기에 이른다. 이러한 생각은 아버지를 따라 올랐던 산길에서 울려오던 '소리'를 통해 더욱 확고해진다. 이때 산에서 들려오는 '뇌성'은 신화(神話)에 등장하는 '신'의 음성이라고 볼 수 있다.[6] 그런 의미에서 무소작의 '떠남'은 새로운 '신화(神話)' 창조를 위한 '신화(新話)'적 흐름을 구성해낸다.

이후 무소작은 읍내 중국집 배달꾼, 구두닦이, 신문팔이, 찹쌀떡이

---

5   이청준, 『인문주의자 무소작씨의 종생기』, 열림원, 2000.
6   남진우, 「이야기의 시원, 시원의 이야기」, 위의 책, 138쪽.

나 메밀묵 장수와 같은 궂은일을 거치며 도회살이를 익혀나간다. 도시 변두리 공단의 종이 공장에서 의류회사를 거쳐 군대에 입대하고, 군대에서도 소총수에서 행정반 졸병으로, 사격장 관리 조수로, 종당엔 파월부대 장병교육 조교일로 여기저기 옮겨 다닌다. 한 곳에 안주하지 못하는 무소작은 제대 이후에는 사막에서 아프리카, 유럽, 남북 아메리카를 두루 거쳐 지구를 한 바퀴 돌기에 이른다.

> 아프리카의 정글과 백색의 도시 카사블랑카와 스페인의 투우 경기 따위에서부터 아이슬란드의 간헐 온천, 알래스카의 백야와 순록 썰매, 어마어마한 미국의 마천루와 동화 속 같은 인디언촌, 두 대륙의 허리를 끊어 흐르는 파나마 운하와 하늘 위에 숨어 떠 있는 잉카 유적, 지구에서 가장 높은 곳에 위치한 페루의 티티카카호와 세계에서 가장 키가 큰 인종이라는, 안데스의 남쪽 끝 파타고니안 마을에 이르기까지, 아직도 사라지지 않고 있는 그의 마음속 소리가 부르는 곳이면 어느 곳이나 찾아가 가지가지 사람살이 풍물을 보고 겪는 동안 그간에 모은 돈을 모조리 다 써버린 것이다.
>
> —『인문주의자 무소작씨의 종생기』, 39쪽

위의 인용문에서 확인할 수 있듯이, 무소작은 마음속에 자리한 소리를 따라 자신이 알지 못하는 '미지(未知)'의 세계를 쉬지 않고 유랑한다. 그러던 어느 날 무소작은 고향 '참나뭇골'을 향하고, 그 가운데 자신이 경험한 이야기를 바탕으로 새로운 삶을 살아가게 된다. "새 종생의 길, 바로 다름 아닌 늙은 이야기 장사꾼 길의 시작"(61쪽)된 것이다.

그런데 사람들은 처음에는 누구나 자신이 접하지 못한 무소작의 이야기에 매력을 느끼지만, 이내 그 이야기들을 자신들의 경험과 삶 속에서 동질화시켜 버린다. 사람 사는 일이란 알고 보면 모두 똑같다는 점에서 사람들은 더 이상 무소작의 이야기에 귀를 기울이지 않게 된 것이다. 이에 무소작은 자신의 이야기에 진실이 부족하다는 사실을 깨닫고, "그러면 나는 도대체 무엇이란 말인가? 지금까지 내가 살아온 세월은 무엇이었단 말인가"(107쪽)라는 반성을 시도한다. 그 가운데 "제 안이 없는 떠돌이, 안과 밖의 경계를 지니지 못한 떠돌이 처지"(106쪽)인 자신의 삶에 대해 아픔과 허무함을 호소한다. 이에 무소작은 이야기의 진심을 담기 위해, 그리고 그것을 자신 안에서 삶의 뿌리로 키워내기 위해, 또다시 길을 떠난다. 그 결과 무소작은 자신의 마음속에 오랫동안 품어왔던 '꽃씨 할머니'가 되기에 이른다.

> 노인이 그 전설을 전해주고 간 곳에선 그 전설들이 제각기 꽃씨로 변하여 해가 바뀌고 나면 이곳저곳 그 꽃들이 피어나는 이야기가 되었다. 그리고 다음으론 그 꽃 전설을 전하고 다니는 노인의 모습이 웬일인지 할아버지에서 차츰 할머니로 바뀌었고, 그로부터 할머니는 아예 그 꽃 대신 이꽃저꽃 씨앗을 뿌리고 다니는 이야기로 변해갔다. 무소작 노인은 말하자면 자신이 그 꽃씨를 뿌리고 다니는 할머니로 변하여 자신의 이야기 속으로 사라져간 셈인데, 그의 그런 이야기의 행적을 뒤찾아다닌 그 이야기 공부꾼도 그의 마지막 행적, 그러니까 그가 그 이야기 속의 할머니와 함께 마지막 꽃씨를 뿌리고 세상에서 모습을 감춰간 종생의 자리는 아무데서도 찾아볼 수가 없었다는 것이다.
>
> —『인문주의자 무소작씨의 종생기』, 125쪽

위의 인용문을 통해 알 수 있듯이, 무소작은 예전의 무소작이 아닌 '꽃씨 할머니'라는 신화적 존재로 거듭난다. 이에 언제, 어디서, 어떻게 생애를 마쳤는지 알 수 없는 무소작은 지금도 여전히 꽃씨를 뿌리며 길을 걷고 있을 거라는 기대를 부여한다. 더불어 그 길 위에서 새로이 피어나는 '이야기'들을 통해, 매번 새롭게 태어나는 '시원'을 만나게 된다. 이때 유동적 시원은 기존의 것을 전복한다는 점에서 파괴를 전제한다. 이러한 여정을 통한 '신화(神話 / 新話)'의 구축은 장편 『**신화를 삼킨 섬**』을 통해서도 확인된다. 다음은 소설의 서두와 결말에 관한 부분이다.

①'큰당집' 사람들이 미리 그렇게 여관을 잡아준 탓이리라. 섬 터주 당골 추(秋) 심방네 신당(神堂) 집은 생각보다 길이 멀지 않았다. 정요선(丁堯銑)이 그의 어미 유정남과 그녀의 신딸 오순임들과 함께 들어 묵고 있는 제주시의 서쪽 변두리 여관에서 도보로 반시간 남짓 거리, 며칠 전 일행 세 사람이 육지부 남쪽 끝 녹동 포구로부터 완도와 청산을 거쳐 열 시간 가까운 긴 뱃길과 심한 멀미 끝에 초죽음 꼴로 배를 내린 제주항 서쪽 교외 지역 옹두리 해변가 한 작은 언덕배기에 그의 초옥이 납작 올라앉아 있었다.

— 『신화를 삼킨 섬』, 9쪽

② 한라산 봉우리가 잿빛 파도 너머로 부옇게 멀어져가고 있었다. 섬으로 건너온 지 석 달여. 남해안 완도를 향해 제주항을 출발한 여객선 제완호에 다른 식구와 함께 다시 몸을 실은 정요선은 나름대로 감회가 몹시 복잡했다.

— 『신화를 삼킨 섬』, 372쪽

위의 인용문을 통해 알 수 있듯이, 소설은 정요선 일행이 제주도에 오는 것으로 시작해서 다시 떠나가는 것으로 마무리된다. 이때 요선의 다음 행선지로 소록도가 암시되는데, 소록도는 요선의 아버지가 잠들어 있는 곳이다. 그러나 요선은 자신의 아버지 '한 사람'을 만나기 위해 소록도를 향하는 것이 아니다. 소록도는 일제 때부터 수많은 한센병 환자들이 심한 노역과 학대에 시달리다 '한'을 품고 죽어간 공간이기 때문이다. 실제로 소록도 '갱생원(更生園)' 안에는 주인 없는 유골들이 수없이 뒤엉켜 있다. 그들은 죽어서도 고향으로 돌아가지 못한 채, 소록도 안에 갇혀 있는 존재들이다. 이에 정요선은 '만령당(萬靈堂)' 안치소에 머무는 수많은 혼백들에게 자유를 부여하기 위해 길을 떠난다. 이는 정요선 일행이 제주도에 온 이유가 그와 같은 혼백들을 위로하기 위함이었다는 사실을 통해 뒷받침된다. 그러므로 이들의 떠남은 '자유'를 향한 여정으로, 그동안 자신들을 속박하던 세계의 파괴라고 볼 수 있다. '악'이란 '자유의 대가'라는 점에서, 요선의 '길'은 폭발하는 '악의 흐름'으로 채워진다.

한편, 요선의 '길' 떠남은 금옥이 내림굿을 받는 사건과 맞물린다. 요선에 의해 이어지는 '악의 흐름'은 무녀로서의 삶을 살게 될 금옥의 '길'로 이어지는 것이다. 이를 통해 금옥은 '섬' 바깥으로 확장될 근거를 제공받는다. 심지어 금옥은 내림굿을 통해 스스로 '섬'이 되기에 이른다. 이는 금옥이 '무녀'로서의 삶을 거부하고자 섬에서 벗어나길 욕망해왔다는 점에서 접근된다. 때문에 금옥이 '무녀'의 길을 선택했다는 것은 보다 넓은 의미에서 자신 안으로 '섬'을 받아들인 것으로 해석될 수 있다. 즉 금옥은 섬 안으로 편입된 것이 아니라, 그녀 안으로 섬을 수용한 것이다. 나아가 새로운 무녀의 탄생은 금옥과 만우의 결합을 상징하며, 둘의 결합은 이름 없이 죽어간 수많은 혼백의 구원을 불러올 것으로 추정된다.

그런데 이때 상처받은 혼백은 죽은 자만을 의미하지 않는다. 제주도 안에서 살아가는 수많은 사람들까지도 포함하는 까닭이다. 그런 의미에서 금옥은 스스로를 구원하는 사제(司祭)가 되었다고 볼 수 있다. 스스로 새로운 신화를 잉태하는 거룩한 신전이 된 셈이다. 그리고 이는 요선 역시 소록도의 아픈 역사를 씻기고 새로운 신전을 구축하게 될 것임을 짐작하게 한다.

이와 같이 새로운 신화를 구축하는 '성지'는 인물들이 몸담고 있는 물리적 공간을 넘어, 그들 자신의 삶을 통해 이루어진다. 이러한 특징은 『**신화의 시대**』[7] 안에서도 발견된다. 어느날 남녘의 해변마을 '선바위골' 안으로, 정신이 썩 온전치 못한 데다 본색이 아리송한 여자가 흘러들어온다. 묻는 말에 오로지 '자두리'라고만 중얼거리는 탓에 '자두리'라고 불리는 이 여인은 우연히 마을 남정네들을 따라 천관산에 올랐다가 아이를 임신하게 된다. 그녀가 낳은 '아이'는 작품의 핵심적 서사를 이끌어가는 주인공이라는 점에서, 그녀는 새로운 신화를 구축하는 모신(母神)이 된다. 다시 말해서 자두리는 그 자체로 거룩한 '신전'이라고 볼 수 있다. 그런데 자두리는 처음 마을에 등장했을 때처럼, 어느 날 홀연히 자취를 감춘다. 이에 거룩한 신전은 한 곳에 정착하지 않고, 나그네처럼 끊임없이 유동하게 된다.

이는 『신화의 시대』 2장에서 언급된 이인영을 통해서도 확인된다.

---

7   이청준, 『신화의 시대』, 물래, 2008.

그는 선바위골 동쪽 포구 회령마을에 사는 이씨(李氏) 가문의 막내아들로, 아버지의 기대를 받는 대신 형들에게 시샘을 받는다. 그러던 가운데 아버지가 갑작스레 돌아가시자, 허울뿐인 양반 신분을 내려놓고 방랑의 길을 걷게 된다. 한 곳에 머물기를 거부하고 떠도는 삶은 인영이 이동하는 물리적 공간을 통해 가시화된다. 그러던 가운데 인영은 조정 대관들의 세력 다툼에 밀려 내직을 잃고 벽지 산골에 내려온 황 군수의 딸과 부부의 연을 맺는다. 황 군수 역시 자신이 있던 곳을 떠난 인물이며, 뒷날 '웃녘댁'으로 불리는 그의 딸 역시 인영의 죽음 이후 살던 곳을 떠나야 할 처지에 놓인다. 심지어 두 아들 가운데 작은 녀석인 귀성이는 봄철 사당패를 따라 홀연히 자취를 감춘다. 이후 '웃녘댁'은 마치 1장의 '자두리'처럼 회령 마을 뒷산 너머 선바위골로 흘러들어오고, 그곳에서 새로운 이야기의 씨앗이 된다. 또한 웃녘댁의 아들 남돌과 결혼하게 되는 '외동댁' 역시 외부에서 선바위골로 유입되었다는 점에서, 『신화의 시대』에 등장하는 여인들은 하나같이 자신이 살던 세계를 벗어나 새로운 세계를 구축하는 모신(母神)의 역할을 수행하고 있다고 볼 수 있다. 이는 자두리가 낳은 아들 태산을 통해 보다 구체화된다.

광주쪽 조선학교 중등과정 학생들이 일본인 중학생들에 대항해 나선 것을 시작으로 온 나라 학생들이 의기를 떨쳐 일어선 소위 '학생사건' 몇 해 뒤인 1932년 봄, 태산은 그렇듯 괴이한 경로를 거쳐 제 미지의 운명의 문을 열고 그 광주사범학교 대처로 유학의 길을 떠나간 것이다.

—『신화의 시대』, 301~302쪽

위의 인용문은 소설의 마지막 문장에 해당한다. 물론『신화의 시대』는 작가가 애초에 계획했던 3부작 가운데 1부에 해당하는 까닭에, 위의 결말이 온전한 결말이라고 보기는 어렵다. 그러나 선바위골로 흘러들어왔던 여인들 속에서 태어나고 자라난 태산이 마을 밖으로 나아간다는 서술은 의미심장하다. 소설을 통해 새로운 신화를 구축하고자 열망했던 작가의 창조적 열망이 반영된 것으로 이해되기 때문이다. 더불어 작품 자체가 미완으로 남아있기에, 태산이 걸어가고 있는 길은 영원한 현재진행형으로 지속되어 나갈 것임을 짐작할 수 있다.

2. 흐르는 '산'과 구도자의 성지

이청준은 자신의 소설쓰기를 두고 '돌멩이를 짊어지고 산에 오르는 것'으로 비유한 바 있다. 따라서 작품 안에 묘사된 '산행(山行)'은 이청준의 소설 창작 과정과 동일시된다. 다시 말해서 작품에 나타난 '산'은 단순한 소재적 차원을 넘어, 작가의 창작원리를 드러내는 중요한 통로가 된다고 볼 수 있다.

그런데 이때의 산은 단순히 인내를 요구하는 등반, 즉 고행(苦行)을 위한 수련 공간을 의미하지 않는다. 이청준은 산을 통해 변화를 모색하고 있기 때문이다. 실제로 이청준 작품의 인물들은 산을 오르기 '전'과 '후'에 분명히 다른 모습을 보여준다. 산을 통해 '변신'이 이루어짐으로써, '산'은 구도(求道)의 공간이자 '변화'를 가능하게 하는 신화적 공간이 되는 것이다.

이는 기존의 질서에 길들여진 '나'를 죽이는 과정이라는 점에서 파괴적이다. 그러나 동시에 새로운 '나'로 다시 태어난다는 점에서 창조적 성격을 지닌다. 물론 이때의 창조는 또다시 파괴로 이어진다. 멈추지 않는 격렬한 파괴욕구야말로, 창조를 가능하게 하는 근원인 셈이다. 이처럼 창조와 파괴라는 두 얼굴을 지닌 절대적 '악'은 이청준 소설에서 '산'이라는 공간을 통해 가시화된다.

이청준의 소설에서 '산'이 공간적 배경으로 구체화된 최초의 작품은 「등산기」(1967)[8]라고 볼 수 있다. 이때 소설에 등장하는 '아버지'는 산을 오를 때면 언제나 배낭에 돌멩이를 넣어서 무게를 만든다. 고등학교 입학 이후 7년째 함께 등산을 하고 있는 딸은 이러한 아버지의 행동을 쉽게 이해할 수 없다. 그러나 아버지와 산을 오르며 주고받는 대화 가운데, 배낭에 들어있는 '돌멩이'가 실은 아버지의 삶에 주어진 '부채'임을 발견하게 된다. 아버지는 삶의 무게를 덜어내기 위해 산을 오르는 것이 아니라, 산을 오르기 위해 짐을 지고 있던 것이다.

이러한 아버지의 부채의식은 25년 후에 발표된 「가해자의 얼굴」(1992)[9]에서도 발견된다. 「가해자의 얼굴」은 「등산기」와 비슷하게 아버지와 딸의 관계를 중심으로 진행되는데, 서로의 작품 안에서 해결되지 않은 의문들에 대해 실마리를 제공하고 있다는 점에서 주목할 만하다. 실제로 「등산기」에서 다소 막연하게 제시되었던 아버지의 부채감은

---

8 이청준, 「등산기」, 『병신과 머저리』, 문학과지성사, 2010.
9 이청준, 「가해자의 얼굴」, 『숨은 손가락』, 열림원, 2001.

「가해자의 얼굴」에 와서 보다 구체적으로 모습을 드러내고 있기 때문이다.

> 그 청년은 내게 숨을 곳을 찾아왔던 게야.
> 어느 날 남편은 다시 참회자처럼 참담하고 허심탄회한 어조 속에 스스로 괴로운 심중을 털어놨다. (…중략…) 그가 자형의 소식을 전하고 나서도 돌아갈 생각을 하지 않고 계속 뒷소리를 이어대면서 '알겠어? …… 알겠어' 하고 나를 채근해 온 것은…… 쫓기는 사람의 마지막 자존심이었달까…… (…중략…) 한데도 나는 그때 너무 겁에 질린 나머지 그걸 끝끝내 모른 척한 거예요. 그를 숨겨줘야 한다는 마음속 소리에조차 짐짓 귀를 틀어막은 채…….
> ─「가해자의 얼굴」, 231쪽

주인공 김사일은 6·25 당시 자신이 그냥 돌려보낸 '청년'에 대한 부채의식을 지니고 있다. 어린 김사일은 "알겠어?"를 반복하던 청년의 진짜 의도를 알면서도 외면한 바람에, 그를 죽음의 새벽거리로 내몰고 말았다고 괴로워하는 것이다. 그로 인해 김사일은 전쟁으로 인한 무고한 '수난자'의 자리에서, '가해자'라는 괴로운 자리에 서게 된다. 가해자의 자세만이 새로운 수난자를 낳는 악순환을 막을 수 있다는 믿음 때문이다. 그러나 대학생인 딸은 남북 모두 '모순 상황의 피해자'이며, 통일은 수난의식의 공유화를 통해 앞당길 수 있다고 주장하며 집을 나간다. 이를 두고 김사일의 아내는 딸의 행동이 결국 "김사일을 한 번 더 괴로운 죄인 꼴"(248쪽)로 만드는 결과를 초래했다고 안타까워한다.

이를 통해 이청준이 말하고자 하는 주제의식은 수난자로서의 삶이 아닌, 가해자로서의 자세임이 분명해진다. 그런 의미에서 「등산기」에 나타난 아버지의 '돌멩이'는 「가해자의 얼굴」에서 이야기되는 아버지의 '가해자 의식'과 동궤를 이룬다고 할 수 있다. 그래서인지 「등산기」에서 아버지는 딸을 낳고, 얼마 후에 다른 남자와 도망을 가버린 아내를 원망하지 않는다. 자신을 배신당한 피해자로 생각하는 대신, 사랑이 서툴렀던 가해자라고 여기는 것이다. 그리고 그처럼 서투른 방법으론 또다시 여자를 사랑할 수 없다며, 재혼을 하는 대신 산에 오르는 길을 선택한다.

이러한 아버지의 심리는 「가해자의 얼굴」에서 "너나없이 늘 가해 당시의 자기 자리에 서서 그때의 제 허물을 생각하고 그 빚을 갚으려는 자세로 임해야 한다"(244쪽)는 김사일의 말을 떠올리게 한다. 이로써 25년이라는 시간차를 두고 발표된 두 작품은 작가의 일관된 주제의식 아래 긴밀하게 연결되고 있음이 발견된다. 고로 「등산기」에 등장하는 딸은 아버지와의 산행을 통해 자신이 알지 못했던 세계를 마주하게 되고, 이는 「가해자의 얼굴」에 등장하는 딸에게 숙제로 남겨진다.

지금까지 7년 동안 아버지를 따라 산을 오르면서도 내 눈은 아무것도 볼 줄을 모른다. (…중략…) 그러나 바로 그 산이 아버지의 눈길만 가닿으면 이상하게 모습이 변해갔다. 아버지의 눈길은 마술을 지닌 것인가, 산은 아버지의 눈길에 견디지 못하고 그 일상의 옷을 벗어 보이는 모양이었다. (…중략…) 나는 그 아버지의 눈을 통해서만 산을 보는 것이다.

— 「등산기」, 289쪽

위의 인용문에 확인할 수 있듯이 딸은 아버지의 눈을 통해 산을 바라본다. 이전에 자신이 바라보던 것과는 전혀 다른 새로운 산의 모습은 딸에게 새로운 깨달음을 제공한다. 고로 아버지의 눈을 통해 비춰진 '산'은 딸에게 이전과 다른 '나'가 될 수 있는 창조적 동력이 된다. 아버지와 딸에게 있어 '산'은 일상적 삶에서라면 엄격히 구분될 가해자와 수난자라는 이분법을 해체하고, 모두가 평등해지는 카니발의 세계로의 진입을 가능하게 만들고 있는 셈이다.

이러한 이분법의 해체는 중편 「비화밀교」 안에서도 발견된다. 소설의 중심 배경이 되는 '제왕산'은 집단적이며 민중적이라는 성격을 지닌 '카니발'적 공간이기 때문이다. 이곳에 모인 사람들은 산 '아래'에서 지은 죄를 씻어내고, 새로운 삶을 허락받고자 욕망한다. 따라서 사람들은 하나같이 산 '아래'에서 자신이 저지른 죄를 짊어지고 산을 오른다. 이때 그들의 모습은 「등산기」에서 돌이 든 배낭을 지고 산을 오르는 아버지를 연상시킨다. 산을 내려오는 아버지의 배낭 안에 여전히 돌이 들어 있듯이, 「비화밀교」의 인물들 역시 단순히 부채를 덜어내기 위해서 산을 오르지 않는다. 실제로도 그들은 제왕산에서 타오르는 불 속으로 자신의 짐을 던져놓지만, 그것을 대신하는 '또 다른 짐'을 지고 산을 내려오기 때문이다. 이는 작중 화자인 소설가 정훈을 통해 확인할 수 있다.

정훈은 고향 선배이자 민속학자인 조승호로부터 그믐날 제왕산에 오르지 않고는 진정한 고향을 만났다고 말 할 수 없다는 이야기를 듣는다. 이에 조승호와 함께 그믐날 밤 제왕산에 올라 그동안 자신이 알지 못했던 새로운 세계를 목격한다. 진원을 알 수 없는 기이한 합창소리, 불타오르는 장화대 앞에서 격렬하게 춤을 추는 젊은이들, 소리 없는 깃

발처럼 밤을 지키는 횃불들을 목격하며 자신이 몸담아왔던 세계가 아닌, 제2의 세계를 마주하게 되는 것이다.

이곳은 산 아래에서 이루어지던 온갖 세속적 질서가 사라진 채, 한 가지 간절한 소망으로 모든 사람들을 한데 뭉쳐서 어떤 보이지 않는 힘을 탄생시키는 숨은 근거지가 된다. 따라서 사람들은 제왕산에서 선한 사람이나 악한 사람이나 상관없이, 산 아래에서 지녀온 신분이나 입장과는 구별 없이 모두가 평등한 인간으로서 합일을 이루어낸다. 덕분에 식민당국의 골수 관리였던 조승호의 선친이나, 80년대 공안당국의 첨병이었던 정훈의 일가 형까지도 모두가 하나의 공동체 안으로 융합된다.

이로써 제왕산은 "'우리들끼리의 용서의 장소' 그 용서를 통한 서로의 하나 됨, 그리고 그 함께함으로부터의 모정의 힘의 탄생"(105쪽)을 가능하게 하는 놀라운 '변신' 공간이 된다. 자유와 평등이 지배하는 세계로의 진입, 즉 카니발리즘의 공간을 구성해내는 것이다.[10]

엄격한 사회적-정치적 계급 구조는 적어도 카니발이 진행되는 동안에는 힘을 발휘하지 못한다. 일상적 삶에서라면 사회적 신분이나 계급에 의해 엄격히 구분될 인간관계가 카니발 특유의 질서에 의해 전혀 새로운 유형의 인간관계로 변모하는 것이다. 때문에 사람들은 카니발이 진행되는 동안에는 카니발 특유의 친밀감에 의해 모두가 평등해짐을 경험한다. 카니발적 삶은 모든 공식적인 제도나 인습 그리고 권위로부

---

10 바흐친은 "카니발이 진행되는 동안에는 일상적인 삶, 즉 비(非)카니발적인 삶의 구조와 질서를 결정하는 법률과 금지 그리고 제약들이 모두 정지된다. 무엇보다도 여기서는 모든 계급 구조 그리고 그것과 관련되는 모든 형태의 공포와 존경심과 경건함과 예의 — 다시 말해서 사회적-성직 계급적 불평등이나 혹은 사람들 사이에 그 밖의 다른 형태의 불평등으로부터 비롯되는 모든 것이 정지"된다고 말한다(김욱동, 『대화적 상상력 — 바흐친의 문학이론』, 문학과지성사, 1988, 240쪽).

터 완전히 자유롭게 해방된 '제2의 삶'을 구성해내기 때문이다. 이청준 소설에 나타난 '산'은 이처럼 인물들을 이전과는 전혀 다른 새로운 유형의 인물로 변형시키는 역할을 담당한다. 그러나 제왕산은 단지 막연한 정화(淨化)의 장소라고 볼 수는 없다. 인물들은 자신이 짊어지고 온 돌멩이를 대신해서 또 다른 돌멩이를 짊어지기 때문이다. 이는 결코 정답을 제시하지 않는 이청준의 글쓰기가 갖는 특징이자, 결코 극복될 수 없는 '악'의 논리를 가시화한다.

> "산속 깊은 곳에 숨어 있는 소망의 옹달샘…… 오랜 세월 동안 그 새암과 수맥이 숨겨져 지켜져 옴으로써 그 소망의 물줄기가 끊기는 일이 없이 해마다 새 물이 괴어 오르는 샘터…… 그 샘물이 세상으로 흘러내리는 것을 본 사람은 아무도 없었지. 하지만 그렇다고 샘물이 아래로 흐르지 않는 건 아니었어. 샘터가 산속에 숨어 있는 것처럼 샘물 또한 숲과 땅속으로만 스며 흘렀거든. 그런데 때로 성급한 사람들은 그걸 물이 흐르지 않는 것으로 여기려 들곤 하지. 그래서 내놓고 샘터에서 산 아래로 시원스런 관수로를 쳐내리려 덤벼들지."
>
> —「비화밀교」, 118~119쪽

위의 인용문은 제왕산을 하나의 옹달샘으로 비유한 조승호의 말이다. 그는 숨어 기다리는 소망의 힘, 세상에 대한 은밀스런 증거에 대해 강조한다. 이는 세상을 향해 밀교의 교리를 노출시키고, 직접적으로 증거하고자 욕망하는 이들의 폭발을 경계하는 말이기도 하다. 조승호는 바로 이러한 폭발을 막기 위해 정훈을 제왕산 등반에 동참시킨다.

정훈의 소설을 통해 어떤 암시가 가능해진다면 그것이 지하로 스며 흐르는 물처럼, 차오르는 힘의 범람이나 폭발을 막을 수 있을 거라고 생각한 것이다. 이에 산을 내려오는 정훈에게는 자신이 목도한 것을 소설로 형상화할 것인지 아닌지에 관한 숙제가 주어진다. 정훈은 "사실을 절대로 노출시켜서는 안 된다는 이야기질과의 배반, 그 빠져나갈 수 없는 반논리의 울타리 속에"(127쪽) 갇힌 셈이다.

> 조 선생은 한마디로 이날 밤 나에게 하나의 어려운 공안(公案)을 제공해 온 것이었다. 그는 이날 밤의 산행에 나를 동행시킴으로써 기이한 소설거리를 제공하고 있었다. 그러나 그것은 동시에 소설로 씌어질 수 없는 숙명적 자기 금기를 수반한 소재였다. 영원히 세상에 알려서는 안 되는 비교의 기이한 예배 행사, 그것이 세상에 알려질 때는 그것으로 그만 교리와 예비처가 소멸되고 말 운명의 지하 밀교 행사…… 조 선생은 그 교단의 힘이나 세상에의 기여가 그것의 보안성에 근거해 온 것으로 누출을 한사코 경계하고 있었다. 다시 말해 **그는 내게 하나의 충격적인 소설거리를 보여주고 나서 동시에 그것을 쓰지 못하게 하는 침묵의 굴레를 씌운 것**이었다.
>
> —「비화밀교」, 122쪽(강조—인용자)

위의 인용문에서 확인할 수 있듯이 정훈은 조승호를 통해 소설을 주문받지만, 동시에 제한 당한다. 그리고 또다시 소설을 통해 그 제한을 빠져나갈 것을 요구받는다. 이에 정훈은 제왕산 등반을 통해 이전에는 고민하지 못했던 새로운 문제의식을 품게 된다. '산'이란 단순히 죄를 씻어내기 위한 공간이 아닌, 새로운 문제의식을 통해 또 다른 세계로 나아가도록 이끄는 '깨달음'의 공간인 셈이다. 따라서 '산'을 찾는 인물들은 '깨달음을 구하는' 구도자라고 볼 수 있다.

한편, 조승호를 통해 이야기된 소망의 물줄기는 「흐르는 산」(1987)[11]을 통해서도 발견된다. 작품의 중심 공간인 '대원사'에는 고향에서 도망친 남도섭이 숨어들어있다. 그는 고향 마을 간척 공사판에서 일본인 감독관에서 말 못할 수모를 겪고, 그에 대한 복수로 감독관의 아내를 겁탈하여 3년째 도망자 신세에 놓여있다. 그런데 '대원사'에는 도섭 외에도 말 못할 사연을 안고 몸을 숨겨 든 위인들이 상당수 있다. 그런 의미에서 '대원사'는 산 속에 숨겨진 공간이자, 도망자들의 은신처라고 볼 수 있다. 그러나 산 속에 위치한 '절'은 단순히 몸을 숨기기 위한 '은신처'로서만 기능하지 않는다. 산은 고정된 '점'이 아닌, 흐르는 '선'으로 존재하는 까닭이다.

이는 '무불' 스님에 대해 의문을 품는 도섭의 질문을 통해 접근될 수 있다. 도섭은 무불 스님이 한 번도 누워서 잠을 잔 적이 없다는 사실에 의문을 제기하고, 진실을 들춰내겠다고 다짐한다. 하지만 스님이 누워서 잠에 드는 모습은 좀처럼 발각되지 않고, 도섭은 그러한 스님의 행동을 통해 또 다른 의문을 품기 시작한다. 그와 같은 고행을 통해 무엇을 얻을 수 있는지를 묻는 것이다. 도섭은 스님의 고행이 "배고픈 사람에게 밥 한술 요깃거리를 줄 수 있는 것도 아니었고, 누구의 상한 손가락 하나 아픔을 덜어 줄 수도 없"기에, "실제로 속세 중생들의 다친 마음에는 절대로 닿을 수 없"(180쪽)다고 주장한다. 이러한 의문은 "산이 높아야 물이 멀리 흐르는 법"(181)이라는 스님의 답변을 통해서도 해결

---

11   이청준, 「흐르는 산」, 『벌레 이야기』, 열림원, 2002.

되지 않는다. 뿐만 아니라 지혜의 산으로만 높아지려 함은 일종의 아집이 아니냐는, 새로운 질문이 추가된다.

그러던 가운데 도섭은 스님이 말한 '산의 흐름'을 직접 목격하게 된다. 아픔의 산봉우리가 인연의 강물로 세상을 향해 흐르는 것을 직접 목도한 것이다. 그것은 광복을 맞아 산을 내려온 도섭이 목격한 읍내의 풍경 속에서 발견된다. 이전에 도섭은 "자기 아픔이 산처럼 쌓여 지혜로 높아지면, 그 아픔과 지혜의 흐름이 자연 큰 자비의 물줄기로 먼 곳까지 미쳐가 세상을 널리 어루만져 준다"(181쪽)는 스님의 말을 들은 바 있다. 당시에는 도무지 이해할 수 없던 스님의 말이 소망과 기쁨에 충만한 사람들의 기세를 통해 목격된 것이다. 이는 큰 물줄기의 흐름과도 같은 인파 속에서, 함께 절간에 머물던 사람들을 발견함으로써 이루어진다. 도섭은 그들을 통해 스님의 산이 흐르고 있음을 확인한다. 이로써 그들이 몸담고 있던 '산'은 단순히 몸을 숨기기 위해 존재하던 은신처가 아닌, 세상을 향해 흐르는 유동적 공간임이 확인된다.

이것은 「비화밀교」에서 조승호가 언급했던 '소망의 물줄기'와 같은 의미로, 『인간인』 1(아리아리랑)(1988)과 『인간인』 2(강강수월래)(1991)를 통해 이어진다.[12] 이때 『인간인』 1과 『인간인』 2는 각기 다른 시대와

---

12 이청준의 『인간인』은 1권과 2권으로 구분된다. 『인간인』 1(아리아리랑)(1988)은 일제말기부터 6·25 전쟁에 이르는 시기를, 『인간인』 2(아리아리랑)(1991)는 10·26을 전후해서 5·18 광주항쟁까지의 이야기를 담고 있다. 각 작품에 등장하는 인물들과 그들이 처한 상황은 다르지만, 그들은 모두 동일한 공간을 향한다는 의미에서 시간이 흘러도 변함없이 반복되는 역사와 그 속에서 상처받는 개인의 고통을 발견하도록 이끈다. 그리고 이때의 고통은 개인에게 머물지 않고 공동체를 향해 나아가기에 보다 큰 공동체의 구원으로 확대되어 나간다. 따라서 『인간인』 1·2권은 두 개의 작품이면서도 하나의 작품으로 수렴된다고 볼 수 있다.

다른 상황에 놓인, 전혀 다른 인물이 주인공으로 등장한다. 그런데 1권에 등장하는 주인공의 이름이 「흐르는 산」의 주인공과 같은 '남도섭'이며, 2권에 등장하는 주인공 '안장손'은 「흐르는 산」의 '남도섭'과 같은 의문을 품고 있음이 주목된다. 두 장편 소설이 단편 「흐르는 산」을 매개로 하나의 작품으로 연결되고 있는 것이다.[13] 이때 서로 다른 세 작품을 연결해주는 공간이 바로 '대원사'이다.

『인간인』 1의 주인공 '남도섭'은 대원사에서 머물다가 속세로 쫓겨가지만, 또다시 대원사로 숨어든다. 이러한 '남도섭'은 『인간인』 2에 등장하는 '안장손'으로 이어지고, 안장손은 그곳에서 깨달음을 얻고 다시 속세로 내려온다. 이러한 구조는 마치 50년 전 학승이 환생을 해서 자신이 닫은 문을 열었다는 전설을 연상시킨다.[14] 일제말기부터 6·25 전쟁을 경험한 남도섭이 10·26을 전후해서 5·18 광주항쟁을 경험하는 안장손으로 돌아온 것이다. 이로써 두 작품은 하나의 소설로 수렴된다.

그런 의미에서 『인간인』 1과 『인간인』 2에 등장하는 '대원사'의 '소영각'은 단순한 은신처가 아닌, 일제 말기로부터 현대에 이르기까지 거침없이 흘러내리는 거대한 물줄기의 원천이라고 볼 수 있다. 덕분에 일제 말기 일본 경찰의 끄나풀이에 불과했던 남도섭은 출구가 없는 '무

---

13 『인간인』 2에 등장하는 안장손과 그의 누나에 대한 이야기는 단편 「이 여자를 찾습니다」 (1990)를 통해서도 연결되고 있다. 이에 이청준의 작품은 유기적으로 연결해서 분석할 때, 보다 풍부한 논의가 가능해진다.

14 어떤 학승이 '문이 저절로 열리는 날'을 기다리며 아무것도 먹지 않고 참선에 들어간다. 50년 가까운 시간이 흐르고, 어느 날 절을 찾은 손님 하나가 스님이 있던 방문을 연다. 그런데 방 안에는 스님의 자취를 찾을 수 없었으며, 대신 "문을 여는 사람이 닫은 사람이라" 는 글귀만이 남겨져 있다. 이는 문을 닫은 사람이 다시 문을 연다는 의미로, 밀폐된 방 안에 있던 스님이 50년 후 환생해서 절로 돌아와 자신이 있던 문을 연 것으로 해석된다.

'공방'속에서 자기 안의 소리, 자기 안에서의 깨우침에 스스로를 내맡기게 된다. 그리고 노름판의 사기꾼 안장손 역시 대원사에서 깨달음을 얻어 중생을 구원하려는 자비의 마음을 얻게 된다. 노름꾼들을 위협하던 '판쓸이 사냥꾼'이자 색정을 주체하지 못하고 발산하던 '망나니'의 마음에 무불 스님이 말하던 '씨앗'이 뿌리를 내린 것이다. 이처럼 '대원사'는 인물의 변화를 이루어내는 변신 공간으로, 산에 오르기 전의 '나'와 이후의 '나'를 분명하게 구분 짓는다. 나아가 이러한 변화는 멈추지 않고 세상을 향해 뻗어 나간다. 「비화밀교」에서 말한 '소망의 물줄기'와 「흐르는 산」에서 말한 '인연의 흐름'은 『인간인』 2의 결말에서 제시된 사람들의 행렬을 통해 다시 한 번 흐르는 것이다.

이에 광주항쟁으로 초토화된 도시 속에서 난정은 새로운 생명을 분만한다. 그리고 폭력이 난무하는 광주의 한 복판에서 장손은 자신의 아이를 살려냄으로써, '산'의 흐름을 지속해 나간다. 그러므로 광주 한복판에서 태어난 아이는 이청준이 말하고자 했던 '흐르는 산'의 결정체라고 볼 수 있다. 한 많은 삶을 살아간 장손의 누이가 소망하던 아이이자, 수난과 핍박받은 시대가 염원한 생명인 것이다. 이에 모두가 하나되어 손에 손을 잡고 도는 '강강수월래'처럼, '산'의 흐름은 멈추지 않고 지속되어 나간다. 이는 『인간인』 2의 부제가 '강강수월래'라는 점에서 보다 구체적으로 확인된다. 따라서 장손의 아이는 용솟음치며 흘러내리는 '산'이 낳은 아이라고 볼 수 있다.

이러한 '산'의 아이는 이청준의 마지막 장편 『**신화의 시대**』에서도 구체적으로 형상화된다. 작품의 중심 공간인 선바위골 뒷산에는 그 지역 사람들이 '큰산'이라고 부르는 천관산(天冠山)이 높이 솟아 있다. 이곳은 유서가 깊고 웅장한, 고래(古來)로부터 험난한 역사적 상처를 지녀왔다. 고려조에는 여몽(麗蒙) 연합군의 군선 건조를 위해, 조선조 왜란 때에는 군선 건조와 방화 약탈로, 한말 이후 일제 강점기부터는 일본인 회사들의 건축재 반출 사업으로 크게 헐벗게 되었기 때문이다. 작가는 이처럼 헐벗은 산에 돌탑을 쌓아가는 "인근 고을 사람들의 말없는 공감과 모종의 간절한 기원"(35쪽)에 대해 서술한다. 이로 인해 천관산은 수난의 과거와 소망의 미래를 동시에 품은 새로운 '시원(始原)'이 된다.

그러나 현재의 천관산은 일제 관서에 의해 입산이 금지된 억압의 공간으로 존재한다. 그렇지만 선바위골의 남정네들은 여전히 산속에 돌탑을 세우고, 봄과 가을이 되면 며칠씩 떼를 지어 산에 올라 머물다가 내려오곤 한다. 천관산은 금기의 공간이지만, 동시에 저항의 공간이기도 한 것이다. 따라서 천관산에서 남녀가 몸을 섞어 아이를 잉태했다는 사실은 지배질서를 향한 적극적인 전복 행위로 해석될 수 있다. 이는 '문학의 카니발화'라는 측면에서 접근된다. '문학의 카니발화'란 지배계층에 대립되는 민중을 주축으로 삼는다. 이를 통해 경직화된 질서에 무질서를 도입함으로써, 생명력과 생동감을 부여한다. 따라서 입산이 금지된 천관산에서 아이가 만들어졌다는 것은 획일적인 질서를 강요하는 세력을 우습게 만들고, 이로써 모든 계층에게 평등과 긴장의 해소를 경험하도록 이끈다.

그러나 문제는 잉태된 아이가 여섯 명의 남성과 정신이 온전치 못한 한 명의 여인 사이에서 이루어졌다는 점에서 발생한다. 이때 여인은 과거사나 이름을 묻는 질문에 오로지 '자두리'라고만 대답하는 탓에 '자두리'로 불리는 인물이다. 그녀는 남정네들과의 산행 이후 아이를 갖는데, 이를 통해 천관산은 지적 장애 여성을 상대로 집단적 유린이 자행된 폭력의 공간이 된다. 하지만 이를 작품의 제목처럼 '신화'적인 차원에서 접근한다면 의미의 깊이는 달라진다.

사람들의 간절한 기원이 깃든 신성한 공간인 천관산은 현실의 논리에 입각해서는 도저히 해석이 불가능한 공간이기 때문이다. 이는 작가가 끝내 아이의 아버지를 구체적으로 지목하지 않고, 대신 "큰산 자식이랄 밖에. 큰산 산신령이 점지해준 천관산 자식"(230쪽)이라고 이야기한다는 사실에서 접근된다. 이에 여섯 남자의 무자비한 폭력이 용솟음치던 파괴적 공간으로서의 '산'은 신화적 차원에서 '생명' 창조의 전복적 공간으로 변화한다.

이에 아이는 큰 산, 즉 '태산(泰山)'이라는 이름을 갖게 된다. 자두리와 여섯 남자들과의 산행을 연상시키던 비극적 이름이 아니라 '큰 산'처럼 큰 인물이라는 의미를 갖게 된 것이다. 천관산이 마을 사람들에게 '탑쌓기'라는 소망 행위를 통해 접근되듯이, 이제 "태산은 이들의 공감과 기원이 탄생시킨 상징적인 인물"(335쪽)이 된다. 이에 고정되어 움직이지 않는 천관산은 태산을 통해 세상을 향해 흐르기 시작하고, 이로써 세계는 거룩한 성지(聖地)로 물들어간다.

이상에서 살펴본 바와 같이 '새로운 이야기(新話)'와 '태초의 이야기(神話)'는 스스로의 신전을 짊어지고 떠도는 나그네의 '길'과 강물처럼 흐르는 '산'의 흐름을 통해 가시화된다. 고정된 시원(始原)이 해체됨으로써 '나'와 '너'를 구분하는 기억은 물론, 선과 악의 이분법적 구분마저도 전복하기 때문이다. 따라서 주체는 더 이상 외부로부터 구원을 욕망하지 않는다. 대신 스스로의 세계를 구축해내는 길을 선택한다. 모든 것은 분열되어 있기에, 어떤 방향으로든 새로운 창조가 가능해진 것이다. 이는 파괴와 창조라는 '악'의 이중성을 드러낸다고 볼 수 있다.

생성의 논리와 미완의 모티프

1. '신화(新話)'의 배치와 무너지는 '둑'

　이청준의 소설 속에는 '글쓰기'의 고단함에 관한 작가의 관심이 거의 모든 작품 속에서 발견되고 있다. 그래서인지 작가의 '창작 과정' 자체가 하나의 소설적 소재 혹은 주제의식으로 언급되는 경우도 빈번하다. 또한 소설 속에 또 하나의 소설, 연극 대본, 시나리오와 같은 이야기들이 삽입되는 빈도도 잦은 편이다. 그러나 이청준 소설의 특이점은 단지 소설 속에 또 하나의 이야기가 삽입되는 격자구조에 머물지 않는다. 작품 안에 삽입된 이야기들은 쉽게 결말이 매듭지어지지 않다는 점에서, 이야기 속에 삽입된 작품들마저도 고정된 결말을 거부하고 있기 때문이다. 이에 때로는 미완성된 작품으로 보이기까지 하지만, 그로 인해 소설은 작가와 독자 사이를 자유롭게 유동할 수 있는 근거를 마련한다.

　대표적인 예로 「매잡이」를 들 수 있다. 소설 「매잡이」에는 총 3편의

「매잡이」가 소개되는데, 첫 번째는 '민태준'을 통해 제공받은 소재로 화자가 창작한 「매잡이」①이다. 그 뒤 화자는 민태준이 세상을 떠난 뒤, 그가 쓴 소설 「매잡이」②를 발견한다. 화자의 소설이 직접 보고 들은 자료를 바탕으로 창작되었다면, 민태준의 소설은 순전히 그의 상상력만으로 완성되었다는 점에서 차이점을 갖는다. 그런데 두 작품은 '시점'만 다를 뿐, 거짓말처럼 결말이 똑같다는 점에서 화자에게 혼란을 부여한다. 이에 화자는 그 간의 모든 경위를 담은 또 하나의 소설 「매잡이」③를 발표하기에 이른다.

아마 이 글을 읽은 사람은 '매잡이'라는 이 이야기의 제목이 눈에 익은 것을 먼저 알 것이고, 좀더 주의 깊게 생각했다면 나의 이름으로 발표된 소설 중에 이미 그런 제목이 하나 있었음을 기억해냈을 것이다. 그리고 왜 같은 제목으로 또 이야기를 시작하는가 의심했을 것이다. 그러니까 '매잡이'라는 제목의 글은 이것으로 두 번째가 되는 것이다. 한데 한꺼번에 고백을 하자면 이 '매잡이'라는 제목의 글이 이번에는 세 번째가 된다는 것을 말하지 않을 수가 없다. 앞서 말한 대로 벌써 발표한 '매잡이'와 지금 이 글을 합한 두 편은 물론 나의 것이다. 거기에 또 한 편이 있다는 말이다. 그래서 모두 세 편이라는 것이다.

―「매잡이」, 200쪽

위에서 언급한 바와 같이 작품 속에서는 모두 세 편의 '매잡이'가 언급되고 있다. 그리고 이 모든 이야기는 이청준이라는 작가에 의해 창작된 「매잡이」 안에 포함된다는 점에서, 소설 「매잡이」는 총 네 번에 걸쳐 변주되고 있음이 발견된다. 또한 소설 안에 삽입된 작품들은 각각이 닫힌 결말이 아닌, 끊임없이 분기하는 열린 결말의 구조를 취하고 있다. 이는 독자를 통해 새로운 「매잡이」의 창작을 가능하게 한다. 덕분에 이청준의 독자들은 단순한 수신자로서의 '읽기'를 거절하고, 능동적인 '쓰기'를 향해 나아간다. 이것은 들뢰즈가 제기한 '-되기'[1] 이론을 통해 접근될 수 있다. 독자들이 고정된 '독자-이기'에 정착하지 않고 탈주를 시도한다는 점에서, 독자의 독서 행위는 정해진 질서에 저항하는 '악의 파괴성'을 드러내기 때문이다.

이처럼 동일한 소재지만 매번 새롭게 다시 쓰기를 시도하는 작가의식은 번번이 무너지지만 새로운 쌓기를 시도하는 '둑' 모티프를 떠올리게 한다. 이청준 소설에 나타난 '둑'은 '간척장 사업, 방둑, 제방 쌓기' 등의 다양한 표현을 통해 반복되고 있는데, 이때 발견되는 가장 큰 특징은 결코 완성되지 않는다는 점에 있다. 매번 무너져 내리지만, 끊임없이 다시 쌓을 수밖에 없는 미완의 '둑'을 통해 작가는 매번 새로운 소설 쓰기를 시도한다. 그런데 매번 무너져 내리는 둑을 다시 쌓는 작업은 단순한 파괴와 재건의 반복으로 보아서는 곤란하다. 이는 둑이 무너짐으로써, 비로소 다시 쌓아나갈 힘을 제공받기 때문이다. 그런 의미에서 이청준 소설에 나타난 '둑' 쌓기는 작가의 창작원리를 드러내는 중심 모티프로 접근되어야 한다.

---

1 '되기'란 원관념이 아닌, 새로운 '그것'으로 변하는 것을 의미한다. 이는 몰적 구성체 안으로 들어가는 것과는 다르다. 현재 나에게 없는 능력을 대상과의 감응 속에서 새로운 '나'로 만들어가는 행위를 의미한다. 이러한 '되기'는 출발점과 통과점이 존재하며, '이기'와 대립된다. '이기'는 어떤 것의 현재 상태가 갖는 동일성 / 정체성을 명시한다. 하지만 '되기'는 명시하고 확정한 동일성을 가질 수 없다(이진경, 『노마디즘』 2, 휴머니스트, 2002, 34쪽).

이청준 소설에서 '둑' 모티프가 최초로 언급은 작품은 「**바닷가 사람들**」(1966)이다. 화자가 사는 마을에는 아무리 열심히 쌓아도 계속 무너지기만 하는 둑이 존재하는데, 사람들은 매번 지치지도 않고 둑을 쌓아나간다.

막아도 막아도 무너져버리는 일을 또 시작하는 모양이었다. 나는 갑자기 그것이 아버지가 바다로 가고 또 가고 해야 했던 것과 같이 할 수 없는 모양이라고 생각되었다. 하지만 왜 사람들은 그래야 할까. 갈라질 줄 알면서도 또 둑을 쌓고, 아버지는 분명히 싫어하면서도 바다를 넘어갔다. 나는 아직 알지 못하고 있지만, **사람들은 할 수 없이 그렇게 해야 하는 일이 있나 보았다.**

— 「바닷가 사람들」, 140쪽(강조-인용자)

위의 인용문에서 확인할 수 있듯이, 작품 안에 언급된 '둑'은 "할 수 없이 그렇게 해야 하는 일"에 해당한다. 갈라질 줄 알면서도 둑을 쌓아나가는 공사판 사람들처럼, 아버지 역시 싫지만 계속해서 바다를 넘어가야 하는 것이다. 이에 돌아오지 않는 '아버지'는 그 자체로 미완에 그친 '둑 쌓기'라고 볼 수 있다. 그리고 이와 같은 '둑 쌓기'는 결코 이야기를 포기할 수 없는 작가의 숙명을 떠올리게 만든다.

「**침몰선**」에서도 '둑 쌓기'는 '이야기' 만들기와 동일시된다. 우선, 작품의 중심 공간인 바닷가 마을 안으로 어느 날부터 남자들이 밀려들어오기 시작한다. 과거 일본인이 쌓다 말고 쫓겨 갔다는 '긴 제방'을 쌓으려는 인부들이다. 이때 외부에서 유입된 사람들을 통해 구축되는 '둑'은 마을에 들어오는 사람들이 떠들어대는 '침몰선'에 관한 이야기와 동궤를 이룬다. 따라서 태풍이 불때마다 끊어진 제방을 다시 쌓아나가듯, 침몰선에 관한 이야기도 매번 새롭게 진술된다.

①지금까진 그래도 배에 대해 조금씩 얘기를 해오던 나이 먹은 청년들이 한 사람 한 사람씩 마을을 떠나갔고, 대신 소년이 상상할 수도 없는 먼 곳으로부터 낯선 사람들이 새로 마을로 들어왔다. (…중략…) 뜻밖에도 그 새로 온 사람들이 소년에게 그 배 이야기를 시작했기 때문이다. 그들은 배에 관해 모든 것을 귀신처럼 샅샅이 알고 있었다. 소년이 묻는 것이면 무엇이든지 서슴없이 설명해주었다.

—「침몰선」, 125~126쪽

②낯선 사람들은 계속해서 둑 일만 했다. 둑이 더 튼튼하게 흙을 실어다 붓고 떼를 입혔다. 둑 안쪽으로는 물이 잘 빠지고 수문을 통해서 들어온 바닷물이 잘 드나들 수 있도록 깊은 골을 팠다. (…중략…) 그러나 모든 바닷물이 하나의 파도가 되어 산기슭을 때리는 듯한 무서운 소리가 있은 다음 날 아침, 방둑은 크게 두 동강이가 나 있었고, 지금까지는 그 둑 너머에서 엉큼스럽게 때를 엿보며 넘실거리던 바닷물이 둑 안을 가득 채우고 있었다. (…중략…) 바닷물에 잠겼던 모들이 햇볕에 갈색으로 말라 타 마을 앞에 펼쳐진 모습은 더욱 황폐한 느낌을 들게 했다. / 한데도 사람들은 다시 둑 일을 시작했다. 그러나 그 갈라진 둑을 이어놓자마자 바닷물은 다시 다른 곳을 갈라놓았다.

—「침몰선」, 142~144쪽

①은 사람들을 통해 이야기되는 침몰선, ②는 외지인에 의해 구축되는 '둑'에 관한 묘사이다. 파도가 밀려들어와 둑을 무너뜨리듯, 침몰선에 관한 이야기는 매번 새로운 형태로 변형되어 나간다. 때문에 결론에서 더 이상 마을 사람들이 둑을 쌓지 않았다는 사실은 더 이상 소년이 침몰선에 대해 이야기하지 않는다는 사실을 의미한다. 이로써 이청준 소설에 나타난 '둑' 쌓기는 '이야기' 만들기와 동궤를 이룸이 재확인된다.

이러한 '둑 모티프'가 전면으로 부각된 작품으로는 장편소설 『당신들의 천국』(1974)[2]을 들 수 있다. 주인공 조백헌 원장은 소록도 사람들에게 새로운 삶의 길을 열어주고자 사업을 제안하는데, 그것이 다름 아닌 '간척 사업'이다. 그는 섬사람들에게 섬을 나가야 한다며, 안되면 후손들만이라도 섬을 벗어날 수 있도록 '새 땅'을 만들어야 한다고 주장한다. 바다 속에서 땅을 건져냄으로써, 섬을 벗어날 근거를 마련하겠다는 것이다. 그러므로 간척사업을 통한 둑 쌓기는 새로운 세계로 나아가기 위한 통로가 된다. 그러나 조백헌의 의견은 사람들에게 쉽게 받아들여지지 않는다. 우여곡절 끝에 원장은 어떤 공훈이나 명예, 특히 우상을 만들지 않을 것을 서약함으로써 작업을 시작할 수 있게 되지만, 얼마 가지 않아 인근 마을 사람들의 습격으로 위기를 맞게 되기 때문이다.

이처럼 소록도의 간척사업은 실질적으로 공사가 시작되기 전부터

---

2 이청준, 『당신들의 천국』, 문학과지성사, 2012. 해당 소설은 1974년 4월에서 1975년 12월까지 『신동아』에 연재되었다. 작가는 당시 '동아일보' 사태의 후유증으로 필자난을 겪음으로써 예정보다 길게 연재되었다고 회고한다. 이에 1976년에 '문학과지성사'에서 단행본으로 출간할 당시, 억지로 늘인 부분은 거의 삭제하고 새로 쓰다시피 했다고 말한다 (이청준·우찬제, 「대담: 우리들의 천국을 향한 당신들의 천국의 대화」, 『문학과 사회』, 2003. 봄, 266쪽).

이미 무너지고 다시 세워지며, 또다시 무너지고 다시 세워지기를 반복한다. 이때 중요한 것은 소록도 원생들이 땅에 대한 새로운 집념과 열망에 불타는 계기이다. 이들은 일이 순조롭게 잘 진행될 때가 아니라, 주변 사람들의 반대와 습격으로 인해 계획이 좌절될수록 집념에 불타오른다. 파괴야말로 창조의 원동력이 되는 셈이다. 이는 실제로 사업이 진행된 이후에도 똑같이 반복된다. 아무리 돌을 깨다 던져 넣어도 바다 밑에선 도무지 작업을 한 흔적이 나타나지 않는다. 이에 원장은 아무리 돌을 던져넣어도 하얀 거품만 솟아오르는 바다를, 좀처럼 떠오르지 않는 둑에 대해 두려움을 느낀다. 시간이 갈수록 작업 능률은 떨어지고, 채석장에서 무너져내린 바윗돌에 사람이 다치고, 공사장에서 물건을 팔던 여자는 소록도 원생에게 겁탈을 당한다. 하지만 바로 그 순간, 바다 속에서 돌둑이 솟아오른다.

눈 아래로 내려다보이는 땅과 바다가 완전히 모습을 바꾸고 있었다. 늘 편하게 바다가 드러누워 있어야 할 그곳에 330만평의 광활한 대지가 새로 솟아올라와 있었다. 해변 위에 점점이 뿌려져 있던 섬들은 이제 한낱 보잘 것없는 언덕이 되어 지표 위에 납작 엎드려 있었고, 벌판은 거기서도 아직 눈길이 아득할 만큼 먼 대안의 산기슭까지 펼쳐지고 있었다. 절강터를 비집고 들어선 물줄기가 그 넓은 벌판을 순례자처럼 이리저리 휘돌아나가고 있었다. 둑 바깥쪽 해면에는 눈에 익은 만재도가 사라지고 없는 것도 보는 사람의 감회를 새롭게 했다. 만재도가 떠 있어야 할 해면 위엔 옛 섬의 흔적으로 일부러 남겨진 석주 하나가 하얗게 가물거리고 있을 뿐이었다.

—『당신들의 천국』, 286쪽

위와 같은 변화를 보고 조 원장은 '제2의 천지창조'를 이야기한다. 동시에 인간이 자신의 의지와 노력으로 이룩해낸 가장 아름답고 장엄한 지상의 '예술 작품'이라고까지 말한다. 그러나 곧이어 태풍이 불어오고, 방둑은 또다시 물속으로 가라앉는다. 끝이 보이지 않던 330만 평 벌판이 경계를 알아볼 수 없는 늘펀한 바다로 되돌아가버린 것이다. 조원장은 이를 "길고도 무서운 배반극의 첫 시발"(292쪽)이라고 진술한다. 하지만 조원장은 포기하지 않고 다시 사업을 추진한다.

이와 같이 지칠 줄 모르고 이어지는 '둑' 쌓기는 조 원장이 소록도 생원들, 공사를 방해하는 인근 마을 사람들, 간척장을 빼앗으려는 당국과 벌이는 싸움으로 은유될 수 있다. 특히 소록도 생원들과의 관계에서 조 원장은 믿음과 불신, 또다시 믿음과 배신을 경험하고, 그 가운데 새로운 믿음을 쌓아 나간다. 이에 표면적으로 드러난 소록도의 '둑' 쌓기는 조 원장과 소록도 생원들과의 보이지 않는 갈등과 회복을 형상화한다고 볼 수 있다. 뿐만 아니라 간척사업 가운데 벌어진 둑쌓기와 무너짐은 소록도로 은유되는 피지배 계급과 소록도 바깥으로 은유되는 지배 계급과의 갈등으로도 확장된다.

따라서 조 원장이 소록도를 떠나고 7년이 흐른 상황에도, 여전히 오마도 간척지 사업은 마무리 되지 않은 채로 남겨진다. 이는 앞서 언급했던 갈등들이 결코 쉽게 회복될 수 없는 복잡한 문제들임을 가시화한다. 그러나 이청준은 둑 쌓기를 멈추지 않는다. 윤해원과 서미연의 결혼을 통해 그 '둑' 쌓기를 이어가고자 하기 때문이다. 이는 흙더미나 돌멩이로 겉모양만 이어진 채 버려져 있던 두 개의 방둑이 두 사람의 결혼을 통해 비로소 굳게 이어지게 되었다는 조 원장의 진술을 통해 뒷받침된다. 윤해원과 서미연의 결합은 원생과 건강인 사이의 결합이요, 섬과 건강인들 사이의 가장 튼튼한 방둑이 될 것이기 때문이다.

그러나 무엇보다도 '둑' 쌓기에서 중요한 것은 일이 실패할 때마다, 소록도 원생들이 보여준 집념과 복수심이라고 볼 수 있다. 이들이 다시 둑을 쌓을 수 있는 원동력은 둑의 무너짐, 간척장을 빼앗길 위기 속에서 발현된다. 파괴 속에서 창조가 이루어지는 것이다. 이것이 바로 소록도 사람들의 새로운 신화(神話)를 가능하게 만드는 힘이라고 볼 수 있다.

이와 같은 반복은 『제3의 현장』(1989)[3]을 통해서도 발견된다. 당국은 철거를 앞둔 천변 마을과 구심점 역할을 하는 교회를 부숴버리는데, 이들의 파괴는 매번 교회의 재건을 기다리며 반복된다. 파괴와 재건이 되풀이되는 이러한 작업은 마치 무너지고 다시 세워지는 '둑'쌓기를 연상시킨다. 실제로도 마을 사람들은 교회 전도사와 함께 간척사업을 시작한다. 전도사는 마을 사람들에게 함께 이주하여, 제방 공사를 진행함으로써 새로운 삶의 터전을 마련하자고 제안하기 때문이다. 간척사업이 소록도 사람들에게 새로운 세계로 진출할 수 있다는 꿈을 제공하였듯이, 전도사의 제안은 천변 마을 사람들에게 새로운 삶을 향한 희망을 부여한다. 이에 마을 총주민의 5분의 4에 해당하는 2백여 가구의 대이주가 시작된다. 그러나 버려진 땅에는 버려진 이유가 있듯이, 돌자갈 많고 바닷바람 드센 야산지에는 힘든 개간 끝에 씨를 뿌려보아도 수확다운 수확이 이루어지지 않는다. 『당신들의 천국』의 오마도 간척지와 마찬가지로, 바윗돌 둑은 자꾸만 물속으로 가라앉아 들어갈 뿐이다.

---

3   이청준, 『제3의 현장』, 열림원, 1999.

침하현상은 해상의 지반이 약한 한두 군데서만 그치질 않는다. 이곳을 쌓아올리면 저곳이 가라앉고, 저쪽을 손보고 나면 이쪽이 사라지고, 돌둑 전체가 끊임없이 울퉁불퉁 숨바꼭질처럼 가라앉아 들어간다. 일단 침하가 지나간 곳조차 전혀 마음을 놓을 수 없다. 같은 지점에서도 몇 번씩 침하가 되풀이되는 경우까지 생긴다.

낭패스런 일은 그뿐만이 아니다. 돌둑이 물위로 솟아오르면서부터는 그것이 자연 조수의 흐름을 방해하기 마련이었다. 돌둑은 자주 그 조수의 압력에도 견뎌나지 못한다. 솟아오른 바윗돌들이 물길에 안팎으로 자주 휩쓸려나간다. 수심이 깊어지고 조수의 흐름이 거세어지는 사리 무렵이면 돌둑이 몇 미터씩 통째로 휩쓸려 나가버리기도 한다. 돌둑이 높아져 갈수록 조수는 그만큼 더 흐름을 방해받고, 흐름을 방해받은 조수의 행패도 그만큼 악착같고 사나워져 간다.

—『제3의 현장』, 152쪽

『당신들의 천국』의 소록도가 그랬던 것처럼, 천변마을 사람들의 간척장 사업도 쉽게 이루어지지 않는다. 그러나 소록도와 달리, 천변마을 사람들은 한마음으로 서로를 격려하고 위로하며 거듭되는 낭패를 딛고 다시 일어선다. 가라앉으면 다시 돌을 던져 넣고, 휩쓸려나가면 그 즉시 둑을 다시 이어놓으며, 지치지 않는 도전을 이어나간다. 덕분에 세 번의 계절이 지나자 돌둑의 침하와 절단 현상이 사라지고, 드디어 조수의 흐름을 완전히 끊어 막는 절강공사 단계에 이르게 된다.

그러나 모든 것은 태풍으로 인해 한순간에 무너져 내린다. 3년간의 소망과 질긴 노력이 모두 허사로 돌아가고 만 것이다. 이는 단순한 절망이 아니라, 마을 사람들의 생존을 위협하는 현실적인 위기로 이어진다. 이에 전도사는 백방으로 뛰어다니며 일을 해결하고자 노력한다. 그러나 그를 기다리는 것은 자연과 하늘의 배반에 뒤이은 인간과 인간들의 제도, 그리고 자신이 그토록 믿었던 구종태의 배반이다. 그런데 여기서 '배반'을 당한 사람을 전도사라고만 한정할 수는 없다. 구종태를 비롯한 마을 사람들 역시 배반을 당한 것으로 볼 수 있기 때문이다. 이는 전도사를 향한 구종태의 발언을 통해 확인된다.

> "생각해보면 참 이상한 일이지요. 우리는 이 방둑을 쌓아 막아 근근한 삶을 의지하고자 한 것인데, 거꾸로 이 방둑은 살아 있는 사람의 생목숨을 원하고 있었으니 말입니다."
>
> —『제3의 현장』, 159쪽

구종태는 위와 같은 말을 하고는 주머니에서 작은 권총 한 자루를 꺼내 전도사 앞에 건넨다. 그것은 월남전에서 팔을 잃고, 홀로 천변 동네로 흘러들어온 외팔이 최 하사의 것이다. 최 하사는 그 총으로 스스로 목숨을 끊임으로써, 자신의 시신을 밀물이 올라오기 전에 권총과 함께 방둑에 던져 묻어달라는 유서를 남긴다. 그러나 구종태는 최 하사의 시신만을 방둑에 던져 넣고, 권총은 다른 일에 쓸 일이 남아있다며 따로 챙겨둔다. 이후 구종태는 "우리 가운데에 자신의 운명을 결판지어야 할 사람이 어차피 최 하사 한 사람만은 아닐"(161쪽)거라며, 전도사에게 권총을 건넨다. 그 총으로 자신들 모두를 쏘아달라고 요구하는 것이다. 이로써 배신을 당한 것은 전도사만이 아닌, 전도사를 포함한 마을 사람 모두라는 사실이 확인된다.

이와 같이 작가는 '배반'의 문제를 단지 사람과 사람이라는, 일대일의 대응 관계 속에 국한시키지 않는다. 그들이 몸담고 있는 세계와의 관계를 통해 보다 넓은 관점으로 조명하고 있는 것이다. 어찌보면 바다를 막아 육지를 만든다는 발상 자체가 신의 세계를 파괴하고, 스스로의 세계를 창조하겠다는 욕망으로 해석될 수 있다. 이러한 욕망은 신을 향한 '배신' 행위로, 작가는 이러한 '배신'의 문제를 아무리 쌓아도 끊임없이 무너져 내리는 '둑'을 통해서 형상화해내고 있는 것이다.

한편 최 하사의 죽음을 통해 접근되듯이, '둑'을 쌓기 위해 요구되는 것은 누군가의 '죽음'이다. '죽음'이라는 파괴를 통해서만 '둑 쌓기'라는 창조가 가능해지는 것이다. 이에 「바닷가 사람들」에서도 공사판 사람들은 둑이 자꾸 갈라지는 것을 막기 위해 사람을 사서 산 채로 묻어야 한다고 주장한다. 『당신들의 천국』에서도 방둑이 자꾸 가라앉는 이유가 오마도의 바다 귀신이 '다섯 섬'을 대신해서 '다섯 명의 산목숨'을 원하기 때문이라고 이야기된다. 이는 작가의 자전적 기록이라고 볼 수 있는 연작 『가위 밑 그림의 음화와 양화』을 통해서도 발견된다.

연작 1편에 해당하는 「머릿그림」에는 8·15 해방 한 해 전, 마을 아래 산골짜기에서 진행되는 조그만 저수지를 막는 방축 공사에 대한 묘사가 언급되어 있다. 이때 중요하게 제기되는 것은 '둑'이 무너지는 것을 어떻게 막을 것인가에 관한 문제이다. 화자의 아버지는 방둑을 쌓을 땐 흙구덩이 속에다 산 사람을 하나 던져 넣어야 오래오래 무너지지 않는다고 이야기한다. 때문에 사람들은 저마다 흙구덩이에 묻을 아이를 기다리고 있다며, 화자에게 울력판 근처에는 절대로 얼씬하지 말라고 당부한다. 그러나 무섭고 끔찍한 이야기는 오히려 화자에게 호기심을 불러일으킨다. 이청준에게 글쓰기란 이와 같은 두려운 호기심이라고 명명할 수 있다.

하나의 작품을 완성하기 위해서는 그 안에 생명을 묻어야만 한다. 이때 묻혀야할 생명은 곧 작가 자신이 된다. 흙구덩이에 묻힐 수도 있으니 울력판 근처에는 얼씬도 하지 말라는 아버지의 경고에도 불구하고, 작가는 글을 쓰기 위해 울력판 흙구덩이로 나가야만 한다. 그런 의미에서 이청준의 글쓰기는 '자기 죽음'이라는 숭고한 희생을 요구하는 '둑쌓기'로 은유될 수 있다.

한편 「**해공의 질주**」(1976)[4] 속에는 소설을 쓰기 위해 메모장과 취재일기, 신문광고를 뒤적이며 고민하는 소설가 '송 형'이 등장한다. 하숙집 셰퍼드와 소주와 오징어로 대작했다는 L군, 남의 집 개들의 귀 끝을 베어 구워 먹는 K군, 사자 우리로 돌진한 휴가병, '밥비럭질' 이야기의 G군, 명륜동에서 한방 하숙을 하던 순애보 H군, 자해 공갈로 살아가던 가족에 관한 일본 시나리오, 가난한 애인 한 쌍에 관한 시나리오, 바람을 불어넣으면 실물 크기의 부피로 부풀어 오르는 고무 인형, 비둘기 한 쌍의 사랑, 시골 초등학교 계집아이들의 오줌터, 겨울 사격장의 먼 타게트선, 그리고 광고문에 이르기까지 수없이 많은 이야깃거리를 떠올린다. 그 가운데에서 송 형은 어떤 소설 거리를 찾아내야 할지 끊임없이 고뇌하는데, 그것은 바로 '곗돈' 때문이다. '생활'을 위해 글을 써야만 하는 것이다. 그러나 이는 표면적인 이유일 뿐, 송형이 창작행위를 통해 호소하는 가장 큰 고통은 다른 곳에 있다. 그것은 다름 아닌 '자기 모방'이다.

---

4 이청준, 「해공의 질주」, 『가면의 꿈』, 열림원, 2002.

글을 쓰려다보면 전날에 이미 자신이 써온 주제나 형식을 넘어서지 못하고 그것만 자꾸 닮으려고 하는 위험스런 자기 모방의 경향 때문에 방해를 받는 일이 허다하다. 그것은 생존과 질서에 대한 어떤 새로운 모험도 감행해보지 못하고 있는 게으르고 무기력한 자신을 밝혀 확인시켜 주곤 한다. 새로운 모험이 없이는 쓸 수가 없는 뻔뻔스런 퇴행 현상이다.

—「해공의 질주」, 274쪽

위의 인용문에서 확인할 수 있듯이, 창작에서 가장 방해가 되는 것은 이전에 자신이 쓴 것과 닮아가려는 자기 모방의 경향이다. 이에 이청준이 소설을 창작하는 과정에서 얼마나 엄격하게 자기 모방에 관한 검열을 시도해왔는지를 추측할 수 있다. 이와 같이 매번 다시 쓸 수밖에 없는 작가의 고뇌는 매번 무너지는 둑을 쉬지 않고 쌓아야만 하는 사람들을 떠올리게 한다.

그러므로 '둑'은 하나의 고정불변의 완성된 텍스트 안에 갇힌 소재가 아닌, 또 다른 작품을 통해 '새로운 이야기(新話)'를 추진해나가는 원동력이라고 해석해야만 한다. 따라서 이청준 소설에서 발견되는 소재의 반복을 단순한 자기 반복으로 이해해서는 곤란하다. 동일성으로 환원되는 '헐벗은 반복'이 아닌, 매번 새로운 차이를 창조하는 '새것으로서의 반복'인 것이다.

2. '신화(神話)'의 구축과 야윈 '젖가슴'

이청준은 세상이나 삶은 그 자체로 슬프거나 아름다운 것이 아니라고 말한다. 그 속에 담긴 어떤 뜻을 건져낼 때, 그제야 비로소 슬프거나 아름다움이 빛을 띠게 된다고 본 것이다. 이에 작가는 문학을 두고 세상 혹은 우리의 삶에 숨겨진 뜻을 읽어내는 '말의 마당'이라고 이야기한다. 이청준은 이와 같은 문학의 눈길을 통해 세상과 삶 속에 숨겨진 '비의'를 읽어내고자 노력해온 셈이다.[5] 따라서 할머니의 야위고 늙은 젖가슴에 담긴 아픔과 슬픔은 문학을 통해 '감동'이란 이름의 비의적 아름다움으로 태어난다. 그런데 왜 군이 할머니의 젖가슴이었을까? 이청준이 야위고 늙은 할머니의 젖가슴을 통해 말하고자 했던 생각을 살펴보면 다음과 같다.

그런데 웬 심사에서였을까. 나는 느닷없이 그날 그 할머니의 모진 세월에 졸아붙은 젖가슴을 만져보고 싶어졌다. 그리고 내 실없는 어리광투에 허물없이 내어주신 그 할머니의 야윈 젖가슴은 내게 아직도 가장 슬프고 아름답게 기억되고 있다. 할머니의 졸아붙은 젖가슴 끝에는 아직도 동글동글 작고 따뜻한 살주머니가 매달려 있었는데, 나는 그걸 한동안 가만가만 쥐어보며 당신이 미처 다 나눠주지 못한 자식들에 대한 사랑을 느꼈던가. 그것을 눈물 혹은 차마 다 마르지 못한 당신의 사랑의 씨앗주머니라 여기며 속으로 자신의 눈물을 삼켰던가.

—『야윈 젖가슴』, 10~11쪽

---

5 이청준, 『야윈 젖가슴』, 마음산책, 2001, 11쪽.

할머니의 야위고 늙은 젖가슴 속에는 자식들에게 미처 다 나눠주지 못한 사랑, 혹은 채 마르지 못한 눈물이 매달려 있다. 그런 의미에서 이청준이 말하는 '젖가슴'이란 남아있는 이야기이자, 끝내지 못한 이야기라고 볼 수 있다. 다시 말해 결코 완성될 수 없는 '미완의 모티프'로서, 이는 작품 속에서 여러 가지 모습으로 변주되어 나타난다.

우선 이청준의 소설에서 발견되는 여성의 '젖가슴'에 대한 묘사는 등단작 「퇴원」을 통해 접근해 볼 수 있다. 소설 속 '나'에게 가장 평안했던 시간은 유년시절 광 속에서 낮잠을 자던 순간이다. '나'가 느끼는 안정감은 광 속에 깔려있는 어머니와 누이의 부드럽고 향기로운 속옷을 통해 형상화된다. 그런데 이러한 평화는 아버지의 전짓불로 깨어지고, 그 뒤로 '나'는 세계의 주변을 겉돌게 된다. 이에 광 속에 있던 어머니의 속옷이 '나'를 품어주던 어머니의 '젖품'으로 은유된다면, 갈가리 찢겨진 속옷 조각은 '나'의 '빼앗긴 젖가슴'이라고 볼 수 있다. 이러한 해석은 현재의 '나'에게 유일한 위안을 제공하는 '미스 윤'이라는 인물을 통해 뒷받침된다. 미스 윤은 '나'에게 '거울'을 가져다줌으로써, "잃어진 자기가 망각 속에서 살아"(27쪽)날 수 있는 실마리를 제공하기 때문이다.

따라서 '나'는 미스 윤이 거울을 가져다주겠다는 말을 한 이후, '광'에 얽힌 유년 시절의 기억을 떠올린다. 그리고 그 순간 "나는 문득 이 여자의 유방을 만져주고 싶은 생각이 들었다"(19쪽)는 고백을 한다. 이에 광 안에 깔려있던 어머니와 누이의 속옷은 미스 윤의 부드러운 '젖가슴'으로 연결된다. 미스 윤의 '젖가슴'은 '나'가 빼앗긴 '젖가슴'으로, '나'에게 망각된 환부를 확인하게 해줄 중요한 통로가 되는 것이다. 즉 미성숙한 '나'를 양육함으로써, 제대로 된 현재를 살아가게 해줄 공급원이 되는 셈이다. 그러므로 이청준 소설에서 '젖가슴'은 성장하지 못한, 세계를 겉도는 주변인들이 성장을 위해 욕망되는 대상이라고 볼 수 있다.

그러므로 사라진 젖가슴은 인물의 불안과 세계의 폭력성을 가시화한다. 이는 「**마기의 죽음**」에 나타난 묘사를 통해서도 확인된다. 소설은 모든 것이 숫자로만 표시되는 미래 사회를 배경으로 삼는다. 그곳에서는 생각할 일이 없어서 한없이 작아진 머리와 퇴화해버린 가느다란 다리, 그리고 반대로 쾌락의 샘 부근만이 엄청나게 불어난 기형적 인간들이 살고 있다. 주인공 마기 역시 마찬가지이다. 그러던 어느 날 마기는 아버지의 주검 속에서 '책'을 발견하고, 아버지와 같이 점점 몸이 마르고 머리가 부풀어 오르는 병에 걸리게 된다. 스스로 자신의 병원(病原)을 '자유'라고 말한다는 점에서, 마기가 살아가고 있는 세계는 '자유'가 허락되지 않는 억압적 공간이자, 성장이 차단된 닫힌 세계라고 볼 수 있다. 이청준은 이러한 세계의 폐쇄성을 오직 쾌락만을 추구하기 위해 변형된 인간의 몸으로 형상화한다.

아내 마진의 두 다리 사이에서 쾌락을 품어내던 동작을 멈추고 나는 문득 그녀의 몸을 샅샅이 만지고 돌아갔다. 손아귀에 옴큼 들어오는 머리에서부터, **팥알 같은 돌기가 두 개 나란히 붙은 가슴팍**으로, 그리고는 한 줌에 잡힐 듯한 허리에서 갑자기 엄청나게 펑퍼짐해진 쾌락의 새암 부근…… 그 아래로는 몸뚱이를 전혀 지탱해낼 수 없는 가는 다리…….

—「마기의 죽음」, 10쪽(강조─인용자)

위의 인용문에서 확인할 수 있듯이, 마진의 가슴은 '팥알 같은 돌기'로만 남아있다. 작가는 이러한 마진의 가슴을 통해 세계의 불구성을 형상화한다. 아이는 어머니의 젖을 통해 생명을 얻고, 그 젖 품 안에서 안정적으로 양육된다. 그러나 '팥알 같은 돌기'로만 남아 있는 젖가슴으로는 어느 누구도 양육할 수 없다. 이에 온전한 성인은 어디에서도 찾을 수 없다. 때문에 비틀린 성인들로 구성된 세계 역시 온전할 수 없다는 논리가 성립된다.

이를 극명하게 그려내고 있는 작품이 바로 「**흐르지 않는 강**」이다. 주인공 '두목'은 날생선을 머리채 씹어 먹는 것은 물론, 횟술 가겟거리에 새색시만 들어오면 흐르는 강물을 틀어막겠다고 몸부림치는 등 다듬어지지 않은 식욕과 성욕을 지닌 야생마와 같은 인물로 묘사된다. 이와 같은 그의 비정상적인 행동은 의붓아버지로 인해 어머니가 죽고, 기지촌 '두더지'[6]로 자라야했던 과거 이력을 통해 설명된다. 즉, 두목은 어머니의 젖 품 안에서 안정적인 양육을 받지 못한 까닭에 여전히 미성숙한 야만적 존재로 남아있는 것이다. 그런데 이러한 두목이 돌배의 눈을 통해 묘사된다는 점에서, 두목과 돌배가 동일선상에 놓여있음을 추측할 수 있다. 고로 소설 안에 등장하는 강남옥 · 마마상 · 눈먼 아내는 돌배와 두목이 온전한 성인으로 성장하기 위해 욕망되는 '어머니'들이라고 볼 수 있다. 이는 그녀들이 하나같이 돌배에게 '젖'을 물리거나,

---

6 「흐르지 않는 강」에 묘사된 두더지란 열 살 안팎 떠돌이 아이들을 모아다가 주사약을 놓아주곤, 녀석들이 제법 약맛에 배겨들었다 싶으면 약을 끊어버림으로써 만들어진다. 이미 주사약에 길들여진 아이들은 그들에게 약을 주는 어른의 말에 무조건 복종할 수밖에 없기 때문이다. 두목은 열 살도 되지 않은 어린 시절, 어떤 다리 없는 아저씨의 꾐에 빠져 주사약을 맞고 무려 7년 이상을 그의 두더지로 살아간다. 그리고 어른이 된 후에는 자신이 당한 것과 똑같은 방식으로 어린 아이들을 모아다 두더지로 길러낸다.

물리기를 욕망하고 있다는 점에서 뒷받침된다. 그러므로 소설 안에서 묘사되는 '젖가슴'은 단순히 여성의 육체를 의미하는 것이 아니라, 하나의 생명체가 온전히 성장할 수 있도록 인도하는 결정적 요소라고 볼 수 있다. 그러나 안타깝게도 그녀들의 젖가슴은 하나같이 비어있기에, 두목과 돌배의 성장은 영원한 미완으로 남겨진다.

우선 돌배의 생물학적인 어머니인 '마마상'을 살펴볼 수 있다. 그녀는 아들인 돌배에게조차 경멸의 대상이 된다는 점에서, 그녀의 '젖가슴'이 애초부터 비어있었음을 알 수 있다. 이는 강남옥의 경우도 마찬가지이다. 강남옥은 횟집 술집에 새로 온 색시로 두목에게 남다른 관심을 보인다. 이에 돌배에게 두목에 대해 질문하고, 대답을 해주면 '젖'을 먹여주겠다고 말한다.

어디, 그렇게 부끄러워하지 말고 말 좀 해보라니까. 니가 그걸 말해주면 난 니한테 내 젖을 먹여줄 수도 있다니까. 니가 그걸 원하기만 하다면 말야. 호호…….

— 「흐르지 않는 강」, 235~236쪽

돌배는 두목 앞에서는 마치 독사를 마주한 개구리 새끼처럼 겁을 먹던 여느 여자들과 달리, 오히려 재미있다는 듯이 눈웃음을 흘리는 강남옥을 호기심 어린 시선으로 바라본다. 그러나 돌배를 자극하는 것은 눈웃음만이 아니다. 강남옥의 눈이 부시도록 희고 탄탄한 허벅지 살과 흔들리는 젖더미로 인해, 돌배는 숨이 막히고 아랫도리가 거북해짐을 느끼기 때문이다. 더구나 강남옥이 돌배에게 '젖'을 먹게 해주겠다는 것은 모성적 욕구가 아니라, 성적인 의미를 내포한다. 사춘기 소년에게 성적 욕망을 자극함으로써, 어린 아이에서 성인으로의 세계로 진입할 수 있도록 자극하는 것이다. 이와 같은 맥락에서 강남옥의 '젖가슴'은 돌배의 성장을 유도하는 역할을 맡는다고도 볼 수 있다. 그러나 강남옥이 두목의 여자라는 점에서, 그녀의 '젖가슴'은 돌배를 향해 흐를 수 없다. 만일 금기를 거스르고 강남옥의 젖가슴을 욕망하게 된다면, 돌배는 그만큼의 대가를 치러야 할 것이다. 이는 이청준의 또 다른 소설 「**예언자**」에 묘사된 내용을 통해 근거를 찾을 수 있다.

> "이젠 그만 울구 일어나도록 해요. 내 오늘 밤 젖 먹여줄게⋯⋯. 덩치가 크고 나면 여자 젖을 먹어야 진짜 어른이 되는 거예요."
> 그리고 그날 밤―, 영업 시간이 끝난 후 홍 마담은 근처의 한 호텔 방에서 진짜로 우덕주에게 그녀의 젖을 먹여주었다. 우덕주는 아직도 눈물이 가시지 않은 듯한 젖은 표정으로, 그리고 정말로 여자의 젖에 굶주려온 어린 애처럼 허겁지겁 그녀의 젖을 탐내고 들었다. 그러나 그는 대체로 성깔이 양순한 아기였다. 그는 참으로 얌전히 젖을 먹었다. 그리고 젖밖엔 먹을 줄을 모르는 아기였다. / "젖을 먹었으면 사내가 되어야지."
> ―「예언자」, 245쪽

미군 영내를 드나들며 미군들의 권투 연습 상대를 해주던 우덕주는 어느 날, 맞기만 해야 하는 자신의 본분을 잊고 상대방에게 주먹을 날림으로써 일자리를 잃는다. 짐승처럼 울음을 토해내는 우덕주에게 홍 마담은 "이 덩치 큰 아기야"(244쪽)라고 말하며 젖을 먹인다. 이로 인해 우덕주는 홍마담의 충직스러운 노예가 된다. 마치 어머니의 요구에 맹목적으로 순종하는 어린 아이처럼, 홍마담은 우덕주의 세계를 지배하는 절대자가 된 것이다. 이는 어머니와 아들의 분리가 이루어지지 않은, 어머니를 자신의 거울로 바라보는 유아기의 상태로 돌아가 버린 것으로 이해될 수 있다. 때문에 우덕주는 홍마담의 가죽 회초리에 얼굴을 맞으면서도 그 곁을 지키고, 급기야 홍마담이 원하는 대로 나우현을 살해하기에 이른다. 홍마담이 우덕주에게 먹인 '젖'은 단순한 성적 욕망의 충족이 아닌, 우덕주를 자신이 원하는 순종적인 아들로 키워내는 역할을 한 셈이다.

「흐르지 않는 강」의 강남옥 역시, 이와 같은 이유로 돌배에게 자신의 '젖'을 먹을 수 있게 해주겠다고 유혹한 것으로 이해된다. 따라서 강남옥의 '젖'은 금기된 욕망을 자극하는 유혹적 존재이자, 복종과 지배의 관계를 구축하는 무서운 폭력을 담보한다는 점에서 '악마적'이다. 한편 이러한 강남옥과 정반대의 입장에 선 인물로 두목의 눈 먼 색시를 들 수 있다.

그런데 색시는 그때부터 정말 기상천외의 몸짓을 시작했다. 그녀가 갑자기 한 손으로 내 팔목을 힘껏 끌어쥐더니 다른 한 손으로 재빨리 자기 저고리 섶을 헤치며 허연 젖더미를 끌어내었다. 그리곤 다짜고짜 그 눈부시게 허연 젖더미를 내게로 디밀어내고는 자기 어린아기에게 그러듯 젖을 빨라는 시늉을 했다. (…중략…) 도대체 여자들은 무엇 때문에 그토록 내게 젖을 먹이고 싶어하는지 알 수 없었다. 언젠가는 그 강남옥 색시마저 은근히 내게 젖을 먹이고 싶어하던 일이 불현듯 생각났다. 하지만 이번에는 이상하게도 내가 그녀의 젖을 먹는 일이 강남옥의 경우를 두고 그걸 상상했을 때처럼 불결스럽고 부끄럽게는 느껴지지가 않았다. 아마도 그것은 그것을 바라는 그녀의 표정이나 몸짓이 너무도 간절해 보였기 때문이었는지 모른다. (⋯중략⋯) 나는 차라리 그녀의 아기가 되어버린 기분이었고, 그녀가 내게 바라고 있는 것도 그 비슷한 것이 틀림없을 거라 생각했다. 그래 그게 그 강남옥이 그런 말을 했을 때처럼 불결스러운 데가 느껴지지 않았다. / 색시도 이젠 마치 자기 어린 아기에게 젖을 짜먹이려는 시늉을 하고서 나를 기다리고 있었다. (⋯중략⋯) 나는 마침내 그녀의 가슴께로 얼굴을 파묻으며 그녀의 작은 아기가 되어버렸다. / 하지만 그녀의 그 커다란 젖더미에선 젖이 한 방울도 나오지 않았다. 그야 젖이 나올 리가 없었다. / 색시도 아마 이내 그걸 알아차린 것 같았다. 그녀는 내게 마음껏 젖을 먹여줄 수 없는 게 안타까운 듯 이윽고 반대편 젖더미를 끌어디밀었다. / 그쪽에서도 물론 젖은 나오지 않았다. / 하지만 나는 불평하지 않았다. 젖이 나오진 않았지만 나는 동작을 멈추지 않고 열심히 빨기를 계속했다. 젖이 나오지 않더라도 그렇게 해야만 할 것 같았고, 그게 싫지 않았다.

—「흐르지 않는 강」, 276~278쪽

돌배는 두목의 아내인 눈먼 색시의 젖을 빨고, 마치 배부른 아기처럼 그녀의 가슴에서 떨어져 나온다. 두목의 아내 역시 마치 자신의 아기에게 배불리 젖을 먹이고 난 여자처럼 지극히 깊고 잔잔한 웃음을 짓는다. 비록 가슴에서 진짜 '젖'이 흘러내리진 않았지만, 눈먼 색시와 돌배는 '상상' 속에서 보다 실재적으로 흐르는 '젖'을 공유한 것이라고 볼 수 있다. 어머니의 모성적 욕구와 아들의 양육 욕구가 일치를 이룬 것이다. 그러나 눈먼 아내는 그 사건 이후 스스로 목숨을 끊는다. 이에 돌배는 눈먼 색시의 젖을 먹음으로써, 그녀가 미련 없이 죽음을 선택할 수 있는 계기를 제공한 셈이다. 뿐만 아니라 두목은 이러한 아내의 죽음을 통해 성장의 기회를 영원히 박탈당한다. 따라서 아내의 죽음 이후, 삶의 의욕을 상실한 채 집에 불까지 지르며 철저하게 자신의 삶을 파괴하고자 욕망한다.

아이는 어머니의 젖을 통해 생명을 얻고, 그 젖 품 안에서 안정적으로 양육된다. 그러나 두목은 '흐르지 않는 젖'으로 인해 성숙한 어른의 세계로 진입하지 못한다. 이때 '흐르지 않는 젖'은 작품의 제목인 '흐르지 않는 강'으로 연결된다. 바슐라르는 '물'을 '영원한 어머니'라고 은유하는데, 이때 '실재하는 물'은 곧 '모성적인 어머니의 젖'이라고 이해할 수 있다. 그러므로 '흐르지 않는 강'이란 '흐르지 않는 젖'으로 인해 영원히 미숙한 존재로 남을 수밖에 없는 인물의 비극성을 드러낸다. 작품 속에 등장하는 마마상·강남옥·눈먼 색시의 '젖가슴'이 하나같이 비어있기에, 강물의 흐름을 끊어놓겠다는 두목의 광기는 결코 치유될 수 없는 것이다.

하지만 두목은 그러한 파괴 욕구를 통해 '신화적 존재'로 거듭날 근거를 마련한다. "그 자신의 흐름을 끝냄으로써 새로운 강물의 생명을 얻어 흐르고 싶은, 그래 그 두목 자신이 강이 되고 싶은 소망과 충동"(320쪽)을 드러내기 때문이다. 파괴를 통해 새로운 생명을 출산하고자 하는 욕망을 통해, 두목은 마을 사람들 사이에서 "불사신 같은 힘으로 턱거리의 강을 지키고 마을을 지키는 오랜 이야기 속의 거인"(350쪽)이 되기에 이른다. 이러한 맥락에서 흐르지 않는 젖, 혹은 비어있는 젖은 완결될 수 없는 '신화(神話)'를 가능하게 하는 충만한 흐름이라고 볼 수 있다. 이러한 결핍을 통해 이야기는 매번 새로운 '신화(新話)'를 구축해내기 때문이다.

이러한 젖줄기의 흐름은 「오마니!」(1999)[7]를 통해 보다 구체적으로 가시화된다. 소설가인 '화자'는 방화계의 노장 Y감독이 제작하는 영화에 원소재 제공자로서 참여하게 된다. '어머니의 생애'를 테마로 한 가족 영화를 만드는 Y감독은 "어머니의 한 생애나 모습이 어느 때보다 가슴 저리게 떠오를 압축적인 그림 한 장"(59쪽)을 찾기 위해 골몰한다. 이때 주로 Y감독의 채근을 듣는 인물이 있는데, 단신으로 월남해서 평생을 독신으로 외롭게 늙어가는 말단 단역 배우 '문예조'씨이다. Y감독은 문예조에게 어머니에 관한 남다른 '그림 한 장'이 존재할 것이라고 기대하지만, 정작 당사자는 "우리 노인넨 원래 인자한 구석이 없으셔서"(61쪽)라고만 답할 뿐이다. 이 가운데 화자는 '어머니'라는 호칭 대신 늘 남의 부모를 대하듯 '우리 노인네'로만 일관하는 문예조의 태도에 의문을 품는다. 그리고 어느 날, 문예조는 마지막까지 제대로 된 그림 한 장을 찾아내지 못해 찜찜해하는 Y감독에게 작은 녹음테이프 하나를 건넨다. 어머니의 그림이라면 무엇보다 그 젖품내가 밴 사연 가운데에서 찾아보라는 조언과 함께 말이다. 이에 사람들은 문예조가 건넨 테이프 속에서 숨겨진 '젖품내'를 맡게 된다.

---

7   이청준, 『꽃 지고 강물 흘러』, 문이당, 2004. 이청준은 『꽃 지고 강물 흘러』에 실린 '작가의 말'에서 "이번 「오마니!」와 「심부름꾼은 즐겁다」의 경우는 특히 다른 작품들 「꽃 지고 강물 흘러」나 「무상하여라?」와의 내면적 연속성을 떠올리며 여러 대목 고쳐 썼다"고 밝히고 있다. 이에 제목도 「오마니」에서 「오마니!」로 수정되었기에, 이 글에서는 작가의 창작의도를 반영한 최종 원고로 분석 텍스트를 삼았다.

그때 어머님께서는 젖을 못 빨아 애처롭게 보채 대는 갓난쟁이 종진이와 형수님의 괴로운 모습을 보다 못해 열여섯 어린 저에게 형님 대신 한동안 형수님의 붉은 젖문을 빨아 열게 하셨지요. 그래서 형수님과 어린 종진이, 우리 식구 모두의 시름이 차츰 사라지게 됐고요……

—「오마니!」, 76쪽

문예조가 이야기하는 '젖품내'는 사람들의 기대와 달리, 어머니가 아닌 형수를 주인공으로 삼는다. 그에게 있어 형수는 어머니 그림의 밑색깔인 셈이다. 형수님은 어머님을 대신하기에, 형수님에게서 어머니의 품내를 느끼고, 형수님의 기억 속에서 어머니의 모습을 떠올리는 것이다. 따라서 문예조는 형수님의 젖품내를 통해 어머니의 모습을 지켜나간다. 그러나 이때의 어머니는 단지 생물학적인 어머니 한 사람을 의미하지 않는다. 그렇다고 형수를 지칭하는 것도 아니다. 그에게 '어머니'는 "고향의 노친네와 그의 형수와 장조카 종진까지 한데 아우르고 있는 그 음영 깊은 어머니"(82쪽)를 의미하는 까닭이다.

그러나 감독은 감히 문예조의 사연을 영화 속에 담아내지 못한다. "이야기 속을 자칫 한 겹만 잘못 들추고 들었다간 그대로 하늘과 땅이 뒤바뀌어 버릴 것"(80쪽) 같은 두려움 때문이다. 그리고 소설가인 화자 역시 한 겹이라도 잘못 건드렸다가는 문예조의 지난 세월이나 그 어머니의 모습에서 일순간에 모든 꿈과 향기가 사라져 버릴 수도 있다는 두려움을 느낀다. 이에 그의 사연을 한 편의 짜임새 있는 소설적 틀이 아닌, 그저 담담하게 소개하는 형식으로 서술하는데 그친다. 소설의 형식을 파기함으로써, 소설을 완성하고 있는 것이다. 이로써 형수님의

'젖가슴'은 영원히 이야기되지 않는다. 그러나 동시에 영원한 이야기의 근원으로 자리하게 된다. 이는 장편 『**신화를 삼킨 섬**』(2003)을 통해 한층 심화된다.

> 충청도 진천 산골 마을로 형의 전사 소식이 전해져왔을 때 형수의 뱃속 엔 아비가 알지 못한 유복자가 자라고 있었다. 그리고 얼마 뒤 그 믿기지 않 는 아비의 전사 소식 속에 태어난 아이는 비탄 속에 졸아붙은 산모의 젖선 까지 터지지 않아 한동안 큰 애를 먹었다. 근심 끝에 하루는 형수가 이웃의 조언을 듣고 와서 열여섯 어린 시동생이 형 대신 형수의 젖꼭지를 빨아 갓 난아이의 생명줄을 열어주었고, 그로부터 조카아이는 어미와 어린 삼촌의 보살핌 속에 그럭저럭 잘 자라갔다.
>
> ─『신화를 삼킨 섬』, 208쪽

위의 내용은 「오마니!」에서 소개되었던 상황과 거의 흡사하다. 다른 점이 있다면 '노모'에 대한 서술이 생략되어 있다는 것뿐이다. 온전히 '형수'에게 집중된 서술이라는 점에서, 애초에 「오마니!」를 통해 말하 고자 했던 이청준의 '젖품내'가 형수 쪽에 기울어져 있음을 다시금 확 인할 수 있다. 때문에 이제는 형수와 조카를 저승으로 떠나보내고 마 음 편히 살아달라는 죽은 형의 부탁 앞에서, 아우는 그럴 수 없다고 대 답한다.

> 아니오, 형님! 어찌 제가 형수님을 그렇게 떠나보낼 수가 있겠소. 돌아가 신 것을 보았어야 떠나보내드리지요. 돌아가신 데라도 알아야 잊고 지낼

수가 있지요. 이도 저도 아무것도 알 수가 없으니 제 살아생전엔 제 가슴에
라도 묻고 살아야지요.

—『신화를 삼킨 섬』, 205쪽

시동생은 형수의 젖가슴을 빨아 어린 조카의 생명을 구한다. 조카의
구원은 곧 형수를 살리는 일로, 결국 시동생의 행위는 형수를 살리는
일이 된다. 그리고 동시에 시동생으로 하여금 험난한 세상 속에서 끝
까지 삶을 버티어 나갈 힘을 제공한다. 물론 시동생이 형수의 젖을 빠
는 행위는 윤리적인 관점으로 볼 때 지탄받아야 할 '악'으로 규정될 수
있다. 형수와 시동생이라는 가족 관계를 파괴하는 행위로 이해되기 때
문이다. 그런 의미에서 형수의 '젖가슴'은 강렬한 악마성을 띠게 된다.
하지만 바로 그 악마적 존재를 통해 형수와 시동생은 새로운 관계를 구
성해내고, 새로운 서사를 창조해낼 근거를 마련한다. 단순한 남녀 간
의 관계를 넘어선 새로운 관계의 선(線)을 그려내고 있는 것이다. 따라
서 작가는 두 사람의 관계 속에 담긴 꿈과 향기를 보전하기 위해 미완
의 상태로 이야기를 남겨둔다. 이는 마치 "그 이야기 속의 꿈과 기다림
이 없이는 아무래도 세상을 살아갈 수가 없"었다는 '아기장수 전설'을
떠올리게 만든다.[8]

아기장수는 비범한 능력을 갖고 태어났으나, 남달리 비상한 징후로
인해 제거되어야 할 운명에 처한 비극적 인물이다. 이때 아기장수의
비극은 부당한 권력의 횡포에 국한되지 않는다. 아기장수에게 가해진
두 차례의 죽음은 모두 자신의 부모로 인해 발생하고 있기 때문이다.

8　이청준,『신화를 삼킨 섬』, 문학과지성사, 2011, 390쪽.

아기장수의 부모는 아이가 자라 장차 역적이 되어 집안을 망칠 것이라는 두려움 때문에 자식을 죽이고자 결심한다. 이는 아기장수를 땅에 묻는 행위를 통해 실현된다. 그리고 아기장수를 찾으러 온 관군들에게 무덤의 위치를 알려줌으로써, 다시 한 번 아기장수를 죽음으로 몰고 간다. 이와 같은 맥락에서 어머니의 따뜻한 젖가슴 대신 차가운 땅 속에 갇혀 있어야 했던 아기장수의 죽음은 처음부터 예정된 결과라고 볼 수 있다. 어머니의 젖가슴을 통해 양육 받을 기회를 박탈당함으로써, 아기장수는 미완의 영웅이 될 수밖에 없던 것이다.[9] 이를 통해 이청준의 소설은 '신화(新話)'로서의 '신화(神話)'를 향해 나아가게 된다. 그러므로 이청준 소설 속에서 '젖가슴'은 단순히 여성의 신체 공간을 넘어, 그의 문학 세계를 가능하게 하는 중요한 공급원이라고 볼 수 있다.

이상에서 살펴본 바와 같이 이청준의 소설은 독자를 통해 또 하나의 결말을 구성하도록 요구함을 발견할 수 있다. 이를 위해 영원히 완결되지 않는 미완(未完)의 서사를 구축해 나가는 것이다. 이는 마치 '마주보는 두 거울에 반대편 거울의 상이 끝없이 비치는 '미장아빔(mise en abyme)'의 구조를 연상시킨다. "하나의 상이 거울 속에 반사되어 끝없이 반복된다는 것은 곧 그 상의 고유성과 특이성을 다시 한 번 회의적으로 돌아보게 하며 자신의 행동을 반추"하도록 이끌기 때문이다.[10] 이

---

9 아기장수 전설은 서사원형의 내재적 불완전성을 띠고 있다는 점에서, 수용자의 입장에서 개입할 여지를 풍부하게 제공한다. 다시 말해 수용자의 창조적 상상력을 포함시켜 새로운 서사로 재창조하기에 유리한 불완전한 구조를 취하고 있는 것이다(박영호, 「아기장수 전설의 현대적 변용 연구」, 『한국언어문화』 44, 한국언어문화학회, 216~217쪽). 이청준은 이러한 '아기장수 전설'을 「비화밀교」, 「지관의 소」, 『당신들의 천국』, 『춤추는 사제』, 『신화를 삼킨 섬』 등의 작품을 통해 새로운 이야기로 창조해 나간다.

10 '미장아빔(mise-en abyme)'이란 '메타 담론의 기법 중에 내적인 자기 반영성'에 해당한다.

청준은 이러한 '미장아빔'의 구조를 통해 독자들에게 자기 성찰의 기회를 제공한다. 우리가 살아가는 세계가 그 무엇도 확신할 수 없는 '결정-불가능의 세계'임을 지각하고 있으며, 그것을 작품 안에서 형상화하고 있는 것이다. 이처럼 원인과 설명을 거부한다는 점에서 작품은 리쾨르가 제기한 신화(神話)의 의미를 획득한다. 그의 글쓰기는 하나의 작품을 완성해내지만, 매번 새로운 의문을 부여함으로써 결코 완결되지 않는 까닭이다.

이에 독자는 글을 읽으면서도 자기 안에서 글쓰기를 진행하기 위한 여백을 제공받는다. 멈추지 않는 '글쓰기'의 연속, 이것을 가능하게 하는 것이 바로 이청준의 '사유'인 것이다. 그리고 이때의 사유는 "자기 자신을 전제하는 사유의 이미지의 파괴"라는 측면에서, 숨겨진 진실을 폭로한다는 지점에서 '악마적'이라고 명명될 수 있다. 이청준의 '글쓰기'는 멈추지 않는 '사유'의 과정이며, 이러한 '사유'는 정답을 제시하지 않기 때문이다. 그러나 문제는 여기에서 멈추지 않는다. '사유'를 통해 제기된 '악'의 문제는 '사유하지 않음'의 '선'을 의미하지 않기 때문이다. '악'은 '악'으로 분기할 뿐, 결코 '선'으로 환원되지 않는다. 이는 이청준에게서 발견되는 사유의 근원이 '악'에 기인하고 있음을 다시금 확인하게 해준다.

"바닥이 없는 심연(深淵)"으로, "마주보고 있는 두 개의 거울 사이에 상이 끝없이 맺히는 것"을 의미한다. 다시 말해 "상이 끝없이 되풀이 되는 반복적 움직임 자체를 가리키는 것"이다. 이때 "데리다는 미장아빔을 고유한 것과 현전의 형이상학을 해체시키는 메커니즘으로 보고, 이를 가리켜 고유한 것 속에서, 그리고 고유한 것의 구조 자체에서, 자신을 구성하는 타자 안으로 들어가 자신을 심연 속에 빠뜨리고 스스로를 역전시키고 오염시키며 분열시키는 것"이라고 설명한다(서대정, 「재현의 위기 시대의 메타 담론 연구─영화의 자기 반영 미학을 중심으로」, 한양대 박사논문, 2007, 98쪽).

제5부 /

이청준 소설에 나타난 '악마성'의 의의

이청준 소설에 나타난 '악마성'의 의의

이청준은 40여 년이라는 긴 기간 동안, 뚜렷한 공백기 없이 150여 편의 중·단편과 18편의 장편소설을 발표하였다. 그러면서도 발표하는 작품마다 문학적 완성도 측면에서 고르게 높은 평가를 받아왔다. 이러한 사실은 한국 현대 문학의 역사를 돌아볼 때 매우 주목할 만한 성과이다. 따라서 이청준의 소설은 그 존재만으로도 해방 이후 본격적으로 전개된 한국 현대 문학의 흐름을 드러내는 중요한 통로가 된다. 바로 이 지점에서 이청준 소설에 관한 종합적인 고찰의 필요성이 제기되었다.

이 글은 기존의 이청준 소설 연구가 특정 시기 혹은 몇몇 개별 작품에 관한 한정된 논의를 진행해 왔다는 점에 착안하여, 반세기 가까이 이어진 작가의 작품 세계 전반을 관통하는 뚜렷한 주제의식을 발견하는데 목적을 두고 있다. 나아가 그러한 문제의식이 작품 안에서 어떤 식으로 형상화되고 있는 지를 드러내는 것에 주목하고 있다. 이는 40여 년이라는 긴 시간 동안 꾸준히 작품 활동을 지속해온 작가의 '창작론'을 정립하는 과정으로, 한국 현대 문학사 안에서 '이청준'이라는 작가의 위상을 재정립하는 기회를 마련하기 위함이었다.

이청준은 자신의 '창작론'을 정리한 별도의 저서를 남기지는 않았다. 작품 뒤에 실린 '작가노트' 혹은 산문에서 단편적으로 언급하고는 있지만, 자신의 작품 세계 전반을 관통하는 창작원리에 대한 어떤 직접적인 진술도 제시하지 않았다. 이는 작품 안에서 주제를 직접적으로 서술하지 않던 작가의 개성이 반영된 것으로 유추된다. 그러나 소설을 쓰는 법은 소설 속에 존재하듯이,[1] 이청준의 소설 역시 그 안에서 수많은 창작 방법론을 제시하고 있다. 직접적으로 '소설가'가 등장하는 경우를 포함해서, 거의 모든 작품에서 자신만의 고유한 소설 창작에 관한 말하기를 시도하고 있는 것이다.

일반적으로 '창작'이란 이전에 없던 새로운 것, 특히 예술 작품을 지어낼 때 쓰는 표현이다. 이전에 없던 새로운 것의 창조를 의미하는 것이다. 그러나 이때 이야기하는 '새로움'이란 내용적인 측면만이 아니라 형식적인 측면에서도 접근되어야 한다. 예를 들어 고전소설에 나타난 '선'과 '악'의 갈등은 현대소설에서도 여전히 중요한 갈등을 제공한다. 하지만 작가는 '선'과 '악'이라는 본질적인 주제의식을 당대의 정치·경제·철학·역사적 사건들이 총체적으로 종합된 상황 속에서, 이전 시대와는 다른 새로운 방식으로 형상화해낸다.

이를 가능하게 하는 것이 바로 작가의 고유한 '사유'이다. 작가는 자신만의 고유한 '사유'를 바탕으로, 독창적인 소설 세계를 구축해 나간다. 그러므로 하나의 작품 속에는 변하지 않는 본질적 문제의식과 주어진 시대에 관한 작가만의 고유한 사유가 공존한다. 이러한 맥락에서

---

1   이상우, 『현대소설론』, 양문각, 1995, 34쪽.

이청준의 소설이 일제강점기 일본 경찰의 끄나풀이(『인간인』1의 남도섭)로부터 2006년 독일 월드컵 경기를 보며 "때애한민국!"을 외치는 60대 노인(「그곳을 다시 잊어야했다」의 유재승)에 이르기까지, 시대를 초월한 다양한 인물군(群)을 등장시키고 있음에 주목할 필요가 있다. 이청준은 이러한 인물들을 통해 주어진 시대의 아픔을 '함께' 아파하고자 소망했기 때문이다. 이는 작가가 자신이 소설을 쓰는 이유를 '부끄러움을 견디기' 위함이라고 서술하고 있음을 통해 뒷받침된다.

시인 황지우는 이청준의 2주기를 기념하는 '이청준 문학자리' 개원식에서 「거룩한 염치」라는 추모시를 낭독한 바 있다. "커다란 물음표를 남겨 놓으셨습니다 / 그 둥그렇게 부풀어 오는 부끄러움 어찌하지 못하고"[2] 라는 구절은 이청준의 글쓰기가 지닌 특징을 정확하게 포착하고 있다고 파악된다. 이청준은 소설 안에서 어떤 답도 제시하지 않기에, 그의 부끄러움은 결코 극복될 수 없는 까닭이다. 제 몫의 부끄러움을 감당하는 일, 그것이 바로 이청준 소설의 핵심이다. 그렇다면 이러한 '부끄러움'은 어디에서부터 비롯되는 것일까? 이청준은 남의 아픔을 외면할 경우 부끄러움이 생기게 마련이라고 이야기하였다. 이때 부끄러움이란 외부의 시선에 의해 형성된 것이 아닌, 내부로부터 비롯된 것이다. 결국 이청준은 스스로에게 부여한 '부끄러움'의 몫을 감당하고자 소설을 써나갔다고 볼 수 있다. 그런 의미에서 '소설쓰기'는 '함께 아파하기'의 문제임이 더욱 분명해진다.

---

2   이영경, 「'이청준 문학자리' 개원잔홍」, 『경향신문』, 2010.8.1, 23면(http://news.khan.co.kr, 2013.5.17).

①작가가 보기에 실상 기냐 아니냐를 따지거나 확인하는 것은 그리 중요하지 않다. 지금 정말로 중요한 것은 40여 년 전의 일들을 도덕적 정당성과 역사적 정통성의 잣대로 재단하는 것이 아니라 '함께 아파하기'라는 것이 작가의 전언이다.

—최재봉, 「좌우대립 비극의 역사 민족 대화해 다리놓기」,

『한겨레』, 1993. 11. 7.

②아픔과 괴로움을 함께 하는 것, 혹은 대신하는 것. (…중략…) 그래 그것이 우리의 영혼을 깊게 뒤흔들어댄 것이었다. 자기 아픔에 대한 호소나 원망은 그것을 이겨낼 직접적·물리적 힘을 모을 수 있는데 비하여, 남의 아픔을 함께하거나 대신 하는 데에서는 그런 직접적인 힘에 앞서 사람들끼리 서로 위로하고 마음의 의지가 되어주는 뜨거운 사랑을 낳기 때문이다. 그리고 그 사랑이야말로 무엇보다도 귀하고 크고 미더운 힘의 원천이 될 수 있기 때문이다.

—「함께 아파하기」, 280~281쪽

①은 장편 『흰옷』 출간 당시에 발표된 신문기사이고, ②는 단편 「세월의 덫」에 첨부된 '작가노트'이다. 위에 언급한 것 이외에도 작가는 '함께 아파하기'의 문제에 대해 쉬지 않고 이야기한다. 이때 중요한 것은 '아픔의 극복'이 아닌, '아픔의 공유'이다. 이에 1965년도에 발표된 「퇴원」의 화자는 병원을 나서면서도 "다시 이곳을 들르게 될 일이 있을지도 모르겠다"고 이야기한다. 그리고 무려 40여 년이 지난 뒤에 발표된 「그곳을 다시 잊어야했다」에 등장하는 형 '유일승'씨는 자신의 기

억 속에서 고국을 회복하는 대신 또다시 고국을 잊기로 결심한다. 작가는 이들의 상처를 치료하거나 회복하는데 초점을 맞추지 않는다. 대신 화자에게 거울을 건네던 '미스 윤'이나, 형을 대신해서 '대한민국'을 외치는 동생 '유재승'을 등장시킬 뿐이다. 아픔은 '극복'되는 것이 아니라 '공유'되어야 하는 것이다.

이를 통해 우리는 이청준의 작품 전(全) 편에 걸쳐 흐르는 '함께 아파하기'의 문제를 발견하게 된다. '아픔'이 극복될 수 없다는 것은 그 '아픔'이 현재진행형이라는 것과 그만큼 치명적인 깊이를 지닌다는 사실을 의미한다. 그러므로 이청준 소설의 핵심은 '아픔의 극복'을 거절한다는 데에 있다. 작가는 '아픔'을 호소하는 이들에게 그것을 잊고, 이겨내라고 요구하는 것이야말로 또 하나의 '폭력'이 될 수 있음을 알고 있던 것이다.

같은 이유로 이청준은 '악'을 극복의 대상으로 삼지 않는다. '악'을 극복함으로써 '선'을 회복해야 한다는 필요성을 거절한다. 이는 우리의 삶이 결코 '악'으로부터 벗어날 수 없음에 관한 선언이다. 따라서 작가는 '악'을 극복하기 위한 어떤 해결책도 제시하지 않는다. 이것은 이청준의 작품 전반에 걸쳐서 발견되는 특징으로, '악'의 문제는 이청준 소설 연구의 핵심 열쇠라고 볼 수 있다. 또한 이는 창작의 과정을 거쳐 작품 내에 발현된다는 점에서 보다 실체화된 '악마성'으로 명명될 수 있다.

이청준 소설에 나타난 '악마성'은 겉으로 드러난 외적 요인보다는, 주로 인물의 내부에서 발생하는 심리상태를 통해 표출되는 경향이 강하다. 그러나 심리적 갈등에서도 그 원인과 결과는 뚜렷한 형상을 드러내지 않는다. 작가는 어떤 순간에도, 구체적인 갈등의 원인과 결과를 제시하지 않기 때문이다. 인과관계에 의한 이성적 '설득'이 아닌, 설명할 수 없는 정서적 '공감'을 부여할 뿐이다. 하지만 이와 같은 모호한 원인과 애매한 결과에도 불구하고, 이청준의 소설은 분명하고도 명료한 주제의식을 전달한다. 이는 소설을 읽어내는 '과정'으로부터 도출된다. 이청준 소설의 핵심은 숨겨진 의미를 찾아내는 것이 아니라, 그것을 찾아가는 '과정'에 있는 까닭이다.

> 나의 아픔은 어디서 온 것일까. 혜인의 말처럼 형은 6 · 25의 전상자이지만, 아픔만이 있고 그 아픔이 오는 곳이 없는 나의 환부는 어디인가. (…중략…) 어쩌면 그것은 나의 힘으로는 영영 찾아내지 못하고 말 얼굴일지도 몰랐다. 나의 아픔 가운데에는 형에게서처럼 명료한 얼굴이 없었다.
>
> ―「병신과 머저리」, 212쪽

위의 인용문은 이청준의 대표작 「병신과 머저리」의 한 부분으로, 작가가 주목하는 것이 아픔의 분명한 '원인'에 있지 않음을 확인할 수 있다. 따라서 작가는 동생의 환부에 대한 명확한 설명, 형과 동생이 경험하는 아픔을 극복하기 위한 뚜렷한 결과를 제시하지 않는다. 중요한 것은 찾아야 할 '얼굴'이 아닌, 얼굴을 찾아가는 '과정'이기 때문이다. 그러므로 우리는 아픔이 영원히 극복될 수 없다는 사실을 인정해야만 한다. 이는 더 이상 '악'에 맞서 싸울 이유가 없다는 것을 의미하지 않는다. 오히려 우리의 삶이 멈출 수 없는 '악'과의 투쟁임을 수용함으로써, 그 투쟁의 과정을 원동력으로 삼을 것을 이야기한다.

이러한 선택은 기존의 가치체계를 거부하고 능동적으로 파괴함으로써, 새로운 역사를 향한 탈주를 가능하게 한다. 이질적인 수많은 타자들 사이에 구멍을 뚫으며, 그 사이에서 고유한 소통을 이루어내는 것이다. 이는 이청준의 소설에 마침표가 없는 이유이기도 하다. 이에 독자는 글을 읽으면서도 자기 안에서 글쓰기를 진행하기 위한 여백을 제공받는다. 멈추지 않는 '글쓰기'의 연속, 이것을 가능하게 하는 것이 바로 이청준의 '사유'이다. 이청준의 '글쓰기'는 멈추지 않는 '사유'의 과정이며, 이러한 '사유'는 정답을 제시하지 않는다. 나아가 숨겨진 진실을 폭로한다는 점에서 '악마적'이다. 그러나 문제는 여기에서 멈추지 않는다. '사유'를 통해 제기된 '악'의 문제는 '사유하지 않음'의 '선'을 의미하지 않기 때문이다. 악은 악으로 분기할 뿐, 결코 선으로 환원되지 않는다. 이는 이청준에게서 발견되는 사유의 근원이 '악'에 기인하고 있음을 다시금 확인하게 해준다.

작가는 "선과 악의 무한정한 배합 비율"(「병신과 머저리」, 181쪽)을 통해 '선'과 '악'의 문제에 대해 남다른 사유를 시도해왔다. 그런데 '선'과 '악'의 배합을 놓고 생각해볼 때, 이는 결국 '악'의 문제로 귀결될 수밖에 없다는 논리와 마주선다. 단 '1%'라도 악이 개입되어 있다면, 그것을 온전한 '선'이라고 부를 수 없기 때문이다. '선'은 결코 '악'으로부터 자유로울 수 없으며, 추상적인 관념으로만 존재할 뿐이다. 이에 반해 '악'은 보다 자유로우며 구체적이다. 때문에 우리의 세계는 '선'과 '악'의 대립이 아닌, '더한 악'과 '덜한 악' 사이의 대립만이 난무한다. 이로 인해 우리는 끊임없이 분기(分岐)하는 '악'의 문제와 마주하게 되는 것이다.

이와 같이 이청준의 소설은 '악'의 문제로 점철되어 있음을 확인할 수 있다. 이는 '사유'를 통해 연결되고 있으며, 이때의 사유는 '악마성'

으로 명명되기에 이청준의 글쓰기는 곧 '악마적 글쓰기'의 다른 이름이라고 보아도 무방하다. 그리고 이때의 '사유'란 '무엇'이라는 '결과론적 사유'가 아닌, '어떻게'를 통한 '과정으로서의 사유'로 이해해야만 한다. 이청준은 이러한 '사유'를 바탕으로, 우리가 살아가는 세계 안에 존재하는 무차별적인 폭력들을 치밀하고도 섬세한 방식으로 서사화해 나가기 때문이다. 단순히 주어진 상황을 있는 그대로 고발하는데 머물지 않고, 그 속에서 어떻게 살아갈 것인지에 관한 '질문'을 지속하는 것이다. 그러나 어느 순간에도 직접적인 시선 혹은 목소리를 드러내지 않는다. 대신 독자로 하여금 스스로의 이야기를 만들어 가도록 자극한다. 덕분에 이청준의 소설을 읽는 독자들은 작품을 읽을 때마다 매번 새로운 의미를 부여받는다. 이는 이청준의 소설이 결코 완결되지 않는 '사유'의 현재진행형으로 존재함을 의미한다.

이처럼 작가는 은폐되어온 세계의 어두움과 인간 내면에 숨겨진 부끄러움에 관한 사유를 '정답을 찾을 수 없는 글쓰기' 혹은 '모호한 것을 더욱 모호하게 이야기하는 글쓰기'로 형상해 나아간다. 그런 가운데 하나의 소설은 전체 작품 안에서 끊임없이 분기하는 가운데 '분열적 텍스트'를 생산해낸다. 이때 '분열'이란 하나의 정체성에 함몰되지 않은 채 끝없이 자기 존재를 다양화하는 유목적 의미를 내포한다. 어떠한 고정점이나 고착화된 것도 갖지 않는 욕망의 흐름 그 자체를 의미하는 것이다. 이러한 이유로 이청준의 소설은 고정된 결말을 거부하고, 작품에 등장하는 인물뿐만이 아니라 독자들을 통해 매번 새로운 '글쓰기'를 향해 나아간다. 이는 유작(遺作)에 해당하는 『신화의 시대』가 미완(未完)의 작품이라는 사실에 한정되지 않는다. 이청준의 소설은 거의 대부분 뚜렷한 결말을 제시하지 않으며, 의문으로 시작된 소설은 결말에 이르러 또 다른 의문으로 이어지기 때문이다. 어떤 경우에도 해답은 제시되지 않는다. 하나의 작품은 그 자체로 완결되지 않고, 또 다른 작품 속으로 편입되거나 확장되어 나간다. 이로써 이청준의 소설은 '마침표'가 부재(不在)한다는 명제가 도출된다.

실제로 『씌어지지 않은 자서전』(1969)은 「소문의 벽」(1971)을 통해, 「흐르지 않는 강」(1979)은 「지관의 소」(1990)로, 「불의 여자」는 「치자꽃 향기」(1976)에서 그 모습을 드러낸다. 뿐만 아니라 단편 「이 여자를 찾습니다」(1990)는 장편 『인간인』 2(1991)로, 단편 「돌아온 풍금소리」(1993)는 장편 『흰옷』(1994)으로, 장편 『축제』(1995)는 단편 「꽃지고 강물 흘러」(2003)로, 단편 「이상한 선물」(2007)은 장편 『신화의 시대』(2008)를 통해 반복된다. 나아가 「다시 태어나는 말」은 『언어사회학서설』 연작과 『남도사람』 연작을, 「흐르는 산」은 『인간인』 1권과 2권을 이어준다.

심지어 단행본으로 출간되지 않은 『사랑을 잃는 철새들』(1973) 속에는 무려 5편 이상의 소설들이 발견된다. 소리꾼 송정화와 '뼈다른' 오빠 백기윤의 서사는 『남도사람』 연작으로, 여자의 나체화를 그리는 허철의 서사는 「치자꽃 향기」(1976)에서 아내의 벗은 몸을 엿보는 지욱을 통해 '아름다움'을 느낄 수 있는 '거리'에 대한 문제로 확장된다. 또한 『이제 우리들의 잔을』(1969)에서 "가장 여자다워야 할 곳"(81쪽)이 여자답지 못한 경숙은 '여장 남자' 미스 전으로, 「가수」(196)의 주영훈은 그림자가 없는 남자 '한혁민'으로, 「등산기」(1967)에 등장하는 부녀(父女)는 주인공 지연과 그녀의 아버지에 대한 기억으로, 「가학성훈련」(1970)은 지연의 콧잔등을 간지럽히는 '굴레'로 반복된다.

이러한 반복은 단순한 소재 고갈이나, 자기반복으로 접근해서는 곤란하다. 이청준의 소설은 기존의 것들을 해체함으로써, 끊임없는 변용(變用)을 시도하기 때문이다. 이청준은 이와 같은 변용을 통해 새로운 '차이'를 산출해낸다. 그리고 이와 같은 '차이'는 '사유'로서의 글쓰기를 추동하는 원동력이 된다. 이는 고정된 틀로부터의 정신적 해방을 의미하는 것으로 소설의 '마침표'를 거부한다.

이처럼 이청준은 절대적 진리로서의 '선'을 거부함으로써, 지금까지 불변의 진리로 믿어온 것들을 의심하라고 요구한다. 주어진 체제에 반기를 들라고 부추기는 것이다. 그러나 이를 교조적으로 명시하지는 않는다. 단지 작품 안에서 제기된 작가의 사유에 동참하는 가운데, '선'으로 대변되는 '절대 진리'에 관한 의문을 품도록 유도한다. 세계의 허위를 직접적으로 폭로하는 것이 아니라, '사유'의 과정을 통해 독자들이 스스로 인식하도록 이끄는 것이다. 따라서 이청준의 '사유'는 탈주적이며, 그러한 '사유'를 바탕으로 이루어진 '글쓰기'는 일종의 '탈주선 그리기'로 은유된다. 이때 '탈주'란 "모든 방향으로 열린 창조와 생성의 흐름을 지칭"한다.[3] 그러므로 이청준의 글쓰기는 영원히 종결되지 않으며, 매번 새로운 문제를 제기하며 분기해 나간다.

이 글은 이러한 이청준의 '사유'를 '악(惡)'의 문제로 접근함으로써, 반세기 가까이 지속되어온 작가의 창작 원리를 도출하는데 초점을 맞추고 있다. 이때의 '악'은 인간의 본성 내부에 있는 '근본악'을 주장했던 칸트의 논의와는 변별된다. '악'은 완전히 실현되지 않고 늘 새로운 형태로 나타나기 때문이다. 그러므로 '악'은 단순한 '선'의 대립항이 아닌,

---

3   이진경, 『노마디즘』 1, 휴머니스트, 2002, 425쪽.

이전의 '악'과 새로이 출현한 '악' 사이의 대립으로 확장된다.

때문에 '사유'를 통해 제기된 '악'의 문제는 '사유하지 않음'이 '선'이라는 공식으로 이어지지 않음을 다시금 강조한다. 이청준이 제기하는 진정한 문제는 '선'과 '악'의 자리교체에 있지 않은 까닭이다. '선'은 '악'의 자리로 옮겨갈 수 있으나, '악'은 결코 '선'의 자리로 옮겨갈 수 없다. 이 지점에서 '사유의 무능성' 역시 '악'으로 간주된다는 논리가 성립된다. 그리고 이러한 사유의 '지속'과 '정지'라는 경계 위에 사유의 '유보'에 관한 문제가 추가된다. 이는 곧 사유에 관한 '정지·유보·지속'의 문제로, 이청준 소설 전체를 가로지르는 '악'의 서사를 가시화한다.

정리하자면, 이청준 소설에 나타난 '악'의 문제는 크게 세 가지 특징을 갖는다고 볼 수 있다. 첫째는 '사유의 정지'를 통해 야기되는 '악의 평범성'의 문제이고, 두 번째는 '사유의 중첩'을 통해 제기되는 '악의 불가해성', 마지막으로는 끊임없는 '사유의 지속'을 통해 전개되는 '창조'의 문제에 해당한다. 이때 '창조'란 '파괴'를 전제한다는 점에서, '악의 파괴성'으로 명명된다.

또한 '악의 평범성·불가해성·파괴성'의 문제는 각각 사유의 무능성, 환상의 가능성, 창조의 역능성의 형태로 형상화된다. 이는 '악'에 관한 작가의 보이지 않는 문제의식이 작품 속에서 인물, 공간, 모티프를 통해 가시화된다는 점에서 '악마성'으로 구체화된다. 이는 이청준 소설의 어느 특정 시기에만 도출되는 특징이 아니라, 그의 작품 전반에 걸쳐 고르게 분포되어 나타나는 창작기법이라고 볼 수 있다. 이는 본문의 제2부, 제3부, 제4부를 통해 분석되고 있다.

우선 제2부에서는 '사유의 무능성'을 바탕으로 '악의 평범성'의 문제에 주목하였다. 이청준의 소설 속에는 현실 세계에 적응하지 못한 비정상적인 인물들이 쉽게 발견된다. 그러나 이청준이 주목하는 대상은 '현실부적응자'들만이 아닌, 그들을 '비정상인'으로 분류하는 지배 집단이다. 이러한 지배 집단에 순종하는 인물들은 '선 / 악'의 이분법 속에서 '선'의 위치에 선다. 그렇다면 현실에 적응하지 못한 비정상적인 인물들은 그 사회에서 제거되어야 할 '악(惡)'으로 치부된다. 문제는 '선'이 '악'을 교정하고자 욕망하는 지점에서 발생한다. 능동적인 판단을 포기한 채, 지배질서의 요구에 맹목적으로 순응하는 '선'이야말로 잔혹한 '악'이 되기 때문이다.

이러한 사유의 무능성은 작품 안에서 주로 '발화'되지 못한 말, 즉 '유예된 말'의 형태로 나타난다. 상대방에게 일방적인 고백을 강요하는 타자와 그 앞에서 스스로를 고발해야 하는 주체의 관계를 통해 가시화되는 것이다. 그 결과 주체들은 자기연민에 빠진 채 세계 안에서의 실종을 욕망하게 된다. 나아가 인물들은 타자가 요구하는 고백을 거절하는 것은 물론, 타자의 고백 자체를 거절하는 기만적인 진술을 이어간다. 이러한 진술은 주로 사방이 가로막힌 '방(房)' 공간을 통해 가시화된다. 무의미한 잡담만이 오가는 다방(茶房)과 타인과의 소통이 단절된 하숙방·주인 없이 길손들만 머무는 여관방·출구 없는 방으로 은유되는 병실이나 감옥에 이르기까지, 소설 속에는 다양한 양상의 방(房)들이 등장하기 때문이다. 그러한 방에 갇힌 인물들은 출구를 찾고자 간절히 욕망하지만, 언제나 실패에 이르고 만다. 급기야 방에서 벗어나겠다는 욕망조차 포기하며, 스스로를 고립시키기에 이른다. 고립된 방 안에서 자학과 자해를 반복하는 이들의 고통은 마치 카프카스의 바위에 묶인 채 간을 쪼아 먹히는 프로메테우스를 연상시킨다. 일반적으로 프로메테우스는 '금기를 위반하면서까지 지식을 추구하는 자'로 인식된다. 더 나은 인간이 되고자하는 자기 향상의 욕망을 의미하기에, 그의 고통은 더 나은 삶을 향해 나아가려는 인간의 의지를 확인하는 통로이기도 하다. 하지만 이것은 자기 자신에게 몰두하는 나르시시즘적 태도로도 이해될 수 있다. 프로메테우스가 몰래 불을 훔쳐낸 것은 스스로를 제우스라는 최고의 신 위에 세우고자 했던 '변형된 자기애'의 일종이기 때문이다. 이처럼 소외된 인물들은 작품 안에서 억울하게 죽어가는 '똥개'로 형상화된다. 또한 '전짓불'은 '똥개'들을 죽음으로 몰아가는 '악의 평범성'의 상징으로서 반복된다.

그러나 이청준의 소설이 단순히 '사유의 무능성'을 드러내는 인물들의 말하기와 공간만을 소개하는 것에 머무는 것은 아니다. 작가는 주체와 타자와의 관계, 그들이 존재하는 공간을 통해 제기된 악의 문제를 통해 '사유' 자체에 관해 문제를 제기한다. 이는 독자에게 주어진 현실의 모순상황을 환기시키는 기회를 제공한다는 점에서 유의미하다. 그러므로 이청준의 글쓰기는 독자들로 하여금 현실을 의심하고, 일방적인 지배 질서에 저항하도록 유도한다는 점에서 악마적이라고 명명된다.

이어지는 제3부에서는 이청준 소설에 나타난 설명할 수 없는 악의 '불가해성'이 '환상의 가능성'을 통해 접근됨을 살펴보았다. 환상이란 '알 수 없음' 혹은 '설명할 수 없음'을 의미한다는 점에서, 영원히 알 수 없는 존재인 '악'과 동궤를 이루기 때문이다. 불확정적이며 모호한 환상은 '악'을 발생시키는 원인이며, 환상은 그러한 '악'의 속성인 것이다. 그러므로 '알 수 없다는 것'으로서의 환상은 세계를 살아가는 인물들을 불안으로 몰아넣는다. 이에 세계는 온통 악으로 점철된 지옥이 된다.

이청준은 이러한 불안을 사람과 사람 사이에서 소통되지 않는, 변형된 말인 떠도는 '소문'을 통해 그려낸다. 베르길리우스의 장편 서사시 『아이네이스』에는 소문의 여신 '파마(Fama)'에 대한 묘사가 등장한다. 파마의 몸은 온통 깃털로 덮여있으며, 거기에는 저마다 '소리를 엿듣는 귀'와 '소리를 내는 입'이 달려 있다. 또한 깃털 밑으로는 늘 깨어있는 수많은 눈이 깜빡이고 있는데, 파마는 한시도 눈을 감고 단잠에 드는 일이 없다. 낮에는 가장 높은 탑 위에 앉아 온 도시를 위협하고, 밤이 되면 어둠을 뚫고 하늘과 도시 사이를 날아다니기 때문이다. 이에 베르길리우스는 세상의 악 가운데 가장 빠른 것은 바로 '소문'이라며, '파마'의 다른 이름을 '파멸의 천사'라고 명명하였다. 이를 통해 '소문'의 다른 이름은 곧 '파멸'을 불러오는 '악마'라는 유추가 가능해진다.

따라서 외부로부터 유입된 소문은 내부의 균열을 일으키고, 내부로부터 퍼져나간 소문은 세계를 혼란에 빠뜨린다. 확인되지 않는 소문은 검증의 절차를 요구받지 않기에 더욱 빠른 속도로 사람들 사이를 파고들고, 실체가 없기에 매번 소비하는 주체에 의해 새로운 변형을 지속해 나간다. 이러한 소문은 진실과 거짓이라는 두 세계에 존재한다는 점에서, 때로는 희망을 때로는 절망을 선사한다. 더구나 소문은 진실과 거짓이 구분 없이 뒤섞여 있다는 점에서, 발화자가 익명이라는 점에서 '악의 불가해성'을 드러내는 효과적인 통로가 된다.

한편 소문은 지배 수단으로 이용됨으로써 세계를 불안으로 몰아가지만, 동시에 지배 질서를 교란시키는 민중의 저항 수단으로도 활용된다. 이청준은 이러한 소문의 이중성에 주목한다. 따라서 그의 작품 속에 등장하는 인물들은 끊임없이 소문을 소비하고 생산함으로써, 숨겨진 진실을 드러내고 혹은 새롭게 정립해나간다. 소문에 관한 탐구는 주제의식을 쉽게 드러내지 않는 작가의 독특한 창작 원리인 셈이다. 이러한 인물들이 머무는 세계는 주로 감각적 분열이 이루어지는 에로티시즘의 무대이다. 무지(無知)와 미지(未知) 사이, 에로스와 타나토스의 경계 위에서 인물들은 불안을 호소하고, 그로 인해 자신이 속한 세계를 더욱 모호하게 만들어간다. 방향성을 상실한 세계의 불가해성은 인물들의 내면에 균열을 가하고, 분열된 인물들은 자신이 몸담고 있는 세계의 균열을 가속화한다. 이와 같은 악순환의 구조 속에서 이청준의 인물들은 판단을 유보한 채 늘 망설일 수밖에 없다. 진짜와 가짜 사이의 모호한 구분은 현실과 환상과의 대립을 넘어, 환상과 환상 사이의 분열로까지 나아간다. 이청준 소설의 인물들은 분열된 세계가 주는 혼란 속에서 자신이 서야 할 자리를 찾기 위해 방황한다. 그런데 문제는 이들이 선택하는 자리가 하나같이 진짜가 아닌 가짜, 현실이 아닌 환상 공간이라는 점에 있다.

한편 불확실한 공간 속에 머무는 인물들은 상대방에게 자신의 존재를 증명 받고자 욕망한다. 이에 인물들은 보다 적극적으로 거짓 혹은 환상에 참여하게 된다. 자신이 속한 세계 속에서 진짜와 가짜, 현실과 환상 사이의 분열을 느끼지만, 스스로가 진실이라고 믿는 세계를 현실로 구축하고자 욕망하는 것이다. 이때 요구되는 것이 바로 '죽음'이다. 죽음은 인간의 능력으로는 도저히 설명해낼 수 없는 자연 현상으로 그 자체로 '악의 영역'에 해당한다. 알 수 없음, 설명할 수 없음, 증명할 수 없음이 주는 공포를 부여하는 까닭이다. 이는 확인될 수 없는 세계를 바라보는 '현장부재의 시선'과 '명명될 수 없는 이름의 유령'이라는 환영의 모티프를 통해 구체화된다. 이들은 모두 동일성 안으로 포섭되지 않는 두렵고 낯선, 따라서 배제되어야만 할 타자에 해당한다. 나아가 고정불변의 선을 '부정(否定)'하는 '부정(不定)'의 세계관을 드러내는 효과적인 통로가 된다.

또한 제4부에서는 '창조의 역능성'을 바탕으로 '악의 파괴성'을 제시하였다. 이때 창조와 파괴의 문제는 '새로운 이야기(新話)'이자, '원초적 이야기(神話)'라는 측면에서 다루어진다. 우선 '원초적 이야기'로서의 '신화(神話)'는 우주의 본질과 연결된다. 인간은 '언어'를 통해 세계와의 소통을 시도하지만, 침묵의 형태로 존재하는 우주의 본질은 결코 언어로 설명되지 않는다. 이에 인물들은 '말'을 대신해서 '노래'를 부르거나, '(남도)소리'를 한다. 일상적인 '말'로는 도달할 수 없는 소통의 가능성을 '노래'와 '소리'를 통해 도달하고자 하는 것이다. 이는 단일하고 고정된 '말'의 한계를 극복하기 위한 '말의 해체'이자, 일종의 '탈주선 그리기'로 은유될 수 있다. 그러므로 '노래'와 '소리'는 끊임없는 탈영토화의 흐름, 즉 생성과 고착화의 영원한 투쟁을 통해 파괴와 창조라는 서로 상반된 의미를 포괄하게 된다.

이때 우선되는 것이 바로 세계를 구축하는 노래이다. '노래'란 일상적인 '말'로는 설명될 수 없는 내면의 목소리를 드러내는 것은 물론, 시공간을 초월한 집단의 발화를 전제한다. 덕분에 가면을 쓴 채 거짓말만을 늘어놓던 인물들조차 '노래'를 통해서는 진실한 내면의 소리를 토해낸다. '노래'란 단순한 말의 파괴가 아닌, 스스로를 위로함은 물론 집단 간의 소통을 이루어내는 창조적 힘을 갖기 때문이다. 또한 이청준은 '소리'를 두고 "우리 삶의 희노애락 생로병사의 모든 국면을 가림없이 받아들이고 힘있게 융화시켜 그 삶을 더 값지게 넓게 열어 주는 예술의 양식"라고 말한바 있다. 이는 절대적인 존재를 통해 이루어지는 구원과는 변별된다. 인물들은 자신을 구원해줄 신을 찾거나, 복수를 꿈꾸지 않는다. 오히려 신과의 완전한 단절을 선언한다. 새로운 이야기로서의 '신화(新話)'를 통해 스스로의 '신화(神話)'를 구축해나가는 것이다. 즉, 새로움을 가능케 하는 원동력으로서의 '악'은 선과 악의 대립은 물론, '더'한 악과 '덜'한 악 사이의 갈등으로부터 벗어나서 주체를 절대적인 위치에 세운다. 따라서 보편적 근거가 와해된, 순수하고 텅 빈 형식으로서의 시간이 구성된다. 그 속에서 인물들은 자신이 원하는 곳에 구멍을 뚫고, 수많은 타자들과 관계를 맺어 나간다.

탈주를 통해 인물들은 새로운 주체로 거듭나기에, 그들이 몸담고 있는 세계는 유동적 공간이 된다. 유동하는 '시원(始原)'을 통해 형식과 권위가 부정되고, 자유분방하고 파괴적인 특징을 지닌 '카니발'적 세계가 구축되는 것이다. 그리고 그 속에서 우리의 삶은 모든 공식적인 제도나 인습, 그리고 권위로부터 완전히 자유롭게 해방된 '제2의 삶'을 향해 나아간다. 그런 의미에서 '변신' 공간으로서의 '산'은 매우 중요한 의미를 지닌다. 하나의 고정 불변하고 절대적인 실체로서의 지배 질서를 전복하는, 생성의 역동성을 내포하고 있기 때문이다. 또한 변화에 고착되지 않고 새로운 변화를 추구하는 탈주선으로의 '길'은 자신만이 아니라, 타인까지도 구원한다는 점에서 '생성의 논리'를 확보한다. 이때의 '길'은 단순히 작품 내에 그려진 인물들의 여정이 아닌, 독자를 통해 이어지는 또 하나의 '길'로 확장된다. 이로써 고정된 시원(始原)이 해체되고, 주체들은 스스로의 세계를 구축하고, 스스로를 구원하는 '신'의 자리에 이른다.

이처럼 '악'은 더 이상 외부로부터 당하거나 가하는 것이 아닌, 내부와 외부 모두를 거스르게 된다. 모든 것이 분열되기에, 무엇이든 새로운 창조가 가능해진 것이다. 이는 작품 속에서 매번 무너져도 다시 쌓을 수밖에 없는 '둑'과 흐르지 않는 '젖'이라는 모티프를 통해 가시화된다. 불완(不完)이 아닌 미완(未完)의 서사를 구축함으로써, 이야기는 늘 새롭게 시작되는 것이다.

이러한 맥락에서 이청준 소설에 나타난 악마성은 다음과 같이 정리될 수 있다. '악'은 곧 사유의 연속이라는 점에서, 존재가 아닌 '행위의 문제'에 속한다. 또한 '악'은 실재성을 띠는 '실존의 문제'이다. 이때의 실존은 삶의 조건을 의미하며, '악'은 삶의 조건을 억압하는 구체적인 대상이 된다. 이를 통해 '악'에 관한 문제는 잔여 범주가 아닌 근본 범주임이 확실해진다. 또한 '악'은 창조적 의지와 관련된 '미학 문제'와도 연결되는데, 이때 문학은 기존의 질서와 구조를 전복한다는 점에서 그 자체로 악마적이라고 볼 수 있다. 이는 금기를 벗어나려는 강렬한 욕구 충동과 새로운 세계에 대한 창조적 의지를 '악'과 연결 지어서 이야기한 보들레르를 통해서도 확인되는 바이다.

이청준은 소설을 통해 끊임없이 주어진 체제를 위협하는 질문을 던진다. 결코 정답을 제시하지 않는 질문의 연속이지만, 우리는 작가의 그 물음을 통해 사유를 자극받고, 이로써 세계를 바라보는 보다 넓은 시야를 확보하게 된다. 그러므로 이청준은 문학인이란 "부단한 자기극복과 결별로써 영원한 신인으로 끝없이 다시 태어나야"한다고 주장한다.[4] 언제나 세계를 새롭게 볼 수 있도록 "고정되어 버린 기성"으로서가 아니라 "영원한 도전의 세계 속에 자신을 영원한 신인으로 머물러 있도록 해야 한다"고 말하는 것이다. 이는 문학 고유의 화법이란 '무엇을' 말하느냐가 아닌, '어떻게'의 문제라고 보았던 작가의 진술을 다시금 떠올리게 만든다.[5]

오늘날의 문학 연구는 미학적 차원보다는 사회학이나 정치학의 관점에서 접근되는 경향이 강해지고 있다. 이는 문학 연구의 외연을 확장한다는 측면에서 매우 환영받을 만한 일이다. 그렇지만 그러한 흐름 가운데 문학이 지닌 본질적 의미를 놓쳐서는 곤란할 것이다. 이에 이청준 문학을 연구하고자, 그의 소설 전체를 대상으로, 내용과 형식에 관한 종합적인 고찰을 시도하였다. 이는 반세기 가까이 이어진 작가의 고유한 창작원리를 도출하기 위한 작업이었다. 그 결과 이청준이 전 생애를 거쳐 꾸준히 밀고 나간 창작의 원동력으로 '악(惡)'의 문제를 발견할 수 있었다.

'악'이란 인류의 시작과 함께 논의되기 시작했으며, 거의 모든 학문 분야에서 언급되고 있다. 과거 니체는 '좋음과 나쁨', '선과 악'이라는 대립되는 가치의 싸움은 여전히 승패를 결정짓지 못하고 계속되고 있다

---

4   이청준, 「문학 30代」, 『작가의 작은 손』, 열화당, 1978, 177쪽.
5   "우리 문학에 대해서도 이젠 '무엇을' 이야기하고 있는가에보다 '어떻게' 이야기하고 있는가에 대하여 좀더 많은 관심이 기울여져 있으면 좋겠다. 왜냐하면 문학은 그 '무엇을'에서보다는 '어떻게'에서 자주 성패가 나기 쉬우며, 그 '어떻게'야말로 진실로 문학 고유의 화법이 아닐 수 없기 때문이다."(이청준, 「알리바이 文學」, 위의 책, 209쪽) 이밖에도 이청준은 "소설이란 원래 '무엇'을 말하느냐 하는 데에보다 그 무엇을 '어떻게' 보여주느냐 하는 진술의 양식"이므로, "그것을 어떻게 보여주느냐 하는 선택의 문제는 참으로 그 작품을 쓴 글장이의 가장 기본적인 능력에 속하며 또한 그의 권리가 아닐는지 모른다"라고 말하고 있다(이청준, 「背信의 결말」, 위의 책, 270쪽).

고 말한 바 있다.[6] 그리고 이 싸움은 니체가 세상을 떠난 지 한 세기가 흘렀음에도 불구하고 여전히 지속되고 있다. '악'에 관한 독자적인 의미 부여는 오늘날까지도 쉽게 발견되지 않고 있기 때문이다.

그러나 '악'은 여전히 수많은 학자들을 통해 지속적으로 탐구되고 있는 주제이다. 이는 '악'이란 인간적인 것의 무거운 짐을 벗어버리려는 비극적인 시도에서 탄생한다고 보았던 에리히 프롬, '적의에 찬 파괴를 향한 충동'이야말로 '악'이라고 규정한 찰스 프레드 앨퍼드, 악은 곧 '자유의 대가'인 까닭에 인간이 자유를 포기할 수 없는 한 '악'은 우리의 삶과 함께 할 수밖에 없다는 뤼디거 자프란스키와 같은 학자들의 주장을 통해 확인될 수 있다. '악'이란 그만큼 본질적이며, 매혹적인 주제인 것이다.

문학 작품 역시 인간의 삶을 반영한다는 면에서, 소설 안에 나타난 '악'의 문제는 작품을 해석하는 중요한 틀이 된다. 그러나 아쉽게도 한국 문학 안에서 '악'을 적극적으로 의미화한 연구는 쉽게 찾아보기가 어렵다. 고전 소설을 연구하는데 있어 '악'이 중요한 문제로 다루어지고는 있으나, 대부분 '권선징악(勸善懲惡)'의 이념을 드러내는 도구로 해석될 따름이다. 뿐만 아니라 현대소설에서도 '악'은 주로 부정되거나 극복해야 할 대상으로 이해되고 있다.

이러한 문제는 우리 문학사 안에서 '악'을 다룬 작품이 없었기 때문이 아니라, '악'의 개념이 지나치게 포괄적이며 모호하게 정의되고 있다는 점에서 발생한다. 물론 '악'에 대한 개념은 범위를 한정할 수 없을 만큼 매우 다양하다. 따라서 문학 작품을 연구하기 위해 '악'에 관한 절

6   프리드리히 니체, 홍성광 역, 『도덕의 계보학―하나의 논박서』, 연암서가, 2011, 63쪽.

대적 개념을 규명하는 작업은 때로는 지나친 비약으로 이어질 위험이 있다. 하지만 기존의 문학 연구에서 '악'의 문제를 배제해온 이유가 이러한 위험을 피하기 위해서였다고는 볼 수 없다. 보다 근본적인 원인은 '악'을 끊임없이 극복의 대상으로 바라보는 '고정된 시각'에 있는 까닭이다.

이청준은 '악'을 극복함으로써 '선'을 회복해야 한다는 필요성을 거절한다. 우리의 삶이 결코 '악'으로부터 벗어날 수 없음을 선언하면서도, 그것을 극복하기 위한 어떤 해결책도 제시하지는 않는다. 오로지 탐색의 과정만을 드러내기에 독자들은 작품을 읽으면 읽을수록 중첩되는 의문들과 마주하게 된다. 이는 작가란 "해답"이 아닌 "끊임없는 질문"을 제시하고, 소설이란 "삶의 문제에 대한 확정적 해답"이 아닌 "괴롭고 아프게 그것을 묻고 되돌아오는 반성의 정신"이라고 진술했던 이청준의 글을 떠올리게 만든다.[7]

그런 까닭에 이 글은 '악'에 대한 하나의 고정된 개념을 확립하는 대신, 지속적인 문제 제기를 통한 사유를 이야기한다. 문학 작품 내에서 '악'이 어떠한 식으로 형상화되고 있으며, 그것을 통해 작가가 문제 삼고 있는 주제가 무엇인지를 탐구하는 작업이야말로 문학 연구의 첫 걸음이라고 이해했기 때문이다. 그 결과 이청준에게 있어 '악'은 기존 체제를 위협하고, 숨겨진 실재를 탐구하며, 독자와 작가, 그리고 텍스트 간의 경계를 허물기 위한 실존적 행위라는 사실을 확인할 수 있었다. 더불어 '악'은 정답을 제시하지 않고 끊임없이 사유를 요구하는 이청준의 독특한 작가 세계를 지탱하는 창조적 동력이라는 사실도 발견하였

---

7   이청준, 「책 속에 길 없다」, 앞의 책, 190쪽.

다. 이는 '선'에 대한 대립항으로서의 '악'이 아닌, '악 그 자체'의 고유성에 주목한 결과라고 볼 수 있다.

그럼에도 불구하고 우리는 여전히 '악'을 '선'과의 대립 항으로만 이해하려는 경향이 강하다. '악'은 언제나 '선'에 대한 결핍이나 불완전으로 인식되기에, 극복의 대상으로 간주된다. 이는 인류의 욕망을 '악'으로부터 벗어나 '선'을 지향하는데 둔 결과 발생한 오류가 아닐까 한다. 그러나 이러한 오류를 통해서도 '악'의 절대성은 발견될 수 있다. 인류의 욕망이 '악'을 벗어나 '선'을 지향하는 일이라면, 결국 '선'을 가능하게 하는 것이 '악'이라는 논리가 성립되기 때문이다. 따라서 더 이상 '악'은 '선'에 대한 열등이나 결핍으로 이해되어서는 곤란할 것이다. '악'이야말로 인류의 기원과 더불어 시작된 문제의식이며, 인류가 마지막까지 넘어서야 할 근원적 문제인 까닭이다.

그러므로 이 글의 지향점은 단순히 '이청준'이라는 한 작가의 작품 세계를 고찰하는 것에 머물지 않는다. 이는 1990년대 이후 대두되었던 세기말의 '종말론적 세계관'을 내포하는 문학 작품들의 원류(原流)를 드러내는 작업으로 확장될 수 있는 까닭이다. 나아가 문학의 창조적 원동력이 되는 '악'에 대한 탐구는 일제강점기로부터 2000년대 문학에 이르기까지, 한국 문학의 새로운 문학사 정립을 가능하게 해줄 중요한 주제의식으로도 확장이 가능하다는 점에서 문학사적 의의를 찾을 수 있을 것이다.

참고문헌

1. 기본자료
1) 소설
이청준, 『소문의 벽』, 열림원, 1998.
_____, 『이어도』, 열림원, 1998.
_____, 『가위 밑 그림의 음화와 양화』, 열림원, 1999.
_____, 『제3의 현장』, 열림원, 1999.
_____, 『눈길』, 열림원, 2000.
_____, 『목수의 집』, 열림원, 2000.
_____, 『시간의 문』, 열림원, 2000.
_____, 『자서전들 쓰십시다』, 열림원, 2000.
_____, 『인문주의자 무소작씨의 종생기』, 열림원, 2000.
_____, 『예언자』, 열림원, 2001.
_____, 『숨은 손가락』, 열림원, 2001.
_____, 『별을 보여드립니다』, 열림원, 2001.
_____, 『씌어지지 않은 자서전』, 열림원, 2001.
_____, 『인간인』 1(아리아리강), 열림원, 2001.
_____, 『인간인』 2(강강수월래), 열림원, 2001.
_____, 『벌레 이야기』, 열림원, 2002.
_____, 『서편제』, 열림원, 2004.
_____, 『꽃 지고 강물 흘러』, 문이당, 2004.
_____, 『소문의 벽』, 열림원, 2005.
_____, 『그곳을 다시 잊어야했다』, 열림원, 2007.
_____, 『신화의 시대』, 도서출판 물레, 2008.
_____, 『병신과 머저리』, 문학과지성사, 2010.

_____, 『매잡이』, 문학과지성사, 2010.

_____, 『신화를 삼킨 섬』, 문학과지성사, 2011.

_____, 『소문의 벽』, 문학과지성사, 2011.

_____, 『가면의 꿈』, 문학과지성사, 2011.

_____, 『조율사』, 문학과지성사, 2011.

_____, 『이제 우리들의 잔을』, 문학과지성사, 2011.

_____, 『춤추는 사제』, 문학과지성사, 2012.

_____, 『꽃과 소리』, 문학과지성사, 2012.

_____, 『당신들의 천국』, 문학과지성사, 2012.

_____, 『사랑을 앓는 철새들』, 『서울신문』, 1973.4.2~12.2.

2) 에세이

이청준, 『작가의 작은 손』, 열화당, 1978.

_____, 『말없음표의 속말들』, 나남, 1985.

_____, 『야윈 젖가슴』, 마음산책, 2001.

_____, 「신화를 잃어버린 시대」, 『월간 샘터』 33-7, 샘터사, 2002.7.

2. 국내 논문

강문주, 「김유정 소설의 악마적 순환 이미지」, 인제대 석사논문, 2000.

고명철, 「한국전쟁의 유년기 체험에 대한 인식론적 소설쓰기−이청준의 「소문의 벽」 론」, 『성균어문연구』 33, 성균어문학회, 1998.12.

권오룡, 「해설−어둠 속에서 글쓰기」, 이청준, 『소문의 벽』, 열림원, 2005.

권이오, 「눈(目)과 에로티즘」, 『프랑스어문교육』 15, 한국프랑스어문교육학회, 2003.5.

권채린, 「전상국 소설 연구−악의 표출양상을 중심으로」, 경희대 석사논문, 2000.

권택영, 「이청준 소설의 중층구조」, 『외국문학』 10, 열음사, 1986.9.

김겸섭, 「바타이유의 에로티즘과 위반의 시학」, 『인문과학연구』 36, 대구대 인문과 학연구소, 2011.2.

김경수, 「현대소설의 형성과 여성−악한의 탄생」, 『우리말글』 39, 우리말글학회, 2007.4.

김교선, 「현대소설과 추상 본질의 표현」, 『현대문학』 2-3, 현대문학, 1967.3.

김동식, 「고향을 잃어버린 고향에 관하여」, 이청준, 『가면의 꿈』, 문학과지성사, 2011.

김동윤, 「신화적 서사와 시적 역동성(포에시스)의 소설적 변용」, 『프랑스문화예술연 구』 9-2(통권 제20집), 프랑스문화예술학회, 2007.5.

김미현, 「악은 악을 파괴할 권리가 있다―「엘리베이터에 낀 그 남자는 어떻게 되었
　　나」」, 『서평문화』 35, 한국간행물윤리위원회, 1999.9.

_____, 「불한당들의 문학사―90년대의 악마주의 소설」, 『판도라 상자 속의 문학』,
　　민음사, 2001.

김병덕, 「현대소설에 나타난 다방의 심리지리」, 『비평문학』 34, 한국비평문학회, 2009.12.

김병익, 「60年代 文學의 位置」, 『思想界』 17-12, 思想界社, 1969.12.

_____, 「분단의식의 문학적 전개」, 『상황과 상상력』, 문학과지성사, 1979.

_____, 「황순원의 문학과 악」, 『현대문학』, 현대문학사, 1996. 11.

_____, 「말의 탐구, 화해에의 변증」, 권오룡 편, 『이청준 깊이읽기』, 문학과지성사, 1999.

김선욱, 「근본악과 평범한 악 개념」, 『사회와 철학』 13, 사회와 철학연구회, 2007.4.

김소륜, 「이청준 소설에 나타난 환상성 연구―'모성' 추구 양상을 중심으로」, 이화여
　　대 석사논문, 2006.

김수용 외, 「악의 문학적 형상화 연구」, 『뷔히너와 현대문학』 19, 한국뷔휘너학회, 2002.11.

김승만, 「이청준 소설에 나타난 여성의 눈에 관한 연구」, 『현대문학이론연구』 34, 현
　　대문학이론학회, 2008.

김승민, 「염상섭 소설에 나타난 '소문'의 의미와 서사화 방식에 대한 고찰」, 『한국현
　　대문학연구』 33, 한국현대문학회, 2011.4.

김승희, 「南道唱이 흐르는 아파트의 空間―詩人 김승희와의 대담」, 『말없음표의 속
　　말들』, 나남, 1979.

김영숙, 「이청준 소설의 기독교적 상상력 연구」, 상명대 박사논문, 2009.

김영찬, 「1960년대 문학과 6·25의 기억」, 『세계문학비교연구』 35, 한국세계문학비
　　평학회, 2011.6.

김영한, 「리꾀르의 해석학적 현상확」, 『신학사상』 50, 한국신학연구소, 1985.

_____, 「리꾀르의 『악의 상징론』에 전개된 해석학적 현상학적 사고」, 『철학과 현상학
　　연구』 3, 한국현상학회, 1988.4.

김영희, 「푸코와 '바깥(le dehors)'의 사유」, 『인문학논총』 15-3, 경성대 인문과학연구
　　소, 2010.

김우영, 「근대의 신화와 숭고의 재구성」, 『한국어문학연구』 60, 한국어문학연구학회,
　　2013.2.

김윤식, 「감동에 이르는 길」, 『이청준론』, 삼인행, 1979.

_____, 「심정의 넓힘과 심정의 좁힘」, 『한국현대소설비판』, 일지사, 1981.

_____, 「제주도로 간 『당신들의 천국』―『신화를 삼킨 섬』론」, 『문학과사회』 84, 문학
　　과지성사, 2008. 겨울.

김은하, 「소설에 재현된 여성의 몸 담론 연구―1970년대를 중심으로」, 중앙대 석사논문, 2003.

김정희, 「불교의 생명윤리와 재가여성 불자」, 『한국여성철학』 4, 한국여성철학회, 2004. 11.

김종걸, 「리꾀르의 악에 대한 해석」, 『해석학 연구』 4, 한국해석학회, 1987.

김종회, 「유토피아소설의 상상력과 현실의식―이청준의 「이어도」와 「비화밀교」를 중심으로」, 『어문연구』 59·60(합), 일조각, 1988. 12.

김주연, 「사회와 인간―이청준 『당신들의 천국』을 중심으로」, 『문학과 지성』 25, 문학과지성사, 1976. 가을.

_____, 「이청준의 종교적 상상력」, 『본질과 현상』 14, 본질과현상사, 2008. 겨울.

김지혜, 「최인훈, 김승옥, 이청준 소설의 몸 인식과 서사구조 연구」, 이화여대 박사논문, 2010.

김창식, 「일제하 한국 도시소설 연구」, 부산대 박사논문, 1994.

김치수, 「자기 완성을 위한 탐구」, 『황홀한 실종』, 나남, 1984.

_____, 「언어와 현실의 갈등」, 권오룡 편, 『이청준 깊이읽기』, 문학과지성사, 1999.

김한식, 「1970년대 후반 '악한 소설'의 성격 연구」, 『상허학회』 10, 상허학보, 2003. 2.

김 현, 「미지인의 초상―류현종과 이청준의 경우」, 『동서춘추』 1-3, 희망출판사, 1967. 7.

_____, 「장인의 고뇌」, 『별을 보여드립니다』, 일지사, 1971.

_____, 「문학이란 무엇인가」, 김현·김주연 편, 『文學이란 무엇인가』, 문학과지성사, 1976.

_____, 「이청준에 대한 세 편의 글」, 『문학과 유토피아』, 문학과지성사, 1980.

_____, 「떠남과 되돌아옴」, 『현대문학』, 현대문학, 1986. 12.

김혜영, 「근대소설에 나타난 환상의 존재 방식 연구―이청준의 「이어도」를 중심으로」, 『한국언어문학회』 48, 2002. 6.

_____, 「문학연구방법으로서의 '악의 상징'」, 『대중서사연구』 15, 대중서사학회, 2006. 6.

나병철, 「이청준론―『당신들의 천국』과 권력의 미시물리학」, 『현대문학의 연구』 9, 한국문학연구학회, 1997.

남미영, 「韓國 現代 成長小說 硏究」, 숙명여대 박사논문, 1992.

남진우, 「이야기의 시원, 시원의 이야기」, 『인문주의자 무소작씨의 종생기』, 열림원, 2000.

류경동, 「프로이트의 정신분석학 이론과 문학 연구」, 『우리어문연구』 16, 우리어문학회, 2001.

류비용, 「전환기 문학의 실험―이청준론」, 『어문논집』 8, 중앙어문학회, 1973. 2.

류철균, 「한국 현대 소설 창작론 연구」, 서울대 박사논문, 2001.

박상민, 「문학연구방법으로서의 '악의 상징'」, 『대중서사연구』 15, 대중서사학회, 2006. 6.

_____, 「『토지』에 나타난 '악'의 양상 연구」, 『우리문학연구』 19, 우리문학회, 2006.

_____, 「박경리 『토지』에 나타난 악(惡)의 상징 연구」, 연세대 박사논문, 2009.

박상춘, 「도스또옙스끼 소설에 나타난 악의 형상화」, 연세대 석사논문, 2004.

박영호, 「아기장수 전설의 현대적 변용 연구」, 『한국언어문화』 44, 한국언어문화학회, 2011.

박준상, 「바깥, 죽음―하이데거에 대한 블랑쇼의 응답」, 『철학과 현상학 연구』 21, 한국현상학회, 2003. 가을.

박찬국, 「목적론적 입장에서 본 행복」, 『동서사상』 11, 경북대 동서사상연구소, 2011.8.

박혜영, 「졸라의 『나나』를 통해 본 라캉의 욕망의 메카니즘과 "오브제 a"로서의 여성」, 『프랑스문화예술연구』 39, 프랑스문화예술학회, 2012.2.

서경희, 「이청준 소설 연구―작중 인물의 정신분석학적 연구」, 세종대 석사논문, 1999.

서대정, 「재현의 위기 시대의 매타 담론 연구―영화의 자기 반영 미학을 중심으로」, 한양대 박사논문, 2007.

서정기, 「노래여, 노래여―이청준 작품 속에 나타난 신화적 상상력, 「이어도」, 「해변아리랑」, 「선학동 나그네」를 중심으로」, 『작가세계』 14, 세계사, 1992.8.

성민엽, 「겹의 삶, 겹의 문학―후기 이청준에 대하여」, 권오룡 편, 『이청준 깊이읽기』, 문학과지성사, 1999.

손선희, 「이청준 소설에 나타난 관음화현(觀音化現)의 상상력―「노거목과의 대화」를 중심으로」, 『한국언어문학』 79, 한국언어문화학회, 2011.

손정수, 「내러티브들의 원무(圓舞)」, 이청준, 『이제 우리들의 잔을』, 문학과지성사, 2011.

송수경, 「이청준 소설의 신화성 연구」, 세종대, 박사논문, 2012.

송지연, 「이청준 소설의 유가 인간학적 연구」, 충남대 박사논문, 2010.

송진석, 「현대 프랑스 문학과 바깥의 사유―마르그리트 뒤라스와 조르주 바타이유」, 『프랑스학연구』 55, 프랑스학회, 2011.2.

신계철, 「이청준 소설의 공간 연구」, 이화여대 석사논문, 1995.

신철하, 「우리 소설의 악마성에 관하여―최인호, 장정일, 그리고 배수아」, 『문예중앙』, 중앙일보사, 1995. 가을.

양선규, 「환상, 또는 불패의 진서」, 『세계의 문학』, 1992. 여름.

양진오, 「이청준의 신화적 상상력과 그 문학적 의미」, 『한국문학과 신화』, 예림기획, 2006.

연남경, 「신화의 현재적 의미―최인훈, 이청준을 중심으로」, 『현대문학이론연구』 44, 현대문학이론학회, 2011.3.

오생근, 「갇혀 있는 자의 시선―이청준의 작가세계」, 『문학과 지성』 17, 문학과지성사, 1974.가을.

오양진, 「1960년대 한국소설의 비인간화 연구」, 고려대 박사논문, 2005.

오양진, 「소외, 혹은 환상문학의 가능성」, 『상허학보』 34, 상허학회, 2012.2.

오은엽, 「이청준 소설의 신화적 상상력과 공간―『신화의 시대』와 『신화를 삼킨 섬』을 중심으로」, 『현대소설연구』 45, 한국현대소설학회, 2010.12.

우찬제, 「억압 없는 자유의 꿈을 향한 언어 조율사의 반성적 탐색」, 『소설과 사상』, 고려원, 1995.봄.

_____, 「불안의 상상력과 정치적 무의식―1970년대 소설의 경우」, 『한국문학이론과 비평』 9-2(통권 제27권), 한국문학이론과 비평학회, 2005.6.

_____, 「이청준 소설의 불안의식」, 『어문논집』 33-2, 한국어문교육연구회, 2005.여름.

_____, 「소문의 불안, 불안의 소문」, 『문학과 사회』 85, 문학과지성사, 2009.봄.

_____, 「견인성 보헤미안의 견딤의 미학」, 『문학과 사회』 87, 문학과지성사, 2009.가을.

원기중, 「이청준 소설에 나타난 판소리 미학의 변용양상」, 한양대 박사논문, 2000.

원당희, 「Thomas Mann과 이청준 소설에 나타난 예술가의 위상 비교―주인공의 내면 체험을 중심으로」, 고려대 박사논문, 1992.

유철상, 「한국 현대소설에 나타난 악과 폭력의 문학적 형상화」, 『비교문학』 45, 한국비교문학회, 2008.6.

유치정, 「블랑쇼 문학과 새로운 글쓰기의 의미」, 서울대 박사논문, 2011.

윤병렬, 「하이데거와 현대의 철학적 사유에서 초월개념에 관한 해석」, 『존재론 연구』 18, 한국하이데거학회, 2008.10.

이경욱, 「이청준 소설의 문학인류학적 연구」, 서강대 박사논문, 2012.

이광모, 「악에 관한 형이상학적 고찰」, 『헤겔 연구』 15, 한국헤겔학회, 2004.

이광호, 「진술의 불가능성과 소설의 가능성」, 『소문의 벽』, 문학과지성사, 2011.

이기훈, 「'다방', 그 근대성의 역정」, 『문학과학』 71, 문학과학사, 2012.9.

이남호, 「한국 문학과 악(惡)―조선 시대 소설에 나타난 악의 양상」, 이문열·권영민·이남호 편, 『한국 문학이란 무엇인가』, 민음사, 1995.

이명희, 「악에서 선의를 이끄는 미학」, 『문학, 환멸 속에서 글쓰기』, 새미, 2002.

이묘우, 「이청준 소설 연구―소설 속에 나타난 창작 방법론을 중심으로」, 명지대 박사논문, 2005.

이보영, 「始原의 摸索―이청준 론」, 『현대문학』 18-12, 현대문학, 1972.12.

이상우, 「이청준 소설에 나타난 동종주술적 모티프」, 『예체능논집』 4, 명지대 예체능연구소 1994.12.

이윤옥, 「텍스트의 변모와 상호 관계」, 이청준, 『매잡이』, 문학과지성사, 2010.

_____, 「텍스트의 변모와 상호 관계」, 이청준, 『소문의 벽』, 문학과지성사, 2011.

이재복, 「역사적 정신태를 넘어 넋으로 — 이청준의 『신화의 시대』에 부쳐」, 『본질과
　　　현상 — 평화를 만드는 책』 11, 본질과 현상사, 2008. 봄.

이재복, 「특집 2 : 문학, 악에 대한 자의식 — 악마가 되기 위한 기나긴 도정」, 『오늘의
　　　문예비평』 44, 오늘의 문예비평, 2002. 3.

이재선, 「한국문학과 악(惡)의 사상」, 『한국문학 주제론 — 우리 문학은 어디에서 왔는
　　　가』, 서강대 출판부, 2009.

이철호, 「악마를 위한 변론 — 1920년대 예술가 소설과 낭만적 주체성」, 『사이間SAI』 3,
　　　국제한국문학문화학회, 2007.

_____, 「한국 근대문학의 형성과 종교적 자아 담론 — 영, 생명, 신인 담론의 전개 양상
　　　을 중심으로」, 동국대 박사논문, 2007.

이청준 · 우찬제, 「대담 : 우리들의 천국을 향한 당신들의 천국의 대화」, 『문학과 사
　　　회』, 문학과지성사, 2003. 봄.

이혜인, 「블랑쇼 문학론에서의 글쓰기와 언어의 문제」, 연세대 석사논문, 2013.

이홍숙, 「신화로 본 우리 소설 — 이청준의 「선학동 나그네」」, 『단산학지』 9, 전단학회, 2005.

임금복, 「이청준과 토마스만의 "소설기법" 비교 연구」, 『성신어문학』 2, 성신어문학
　　　연구회, 1989. 2.

_____, 「한국적 외디푸스 콤플렉스의 초상」, 『비평문학』 7, 한국비평문학회, 1993. 10.

임정연, 「1920년대 연애담론 연구 — 지식인의 식민성을 중심으로」, 이화여대 박사논
　　　문, 2006.

_____, 「임노월 문학의 악마성과 탈근대성」, 『국제어문』 50, 국제어문학회, 2010. 12.

장윤수, 「『축제』의 글쓰기 제의와 연희적 성격」, 『현대소설연구』 20, 한국현대소설
　　　학회, 2003. 12.

전영준, 「거울들의 경연 혹은 격자구조의 의미」, 『세계문학비교연구』 13, 세계문학비교
　　　학회, 2005. 10.

정과리, 「용서, 그 타인됨의 세계」, 권오룡 편, 『이청준 깊이읽기』, 문학과지성사, 1999.

정명환, 「소설의 3차원 — 이청준 『당신들의 천국』을 중심으로」, 『세계의 문학』, 민음
　　　사, 1976. 12.

정영훈, 「황순원 장편소설에 나타난 악의 문제」, 『한국현대문학연구』 21, 한국현대
　　　문학회, 2007. 4.

정은경, 「김동인 소설에 나타난 '惡'의 의미와 미적 수용에 관한 연구 — 「감자」와 「광
　　　염소나타」를 중심으로」, 『어문논집』 50, 민족어문학회, 2004. 10.

_____, 「한국 근대소설에 나타난 악의 표상 연구—김동인과 이상을 중심으로」, 고려대 박사논문, 2005.

_____, 「손창섭 소설에 나타난 악(惡)의 표상 연구」, 『어문논집』 54, 민족어문학회, 2006.10.

_____, 「김승옥 소설에 나타난 악의 표상 연구」, 『한국문학이론과 비평』 35, 한국문학이론과 비평학회, 2007.6.

_____, 「악, 부정방정식의 X」, 『지도의 암실』, 소명출판, 2010.

정장진, 「정신분석 문학비평의 필요성, 혹은 유용성」, 『세계사상』, 1997. 가을.

정재식, 「한나 아렌트의 「평범한 악」의 정치철학적 의미」, 숭실대 석사논문, 2002.

정홍수, 「역사의 공백과 공허를 가로지르는 진리의 정치학」, 『춤추는 사제』, 문학과지성사, 2012.

조구호, 「이청준 소설 연구—전쟁의 상처와 분단극복을 중심으로」, 『동양학』 45, 동양학연구소, 2009.2.

진희권, 「십악을 통해서 본 유교의 형벌관」, 『법철학연구』 5-1, 세창출판사, 2002.6.

천이두, 「계승과 반역」, 『문학과 지성』 6, 문학과지성사, 1971.11.

최진석・우찬제, 「이청준 소설의 道家的 解釋」, 『한국문학이론과 비평』 8, 한국문학이론과 비평학회, 2000.

최치원, 「5・18 민주화운동에 대한 하나의 실존적 해석—'어두운 시대'에 감추어진 '악의 평범성' 문제」, 『민주주의와 인권』 11-3, 전남대 5・18 연구소, 2011.12.

최현용, 「고골의 『죽은 혼』에 나타나는 기호의 불확정성과 소문의 슈제트 형성적 기능」, 『노어노문학』 15-1, 한국노어노문학회, 2003.6.

표정옥, 「이청준 소설의 영상화 과정의 생성원리로 작용하는 원형적 신화 상상력에 대한 연구—영화 〈서편제〉・〈축제〉・〈밀양〉・〈천년학〉을 대상으로」, 『서강인문논총』 25, 서강대 인문과학연구소, 2009.6.

_____, 「이청준 소설에 내재된 아리랑의 신화적 상상력과 영화 〈서편제〉의 문화적 놀이성 연구」, 『비교한국학』 20-3, 국제비교한국학회, 2012.

한상규, 「다양한 표정의 소설세계에 대한 다양한 비평」, 『작가세계』 14, 세계사, 1992.8.

한순미, 「이청준의 폭력과 희생제의 구조」, 『소외의 서사학』, 태학사, 1998.

_____, 「불교철학적인 물음에 비추어 본 이청준 소설」, 『국어국문학』 149, 국어국문학회, 2008.9.

한혜원, 「정비석 소설의 창작방법 연구」, 이화여대 석사논문, 2002.

홍원표, 「한나 아렌트 정치철학에서 선악의 문제」, 『정치사상 연구』 11-2, 한국정치사상학회, 2005. 가을.

3. 단행본

강영안, 『도덕은 무엇으로부터 오는가―칸트Kant의 도덕철학』, 소나무, 2010.

구연상, 『철학은 슬기 맑힘이다』, 채륜, 2009.

권영민, 『한국현대문학사』, 민음사, 1993.

권오룡, 『이청준 깊이읽기』, 문학과지성사, 1999.

근대문학 100년 연구총서 편찬위원회, 『약전으로 읽는 문학사』 2, 소명출판, 2008.

김상봉, 『서로주체성의 이념』, 도서출판 길, 2007.

김영찬, 『근대의 불안과 모더니즘』, 소명출판, 2006.

김욱동, 『대화적 상상력―바흐친의 문학이론』, 문학과지성사, 1988.

김치수, 『이청준론』, 삼인행, 1979.

_____, 『박경리와 이청준』, 민음사, 1982.

김　현, 『문학과 유토피아』, 문학과지성사, 1980.

박정자, 『사르트르의 실존주의』, 상명여대 출판부, 1991.

박준상, 『바깥에서―모리스 블랑쇼의 문학과 철학』, 인간사랑, 2006.

변광배, 『장 폴 사르트르 시선과 타자』, 살림, 2004.

서동욱, 『차이와 타자』, 문학과지성사, 2000.

_____, 『들뢰즈의 철학―사상과 그 원천』, 민음사, 2002.

_____, 『일상의 모험』, 민음사, 2005.

오양진, 『소설의 비인간화』, 월인, 2008.

우정권, 『한국 근대 고백소설의 형성과 서사양식』, 소명출판, 2004.

이상섭, 『문학비평용어사전』, 민음사, 1995.

이상우, 『현대소설론』, 양문각, 1995.

이승준, 『이청준 소설 연구: 정신분석학적 관점에서』, 한국학술정보, 2005.

이윤옥, 『(비상학, 부활하는 새) 다시 태어나는 말』, 문이당, 2005.

이종영, 『사랑에서 악으로: 권력의 원천에 대한 연구』, 새물결, 2004.

이진경, 『노마디즘』 1, 휴머니스트, 2002.

_____, 『노마디즘』 2, 휴머니스트, 2002.

이창재, 『프로이트와의 대화』, 민음사, 2003.

장덕순, 『한국문학의 연원과 현장』, 집문당, 1986.

조남현, 『한국 문학이란 무엇인가』, 이문열·권영민·이남호 엮음, 민음사, 1995.

종교학사전 편찬위원회 편, 『종교학대사전』, 한국사전연구사, 1998.

진중권, 『ICON』, 씨네북스, 2011.

최기숙, 『환상』, 연세대 출판부, 2003.

한국정신문화연구원, 『악(惡)이란 무엇인가―철학·종교에서 본 악과 고통의 문제』, 창, 1992.

홍원표, 『아렌트―정치의 존재이유는 자유다』, 한길사, 2011.

Alford, C. Fred, 이만우 역, 『인간은 왜 악에 굴복하는가』, 황금가지, 2004.

Arendt, Hannah, 이진우·태정호 역, 『인간의 조건』, 한길사, 1996.

_____, 김선욱 역, 『예루살렘의 아이히만―악의 평범성에 대한 보고서』, 한길사, 2006.

Bachelard, Gaston, 이가림 역, 『물과 꿈』, 문예출판사, 1980.

Badiou, Alain, 이종영 역, 『윤리학―악에 대한 의식에 관한 에세이』, 동문선, 2001.

Bataille, Georges, 최윤정 역, 『문학과 악』, 민음사, 1995.

_____, 조한경 역, 『에로티즘』, 민음사, 1997.

Bauman, Zygmunt, 함규진 역, 『유동는 공포』, 산책자, 2009.

Blanchot, Maurice, 박혜영 역, 『문학의 공간』, 책세상, 1990.

Buerger, Peter, 최성만 역, 『전위예술의 새로운 이해』, 심성당, 1986.

Carus, Paul, 이지현 역, 『악마의 역사―선에 대한 끝없는 투쟁』, 더불어책, 2003.

Cohen, Josh, 최창호 역, 『How to read 프로이트』, 웅진씽크빅, 2007.

Deleuze, Gilles, 이정우 역, 『의미의 논리』, 한길사, 1999.

_____, 김상환 역, 『차이와 반복』, 민음사, 2004.

_____, 이정하 역, 『시네마 II―시간 이미지』, 시각과언어, 2005.

_____, 이강훈 역, 『매저키즘』, 인간사랑, 2007.

DiFonzo, Nicholas, 곽윤정 역, 『루머사회』, 흐름출판, 2012.

Faulkner, Keith W., 한정헌 역, 『들뢰즈와 시간의 세 가지 종합』, 그린비, 2008.

Fromm, Erich, 이용호 역, 『惡에 관하여』, 백조출판사, 1984.

Haase, Ullrich M.·Large, William, 최영석 역, 『모리스 블랑쇼 침묵에 다가가기』, 앨피, 2008.

Homer, Sean, 김서영 역, 『라캉 읽기』, 은행나무, 2006.

Hotchkiss, Sandy, 이세진 역, 『나르시시즘의 심리학』, 교양인, 2006.

Jackson, Rosemary, 서강문학연구회 역, 『환상성―전복의 문학』, 문학동네, 2001.

Lacroix, Michel, 김장호 역, 『악』, 영림카디널, 2000.

Lejeune, Philippe, 윤진 역, 『자서전의 규약』, 문학과지성사, 1998.

Longinus, 김명복 역, 『롱기누스의 숭고미 이론』, 연세대학교 출판부, 2002.

Neubauer, Hans-Joachim, 박동자·황승환 역, 『소문의 역사』, 세종서적, 2001.

Nietzsche, Friedrich Wilhelm, 홍성광 역, 『도덕의 계보학—하나의 논박서』, 연암서가, 2011.

Papini, Giovanni, 송병선 역, 『악마 이야기』, 예문, 1998.

Petit, Francois, 강성위 역, 『악이란 무엇인가?』, 이문출판사, 1984.

Pieper, Annemarie, 이재황 역, 『선과 악—그 하나의 뿌리를 찾아서』, 이끌리오, 2002.

Ricoeur, Paul, 양명수 역, 『악의 상징』, 문학과지성사, 1994.

Russell, Jeffrey Burton, 최은석 역, 『악마의 문화사』, 황금가지, 1999.

_____, 김영범 역, 『루시퍼—중세의 악마』, 르네상스, 2006.

_____, 김영범 역, 『메피스토펠레스—근대 세계의 악마』, 르네상스, 2006.

_____, 김영범 역, 『사탄—초기 기독교의 전통』, 르네상스, 2006.

Safranski, Ruediger, 곽정연 역, 『악 또는 자유의 드라마』, 문예출판사, 2002.

Sasso, Robert · Villani, Arnaud, 신지영 역, 『들뢰즈 개념어 사전』, 갈무리, 2012.

Schelling, Friedrich Wilhelm Joseph von, 최신한 역, 『인간적 자유의 본질—철학과 종교』, 한길사, 2000.

Vincent, Jean-Didier, 류복렬 역, 『인간 속의 악마』, 푸른숲, 1996.

Young-Bruehl, Elisabeth, 홍원표 역, 『한나 아렌트 전기』, 인간사랑, 2007.

Žižek, Slavoj, 김소연 · 유재희 역, 『삐딱하게 보기』, 시각과언어, 1995.

_____, 주은우 역, 『당신의 징후를 즐겨라』, 한나래, 1997.

_____, 이수련 역, 『이데올로기라는 숭고한 대상』, 인간사랑, 2002.

Zupancic, Alenka, 이성민 역, 『실재의 윤리—칸트와 라깡』, 도서출판 b, 2004.

4. 기타 자료

이영경, 「'이청준 문학자리' 개원장흥」, 『경향신문』, 2010.8.1.

국립국어원 표준국어대사전(http://stdweb2.korean.go.kr/search/List_dic.jsp)

〈부록 1〉 이청준 소설 목록

	년도	구분	작품명	최초 수록지
1	1965	단편	「퇴원」	『사상계』 13-13, 사상세계사, 1965. 12.
2			「아이 밴 남자(원제 : 임부)」	『사상계』 14-3, 사상세계사, 1966. 3.
3			「줄광대(원제 : 줄)」	『사상계』 14-6, 사상세계사, 1966. 8.
4	1966	중·단편	「무서운 토요일」	『문학』 1-4, 서울대 문학회, 1966. 8.
5			「바닷가 사람들」	『청맥』 21, 청맥사, 1966. 9.
6			「굴레」	『현대문학』 12-10, 현대문학사, 1966. 10.
7			「병신과 머저리」	『창작과 비평』 4, 1966. 가을.
8			「전근발령」	『살아있는 늪』, 홍성사, 1980.
9			「별을 보여드립니다」	『문학』, 1967. 1.
10			「공범」	『세대』 42, 세대사, 1967. 1.
11		중·단편	「등산기」	『자유공론』, 한국자유총연맹, 1967. 2.
12	1967		「행복원의예수」	『신동아』 32, 동아일보사, 1967. 4.
13			「마기의 죽음」	『현대문학』 13-9, 현대문학, 1967. 9.
14			「더러운 강」	『대한일보』, 1967. 9. 21 연재 시작(9회로 종료)
15			「과녁」	『창작과 비평』 7, 창작과비평사, 1967. 가을.
16		장편	『조율사』	『문학과지성』 7-9, 일조각, 1972. 봄~가을. (1967년에 집필되었으나, 잡지사에서 4년간 보류됨)
17			「침몰선」	『세대』 54, 세대사, 1968. 1.
18	1968	중·단편	「나무 위에서 잠자기」	『주간한국』, 한국일보사, 1968. 1.
19			「석화촌」	『월간 중앙』 1-3, 중앙일보사, 1968. 6.
20			「매잡이」	『신동아』 47, 동아일보사, 1968. 7.
21			「마스코트」	『한국전쟁문학전집』, 휘문출판사, 1969. 10.
22			「변사와 연극」	『여원』, 여원사, 1969. 3.
23	1969	중·단편	「이상한 나팔수」	『여성동아』, 동아일보사, 1969. 4.
24			「보너스(원제 : 보우너스)」	『현대문학』 15-2, 현대문학, 1969. 2.

25		「꽃과 뱀」	『월간중앙』 15, 중앙일보사, 1969.6.
26		「꽃과 소리」	『세대』 7-7, 세대사, 1969.7.
27		「가수」	『월간문학』 2-8, 월간문학사, 1969.8.
28		「개백정」	『68문학』 1, 1969.
29		「소매치기올시다」	『사상계』 5·6(17권), 사상계사, 1969.5·6.
30	장편	『씌어지지 않는 자서전 (원제 : 선고유예)』	『문화비평』 1-5, 아한학회, 1969.3~1970.3. 『문화비평』(1969. 봄~1970. 봄)에 '선고유예'란 제목으로 연재하다 중단, 이듬해 다시 연재되지만 또다시 중단. 1972년에 완성된 형태로 발표
31		『이제 우리들의 잔을(원제 : 원무)』	『조선일보』, 1969.11.15~1970.8.14.
32		『6월의 신화』	『아세아』 1-5, 아세아사, 1969.7(중단).
33	1970 중·단편	「가학성훈련(원제 : 가호성훈련)」	『신동아』 68, 동아일보사, 1970.4.
34		「전쟁과 악기」	『월간 중앙』 26, 중앙일보사, 1970.5.
35		「그림자」	『월간 문학』 24, 1970.11.
36		「미친 사과나무」	『한국일보』, 한국일보사, 1970.
37	1971 중·단편	「목포행−소매치기, 글쟁이, 다시 소매치기(2)」	『월간중앙』 41, 중앙일보사, 1971.8.
38		「문단속 좀 해주세요−소매치기, 글쟁이, 다시 소매치기(3)」	『현대문학』 17-8, 현대문학, 1971.8.
39		「소문의 벽」	『문학과지성』 4, 일조각, 1971. 여름.
40		「소문과 두려움(원제 : 발아)」	『월간문학』 4-4, 월간문학사, 1971.4.
41		「괴상한 버릇」	『여성동아』, 동아일보사, 1971.6.
42	장편	『젊은날의 이별』	『여학생』, 1971.2~1972.3. (개정 : 『백조의 춤』, 여학생사, 1979 / 『젊은 날의 이별』, 청맥사, 1991)
43	1972 중·단편	「현장사정」	『문학사상』 2, 문학사상사, 1972.11.
44		「가면의 꿈」	『독서신문』, 1972.10.8·15.
45		「들어보면 아시겠지만」	『월간중앙』 48, 중앙일보사, 1972.3.
46		「세상에서 단 혼자 팬츠를 입은 남자」	『비화밀교』, 나남, 1985.
47		「귀향연습(원제 : 어떤 귀향)」	『세대』 109(제10권), 세대사, 1972.8.
48		「배꼽을 주제로 한 변주곡」	『신동아』 97, 동아일보사, 1972.9.
49	1973 단편	「대흥부동산공사」	『자유공론』, 한국자유총연맹, 1973.1.
50		「엑스트라」	『여성동아』, 동아일보사, 1973.1.
51		「그 가을의 내력」	『새농민』, 1973.2.
52	연작	「떠도는 말들−언어사회학서설 ①」	『세대』 115(제11권), 1973.2.

53		장편	『사랑을 앓는 철새들』	『서울신문』, 1973.4.2~12.2.
54			「이어도」	『문학과지성』 17, 일조각, 1974. 가을.
55			「건방진 신문팔이」	『한국문학』 4, 한국문학사, 1974.2.
56			「줄빰」	『세대』 132(제12권), 세대사, 1974.7.
57	1974	중·단편	「뺑소니사고」	『한국문학』 11, 한국문학사, 1974.9.
58			「낮은 목소리로」	『현대문학』 238, 현대문학사, 1974.10.
59			「안질주의보」	『문학사상』 21, 문학사상사, 1974.6.
60		장편	『당신들의 천국』	『신동아』 115~136, 동아일보사, 1974.4~1975.12.
61			「장화백의 새」	『샘터』, 샘터사, 1975.9.
62	1975	단편	「따뜻한 겨울」	『한국일보』, 한국일보사,1975.12.
63			「문패도둑」	『살아있는 늪』, 홍성사, 1980.
64			「구두 뒷굽」	『문학사상』 39, 문학사상사, 1975.12.
65			「별을 기르는 아이」	『부산일보』, 부산일보사, 1976.11.18~12.9.
66			「꽃동네의 합창」	『한국문학』 34, 한국문학사, 1976.8.
67			「해공의 질주」	『월간 중앙』 97, 중앙일보사, 1976.4.
68			「치자꽃 향기」	『한국문학』 38, 한국문학사, 1976.12.
69			「꽃이 핀들」	『독서생활』 10, 삼성출판사, 1976.9.
70		중·단편	「새가 운들」	『독서생활』, 삼성출판사, 1976.9.
71	1976		「황홀한 실종」	『한국문학』 32, 한국문학사, 1976.6.
72			「수상한 해협」	『신동아』 145, 동아일보사, 1976.9.
73			「사랑의 목걸이」	『한국문학』, 한국문학사, 1976.1.
74			「불의 여자」	『비화밀교』, 나남, 1985.
75		연작	「자서전을 쓰십시다 －언어사회학서설 ②」	『문학과지성』 24, 일조각, 1976. 여름.
76			「서편제－남도사람 ①」	『뿌리 깊은 나무』 2, 1976.4.
77			「눈길」	『문예중앙』, 1977. 겨울.
78		중·단편	「예언자」	『문학사상』 60~61, 문학사상사, 1977.8~9.
79			「거룩한 밤 (원제 : 불알 깐 마을의 밤)」	『뿌리 깊은 나무』 21, 1977.11.
80	1977		「연－새와 어머니를 위한 변주 ①」	『동아일보』, 동아일보사, 1977.2.5.
81		연작	「빗새 이야기 －새와 어머니를 위한 변주 ②」	『샘터』, 샘터사, 1977.4.
82		단편	「불을 머금은 항아리」	『문학과지성』, 일조각, 1977. 겨울.
83		연작	「지배와 해방－언어사회학서설 ③」	『세계의 문학』, 민음사, 1977. 봄.

84		장편	『춤추는 사제』	『한국문학』 39~52, 한국문학사, 1977.1~1978.2.
85			「잔인한 도시」	『한국문학』 57, 한국문학사, 1978.7.
86	1978	중·단편	「얼굴 없는 방문객」	『살아있는 늪』, 홍성사, 1980.
87			「해변의 육자배기」	『치질과 자존심』, 1980.
88		연작	「소리의 빛―남도사람 ②」	『전남일보』, 1978.
89			「살아있는 늪」	『한국문학』, 한국문학사, 1979.8.
90		중·단편	「빈방―혹은 딸꾹질주의보」	『문예중앙』, 중앙일보 동양방송, 1979.여름.
91	1979		「겨울광장」	『문학사상』 77, 문학사상사, 1979.2.
92			「흐르지 않는 강」	『흐르지 않는 강』, 문장, 1979.
93		연작	「선학동나그네―남도사람 ③」	『문학과지성』 36, 일조각, 1979.여름.
94		단편	「조만득 씨」	『세계의 문학』, 민음사, 1980.겨울.
95	1980		「새를 위한 악보」	『한국문학』, 한국문학사, 1980.8.
96		연작	「새와 나무―남도사람 ④」	『문예중앙』, 중앙북스, 1980.3.
97			「노송」	『소설문학』, 소설문학사, 1981.9.
98		단편	「기로수씨의 마지막 심술」	『소설문학』, 소설문학사, 1981.2.
99			「돌아오지 않은 탕자」	『문학사상』, 문학사상사, 1981.2.
100	1981	연작	「가위잠꼬대(원제 : 몽압발성) ―언어사회학서설 ④」	『문학사상』, 문학사상사, 1981.1.
101			「다시 태어나는 말」	『한국문학』, 한국문학상, 1981.5.
102		장편	『낮은 데로 임하소서』	『낮은 데로 임하소서』, 홍성사, 1981.
103			「시간의 문」	『문학사상』, 문학사상사, 1982.1.
104		중·단편	「여름의 추상」	『한국문학』, 한국문학사, 1982.4.
105	1982		「생명의 추상」	『비화밀교』, 나남, 1985.
106			「젖은 속옷」	『비화밀교』, 나남, 1985.
107		희곡	〈제3의 신〉	『현대문학』, 현대문학사, 1982.8.
108	1983	장편	『백조의 춤』	『백조의 춤』, 여학생사, 1983. (개정판 : 『젊은 날의 이별』, 청맥, 1991)
109		단편	「노거목과의 대화」	『현대문학』, 현대문학사, 1984.4.
110		연작	「머릿그림 ―가위 밑 그림의 음화와 양화 ①」	『세계의 문학』, 민음사, 1984.봄.
111	1984	장편	『제3의 현장』	『제3의 현장』, 동화출판공사, 1984. (개정판 : 『그 노래 다시 부르지 못하리』, 동화출판사, 1993 /『이교도의 성가 : 제3의 현장』, 나남, 1998 /『제3의 현장』, 열림원, 1999))

112			「해변 아리랑」	『문예중앙』, 중앙북스, 1985. 봄.
113			「나들이하는 그림」	『현대문학』, 현대문학사, 1985.
114			「이민수속」	『광대의 가출』, 청맥, 1993.
115			「벌레 이야기」	『외국문학』 제5호, 열음사, 1985. 여름.
116	1985	중 · 단편	「밤에 읽는 동화풍」	『현대문학』, 현대문학사, 1985. 7.
117			「학 · 새와 어머니를 위한 변주 ③」	『비화밀교』, 나남, 1985.
118			「숨은 손가락」	『문학과지성』, 일조각, 1985. 겨울.
119			「누군들 초장부터 꾼으로 태어나랴」	『문학사상』, 문학사상사, 1985. 10.
120			「비화밀교」	『문학사상』, 문학사상사, 1985. 2.
121			「흰철쭉」	『현대문학』, 현대문학사, 1985. 10.
122	1986	단편	「섬」	『현대문학』, 현대문학사, 1986. 5.
123	1987	단편	「흐르는 산」	『문학과 비평』, 탑출판사, 1987. 봄.
124		단편	「소주체질」	『가해자의 얼굴』, 중원사, 1992.
125			「종이 새의 비행」	『서울대 동창회보』, 1982. 2.
126	1988	연작	「전짓불 앞의 방백 ─가위 밑 그림의 음화와 양화 ②」	『문학과사회』 창간호, 문학과 지성사, 1988. 봄.
127		장편	『아리아리 강강』	『현대문학』, 현대문학사, 1988. 5~9. (개정판 : 『인간인』 1(아리아리랑), 우석, 1991)
128		단편	「이 여자를 찾습니다」	『현대소설』, 현대소설사, 1989. 겨울.
129			「금지곡시대 ─가위 밑 그림의 음화와 양화 ③」	『문예중앙』, 중앙북스, 1989. 봄.
130	1989	연작	「잃어버린 절 ─가위 밑 그림의 음화와 양화 ④」	『현대문학』, 현대문학사, 1989. 7.
131			「키 작은 자유인 ─가위 밑 그림의 음화와 양화 ⑤」	『문학사상』, 문학사상사, 1989. 8.
132		장편	『자유의 문』	『신동아』, 신동아사, 1989. 7~10.
133	1990	중 · 단편	「지관의 소」	『문학정신』, 열음사, 1990. 3.
134			「용소고」	『현대소설』, 현대소설사, 1990. 가을.
135			「세월의 덫」	『계간 문예』 창간호, 서울신문사, 1991. 겨울.
136	1991	단편	「나이의 짐」	『목수의 집』, 열림원, 2000.
137			「선생님의 밥 그릇」	『경향신문』, 1992. 12.
138		장편	『인간인』 2(강강수월래)	『인간인』, 우석, 1991.
139	1992	중 · 단편	「가해자의 얼굴」	『월간중앙』, 1992. 5.
140			「흉터」	『현대문학』, 현대문학사, 1992. 2.

141		단편	「뚫어」	『목수의 집』, 열림원, 2000.
142	1993	단편	「돌아온 풍금소리」	『목수의 집』, 열림원, 2000.
143		장편	『흰옷』	『문예중앙』, 중앙북스, 1993.겨울.
144	1994	단편	「아우 쌍둥이 철만씨」	『문학동네』, 문학동네, 1994.겨울.
145	1996	장편	『축제』	『축제』, 열림원, 1996.
146		중·단편	「목수의집」	『문학과사회』 40, 문학과지성사, 1997.겨울.
147	1997		「날개의집」	『21세기 문학』, 이수, 1997.가을.
148		단편	「빛과 사슬」	『문학과의식』, 1998.겨울.
149	1998		「내가 네 사촌이냐」	『창작과비평』 100, 창작과비평사, 1998.6.
150			「시인의 시간」	『21세기 문학』, 이수, 1999.가을.
151	1999	단편	「오마니」	『오마니』, 문학과 의식, 1999(회갑맞이 문집). 『꽃지고 강물 흘러』(문이당, 2004)에는 「오마니!」로 改定.
152	2000	장편	『인문주의자 무소작씨의 종생기』	『인문주의자 무소작 씨의 종생기』, 열림원, 2000.
153	2002	단편	「들꽃씨앗하나」	『21세기 문학』, 이수, 2002.여름.
154			「꽃지고 강물 흘러」	『문학과사회』 61, 문학과지성사, 2003.봄.
155	2003	단편	「문턱」	『꽃 지고 강물 흘러』, 문이당, 2004.
156			「심부름꾼은 즐겁다」	『꽃 지고 강물 흘러』, 문이당, 2004.
157		장편	『신화를 삼킨 섬』	『신화를 삼킨 섬』, 열림원, 2003.
158			「부끄러움, 혹은 사랑의 이름으로」	『머물고 간 자리, 우리 뒷모습』, 문이당, 2006.
159	2004	단편	「무상하여라?」	『현대문학』, 현대문학사, 2004.6.
160			「지하실」	『문학과 사회』 72, 문학과 지성사, 2005.겨울.
161			「태평양 항로의 문주란 설화」	『현대문학』, 현대문학사, 2005.8.
162			「부처님은 어찌하시렵니까?」	『그곳을 다시 잊어야 했다』, 열림원, 2007.
163	2005	단편	「귀향지 없는 항로」(에세이 소설)	『그곳을 다시 잊어야 했다』, 열림원, 2007.
164			「소설의 점괘(占卦)?」(에세이 소설)	『그곳을 다시 잊어야 했다』, 열림원, 2007.
165			「씌어지지 않은 인물들의 종주먹질」 (에세이 소설)	『머물고 간 자리, 우리 뒷모습』, 문이당, 2006.
166			「천년의 돛배」	『현대문학』, 현대문학사, 2006.3.
167	2006	단편	「조물주의 그림」	『현대문학』, 현대문학사, 2007.2.
168		장편	『신화의 시대』	『본질과 현상』 6~9, 본질과 현상사, 2006.겨울~2007.가을.
169			「그 곳을 다시 잊어야했다」	『21세기 문학』, 이수, 2007.봄.
170	2007	단편	「이상한 선물」	『문학의 문학』, 동화출판사, 2007.가을.

* 최초 수록지에 대한 정보는 『이청준 문학전집』(문학과지성사)에 수록된 「텍스트의 변모와 상호관계」의 내용을 일부 참고하였음을 밝힌다.

〈부록 2〉 이청준 관련 학위논문

	1. 박사 학위 논문 (발표년도 순)
1	원당희, 「Thomas Mann과 이청준 소설에 나타난 예술가의 위상 비교—주인공의 내면체험을 중심으로」, 고려대 박사논문, 1992.
2	남미영, 「한국 현대 성장소설 연구」, 숙명여대 박사논문, 1992.
3	김병로, 「한국 현대소설의 다성 담화기법 연구」, 한남대 박사논문, 1995.
4	임금복, 「한국 현대소설의 죽음의식 연구—김동리, 박상륭, 이청준의 작품을 중심으로」, 성신여대 박사논문, 1996.
5	강운석, 「한국 모더니즘 소설에 나타난 현대성 연구」, 숭실대 박사논문, 1998.
6	원기중, 「이청준 소설에 나타난 판소리 미학의 변용양상」, 한양대 박사논문, 2000.
7	최명숙, 「소설과 영화의 시점 비교 연구」, 충남대 박사논문, 2001.
8	김성경, 「이청준 소설 연구—외디푸스 서사 구도를 중심으로」, 연세대 박사논문, 2002.
9	김영찬, 「1960년대 한국 모더니즘 소설 연구—최인훈과 이청준의 소설을 중심으로」, 성균관대 박사논문, 2003.
10	이승준, 「이청준 소설에 대한 정신분석적 연구—인물들의 현실대응방식에 관하여」, 고려대 박사논문, 2003.
11	마희정, 「이청준 소설 연구—탐색대상의 변모양상을 중심으로」, 충북대 박사논문, 2004.
12	정태규, 「한국 예술가소설의 전개 양상」, 부산대 박사논문, 2004.
13	신정자, 「이청준의 예술가소설 연구」, 조선대 박사논문, 2005.
14	유인숙, 「이청준 소설 연구—서술전략과 의미의 상관관계를 중심으로」, 성균관대 박사논문, 2005.
15	장윤호, 「소설에 나타나는 고향탐색 모티프 양상 연구—김승옥·이청준·한승원 소설을 중심으로」, 동덕여대 박사논문, 2005.
16	백지은, 「한국 현대소설의 문체 연구—김승옥, 이청준, 서정인, 황석영의 글쓰기를 중심으로」, 고려대 박사논문, 2006.
17	윤효선, 「한국 현대소설의 '무' 수용 양상 연구」, 성균관대 박사논문, 2006.
18	이묘우, 「이청준 소설 연구—소설 속에 나타난 창작 방법론을 중심으로」, 명지대 박사논문, 2006.
19	한순미, 「이청준 소설의 언어 인식 연구」, 전남대 박사논문, 2006.
20	나소정, 「현대소설에 나타난 심리적 적응행동에 관한 연구—이청준, 오정희 소설을 중심으로」, 명지대 박사논문, 2007.
21	이수형, 「이청준 소설에 나타난 교환 관계 양상 연구」, 서울대 박사논문, 2007.
22	이유토, 「이청준의 기독교소설 연구」, 충남대 박사논문, 2007.

23	이현석, 「이청준 소설의 서사시학 연구」, 서울대 박사논문, 2007.
24	김인경, 「1970년대 소설에 나타난 양가성 연구─조세희, 최인호, 이청준을 중심으로」, 한성대 박사논문, 2008.
25	박숙희, 「『춘금초』と『서편제』との비교연구─맹목と전통음악を중심として」, 부산외대 박사논문, 2008.
26	정원채, 「1960년대 소설에 나타난 모더니티 지향성의 서사화 양상 연구─최인훈, 김승옥, 이청준의 소설을 중심으로」, 한성대 박사논문, 2008.
27	김승만, 「이청준 소설의 서사 형성 방식 연구」, 전남대 박사논문, 2009.
28	김영숙, 「이청준 소설의 기독교적 상상력 연구」, 상명대 박사논문, 2009.
29	기애도, 「1980년대 한국소설에 나타난 기독교적 담론 양상」, 숭실대 박사논문, 2010.
30	김지혜, 「최인훈, 김승옥, 이청준 소설의 몸 인식과 서사 구조 연구」, 이화여대 박사논문, 2010.
31	송지연, 「이청준 소설의 유가 인간학적 연구」, 충남대 박사논문, 2010.
32	오은엽, 「이청준 소설의 공간 연구」, 이화여대 박사논문, 2010.
33	윤영돈, 「이청준 소설의 영화화 연구─원작소설과 영화의 스토리텔링 중심으로」, 단국대 박사논문, 2010.
34	이성준, 「소설과 영화의 서술기법 비교 연구─이청준 원작소설과 각색영상물을 중심으로」, 단국대 박사논문, 2010.
35	정덕현, 「한국 현대소설의 자아분열 및 대응양상 연구」, 한남대 박사논문, 2010.
36	설혜경, 「1960년대 소설에 나타난 재판의 표상과 법의 수사학─최인훈과 이청준을 중심으로」, 한양대 박사논문, 2011.
37	이경욱, 「이청준 소설의 문학인류학적 연구」, 서강대 박사논문, 2012.
38	송수경, 「이청준 소설의 신화성 연구」, 세종대 박사논문, 2012.
39	주지영, 「이청준 소설의 서사구조와 주제형성방식에 대한 연구」, 서울대 박사논문, 2012.
40	한창석, 「고등학교 국어교과서에 수록된 현대소설의 특성과 교육방법에 관한 연구」, 고려대 박사논문, 2012.
41	김남혁, 「이청준 소설 연구─자유의 의미를 중심으로」, 고려대 박사논문, 2013.
42	김소륜, 「이청준 소설의 악마성 연구」, 이화여대 박사논문, 2013.
43	김유석, 「이청준 소설 연구─의식의 분열에서 신화적 통합으로」, 중앙대 박사논문, 2013.
44	김창윤, 「영화로 제작된 이청준 소설 연구─죽음 애도 이데올로기를 중심으로」, 강원대 박사논문, 2013.
45	홍웅기, 「1960년대 문학과 지식인 소설의 양상 연구─최인훈, 이청준의 소설을 중심으로」, 충남대 박사논문, 2013.
46	김인섭, 「1960년대 문예영화의 자기반영성 연구」, 아주대 박사논문, 2014.
47	서유진, 「소설의 매체 변용양상 연구─2000년대에 영화화 된 작품을 중심으로」, 홍익대 박사논문, 2014.
48	이정현, 「이청준 소설에 나타난 '언어'와 '죽음' 의식 연구」, 중앙대 박사논문, 2014.
49	지용신, 「1970~80년대 한국 소설의 글쓰기 의식 연구」, 한남대 박사논문, 2014.
50	김우영, 「이청준 문학의 언어 의식 연구」, 서울대 박사논문, 2015.
51	남궁정, 「서사구조 분석을 통한 소설 교육 방안 연구─이청준 소설의 시간구조를 중심으로」, 한양대 박사논문, 2015.

	2. 석사 학위 논문 (발표년도 순)
1	임금복, 「이청준 소설 연구—소설가가 등장하는 작품을 중심으로」, 성신여대 석사논문, 1987.
2	김병로, 「현대액자소설의 담화구조 연구—김동인, 김동리, 이청준의 액자소설을 중심으로 한 액자형 담화구조에의 서사시학적 접근」, 한남대 석사논문, 1989.
3	김종회, 「한국소설의 낙원의식 연구」, 경희대 석사논문, 1989.
4	박선경, 「『광장』과 『당신들의 천국』의 대비적 연구—서사구조와 세계인식의 두 결합양상」, 서강대 석사논문, 1989.
5	이선미, 「이청준 소설의 인물 유형 연구—「병신과 머저리」, 「소문의 벽」, 「빈방」을 중심으로」, 서울여대 석사논문, 1994.
6	마희정, 「이청준 소설의 탐색구조 연구—「매잡이」, 「소문의 벽」, 「이어도」, 「시간의 문」을 중심으로」, 충북대 석사논문, 1995.
7	이소진, 「이청준 소설 연구」, 동덕여대 석사논문, 1996.
8	조재희, 「한국 현대소설의 미로이미지—최인훈 「구운몽」과 이청준 「소문의 벽」을 중심으로」, 충남대 석사논문, 1996.
9	최종배, 「이청준 연작소설 『남도사람』에 대한 정신역동적 고찰」, 서울대 석사논문, 1996.
10	황순재, 「한국 관념소설의 재현방식 연구」, 부산대 석사논문, 1996.
11	은정해, 「이청준 소설에 나타난 한의 양상 연구」, 동국대 석사논문, 1997.
12	이인옥, 「1960년대 이청준 소설 연구」, 성균관대 석사논문, 1997.
13	이현나, 「이청준의 『당신들의 천국』 연구—주체분열의 담론구조를 중심으로」, 충남대 석사논문, 1997.
14	곽효환, 「한국문학의 해외 소개 연구」, 건국대 석사논문, 1998.
15	유정미, 「이청준 소설 연구」, 성균관대 석사논문, 1998.
16	이상숙, 「이청준 소설 연구—1970년대 작품을 중심으로」, 중앙대 석사논문, 1998.
17	김영성, 「이청준 초기소설의 서사구조 연구」, 한양대 석사논문, 1999.
18	김준우, 「이청준 소설의 비판적 담론 연구」, 서울대 석사논문, 1999.
19	서경희, 「이청준 소설 연구—작중 인물의 정신분석학적 연구」, 세종대 석사논문, 1999.
20	이상규, 「한국 현대 소설에 나타난 의사와 환자 간의 커뮤니케이션 연구—의사의 환자읽기를 중심으로」, 연세대 석사논문, 1999.
21	이지영, 「이청준 소설의 낙원 지향성 연구」, 숭실대 석사논문, 1999.
22	이훈, 「이청준 소설의 알레고리 기법 연구」, 경희대 석사논문, 1999.
23	조경안, 「이청준 소설의 원형 상징 연구」, 가톨릭대 석사논문, 1999.
24	박희일, 「이청준 소설의 주체 구현 방식 연구」, 서울대 석사논문, 2000.
25	이묘우, 「이청준의 예술가 소설 연구」, 명지대 석사논문, 2000.
26	이성희, 「이청준 「매잡이」의 시점과 작가의식 연구」, 부산대 석사논문, 2000.
27	이충희, 「이청준 소설 연구—불교의 세계관을 중심으로」, 계명대 석사논문, 2000.

28	이택권, 「이청준 소설 연구-주체의 타자 인식 양상을 중심으로」, 서울시립대 석사논문, 2000.
29	장윤호, 「이청준 소설 연구-고향탐색 모티프(motif)작품들을 중심으로」, 동덕여대 석사논문, 2000.
30	정민영, 「이청준 소설의 다성성 연구」, 강원대 석사논문, 2000.
31	최은영, 「이청준의 예술가소설 연구」, 고려대 석사논문, 2000.
32	김정아, 「이청준의 『남도사람』 연작의 크로노토프 분석」, 충남대 석사논문, 2001.
33	박연주, 「이청준 초기 소설 연구」, 서강대 석사논문, 2001.
34	손유경, 「최인훈·이청준 소설에 나타난 텍스트의 자기반영성 연구」, 서울대 석사논문, 2001.
35	이경욱, 「이청준 소설의 인물연구」, 이화여대 석사논문, 2001.
36	이은숙, 「이청준 소설 연구-1960년대 단편소설을 중심으로」, 한림대 석사논문, 2001.
37	장재진, 「액자 소설의 담화 구조 연구-김동인, 김동리, 이청준 소설의 서사적 틀짜기」, 서강대 석사논문, 2001.
38	천명은, 「성서모티프의 소설화 양상 연구」, 전남대 석사논문, 2001.
39	최애순, 「이청준 소설의 추리소설적 구조 연구」, 고려대 석사논문, 2001.
40	한래희, 「『당신들의 천국』 연구-서사 구조 분석을 중심으로」, 연세대 석사논문, 2001.
41	원자경, 「현대 소설의 대화 양상 연구」, 서강대 석사논문, 2002.
42	정은진, 「이청준의 액자소설에 대한 해석학적 접근-서사 텍스트 해석주체 성립을 위한 시론」, 서강대 석사논문, 2002.
43	모로즈미 사야까, 「한국 소설의 드라마 각색화 연구」, 중부대 석사논문, 2002.
44	김수경, 「이청준 소설의 '글쓰기' 의미 고찰」, 부산대 석사논문, 2003.
45	이수연, 「이청준 소설 연구-아이러니를 중심으로」, 이화여대 석사논문, 2003.
46	이정미, 「이청준 예술가소설 연구」, 경북대 석사논문, 2003.
47	윤효선, 「이청준 소설 연구-현실사회와 서술방식의 상관성을 중심으로」, 성균관대 석사논문, 2003.
48	채대일, 「이청준 소설의 죄의식과 고백 양상 연구-『남도사람』 연작과 『언어사회학서설』 연작을 중심으로」, 서강대 석사논문, 2003.
49	한순모, 「이청준 초기 소설 연구-「퇴원」·「병신과 머저리」의 성격 분석」, 동국대 석사논문, 2003.
50	고수현, 「이청준 소설의 반전 구조 연구」, 서강대 석사논문, 2004.
51	김인경, 「이청준 소설의 공간 연구-인물의식과의 상관성을 중심으로」, 한성대 석사논문, 2004.
52	김현정, 「이청준 초기소설 연구-일인칭 화자와 반성적 구조를 중심으로」, 경희대 석사논문, 2004.
53	박필현, 「1960년대 소설의 탈식민주의적 양상 연구-김승옥·박태순·이청준을 중심으로」, 이화여대 석사논문, 2004.
54	이지혜, 「이청준 액자소설의 미학연구」, 한양대 석사논문, 2004.
55	주지영, 「이청준 소설에 나타난 '고향'의 변모양상과 주체의 동일화」, 서울대 석사논문, 2004.
56	한영현, 「이청준 소설의 낭만성 연구」, 성신여대 석사논문, 2004.
57	김승만, 「이청준 소설의 서사담론 연구-「병신과 머저리」와 「매잡이」를 중심으로」, 전남대 석사논문, 2005.

58	김춘규, 「이청준 소설 연구―60, 70년대 작품을 중심으로」, 중앙대 석사논문, 2005.
59	양병남, 「이청준 소설 연구―주체화 양상과 욕망 구현 방식을 중심으로」, 경원대 석사논문, 2005.
60	이경옥, 「이청준의 『당신들의 천국』에 나타난 다성성 연구」, 부경대 석사논문, 2005.
61	조명숙, 「이청준 소설의 육체성 연구―플롯의 욕망과 재현된 육체의 의미작용을 중심으로」, 부산대 석사논문, 2005.
62	조성희, 「이청준의 『당신들의 천국』 속 자유주의 담론 연구」, 건국대 석사논문, 2005.
63	최은수, 「이청준 소설 연구―서사구조와 결말의 상관성을 중심으로」, 아주대 석사논문, 2005.
64	최주영, 「이청준의 「이어도」 연구」, 전남대 석사논문, 2005.
65	홍웅기, 「이청준 소설의 공간성 연구―'섬'의 공간적 특성을 중심으로」, 충남대 석사논문, 2005.
66	권정희, 「이청준 소설 연구―가족 관계의 갈등과 화해 구도를 중심으로」, 성균관대 석사논문, 2006.
67	김동연, 「이청준 소설에 나타난 인물의 욕망 연구」, 인제대 석사논문, 2006.
68	김소륜, 「이청준 소설의 환상성 연구―'모성' 추구 양상을 중심으로」, 이화여대 석사논문, 2006.
69	서수산, 「『당신들의 천국』과 모세의 출애굽 비교 연구」, 한남대 석사논문, 2006.
70	송지은, 「영화를 활용한 소설교육 연구―〈서편제〉를 중심으로」, 충남대 석사논문, 2006.
71	양영미, 「이청준의 『축제』 연구―바흐친의 카니발 이론을 중심으로」, 부경대 석사논문, 2006.
72	고귀옥, 「이청준 소설 작중인물의 정신병적 징후와 문학적 의미 연구」, 동국대 석사논문, 2007.
73	김개영, 「한국 현대소설에 나타난 무속적 구원의 양상 연구」, 고려대 석사논문, 2007.
74	김남혁, 「이청준 연작소설 연구」, 고려대 석사논문, 2007.
75	김예진, 「이청준 소설에 나타난 권력의 감시체제―『당신들의 천국』, 「소문의 벽」을 중심으로」, 덕성여대 석사논문, 2007.
76	강민석, 「소설과 영화의 서사 구조 비교 연구―이청준의 「벌레 이야기」와 이창동의 〈밀양〉을 중심으로」, 한양대 석사논문, 2008.
77	김옥경, 「현대소설의 민속 수용 양상과 의미―호남지역 배경의 작품을 중심으로」, 전남대 석사논문, 2008.
78	김원기, 「이청준 소설의 주체와 소설쓰기에서 나타나는 대자성의 변증법」, 성균관대 석사논문, 2008.
79	김진영, 「소설 『축제』와 영화 〈축제〉 비교 연구―서사담론으로서의 시점이론을 중심으로」, 연세대 석사논문, 2008.
80	전지은, 「이청준 소설의 매체 변용양상 연구―『서편제』, 『축제』, 「벌레 이야기」를 중심으로」, 한양대 석사논문, 2008.
81	곽두호, 「이청준 예술가 소설 연구―예술가의 현실 대응 양상을 중심으로」, 한국교원대 석사논문, 2009.
82	김유석, 「이청준 초기 소설의 정신분석학적 연구」, 중앙대 석사논문, 2009.
83	이현주, 「소설의 영화화 과정의 서사적 변이 양상―이청준의 『서편제』를 중심으로」, 전북대 석사논문, 2009.
84	정선자, 「스토리텔링 시대의 서사담론 변용양상 고찰―소설 『축제』와 영화 〈축제〉의 경우」, 중앙대 석사논문, 2009.
85	최영환, 「이청준 소설에 나타난 질병의 의미」, 연세대 석사논문, 2009.

86	구현경, 「소설에서 영화로 매체전환 연구─이청준의 「이어도」와 김기영의 「이어도」를 중심으로」, 건국대 석사논문, 2010.
87	강은모, 「이청준 소설에 나타난 시간의식 고찰─중·단편 소설을 중심으로」, 경희대 석사논문, 2011.
88	김국희, 「이청준 소설의 주체 인식 과정 연구─배앓이, 허기, 단식 증상을 중심으로」, 명지대 석사논문, 2011.
89	김혜선, 「이청준의 『당신들의 천국』에 나타난 권력과 자유에 대한 연구─'힘'에 대한 이중적 고찰을 중심으로」, 한양대 석사논문, 2011.
90	노문숙, 「이청준 소설에 나타난 병리적 증상과 의미 연구─1970년대 중·단편을 중심으로」, 경대 석사논문, 2011.
91	박인성, 「이청준 소설에서 나타나는 '용서'의 주제와 프로소포페이아의 수사학 연구」, 서강대 석사논문, 2011.
92	손명숙, 「아베 코오보 『타인의 얼굴他人の顔』과 이청준 「가면의 꿈」 비교 연구─가면과 타자인식에 대해서」, 한국외대 석사논문, 2011.
93	안현경, 「소설과 영화의 서사성 비교 연구」, 대구가톨릭대 석사논문, 2011.
94	임수연, 「이청준 단편소설에 나타난 죄의식과 희생 모티프 연구」, 순천대 석사논문, 2011.
95	장위, 「이청준의 『당신들의 천국』에 나타난 인물의 공간이동 연구」, 아주대 석사논문, 2011.
96	조희숙, 「UCC 활용을 통한 소설수업 방안 연구─이청준의 「눈길」을 대상으로」, 부산대 석사논문, 2011.
97	한주연, 「이청준 소설에 나타난 주체의 윤리 연구」, 이화여대 석사논문, 2011.
98	김세정, 「이청준 「이어도」 연구─환상성을 중심으로」, 한양대 석사논문, 2012.
99	김진희, 「이청준 예술가소설 연구」, 건국대 석사논문, 2012.
100	김효은, 「이청준 소설의 자유 구현 양상 연구」, 한양대 석사논문, 2012.
101	박범준, 「이청준 소설에 나타난 유토피아의식 고찰─「이어도」, 「비화밀교」, 『당신들의 천국』을 중심으로」, 경희대 석사논문, 2012.
102	서철원, 「이청준 소설의 주제구현 양상 연구─한의 정서를 중심으로」, 전북대 석사논문, 2012.
103	승현주, 「이청준의 원작 소설과 각색된 영화의 거리 연구─'실재'로서의 「이어도」의 의미를 중심으로」, 한양대 석사논문, 2012.
104	신용성, 「이청준 소설의 존재의식에 대한 현상학적 연구」, 중앙대 석사논문, 2012.
105	고은정, 「원작소설 영화화 과정의 서사변용 연구─이청준의 「벌레 이야기」와 이문열의 「익명의 섬」을 중심으로」, 광주여대 석사논문, 2013.
106	김경순, 「이청준의 문학세계와 病理─'전짓불'로 因한 外傷 中心으로」, 경북대 석사논문, 2013.
107	김지연, 「이청준 소설에 나타난 허무주의 극복에 관한 연구」, 서울시립대 석사논문, 2013.
108	이성수, 「이청준 소설의 서사적 신빙성 연구」, 전남대 석사논문, 2013.
109	장초봉, 「이야기의 매체 전이와 서사적 변용 연구─소설 「벌레 이야기」에서 영화 〈밀양〉까지」, 인하대 석사논문, 2013.
110	홍석천, 「이청준 중단편소설의 서사구조에 따른 주제 양상」, 강원대 석사논문, 2013.
111	이미영, 「『당신들의 천국』 연구」, 서울대 석사논문, 2014.
112	임보람, 「이청준 소설에 나타난 집의 토포스 연구」, 서강대 석사논문, 2014.

113	황금하, 「이청준 소설에 나타난 권력 유형과 의미 연구—초기 작품을 중심으로」, 경희대 석사논문, 2014.
114	김하성, 「이청준 소설 연구—메타픽션적 양식과 작품『축제』를 중심으로」, 서울시립대 석사논문, 2015.
115	이황림, 「이청준 예술가소설 연구」, 한양대 석사논문, 2015.
116	최철웅, 「이청준 소설에 나타나는 구원의 주제의식 연구」, 서울시립대 석사논문, 2015.

3. 교육대학원 석사 학위 논문 (발표년도 순)

1	김영희, 「이청준 소설론—인물행위의 동기에 대하여」, 경희대 석사논문, 1993.
2	강미순, 「이청준의 메타 픽션 연구」, 부산대 석사논문, 1996.
3	신계철, 「이청준 소설의 공간 연구」, 이화여대 석사논문, 1996.
4	이재헌, 「이청준 소설에 나타난 작가의식의 변모양상 연구」, 계명대 석사논문, 1996.
5	김현희, 「이청준 소설의 시간 연구」, 경북대 석사논문, 1997.
6	소연희, 「소설과 영화의 표현 양식 비교 연구—이청준 作『서편제』를 중심으로」, 한양대 석사논문, 1997.
7	박정애, 「이청준 소설의 미적 구조—60년대 소설의 서두와 결말의 연계성을 중심으로」, 신라대 석사논문, 1998.
8	홍성애, 「현대소설에 나타난 강의 상징성 연구」, 서강대 석사논문, 1998.
9	김수연, 「이청준 소설의 인물유형분석을 통한 현실 비판 양상 연구」, 아주대 석사논문, 1999.
10	손은정, 「이청준 소설의 인물 연구—행위의 동기를 중심으로」, 부산대 석사논문, 1999.
11	안홍현, 「이청준 소설의 인물유형 연구」, 우석대 석사논문, 1999.
12	임순영, 「이청준 소설에 나타난 '말(言)'의 인식 연구」, 서강대 석사논문, 1999.
13	최선희, 「이청준 소설에 나타난 자아부정—초기 작품을 중심으로」, 동국대 석사논문, 1999.
14	김재원, 「이청준 소설 연구—「소문의 벽」을 중심으로」, 성균관대 석사논문, 2000.
15	장미애, 「이청준 소설에 나타난 정신분열증의 사회적 의미 연구—「병신과 머저리」, 「소문의 벽」, 「황홀한 실종」을 중심으로」, 한국교원대 석사논문, 2000.
16	진혜현, 「1960년대 이청준 소설의 유형연구」, 계명대 석사논문, 2000.
17	고현제, 「이청준 소설 연구—'고향'의 상징적 의미를 중심으로」, 경희대 석사논문, 2001.
18	박경삼, 「이청준 소설의 공간 구조 연구—연작『남도사람』을 중심으로」, 한양대 석사논문, 2001.
19	윤승현, 「이청준 소설 연구—이청준 소설에서 주체의 형성과 발전 양상 연구」, 경기대 석사논문, 2001.
20	이은성, 「이청준 소설에 나타난 죽음에 대한 연구」, 충북대 석사논문, 2001.
21	이혜영, 「이청준 소설 연구—자아 정체성 회복을 중심으로」, 한남대 석사논문, 2001.
22	박은주, 「이청준 소설의 인물유형 연구—「병신과 머저리」, 「소문의 벽」, 「황홀한 실종」을 중심으로」, 경희대 석사논문, 2002.
23	이혜성, 「이청준 소설의 정신분석학적 연구—작중 인물이 유년 시절 정신적 외상을 가진 작품을 중심으로」, 신라대 석사논문, 2002.
24	최규성, 「이청준 소설 연구—작가 의식을 중심으로」, 경기대 석사논문, 2002.

25	최혜영, 「이청준 소설에 나타난 낙원의식 연구」, 경기대 석사논문, 2002.
26	추복진, 「이청준 소설 연구-「잃어버린 말을 찾아서」를 중심으로」, 한양대 석사논문, 2002.
27	추순혜, 「이청준 초기 소설 인물형 연구-1960년·1970년대 작품을 중심으로」, 홍익대 석사논문, 2002.
28	김선희, 「이청준의 판소리 개작 사설 연구」, 군산대 석사논문, 2003.
29	박진경, 「이청준 소설 연구-인물의 갈등양상과 작가의식을 중심으로」, 성신여대 석사논문, 2003.
30	임병덕, 「이청준 소설 연구-장편 소설을 중심으로」, 연세대 석사논문, 2003.
31	한정민, 「이청준 소설의 '가난'과 '어머니'에 대한 연구-「눈길」을 중심으로」, 대진대 석사논문, 2003.
32	김성진, 「이청준 소설에 나타난 '가난'의 의미 탐구」, 대진대 석사논문, 2004.
33	김은정, 「「예언자」의 '예언'의 정체성연구」, 경남대 석사논문, 2004.
34	김정아, 「이청준의 「이어도」에 나타난 '일탈'의 크로노토프」, 충남대 석사논문, 2004.
35	박강림, 「이청준 소설의 고향 의식 연구-현장 교육과 관련하여」, 관동대 석사논문, 2004.
36	백승주, 「이청준 소설 연구-「눈길」, 「소문의 벽」에 나타난 원체험을 중심으로」, 한국교원대 석사논문, 2004.
37	송덕원, 「이청준 소설에 나타난 장인정신 연구-「목수의 집」, 「날개의 집」, 「빛과 사슬」을 중심으로」, 경남대 석사논문, 2004.
38	이정민, 「현대소설의 탈억압적 상상력 연구-「광장」, 『당신들의 천국』, 「난장이가 쏘아올린 작은 공」을 중심으로」, 서강대 석사논문, 2004.
39	이정이, 「이청준의 초기 단편소설 연구」, 한양대 석사논문, 2004.
40	장계홍, 「영화를 통한 소설교육 방법 연구-이청준 원작과 임권택 영화 〈축제〉를 중심으로」, 건국대 석사논문, 2004.
41	조영선, 「이청준 소설의 낙원의식 고찰」, 전북대 석사논문, 2004.
42	강배훈, 「이청준 소설에 나타난 귀향 과정 연구」, 창원대 석사논문, 2005.
43	김동숙, 『당신들의 천국』 연구-엑소시즘(exorcism)의 관점에서」, 홍익대 석사논문, 2005.
44	김중필, 「이청준 「눈길」의 서술전략 연구-우회적 소통을 중심으로」, 경남대 석사논문, 2005.
45	박영주, 「이청준 소설의 인물 연구」, 한남대 석사논문, 2005.
46	이소영, 「영화를 활용한 소설 교육의 효과-이청준의 『서편제』와 임권택의 〈서편제〉를 중심으로」, 연세대 석사논문, 2005.
47	이지영, 「이청준의 『당신들의 천국』 연구」, 계명대 석사논문, 2005.
48	이창준, 「이청준 성장소설의 성장 요소 연구」, 우석대 석사논문, 2005.
49	이후석, 「읽기·쓰기를 통합한 소설 지도 방안-이청준의 「눈길」을 대상으로」, 서울시립대 석사논문, 2005.
50	최은주, 「한국 기독교 소설 연구」, 아주대 석사논문, 2005.
51	강은미, 「이청준의 「소문의 벽」 연구」, 한양대 석사논문, 2006.
52	김창호, 「이청준의 「시간의 문」에 나타나는 미학적 거리 고찰」, 목포대 석사논문, 2006,
53	김혜란, 「현대소설에 수용된 '이어도'의 의미」, 제주대 석사논문, 2006.
54	박영환, 「이청준 초기 단편소설의 '바다' 고찰」, 대진대 석사논문, 2006.

55	서문식, 「이청준의 「예언자」 연구—벤야민의 알레고리론을 중심으로」, 군산대 교육대학원, 2006.
56	송지연, 「문학독서 지도 방안연구—이청준 「눈길」을 대상으로」, 전북대 교육대학원, 2006.
57	안미영, 「문학 텍스트를 활용한 한국 문화와 한국어 교수—이청준의 단편 소설 「눈길」을 중심으로」, 선문대 교육대학원, 2006.
58	이상은, 「이청준 초기 소설 연구—「병신과 머저리」, 「소문의 벽」을 중심으로」, 홍익대 석사논문, 2006.
59	이성민, 「이청준 소설에 나타난 억압기제의 의미 연구」, 군산대 석사논문, 2006.
60	이종섭, 「소설 속 소설 쓰기의 심리적·사회적 의미 연구—이청준의 「병신과 머저리」와 장정일의 「아담이 눈 뜰 때」를 중심으로」, 한국교원대 석사논문, 2006.
61	이주연, 「역할놀이를 활용한 소설교육의 실제—윤흥길의 「장마」와 이청준의 「눈길」을 중심으로」, 단국대 석사논문, 2006.
62	정모라, 「이청준의 「이어도」 서사전략 연구」, 목포대 석사논문, 2006.
63	표수민, 「이청준 소설 인물의 정체성 찾기 연구—「병신과 머저리」, 「서편제」, 「소리의 빛」, 「여름의 추상」을 중심으로」, 고려대 석사논문, 2006.
64	김인숙, 「이청준의 「소문의 벽」 연구—인물간의 소통 문제를 중심으로」, 한양대 석사논문, 2007.
65	박소연, 「이청준 소설과 미시권력」, 한국교원대 석사논문, 2007.
66	박현숙, 「이청준 단편소설의 결말구조 연구」, 숙명여대 석사논문, 2007.
67	송정표, 「이청준 소설 연구」, 건국대 석사논문, 2007.
68	이경금, 「이청준 초기소설에 나타난 작가의식」, 군산대 석사논문, 2007.
69	이미경, 「이청준 소설 연구—소설에 나타난 정신 이상의 사회적 의미에 관하여」, 안동대 석사논문, 2007.
70	이정원, 「이청준 「이어도」의 서사담론」, 청주대 석사논문, 2007.
71	정정현, 「이청준 단편소설의 상징 연구」, 목포대 석사논문, 2007.
72	강민석, 「소설과 영화의 서사 구조 비교 연구—이청준의 「벌레 이야기」와 이창동의 〈밀양〉을 중심으로」, 한양대 석사논문, 2008.
73	김철, 「이청준 소설의 갈등 양상 연구—1960년대 중·단편 소설을 중심으로」, 목포대 석사논문, 2008.
74	문근희, 「이청준 소설의 서사 구조 연구—액자소설을 중심으로」, 단국대 석사논문, 2008.
75	박은숙, 「이청준의 『당신들의 천국』 연구」, 순천대 석사논문, 2008.
76	서정백, 「협동학습을 통한 소설교육 방안 연구—이청준의 소설 「눈길」을 중심으로」, 전남대 석사논문, 2008.
77	양순옥, 「이청준 소설의 죽음 의식 연구」, 고려대 석사논문, 2008.
78	유대종, 「이청준 소설 연구—고향체험의 의미 탐색을 중심으로」, 고려대 석사논문, 2008.
79	최미정, 「『당신들의 천국』 연구—조백헌 원장의 의식 변화를 중심으로」, 목포대 석사논문, 2008.
80	김정현, 「이청준의 『당신들의 천국』에 나타난 이상 사회상」, 강원대 석사논문, 2009.
81	김태영, 「이청준 소설에 나타난 성적 모티프에 관한 연구—60·70년대 단편소설을 중심으로」, 한양대 석사논문, 2009.
82	여정연, 「이청준 소설연구—예술가 소설에 담긴 전통미의식 중심으로」, 한국교원대 석사논문, 2009.

83	오광천, 「이청준 소설의 시간의식 탐구」, 충남대 석사논문, 2009.
84	유승현, 「학습자 활동 중심의 소설 지도 방안 연구—이청준 「눈길」을 중심으로」, 충남대 석사논문, 2009.
85	전미지, 「이청준의 예술가소설 연구」, 경남대 석사논문, 2009.
86	최문선, 「이청준 소설의 공간 연구—「이어도」, 「섬」, 『당신들의 천국』을 중심으로」, 단국대 석사논문, 2009.
87	고관섭, 「이청준 소설의 작중인물 연구」, 충남대 석사논문, 2010.
88	김수진, 「'용서'의 문학교육적 의미 연구—이청준 소설을 중심으로」, 서강대 석사논문, 2010.
89	김순애, 「이청준 소설에 나타난 현실과 대응 양상 연구—1960 · 70년대 중 · 단편소설을 중심으로」, 목포대 석사논문, 2010.
90	백미영, 「이청준의 『당신들의 천국』 연구」, 아주대 석사논문, 2010.
91	이진경, 「이청준 소설에 나타난 미시권력의 양상」, 단국대 석사논문, 2010.
92	최정자, 「이청준 소설의 문학치료적 활용방안 연구—「병신과 머저리」와 「소문의 벽」을 중심으로」, 국민대 석사논문, 2010.
93	황원기, 「「사회 · 문화적 맥락」을 고려한 소설 지도방안 연구—이청준의 「눈길」을 중심으로」, 동국대 석사논문, 2010.
94	구아름, 「1960년대 이청준 소설 연구—예술가가 등장하는 소설을 중심으로」, 계명대 석사논문, 2011.
95	노오란, 「이청준 소설에 나타나는 한 극복 양상 연구」, 단국대 석사논문, 2011.
96	전선영, 「이청준 소설의 직업의식 연구—「병신과 머저리」, 「매잡이」, 「줄광대」를 중심으로」, 창원대 석사논문, 2011.
97	조은행, 「이청준의 「눈길」 연구—'지연의 플롯'을 중심으로」, 경성대 석사논문, 2011.
98	오유영, 「이청준 소설연구—억압에 따른 상처와 그 대응양상을 중심으로」, 인하대 석사논문, 2011.
99	이민영, 「이청준 소설에 나타난 죽음의 양상과 의미 연구—중 · 단편소설을 중심으로」, 울산대 석사논문, 2011.
100	이윤희, 「이청준 「눈길」의 교육적 의의와 교과서 수록 양상 연구」, 고려대 석사논문, 2011.
101	이인영, 「이청준 문학에 나타난 내면 인식 연구」, 국민대 석사논문, 2011.
102	김정현, 「이청준 소설 「눈길」 지도모형 연구」, 경상대 석사논문, 2012.
103	박은영, 「이청준 소설에 나타난 공동체 서사와 신화적 전망」, 한국교원대 석사논문, 2012.
104	송은영, 「정서적 공감을 중심으로 한 소설교육 방법 연구—이청준의 「눈길」을 중심으로」, 경희대 석사논문, 2012.
105	엄두용, 「이청준 소설의 주체의식 연구—1960~70년대 단편소설을 중심으로」, 건국대 석사논문, 2012.
106	윤정은, 「UCC를 활용한 소설 감상 교육 방안 연구—이청준의 「눈길」을 중심으로」, 한양대 석사논문, 2012.
107	전수연, 「2009 개정 국어교과서 학습활동 연구—10학년 현대소설 단원을 중심으로」, 성신여대 석사논문, 2012.
108	문종현, 「상담자 역할에 기초한 문학 작품 읽기 지도 방안 연구—이청준 소설 「눈길」을 중심으로」, 인하대 석사논문, 2013.
109	유진현, 「도덕적 상상력 신장을 위한 소설교육 내용 연구」, 이화여대 석사논문, 2013.

110	이옥선, 「고등학교 국어교과서 학습활동 분석－10학년 개정 교과서에 수록된 현대소설 단원을 중심으로」, 전남대 석사논문, 2013.
111	한희진, 「가치의 내면화를 위한 문학 주제 교육 방안 연구－'가족 갈등'을 중심으로」, 서강대 석사논문, 2013.
112	김일완, 「이청준의 「병신과 머저리」 학습 방안 연구」, 동국대 석사논문, 2014.
113	김주혜, 「청소년의 통합적 성장을 위한 문학치료적 국어교육방안 연구－황순원 「소나기」, 이청준 「눈길」을 중심으로」, 경희대 석사논문, 2014.
114	김난슬, 「이청준 소설의 공간 연구」, 충북대 교육대학원, 2014.
115	박찬기, 「이청준의 「소문의 벽」에 나타난 광기의 의미」, 경남대 교육대학원, 2014.
116	이선미, 「소설과 영화의 서사적 내용과 서술 형식 비교 연구－소설 「벌레 이야기」와 영화 〈밀양〉을 중심으로」, 한국교원대 석사논문, 2014.
117	정태민, 「이청준 소설에 나타난 공간의 양상 연구－1970년대 작품을 중심으로」, 중앙대 석사논문, 2014.
118	최가연, 「한국 가치문화 교육을 위한 소설 작품 선정」, 경희대 석사논문, 2014.
119	최연정, 「학습자 활동 중심의 소설 교육 방안 연구－이청준의 「눈길」을 대상으로」, 창원대 석사논문, 2014.
120	한효정, 「이청준의 「눈길」의 부채의식 연구」, 충북대 석사논문, 2014.
121	강명규, 「이청준 소설 속 인물의 방어기제 연구－「조만득 씨」, 「겨울광장」, 「황홀한 실종」, 「가면의 꿈」을 중심으로」, 충북대 교육대학원, 2015.
122	소민지, 「이청준 초기소설에서의 '소설쓰기' 의미 연구」, 한국교원대 석사논문, 2015.
123	최예슬, 「문학교과서에 수록된 이청준 소설에 관한 연구」, 고려대 교육대학원, 2015.